Delidolu

John Boyne

1971 yılında İrlanda'nın Dublin kentinde dünyaya gelen John Boyne, Dublin Trinity Üniversitesi İngiliz Dili ve Edebiyatı bölümünden mezun oldu. Yazarın 2006 yılında yayımladığı ve Nazi toplama kampları gerçeğini iki çocuğun gözünden anlattığı ilk çocuk romanı *Çizgili Pijamalı Çocuk*, Miramax tarafından sinemaya uyarlanarak pek çok ödül aldı. Aynı roman, İrlanda'da iki edebiyat ödülünün yanı sıra çeşitli uluslararası ödüllere layık görüldü ve birçok uluslararası ödüle de aday gösterildi. Bu başarılara ek olarak kitap, İrlanda listelerinde 80 hafta bir numarada kalarak büyük bir rekora imza attı ve *New York Times*'ın çok satanlar listesinin de zirvesine yükseldi. Tüm dünyada 5 milyondan fazla satan *Çizgili Pijamalı Çocuk*, hem 2007 hem 2008 yılında İspanya'da en çok satan kitap oldu. Boyne, çalışmalarına Dublin'de devam etmektedir.

Özlem Yüksel

1971 yılında Ankara'da doğdu. Ankara Üniversitesi Dil, Tarih ve Coğrafya Fakültesi İngiliz Dili ve Edebiyatı bölümünden mezun oldu. Çeşitli yükseköğrenim kurumlarında İngilizce öğretmeni ve yönetici olarak çalıştı, uluslararası tıp kongrelerinin organizasyonunda görev aldı. Altmışı aşkın kitabı Türkçeye kazandıran Özlem Yüksel, çalışmalarını İstanbul'da sürdürüyor.

ROMANOVLAR'IN SON EVİ

1476/1 Sok. No:10/51 Alsancak-Konak/İZMİR

İlk baskı 2009 yılında, İngiltere'de *The House of Special Purpose* adıyla Transworld Publishers'ın bir alt markası olan Doubleday tarafından gerçekleştirilmiştir.

Bu kitabın telif hakları William Morris Endeavor Entertainment ile anlaşmalı olarak AnatoliaLit Telif Hakları Ajansı aracılığıyla alınmıştır.

YAZAR: John Boyne
TÜRKÇELEŞTİREN: Özlem Yüksel
EDİTÖR: Yasemin Ertuğrul
DÜZELTİ: Ümit Mutlu
KAPAK TASARIMI: Burak Tuna
GRAFİK UYGULAMA: Nayime Serbest

BASKI VE CİLT: Ertem Basım Yayın Dağıtım San. Tic. Ltd. Şti.
Eskişehir Yolu 40. Km. Başkent OSB 22. Cadde No:6 Malıköy/Ankara
Tel: 0 312 284 18 14

Birinci Baskı: Eylül 2019 (7000 adet)

ISBN: 978-605-2349-66-3
Yayınevi sertifika no: 11945
Matbaa sertifika no: 16031

www.delidolu.com.tr

JOHN BOYNE

ÇİZGİLİ PİJAMALI ÇOCUK'UN YAZARINDAN

ROMANOVLAR'IN SON EVİ

Türkçeleştiren: Özlem Yüksel

Delidolu

Mark Herman, David Heyman ve Rosie Alison'a
teşekkürlerimle...

1981

Annemle babamın mutlu bir evlilikleri olmadı.

Yanlarında olmaya son katlanışımın üstünden uzun yıllar geçti. Ama birkaç aydan beri hemen her gün, çok değil, birkaç dakikalığına aklımdan geçiyorlar. Hafızanın fısıltısı; Zoya'nın geceleri yanımda uyurken boynuma değen soluğu kadar hafif, sabah günün ilk ışığıyla beni öperken yanağımdaki dudakları kadar yumuşak. Tam olarak ne zaman öldüler, bilemiyorum. Doğal bir kesinlikle, artık bu dünyada olmadıkları haricinde, ölümlerine dair hiçbir şey bilmiyorum. Ama onları düşünüyorum. Hâlâ düşünüyorum.

Hep önce babam Daniil Vladyaviç'in öldüğünü hayal ediyorum. Ben dünyaya geldiğimde o çoktan otuzlu yaşlarının başındaydı ve hatırlayabildiğim kadarıyla sağlıklı olma nimetinden pek nasibini alamamıştı. Bebekken, Moskova Dükalığı'nda bulunan Kaşin'deki küçük ahşap çatkılı *izba*mızda[1] uyandığımı hatırlıyorum; babam boğulurcasına öksürüp küçük ocağımızda yanan ateşe balgam tükürürken, onun fani sesini duymamak için ellerimi minik kulaklarıma bastırıyordum. Şimdi düşünüyorum da herhâlde ciğerlerinden hastaydı, belki de amfizemdi. Kestirmek güç. İlaç verecek doktor da

1 Rusya'da, ahşaptan yapılan geleneksel kır konutlarına verilen ad. [E.N.]

yoktu, ilaç da. Çektiği bir alay hastalığı ne metanet ne de şükürle karşılardı. O acı çekerken biz de çekerdik.

Alnı, başından tuhaf bir biçimde öne uzanırdı; bunu da anımsıyorum. Saç çizgisinden burun kemerine kadar iyice gerilmiş cildi, başının iki yanında küçük çıkıntılar hâlinde duran biçimsiz bir deri yığını oluşturur, kaşlarını yüzüne kalıcı bir endişe ifadesi verecek kadar yukarı kaldırırdı. Bir keresinde ablam Liska bana bunun bir doğum kusuru olduğunu söylemişti; beceriksiz bir doktor, dünyaya gelmek üzere olan bebeği omuzlarından değil de kafatasından tutmuş ve henüz sertleşmemiş, yumuşak kemiğe fazla kuvvetli bastırmış. Annesi, dünyaya getirdiği yaratığı, bu kafatası yamru yumru olan biçimsiz bebeği görecek kadar yaşamamış. Babama can vermek büyükannemin kendi canına mâl olmuş. Bu, o zamanlar görülmedik bir durum değilmiş ve pek de üzüntüye sebep olmazmış; böyle olaylara doğanın dengesi gözüyle bakılırmış. Bugün olsa, beklenmedik ve dava açılacak bir olay olarak görülür. Kısa bir süre sonra büyükbabam, çocuğuna bakması için elbette bir kadın daha almış.

Ben küçük bir çocukken köyümüzdeki diğer çocuklar, kaşı gözü oynaya oynaya tarladaki işinden dönen ya da borç aldığı rubleler veya kulağına çalınan hakaretler yüzünden atıştığı komşunun kulübesinden, yumrukları sıkılı hâlde çıkıp onlara doğru yaklaşan babamı görünce korkarlardı. Ona değişik isimler takmışlardı; bu isimleri babamın yüzüne haykırmak çocukları heyecanlandırırdı. Ona Hades'in üç başlı köpeği Kerberos'un adını vermişlerdi. Bileklerini alınlarına bastırır, savaş çığlıkları eşliğinde kalpaklarını çıkarıp deli gibi havaya savurarak alay ederlerdi babamla. Tüm bunları benim, tek oğlunun gözlerinin önünde yapar ve karşılık görmekten de hiç çekinmezlerdi. O zamanlar ufak tefek ve çelimsizdim. Benden korkmazlardı. Babamın arkasından suratlarını eğip bükerler, onun hareketlerini taklit ederek yere tükürürler ve babam arkasına dönüp yaralı bir hayvan gibi bağırdığında da, tarlaya saçılan tohumlar gibi dağılıp gözden kayboluverirlerdi. Ona gülerlerdi; onun dehşet verici, iğrenç bir ucubeye benzediğini düşünürlerdi.

Onların aksine ben, yumruklarını cömertçe kullandığı ve sert davranmaktan hiçbir zaman pişmanlık duymadığı için babamdan korkardım.

Böyle düşünmek için hiçbir nedenim yok ama, o soğuk mart sabahı, Pskov'daki demiryolu kavşağından kaçmamın ve Bolşeviklerin, yaptığım şeye misilleme olarak üzerime saldırmalarının hemen ardından babamın bir akşam vakti eve döndüğünü gözümde canlandırıyorum. Babam, kendi canının tehlikede olduğundan habersiz, yere tüküre tüküre ve ayaklarını sürüyerek, öksüre tıksıra eve giderken, ben can korkusuyla koşup rayların üzerinden atlıyor ve ötedeki ormanda gözden yitiyorum. Kibrimden, ortadan kayboluşumun ailemin ve küçük köyümüzün şerefine ve namusuna kefaret gerektiren bir leke düşürdüğünü hayal ediyorum. Köyün delikanlılarından oluşan bir kalabalık –aralarından dördü rüyalarıma giriyor; iriyarı, çirkin ve acımasızlar– sopalarla babama saldırıyor; onu kimse görmeden öldürmek için sokaktan çekip alıyor ve yüksek duvarlı bir geçidin karanlığına sürüklüyorlar. Merhamet dilenen haykırışlar duymuyorum; babam öyle bir şey yapmaz. Yattığı yerdeki taşların üstünde kan görüyorum. Yavaşça kımıldayan, titreyen bir el ilişiyor gözüme, parmakları kasılıyor. Ve sonra da kıpırtısız kalıyor.

Ne zaman annem Yulia Vladimirovna'yı düşünsem, gözümde, bu olaydan birkaç yıl sonra, kız kardeşlerimin diz çöküp etrafına toplandığı yatağında, aç ve bitkin yatarken Tanrı'nın onu yanına çağırdığı sahne canlanıyor. Babamın ölümünden sonra kimbilir ne güçlüklerle karşılaştığını hayal bile edemiyorum ve bunu düşünmek de istemiyorum, çünkü soğuk bir kadın olmasına ve çocukluğumun her kavşağında ona yaşattığım hayal kırıklığını yüzüme vurmasına karşın, yine de benim annemdi ve anneler mukaddes insanlardır. En büyük ablam Asya'yı hayal ediyorum; annem, yaratıcısıyla buluşmak üzere vakur bir nedamet içinde son kez dua etmek için ellerini birleştirirken, avuçlarına küçük bir resmimi koyuyor. Örtüsü incecik boynunda toplanmış, yüzü bembeyaz, dudakları cezayirmenekşesi mavisinin soluk bir tonu. Asya beni severdi, ama oradan kaçmamı da kıskanmıştı; bunu da hatırlıyorum. Bir keresinde beni bulmaya gelmişti, bense kovmuştum onu. Şimdi bunu düşününce, utanıyorum yaptığımdan.

Tabii bunların hiçbiri olmamış da olabilir. Annemin, babamın ve kız kardeşlerimin hayatları farklı bir biçimde sona ermiş olabilir: mutlu, trajik, bir arada, ayrı, huzur içinde, şiddetle. Geri dönebilirdim dediğim bir an bile olmadı; Asya'ya, Liska'ya ya da hatta ailesinin kahramanı ve yüz karası ağabeyi Georgi'yi muhtemelen hiç hatırlamayan Talya'ya mektup yazma fırsatı da geçmedi elime. Yanlarına dönmekle onları da, kendimi de, Zoya'yı da tehlikeye atardım.

Fakat aradan kaç yıl geçmiş olursa olsun, hâlâ düşünüyorum onları. Hayatta, bana göre birer muamma olan zamanlar yaşadım; iç içe geçmiş ve artık ayrılması neredeyse imkânsızlaşmış; işle, aileyle, mücadeleyle, ihanetle, kayıpla ve hüsranla geçen yıllar. Ama o yıllara, o ilk yıllara ait hatıralar hafızamdan çıkmıyor, kafamın içinde çınlayıp duruyor. Ve yaşlanan zihnimin loş koridorlarında gölge olarak kaldıkça daha da canlı ve çarpıcı bir hâle bürünüyorlar, çünkü asla unutulamayacaklar. Ben çok yakında unutulsam bile.

* * *

Yakın bir akrabamı görmeyeli altmış yıldan fazla oldu. Şu yaşıma, seksen iki yaşına kadar gelip de bana biçilen vadenin bu kadar az bir kısmını onlarla birlikte geçirdiğime inanmak neredeyse imkânsız. O zamanlar böyle düşünmesem de, onlara karşı görevlerimi ihmal ettim. Çünkü gözlerimin rengini değiştiremeyeceğim gibi, kaderimi de değiştiremezdim. Koşullar, her insana yaptığı gibi beni de bir andan diğerine, sonra ötekine sürükleyip durdu ve ben her adımı hiç sorgulamadan takip ettim.

Ve sonra günün birinde durdum. Yaşlıydım. Ve onlar gitmişti.

Cesetleri çürümüş hâlde mi kaldı merak ediyorum, yoksa çoktan dağılıp toprağa mı karıştı? Cesedin çürümesi birkaç nesil sürüyor mu, yoksa cenazenin yaşına, gömülme koşullarına göre daha hızlı ilerleyebiliyor mu? Ya bedenin bozulması, insanın tabutunun yapıldığı ağacın kalitesine mi bağlı? Toprağının iştahına mı? İklime mi? Eskiden, geceleri okurken dikkatimin dağıldığı zamanlarda aklıma takılan türden sorular bunlar. Genellikle aklıma takılan soruyu bir kenara not eder ve tatminkâr bir yanıt bulana kadar araştırırdım, ama bu yıl bütün alışkanlıklarım yok oldu ve artık böyle araştırmalar yapmak bana saçma geliyor. Aslında aylardır, hatta Zoya'nın hastalığının da öncesinden beri kütüphaneye gitmedim. Bir daha da gidemeyebilirim.

Hayatımın –yani yetişkinlik yıllarımın– büyük kısmı Britanya Müzesi'ndeki kütüphanenin sessiz sakin duvarları arasında geçti. Çalışmaya orada başladım; 1923 yılının sonbaharının başlarında, Zoya'yla, üşümüş, ürkek ve fark edileceğimizden emin bir hâlde Londra'ya ilk gelişimizden kısa bir süre sonra. O zaman yirmi dört yaşındaydım ve çalışma hayatının bu kadar huzurlu olabileceğinden habersizdim. Önceki hayatıma dair tüm simgeleri –üniformalar, tüfekler, bombalar, patlamalar– üzerimden atalı beş yıl olmuştu, ama bunların anılarıyla lanetlenmiş olarak kaldım. Artık yumuşak pamuklu kumaştan takım elbiseler, dosya dolapları ve engin bilgi kaynakları vardı. Memnuniyet verici bir değişim.

Ve Londra'dan önce, Paris vardı tabii; kitaplara ve edebiyata karşı, ilk olarak Mavi Kitaplık[2] sayesinde geliştirdiğim ilginin daha da yoğunlaştığı şehir. Bu merakımı İngiltere'de sürdürebileceğimi umuyordum. Daima yüzüme gülen talihim sayesinde, *The Times* gazetesinde yayımlanmış Britanya Müzesi'nde kıdemsiz kütüphane memuru arandığına dair bir ilan gözüme çarptı. Hemen o gün, şapkam elimde gidip şahsen başvurdum ve derhâl müstakbel patronum Bay Arthur Trevors adlı şahsın yanına götürüldüm.

Tarihi kesin olarak hatırlıyorum. Ağustosun on ikisi. Her sene, doğum gününe bir hürmet ifadesi olarak eski bir dostum için bir mum yaktığım Ortodoks katedrali olan Meryem Ana'nın Göğe Çıkışı ve Tüm Azizler'den yeni çıkmıştım. Ona yıllar önce, *yaşadığım müddetçe* diye söz vermiştim. Yeni hayatımın, onun kısa ömrünün başladığı gün başlayacak olması bana bir sebepten gayet uygun görünmüştü.

Burun kemerine gelişigüzel kondurulmuş gözlüklerinin yarımay biçimindeki camlarının üstünden dikkatle bana bakarak, "Britanya Müzesi Kütüphanesi'nin ne kadar zamandır var olduğunu biliyor musunuz Bay Jahmenev?" diye sordu. Adımı söylerken azıcık bile zorlanmadı, ki İngilizlerin çoğu adımı telaffuz edememeyi marifet sayıyormuş gibi göründüklerinden, bu beni oldukça etkiledi. Bana tahmin yürütme fırsatı vermeden, hemen, "1753'ten beri," dedi. "Sör Hans Sloan kitap ve antika koleksiyonunu devlete bıraktığı zaman; müze bu sayede doğdu. Ne düşünüyorsunuz bu konuda?"

---

2 İng. "Blue Library", Fr. "Bibliothèque bleue". On yedinci ve on dokuzuncu yüzyıllar arasında, özellikle Fransa'da, edebi kalıcılıktan uzak, popüler edebi metinler için kullanılan terim. [E.N.]

Aklıma Sör Hans'ı hayırseverliği ve sağduyusu için övmekten başka verecek bir yanıt gelmedi. Bay Trevors bu cevabı yürekten tasdik etti.

Başını şevkle sallayarak, "Kesinlikle haklısınız, Bay Jahmenev," dedi. "Çok mükemmel bir beyefendiydi. Büyük büyükbabamla muntazaman briç oynarlardı. Şimdi, tabii ki yer sıkıntısı içindeyiz. Boş yerimiz azalıyor anlayacağınız. Çok sayıda kitap basılıyor, mesele bu. Çoğu kitap, yarım akıllılar, ateistler ya da oğlancılar tarafından yazılıyor, ama Tanrı yardımcımız olsun, hepsini bulundurmaya mecburuz. Bu güruhla bir münasebetiniz yok, değil mi Bay Jahmenev?"

Hemen başımı iki yana sallayarak, "Yok efendim," dedim.

"Bunu duyduğuma memnun oldum. Günün birinde kütüphaneyi kendi binasına taşıyacağımızı ümit ediyoruz, tabii ki bu, sorunların çözülmesini sağlamayacak. Ama bu tamamen parlamentonun sorumluluğunda. Anlayacağınız bütün paramızı onlar yönetiyor. O adamların nasıl olduklarını bilirsiniz. Ahlakları tepeden tırnağa bozuktur, hem de hepsinin. Şu Baldwin denen çocuk müthiş iyidir, ama onun haricindekiler..." Başını iki yana sallayıp yüzünü ekşitti.

Ardından gelen sessizlikte, bu işe kendimi önermek için aklıma gelen yegâne şey, mülakattan önce içinde sadece yarım saat zaman geçirdiğim müzeye ve müze sınırları dâhilinde bir araya toplanmış, hayret uyandıran hazine koleksiyonlarına duyduğum hayranlıktan söz etmek oldu.

"Daha önce bir müzede çalıştınız, değil mi Bay Jahmenev?" diye sordu. Başımı hayır anlamında salladım. Cevabıma şaşırmış göründü, soru sormaya devam ederken gözlüklerini çıkardı. "Belki Hermitage Müzesi'nde çalışmışsınızdır diye düşünmüştüm, Saint Petersburg'da?"

Müzenin adını, bulunduğu şehirle birlikte belirtmesine hiç gerek yoktu; gayet iyi biliyordum. Bir an için yalan söylemediğime pişman oldum, çünkü neticede orada çalışıp çalışmadığımı araştırması mümkün değildi ve herhangi bir referans araştırmasından netice almak yıllar sürerdi, o da eğer yanıt ulaşırsa tabii.

"Orada hiç çalışmadım efendim," dedim. "Ama elbette müzeye çok aşinayım. Hermitage'da mutlu mesut yüzlerce saat geçirdim. Bizans koleksiyonu bilhassa etkileyicidir. Keza eski para koleksiyonu da."

Cevabımdan tatmin olup olmadığına karar vermeden önce, bir an durup parmaklarını hafifçe masanın kenarına vurarak aklında tarttı. Arkasına yaslandı, gözleri kısıldı ve yüzüme bakarken sertçe burnundan soludu. "Söyleyin, Bay Jahmenev," dedi. Her kelimesi, sanki ona acı veriyormuş gibi uzayarak çıkıyordu ağzından. "Ne kadar zamandır İngiltere'desiniz?"

"Fazla olmadı," dedim dürüstçe. "Birkaç haftadır."

"Doğruca Rusya'dan mı geldiniz?"

"Hayır efendim. Eşimle birkaç yıl Fransa'da kaldık, şeyden önce..."

"Eşiniz mi? Demek evli bir erkeksiniz?" diye sordu, bu bilgi hoşuna gitmiş gibiydi.

"Evet, efendim."

"İsmi?"

"Zoya," dedim. "Tabii ki bir Rus adı. *Hayat* anlamına gelir."

Açıklama yapmam tamamen bir haddini bilmezlikmiş gibi yüzüme dik dik bakarken, "Sahiden mi?" diye sordu. "Ne hoş. Peki, Fransa'da geçiminizi nasıl sağlıyordunuz?"

"Paris'te bir kitapçıda çalışıyordum," dedim. "Ortalama büyüklükteydi, ama sadık müşterileri vardı. Hiç durgun bir günümüz olmazdı."

"Peki işten keyif alıyor muydunuz?"

"Hem de çok."

"Sebebi neydi peki?"

"Huzurluydu," diye karşılık verdim. "Hep meşgul olmama rağmen, ortamda ziyadesiyle hoşuma giden bir sükûnet vardı"

"Güzel, burada da işler böyle yürür," dedi neşeyle. "Hoş ve sessizdir, ama bir alay ağır iş vardır. Peki Fransa'dan önce? Sanırım Avrupa'yı baştan başa dolaştınız?"

"Pek sayılmaz, efendim," diye itiraf ettim. "Fransa'dan önce Rusya'daydık."

"İhtilalden kaçtınız öyleyse?"

"1918'de Rusya'dan ayrıldık," dedim. "İhtilalden bir yıl sonra."

"Yeni rejimden pek hoşlanmadınız sanırım?"

"Hayır efendim."

"Çok da haklıydınız," dedi, dudakları hoşnutsuzlukla hafifçe kıvrıldı. "Lanet olası Bolşevikler. Çar, Kral George'un kuzeniydi, biliyor muydunuz?"

"Evet, duymuştum efendim," diye karşılık verdim.

"Ve eşi, Çar Hanım, Kraliçe Victoria'nın torunuydu."

Bu hürmetsizliğini özenle düzelterek, "Çariçe," dedim.

"Dediğiniz gibi olsun. Bana sorarsanız, büyük bir küstahlık. O pis âdetlerini Avrupa'ya yaymadan önce icaplarına bakılmalı. O Lenin denen çocuk eskiden burada, kütüphanede çalışırdı, biliyorsunuzdur herhâlde?"

Tek kaşım hayretle havaya kalktı. "Hayır, bilmiyordum," dedim.

"Sizi temin ederim ki doğru," dedi kuşkumu sezerek. "Sanırım 1901 ile 1902 yılları arasında. Benim zamanımdan epey önce. Selefim anlatmıştı bana da. Dediğine göre, Lenin her sabah saat dokuz gibi gelir, öğle vakti karısı gelip onu devrimci gazetelerini yayıma hazırlaması için sürükleyerek götürene kadar da kalırmış. Sürekli kahve mataralarını yürütmeye uğraşırmış ama onu enselermişiz. Neredeyse bu yüzden hapse girecekmiş. Sırf bundan bile ne menem bir adam olduğunu anlayabilirsiniz." Aniden öne doğru eğilip gözlerini üzerime dikerek, "Siz Bolşevik değilsiniz, değil mi Bay Jahmenev?" diye sordu.

Delici bakışlarına karşılık veremeyip gözlerimi yere indirdim ve başımı iki yana sallayarak, "Hayır efendim," dedim. Ayaklarımın altındaki mermer zeminin sergilediği zenginlik beni şaşırttı. Böyle ihtişamlı şeyleri ardımda bıraktığımı sanıyordum. "Hayır, kesinlikle Bolşevik değilim."

"Nesiniz peki? Leninist mi? Troçkist mi? Çar yanlısı mı?"

Gözlerimi yerden kaldırıp, "Hiçbiri efendim," diye karşılık verdim. Şimdi yüzümde kararlı bir ifade vardı. "Ben hiçbir şey değilim. Yalnızca ülkenize yeni gelmiş, namuslu bir iş arayan bir adamım. Ne siyasi bir görüşün mensubuyum ne de böyle bir arayış içerisindeyim. Sakin bir hayat sürmekten, ailemi temiz ve dürüst yollarla geçindirebilmekten başka bir arzum yok."

Sözlerimi birkaç saniyeliğine sessizce tarttı; karşısında kendimi biraz fazla mı alçalttım diye endişelendim, ama bu cümleleri Bloomsbury'ye doğru yürürken, işe kabul edilmek için önceden kafamda hazırlamıştım ve muhtemel bir işvereni memnun edecek kadar mütevazı sözler olduğunu düşünüyordum. Bir hizmetkâr gibi görünmeme neden olmaları umurumda değildi. İşe ihtiyacım vardı.

Nihayet başını öne doğru sallayarak, "Pekâlâ Bay Jahmenev," dedi. "Sanırım size bir şans vereceğiz. Başlangıçta bir deneme süresi, diyelim ki altı hafta; bu sürenin sonunda birbirimizden memnun kalırsak eğer, o zaman sizi kalıcı kadroya alıp almayacağımıza bakarız. Nasıl, sizin için uygun mu?"

Gülümseyerek, "Minnettarım efendim," dedim. Kadirşinaslık ve dostluk göstermek niyetiyle elimi uzattım. Sanki cüretkâr bir tavır sergilemişim gibi, bir an tereddüte düştü ve ardından beni, bilgilerimin kaydedileceği ve genel hatlarıyla yeni sorumluluklarımın anlatılacağı başka bir odaya götürdü.

Çalışma hayatımın sonuna kadar Britanya Müzesi'ndeki görevimde kaldım ve emekli olduktan sonra da hemen her gün oraya gitmeye devam ettim. Bir zamanlar silip temizlediğim masalarda, okuduğum, araştırdığım ve kendimi yetiştirdiğim saatler geçirdim. Orada kendimi emniyette hissediyordum. Kendimi o duvarların arasında olduğu kadar güvende hissettiğim başka hiçbir yer yoktu dünyada. Ömrüm, gelip beni, ikimizi bulacakları ânı bekleyerek geçti, ama galiba artık kurtulduk. Artık bizi ancak Tanrı ayırabilir.

Hiçbir zaman sizin deyiminizle modern bir erkek olmadığım doğru. Zoya'yla geçen hayatım, uzun süren evliliğimiz geleneksel bir evlilik hayatıydı. İkimiz de çalışıyorduk ve akşam eve hemen hemen aynı saatlerde dönüyorduk, ama yemeğimizi pişiren, çamaşır, temizlik gibi ev işleriyle ilgilenen oydu. Ona yardım edebileceğim düşünülmedi bile. O yemek yaparken ben ateşin karşısına geçip kitap okurdum. Uzun romanları, destanları severdim ve çağdaş romana da biraz vakit ayırırdım. Lawrence okumayı, bunu yapmanın çok cüretkâr göründüğü zamanlarda denedim, ama dilinde tökezledim. O ağırbaşlı, iyi niyetli Schegel kardeşleri, özgür düşünceleri olan Bay Emerson'ı, delişmen Lili Herriton'ı daha cazip buluyordum. Ara sıra fazlaca etkilenip dokunaklı bir pasajı yüksek sesle okurdum. Zoya ter içindeki başını, kızarttığı domuz pirzolalarından kaldırıp elinin tersini alnına dayar ve sanki odada olduğumu bile unutmuş gibi bitkince, "Ne var Georgi? Ne diyorsun?" diye sorardı. Evin çekip çevrilmesine daha fazla katkıda bulunmamış olmam yanlış görünüyor olabilir, ama o zamanlar aile hayatı öyleydi. Yine de yapmadıklarım için hâlâ pişmanım.

Aslında hayatımın bu kadar muhafazakâr olmasını istememiştim. Birlikte geçen altmıştan fazla yılda, anne babalarımızın gölgelerinden kaçamadığımız ve kendi hayat tarzımızı yaratamadığımız hakikatine içerlediğim kısacık anlar olurdu. Ama Zoya, belki de kendi çocukluğu ve yetiştirilme tarzı yüzünden, komşularımızın ve ahbaplarımızın hayatlarıyla tıpatıp aynı bir yaşam kurmaktan fazlasını arzulamazdı.

Huzur isterdi, anlayacağınız.

Çoğunluğa dâhil olmak isterdi.

Bir keresinde bana, "Sadece huzur içinde yaşayamaz mıyız?" diye sormuştu. "Huzurlu ve mutlu, başkaları gibi davranarak? Böylece kimse bizi fark etmez."

Yuvamızı Holborn'da, yazar Charles Dickens'ın bir süre oturduğu Doughty Sokağı'nın yakınında kurduk. Müzeye gidip gelirken günde iki kere Dickens'ın evinin önünden geçerdim ve kütüphanedeki işim sayesinde romanlarına aşinalaştıkça, onun üst kattaki çalışma odasında oturmuş, *Oliver Twist*'in o kendine has cümlelerini ustalıkla yazdığını gözümde canlandırmaya çalışırdım. Yaşlı bir komşumuz, bir keresinde, annesinin iki yıl boyunca her gün Bay Dickens'ın evini temizlediğini ve yazarın, o romanının ön sayfasını imzaladığı bir kopyasını annesine hediye ettiğini söylemişti. Kadın kitabı salonundaki rafa koymuştu.

Komşu kadın, dudaklarını büzüp takdirle başını sallayarak, "Çok temiz adamdı," dedi. "Annem hep böyle söylerdi. Tertip hususunda pek titizdi."

Sabah rutinim hiç değişmezdi. Saat altı buçukta uyanır, yıkanıp giyinir ve yedi olduğunda, Zoya'nın hazırladığı çay, kızarmış ekmek ve iki yumurtadan mükellef çılbırın, masanın üstünde beni beklediği mutfaktan içeri girerdim. Kabuksuz yumurtanın oval şeklini muhafaza etmek için mucizevi bir pişirme tekniği vardı; yumurta, akıyla sarısını kaynayan suyun içine daldırmadan önce, çırpma teliyle suda bir hortum yaratırdı. Ben kahvaltımı yaparken pek konuşmazdık, ama Zoya masada, yanımda oturur, çayım azaldıkça kupama çay doldurur, bitirdiğim anda tabağımı alıp musluğun altında yıkardı.

Hava nasıl olursa olsun, biraz egzersiz yapmak amacıyla müzeye yürümeyi tercih ederdim. Gençken fiziğimle gurur duyar ve formumu korumak için çok çaba harcardım; orta yaşa gelirken aynadaki yansımama olan hayranlığım da azaldı. İşe bir evrak çantasıyla giderdim. Zoya her sabah çantaya, o sıralar okuduğum romanla birlikte iki sandviç ve bir de meyve koyardı. Bana öyle iyi bakardı ki, bunlar her gün tekrarlandığı için, nezaketi hakkında bir iki söz söylemeyi ya da teşekkür etmeyi nadiren akıl ederdim.

Belki tüm bunlar beni, eski kafalı bir mahlûk, karısından mantıksız talepleri olan bir zorba gibi gösteriyordur.

Fakat hiçbir şey hakikate bundan daha uzak olamaz herhâlde.

Aslında 1919 sonbaharında Paris'te evlendiğimizde, Zoya'nın kendini, bana hizmet edeceği bir konuma koyması fikrine tahammül edemiyordum.

"Ama ben sana hizmet etmiyorum ki," derdi ısrarla. "Seninle ilgilenmek bana zevk veriyor Georgi, anlamıyor musun? Çamaşır yıkamak, yemek pişirmek ve kendi evimi çekip çevirmek gibi özgürlüklerim olacağını, başka kadınların yaptıklarını yapabileceğimi hayal bile edemezdim. Lütfen beni başkalarının doğal gördüğü şeylerden mahrum etme."

"Başkalarının şikâyet ettikleri şeyler," derdim gülümseyerek.

"Lütfen Georgi," derdi. İsteğine razı gelmekten başka ne yapabilirdim? Yine de huzursuzluğum birkaç yıl devam etti, ama zaman ilerledikçe ve Tanrı bize bir evlat bahşedince alışkanlıklar baskın çıktı ve başlangıçtaki rahatsızlığımı unuttum. Bu düzen bize uymuştu, tek söyleyebileceğim bu.

Birlikte geçirdiğimiz yıllar boyunca bana öyle iyi bakmıştır ki, şimdi evimizde bir başımayken temel ihtiyaçlarımla başa çıkamadığımı görüyor ve bundan utanıyorum. Yemek pişirmekten hiç anlamadığım için her sabah kahvaltıda kepek ve yulaf gevreği ile süt ilave ederek ıslattığım kuşüzümünü yiyorum. Öğle yemeğimi ise saat birde, hastaneye yaptığım günlük ziyaret esnasında, küçük bir plastik masada; soluk mavi, neredeyse yakışıksız önlükleriyle doktor ve hemşirelerin yan yana sigara tüttürdükleri bakımsız hastane bahçesine karşı, tek başıma yiyorum. Yemekler tatsız tuzsuz ama karnımı doyuruyor ve yemekten de beklediğim bu zaten. Basit İngiliz yemekleri. Et ve patates. Tavuk ve patates. Balık ve patates. Bir gün menüde patates ve patates görmeyi hayal ediyorum. Kimse en ufak bir tepki göstermez.

Doğal olarak, benim gibi ziyaretçileri; onca yıldır ilk kez en sevdikleri insandan mahrum kalmış, koridorlarda dehşetli bir yalnızlık içerisinde dolaşan refakatçi dulları tanımaya başladım. Artık bazılarımız, başlarıyla selamlaşacak kadar aşina oldu birbirine. Birbirlerine ümitlerini ya da hayal kırıklıklarını anlatmaktan hoşlananlar da var, ama ben sohbetten uzak duruyorum. Buraya ahbaplık etmek için gelmiyorum. Ben sadece karım Zoya için, sevgili Zoya'm için buradayım; başucunda oturmak, elini tutmak, kulağına fısıldamak, ona yalnız olmadığını hissettirmek için.

Saat altıya kadar hastanede kalıyorum, sonra yanağından öpüp elimi bir saniyeliğine omzuna koyuyor ve ertesi gün döndüğümde hâlâ hayatta olması için içimden dua ediyorum.

Haftada iki kere, benimle biraz zaman geçirmek için torunumuz Michael geliyor. Annesi, kızımız Arina, işten evine dönerken bir arabanın altında kalıp vefat etti; otuz altı yaşındaydı. Onun yokluğunun açtığı yaranın izi hiç iyileşmedi. Zoya nihayet hamile kaldığında çocuk sahibi olamayacağımıza kanaat getireli öyle uzun zaman olmuştu ki, bunun bir mucize, Tanrı'nın bir hediyesi olduğunu düşünmüştük. Belki de bize, kaybettiğimiz ailelerin yerini doldurması için bahşedilen bir mükâfattı.

Ve sonra Tanrı onu bizden aldı.

Annesi öldüğünde Michael daha küçücük bir çocuktu; düşünceli ve saygıdeğer bir adam olan babası, damadımız, kayınpederi ve kayınvalidesiyle ilişkisini devam ettirdi. Bütün oğlan çocukları gibi, elbette Michael'ın da görünüşü, çocukluğu boyunca, ailenin hangi tarafına daha çok çektiğine asla karar veremediğimiz bir raddeye kadar sürekli olarak değişti. Ama artık erkeklik çağına eriştiğinden, görüyorum ki fazlasıyla Zoya'nın babasını andırıyor. Bence Zoya da benzerliği mutlaka fark etmiştir, ama hiç sözünü etmedi. Başını çevirişinde, bize gülümsemesinde, kaşlarını çattığı zaman alnında oluşan çizgilerde, özgüven ve kararsızlık yansıtan o kahverengi gözlerinin derinliklerinde bir şey var. Bir gün, güneşli bir akşamüstü, üçümüz Hyde Park'ta yürüyorduk. Küçük bir köpek koşarak yanımıza geldi. Michael dizlerinin üzerine çöküp yavruyu kucakladı ve köpeğin, anlamsız ve keyifli sesler çıkararak yüzünü yalamasına izin verdi. Başını kaldırıp, onun üzerine titreyen büyükannesi ile büyükbabasına güldüğünde, eminim ki ikimiz de o ani ve beklenmedik benzerliğe bayılmıştık. Çok huzursuz ediciydi; zihinlerimize öyle çok hatıranın üşüşmesine neden olmuştu ki, aramızdaki sohbet ânında resmîleşti. Yoksa o hoş akşamüstü mahvolabilirdi.

Michael, aktörlük eğitimi aldığı Kraliyet Sahne Sanatları Akademisi'ndeki ikinci yılında. Bu beni şaşırtan bir durum, çünkü sessiz ve çekingen bir çocuktu. Ergenlik çağında somurtkan ve içine kapanıktı; şimdi, yirmi yaşındayken, dışa dönük kişilere has, ondan hiç ummadığımız bir oyunculuk kabiliyeti sergiliyor. Geçen yıl, böyle şeylerden keyif alamayacak kadar hastalanmadan önce Zoya'yla birlikte, öğrencilerin sahnelediği, Bernard Shaw'a ait *Binbaşı Barbara* oyununa gittik. Michael, genç âşık Adolphus Cusins rolündeydi. Oldukça etkileyici olduğunu düşünmüştüm. Rolünde inandırıcıydı. Hatta aşk hakkında biraz bir şeyler biliyor gibiydi ki bu beni memnun etti.

Oyundan sonra onu tebrik etmek için lobide beklerken, Zoya'ya, "Olmadığı biriymiş gibi yapmakta çok başarılı," dedim. Söz ağzımdan çıkarken bile bunu bir iltifat olarak söyleyip söylemediğimden emin değildim. "Nasıl beceriyor, bilmem."

Beni şaşırtarak, "Ben biliyorum," dedi, ama ben karşılık veremeden Michael bizi bizzat Binbaşı Barbara'yla, piyesteki nişanlısını oynayan ve sonradan sahne dışında da kız arkadaşı olduğu meydana çıkan Sarah adında genç bir hanımla tanıştırdı. Güzelce bir kızdı, ama neden sevgilisinin yaşını başını almış iki akrabasıyla ayaküstü sohbet etmeye zorlandığına pek akıl erdirememiş gibi bir hâli vardı; belki buna biraz da sinirlenmişti. Konuşmamızın başından sonuna kadar, bana sanki Zoya ile beni küçümsercesine konuşuyormuş, sanki bir şekilde, yaşla aptallık arasında bir ilişki olduğu fikrindeymiş gibi geldi. On dokuz yaşındaki bu kız, dünyanın nasıl berbat bir yer olduğu ve her şeyin suçlusunun Bay Reagan ile Bay Brejnev olduğu konusunda ahkâm kesip durdu. Bana, başbakanlık konutunun basamaklarında durup Assisili Aziz Francis'ten alıntı yapan Thatcher adındaki o korkunç kadını hatırlatan, sert, küçümser bir ses tonuyla, başkan ile genel sekreterin emperyalist projeleriyle gezegeni yok edeceklerini söyledi ve havai bir bilgiçlikle, sadece öğrenci dergilerinden okuyup öğrendiği ve bize nutuk çekebileceğini zannettiği silahlanma yarışından ve soğuk savaştan söz etti. Göğüslerini hiç saklamayan beyaz bir tişört giymişti; üstünde, damlıyormuş gibi görünen kan kırmızı harflerle bir kelime, *Solidarność*[3] yazılıydı. Beni oraya bakarken –yeminler olsun ki yazıya, göğüslerine değil– yakalayınca, Polonyalı tersane işçisi Bay Walesa'nın kahraman kişiliği hakkında vaaza başladı. Kendimi düpedüz aşağılanmış, hatta hakarete uğramış hissettim, ama Zoya sükûnetimi korumamı sağlamak için koluma girdi ve sonunda Binbaşı Barbara bizimle tanışmanın ne harika olduğunu, ne kadar da sevimli olduğumuzu belirttikten sonra, acayip makyajlar yapmış ve hiç kuşkusuz kendisi gibi dikkafalı gençlerden oluşan insan denizinin içine dalarak gözden kayboldu.

Michael'a kız hakkında atıp tutmadım elbette. Âşık bir delikanlı olmanın ne demek olduğunu bilirim. Hatta âşık bir ihtiyar olmanın da. Bazen bu muhteşem oğlanın artık bedensel zevkleri yaşadığı gerçeğini düşünmek bana garip geliyor; tek arzusunun, kucağımda oturup bana masal okutmak olduğu günler daha dün gibi.

Birkaç günde bir mutlaka hastaneye, büyükannesini görmeye gelir. Ziyaretleri konusunda çok özenlidir. Bir saat onun yanında oturur, sonra yanıma gelip yalanlar söyler; Zoya'nın çok daha iyi göründüğünü, birkaç saniyeliğine kendine geldiğini, doğrulup onunla konuştuğunu, ayık ve eskisi gibi olduğunu, eve dönecek

3 Lehçede "dayanışma" anlamına gelir. Aynı zamanda, Polonya'daki tersane işçileri tarafından 1980 yılında kurulan sendikanın adıdır. [E.N.]

kadar iyileşmesinin yalnızca bir an meselesi olduğunu anlatır. Kimi zaman gerçekten bunlara inanıyor mu, yoksa bunlara inanacak kadar aptal olduğumu ve yaşlı, bunak kafama böyle inanılmaz, olmayacak fikirler sokarak bana büyük bir iyilik yaptığını mı sanıyor diye düşünürüm. Gençlerin, yaşlılara karşı böyle münasebetsiz tavırları vardır; kasten değilse de beyinlerimizin hâlâ işlediğine inanmayı reddettiklerinden böyle şeyler yaparlar. Öyle ya da böyle, haftada iki üç kere bu komediyi oynarız. O bunları söyler, ben de dediklerine katılırım, Zoya iyileşince üçümüz –dördümüz– birlikte yapacaklarımızdan konuşuruz; sonra o saatine bakar, ne kadar geç olduğuna şaşırmış gibi yapar, başımdan öpüp, "Birkaç gün sonra görüşürüz, büyükbaba. Bir şeye ihtiyacın olursa ara beni," der, kapıdan çıkar; uzun, ince, adaleli bacaklarıyla basamaklardan sıçrayarak iner, neredeyse aynı anda yoldan geçen bir otobüse atlayıverir ve bütün bunlar bir dakika içinde olur.

Gençliği kıskandığım anlar oluyor, ama üstünde durmamaya çalışıyorum. Yaşlı bir adam, yerini alması için gönderilen kişilere içerlememeli; üstelik genç, sağlıklı ve diri olduğum zamanları hatırlamak, hiçbir amaca hizmet etmeyen, mazoşistçe bir şey. Bana öyle geliyor ki Zoya ve ben hâlâ sağ olsak bile, hayatım çoktan sona erdi. Yakında Zoya'mı benden alacaklar ve onsuz yaşamaya devam etmek için hiçbir nedenim kalmayacak. Yani biz biriz. Biz Georgi-ve-Zoya'yız.

Zoya'nın doktorunun adı Joan Crawford. Gerçekten, şaka değil. Tanıştığımız zaman, anne babasının, üstüne neden böyle bir yük yüklediklerini düşünmeden edememiştim. Yoksa bu isim evliliğinin bir sonucu muydu? Doğru adama âşık olmuştu da isim konusunda mı işler karışmıştı? Bu benzerliği dile getirmedim tabii. Zannederim ki bütün hayatı böyle aptalca yorumlarla geçmiştir.

Tesadüfe bakın ki ünlü aktrisle bazı fiziksel benzerlikleri de var; aynı gür, koyu renk saçlar, hafif kavisli kaşlar ve benzerliği vurgulamak için takındığından şüphelendiğim hâl tavır; çocuklarını tel elbise askısıyla dövüp dövmediği ise varsayıma açık tabii ki. Alyansı genellikle parmağındadır ama bazen takmadığı olur. Takmadığı zamanlarda da aklı karışık kimseler gibi davranır ve ben de kendimi, özel hayatının onun için bir hayal kırıklığı kaynağı olup olmadığını düşünürken bulurum.

Neredeyse iki haftadır Doktor Crawford'la konuşmadım. Zoya'yı ziyaret etmeden önce, antiseptik kokan beyaz koridorlarda dolaşıp doktorun odasını aradım. Daha önce birkaç kere gelmiştim tabii, ama onkoloji bölümü bana aşılması zor bir yermiş gibi geliyor. Zaten hastane başlı başına bir labirent ve yanımdan, ellerindeki dosyalara, çizelgelere bakarak, elmalardan, yarısı yenmiş sandviçlerden ısırıklar alarak telaşla geçen genç adam ve kadınlardan biri bile yardım teklif etmeye meyilli görünmüyor. Ama nihayet kendimi odasının kapısı önünde buluveriyorum, nazikçe tıklatıyorum. Cevap vermeden –asabi bir "Evet?"– önce sanki asırlar geçiyor; özür dilercesine gülümseyip yaşlılara has nezaketimle onu yumuşatacağımı umarak kapıyı birazcık aralıyorum.

"Doktor Crawford," diyorum, "Sizi rahatsız ettiğim için özür dilerim."

"Bay Jahmenev," diyor, adımı bu kadar çabuk hatırlaması beni etkiliyor; yıllardır adımı ya hatırlamakta ya da telaffuz etmekte zorlanan birçok kişiyle karşılaştım. Adımı söylemeyi kendilerine yakıştıramayanlar da oldu. "Beni hiç de rahatsız etmiyorsunuz. Lütfen içeri gelin."

Bugün beni bu kadar hoş karşılamasından memnun hâlde içeri giriyorum. Verecek güzel haberleri olabileceği ümidiyle şapkam elimde oturuyorum. Yüzükparmağına göz atmadan edemiyorum ve bugünkü güler yüzlülüğü, güneş ışığı vurdukça bana göz kırpan parlak altın halkanın işi mi diye düşünüyorum. Beni karşılarken fark edilir biçimde gülümsüyor, ben de biraz şaşkın ona bakıyorum. Ne de olsa burası kanser kliniği. Bu kadın sabahtan akşama kadar kanser hastalarını tedavi ediyor, onlara korkunç şeyler söylüyor, dehşet verici ameliyatlar yapıyor, hastalar bu dünyadan ayrılıp diğerine giderken verdikleri mücadeleyi izliyor. Bu kadar mutlu görünmesinin sebebini anlayamıyorum.

Başını hızlı hızlı iki yana sallayarak, "Affedersiniz Bay Jahmenev," diyor. "Beni affedin. Bu güzel kıyafetinize hayran kaldım da. Sizin kuşağınızın erkekleri her zaman takım elbise giyiyorlar, değil mi? Artık şapka takan erkeklere pek rastlamıyorum. Şapkaları özlemişim."

Bu sözleri nasıl yorumlamam gerektiğinden emin olamayarak üstümdekilere bakıyorum. Ben böyle giyinirim işte, her zamanki giyim tarzım. Kuşaklarımız arasındaki farkı umursadığımdan emin değilim ama ondan neredeyse kırk yaş büyük olduğum da doğru. Cidden de Doktor Crawford, kızımız Arina yaşasaydı onunla aynı yaşlarda olacaktı.

Bu hoş sözleri bir kenara bırakıp, "Karım hakkında bir şeyler sormak istemiştim," diyorum. "Zoya'yı soracaktım."

Hemen, "Tabii," diyor, tamamıyla mesleki tavrını takınmış hâlde. "Ne öğrenmek istiyordunuz?"

Soracaklarımı dün öğleden sonra hastaneden çıktığımdan bu yana aklımda tasarlıyor olmama rağmen, şu an ne yapacağımı bilmez hâlde olduğumu hissediyorum. Dile gelebilecek, doğru sözleri bulabilmek için zihnimi yokluyorum. Sonunda ağzımdan çıkanlar, "Durumu nasıl?" oluyor; bir araya gelerek oluşturdukları sorunun müthiş ağırlığını taşımakta kifayetsiz kalan iki kelime.

"Şu anda rahat, Bay Jahmenev," diye karşılık veriyor; sesi biraz yumuşuyor. "Ama bildiğiniz gibi tümör ileri aşamada. Size yumurtalık kanserinin seyrinden bahsetmiştim hatırlarsanız?"

Başımı öne doğru sallıyorum, ama gözlerinin içine bakamıyorum. Hiç olmadığını bildiğimiz zamanlarda umuda nasıl da sıkı sıkı sarılırız! Zoya'yla birlikte yaptığımız birkaç görüşmede, hastalığın dört safhasını ve kaçınılmaz sonunu uzun uzun anlatmıştı. Yumurtalıklardan ve tümörlerinden, rahimden, fallop tüplerinden, pelvisten söz etmiş; *peritoneal lavaj*, *metastaz*, *paraaortik lenf nodu* gibi benim kavrayışımın ötesinde ifadeler kullanmıştı. Ama dinlemiştim, yerinde sorular sormuş ve anlayabilmek için elimden geleni yapmıştım.

"Evet, bu noktada elimizden gelen Zoya'nın ağrısını mümkün olduğu kadar uzun süre kontrol altında tutmaya çalışmak. Aslında onun yaşındaki bir hanıma göre, ilaçlara son derece iyi cevap veriyor."

"Her zaman çok güçlü biri olmuştur," diyorum.

"Bunu görebiliyorum," diyor. "Kesinlikle, meslek hayatımda karşılaştığım en azimli hastalardan biri oldu."

"Oldu" ifadesini kullanması hiç hoşuma gitmiyor. Şimdiden mazi olmuş bir şeyi ya da birini ima ediyor. Bir zamanlar var olan ama artık olmayan birini.

Cümlemi tamamlamaya gönülsüz bir şekilde, "Acaba eve gelemez mi..." diyecek oluyorum. Başımı kaldırıp ümitle Doktor Crawford'a bakıyorum, ama o, başını iki yana sallayarak reddediyor.

"Onu hareket ettirmek kanserin ilerleyişini hızlandıracaktır," diyor bana. "Bünyesinin bu travmayı atlatabileceğini sanmam. Zor olduğunu biliyorum Bay Jahmenev, ama..."

Artık gerisini dinlemiyorum. Çok hoş bir hanım, işinin ehli bir doktor, fakat boş laf dinlemeye de konuşmaya da ihtiyacım yok.

Bunun hemen ardından odasından çıkıp hasta koğuşuna dönüyorum. Zoya uyanık, ağır ağır nefes alıyor. Etrafı makinelerle çevrili. Kablolar geceliğinin kollarından içeri sokuluyor; tüpler, yatak örtüsünün kaba kılıfının altından solucan gibi kıvrılarak ilerliyor, kendilerine bilmediğim yerlerden giriş yolları buluyor.

Eğilip alnından öperken, "*Duşa,*" diyorum; dudaklarımın bir an için yumuşak, incecik teninde kalmasına izin veriyorum. *Sevgilim.* O tanıdık kokusunu içime çekiyorum; bütün hatıralarım sarılıp sarmalanmış bu kokunun içinde. Gözlerimi kapayıp her yerde olabilirim. 1970. 1953. 1915.

"Georgi," diye fısıldıyor, adımı söylemek bile onun için zahmetli bir çaba. Yanına oturup elini ellerimin arasına alırken ona enerji harcatmamak için eğiliyorum. Bu sırada parmakları benimkileri sımsıkı sarıyor ve bir an, kuvvetini hâlâ bu kadar toplayabilmesine şaşırıyorum. Ama böyle düşündüğüm için kendimi ayıplıyorum; tanıdığım, bildiğim hangi insanın gücü Zoya'nın gücüyle boy ölçüşebilir ki? Ölü ya da diri, kim bu kadarına katlanabilir ve yine de hayatta kalabilir? Kendi zayıf düşmüş bedenimde kuvvet namına kalan ne varsa ona aktarabilmek ümidiyle, ben de onun parmaklarını sıkıyorum ve hiç konuşmuyoruz, sadece birbirimizin yanında oturuyoruz; tıpkı bir ömür boyu yaptığımız gibi, birlikte olmaktan mutlu, bir olmaktan mesut.

Elbette, hep böyle yaşlı ve güçsüz değildim ben. Beni Kaşin'den çıkaran, gücümdü. Her şeyden önemlisi, beni Zoya'ya getiren de oydu.

Kaşin Prensi

Kaşin'in dışında başka bir dünyanın varlığından bana ilk söz eden, ablam Asya'ydı.

O, saf dargörüşlülüğümde bir gedik açtığında daha dokuz yaşındaydım. Asya da on birindeydi ve galiba, cinsellik güdüsü ortaya çıkmadan ve dikkat başka yere yönelmeden önce, küçük kardeşin en yakınındaki dişinin güzelliği ve gizemiyle büyülendiği gibi, ona birazcık da âşıktım.

Asya ve ben her zaman çok yakındık. Kendinden bir yıl sonra, benden bir yıl önce doğan Liska'yla durmadan kavga ederdi; en küçük kız kardeşimiz Talya'ya da tahammül edemezdi, ama ben onun evcil hayvanı gibiydim. Beni giydirip kuşatır, temizler ve babamızın en beter taşkınlıklarından sakındığımdan emin olurdu. Şansına, annemiz Yulia'nın mizacını değil, güzel yüz hatlarını almıştı ve bunun nimetlerinden de en iyi şekilde yararlanırdı. Bir gün saçlarını örer, ertesi gün ensesinden toplar, çok hevesli olduğu zamanlarda *kosnik*ini[4] çözer, gevşekçe omuzlarından sarkıtırdı. Yüzüne canlılık versin diye olgun eriklerin suyuyla yanaklarını ovar, elbisesinin eteklerini ayak bileklerinden yukarı kıvırıp iğnelerdi ki bu babamın

4 Geleneksel Rus giyim kuşamında, ip ya da kurdele yardımıyla saça bağlanan gösterişli bir süs eşyası. [E.N.]

akşam geç saatlerde ona, gözlerinin siyahlığında derinleşen arzu ve küçümseme karışımı bir ifadeyle dik dik bakmasına neden olurdu. Köyümüzdeki diğer kızlar kendini beğenmişliği yüzünden onu hor görürlerdi, ama aslında kıskandıkları şey Asya'nın kendine duyduğu güvendi. Büyümeye başlayınca, orospu olduğunu, onu isteyen her erkeğe, her oğlana bacaklarını açtığını söylediler, ama hiçbirine aldırmadı. Bütün sataşmalara, taşın üstünden akıp giden su gibi, öylece gülüp geçti.

Başka bir zamanda, başka bir yerde yaşamalıydı bence. Çok başarılı bir yaşantısı olabilirdi.

Küçük kulübemizin, yatak odası, mutfak ve oturma odası vazifesi gören köşesindeki sobanın başında otururken ona, "Peki ama nerede bu başka dünya?" diye sordum. Günün o vaktinde annemizle babamız ırgatlıktan eve dönmekte olurlar, kendilerine yemek hazırlamış olmamızı beklerler, hazırlamamışsak bize memnuniyetle bir temiz sopa çekerlerdi. Asya, tenceredeki koyu kıvamlı çorbanın malzemelerini, yani sebzeleri, patatesleri ve suyu karıştırıyordu. Liska dışarıda bir yerdeydi, özellikle kabiliyetli olduğu haylazlıklar peşindeydi. Her zaman en sessizimiz olan Talya bir saman yığınında yatmış, el ve ayak parmaklarıyla oynuyor, sabırla bizi gözlüyordu.

Köpüklenen karışımdaki bir kabarcığa dikkatle parmağını daldırıp tadına bakarken, "Buradan çok uzakta Georgi," dedi. "Ama orada insanlar buradaki gibi yaşamıyorlar."

"Yaşamıyorlar mı?" diye sordum, farklı bir yaşam tarzını tasavvur bile edemiyordum. "Nasıl yaşıyorlar peki?"

Sanki sahip olduğumuz koşullardan utanmamız gerekiyormuş gibi, neredeyse özür dilercesine itiraf etti: "Şey, bazıları fakir tabii, bizim gibi. Ama pek çoğu büyük bir ihtişam içinde yaşar. Bunlar, ülkemizi büyük bir ülke yapan insanlardır Georgi. Evleri taştan yapılmıştır; burası gibi tahtadan değil. Canları çektiğinde yemek yerler, hem de mücevher kaplı tabaklardan. Yiyecekleri, bütün hayatlarını sanatlarında ustalaşmakla geçirmiş aşçılar tarafından özel olarak pişirilir. Ve hanımlar, yalnızca arabalarla seyahat ederler."

Başımı ona doğru çevirirken burnumu kırıştırarak, "Arabalar mı?" diye sordum. Bu kelimenin ne manaya geldiğinden emin değildim. "Nedir bu araba denen şey?"

İçini çekerek, "Arabaları atlar çeker," dedi, sanki cehaletim sırf onu sinirlendirmek için yaratılmıştı. "Şeye benzerler... Ay, nasıl diyeyim? Tekerlekli bir kulübe düşün, insanlar onun içinde oturup rahat rahat bir yere gidebiliyorlar. Gözünde canlandırabiliyor musun Georgi?"

Kesin bir tavırla, "Hayır," dedim, çünkü bu hem akıl almaz hem de korkutucu bir fikirdi. Başımı çevirdim, midemin açlıktan kazınmaya başladığını hissettim ve içimden annemle babam dönmeden şu çorbadan bir iki kaşık almama izin verir mi diye geçirdim.

Sakince, "Bir gün öyle bir arabada yolculuk yapacağım," dedi, tencerenin altındaki ateşi bir sopayla dürttü; herhâlde henüz tutuşmamış ve birkaç dakika daha ısıtmaya ikna edilmesi gereken küçük bir kömür ya da çırpı parçası bulmayı umuyordu. "Sonsuza dek Kaşin'de kalmaya niyetim yok."

Hayranlıkla başımı iki yana salladım. O, bildiğim en zeki insandı, çünkü başka dünyalardan ve hayatlardan haberdar olması beni hayrete düşürüyordu. Bence, gelişmekte olan hayal gücümü ve dünya hakkında daha çok şey öğrenme arzumu körükleyen şey, Asya'nın bilgiye duyduğu açlıktı. Böyle şeyleri nereden öğreniyordu bilmiyordum ama günün birinde Asya'nın benden ayrılacağını düşünmek beni üzüyordu. Paylaştığımızın haricinde bir hayat kurmak isteyebilmesi gönlümü yaralıyordu. Kaşin karanlık, sefil, pis kokulu, sağlıksız, murdar, iç karartıcı, harabe bir köydü; evet öyleydi. Ama şu âna kadar yaşanacak daha iyi bir yer olabileceği aklımın ucundan dahi geçmemişti. Ne de olsa köy sınırlarının birkaç kilometre ötesi dışında başka bir yere hiç ayak basmamıştım.

Bir saniye sonra, en mahrem sırrını açmak üzereymiş gibi heyecan içinde öne eğilip, "Bundan kimseye bahsetme sakın Georgi," dedi. "Ama büyüyünce, Saint Petersburg'a gideceğim. Hayatımı orada kurmaya karar verdim." Bunu söylerken sesi daha da canlandı; soluk soluğa kaldı, hayalleri mahrem düşüncelerinin ıssızlığından, sözcükler dünyasının gerçekliğine çıkıyorlardı.

Başımı iki yana sallayarak, "Ama yapamazsın," dedim. "Orada yalnız kalırsın. Saint Petersburg'da kimseyi tanımıyorsun ki."

"Başta belki," dedi. Gülüp sevincini bastırmak için eliyle ağzını kapadı. "Ama kısa zamanda zengin bir erkekle karşılaşacağım. Belki de bir prensle. Bana âşık olacak, birlikte bir sarayda yaşayacağız; her işim için bir alay hizmetkârım olacak ve dolaplarım güzel elbiselerle dolup taşacak. Her gün başka mücevher takacağım; opaller, safirler, yakutlar, elmaslar. Balolarda onunla Kışlık Saray'ın taht salonunda dans edeceğiz, sabahtan akşama kadar herkes bana bakacak, hayran kalacak ve keşke onun yerinde biz olsak diyecekler."

İnanılmaz planları olan, tanımanın imkânsız olduğu bu kıza bakakaldım. Her gece, yosunlu çam zeminin üstünde yanımda yatan ve yanaklarında pürüzlü dalların iziyle uyanan ablam mıydı bu? Söylediklerinin tek kelimesini bile anlayamamıştım. Prensler, hizmetkârlar, mücevherler... Böyle şeyler genç zihnime tamamen yabancıydı. Aşk deseniz, o da öyle. Zaten neydi ki o? Bizi ne alakadar ederdi? Akıl erdiremediğimi yüzümden anladı tabii; saçlarımı karıştırıp bir kahkaha koyuverdi.

İki yanağımdan öperek, "Ah Georgi," dedi, sonra da şans getirmesi için bir öpücük de dudaklarıma kondurdu. "Söylediklerimden hiçbir şey anlamadın, değil mi?"

Hemen, "Yoo!" dedim inatla, çünkü cahil olduğumu sanması hiç hoşuma gitmedi. "Tabii ki anladım."

"Kışlık Saray'ı hiç duymadın, değil mi?"

Durakladım. Duydum demek istiyordum, ama dersem sarayı uzun uzadıya anlatmayabilirdi ve hikâyenin şimdiden belli bir cazibesi vardı. Sonunda, "Duydum sanırım," dedim. "Tam olarak hatırlayamıyorum. Hatırlatsana Asya."

"Kışlık Saray, çarın yaşadığı yerdir," diye açıkladı. "Çariçeyle birlikte elbette ve de imparatorluk ailesiyle. Kim olduklarını biliyorsun, değil mi?"

Hızlı hızlı, "Evet evet," dedim, çünkü majestelerinin ve ailesinin adı her yemekten önce, sağlığının, alicenaplığının ve bilgeliğinin daim olması için ettiğimiz duada geçerdi. Dualar yemekten uzun sürerdi. "Salak değilim ya."

"Peki, o zaman çarın evinin nerede olduğunu da bilmen lazım. Ya da evlerinden birinin. Birçok evi var: Çarskoye Selo, Livadya ve Standart[5]."

Tek kaşımı kaldırdım, şimdi gülme sırası bendeydi. Birden fazla ev fikri bana çok saçma gelmişti. İnsan böyle bir şeye neden ihtiyaç duysundu ki? Elbette Çar Nikolay'ın şerefli makamına bizzat Tanrı tarafından getirildiğini, gücünün ve monarşisinin mutlak ve sonsuz olduğunu biliyordum, ama sihirli güçleri de mi vardı? Aynı anda birden çok yerde mi bulunabiliyordu? Saçmaydı bu fikir, ama yine de bir şekilde mümkündü. Ne de olsa o çardı. Tanrı'nın kendisi kadar tanrıydı.

---

5 Çar ve ailesinin hizmetine adanmış imparatorluk yatı. [E.N.]

Birkaç saniye sonra, "Saint Petersburg'a beni de götürecek misin?" diye sordum. Sanki bu yüce onuru benden esirgeyeceğinden korkarmışçasına, sesim alçalıp neredeyse fısıltıya dönüşmüştü. "Gideceğin zaman, Asya, beni arkada bırakmazsın, değil mi?"

Büyüklük gösterir gibi bir tavırla, düşünerek, "Denerim," dedi. "Veya belki de prensle ben yeni evimize yerleşince bizi ziyarete gelebilirsin. Sarayımızın bir kanadını tamamen kendine ayırabilirsin, sana hizmet edecek birtakım uşakların da olur. Hem çocuklarımız da olacak tabii. Bir sürü güzel çocuk; kızlar, oğlanlar. Sen de onlara dayılık edeceksin Georgi. İster misin?"

Güzel ablamı, kraliyet kanı taşıyan bir prensle bile olsa bir başkasıyla paylaşma fikrinin içimde gitgide kıskançlık uyandırmaya başladığını fark etsem de, "Tabii ki," dedim.

İç geçirerek, "Bir gün," dedi; gözleri, ihtişamlı istikbalini, titreşip çıtırdayan alevlerin içinde görebiliyormuş gibi ateşe daldı. O zamanlar kendi de daha çocuktu. Merak ediyorum da, acaba Kaşin'den mi nefret ediyordu, yoksa yalnızca daha güzel bir hayatın özlemini mi çekiyordu?

Bu kadar uzun zaman sonra bu konuşmayı hatırlamak beni üzüyor. Arzularına hiç erişememiş olduğunu düşünmek içimi sızlatıyor. Saint Petersburg'a ve Kışlık Saray'a gitmenin yolunu bulan kişi, Asya olmadı çünkü. Zenginliğin ve lüksün baştan çıkarıcı gücüyle çevrili olmanın nasıl bir his olduğunu öğrenen o olmadı.

Ben oldum. Küçük Georgi.

Çocukluğumda en yakın arkadaşım, ailesi tıpkı benimki gibi nesillerdir Kaşin'de yaşayan Kolek Boryaviç Tanski adında bir oğlandı. Kolek'le pek çok ortak yönümüz vardı. 1899 ilkbaharının sonlarına doğru, birkaç hafta arayla doğmuştuk. Çocukluğumuz, çamur içinde oynayarak, küçük köyümüzün kıyısını köşesini keşfederek, yaramazlıklarımız belayla sonuçlandığında kabahati birbirimize atarak geçti. Ayrıca ikimizin ailesi de kız kardeşlerle doluydu; bana üç tane bahşedilmişken Kolek bunun iki mislini çekiyordu.

Ve ikimiz de babalarımızdan korkuyorduk.

Babam Daniil Vladyaviç ile Kolek'in babası Boris Aleksandroviç, birbirlerini doğduklarından beri tanırlardı; muhtemelen çocukluklarının büyük bölümünü, otuz yıl sonra oğullarının yapacağı gibi, arkadaşlık ederek geçirmişlerdi. Tutkulu adamlardı, ikisi de arzu ve nefretle dopdoluydu, ama siyasi görüşleri hiç uyuşmazdı.

Daniil, doğduğu ülkeye büyük kıymet veriyordu. Körlük derecesinde vatanperverdi; bu hayatın insana, sırf Tanrı'nın yeryüzündeki elçisi olan Rus çarının emirlerine itaat etmesi için verildiğine inanırdı. Ne var ki bana, tek oğluna olan nefreti ve hıncı, üzücü olduğu kadar da akıl sır ermez bir şeydi. Doğduğum andan itibaren beni hep hor gördü. Bir gün çok kısa boyluydum, ertesi gün çok zayıftım, bir başka gün ise çok ürkek ya da çok aptaldım. Öyle ya, soylarının devam etmesini istemek ırgatların tabiatında vardı; asıl muamma, iki kız babası olduktan sonra, hâlâ beni bir hayal kırıklığı olarak görmesiydi. Ama yine de durum buydu işte. Başka türlüsünü görmemiş olsaydım, gözlerimin önünde cereyan eden başka bir örnek olmasaydı, babalar ve oğullar arasındaki ilişkilerin hep böyle kurulduğuna inanarak büyüyebilirdim.

Boris Aleksandroviç oğlunu çok severdi ve onu köyümüzün prensi gibi görürdü ki bence bu, kendisini de kral olarak gördüğü anlamına geliyordu. Kolek'i sürekli över, her gittiği yere yanında götürür ve onu, diğer babaların yaptığı gibi büyüklerin sohbetlerinin dışında bırakmazdı. Fakat Daniil'in aksine, Rusya'yı ve hükümdârlarını eleştirme saplantısını besleyip büyütür, kendi yoksulluğunun ve hayattaki başarısızlığının, tamamen keyfî istekleriyle hayatlarımıza hükmeden otokratların kabahati olduğuna inanırdı.

Birçok vesileyle babama, "Bir gün bu ülkede işler değişecek," derdi. "Kokusunu almıyor musun, Daniil Vladyaviç? Ruslar, böyle bir ailenin hükümrânlığı altında ezilmeye daha fazla katlanmayacaklar. Kendi kaderlerimizin dizginlerini ele almamız şart."

Babam başını iki yana sallayıp, nadiren bahşettiği bir zevk olan ve yalnızca arkadaşının radikal sözlerinin ilham verdiği kahkahasıyla, "Her zamanki devrimci Boris Aleksandroviç," diye karşılık verdi. "Bütün hayatın Kaşin'de tarla sürerek, *kaşa*[6] yiyip *kvas*[7] içerek geçti, ama hâlâ kafan bu fikirlerle dolu. Hiç değişmeyeceksin, değil mi?"

Boris, "Sen de hayatın boyunca *mujik*[8] olmaktan memnun oldun hep," dedi öfkeyle. "Evet, toprağı biz işliyoruz, namusumuzla o topraktan geçiniyoruz, ama çar kadar erkek değil miyiz biz de? Söylesene, neden her şeye o sahip olsun, her şeyde hakkı olsun, her şey onun malı olsun; neden biz ömrümüzü böyle sefalet, yoksulluk içinde geçirelim? Sen hâlâ her gece onun için dua ediyorsun, öyle değil mi?"

"Tabii ki ediyorum," dedi babam. Artık sinirlenmeye başlıyordu, çünkü çarın tenkit edildiği herhangi bir konuşmaya girmekten nefret ederdi. Yaratılıştan gelen bir kulluk duygusuyla doğmuştu ve bu his, damarlarında kendi kanı kadar serbestçe dolaşıyordu. "Rusya'nın kaderi, asla kopmayacak biçimde çara bağlıdır. Sadece bir an için bu hükümdâr neslinin ne kadar geriye dayandığını bir düşün. Çar Michael'e! Üç yüz yıldan da fazla, Boris."

---

6 Karabuğday, yulaf, arpa gibi çeşitli tahılların süt veya suda pişirilmesiyle yapılan bir Rus yemeği. [Ç.N.]

7 Çavdar ekmeğinden yapılan, mayalı, alkol oranı düşük geleneksel Rus içeceği. [Ç.N.]

8 Rus köylüsü. [Ç.N.]

"Üç yüz yıllık Romanov hanedanı, üç yüz yıllık kâbus," diye gürledi. Öksürüp çıkardığı ağız dolusu balgamı hiç utanmadan yere, ayaklarının arasına tükürdü. "Hem söyle bana, bu süre zarfında bize ne verdiler? Değeri olan bir şey verdiler mi? Hiç sanmıyorum. Günün birinde... Günün birinde, Daniil..." Ardından durakladı. Boris Aleksandroviç, istediği kadar devrimci ve radikal olabilirdi tabii; ama bunları söylemek hainlik sayılırdı ve Boris idam bile edilebilirdi. Köyümüzde, bu sözlerin ardından neyin geleceğini bilmeyen yoktu. Ayrıca onunla hemfikir olan çok sayıda köylü vardı.

Elbette Kolek Boryaviç ve ben hiç siyasetten konuşmazdık. Çocuk olduğumuzdan, böyle meseleler ikimiz için de bir şey ifade etmiyordu. Biz büyürken oğlan çocuklarının oynadığı oyunları oynadık, başımıza oğlanların açtığı dertleri açtık, güldük, kavga ettik ve öyle yakındık ki dış görünüşümüzdeki bariz farklılık olmasaydı, köyümüzden geçen yabancılar bizi kardeş sanabilirdi.

Çocukken ufak tefektim ve sapsarı buklelerimle başım beladaydı. Belki de babamın benden hoşnutsuzluğunun temelinde yatan da buydu. O, adını sürdürecek bir oğul istemişti; bense böyle bir vazifeyi yerine getirebilecek türden bir oğlana benzemiyordum. Altı yaşındayken akranlarımdan neredeyse otuz santimetre kısaydım ve bu bana ufaklık anlamına gelen bir lakap kazandırdı: *paşa*. Altın buklelerim yüzünden, ablalarım ailenin en güzeli olduğumu söylerler; beni, ellerine geçirebildikleri her türlü kurdele benzeri şeyle süslerlerdi ve bu, babamın onlara öfkeyle haykırıp, tacımı başımdan koparıp almasına neden olurdu. Bu arada tutam tutam saçlarım da elinde kalırdı. Günlük gıdamızın kıtlığına rağmen, çocukken kilo almaya da meyilliydim ki babam bunu haysiyetine sürülen bir leke olarak görürdü.

Öte yandan Kolek her zaman yaşına göre uzun boylu ve zayıftı, hem de çok erkeksi bir yakışıklılığı vardı. On yaşına geldiğinde, köyün bütün kızları hayran hayran ona bakıyorlar, birkaç yıl içinde erkekliğe adım attığı zaman nasıl serpileceğini merak ediyorlardı. Kızların anneleri, Kolek'in çekingen annesi Anje Petrovna'nın gözüne girmek için birbirleriyle yarışıyorlardı, çünkü öteden beri, Kolek'in günün birinde büyük bir adam olup köyümüze şan şeref getireceğine dair bir kanı hâkimdi ve annelerin en tutkulu arzuları, Kolek'in, eninde sonunda kızlarından birini gelini olarak yatağına almasıydı.

Tabii ki bu ilgi Kolek'in çok hoşuna gidiyordu. Üzerinde yoğunlaşan bakışların ve herkesin ona beslediği hayranlığın gayet iyi farkındaydı, ama âşık olmuştu. Hem de kime! Ablam Asya'ya. Asya, Kolek'in yanaklarının kızarmasına, konuşurken özgüvenini kaybetmesine neden olabilen tek kişiydi. Fakat korktuğu başına geliyordu, çünkü köyde cazibesine hiç metelik vermiyor gibi görünen tek kız da yine Asya'ydı, ki bence bu durum, Asya'ya olan arzusunu körüklemeye yarıyordu sadece. Her gün *izba*mızın etrafında gezinir, Asya'nın sert kabuğunu kırma ve kendini sevdirme azmiyle, onu etkilemek için fırsat kollardı.

Annem bir akşam büyük kızına, "Genç Kolek Boryaviç senin için yanıp tutuşuyor," dedi. Yine bir tencere dolusu, hazmı neredeyse imkânsız, berbat bir lahana çorbası olan *şçi* pişiriyordu. "Senden tarafa bakmaya cesaret edemiyor bile, fark etmedin mi?"

Asya, uyanan ilgisini, elbisesine bulaşan nahoş bir şeymiş gibi silkeleyip lakayt bir tavırla, "Bana bakamıyor, demek ki benden hoşlanıyor," dedi. "Tuhaf bir mantık değil mi bu sence de?"

"Seni görünce mahcuplaşıyor, o kadar," dedi Yulia. "Hem çok da yakışıklı çocuk. Bir gün talihli bir kıza, münasip bir koca olacak."

"Herhâlde olur," dedi Asya. "Ama bana değil."

Sonradan bu konuyu ona sorduğum zaman, birinin Kolek'i ona yakıştırmayı aklından geçirmiş olmasına âdeta alınmış gibiydi. Bıkkın bir tavırla, "Bir kere, o benden iki yaş küçük," diye açıkladı. "Bir oğlana, koca gözüyle bakacak değilim. Hem zaten onu beğenmiyorum. Tahammül edemediğim, caka satar bir havası var. Sanki dünya sırf onun için yaratılmış. Artık bıktırdı. Şımarıklığından, bu sefil köydeki herkes sorumlu. Üstelik korkak da. Babası bir canavar; görüyorsun bunu, değil mi Georgi? Korkunç bir adam. Ve senin küçük Kolek'in, her şeyi sırf babasının gözüne girmek için yapıyor. Ben bu kadar babasına kul köle olmuş bir çocuk daha görmedim. İğrenç bir manzara."

Bir solukta dökülen böylesi bir aşağılama silsilesine ne karşılık vereceğimi bilemedim. Diğer herkes gibi ben de Kolek Boryaviç'i köyün en hoş delikanlısı olarak görüyordum, beni en yakın arkadaşı olarak seçmesi de bana hep gizliden gizliye bir sevinç veriyordu. Belki de arkadaşlığımızın ilerlemesine imkân veren şey, dış görünüşümüzdeki farklılıktı. Benim, uzun boylu, ince, esmer kahramanın yanında duran, kısa boylu, tombul, altın bukleli sünepe olmam, onu olduğundan daha göz alıcı gösteriyordu. Ve bu da babasını daha da fazla gururlandırıyordu. Bu hususta Asya'nın haklı olduğunu biliyordum. Kolek'in, babasını etkilemek için yapmayacağı şey yoktu. Ama bunda ne kötülük vardı, merak ediyordum. Hiç olmazsa Boris Aleksandroviç oğluyla iftihar ediyordu.

Ama sonunda *paşa* olmaktan usanmaya başladım; yine Georgi olmak istiyordum ve on dördüncü doğum günüm yaklaşırken görünüşümde, oğlan çocuğundan erkekliğe doğru ani ve beklenmedik değişiklikler olmaya başladı. Ben de bu değişiklikleri, antrenman ve hareketlerle destekledim. Birkaç ay içinde, gözle görülür biçimde irileştim; boyum aniden bir metre seksen santimetreye ulaştı. Her gün köyün etrafında kilometrelerce koştum; erkenden kalkıp köyün yakınından akan Kaşinka nehrinin buz gibi sularında bir saat yüzdüm. Bu sayede, çocukluğum boyunca yakamı bırakmayan kilolar da kemiklerimi terk etti. Bedenim biçimlendi; karnımdaki kaslar belirginleşti. Buklelerim düzleşmeye başladı; saçım parlak gün ışığı renginden ıslak kum rengine döndü. 1915 yılı geldiğinde on altı yaşındaydım ve artık Kolek'in yanında, mukayese edilmekten çekinmeden durabiliyordum. Hâlâ birkaç santimetre kısaydım, ama aramızdaki büyük fark azalmıştı.

Beni de beğenen kızlar vardı, biliyordum. Doğru, arkadaşıma abayı yakanlar kadar çok değildi, ama yine de epeyce rağbet görüyordum.

Bu arada, Asya bunu hiç onaylamıyor, Kolek gibi olmaya heves etmemem gerektiğini söylüyordu. O asla herkesin umduğu gibi büyük bir adam olamayacaktı ve er ya da geç, bu genç prens, Kaşin'e şan şeref değil, utanç getirecekti.

Hayatımı değiştirecek haberi ilk veren, Boris Aleksandroviç oldu.

Buz gibi bir bahar sabahı Kolek'le, belden yukarımız çıplak hâlde, bizim kulübenin yanındaki tarlanın köşesinde durmuş, gülüşerek ateşlik odun kesiyor, yanımızdan gelip geçen kızları hayran bırakmak için elimizden geleni yapıyorduk. On altı yaşındaydık, kuvvetli ve yakışıklıydık; bazıları bizi tamamen görmezden gelirken, diğerleri bize doğru bakıyor, ayartıcı tebessümler gönderiyor, baltalarımızı havaya kaldırdıktan sonra odunların tam ortasına indirip etrafa havai fişek gibi kıymıklar saçarak odun kesmemizi seyrederken gülüşüp dudaklarını ısırıyorlardı. Aralarından bir iki tanesi, Kolek'i yüreklendiren edepsiz laflar atacak kadar cilveliydi, ama ben henüz böyle şakalaşmalara girişecek kadar kendime güvenmediğimden, mahcubiyet hissederek arkamı döndüm.

Babam Daniil *izba*mızdan çıktı ve durup bize baktı. Başını iki yana sallarken dudakları biraz hoşnutsuzlukla kıvrıldı. "Sizi ahmaklar," dedi. Gençliğimize, gücümüze içerlemişti. "Böyle zatürre olacaksınız, yoksa delikanlılar ölmez mi zannediyorsunuz?"

Kolek, "Benim mayam sağlamdır, Daniil Vladyaviç," diye karşılık verdi. Pazılarının nabız gibi atıp gerildiğini herkes görsün diye, kaslı kollarını yeniden kaldırırken ona göz kırptı. Balta havada parıldadı; temiz çelik bir an için ışığı yakalayıp gözümü alacak kadar peşpeşe siyah ve altın renkli benekler saçtı; öyle ki gözlerimi kırpıştırınca, sanki ansızın arkadaşımın etrafında muhteşem bir hale belirmiş gibi oldu. "Görmüyor musun?"

Babam, sanki oğlum sen değil de o olaydı dermiş gibi ters ters bana baktı. "Olabilir, Kolek Boryaviç," dedi. "Ama sendeki kuvvet onda olmamasına rağmen, Georgi seni örnek alıyor. Yatağında tir tir titreyip at gibi ter dökerken, 'anne, anne' diye bağırırken ona sen mi bakacaksın?"

Kolek bana bakıp sırıttı. Bu hakaret hoşuna gitmişti, ama ben hiç sesimi çıkarmadan işimi yapmaya devam ettim. Bir grup küçük çocuk yanımızdan koşarak geçerken yarı çıplak hâlimize kıkırdadı, ama şekilsiz kafası ve öfkesiyle nam salmış babama baktıklarında gülüşleri soluverdi ve telaşla yollarına devam ettiler.

Daniil, ne bizi işimizle baş başa bırakıp gitmeye ne de konuşmaya niyeti olduğunu gösterecek bir harekette bulunmayınca, sonunda, "Bütün gün orada durup bizi mi seyredeceksin, yapacak işin yok mu?" diye sordum. Onunla bu tarzda konuşmak hiç âdetim değildi. Genelde onunla belli bir saygı çerçevesi içinde konuşurdum; korkumdan değildi, onunla bir münakaşaya girmek istemezdim. Ama bu kez, küstah sözlerimle maksadım, terbiyesizliğimle Daniil'e hakaret etmekten çok, yürekliliğimle Kolek'i etkilemekti.

Üzerime yürüyüp, beni olduğum yere mıhlayacağını bildiği hitabı kullanarak, "Sesini kesmezsen o baltayı elinden alır, seni ikiye ayırıveririm *paşa*," dedi. Az da olsa gerilemeden önce sadece bir saniyeliğine olduğum yerde durabildim. Üzerimdeki gücünü sürdürüyordu; tam olarak nasıl yaptığını anlayamıyordum, ama tek bir kelimesiyle, beni çocukluğumdaki itaatkârlığıma döndürebilecek kadar gözümü korkutabiliyordu.

Sonra galibiyetinin verdiği keyifle, "Oğlum bir korkak, Kolek Boryaviç," diye buyurdu. "Kadınlarla dolu bir ailede yetişirsen işte böyle oluyor. Onlara benziyorsun."

"Ama ben de öyle bir ailede yetiştim," dedi Kolek. Baltanın ağzını öndeki oduna sapladı; sapı yukarıya, bükülmüş kollarının kıvrımına doğru uzandı. "Benim de mi korkak olduğumu düşünüyorsun, Daniil Vladyaviç?"

Babam ağzını açtı, ama karşılık vermeye fırsat bulamadan Kolek'in babası köşeyi dönüp paldır küldür bize doğru gelmeye başladı. Yüzü kıpkırmızıydı, hiddetliydi; solukları, sabah ayazında bulutlanıyordu. Üçümüzü bir arada görünce bir an durakladı, başını iki yana sallayıp kollarını nefretle ve öyle dramatik bir tavırla havaya kaldırdı ki alınmasın diye, gülmemek için dudağımı ısırmak zorunda kaldım.

"Kepazelik bu," diye kükredi, yüksek sesle ve kavgacı bir tavırla. Bir an hiçbirimiz sesimizi çıkaramadık, ama kızgınlığının nedenini anlamak için yüzüne bakmaya devam ettik. "Bunu görmek için mi yaşamışım ben? Anlaşılan haberi duymuşsun, Daniil Vladyaviç?"

"Ne haberi?" diye sordu babam. "Ne oldu?"

Kabahatli okul çocuklarını paylayan bir öğretmen tavrıyla parmağını sallayarak, "Daha genç olsaydım," dedi. "Bak söylüyorum, daha genç olsaydım, eski gücüm kuvvetim olsaydı..."

Daniil, "Boris," diyerek onun sözünü kesti, arkadaşının öfkesi onu âdeta neşelendirmişti. "Galiba sabah sabah adam kesmeye hazırsın."

"Dalga geçme bu meseleyle arkadaşım."

"Dalga mı? Ne dalgası? Seni bu kadar kızdıran şeyi bilmiyorum bile."

Kolek ona doğru yürüyerek, "Baba," dedi, yüzü öyle endişeliydi ki neredeyse ona sarılacağını sandım. Babayla oğulun birbirlerine bu denli düşkün olduklarını görmek beni hep büyülerdi. Böylesi bir sıcaklığı hiç yaşamadığım için, başkalarında görünce hep merakla izlerdim.

Nihayet Boris açıkladı. "Tanıdığım bir tüccar var," dedi öfke ve endişeden dili sürçerek. "Asla yalan söylemeyen, dalavere nedir bilmeyen, namuslu bir adamdır. Bu sabah bizim köyden geçerken..."

Neşeyle, "Ben gördüm onu," diye bağırdım. Kaşin'den geçen bir yabancı görmek yeterince alışılmadık bir şeydi, ama daha bir saat önce, keçi postundan güzel bir kaban giymiş, tanımadığım bir adam kulübemizin yanından geçmişti. Adamı fark edip günaydın demiştim, ama beni duymazdan gelmişti. "Bir saat önce şuradan geçti..."

Babam, "Dilini tut, çocuk," diye bağırdı. Bu konuya az da olsa dâhil olmam sinirine dokunmuştu. "Bırak da büyükler konuşsun."

Boris, ikimize de aldırmadan anlatmaya devam etti. "Bu adamı yıllardır tanırım, ondan daha candan bir insan bulmak zordur. Dün gece Kalyazin'den geçiyormuş, anlaşılan canavarlardan biri Saint Petersburg'a yolculuk ederken bu taraftan gitmek niyetindeymiş. Kaşin'den geçecek!" Onuruna öyle dokunmuştu ki tükürür gibi, "Bizim köyümüzden!" diye ekledi. "Ve tabii, hepimizin, evlerinden çıkıp onun önünde, tapınır gibi eğilmemizi buyuracak; tıpkı İsa, bir sıpanın sırtında Kudüs'e girerken Yahudilerin eğildiği gibi. Tabii onu çarmıha germelerinden bir hafta önce."

Daniil şaşkınlıkla başını iki yana sallayarak, "Hangi canavar?" diye sordu. "Kimden bahsediyorsun?"

"Bir Romanov'dan." Tepkimizi ölçmek için suratlarımıza baktı. "Kim olacak? Grandük Nikolay Nikolayeviç'ten," diye ekledi. Bunu, imparatorluk ailesinden böyle saygısızca bahseden biri için, asalet unvanının sanki her bir hecesi ihtimam gösterilmesi gereken kıymetli bir mücevhermiş de kırılıp sonsuza dek yok olmasın diye titizleniyormuş gibi, üstüne basa basa söyledi.

Kolek usulca, "Uzun Nikolay," dedi.

"Ta kendisi."

Kaşlarımı çatarak, "Neden uzun?" diye sordum.

"Kuzeninden ayırt etmek için tabii ki," diye atıldı Boris Aleksandroviç. "Kısa Nikolay. Çar. II. Nikolay. Rus halkının işkencecisi."

Gözlerim şaşkınlıkla koskocaman açıldı. "Çarın kuzeni Kaşin'den mi geçecek?" Daniil kollarını boynuma dolayıp beni bağrına bassaydı, beni oğlu ve vârisi diye methetseydi, ancak bu kadar şaşırırdım.

Boris Aleksandroviç, hiddetini paylaşmadığım için beni aşağılayarak, "Bu kadar etkilenmene gerek yok *paşa*," dedi. "Bu adamların kim olduklarını bilmiyor musun? Bizim için ne yaptılar bugüne kadar, şeyden başka..."

Babam derin bir iç çekerek, "Boris lütfen," dedi. "Bugün yapma. Siyasi nutukların herhâlde başka bir güne kadar bekleyebilir. Bu, köyümüz için büyük bir şeref."

"Şeref mi?" dedi gülerek. "Şeref mi diyorsun? Bizi bunca fakirliğe mahkûm edenler işte bu Romanovlar ve sen de, bunlardan birinin, atının su içip pislemesi için birkaç dakikalığına bizim sokaklarımızda durmayı tercih etmesinin bir ayrıcalık olduğunu zannediyorsun. Şerefmiş! Bu sözle, sen kendi şerefini alçaltıyorsun Daniil Vladyaviç. Bak! Etrafına bir bak!"

Başlarımızı işaret ettiği tarafa çevirdik; köylülerin çoğu telaşla kulübelerine koşuyordu. Hiç kuşkusuz, ünlü konuğumuzla ilgili haberi duymuşlardı ve ellerinden geldiğince hazırlanma telaşındaydılar. Ellerini yüzlerini yıkayacaklardı, çünkü asil kandan gelen bir prensin karşısına, yol yol çamur izleriyle dolu suratlarla çıkamazlardı. Grandükün atının ayakları altına atmak için birkaç çiçeği birbirine bağlayıp çelenkler yapacaklardı.

"Bu adamın büyükbabası, en beter çarlardan biriydi," diye anlatmaya devam etti. Artık bağıra çağıra konuşuyor, yüzü öfkeden giderek daha da kızarıyordu. "I. Nikolay olmasaydı, Ruslar mutlakiyet kavramının adını bile duymayacaklardı. Kadın, erkek, çocuk fark etmez, herkesin, onun her şey üzerinde sınırsız yetki sahibi olduğuna inanmasını dayatan oydu. Kendini bizim kurtarıcımız olarak görüyordu, ama sen kendini kurtarılmış hissediyor musun Daniil Vladyaviç? Ya sen, Georgi Daniiloviç? Yoksa kendini üşümüş, aç ve özgürlüğüne kavuşmak isteyen biri gibi mi hissediyorsun?"

Babam arkadaşına aldırmadan parmağını bana doğru uzatıp, "Gir içeri ve hazırlan," dedi. "Böyle büyük bir zatın karşısında, bu çıplak hâlinle beni küçük düşürme."

Onun otokrasisi karşısında çabucak başımı eğerek, "Peki baba," dedim ve temiz bir tunik bulmak için koşarak içeri girdim. Gardırobumun tamamını oluşturan küçük giysi yığınını karıştırırken dışarıda yükselen sesleri duydum; ardından da arkadaşım Kolek'in sesi geldi. Babasına, onların da eve gidip hazırlanmaları gerektiğini söylüyordu. Sokaktaki bu bağrışmanın ister çara sadık ister radikal olsun, hiç kimseye bir faydası yoktu.

Oğlu onu alıp götürürken, Boris Aleksandroviç'in, "Daha genç olsaydım," dediğini işittim, "Sana söylüyorum oğlum, keşke..."

"Ben hâlâ gencim." O zaman Kolek'in bu sözleri aklıma bir şey getirmemişti, hem de hiçbir şey. Ancak sonradan aklım başıma geldi ve aptallığım yüzünden kendime lanet ettim.

Aradan ancak bir saat geçmişti ki ilk öncü muhafız grubu ufukta belirip Kaşin'e doğru gelmeye başladı. Bizim gibi sıradan *mujik*ler, sadece imparatorluk ailesinin adlarını bilirler; buna rağmen, çarın birinci dereceden kuzeni, Grandük Nikolay Nikolayeviç, askerî kahramanlıklarıyla baştan başa bütün Rusya'ya nam salmış biriydi. Elbette sevilmezdi. Böyle adamlar hiç sevilmezler. Ama sayılırdı ve yüreklere korku salan bir şöhreti vardı. 1905 Devrimi sırasında çarın önünde bir revolver çıkarıp salladığı ve kuzeni, Rus anayasasının oluşturulmasına izin vermediği takdirde, onu kendi beynini uçurmakla tehdit ettiği söylenirdi. Ve bu hareketiyle pek çok kişinin hayranlığını kazanmıştı. Boris Aleksandroviç gibi radikal düşünceye daha meyilli olanlar, bu türden yiğitliklere metelik vermezdi; onlar, onda sadece bir unvan, bir despot ve küçümsenecek bir insan görüyorlardı.

Ne var ki grandükün köye varmak üzere olduğu düşüncesi, yüreğime bir heyecan ve korku salmaya yetmişti. Kaşin en son ne zaman böyle heyecanlı bir beklenti içine girmişti, hatırlayamıyordum. Atlılar giderek yaklaşırken köydeki hemen herkes *izba*sının önünü süpürüp bu meşhur ziyaretçinin atları için yolu temizledi.

Eşikte durmuş beklerken, ablam Asya, "Sence ona kimler eşlik ediyordur?" diye sordu. Ailece toplanmış, el sallayıp alkış tutmak için bekleşiyorduk. Yanaklarını her zamankinden de fazla boyamış, elbisesini de dizlerine kadar çekmişti, altından bacakları görünüyordu. "Belki de Saint Petersburg'dan birkaç genç prens de vardır yanında?"

"Grandükün sana uygun oğlu yok," dedim gülümseyerek. "Ağını daha geniş atmak zorunda kalacaksın yine."

Omzunu silkerek, "O beni fark edebilir ama," dedi.

"Asya!" diye bağırdım. Beni şaşırtmış, ama neşelendirmişti de. "Yaşlı bir adam o. En az altmışında olmalı. Üstelik de evli. Sen..."

Şakacı bir tavırla omzuma vurup güldü. "Sadece takılıyorum Georgi," dedi, ama ben bundan pek de emin değildim. "Yine de maiyetinde birkaç müsait genç asker vardır mutlaka. Biri bana ilgi duyacak olursa... Aman yahu, öyle beyninden vurulmuş gibi bakmasana! Sana bütün hayatımı bu sefil köyde geçirmeyeceğimi söylemiştim. Ne de olsa artık on sekizimdeyim. Evde kalacak kadar kartlaşıp çirkinleşmeden bir koca bulmanın zamanıdır."

Vaktinin çoğunu birlikte geçirdiği delikanlıdan söz açtım. "Ya İlya Goryaviç ne olacak?" Arkadaşım Kolek gibi genç İlya da Asya'ya deli gibi âşıktı ve Asya da ona birazcık yakınlık gösteriyor, hiç şüphesiz ileride kendini tamamen ona vereceğine dair ümit veriyordu. Şapşallığı yüzünden İlya'ya acıyordum. Ablam için bir oyuncaktan fazlası değildi, can sıkıntısını gidermek için iplerini idare ettiği bir kuklaydı. Günün birinde Asya bu bebeği kaldırıp bir kenara atacaktı, orası belliydi. Daha güzel bir oyuncak gelecekti yerine; belki de Saint Petersburglu bir oyuncak olacaktı bu.

Kayıtsızca omuz silkti. "İlya Goryaviç tatlı çocuk," dedi. "Ama bence yirmi birine geldiğinde, olup olacağı neyse o olacak. Ve ben bunun yeterli olduğundan emin değilim."

O iyi yürekli hödük hakkında gereksiz yere aşağılayıcı bir yorum yapmak üzere olduğunu görebiliyordum, ama artık askerler iyice yaklaşmışlardı ve atlarının üzerinde dimdik oturmuş, siyah kruvaze tunikleri, gri pantolonları ve kalın, koyu renkli kaputlarıyla göz kamaştırarak, ağır ağır sokaktan geçen öncü subayları seçebiliyorduk. Başlarındaki kürk kalpaklara baktım; ön tarafında, gözlerinin hemen üzerindeki V şeklindeki kesik ilgimi çekti. Onlardan biri olmak ne harika olurdu diye hayaller kurdum. İki yana dizilmiş hâlde, bağıra çağıra çara dua eden, atlarının toynaklarının altına çelenkler atan köylülerin gürültülü tezahüratına hiç aldırış etmediler. Ne de olsa bizden, başka bir şey beklemiyorlardı.

Savaş hakkında ufak tefek söylentiler Kaşin'e kadar ulaşmıştı; zaman zaman askerlerin başarıları ya da yenilgilerinden havadis veren bir tüccar geçerdi köyden. Bazen komşularımızdan birinin evine iyi niyetli bir akrabanın gönderdiği bir kitapçık gelir, o da sırayla hepimize okutturdu; biz de zihnimizde, birliklerin ilerleyişini takip ederdik. Bazı gençler çoktan köyden ayrılıp orduya katılmışlardı bile. Kimileri ölmüştü, kimileri kayıptı, diğerleriyse hâlâ silahaltındaydı. On yedimize geldiğimizde Kolek ve ben gibi delikanlılar da köyümüze şan ve şeref getirmek için bir askerî birliğe katılmak için çağrılacaktı.

Gelgelelim, Nikolay Nikolayeviç'in üstündeki büyük sorumluluklar herkesçe biliniyordu.

Grandük, çar tarafından Rus kuvvetlerinin başkumandanı olarak atanmış, Avusturya-Macaristan İmparatorluğu'na, Alman kayzerine ve Türklere karşı üç cephede savaşıyordu. Dediklerine göre, şimdiye dek bu harekâtların birinde bile olağanüstü bir başarı elde edememişti, ama yine de komutası altındaki askerler ona tam bir bağlılık ve hayranlık besliyordu. Bu bağlılık süzüle süzüle

Rusya'nın ırgat köylülerine ulaşır, onlara geçerdi. Basit ve cahil hâlimizle, bizi koruyup gözetecek böyle idareciler gönderen hayırsever Tanrı tarafından bu mevkiye getirilmiş en iyi insanlardan biri gözüyle bakardık ona.

Askerler yanımızdan geçerken tezahürat daha da yükseldi ve sonra kalabalığın merkezinde, ihtişamlı bir ilah gibi yaklaşan kır atı ve atın üstündeki üniformalı, devasa adamı seçebildim. Bıyığı mumlanmış, üstdudağının iki yanından sipsivri şekil verilmişti. Gözlerini doğruca ileriye dikmişti, ama arada bir sol elini kaldırıyor, toplanan kalabalığı bir kral edasıyla selamlıyordu.

Atlar önümden geçerken sokağın karşı tarafında, kalabalığın arasında duran devrimci komşumuz Boris Aleksandroviç gözüme ilişiverdi. Onu orada görmek beni şaşırttı, çünkü bu dünyada sokağa çıkıp büyük kumandana hürmet göstermeyi reddedeceğini sandığım bir kişi varsa, o da Boris'ti.

Asya'yı omzundan dürtüp o tarafı işaret ettim. "Bak," dedim. "Boris Aleksandroviç, şurada. Nerede kaldı o yüce ilkeleri şimdi? O da grandüke bizim kadar hayran."

Asya bana aldırmadı. "Ama şu askerler yakışıklı değil mi, söyle!" diye karşılık verdi. Önümüzden geçen her erkeği incelerken bukleleriyle oynuyordu. "Hem savaşta çarpışıp hem de üniformalarını nasıl böyle yepyeni tutabiliyorlar dersin?"

Kalabalığın arasından öne çıkmaya uğraşan arkadaşımı fark edince, "Kolek de orada," dedim. Yüzünde endişeyle karışık heyecanlı bir ifade vardı. Elimi sallayıp, "Kolek!" diye seslendim, ama ilerleyen atların ve köylülerin tezahüratının çıkardığı gürültüde beni ne görebildi ne de işitebildi. Başka zaman olsa, bu önemsiz olay içime kurt düşürmezdi; dönüp geçidi izlemeye devam ederdim, fakat Kolek'in yüzünde aklımı karıştıran bir ifade, bu düşünceli çocuğun çehresinde daha önce hiç görmediğim aşırı bir telaş ve kaygı vardı. Biraz öne ilerledi ve babasını, takdiri onun için dünyadaki her şeyin üstünde olan adamı kalabalığın arasında buluncaya kadar etrafına bakındı. Boris Aleksandroviç'in orada olduğuna kanaat getirince de, kır at ona doğru gelirken dönüp grandüke baktı.

Nikolay Nikolayeviç'le aralarında en çok beş altı metre mesafe kaldığında, Kolek'in sol elini tuniğinin içine soktuğunu gördüm, eli hafifçe titreyerek bir an orada kaldı.

Dört buçuk metre kala, bir ahşap tabanca kabzası, saklandığı yerden çıktı; arkadaşımın eli sıkıca kabzayı sarmıştı, parmağı tetiğin üstündeydi.

Üç metre kala, silahı çekti ve emniyeti açtı. Bunu benden başka kimse görmemişti.

Grandükle aralarında ancak bir buçuk metre kalmıştı ki arkadaşıma seslendim: "Kolek! Yapma!" Ben yoldan geçen atlıları yarıp yolun karşısına koşarken, başsüvari ters giden bir şeyler olduğunu fark edip neler olduğunu anlamak için başını bana doğru çevirdi. Şimdi Kolek de beni görmüştü; gerginlikle yutkunduktan sonra tabancayı havaya kaldırıp artık hemen önünde olan ve nihayet lütfedip sol tarafındaki delikanlıya bakmak için başını çeviren Nikolay Nikolayeviç'e doğrulttu. Grandük, çeliğin pırıltısını görmüş olmalıydı, ama ne kendi silahını çekmeye ne de atını çevirip kaçmaya vakti kalmıştı, çünkü neredeyse aynı anda, tabanca büyük bir gürültüyle patlayarak ölümcül barutunu çarın kuzenine doğru saçtı. Ve ben, o ânın en yakın tanığı, böyle bir hamlenin sonuçlarını hiç düşünmeden, kendimi silahın önüne attım.

Aniden bir alev çaktı, delici bir acı hissettim, kalabalıktan bir çığlık yükseldi ve atların nallı toynaklarının muazzam ağırlığı altında kafamın her an ezilebileceğini düşünerek yere düştüm.

Omuzlarımın arasını dağlayan acı, daha önce hissettiğim hiçbir acıya benzemiyordu; sanki biri demir bir çubuk almış, bir saat ocakta eritmiş sonra da masum etime geçirmişti. Sertçe yere çarptım, öğleden sonranın aydınlığı gözlerimin önünde kararmadan önce, ansızın bir huzur ve sükûnet hissiyle doldum, gürültü kesildi, kalabalık gözden kaybolup puslu bir bulanıklığa dönüştü ve kafamın içinde bana uyumamı fısıldayan tek bir ses kaldı: "*Uyu paşa!*" Dediğini yaptım.

Gözlerimi kapadım ve boş, uykulu bir karanlığın içinde tek başıma kaldım.

Kendime geldiğimde gördüğüm ilk yüz, kızgınlık ve korku karışımı bir ifadeyle eğilmiş bana bakan ve alnıma ıslak bez bastıran annem Yulia Vladimirovna'ydı. Elleri hafifçe titriyordu ve beni anne tesellisiyle avutmaya uğraşırken, ben ne kadar gerginsem o da öyle görünüyordu. Bebek Talya, beni soğuk, kayıtsız bir ifadeyle seyrederken, Asya ile Liska bir köşede fısıldaşıyorlardı. Kendimi bu tablonun bir parçası gibi hissetmedim. Ben de onlara bakmakla yetindim. Zihnim allak bullaktı, bunca duygu gösterisine sebep verecek ne olmuş olabilirdi, anlayamadım; ta ki sol omzumda aniden patlayan acı, yüzümü buruşturmama neden olana kadar. Elim, yaralı yerin sızısını dindirmek için uzanırken acı dolu bir feryat koyuverdim.

Annemin arkasından, yüksek perdeden boğuk bir ses, "Dikkat et oraya," dedi. Konuştuğu anda annem fark edilir biçimde sıçradı ve yüzündeki ifade ürkek bir kaygıya dönüşüverdi. Birisinin, annemin gözünü hiç bu kadar korkuttuğunu görmemiştim daha önce; başta, babamın ondan yol vermesini istediğini zannettim, ama bu onun sesi değildi. Görüşüm hafifçe bulandı, bulanıklık dağılıp ben yeniden net biçimde görene kadar hızlı hızlı gözlerimi kırpıştırdım.

O zaman başımda duran kişinin babam olmadığını anladım; kulübenin arka tarafında durmuş, gurur ve düşmanlık karışımı duygularını ele veren yarı gülümser bir ifadeyle beni izliyordu. Hayır, bana hitap eden ses, Rus kuvvetlerinin başkumandanı Grandük Nikolay Nikolayeviç'in sesiydi.

Üzerime doğru eğilip omzumu incelerken, "Kımıldamamaya çalış," dedi; yaraya bakarken gözleri kısıldı. "Yaralandın, ama talihin varmış. Kurşun omzundaki yumuşak dokunun arasından geçmiş, ama atardamarlara ve toplardamarlara zarar vermemiş. Neyse ki diğer taraftan çıkmış. Biraz daha sağa isabet etseydi, kolun felç olabilirdi ya da kan kaybından ölebilirdin. Ağrı birkaç gün daha devam eder sanırım, ama kalıcı bir hasar bırakmaz. Belki küçük bir yara izi."

Yutkundum, ağzım o kadar kuruydu ki dilim rahatsız edici biçimde damağıma yapışmıştı, annemden içecek bir şey istedim. Kımıldamadı, sanki rolünü oynayamayacağı kadar dehşet verici bir sahnedeymiş gibi, orada öylece ağzı açık hâlde durdu. Belinden matarasını çıkardıktan sonra yakınındaki fıçıdan su doldurup bana uzatmak grandüke düştü. Mataranın derisinin güzelliği, benim de suyu içemeyecek kadar gözümü korkutmuştu sanki; özellikle de Romanovlar'ın altın sırmayla kılıfa işlenmiş imparatorluk armasını fark ettiğim o an. Ama öyle çok susamıştım ki tereddüdüm fazla uzun sürmedi. Hemen alıp içtim. Bedenime girip karnıma inen buz gibi suyu hissetmek, omzumun acısını birkaç saniyeliğine hafifletti.

Grandük dimdik doğrulup odayı heybetli cüssesiyle doldurdu. "Benim kim olduğumu biliyor musun?" diye sordu. Boyu en aşağı iki metre vardı. İri, kaslı bir vücut. Yakışıklılık ve azamet. Ve onu daha da vakur ve haşmetli gösteren o olağanüstü bıyık. Yutkundum ve başımı hızlı hızlı öne salladım.

Bitkince, "Evet," dedim.

Tekrar sordu. "Kim olduğumu biliyor musun?" Bu kez daha yüksek sesle konuşmuştu, öyle ki başımın bir şekilde belada olduğunu sandım.

"Evet," dedim bir daha, şimdi sesim eski hâline dönmüştü. "Siz Grandük Nikolay Nikolayeviç'siniz, ordunun kumandanı ve majesteleri Çar II. Nikolay'ın kuzeni."

Hafifçe gülümsedi, bana küçük bir gülüş bahşederken vücudu hafifçe sarsıldı. Görkemli cevabıma aldırmadan, "Evet, evet," dedi. "Hafızanda bir sorun yok öyleyse, değil mi çocuk? Madem bu kadar iyi hatırlıyorsun, başına gelenleri de hatırlayabiliyor musun bari?"

Omzumun başından dirseğime kadar, sol tarafıma boylu boyunca yayılan zonklamaya aldırış etmeden, biraz doğrulup oturdum ve başımı eğip vücuduma baktım. Yatak vazifesi gören küçük hamağımda yatıyordum. Pantolonum ayağımdaydı, ama ayakkabılarım yoktu, kulübemizin zemininden ayağıma yapışan kir tabakasını görünce utandım. grandükün geçişi için özel olarak giydiğim temiz tuniğim dertop edilmiş hâlde yan tarafımda duruyordu ve artık beyaz değil, siyah ve koyu kırmızının korkunç bir karışımına dönmüştü. Üstümde fanila da yoktu; göğsüm, sargıyla sıkı sıkı sarılmış, kolumdan akan kanla yol yol kirlenmişti. Aklıma gelen ilk düşünce, bu sargıları nereden buldukları oldu, ama sonra köyümüzden geçen askerleri hatırladım ve içlerinden birinin kendi askerî malzemeleriyle yaramı tedavi ettiğine hükmettim.

Bu da, o gün öğleden sonra olanların ansızın sırasıyla hatırıma gelmesine yol açtı.

Geçit. Kır renkli süvari atı. Atın üstündeki grandük.

Ve komşumuz Boris Aleksandroviç. Oğlu, en iyi arkadaşım, Kolek Boryaviç.

Tabanca.

"Silah," diye bağırdım birdenbire ve sanki olaylar gözlerimin önünde bir kez daha cereyan ediyormuş gibi yerimden fırladım. "Silahı var!"

Grandük sağlam omzuma hafifçe vurarak, "Tamam çocuk," dedi. "Artık silah yok. Harika bir şey yaptın, hatırlayabiliyorsan tabii ki."

Böyle bir iltifata mazhar olmak için ne yapmış olabileceğini hatırlamaya çabalarken, "Ben... emin değilim," diye karşılık verdim.

"Oğlum hep böyle cesurdur efendim." Daniil kulübenin arka tarafından bir adım öne çıktı. "Sizin için muhakkak canını verirdi."

Nikolay Nikolayeviç babamı duymazdan gelip doğruca bana bakarak, "Bir suikast girişimi oldu," dedi. "Genç bir radikal. Tabancasını başıma doğrulttu. Kurşunun, tabancadan çıkıp kafatasıma girmeye hazırlanışını gördüğüme yemin edebilirim. Ama sen önüme atıldın, yiğit delikanlıymışsın; ve kurşun, senin omzuna isabet etti." Devam etmeden önce durakladı. "Hayatımı kurtardın, genç Georgi Daniiloviç."

"Öyle mi?" diye sordum, çünkü böyle bir şey yapmama sebep olan şey neydi bilmiyordum; düşünemiyordum. Ama zihnimdeki pus kalkmaya başlıyordu ve Kolek'i, toplanmış kalabalığın içine doğru itmek için koştuğumu hatırlayabiliyordum. Böylece hayatına mâl olacak bir suç işleyemeyecekti.

"Evet, kurtardın," dedi grandük. "Ve sana minnettarım. Çar da minnettar kalacak. Bütün Rusya sana minnettar kalacak."

Böyle bir söze ne karşılık vereceğimi bilemedim, kesinlikle kendini aşırı önemsiyordu. Biraz başımın döndüğünü hissedip yeniden uzandım, yine müthiş susamıştım.

Asya birdenbire, "Gerçekten gitmesi gerekmiyor, değil mi

baba?" diye sordu. Sorarken bir an için gözyaşı dökmeyi bıraktı. Ona doğru baktım, başıma gelenlere bu kadar üzüldüğünü görmek bana dokundu.

Asya'yı itip sırtını duvara yasladı. "Sus kız," dedi babam. "Ne denirse onu yapacak. Hepimiz yapacağız."

"Gitmem mi gerekiyor?" diye fısıldadım. Acaba ne kastetmiş olabilirdi? "Nereye gidiyorum?"

Grandük eldivenlerini tekrar eline geçirirken, "Sen yürekli bir delikanlısın," dedi. Cebinden küçük bir kese çıkarıp babamın eline verdi, kese bir anda babamın tuniğinin gizemli mağaraları içinde kayboluverdi. O an, *satıldım* diye düşündüm. *Birkaç yüz ruble karşılığında orduya satıldım.* "Senin gibi bir çocuk böyle bir yerde ziyan oluyor. Bu yıl orduya katılmayı düşünüyor olmalısın."

Tereddütle, "Evet efendim," dedim, çünkü o günlerin hızla yaklaştığını biliyordum, ama yine de birkaç ay geciktirebileceğimi ummuştum. "Benim niyetim, sadece..."

"Pekâlâ, seni daha fazla mermiyle karşı karşıya kalacağın savaş alanına gönderemeyiz. Bugün yaptığından sonra olmaz. Hayır, burada birkaç gün daha kalıp iyileşebilir, sonra arkamdan gelirsin. Yeni evine giderken sana eşlik etmeleri için iki asker bırakacağım."

"Yeni evime mi?" Şimdi aklım iyiden iyiye karışmıştı. Grandük kulübenin kapısına doğru giderken yine doğrulmaya yeltendim. "Peki, bu ev nerede efendim?"

Bana dönüp gülümsedi. "Saint Petersburg'da tabii ki," dedi. "Benim gibi bir adam için kendini seve seve kurşunların önüne atacağını ispatladın. Kimbilir bir dükten daha büyük birine nasıl bir sadakat gösterirsin, bir düşün."

Başımı iki yana sallarken gergince yutkundum. "Sizden de mi büyük?"

Olur da bu sarsıntıyla tamamen kendimden geçerim diye, aklından geçeni bana söylemeli mi yoksa söylememeli mi karar verememiş gibi, bir an tereddüt etti. Nihayet tekrar konuşmaya başladığında bu olağandışı fikir dünyanın en aşikâr şeyiymiş gibi bir tavır takındı ve "Çareviç Aleksey," dedi. "Sen onu korumakla görevli kişilerden biri olacaksın. Kuzenim çar, en son görüşmemizde böyle bir delikanlı aradığından söz etti ve çareviçe yoldaş olabilecek uygun birini tanıyıp tanımadığımı sordu. Yani onun yaşına yakın birini. Elbette çareviçin birçok muhafızı var. Fakat bundan daha fazlasına ihtiyaç duyuyor. Aynı zamanda onun emniyetiyle meşgul olabilecek bir refakatçiye ihtiyacı var. Sanırım aradığı kişiyi buldum. Seni ona armağan olarak götürmek niyetindeyim Georgi Daniiloviç. Senin de rızan olduğunu varsayıyorum yani. Ama şimdilik burada kal. İyileş. Kendine gel. Hafta sonu Saint Petersburg'da görüşürüz."

Bunları söyledikten sonra, kız kardeşlerimi huşu içinde bakakalmış hâlde bırakıp kulübeden çıktı. Annem hiç olmadığı kadar korkmuş görünüyordu, babamsa paralarını sayıyordu.

Kendimi zorlayıp biraz daha doğrulurken kapıdan, üstü çiçeklerle kaplı, güçlü, kalın ve sağlam porsuk ağacının olduğu sokağı görebildim. Ama ağaçta pek de eskisi gibi olmayan bir şey vardı. Dallarından ağır bir şey sallanıyor gibiydi. Ne olduğunu anlamak için gözlerimi kıstım, nihayet net olarak gördüğümde soluğum kesiliverdi.

Kolek'ti bu.

Onu asmışlardı.

1979

Birlikte son bir seyahat yapmak Zoya'nın fikriydi.

İkimiz de öteden beri iyi birer gezgin sayılmazdık; Holborn'daki huzurlu dairemizin sıcaklığını ve emniyetini, tatile çıkmanın yorgunluğuna tercih ederdik. Rusya'dan ayrıldıktan sonra, hemen Fransa'ya doğru hareket ettik ve en sonunda Londra'ya yerleşmeden önce, evlendiğimiz şehir olan Paris'te yaşadık ve orada birkaç yıl çalıştık. Tabii Arina küçükken, her yaz elimizden geldiğince bir haftalığına şehirden kaçmaya gayret ederdik, ama genellikle denizi görmesi ve kumda oynayabilmesi için ya Brighton'a ya da en fazla Cornwall'a kadar giderdik. Diğer çocuklarla kaynaşabilsin diye. Ama buraya geldikten sonra, bir daha hiç adadan ayrılmadık. Zaten ayrılacağımızı da sanmıyordum.

Zoya bir akşam geç saatte, düşüncelerini yüksek sesle dile getirmeye başladığında, oturma odamızda ateşin karşısında oturmuş, alevlerin küçülmesini, siyah kömürlerin tıslayıp son kez çıtırdamasını seyrediyorduk. Ben *Jake's Thing*'i[9] okuyordum; konuşmasıyla birlikte şaşırarak kitabı elimden bıraktım.

Torunumuz Michael zorlu bir konuşmanın ardından evden çıkalı bir saat olmuştu. Bize tiyatro öğrencisi olarak yeni yaşamını

9 İngiliz yazar Kingsley Amis'in 1978 yılında yayımlanan hicivli romanı. [E.N.]

anlatmak üzere akşam yemeğine gelmişti, ama Zoya ona hastalık haberini verip kanserin yayıldığını söylediği zaman, akşamın bütün neşesi uçup gitmişti. Zoya ondan hiçbir şey saklamak istemediğini söyledi, ama Michael'ın ona acımasını da istemiyordu. *Neticede hayat bu*, demişti. *Hayatın ta kendisi.*

Michael'a gülümseyerek, "Zaten çok yaşlıyım," dedi. "Hem çok şanslıyım, biliyorsun. Ölüme daha çok yaklaştığım zamanlar oldu."

Elbette, genç olduğundan hemen çözüm ve umut arayışına girmişti Michael. Gereken her türlü tedavinin masrafını babasının karşılamasında ısrar etmişti. Kendisi de Kraliyet Akademisi'nden ayrılacak ve büyükannesinin her ihtiyacını karşılamak için düzgün bir iş bulacaktı, ama Zoya başını iki yana salladı ve ellerini tutup ona, artık kimsenin yapacağı bir şey olmadığını anlattı. Artık ortada paranın halledebileceği bir durum da olmadığını, bu şeyin tedavisinin imkânsız olduğunu söyledi. Fazla zamanı kalmamış olabilirdi ve bu vakti de imkânsız tedaviler peşinde koşarak harcamak istemiyordu. Michael bu haberden çok kötü etkilendi; büyükannesini de kaybetme düşüncesinden nefret etmesi doğaldı.

Gitmeden önce beni bir kenara çekip büyükannesinin rahatı için yapabileceği bir şey olup olmadığını sordu. "Onunla en iyi doktorlar ilgileniyor, değil mi?

Gözlerinde biriken yaşlardan duygulanarak, "Elbette," dedim. "Ama bu, mücadele etmesi kolay bir hastalık değil, biliyorsun."

"O dayanıklıdır, eski topraktır," deyip beni gülümsetti. Başımı salladım.

"Evet," dedim. "Evet, öyledir."

"Bu hastalığı yenenler olduğunu duymuştum."

Ona boş yere ümit vermek istemesem de, "Ben de duydum," dedim. Zoya'yla, tedavi arayışına girmeyip, hastalığın vücudunu tüketene dek ilerlemesine izin verme kararı alması üzerine haftalarca tartışmıştık. Onu bu karardan vazgeçirebilmek için her şeyi denemiştim, ama faydası olmamıştı. Zamanının geldiğine karar vermişti çoktan.

Michael ısrarla, "Bana ihtiyacınız olursa mutlaka ara, olur mu? Beni ya da babamı. Neye ihtiyacınız olursa; yanınızdayız zaten. Hem artık daha sık uğrayacağım tamam mı? Becerebilirsem haftada iki kere gelirim. Hem söyle ona, bana yemek yapmasın. Gelmeden önce yerim ben," diye tembihledi.

"Büyükannenin gururunu zedeleyeceksin, öyle mi?" diye azarladım onu. "Önüne ne koyarsa yiyeceksin Michael."

Omuz silkip, "Aman, iyi," dedi. Elini, omuzlarına kadar inen saçlarının arasından geçirip o cılız gülümsemelerinden birini takındı. "Ben buradayım, diyeceğim bu. Hiçbir yere gitmeyeceğim."

Her zaman iyi bir torun olmuştur. Bizi hep gururlandırmıştır. O gittikten sonra, Zoya da ben de, gösterdiği hassasiyeten etkilendiğimizi itiraf ettik.

"Gezi mi dedin?" diye sordum. Önerisi beni şaşırtmıştı. "Bir geziyi kaldırabileceğinden emin misin?"

"Sanırım," dedi. "En azından şimdi yapabilirim. Birkaç ay sonrasını kimbilir?"

"Burada kalıp dinlenmeyi tercih etmez miydin?"

"Ve de ölmeyi mi demek istiyorsun?" diye sordu, herhâlde laf ağzından çıkar çıkmaz pişman olmuştu ki yüzümdeki dehşet ifadesini fark edip beni öpmek için eğildi. "Affedersin," dedi. "Böyle söylememeliydim. Ama bir düşün Georgi. Burada oturup sonumun gelmesini bekleyebilirim ya da ne kadar vaktim kaldıysa, onu değerlendirebilirim."

Dediklerini düşünüp, "Eh, sanırım bir iki haftalığına trenle bir yerlere gidebiliriz," dedim. "Gençliğimizde güney sahilinde mutlu günler geçirmiştik."

Başını iki yana sallayarak, "Benim aklımdan geçen Cornwall değildi," dedi hemen. Şimdi pişman olma sırası bendeydi, çünkü bu isim kızımızı hatırlatıyordu ve o istikamette boylu boyunca uzanan bir keder vardı.

"Belki de İskoçya," dedim. "Oraya hiç gitmedik. Eskiden beri hep Edinburgh'yu görmek hoş olabilir diye düşünür dururum. Yoksa çok mu uzak? Fazla mı hırslı davranıyoruz dersin?"

"Sen asla fazla hırslı olamazsın Georgi," dedi gülümseyerek.

"İskoçya olmaz öyleyse," dedim. Britanya haritasını gözümün önüne getirip zihnimde gezinmeye başladım. "Zaten yılın bu zamanında orası çok soğuktur. Bence Galler de olmaz. Belki Göller Bölgesi? Wordsworth'ün memleketi? Ya da İrlanda? Yapabilirim dersen feribotla Dublin'e gidebiliriz. Ya da güneye, West Cork'a doğru uzanırız. Orası çok güzelmiş."

"Ben daha kuzeyi düşünmüştüm," dedi ve ses tonundan, bunun hiç de öylesine bir sohbet değil, bir süredir üzerine düşünüp taşındığı bir şey olduğunu anladım. Nereye gitmek istediğini tam olarak biliyordu ve başka bir yere razı olmayacaktı. "Benim aklımdan Finlandiya geçiyordu," dedi.

"Finlandiya mı?"

"Evet."

"Ama bu kadar yer varken neden Finlandiya?" diye sordum. Seçimi beni şaşırtmıştı. "Orası o kadar... Şey yani, Finlandiya dedin, değil mi? Orada görülecek bir şey var mı ki?"

İçini çekerek, "Tabii ki var Georgi," dedi. "Başka yerler gibi orası da başlı başına bir ülke."

"Ama daha önce hiç Finlandiya'yı görme merakından söz etmemiştin."

"Ben çocukluğumda oradaydım," dedi. "Pek hatırlamıyorum tabii, ama düşündüm ki... Eh, memleketimize en fazla o kadar yaklaşabiliriz, değil mi? Rusya'ya demek istiyorum."

Başımı öne doğru sallayıp, "Ha," dedim. "Tabii ya." Zihnimde Avrupa haritasını canlandırdım; kuzeyde Grense-Jakobselv'den güneyde Hamina'ya kadar yaklaşık 1200 kilometre boyunca uzanan upuzun ülke sınırını hayal ettim.

"Bir kez daha Saint Petersburg'un yakınında olduğumu hissetmek istiyorum," diye devam etti. "Ömrümde sadece bir kerecik daha, hepsi o kadar. Hâlâ gücüm varken. Uzaklara bakıp gözümde canlandırmak istiyorum onu; hâlâ ayakta ve yenilmez."

Burnumdan derin bir nefes aldım; gözlerimi, kömürlerin son parçalarının da kora dönüştüğü ateşe dikip dudaklarımı ısırdım ve istediği şeyi düşündüm. Finlandiya. Rusya. Bu, kelimenin tam manasıyla son dileğiydi. Ve itiraf etmeliyim ki bu fikir beni de heyecanlandırmıştı. Ama yine de böyle bir yolculuğun akıllıca bir iş olup olmadığından emin değildim. Hem, sebebi sadece kanser de değildi.

Sessiz geçen birkaç dakikanın ardından, "Lütfen Georgi," dedi. "Lütfen, sadece bunu istiyorum."

"Yeterince güçlü olduğundan emin misin?"

"Şimdi öyleyim," dedi. "Birkaç ay sonra, kimbilir? Ama şimdi, evet."

Başımı salladım. "Öyleyse gidiyoruz," dedim.

Bütünüyle bakarsak, Zoya'nın beni, hastalığının hiç de iyiye gitmediğine dair uyarması gereken bir dizi belirti vardı, ama ancak birkaç aydır ayırt edilmeye başlayan ve ileri yaşın verdiği ağrı sızılara eklenerek ortaya çıkan bu belirtiler arasındaki bağlantıları anlamak güçtü. Bunun yanı sıra, karımın, çektiği acıyı mümkün olduğu kadar uzun süre boyunca sakladığı gerçeği de vardı. Bunu, katlandığı acıları bilmemi istemediğinden mi yapıyordu, yoksa acılarını hafifletecek tedavilere yönelik gönülsüzlüğü yüzünden mi? Alacağım yanıtlardan incinme korkusuyla bu soruyu ona hiç sormadım.

Ne var ki artık her zamankinden daha yorgun olduğunu fark etmiştim ve akşamları ateşin karşısında, yüzünde katıksız bir bitkinlikle oturuyordu; soluk alması daha zahmetli, yüzü daha solgundu. Bu bitkinliğini sorduğumda omuz silkiyor, bir şeyi olmadığını, sadece iyi bir gece uykusu çekmeye ihtiyacı olduğunu ve onun için bu kadar endişelenmemem gerektiğini söylüyordu. Ama sonra sırtı ona sıkıntı vermeye başladı; elini, omurgasının alt tarafına götürdüğünde acıyla irkildiğini ve acısı geçene kadar, birkaç saniye orada tuttuğunu görebiliyordum. Yüzü ıstırapla buruşuyordu.

Ağrı, artık baş edemeyeceği kadar uzun sürmeye başlayınca, "Bir doktora gitmen lazım," dedim. "Belki de diskini kaydırdın, istirahat gerekiyordur. Doktor sana ağrı kesici ya da..."

Sesini yükseltmemek için kararlı bir çaba sarf ederek, "Ya da belki de sadece yaşlanıyorumdur," dedi. "Düzelirim Georgi. Mesele yapma."

Birkaç hafta içinde ağrı karnına doğru yayılmaya başladı ve sofraya oturduğundaki belirgin iştahsızlığı dikkatimi çekti. Tabaktaki yemeği çatalıyla itekliyor, ağzına yalnızca küçük lokmalar alıyor, tabağını itip aç olmadığını söylemeden önce ilgisizce çiğniyordu.

"Öğle yemeğinde çok yedim," diyordu; ben de buna körü körüne inanacak kadar aptaldım. "Gün ortasında bu kadar çok yememeliyim." Ancak bu belirtiler birkaç ay devam etti ve Zoya sadece kilo kaybetmekle kalmayıp acıdan uyuyamamaya da başlayınca, sonunda onu semtimizdeki pratisyen hekime gitmeye ikna edebildim. Döndüğünde, hekimin bazı tetkikler yaptığını söyledi ve iki hafta sonra korktuğum başıma geldi. Zoya'yı, o zamandan beri hayatımızın bir parçası hâline gelen uzman hekim Joan Crawford'a havale ettiler.

Zoya'nın hastalık haberinin beni ondan daha kötü etkilemesi şimdi bana garip geliyor. Tanrı beni affetsin ama sonuçlar geldiğinde ferahlamış, âdeta mutlu olmuş gibiydi. Sonuçları bana, perişan olmadan, korku duymadan, benim duygularımı da göz önünde bulundurarak verdi. O ağlamadı ama ben ağladım. Ne öfkeli ne de korkmuş görünüyordu; sonraki günler boyunca her iki duygudan payını fazlasıyla alan ben oldum. Sanki müjde almış gibi değil de pek memnun olmadığı ilginç bir haber almış gibiydi.

Bir hafta sonra Doktor Crawford'ın odasında oturmuş, gelmesini bekliyorduk. Zoya gayet rahat görünüyordu ama ben tedirgindim; çerçevelenip duvarlara asılmış sertifikalara bakarken yerimde duramıyor, bu hastalık üzerine ihtisas yapmış, ünlü üniversitelerden bunca belge almış birinin, kanserle savaşmak için mutlaka bir yol bulacağına kendimi inandırmaya çalışıyordum. Doktor Crawford gelince, "Bay ve Bayan Jahmenev," dedi; gecikmişti ama enerjikti ve ciddi bir tavrı vardı. Bize karşı anlayışsız davranmasa da, merhamet duymadığını hemen hissettim ki Zoya, doktor hanım her gün aynı hastalıktan mustarip hastalarla uğraştığından, her vakayı, mağdurun yakınları kadar üzücü olarak görmesinin zor olduğunu söyleyerek duruma açıklık getirdi. "Beklettiğim için özür dilerim. Tahmin edersiniz ki buradaki işlerimiz her gün daha da yoğunlaşıyor."

Bunu duymak beni hiç rahatlatmadı, ama doktor hanım önündeki masada duran dosyayı incelerken hiç sesimi çıkarmadım. Bir röntgen filmini ışığa tuttu, ama incelerken yüz ifadesi hiçbir şeyi açığa vurmadı. Sonunda dosyayı kapadı, ellerini dosyanın üzerine koydu ve ikimize baktı; dudakları, sanırım tebessüme yakın bir şeyle kıvrıldı.

"Jahmenev," dedi. "Pek görülmedik bir isim."

Sohbet etmeye gönlüm olmadığı için çabucak, "Rusça," dedim. "Doktor, eşimin dosyasını incelediniz mi?"

"Evet, bu sabah doktorunuz Bay Cross'la da görüştüm. Bayan Jahmenev, doktor size hastalığınızdan bahsetti mi?"

Başını öne doğru sallayıp, "Evet," dedi Zoya. "Bana kanser olduğum söylendi."

Doktor Crawford, "Daha doğrusu, yumurtalık kanseri," dedi. İki eliyle önündeki kâğıtları düzleştirdi. Bu davranışı nedense bana, sahnede ellerini nereye koyacağını bilemeyen kötü aktörleri hatırlattı; belki de bu, konuşmaya hiç dâhil olmamak için bulduğu bir kaçıştı. "Sanırım şikâyetleriniz bir süredir devam ediyor?"

Zoya, temkinli bir tavırla, "Bazı belirtiler vardı, evet," diye karşılık verdi; ses tonu, işleri bu kadar ağırdan aldığı için azar işitmek istemediğini belli ediyordu. "Biraz sırt ağrısı, bitkinlik, hafif bulantı, ama aklıma bir şey gelmedi. Ben yetmiş sekiz yaşındayım, Doktor Crawford. On yıldır her sabah başka bir şikâyetle uyanıyorum."

Doktor gülümseyip başını öne doğru salladı ve bir an duraklayıp daha yumuşak bir sesle devam etti. "Sizin yaşınızda bir kadın için olağandışı bir durum değil tabii. Genelde elli ve yetmiş arası yaşlarda ortaya çıkmasına rağmen, ileri yaştaki kadınlarda yumurtalık kanseri riski daha büyüktür. Sizinki nadir, geç ortaya çıkan bir vaka."

"Her zaman bir istisna olmaya çalışmışımdır," dedi Zoya gülümseyerek. Doktor Crawford da gülümsedi ve iki kadın, sanki birbirlerinde benim kaçınılmaz biçimde habersiz olduğum bir şey sezinliyormuş gibi birkaç saniye boyunca bakıştı. Odada sadece üçümüz vardık, ama kendimi fena hâlde dışlanmış hissettim.

Birkaç saniye sonra Doktor Crawford, "Acaba ailenizde hiç kansere yakalanan oldu mu, sorabilir miyim?" dedi.

"Hayır," dedi Zoya. "Yani evet, sorabilirsiniz; ama hayır, kansere yakalanan kimse yok."

"Ya anneniz? Doğal sebeplerden mi ölmüştü?"

Zoya karşılık vermeden önce sadece bir an durakladı. "Annem kanserden ölmedi," dedi.

"Ya büyükanneleriniz? Kız kardeşleriniz veya teyzeleriniz?"

"Hayır."

"Peki, sizin tıbbi geçmişinize gelelim. Hiç büyük bir travma geçirdiniz mi?"

Zoya, doktorun sorusu karşısında anlık bir tereddütten sonra aniden kahkahalara boğuldu. Dönüp şaşkınlıkla ona baktım. Yüzündeki neşeyi, eğlenceyle keder karışımı bir duyguyla sarsılmamak için var gücüyle kendini tuttuğunu görünce, onunla birlikte gülsem mi yoksa yüzümü ellerime mi gömsem, bilemedim. Ansızın başka bir yerde olmayı istedim. Bunların hiçbiri olmasın istedim. Doktorun sözcük seçimi çok talihsizdi, orası kesindi, ama Zoya gülerken Doktor Crawford hiç yorum yapmadan sadece ona bakmakla yetindi; bu tür konuşmalar sırasında böyle garip tepkilerle herhâlde defalarca karşılaşılmıştı.

Zoya sonunda kendini toplayıp sondan bir önceki kelimeyi vurgulayarak, "Hiç tıbbi travma geçirmedim," dedi. "Benim kolay bir hayatım olmadı, Doktor Crawford, ama başından beri sağlığım her zaman iyiydi."

Çok iyi anlamış gibi iç geçirerek, "Eh, hakikaten öyle," dedi doktor. "Sizin neslin kadınları çok sıkıntı çektiler. Her şeyden önce, savaş gördüler."

Zoya, "Evet, savaş," dedi ve dalgın bir tavırla başını salladı. "Aslında birçok savaş yaşandı."

İlk kez araya girip, "Doktor," dedim. "Bu yumurtalık kanserinin tedavisi var, değil mi? Karıma yardım edebilmenizin bir yolu var mı?"

Doktor, odadaki dehşete kapılmış tek kişinin koca olabileceğini anlayarak, biraz şefkatle yüzüme baktı. Usulca, "Korkarım, kanser çoktan yayılmaya başlamış Bay Jahmenev," dedi. "Hem eminim ki şu an için tıp biliminin bu hastalığa bir tedavi sunamadığını da biliyorsunuzdur. Tek yapabildiğimiz, sıkıntılarının bir kısmını hafifletmeye çalışmak ve hastalarımıza hayatlarına devam etmeleri için elimizden geldiğince ümit vermek."

Bu sözleri duyunca başımın hafifçe döndüğünü hissedip gözlerimi yere diktim, ama aslında bunları söyleyeceğini de biliyordum. Kütüphanede, her zaman oturduğum masada, Doktor Cross'un bize söylediği hastalığı haftalarca araştırmıştım ve bilinen bir tedavisi olmadığını gayet iyi biliyordum. Ne var ki ümit her zaman vardı ve ben de buna tutunuyordum.

Tekrar karıma dönüp, "Yaptırmak istediğim bazı ilave tetkikler var Bayan Jahmenev," dedi. "Tabii ikinci bir pelvik muayene de yapmamız gerekecek. Ve bazı kan tahlilleriyle bir de ultrason incelemesi. Baryum lavmanı da kanserin boyutunu tespit etmemize yardım edecek. Bazı tomografi taramaları da yapacağız. Kanserin yumurtalıklardan pelvik bölgeye ne kadar yayıldığını ve karın boşluğuna atlayıp atlamadığını belirlememiz gerekiyor."

Öne doğru eğilip, "Ama ya tedavi, doktor?" dedim ısrarla. "Karımı iyileştirmek için ne yapabilirsiniz?"

Yüzüme dik dik baktı, biraz sinirlendiğini hissettim; perişan olmuş kocalara alışkın bir hâli vardı, ama ilgilendiği alanın dışındaydılar. O yalnızca hastasıyla ilgileniyordu.

"Dediğim gibi, Bay Jahmenev," diye karşılık verdi. "Tedaviler yalnızca kanserin ilerleyişini yavaşlatabilir. Kemoterapi de çok önemli elbette. En kısa zamanda overleri çıkarmak için bir ameliyat da yapacağız, ayrıca histerektomi yapılması da gerekecek. O sırada eşinizin lenf nodlarından, diyaframından, pelvik dokusundan biyopsi örneği de alabileceğiz ve..."

"Peki ya tedavi olmazsam?" diye sordu Zoya. Sesi alçak ama kararlıydı. Doktor Crawford'ın hiç şüphesiz binlerce kez anlattığı, mermer soğukluğundaki tıbbi terimleri kesiliverdi.

"Tedavi görmezseniz, Bayan Jahmenev," dedi. Bu soruya da belli ki çok alışkındı, bu hâli beni sarstı; onun için böyle korkunç fikirleri tartışmak ne kadar basitti. "O zaman kanser mutlaka yayılmaya devam edecektir. Size ilaç tedavisi uygulasak bile aynı derecede ağrı çekersiniz, ama bir gün sizi gafil avlayıverir ve sağlığınız hızla kötüleşir. Kanser ileri safhalara geçince, karın boşluğundan çıkıp karaciğer, böbrek gibi hayati organlara saldırınca bunlar olur."

"Öyleyse tedaviye hemen başlamamız gerekiyor," diye üsteledim. Doktor Crawford gözlerini tekrar karıma çevirmeden önce bana, çok düşkün olduğu kafasız torununa bakan bir büyükbabanın müsamahasıyla gülümsedi.

"Bayan Jahmenev," dedi, "Eşinizin hakkı var. En kısa zamanda başlamamız çok önemli. Anlıyorsunuz, değil mi?"

"Ne kadar sürer?"

"Tedavinin süresi belli değil," diye karşılık verdi doktor. "Hastalığı kontrol altına alıncaya kadar. Bu, kısa bir süre de olabilir, uzun da sürebilir."

Zoya başını iki yana salladı. "Hayır," dedi. "Ben tedavi görmezsem ne kadar zamanım kaldığını kastediyorum."

"Tanrı aşkına Zoya!" diye bağırdım, mantığını tamamen yitirmiş olduğunu ima edercesine bakıyordum yüzüne. "Nasıl bir soru bu böyle? Anlamadın mı, eğer..."

Beni susturmak için elini kaldırdı, ama bana doğru bakmadı. "Ne kadar, doktor?"

Doktor Crawford sesli bir soluk verip omuzlarını silkti ve bu, içimi hiç rahatlatmadı. "Söylemesi güç," diye karşılık verdi. "Kanserin tam olarak hangi safhada olduğunu belirlemek için yine de bu tetkikleri yapmamız gerekiyor. Ama bir yıldan fazla diyemem. Talihiniz varsa belki biraz daha uzun. Ancak bu süre zarfında yaşam kalitenizin nasıl etkileneceğini bilemeyiz. Son âna kadar sağlıklı da olabilirsiniz veya kanser hızla saldırıya geçer ve çok yakında kötüleşmeye de başlayabilirsiniz. Cidden en iyisi derhâl harekete geçmeniz olacak." Masasının ortasında duran kalın ajandayı açıp parmağını sayfalarda gezdirdi. "Size ilk pelvik muayene randevusunu..."

O cümleyi hiç tamamlayamadı. Sözü yarım kaldı, çünkü Zoya çoktan ayağa kalkmış, kapının yanındaki askıdan mantosunu almış ve odadan çıkmıştı.

Aslında Helsinki'den daha doğuya gitmeyi planlamamıştık, ama bir hevese kapılıp Finlandiya'nın kıyısındaki liman şehri Hamina'ya doğru devam ettik. Matkahuolto firmasının otobüsü bizi ağır ağır Porvoo ile Kotka'nın hemen kuzeyinden götürdü ki bu isimler, altmış yıl önce kendi adım kadar tanıdıktı bana. Ama geçen yıllar boyunca hafızamdan yavaş yavaş silinmiş, yerlerini müşterek bir yetişkinlik döneminin hatıraları ve yaşanmışlıkları almıştı. Ne var ki bu isimleri otobüs tarifesinde yeniden okuyup kayıp hecelerini fısıltıyla tekrarlayınca, ansızın yeniden gençliğime savruluverdim. Harfler, bir çocuk şarkısının aşinalığı ve hasretiyle yankılandı. Yaşımız hayli ilerlemiş olduğundan bizi otobüsün ön koltuklarına oturttular. Londra'dan ayrılmadan dört gün önce sekseninci doğum günümü kutlamıştım; karım da benden sadece iki yaş küçüktü. Konuşmadan yan yana oturup memleketimiz olmayan ama bize, doğduğumuz yere yıllardan beri hiç olmadığımız kadar yakın olduğumuzu hissettiren ülkenin kasabalarını, köylerini seyrettik. Finlandiya körfezi, bana Baltık kıyıları boyunca yaptığım, çoktan unutulmuş gemi seyahatlerini; oyunlar, kahkahalar ve her biri diğerinden daha fazla ilgi bekleyen kızların sesleriyle dolu günlerimi, gecelerimi hatırlattı. Gözlerimi kapayıp yukarıdaki martıların çığlıklarını dinledikçe, Standart'ın güvertesini yakan güneş ve arkamızda esen hafif rüzgâr eşliğinde, Kaliningrad'dan kuzeye, Saint Petersburg'a doğru yol alırken Kuzey Estonya kıyısındaki Tallinn'de demir attığımızı hayal edebiliyordum.

Etrafımızı çevreleyen insanların sesleri bile bir aşinalık duygusu veriyordu bize; dilleri farklıydı tabii, ama bazı kelimeleri tanıyabiliyorduk. Alçak bölgelerin, fiyortların yumuşak bir ıslık gibi tınlayan lisanıyla içiçe geçmiş, sert, genizden gelen seslerle dolu dilleri, acaba buraya daha önce mi gelmeliydik diye düşünmeme neden oldu.

Hamina tabelası, on ila on beş dakika içinde varacağımızı müjdelerken başımı çevirip Zoya'ya, "Kendini nasıl hissediyorsun?" diye sordum. Yüzü biraz solgundu ve doğuya seyahat etmenin o yürek burkan deneyimini yaşamaktan etkilendiğini görebiliyordum, ama yüzü hiçbir şey belli etmiyordu. Baş başa olsaydık, birbirine karışmış keder ve sevinç duygularıyla ağlardı belki, fakat otobüste yabancılar vardı ve Zoya, yaşlı bir kadının zayıflığını görmelerine izin vererek onların önyargılarını doğrulayacak değildi.

"Âdeta bu seyahatin hiç bitmemesini ister gibiyim," dedi usulca. Neredeyse bir haftadır Finlandiya'daydık ve Zoya istisnai derecede iyi olan sağlığının tadını çıkarıyordu. Bu, eğer durumunun düzelmesine neden olacaksa, kuzeye yerleşmenin iyi bir fikir olabileceğini düşündürüyordu bana. Emekliliğim süresince, Britanya Müzesi'nin kütüphanesinde oturup hayatlarını incelediğim büyük yazarların, geçirdikleri hastalıklara şifa bulmak için evlerini, havanın buz gibi olduğu Avrupa sıradağlarına taşıdıklarını hatırladım. Badenweiler'de, veremin içindeki ateşli dehayı söndürmesine izin veren Stephen Crane; Severn ile Clark'ın, tedavisi üzerine münakaşalarını dinleyerek mikroplu ciğerleriyle İspanyol Merdivenleri'ni seyreden Keats. O yerlere, güçlerini yeniden kazanmak için gitmişlerdi. Daha uzun yaşamak için. Ama hepsi de o yerlerde mezara girmişti. Zoya için durum farklı olabilir mi diye düşündüm. Kuzeye dönüş, uzayacak yıllar için bir ümit, bir ihtimal olabilir miydi, yoksa yıkıcı bir biçimde, bana, karımı benden almakla tehdit eden istilacıyı hiçbir şeyin yenilgiye uğratamayacağını mı öğretirdi?

Kentteki küçük bir kafede, bize Finlerin geleneksel öğle yemeğinden ikram ettiler. Risk alarak palto ve atkılarımıza sarınıp dışarıda oturduk. Garson kız, sıcak tuzlu balık ile patates getirdi, sıcak içeceklerimizi azalır azalmaz yeniledi. Etrafı seyrederken bir grup çocuk koşarak yanımızdan geçti; oğlanlardan biri ufak tefek bir kızı itekleyince kız korku dolu bir çığlık atarak kar yığınının üstüne arkaüstü düştü. Zoya oturduğu yerde doğrulup yaptığı zalimlik için oğlanı azarlamaya hazırlandı, ama kurban çabucak kendini toparlayıp intikamını kendi başına alınca Zoya'nın yüzünde tatminkâr bir gülümseme belirdi. Aileler geçti önümüzden, yakındaki okula gidip geliyorlardı. Biz de uzun ve mutlu bir birlikteliğin, sürekli çene çalma ihtiyacını ortadan kaldırdığını bilmenin huzuruyla kendi düşüncelerimize, kendi hatıralarımıza daldık. Zoya'yla uzun zamandır, saatler boyu bir arada, sessizlik içinde, ama birbirimize söyleyeceklerimiz hiç tükenmeden oturma sanatında mükemmelliğe erişmiştik.

Son çayımızı bitirmek üzereyken Zoya, "Havadaki kokuyu fark ettin mi?" diye sordu.

"Kokuyu mu?"

"Evet. Havada... Tarif etmesi güç, ama gözlerimi kapayıp havayı içime çektiğim zaman çocukluğumu hatırlamadan edemiyorum. Londra hep bana iş gibi kokardı. Paris de korku gibi. Ama Finlandiya bana hayatımın daha basit dönemlerini hatırlatıyor."

"Ya Rusya?" diye sordum. "Rusya nasıl kokardı?"

Düşünmek için bir an bile duraksamadan, "Bir zamanlar mutluluk ve refah kokardı," dedi hemen. "Sonra delilik ve hastalık. Ve de din tabii. Sonra bir de..." Cümlesini tamamlamaya utandı. Gülümseyip başını iki yana salladı.

"Ne?" diye sordum gülümseyerek. "Haydi, söyle bana."

Özür diler gibi omuz silkti. "Benim budala olduğumu düşünürsün," dedi. "Ama Rusya'yı çürüyen bir nar gibi düşünmüşümdür hep. Kokuşmuş içini saklayan, dıştan kırmızı ve nefis; ama ikiye böl, çekirdekleri ve taneleri kapkara, iğrenç, önüne saçılır. Rusya bana narı hatırlatıyor. Çürümeden önceki hâlini."

Başımı salladım ama sesimi çıkarmadım. Kaybettiğimiz ülkemizin kokusuyla ilgili belirli bir duygum yoktu benim, ama Finlandiya'da etrafımızı çevreleyen insanlar, binalar, kiliseler bana geçmişi hatırlatıyordu. Bunlar daha basit fikirlerdi belki. Zoya daha iyi eğitim aldığı için, mecazlara öteden beri benden daha çok meyilliydi. Ama yeniden memleketime yakın olma düşüncesi hoşuma gitmişti. Saint Petersburg'a yakın. Kışlık Saray'a. Hatta Kaşin'e.

Fakat o yerlere son ayak bastığımdan beri ne kadar değişmiştim. Yemekten sonra ellerimi yıkarken aynaya baktığım zaman, yansımasına bakan ihtiyar bir adam ilişti gözüme. Belki bir zamanlar yakışıklı, genç ve kuvvetli olan, ama artık bunların hiçbiri olmayan bir adam. Saçlarım seyrek ve cılızdı, bembeyaz teller başımın bir tarafında kümelenmiş, gençliğimin lekesiz, güneş yanığı teniyle hiçbir benzer yanı kalmamış, karaciğer lekeleriyle kaplı bir alnı açığa çıkarıyordu. Yüzüm zayıf, avurtlarım çöküktü, kulaklarım sanki bedenimde küçülmeyen tek kısımmış gibi, doğal olamayacak kadar büyüktü. Parmaklarım sıskaydı, ince bir deri tabakası kemikleri örtüyordu. Istırap çekmeden hareket edebildiğim için talihliydim gerçi, zira bu düşünce beni sık sık korkuturdu. Fakat sabahları uyanınca vücudumu sürüyerek yataktan kalkmak, yıkanıp giyinmek için güç kuvvet toplamak artık daha uzun sürüyordu. Her gün bir gömlek, bir kravat, bir süveter; on altı yaşımdan beri hayatım resmiyet üzerine kuruluydu. Her geçen ayla birlikte, soğuğu giderek daha fazla hisseder olmuştum.

Zaman zaman, benim kadar yaşlı ve çökmüş bir adamın, hâlâ karım kadar güzel ve genç bir kadının aşkına ve saygısına nail olabilmesinin tuhaf olduğunu düşünürdüm. Çünkü o bana hiç değişmemiş gibi geliyordu.

Masaya döndüğümde, acaba otursam mı, yoksa onun kalkmasını mı beklesem diye düşünürken, bana, "Bir fikrim var Georgi," dedi.

Zoya'nın kalkmaya niyeti yok gibiydi. Bu yüzden oturmaya karar verip gülümseyerek, "Güzel bir fikir mi?" diye sordum.

"Sanırım öyle," dedi tereddütle. "Ama sen ne düşünürsün, bilemiyorum."

Söyleyeceği şeyi tahmin edip, "Helsinki'ye taşınmalıyız," dedim. Bu fikrin saçmalığına biraz da güldüm. "Son günlerimizi Helsinki Katedrali'nin gölgesinde yaşamalıyız. Sen bu Fin tarzına âşık oldun."

Başını iki yala salladı, gülümseyerek, "Hayır," dedi. "Onu demeyecektim. Hiç de burada kalmamız gerektiğini düşünmüyorum. Aslında, bence yola devam etmeliyiz."

Yüzüne bakıp kaşlarımı çattım. "Yola devam mı etmeliyiz?" diye sordum. "Nereye? Finlandiya'nın daha içlerine mi? Tabii, bu mümkün, ama benim endişem, seyahatin..."

Sözümü kesip, "Hayır, o da değil," dedi, sanki karşı çıkmama neden olmamak için aşırı hevesli görünmek istemiyor gibiydi. "Eve gitmeliyiz demek istiyorum."

İçimi çektim. Londra'dan yola çıktığımız zaman, bu yolculuğun ona fazla ağır gelmesinden, yola çıkma kararından pişman olmasından ve Holborn'daki evimizin sıcaklığını ve rahatlığını özlemesinden endişe etmiştim. Ne de olsa artık çocuk değildik. Yolda bu kadar uzun zaman geçirmek bizim için kolay değildi.

Öne doğru eğilip elini tuttum. "Kendini hasta mı hissediyorsun?" Yüzüne bakıp bir sıkıntı işareti aradım.

"Eskisinden daha kötü değilim."

"Ağrın çok mu fazlalaştı?"

Hafifçe gülerek, "Hayır Georgi," dedi. "Gayet iyiyim. Neden böyle dedin?"

"Çünkü eve gitmek istiyorsun," dedim. "Ve gidebiliriz, tabii ki gidebiliriz, istediğin gerçekten buysa. Ama zaten dört günümüz kaldı. Helsinki'ye dönüp uçağın kalkacağı güne kadar orada dinlenmek daha rahat olabilir."

"Ben Londra'ya dönmeyi kastetmiyorum," dedi hızlıca. Yine gürültülü bir şekilde kar yığınında oyun oynayan çocuklara doğru bakıp başını iki yana salladı. "Ben *o* evi kastetmiyorum."

"Peki nereyi?"

"Saint Petersburg'u elbette," diye karşılık verdi. "Ne de olsa buraya kadar geldik. Buradan fazla uzun sürmez, değil mi? Orada bir gün geçirebiliriz, yalnızca bir gün. Yeniden Saray Meydanı'nı görebileceğimiz aklımızın ucundan bile geçmezdi. Rusya'nın havasını yeniden içimize çekebileceğimizi hiç düşünmezdik. Şimdi bu kadar yakınken gitmezsek, bir daha hiç gidemeyiz. Ne dersin Georgi?"

Yüzüne bakıp ne diyeceğimi bilemedim. Bu seyahate çıkmaya karar verdiğimizde, hiç şüphesiz ikimiz de bu konunun açılıp açılmayacağını ve eğer açılırsa konuyu önce kimin açacağını aklımızdan geçirmiştik. Plan, Finlandiya'ya, sağlığımız ve hava şartları elverdiğince doğuya gitmek ve uzaklara bakıp bir kez daha Vyborg Körfezi'ndeki adaların gölgesini, hatta Primorsk şehrinin denize uzanan burnunu görebilmekti.

Ama ikimiz de, tanıştığımız şehirle burası arasındaki o birkaç yüz kilometreyi aşmaktan yüksek sesle söz etmemiştik.

"Bence..." diye söze başladım, başımı iki yana sallayıp tekrar konuşmadan önce, kelimeleri kararsızlıkla, ağır ağır ağzımın içinde yuvarladım. "Acaba..."

"Ne?" diye sordu.

"Güvenli midir?"

Kışlık Saray

Fark edilir biçimde titrememek için kendimi tutmaya çabalıyordum.

Kışlık Saray'ın, çar ve ailesinin Saint Petersburg'daki ikametgâhı olan üçüncü katındaki uzun koridor, her iki yanımda soğuk soğuk uzanıyor, uzaktaki mumlar titreşip sönükleşirken altın kaplı duvarlar insanın gözünü korkutan bir karanlığın içinde gözden yitiyordu. Ve tam ortada, geçmişte bu koridorlarda dolaşan tüm o insanları düşünürken soluğu kesilen, Kaşinli bir delikanlı duruyordu.

Elbette daha önce hiç böyle bir ihtişama şahit olmamıştım. Böyle yerlerin, hayal dünyamın haricinde var olabileceğine pek inanmazdım. Ama başımı eğince, oturduğum koltuğun kollarına sımsıkı yapışmış ellerimdeki eklemlerin beyazlaştığını görebiliyordum. Midem gerginlikten hassaslaşmıştı ve endişe yüzünden mermer zemine vurup duran sağ ayağımı ne zaman durduracak olsam, ancak bir an hareketsiz kalabiliyor, sonra tekrar o gergin dansına başlıyordu.

Koltuk bile başlı başına olağanüstü bir güzellikteydi. Dört ayağı kırmızı meşeden oyulmuş, kenarlarına girift çiçek motifleri işlenmişti. İki yanına iki kalın altın levha yerleştirilmiş; içlerinden yalnızca değişik açılardan baktığımda renk değiştirip ışıldayan benekli mavi safirleri tanıyabildiğim, üç farklı mücevherle bezenmişti. Yumuşacık tüylerle sıkıca doldurulmuş minderin üzeri gergin kumaşla kaplıydı. Tedirginliğime rağmen, mindere yaslanırken keyifle bir oh çekmemek çok güçtü, çünkü geçen beş gün, eyerin aman vermez derisi hariç, en ufak bir teselli vermemişti.

Grandük Nikolay Nikolayeviç'in köyümüzden geçmesi ve hayatına kastedilmesinin üzerinden bir hafta geçmeden, Kaşin'den Rus İmparatorluğu'nun başşehrine doğru yola çıkmıştık. Sonraki günlerde, ablam Asya günde iki kere omzumun sargısını değiştirmişti, sargılarda artık hiç kan lekesi kalmayınca beni yeni evime götürmek üzere bırakılan askerler yola çıkmaya hazır olduğumu söylediler. Kurşun birazcık daha sağa isabet etmiş olsaydı, kolum felç olabilirdi, ama talihliydim; kolum, dirseğim ve bileğim arasındaki uyumu geri kazanmam sadece bir iki gün almıştı. İyileşmekte olan yaranın hemen yukarısına arada bir saplanan keskin acı, kolumu oynatmamamı hatırlatan sert bir azar görevi görüyordu. Böyle anlarda yüzümü buruşturuyordum, ama canımın tatlılığından değil, tez canlılıkla yaptığım hareketin, nasıl en eski arkadaşımın canına mâl olduğunu hatırlattığından.

Kolek Boryaviç'in cesedi, babası Boris Aleksandroviç'e ipi kesip oğlunu yere indirmesi ve usülüne göre gömmesi için izin verdikleri âna kadar, askerlerin onu astığı yerde kalmış, kulübemizin yanındaki porsuk ağacının dalında üç gün sallanmıştı. Boris Aleksandroviç bu işi vakarla yaptı; cenaze merasimi ben köyden ayrılmadan önce, öğleden sonra, köyün bir buçuk kilometre kadar uzağında yapıldı.

Bir gece önce anneme, "Sence defin törenine biz de gidebilir miyiz?" diye sormuştum. Ona arkadaşımın ölümünden ilk kez söz ediyordum. Yaptığım şeyden büyük bir suçluluk duyuyordum. "Kolek'e veda etmek istiyorum."

"Sen aklını mı yitirdin Georgi?" diye sordu. Kaşlarını çatıp bana bakmak için döndü. Son birkaç gündür bana karşı ihtimam gösteriyordu, on altı yıldır hiç olmadığı kadar ilgiliydi ve ben, aramızdaki soğukluktan pişmanlık duymasına sebep olan şeyin ölümün eşiğinden dönmem olup olmadığını merak ediyordum. "Bizi orada hiç hoş karşılamazlar."

"Ama o benim en yakın arkadaşımdı," diye ısrar ettim. "Hem sen de onu doğumundan beri tanıyorsun."

Dudağını ısırıp, "Öldüğü güne kadar," diyerek başını eğdi. "Ama Boris Aleksandroviç... hissettiklerini açıkça belli etti."

"Belki onunla konuşursam, ziyaretine gidebilirim. Omzum iyileşiyor. Olanları açıklamaya..."

Yere, yanıma oturup elini sağlam kolumun üzerine koydu. Sesi, bana onun bile insanlaşabileceğini düşündürecek kadar yumuşadı. "Georgi," dedi, "o seninle konuşmak istemez, anlamıyor musun? O seni düşünmüyor bile. Evladını kaybetti. Onun için tek önemli olan bu. Yüzünde tekinsiz bir ifadeyle sokaklarda dolaşıyor, Kolek'e sesleniyor, Nikolay Nikolayeviç'e lanet okuyor, çarı suçluyor, olanlar konusunda kendisi hariç herkesi sorumlu tutuyor. O iki asker, haince konuşmaması için onu ikaz etti, ama dinlemiyor. Günün birinde fazla ileri gidecek ve sonunda ilmeği boynuna geçirtecek. Bana güven, ondan uzak durmak en iyisi senin için."

Vicdan azabından eziyet çekiyor, suçluluktan uyuyamıyordum. İşin aslı, niyetimin grandükün hayatını kurtarmak olduğuna gerçekten inanmıyordum; ben daha çok Kolek'in kendi canına mâl olacak bir şey yapmasını engelleyebileceğimi ummuştum. İşe bakın ki böyle yaparak onu canından etmem takdir edilmişti.

Bu yüzden utanıyordum ama babasının beni cenazede istememesi âdeta içimi ferahlatmıştı, çünkü konuşmama izin verilseydi hiç kuşkusuz yaptıklarım için özür dilerdim. Bu da muhafızların, herkesin inandığı gibi bir kahraman olmadığımı anlamalarıyla ve Saint Petersburg'da bana sunulan yeni hayatın başlamadan bitmesiyle sonuçlanabilirdi. Buna izin veremezdim, çünkü gitmek istiyordum. Bana Kaşin'in dışında bir hayat ihtimali sunulmuştu ve hafta biter, gidiş vaktim de yaklaşırken asıl niyetimin Kolek'i mi, yoksa kendimi mi kurtarmak olduğunu merak etmeye başlamıştım.

Saint Petersburg'a yapacağım uzun yolculuğa başlamak üzere kulübemizden çıktığım sabah, bizim *mujik*lerin bana hayranlık ve aşağılamayla baktıklarını görebiliyordum. Çarın kuzeninin hayatını kurtararak köyümüze büyük onur kazandırdığım doğruydu, fakat birkaç parça eşyamı bir araya getirip seyahatim için bırakılan atın eyerine asılı çantalara yerleştirmemi seyreden kadınlı erkekli herkes, Kolek'in bu sokaklarda büyümesini de izlemişti. Zamansız öldüğü gerçeği, ki benim bundaki payımdan söz etmeye gerek bile yok, havada pis bir koku gibi asılı duruyordu. Onlar Romanovlar'ın sadık tebaasıydı, orası öyleydi. İmparatorluk hanedanına ve otokrasinin haklılığına inanıyorlardı. Çarın, Tanrı'nın emriyle tahta çıktığına ve akrabalarının da şaşaa içinde yaşamaları gerektiğine inanıyorlardı. Ama Kolek, Kaşinliydi. Bizden biriydi. Böyle bir durumda, hangi tarafa daha çok bağlılık hissettiklerini anlamak imkânsızdı.

Gitmek için hazırlanırken Asya, "Yakın zamanda, bir gün, benim için dönecek misin?" diye sordu. Birkaç gündür, yeni bir hayata başlamayı umduğu Saint Petersburg yolculuğunda bana eşlik edebilmek için askerleri ikna etmeye çalışıyordu, ama askerler onu hiç dinlemiyorlardı ve Asya, Kaşin'de, yanında en yakın sırdaşı olmaksızın, yalnız bir geleceğe göğüs gerecekti.

Samimi olup olmadığımı bilmesem de, "Deneyeceğim," diyerek

söz verdim. Beni nelerin beklediği hakkında hiçbir fikrim yoktu neticede. Başkaları için planlar yapacak durumda değildim.

Ellerimi sıkı sıkı tutup her an yaş dökmeye hazır, yalvaran gözlerle gözlerimin içine baktı ve ısrarcı bir tavırla, "Her gün bir mektup bekleyeceğim," dedi. "Ve tek bir cümle: 'Seni almak için yola çıkıyorum.' Beni burada çürümeye terk etme Georgi. Söz ver terk etmeyeceğine. Tanıştığın herkese benden bahset. Onlara, aralarına katılmamın ne kadar değerli bir katkı olacağını anlat."

Başımı peki der gibi sallayıp onu, diğer kardeşlerimi ve annemi yanaklarından öptüm, sonra da gidip babamın elini sıktım. Daniil böyle bir harekete nasıl karşılık vereceğini bilemezmiş gibi yüzüme baktı. Sonunda benim üzerimden para kazanmıştı, ama bu kazancı, benim orayı terk etmemle sonuçlanmıştı. Gariptir, gittiğim için üzgün görünüyordu, ama birtakım şeyleri telafi etmek için artık çok geçti. Ona şans diledim, gümüş renkli aygıra binmeden önce birkaç şey daha söyledim, son kez veda ettim ve atımı sürüp Kaşin'den ve ailemden sonsuza dek ayrıldım.

Yolculuk neredeyse olaysız geçti: at sırtında beş gün, dinlenme, can sıkıntısını gidermek için yapılan küçük konuşmalar ya da tam bir sessizlik. Yalnızca sondan ikinci gece, Ruşkin adlı bir asker, kamp ateşinin başında oturup alevleri seyrederken bana birazcık yakınlık gösterdi.

Yanıma otururken, "Mutsuz görünüyorsun," dedi ve çizmesinin burnuyla, yanan çalı çırpıyı itekledi. "Saint Petersburg'u görmek için sabırsızlanmıyor musun?"

Omuz silkip, "Elbette," dedim, ama aslında şehri çok az düşünüyordum.

"Ne öyleyse? Yüzün başka telden çalıyor. Belki de korkuyorsundur."

"Ben hiç bir şeyden korkmam," diye atıldım, dönüp yüzüne baktım ve yavaşça yüzünü kaplayan gülümseme öfkemi dindirmeye yetti. İriyarı bir adamdı, güçlü kuvvetliydi ve aramızda bir anlaşmazlık da yoktu.

Ellerini kaldırıp, "Peki Georgi Daniiloviç," dedi. "Bu kadar kızacak bir şey yok. Ben sadece konuşmak istersin diye düşünmüştüm, o kadar."

"İstemiyorum," dedim.

Bir süreliğine aramızda bir sessizlik oldu. İçimden, keşke arkadaşlarının yanına dönüp beni yalnız bıraksa diye geçirdim, ama sonunda, beklediğim gibi, yeniden alçak sesle konuşmaya başladı.

Artık bana değil alevlere bakıyordu. "Onun ölümü yüzünden kendini suçluyorsun," diye söze girdi. "Dur, inkâr etmek için bu kadar acele etme. Suçladığını biliyorum. Seni izliyordum. Ve unutma ki o gün ben de oradaydım, ne olduğunu gördüm."

"O benim en eski arkadaşımdı," dedim, içimdeki vicdan azabının dev bir dalga gibi yükseldiğini hissediyordum. "Ona doğru koşmasaydım, öyle..."

"O zaman Nikolay Nikolayeviç'i öldürürdü ve işlediği suç yüzünden yine idam edilirdi. Belki de daha beteri olurdu. Çarın kuzeni öldürülseydi, herhâlde arkadaşının bütün ailesi idam edilirdi. Kız kardeşleri vardı, değil mi?"

"Altı tane," dedim.

"General sağ olduğu için onlar da hayattalar. Sen, Kolek Boryaviç'in iğrenç bir suç işlemesini engellemeye çalıştın, o kadar. Bir saniye erken davransaydın, bunların hiçbiri olmayabilirdi. Kendini suçlayamazsın. Sen en iyisini yaptın."

Başımı öne doğru salladım, sözlerindeki mantığı duyumsayabiliyordum, ama pek faydası olmadı. Benim hatamdı, buna inanmıştım. En sevdiğim arkadaşımın ölümüne sebep olmuştum ve kimse bunun aksine ikna edemezdi beni.

Saint Petersburg'u ilk görüşüm ertesi gece oldu; nihayet başkente girmiştik. Kısa zaman sonra Büyük Petro'nun başarılı tasarımının bir sonucu olduğunu öğreneceğim ihtişamı, akşam karanlığında sönükleşmişti, fakat bu, sokakların genişliğine, insanların, atların ve etrafımdan geçip giden arabaların çokluğuna hayretle bakakalmamı engelleyemedi. Daha önce hiç böylesine hareketli bir yer görmemiştim. Yol kenarlarında, kafeslerin içindeki odun ateşlerinin yanında duran adamlar, yoldan geçen, zarif şapkalı, kürklü hanımlara ve beylere pişmiş kestane satıyorlardı. Muhafızlarım bu manzaralara kayıtsız gibiydiler; sanırım o kadar alışkınlardı ki bu görüntüler onları etkileme gücünü yitirmişti. Ama doğduğu köyün birkaç kilometre ötesinden başka yer görmemiş on altı yaşında bir oğlan için tüm bunlar göz kamaştırıcıydı.

Bu ateşlerden birinin başına bir kalabalık toplanmıştı. Biz de süslü bir arabanın yanında durduk. Biz atlarımızın dizginlerini çekerken insanlar da kenara dizilip, geçmeleri için muhafızlara yol açtılar. Neredeyse bir gündür yemek yememiştim, canım çok kestane çekti, midem sıcak bir yemek beklentisiyle gurulduyordu. Etrafımızda insanlar gülüşüp şakalaşıyorlardı. Haşin ifadeli, orta yaşlı bir kadının başlarını beklediği, birörnek giyinmiş, her biri diğerinden biraz küçük dört kız da aynı yerde duruyordu; belli ki kardeştiler. Oldukça güzellerdi. Midemi sıkıştıran açlığa rağmen, bakışlarım kızların yüzlerine çevrildi. Varlığımdan habersizlerdi; yalnızca biri, en sonda duran –tahminime göre en fazla on beş yaşında olmalıydı– başını çevirip benimle göz göze geldi. Genellikle böyle bir durumda kızarır ya da bakışlarımı kaçırırdım, ama hiçbirini yapmadım. Sanki eski arkadaşmışız gibi, ben de onun gözlerinin içine baktım. Elindeki kesekâğıdının sıcaklığını birden fark edene kadar bakıştık. Bir çığlık atıp kesekâğıdını elinden düşürünce, beş altı kestane bana doğru yuvarlandı. Toplamak için eğildim, o da almak için koştu, ama mürebbiyesinin sert azarıyla olduğu yerde kalakaldı ve kısa bir an için duraksadıktan sonra dönüp kardeşlerinin yanına gitti.

"Hanımefendi," diye seslenip elimdeki ganimetle ona doğru yürümeye başladım, ama ancak birkaç adım atmayı başarmıştım ki refakatimdeki askerlerden biri, yaralı kolumdan beni yakaladı ve acıyla bağırarak kestaneleri yeniden yere düşürmeme neden oldu. Öfkeyle dönüp, "Ne yapıyorsun?" diye sordum, çünkü neden bilmem, bir adamın kolumdan tutması kadar basit bir şeyle bu denli acizleştiğimin görülmesi hiç hoşuma gitmemişti. "Bunlar onun."

Beni, en az benim kadar aç olan atların yanına çekip götürürken, "İsterse biraz daha satın alabilir," dedi. "Yerini bil çocuk, yoksa çabucak öğretirler."

Kaşlarımı çatıp kadına ve mesuliyetindeki kızlara doğru baktım; kalabalığın gözleri üzerlerinde, arabalarına binip gittiler. Elbette tüm gözler üzerlerinde olacaktı, çünkü kızlar birbirinden güzeldi; en küçükleri hariç, o hepsini gölgede bırakıyordu.

Birkaç dakika sonra Neva nehrinin kıyısından ilerlemeye başladık, gözlerimi granit setlerden ve sohbet ederek sokaklarda gezinen neşeli genç çiftlerden alamıyordum. Savaşın mahvettiği bir şehirle karşılaşmayı beklediğim için, insanların mutlu görünmesi beni şaşırtmıştı. Fakat savaşın tatsızlığı Saint Petersburg'a uğramamış gibi görünüyordu; aksine sokaklar ve meydanlar neşe, kahkaha ve refahla doluydu. Artan heyecanımı dizginlemek için yapabildiğim tek şey, seyretmekti.

Sonunda muhteşem bir meydana saptık. Kışlık Saray karşımda

boylu boyunca uzanıyordu. Akşam karanlığına rağmen yukarıdaki dolunay, yeşil beyaz cepheli kaleyi fal taşı gibi açılmış gözlerimle incelememe izin veriyordu. Bu kadar olağanüstü bir yapıyı nasıl inşa edebilmişlerdi, havsalam almıyordu ve görünüşe göre debdebesi karşısında afallayan yine sadece bendim.

Muhafızlardan birine, "Burası mı?" diye sordum. "Çarın yaşadığı yer burası mı?"

Boğuk bir sesle, "Tabii ya," dedi ve yolculuk boyunca arkadaşıyla birlikte gösterdikleri aynı ilgisiz tavırla omuz silkti. Arkadaşları grandükün maiyetinde yola devam ederken kendilerine, bir oğlana başkente kadar eşlik etmek gibi bayağı bir görevin düşmesini büyük bir hakaret olarak gördüklerinden şüphelendim.

"Peki, ben de burada mı oturacağım?" diye sordum, böyle olağandışı bir fikir karşısında gülmemek için kendimi tutmaya çalışarak.

"Kimbilir?" dedi. "Bize verilen emir, seni Kont Çarnetski'ye teslim etmek, ondan sonrası senin meselen."

Neredeyse saraydan iki kat uzun, kırmızı granitten yapılmış Aleksandr Sütunu'nun yanından geçtik. Başımı kaldırıp tepesindeki haçı sıkı sıkı tutan meleğe baktım. Başı, yenilgiye uğramış gibi eğikti ama duruşu utkuluydu; düşmanlarına ortaya çıkmalarını haykırıyordu sanki, zira güçlü imanı, emniyetinin teminatıydı. Muhafızların peşinden, doğruca sarayın içine giden kemerli bir geçide girdim. Buradan sonra atımı aldılar. Beni, uzun yolculuğun ardından kendime çekidüzen verirken baştan aşağı süzen iri yapılı bir beyefendi karşıladı, ama gördüklerinden hiç etkilenmemiş gibi bakıyordu.

Yanına yaklaşırken bana, "Sen Georgi Daniiloviç misin?" diye sordu.

"Evet efendim," dedim kibarca.

"Benim adım Kont Vladimir Vladyaviç Çarnetski," dedi, kelimelerin ağzından dökülürken çıkardığı tınıdan çok hoşlandığı açıktı. "İmparator majestelerinin şahsi muhafızı olma şerefine nailim. Bana, köyünde kahramanca bir harekette bulunduğun ve çarın sarayında bir görevle mükâfatlandırıldığın söylendi, doğru mu?"

"Bana da öyle söylediler," dedim. "Aslında o gün öğleden sonra, her şey o kadar çabuk olup bitti ki ben..."

Sözümü kesti. "Mühim değil." Arkasını dönüp sarayın sıcacık iç kısmına açılan bir kapıya yönelerek peşinden gelmemi işaret etti. "Bu tür kahramanlıkların, çar ve ailesini koruyanların günlük sorumluluklarından biri olduğunu bilmelisin. Sayısız olayda hayatlarını tehlikeye atmış kişilerle birlikte çalışacaksın, bu yüzden özel bir durumun olduğunu zannetme. Sen sadece kumsalda bir çakıltaşısın, daha fazlası değil."

Düşmanca tavrından şaşırmış hâlde, "Elbette efendim," dedim. "Hiç daha fazlası olduğumu düşünmedim. Ve sizi temin ederim ki..."

"Genellikle yeni muhafızları karşılama işinin üstüme yüklenmesinden hoşlanmam," dedi. Oflayıp puflayarak önüme düşüp beni geniş, mor halı kaplı merdivenlerden çıkardı. O kadar hızlı çıkıyordu ki ona ayak uydurabilmek için koşar adım çıkmak zorunda kaldım. Yaşımız ve kilomuz arasındaki büyük fark göz önüne alındığında, beklenmedik bir durumdu bu. "Hem eğitimsiz hem de buradaki usullerimizi bilmeyen genç adamlara nezaret etmeye mecbur kaldığım zaman daha da sinirleniyorum."

"Tabii efendim," dedim yine. Arkasından koşuyor, uygun şekilde hareket edip saygılı bir astı gibi görünmek için elimden geleni yapıyordum.

Sarayın içindeki merdivenlerden çıkarken bir yandan da huşu içinde aynaları ve pencereleri çevreleyen kalın altın çerçevelere bakıyordum. Duvarlardan fırlayan, kaidelerin üstündeki beyaz kaymaktaşından muzafferane heykeller, tavana kadar uzanan devasa gri sütunlara sırtları dönük olarak yerleştirilmişti. Emir erlerinin önünde savaşa giden, at sırtındaki büyük adamları tasvir eden muhteşem duvar halıları ve resimler, bir dizi antreye bağlanan açık kapılardan insanın gözüne ilişiyordu. Ve uygun adım yürürken mermer zeminde ayak seslerimiz yankılanıyordu. Kont Çarnetski'nin kalıbında bir adamın –ki oldukça olağandışı bir cüsseye sahipti– bu hollerden böyle ustalıkla geçmesi beni şaşırtıyordu. Yılların tecrübesi olduğuna hükmettim.

"Ama grandük zaman zaman böyle heveslere kapılır," diye konuşmaya devam etti. "Ve kapıldığı zaman da hepimiz ona uymak zorundayız. Sonuçları ne olursa olsun."

Erkekliğimi göstermeye kararlı, bir saniyeliğine durarak, "Efendim," dedim, ama soluğumun düzelmesi epeyce sürdüğü için hevesim kursağımda kaldı, çünkü ellerim belimde, iki büklüm eğilmiş soluk almaya uğraşıyordum. "Efendim, kendimi bu çok yüksek mevkilerde bulacağımı hiç ummazdım, ancak kuvvetlerinizin geleneklerine en uygun şekilde, sebatla ve adabımuaşeretle hareket etmek için gücümün yettiği her şeyi yapacağımı bilmenizi isterim. Ayrıca bir muhafızın bilmesi gereken ne varsa öğrenmeye de hazırım. Hızlı öğrendiğimi göreceksiniz, size söz veriyorum."

Birkaç metre ilerimde durup arkasına döndü, bir an için bana öyle büyük bir hayretle baktı ki niyeti gelip suratıma bir şamar indirmek mi, yoksa sadece duvarlardaki dizi dizi pencerelerin birinden aşağı atmak mı bilemedim. Ama ikisini de yapmadı, başını iki yana salladı ve bağırarak peşinden gelmemi ve çabuk olmamı söyleyip yürümeye devam etti.

Birkaç dakika sonra kendimi uzun bir koridorda buldum. O harikulade koltuğa oturmamı söyledi, bu mola için minnettardım. Görevinin tamamlanmasından memnun, başını öne doğru salladı ve gitmek üzere arkasını döndü, ama görüş mesafemden tamamen çıkmadan önce arkasından seslenecek cesareti topladım.

"Efendim," diye seslendim. "Kont Çarnetski!"

"Ne var?" diye sordu, arkasına dönüp ona seslenme küstahlığını göstermeme inanamıyormuş gibi ters ters bakarak.

"Şey..." diye başladım, etrafıma bakınıp omuzlarımı silktim. "Şimdi ne yapacağım?"

Yeniden bana doğru birkaç adım atıp biraz da acı acı gülerek, "Ne mi yapacaksın çocuk?" diye sordu. "Ne mi yapacaksın? Bekleyeceksin. Çağrılıncaya kadar. Sonra da sana talimat verilecek."

"Peki, ondan sonra?"

"Ondan sonra," dedikten sonra tekrar arkasını döndü. Koridorun karanlığında gözden kaybolurken, "Hepimiz ne yapmak için buradaysak sen de onu yapacaksın Georgi Daniiloviç," dedi. "İtaat edeceksin."

Orada otururken dakikalar âdeta sonsuzluk kadar uzadı. Acaba beni unuttular mı diye düşünmeye başladım. Koridorda, her bir kapının ardında vazifesine bağlı bir hizmetkâr ordusunun bekleyip durduğu hissinden başka hiç hareket, bir hayat belirtisi yoktu. Bana görevlerimi her kim söyleyecekse ortaya çıkacak gibi görünmüyordu. Giderek tedirginliğim arttı; kimse gelip benimle ilgilenmezse ne yapmam, nereye gitmem gerektiğini düşünüp duruyordum. Sıcak bir yemek, yatak, yolculuğun kirini pasını üstümden atabileceğim, yıkanabileceğim bir yer ummuştum, ama böyle lüksler pek mümkün görünmüyordu.

Varlığımdan hiç de memnun olmayan Kont Çarnetski, labirentin derinliklerinde gözden kaybolmuştu. Benimle görüşmek için bekleyen kişi Grandük Nikolay Nikolayeviç mi diye merak ettim, ama onun şimdiye dek çoktan Stavka'ya, ordu karargâhına dönmüş olduğunu tahmin ediyordum. Midem guruldamaya başladı, son yemek yememin üzerinden neredeyse yirmi dört saat geçmişti. Başımı eğip, sertçe azarlarsam sesini kesecekmiş gibi kaşlarımı çatarak karnıma baktım. Alçak perdeden gurultusu, yavaş yavaş açılan yağlanmamış bir kapının gıcırtısı gibiydi. Koridorlarda yankılanıp duvarlardan, pencerelerden sekerek daha da yükseldi ve daha da mahcup edici bir hâl aldı. Sesi bastırmak için hafifçe öksürüp bacaklarımı esnetmek için ayağa kalktım ve Kaşin'den buraya kadar at sırtında yaptığım uzun seyahatin sebep olduğu, ayak bileğimden uyluğuma uzanan şiddetli acıyı hissettim.

Durduğum geçit Saray Meydanı'na bakmıyordu. Sarayın, kıyısı elektrikli sokak lambalarıyla aydınlatılmış Neva nehrine bakan cephesindeydi. Vaktin geç olmasına karşın, hâlâ nehirde dolaşan gezinti tekneleri beni şaşırttı, çünkü soğuk bir geceydi ve rüzgârın, su üstünde ne kadar sert estiğini hayal edebiliyordum. Fakat teknelerdekiler belli ki varlıklı sınıftandılar, çünkü bu mesafeden bile pahalı kürklere, şapkalara ve eldivenlere bürünmüş olduklarını görebiliyordum. Teknelerin güvertelerinde bir sürü yiyecek içecek olduğunu, prenseslerle düşeslerin, dünya umurlarında değilmişçesine gülüşüp dedikodu yaptıklarını da hayal ettim.

Böyle bir sahneyi gören kimse, ülkemizin on sekiz aydan uzun bir süredir savaş hâlinde olduğunu ve geçen her saat, binlerce genç Rus erkeğinin Avrupa'daki savaş meydanlarında can verdiğini tahmin bile edemezdi. Versay'ın, mahkûm arabaları gelmeden önceki hâli gibi değildi, ama bir inanmama havası vardı sanki. Saint

Petersburg'un toprak sahibi sınıfı, şehir sınırlarının dışında kalan kasaba ve köylerdeki artan hoşnutsuzluk ve mutsuzluğa pek de inanmıyor gibiydi.

Bu teknelerden birinin, tam sarayın önüne yanaşmasını seyrettim. Belki de teknelerin içinde en müsrif olanı buydu. Tekne yavaşça palamar yerine doğru kayarken iki imparatorluk muhafızı, güverteden, kıyıdaki gezinti yoluna atladıktan sonra, yolcuların rahatça geçmeleri için geniş, iner kalkar bir köprü açtılar. Önce tıknaz bir kadın indi ve kenarda durdu; peşinden aralarında konuşan, aynı tarzda, uzun, gri elbiseler ve mantolar giymiş, şapkalı dört kız indi. Daha iyi görebilmek için boynumu uzattım ve pişmiş kestane satılan yerde gördüğüm grup olduklarını anlayıp şaşkına döndüm. Bindikleri araba onları, akşamı hoş bir şekilde sonlandıracakları kısa bir gezinti için tekneye götürmüş olmalıydı; ama durduğum yer sarayın üçüncü katında ve çok yüksekte olduğundan, onları birkaç saniyeden fazla göremedim. Fakat izlendiklerini hissedip hissetmediklerini merak ettim, çünkü gözden kaybolmadan hemen önce içlerinden biri –en küçükleri, kestaneleri yere düşen ve bakışıyla beni büyüleyen kız– durakladı, sonra da başını kaldırıp beni gördü. Yüzünde, tanıdığını belli eden bir ifade belirdi. Sanki başından beri, orada olacağımı beklermiş gibiydi. Gözden kaybolmadan önce bir an için gülümsediğini gördüm. Üstüme çöken bu alışılmadık duyguyla sersemleyip heyecanla yutkundum ve kaşlarımı çattım.

Kızlara sadece bir anlığına bakmıştım; kestane tezgâhının başında da hiç konuşmamıştık, ama o gözlerde, insana keşke koşup onu bulabilsem, konuşabilsem, kim olduğunu öğrenebilsem dedirten bir sıcaklık, bir incelik vardı. Duygularımın saçmalığına güldüm. Kendi kendime, "Saçmalıyorsun Georgi," dedim; zihnimdeki görüntülerden kurtulmak için başımı salladım ve kimse, bana yapacak daha iyi bir şey verecek gibi durmadığından, o tehlikeli pencerelerden ve süslü koltuğumun yalnızlığından uzaklaşıp koridorda yürümeye koyuldum.

Ve tam o anda uzaktan gelen sesleri duymaya başladım.

Her kapı bir diğeri kadar süslüydü ve herhâlde yükseklikleri dört buçuk beş metre vardı. Üzerlerini bezeyen girift, altın süslemelere, yarım daire şeklinde efrizler yerleştirilmişti. Bu incelikli ayrıntıların kaç saatlik işçiliğe mâl olduğunu merak ettim. Bu sarayda böyle kaç kapı vardı? Bin mi? İki bin mi? Bu, aklımın alamayacağı kadar büyük bir hesaptı. Tek bir ailenin zevki için yapılmış bu süslemeleri bitirmek için kaç kişinin uğraştığını düşününce başım döndü. Bu güzelliğin farkında olup olmadıklarını merak ettim, yoksa bu zarif ihtişamı tamamen kanıksamışlar mıydı?

Sadece bir anlık bir tereddütten sonra, bir köşeyi dönüp önümde uzanan, görece daha kısa bir koridora girdim. Sol tarafı aydınlatan hiçbir ışık yoktu ve koridorun gitgide artan karanlığı Asya'nın, küçükken kâbuslar görmeme neden olan korkunç hikâyelerini anımsattı. Hafifçe ürperip başka tarafa döndüm. Ne var ki sağ taraftaki pencere pervazlarında bir alay mum yanıyordu. Bir kâşif ruhuyla, postallarım zeminde çok ses çıkarmasın diye dikkatli ve sessizce, pencerelerin yanından yürümeye başladım.

Yine bütün kapılar kapalıydı, ama çok geçmeden biraz ilerideki odaların birinden gelen sesleri takip etmeye başladım. Merakla yürümeye devam ettim; kulağımı kapılara dayıyordum, ama arkalarında sadece sessizlik vardı. Her bir odanın içinde neler olmuştu, merak ettim. Buralarda kimler yaşıyordu, kimler çalışıyordu, kimler emirler veriyordu? Sesler giderek yükseldi, koridorun sonunda hafifçe aralık bir kapı vardı, ama yakınına gitmeden önce durakladım. Seslerin sahipleri alçak sesle konuşuyorlardı, ama az sonra sesler daha da anlaşılır hâle geldi. Sağa sola bakınırken karşımda, tam orta yerinde diz çökmek için küçük bir dua taburesi bulunan, yalın döşenmiş bir oda gördüm.

Taburenin önünde, başı mindere gömülü hâlde diz çökmüş bir kadın duruyordu. Ağlıyordu.

Bir saniye durup onu seyrettim, acısı bende merak uyandırmıştı. Sonra gözlerimi odadaki diğer kişiye; sırtı bana, yüzü ise üzerine büyük bir ikon yerleştirilmiş parlak duvar halısının asılı olduğu duvara dönük adama çevirdim. Adamın olağanüstü uzunlukta koyu renk saçları, gür ve sanki epey kirliymiş gibi dağınık, sırtından aşağı iniyordu. Üstünde basit bir köylü kılığı vardı; o tunik ve pantolon Kaşin'de hiç yadırganmazdı. Böyle basit bir kılıkla burada ne işi olduğunu merak ettim. Acaba içeri zorla mı girmişti? Hırsız falan mıydı? Ama hayır, bu imkânsızdı, çünkü önünde diz çökmüş duran hanımın üzerinde, o güne dek gördüğüm en güzel elbise vardı ve belli ki adamın burada olmasının belli bir nedeni vardı. Eğer bir mütecaviz olsaydı, hanım onun karşısında bu denli pürdikkat kesilmezdi.

Adam ansızın, "Dua etmelisin, Matuşka," dedi. Sesi boğuk ve alçaktı, sanki cehennemin dibinden geliyor gibiydi. İsa Peygamber'in Golgota'da çarmıha gerilmesini hatırlatan bir biçimde kollarını yanlara doğru açtı. "Prensler ve saraylardan daha büyük bir güce inancın olmalı. Sen bir hiçsin, Matuşka. Ben de Tanrı'nın sesinin işitilebileceği bir kanaldan başka bir şey değilim. O'nun yüceliği karşısında yalvarmalısın. Kendini hangi kisvede gösterirse göstersin, kendini Tanrı'ya vermelisin. Senden ne isterse yapmalısın. Oğlun için."

Kadın bir şey söylemeden başını taburenin önündeki mindere daha da gömdü. Vücuduma bir ürperti geldiğini hissettim, gözlerimin önünde oynanan bu sahneyi seyrederken giderek daha da heyecanlandım. Ne var ki hipnotize olmuş gibiydim, dönüp gidemediğimi fark ettim. Soluğumu tuttum, adamın tekrar konuşmasını bekledim, ama bir anda arkasına döndü, orada durduğumu fark etti ve göz göze geliverdik.

O gözler... Şimdi bile o gözleri hatırlamak... Sanki hastalıklı bir çukurun dibinden çıkarılmış, kömürden halkalar gibiydi.

Birbirimize bakarken gözlerim irileşti ve vücudum korkudan uyuştu. İçimden *koş* diye bağırdım. *Kaç buradan!* Ama bacaklarım sözümü dinlemedi ve bakışmaya devam ettik, ta ki adam benim kim olduğumu merak etmiş gibi başını hafifçe yana eğip ağzını yayarak gülümseyene kadar. Korkunç bir tebessümdü, ağzının mağaramsı karanlığında bir dizi sarı diş göründü ve ifadesinin korkunçluğu, tılsımın bozulmasına yetti. Hemen dönüp, geldiğim yola doğru koştum. Kendimi yeniden o kesişme noktasında buldum; emin olamıyordum, Kont Çarnetski'nin beklememi söylediği yere çıkan yolu çoktan karıştırmıştım.

Öldürmek için peşime düştüğünden emin, koşarak döndüm dolaştım; yanlış koridorlarda, aksi istikamete koştum. Artık sarayda kaybolmuştum, korkuyordum, soluk soluğa kalmıştım, kalbim hızla çarpıyordu. Ortadan kaybolmamı nasıl izah edebileceğimi bilmiyordum. Belki de kendimi sarayın dışına atıncaya kadar merdivenlerden inmeliydim; o zaman kaçıp eve, Kaşin'e gidebilir, bütün bunlar hiç olmamış gibi davranabilirdim.

Ve o anda, sanki acayip bir sihir sayesinde, kendimi yeniden yürümeye başladığım koridorda buluverdim. Durdum, eğilip soluklandım ve başımı kaldırdığım zaman artık yalnız olmadığımın farkına vardım.

Koridorun sonunda, açık bir kapının hemen önünde bir adam duruyordu. İçerden parlak bir ışık yayılıyor, adamı âdeta bir tanrı gibi aydınlatıyordu. Gecenin başka hangi korkuları getireceğini düşünerek gözlerimi ona diktim. Bembeyaz ışık hüzmesinin sarmaladığı bu adam da kimdi? Neden benim karşıma çıkmıştı?

"Sen Jahmenev misin?" diye sordu usulca, sesi alçak ve sakindi ama bana kolayca ulaşmıştı.

"Evet efendim," dedim.

"Lütfen," dedi ve dönüp arkasındaki odayı işaret etti. "Ortadan yok oldun sandım."

Bir an durakladıktan sonra peşinden gittim. Bu adamla daha önce hiç karşılaşmamıştım elbette, onu daha önce hiç görmemiştim. Ama kim olduğunu hemen anladım.

Bütün Rusya'nın imparatoru ve hükümdarı, Finlandiya grandükü, Polonya kralı majesteleri Çar II. Nikolay'dı.

Yani işverenim.

Ben odaya girerken, "Beklettimse özür dilerim," dedi ve kapıyı arkamdan kapadı. "Tahmin edeceğin gibi, ilgilenilmesi gereken birçok devlet meselesi var. Üstelik bu çok uzun bir gün oldu. Ummuştum ki..." Sustu ve dönüp hayretle bana baktı. "Sen ne yapıyorsun öyle, çocuk?"

Masasının sol tarafında duruyordu. Hiç kuşkusuz üç metre uzağında diz çöktüğümü, ellerimi önümdeki güzel halının üzerine uzatıp alnımı da yere dayadığımı görünce şaşırmıştı.

"Majesteleri," diye söze başladım; burnumun gömüldüğü kırmızı ve mor halı sesimi boğdu. "Bu onuru bahşettiğiniz için en içten minnettarlığımı..."

"Cennetteki azizler aşkına, ayağa kalk çocuk, ki sesini duyup yüzünü göreyim!"

Başımı kaldırdım, dudaklarında bir gülümsemenin titreştiğini görebiliyordum. Herhâlde acayip bir manzara sergilemiştim.

"Özür dilerim majesteleri," dedim. "Ben, diyordum ki..."

"Ayağa kalk," dedi ısrarla. "Halıma böyle uzanırken, dayak yemiş sokak köpeği gibi görünüyorsun."

Ayağa kalktım ve duruşuma biraz ağırbaşlılık katma çabasıyla üstümü başımı düzelttim. Yerdeyken başıma hücum eden kanın, yüzümün kızarmasına neden olduğunu hissedebiliyordum, ayrıca karşısında muhtemelen utanmış gibi göründüğümün de farkındaydım. Bir daha, "Özür dilerim," dedim.

"Başlangıç olarak, özür dilemeyi bırakabilirsin," dedi ve masasının arkasına geçip oturdu. "Son iki dakikadır ikimizin de tek yaptığı özür dilemek. Buna bir son vermek gerek."

Başımı sallayıp, "Evet majesteleri," dedim. Beni incelerken yüzüne bakma cüretini gösterdim ve dış görünüşünün beni biraz şaşırttığını fark ettim. Uzun boylu bir erkek değildi, boyu 1.70'i geçmezdi ki bu, yan yana dursak ondan rahatlıkla bir baş daha uzun olduğum anlamına geliyordu. Ama oldukça yakışıklıydı; sıkı yapılı, sırım gibi ve görünüşe göre atletikti. Delici bakışları, mavi gözleri, düzgünce kırpılmış sakalı ve uçları mumlanmış ama muhtemelen vakit geç olduğu için hafifçe aşağı düşmüş bıyıkları vardı. Bıyıklarının bakımıyla günde en az bir kere meşgul olduğunu düşündüm; belki bir de, sabah ya da akşam bir kabul töreni varsa, konuklarına hazırlanmak için bir kere daha bıyıklarıyla ilgileniyordur diye tahmin ettim. Benim gibi aşağı tabakadan bir ziyaretçi kabul ettiğinde bu o kadar da önemli değildi.

Beklentilerimin aksine tuhaf bir imparator kıyafeti içinde değil, basit bir *mujik* kılığındaydı: sade, vanilya renginde bir gömlek, bol kesimli bir pantolon ve koyu renkli deri çizme. Tabii ki bu basit giysilerin en güzel kumaşlardan dikilmiş olduğuna hiç şüphe yoktu, ama rahat ve hafif görünüyordu, ben de karşısında kendimi biraz olsun daha rahat hissetmeye başladım.

Sonunda, "Demek Jahmenev sensin," dedi. Berrak sesinden ne can sıkıntısı ne de ilgi hissediliyordu; sanki ben, gün içinde tamamlaması gereken diğer bir iştim.

"Evet efendim."

"Tam adın?"

"Georgi Daniiloviç Jahmenev," dedim. "Kaşin köyünden."

"Ya baban?" diye sordu. "O kimdir?"

"Daniil Vladyaviç Jahmenev," dedim. "O da Kaşinlidir."

"Anladım. Peki, hâlâ bizimle mi?"

Şaşkınlıkla yüzüne baktım. "Benimle birlikte gelmedi efendim," dedim. "Kimse gelmesi gerektiğini söylemedi."

İçini çekerek, "Hâlâ sağ mı?" diye sordu.

"Ha. Evet. Evet, sağ."

"Peki, halk içindeki mevkisi?"

"Çiftçidir efendim."

"Kendi toprağı mı var?"

"Hayır efendim. Irgattır."

"Çiftçi dedin."

"Yanlış söyledim efendim. Yani toprağı işler. Ama kendi toprağı değildir."

"Kimin toprağı peki?"

"Sizin, majesteleri."

Bunu duyunca gülümsedi; verdiğim karşılığı zihninde tartarken kaşları bir an için havaya kalktı. "Gerçekten de öyle," dedi. "Ama Rusya'daki bütün arazilerin köylüler arasında eşit olarak bölüştürülmesi gerektiğini düşünenler var. Eski başbakanım Stolipin, bu tür bir reform ortaya atmıştı," diye ekledi. Ses tonu buna taraftar olmadığını belli ediyordu. "Bay Stolipin'i bilir misin?"

"Hayır efendim," dedim dürüstçe.

"Adını hiç duymadın mı?" diye sordu şaşkınlıkla.

"Korkarım ki hayır, efendim."

Dikkatle tuniğindeki küçük bir lekeyi ovuşturarak, "Eh, pek de önemi yok sanırım," dedi. "Zaten öldü. Ben Kiev Opera Binası'ndaki imparatorluk locasında oturmuş, aşağıya, ona bakarken vuruldu. Katiller insana bu kadar yaklaşabiliyorlar işte. İyi adamdı Stolipin. Ona acımasızca muamele ettim." Birkaç saniyeliğine sessizliğe büründü, geçmişin hatıralarında kaybolmuş gibi dilini avurduna bastırdı; çarın yanına geleli daha birkaç dakika olmuştu ama şimdiden geçmişinin ağırlığı altında ezildiğinden şüphelenmiştim. Ve bugünü de daha iç rahatlatıcı sayılmazdı.

Nihayet tekrar başını kaldırıp bana baktı. "Babana kendi arazisi verilmeli mi, ne dersin?" dedi.

Düşündüm, ama bu konu benim açımdan çok karışıktı; cehaletimi göstermek için omuz silktim. "Korkarım böyle konularda hiçbir bilgim yok efendim," diye karşılık verdim. "Ama eminim ki siz her ne karar verirseniz doğrudur."

"Demek bana güvenin var?"

"Evet efendim."

"Peki ama neden? Beni daha önce hiç görmedin ki?"

"Çünkü siz çarsınız efendim."

"Peki bu neyi değiştirir?"

"Neyi mi değiştirir?"

"Evet Georgi Daniiloviç," dedi sakince. "Benim çar olmam neyi değiştirir? Sadece çar olmam mı sana güven veriyor?"

Yine omuz silkip, "Şey... evet," dedim. Göğüs geçirip başını iki yana salladı.

"Tanrı'nın kutsadığı kişinin karşısında omuz silkilmez," dedi kesin bir tavırla. "Nezaketsizliktir."

"Özür dilerim efendim," dedim. Yine yüzümün kızardığını hissettim. "Saygısızlık etmek istememiştim."

"Yine özür diliyorsun."

"Heyecanlı olduğumdan efendim."

"Heyecanlı mı?"

"Evet."

"Ama neden?"

"Çünkü siz çarsınız."

Bunu duyunca bir kahkaha patlattı ve beni tam bir şaşkınlık içinde bırakarak neredeyse bir dakika kadar güldü. Doğrusu, o gece imparatorla karşılaşmayı hiç beklemiyordum, hem de hiç. Görüşmemiz öyle hazırlıksız ve resmiyetten uzak bir şekilde gerçekleşmişti ki hâlâ gerçek olduğundan emin değildim. Görünüşe göre beni, henüz anlayamadığım bir görev için adamakıllı sorguya çekmek istiyordu, ama sorduğu sorularda dikkatli ve temkinliydi. Verdiğim her karşılığı dinliyor, peşini bırakmıyor, beni tuzağa düşürüp şaşırtmaya uğraşıyordu. Ve şimdi de sanki gülünç bir şey söylemişim gibi gülüyordu ve yemin ederim, neye güldüğünü anlayamıyordum.

Kahkahası dinerken cana yakın bir gülümsemeyle bana bakıp, "Aklın karışmış gibi, Georgi Daniiloviç," dedi sonunda.

"Biraz," dedim. "Az önce dediğim şeyle kabalık mı ettim?"

Başını iki yana sallayıp, "Hayır hayır," dedi. "Verdiğin cevapların tutarlılığı beni güldürdü o kadar. *Çünkü ben çarım*. Ben çarım, değil mi?"

"Şey, evet efendim."

"Ve de acayip bir mevki bu." Masasından, pırlanta kaplı çelik bir mektup açacağı aldı, ucundan tutup dengeledi. "Belki bir gün sana anlatırım. Sanırım şimdilik sana minnet borçluyum."

"Minnet mi efendim?" diye sordum. Bana bir şey borçlu olabilmesine çok şaşırmıştım.

"Kuzenim, Grandük Nikolay Nikolayeviç. Seni bana o tavsiye etti. Bir suikast girişimi esnasında onu nasıl kurtardığını anlattı."

"O kadar ciddi bir şey olduğundan emin değilim efendim," dedim, çünkü çarın ağzından çıkıyor olsa bile kullanılan kelimeler şaşılacak ölçüde haince çınlıyordu kulağımda.

"Ya, öyle değil mi? Sen ne derdin peki?"

Meseleyi düşündüm. "Söz konusu çocuk... Kolek Boryaviç. Onu çocukluğumdan beri tanırdım. O... kendine göre aptalca bir hata yaptı, anlayacağınız. Babası sert görüşleri olan bir adamdı; Kolek de onun gözüne girmeyi severdi."

"Benim babam da sert görüşlü bir adamdı, Georgi Daniiloviç. Ama bu yüzden kimseyi öldürmeye kalkışmadım."

"Hayır efendim, ama sizin emrinizde bir ordu var."

Başı sertçe yukarı kalktı, hayretle bana baktı, küstahlığım karşısında gözleri irileşti ve ağzımdan böyle sözler çıkmasına ben bile çok şaşırdım.

Sanki sonsuzluk kadar uzun süren bir sessizliğin ardından, "Affedersin, ne dedin?" diye sordu.

Söylediklerimi düzeltmeye çabalayarak, "Efendim," dedim. "Yanlış söyledim. Ben yalnızca Kolek'in, babasının tesiri altında olduğunu kastetmiştim, o kadar. Onu memnun etmeye çalışıyordu."

"Demek kuzenimin öldürülmesini isteyen babasıydı. Askerlerimi gönderip onu tutuklattırayım mı peki? Ha, tutuklattırayım mı?"

"Keşke insan işlediği suçlar için değil de, kafasının içindeki düşünceler yüzünden tutuklanabilse," dedim, çünkü en eski arkadaşımın ölümünden sorumluydum. Babasının kanı da ellerime bulaşırsa lanetlenirdim.

Bir an söylediğimi düşünüp, "Çok doğru," dedi. "Ve hayır, genç dostum, insanları böyle şeyler için tutuklamıyoruz. Yani düşünceleri planlara dönüşmedikçe. Suikast korkunç bir şeydir, protestonun en korkakça şeklidir."

Buna karşılık vermedim. Aklıma bir şey gelmedi.

"Büyükbabam suikasta uğradığında ben daha on üç yaşındaydım, biliyor musun? II. Aleksandr. Eskiden ona 'Kurtarıcı Çar' derlerdi. Köleleri özgürleştiren adam. Sonra onu, bu cömertliği yüzünden öldürdüler. Yüreksizin biri, buranın yakınlarında, caddede ilerleyen arabasına bomba attı. Çar yara almadan kurtuldu, fakat arabasından iner inmez, bir başkası ona doğru koşup ikinci bombayı patlattı. Onu buraya getirdiler, bu saraya. Çar ölürken ailemiz başında toplandı. Ruhunun bedeninden uçup gitmesini seyrettim. Dün gibi hatırlıyorum. Bacaklarından biri kopmuştu, öbürü de koptu kopacaktı. Midesi açıktaydı ve soluk almaya çabalıyordu. Sadece birkaç dakikalık vakti kaldığı belliydi. Ama yine de sırayla hepimizle konuştu, bizden son hayır duasını esirgemedi, öyle bir anda bile sakindi. Babamı takdis etti. Benim elimi tuttu ve sonra da öldü. Kimbilir ne çok acı çekmiştir. İşte görüyorsun, ben böyle bir şiddetin sonuçlarını biliyorum ve ailemin hiçbir üyesinin bir daha suikast yüzünden acı çekmemesi için azmettim."

Başımı öne doğru salladım, anlattığı hikâye dokunmuştu. Gözlerim, sağ tarafımdaki duvarda sıralanmış kitaplara kaydı; gözlerimi kısıp adlarını seçmeye çalıştım.

"Yüzünü benden çevirme," dedi çar, ama sesinde hiddetten çok merak vardı. "Ancak ben senden yüz çevirebilirim."

Tekrar ona baktım. "Affedersiniz efendim," dedim. "Bilmiyordum."

İç geçirip, "Yine özür," dedi. "Görüyorum ki buradaki usulleri öğrenmen biraz zaman alacak." Başıyla rafları işaret edip, "Sanırım kitaplar merakını uyandırdı. Kitaplara meraklı mısın?" diye sordu.

Başımı iki yana salladım. "Hayır efendim. Yani, evet demek istemiştim, majesteleri." İçimden kendime söylenip cehaletimi gizlemeye çabaladım. "Yani, anlattıklarıyla ilgilenirim."

Çar bir anlığına gülümsedi, neredeyse kahkaha atacak oldu ama sonra yüzü gölgelendi ve öne doğru eğildi.

"Kuzenim benim için çok önemlidir, Georgi Daniiloviç," diye açıkladı. "Ama daha da ötesinde, savaşımız için son derece önem taşıyor. Kaybının bedeli ölçülemezdi. Yaptıkların için hem çar hem de bütün Rus halkı sana minnettar."

Daha fazla itiraz etmenin yararsız olduğunu hissettim ve kadirbilir bir tavırla başımı eğip birkaç saniye öyle kaldım.

O zaman, "Yorgun olmalısın evlat," dedi. "Oturmaz mısın?"

Etrafıma bakındım; arkamda, koridordakine benzeyen ama çarın oturduğu koltuk kadar süslü olmayan bir koltuk duruyordu. Oturdum ve ânında kendimi rahatlamış hissettim. Otururken etrafıma çabucak göz gezdirdim; ama bu sefer kitaplara değil, duvarlardaki tablolara, duvar halılarına, hemen her müsait yere yerleştirilmiş sanat eserlerine baktım. O güne kadar hiç böyle bir zenginlik görmemiştim. Nefes kesiciydi. Çarın arkasında, sol omzunun hemen yukarısında harikulade bir süs eşyası duruyordu. Gözlerimi dikip bakmam kabalıktı ama gözlerimi ondan alamıyordum. İlgimi fark eden çar, dikkatimi çeken şeyin ne olduğunu görmek için arkasına döndü.

Tekrar bana dönüp gülümserken, "Ah, demek hazinelerimden birini fark ettin," dedi.

"Affedersiniz efendim," dedim; omuz silkmemek için kendimi tuttum. "Bu... Hiç bu kadar güzel bir şey görmemiştim."

"Evet, epey güzel, değil mi?" dedi. İki elini yumurta biçimindeki heykelciğe uzattı ve aramızdaki masanın üstüne koydu. "Biraz daha yakına gel Georgi. İstersen daha yakından inceleyebilirsin."

Koltuğumu öne doğru çekip eğildim. Beyaz mineli yumurtanın boyu on sekiz yirmi santimetreden fazla değildi; eni de herhâlde boyunun yarısı kadardı. Üstündeki küçük portreler, kırmızı işlemeli bir tabana yerleştirilmiş iki başlı kartal figürleriyle desteklenmişti.

Çar, "Fabergé yumurtası olarak bilinir bu," dedi. "Geleneklerimize göre, bunu yapan zanaatkâr, her Paskalya'da aileme bir yumurta hediye eder. Her yıl yeni bir tasarım; iç kısmında da yeni bir sürpriz. Göz alıcı değil mi, ne dersin?"

"Hiç böyle bir şey görmemiştim," dedim. Elimi uzatıp dokunmaya can atıyordum, ama bir şekilde zarar veririm diye de korkuyordum.

"Bu, iki yıl önce çariçe ile bana hediye edildi. Romanov saltanatının üç yüzüncü yıldönümünün anısına. Bunlar eski çarların portreleri." Yumurtayı kendi etrafında biraz döndürüp bazı atalarını göstermeye başladı. "Romanovlar'ın ilki, Mihail Fyodoroviç," diyerek küçük, gösterişsiz, sivri bir başlık takmış, buruşuk yüzlü bir adamı işaret etti. "Ve bu da Büyük Petro, ondan bir asır sonra. Ve Büyük Katerina, ondan da elli yıl sonra. Sana bahsettiğim büyükbabam II. Aleksandr. Ve babam." Karşımda oturan adama neredeyse tıpatıp benzeyen bir adamı gösterdi. "III. Aleksandr."

Tam ortadaki portreyi işaret edip, "Ve de siz efendim," dedim. "Çar II. Nikolay."

"Doğru," dedi. Anlaşılan kendisini fark etmem hoşuna gitmişti. "Benim tek üzüldüğüm, yumurtaya son bir portre daha eklememesi."

"Kimin efendim?"

"Oğlumun elbette, Çareviç Aleksey'in. Bence burada onun portresini de görmek çok yerinde olurdu. Gelecek için beslediğimiz ümitlerin bir ifadesi olarak." Tekrar konuşmadan önce bir an durup bunu düşündü. "Şöyle yaparsam eğer..." Elini yumurtanın üzerine koyup dikkatle menteşeli kapağını kaldırdı. "İçindeki sürprizi görürsün."

Neredeyse masasının üzerine boylu boyunca uzanıp öne doğru eğildim ve yumurtanın içindeki küreyi görünce soluğum kesildi. Altınla kaplı kıtalar ve eritilmiş mavi çelikten yapılmış okyanuslar.

"İki kuzey yarımküreden oluşuyor," dedi; ses tonundan, ilgili bir dinleyiciye sahip olduğu için memnun olduğunu anlayabiliyordum. "Burada 1613'te, atam Mihail Fyorodoviç tahta çıktığı zamanki Rus toprakları var. Ve burada da," küreyi döndürerek devam etti, "Üç yüzyıl sonra benim hükümdarlığım altındaki topraklarımız. Gördüğün gibi, oldukça farklı."

Başımı iki yana salladım, nutkum tutulmuştu. Yumurta öyle ince ayrıntılara, öyle zarif bir tasarıma sahipti ki bütün gün ve bütün gece boyunca oturup hiç usanmadan güzelliğini seyredebilirdim.

Ellerini birleştirdi, duvardaki saate göz atıp, "Evet," dedi. "Vakit geç oluyor. Artık belki de seninle konuşmak istememin diğer sebebini söylemeliyim."

"Tabii efendim."

Doğru kelimeleri seçmek istiyormuş gibi, bir an yüzüme baktı. Bakışı öyle keskindi ki gözlerimi kaçırmak zorunda kaldım. Gözüm, masasındaki çerçeveli fotoğrafa ilişti. Bakışımı takip etti.

Başını öne doğru sallayarak, "Ha," dedi, "sanırım bu da başlamak için iyi bir yer." Fotoğrafı alıp bana verdi. "Herhâlde imparatorluk ailesine aşinasındır."

"Elbette, bilgim var efendim," dedim. "Henüz o onura erişme..."

Bana aldırmadan devam etti, "Fotoğraftaki dört hanım, benim kızlarımdır. Grandüşes Olga, Tatyana, Marie ve Anastasya. Büyüyüp çok hoş birer genç hanım olduklarını da söylemeliyim. Onlarla son derece gurur duyuyorum. En büyükleri, Olga, yirmi yaşına geldi. Herhâlde yakında evlendireceğiz, bir ihtimal. Avrupa'nın kraliyet aileleri arasında birçok münasip genç var. Tabii bu şu anda mümkün değil. Bu kahrolası savaş sürerken olmaz. Ama yakında, diye düşünüyorum. Savaş bitince. Şuradaki, en küçükleri, benim sevgili Grandüşes Anastasya'm, kısa süre sonra on beşini bitirecek."

Fotoğraftaki yüze baktım. Küçüktü tabii, ama ben de ondan ancak iki yaş büyüktüm. Hemen tanıdım onu. O akşam erken saatte, kestane tezgâhının başında gördüğüm, bir saat önce de tekneden inerken başını kaldırıp bana gülümseyen kızdı. Beni altüst edip ani bir ihtiras dalgasıyla şaşkına çeviren kız.

Çerçeveyi elimden alıp, "Sanırım sana güvenip söyleyebilirim, Tanrı'nın hiçbir zaman bana bir oğul bahşetmeyeceğini düşündüğüm zamanlar oldu," diye devam etti. İçinde dikkat çekici bir oğlan çocuğunun fotoğrafı olan başka bir çerçeve uzattı. "Rusya'nın hiçbir zaman bir vârisle kutsanmayacağını düşündüğüm zamanlar. Ama ne mutlu ki çariçeyle, on bir yıl kadar önce bir oğlumuz oldu. Aleksey. Bir gün büyük bir çar olacak."

Fotoğraftaki oğlanın neşeli yüzünü dikkatle inceledim; çok zayıf görünmesine, gözlerinin altındaki karalığa biraz da şaşırmıştım. "Buna hiç kuşkum yok efendim," diye karşılık verdim.

"Doğal olarak, muhafız kıtasından birileri ona rutin olarak korumalık yapıyor," dedi ardından. Bence, sanki söylemek istediğinden pek de emin değilmiş, konuşmak için mücadele ediyormuş gibi bir hâli vardı. "Elbette ona çok iyi bakıyorlar. Ama düşündüm ki... Belki kendi yaşına daha yakın biri ona arkadaşlık edebilir. İhtiyaç hâlinde onu koruyup gözetecek kadar da büyük ve cesur biri tabii ki. Kaç yaşındasın Georgi?"

"On altı."

"On altı, güzel. On birindeki bir oğlan çocuğu her zaman senin yaşındaki delikanlıları örnek alacaktır. Bence sen onun için güzel bir örnek olabilirsin."

Heyecan içinde soluğumu bıraktım. Grandük, Kaşin'deki hasta yatağımda beni ziyaret ettiği zaman bana bu konudan biraz bahsetmişti, ama ben böyle bir vazifeyi bir *mujik*e emanet edeceklerinden şüphe etmiştim. Bu, benim hayattaki beklentilerimin öyle ötesindeydi ki her an uyanıp her şeyin bir rüya olduğunu anlayacağımdan emindim. Çar ve Fabergé yumurtası dâhil bütün ihtişamıyla birlikte Kışlık Saray gözlerimin önünde dağılacak ve kahvaltısını isteyen Daniil'in tekmesiyle uyanıp kendimi yine Kaşin'de, kulübemizin zemininde buluverecektim.

Sonunda, "Onur duyarım efendim," dedim. "Beni bu göreve layık görüyorsanız."

"Grandük, bu göreve kesinlikle layık olduğun fikrinde," dedi; şimdi ayaktaydı. Ben de onun gibi ayağa kalktım. "Ayrıca çok namuslu bir gence benziyorsun. Bence bu görevi hakkıyla yerine getirebilirsin." Kapıya doğru yürürken soylu elini omzuma koyup vücudumun her yerinden bir elektrik akımı geçmesine neden oldu. Çar, Tanrı'nın bizzat kutsadığı adam, bana dokunuyordu. Bu, o güne dek gördüğüm en büyük lütuftu. Kemiğimi sıkıca kavradı; öyle bir huşuya kapıldım, kendimi o kadar onurlandırılmış hissettim ki, gelişigüzel bastırdığı kurşun yarasının verdiği yakıcı acıya aldırmadım.

Gözlerimin içine bakarak, "Pekâlâ, sana güvenebilir miyim Georgi Daniiloviç?" diye sordu.

"Elbette majesteleri" diye cevap verdim.

"Ben de öyle umuyorum," dedi, sesinde tam bir çaresizlik ve ıstırap vardı. "Bu sorumluluğu üzerine alacaksan, bir şey daha var

Georgi... Sana şimdi söyleyeceğim şeyin bu odanın dışına asla çıkmaması gerekiyor."

"Efendim, her ne ise benimle mezara kadar gidecek."

Yutkunup durakladı. Aramızdaki sessizlik en fazla bir dakika kadar sürdü. Artık utanıp sıkılmıyordum; aksine, topraklarımızın efendisinin güvenip bana açmak üzere olduğu büyük bir sırrın merkezinde olduğumu hissediyordum. Ama beni hayal kırıklığına uğratarak başını iki yana salladı, fikrini değiştirmiş gibiydi. Başını iki yana salmakla yetindi, bakışlarını çevirip omzumu bıraktı ve kapıyı açtı.

"Belki de daha zamanı gelmemiştir," dedi. "Önce vazifende ne kadar ilerleyebileceğini bir görelim. Senden tek istediğim, oğlumuza azami gayretle göz kulak olmandır. O bizim en büyük ümidimiz. Bütün sadık Rusların ümidi."

"Onu korumak için elimden gelen her şeyi yapacağım," diye söz verdim. "Şu andan itibaren hayatım onundur."

"Duymam gereken de bu," diye karşılık verdi. Kapıyı yüzüme kapamadan önce bir an için gülümsedi ve beni bir kez daha o bomboş, soğuk koridorda bir başıma, biri gelip beni alacak mı, şimdi nereye gitmeliyim diye düşünür hâlde bıraktı.

1970

Emekli olduktan sonraki ilk yıl, Britanya Müzesi'ndeki kütüphanenin yakınındaki hiçbir yere gitmemeyi tercih ettim. Orada olmak istemediğimden değildi; tam aksine, yetişkinlik yıllarımın tamamını, o huzurlu salonun engin bilgilerle dolu rahatlığına kapanmış hâlde geçirdikten sonra, kendimi o kadar mesut hissettiğim hemen hemen hiçbir yer kalmamıştı. Uzak durmayı seçmemin nedeni, hayatımıza düzen ve disiplin getiren iş hayatının ve günlük çalışma düzeninin sona erdiğini ve bunların yerini, ilerlemiş yaşı yüzünden hiçbir işe yaramayan kişilerin yaşadığı kafa karışıklığının ya da Lamb'in tabiriyle "kurtuluşun" aldığını kabullenemeyen o erkeklerden birine dönüşmek istemememdi.

1959 yılının o cuma akşamını gayet iyi hatırlayabiliyorum. Altmış beşine gelen ve kütüphanedeki son haftasını dolduran Bay Trevors'ın onuruna küçük bir parti vermişlerdi. Yiyecek ve içki ikram edildi, konuşmalar yapıldı, düzinelerce kişi onun yanına gidip bundan sonraki hayatı için iyi dileklerde bulundu. Artık hayatını yaşayacağına dair klişe laflar ettik ve ikiyüzlülüğümüzden de hiç utanmadık. Ortamın sevinçli ve neşeli olması planlanmıştı, ama eski işverenim, gece ilerledikçe gitgide somurtkanlaştı ve konuklarını mahcup ederek yüksek sesle bundan sonraki günlerini neyle dolduracağını sordu.

Biçare bir tebessümle, "Bu dünyada yapayalnızım," dedi Bay Trevors; gözlerine yaşlar birikince, hepimiz bir başkasının onu avutmasını bekleyerek bakışlarımızı kaçırdık. "İşim olmazsa, başka neyim kalır? Bomboş bir ev." İhtiyarlığında ona teselli olmaları gerekirken, hayatın çoktan elinden aldığı ailesinden söz ederek, "Ne Dorothy ne de Mary yanımda," diye ekledi usulca. "Bu iş, sabahları yataktan kalkmamın tek sebebiydi."

Sonraki pazartesi sabahı, gömleği ve kravatıyla gayet düzgün giyinmiş bir şekilde, her zamanki gibi tam vaktinde işe geldi ve eskiden hiç ilgilenmediği sıradan işlerde bize yardım etmekte ısrar etti. Hiçbirimiz ne yapmamız gerektiğini bilemedik, çünkü hâlâ zihinlerimizdeki otoriter havasını koruyordu, ne de olsa yıllarca bize amirlik yapmıştı. Bu yüzden de ona engel olmaya kalkışmadık. Fakat ertesi gün ve sonraki günlerde de gelip rahatımızı kaçırdı. Perşembe sabahı, müzenin müdürü onu bir kenara çekip bizim çalışmak için burada bulunduğumuzu, çalışmamızın karşılığında da *para* aldığımızı unutmaması gerektiğini ve bütün günü sohbetle gerçiremeyeceğimizi söyledi. Neşeli bir tavırla, evine gidip emekliliğinin tadını çıkarmasını tavsiye etti. Ayaklarını uzat, burada kapalı kaldığın günlerde yapamadıklarını yap! Zavallı adamcağız da aynen öyle yaptı. Evine gitti ve hemen o akşam kendini astı.

Emekliliğimi düşündüğümde, benim böyle bir şey yapmaya niyetim yoktu elbette. Bir kere, Zoya ve ben sağlığımızı koruyacak kadar şanslıydık. Hem birbirimizin yanında olmamız hem de torunumuz Michael'ın varlığı bizi genç kılıyordu. Depresyona ya da işe yaramazlık duygusuna yenik düşmek benim açımdan kesinkes söz konusu bile olamazdı. Ama emekli olmamdan bir yıl sonra bazı duygular ortaya çıktı; bir özlem çekiyordum, eski işime dönmek için değil de, o çok özlediğim ilim havasını yeniden ciğerlerime çekmeye, daha fazla okumaya yönelik bir özlem. Cahil kaldığım konuları öğrenmeye... Çalışma hayatım boyunca etrafım hep kitaplarla çevriliydi ama birini bile okuma fırsatı bulamamıştım. Böylece, eski iş arkadaşlarımın canını sıkmamak için, benimle konuşma mecburiyeti hissetmesinler diye gözlerine görünmeden, her gün öğleden sonra birkaç saatliğine kütüphanenin sükûnetine dönmeye karar verdim. Bu düzenden hoşnut olduğumu hissettim; kalan yıllarımı kendimi eğitmekle geçireceğim için mutluydum.

Ne var ki 1970 sonbaharının sonlarına doğru, yetmiş birinci doğum günümün hemen ardından, bir öğleden sonra her zamanki masamda otururken, raflardan birinin yanında durup aslında hiç ilgilenmediği açıkça anlaşılmasına rağmen kitap adlarını okuyormuş gibi yapan ama bir yandan da dikkatle beni izleyen bir kadın gördüm. Benden otuz yaş kadar gençti. O sırada buna fazla takılmadım; herhâlde düşüncelere dalmıştır, bana baktığının farkında değildir diye düşündüm. Yeniden kitabıma döndüm ve bir daha da o kadını düşünmedim.

Fakat ertesi gün öğleden sonra onu yine fark ettim. Üç sandalye ötemde oturuyordu ve dikkat etmediğim anlarda bana baktığını yakaladım. İtiraf ediyorum, bu durum beni hem tedirgin etmeye hem de canımı sıkmaya başlamıştı. Daha genç bir adam olsaydım, belki de kadının bir şekilde beni beğendiğini düşünebilirdim, ama bu hâlimle böyle bir şeyin imkânı yoktu. Ne de olsa seksenli yaşlara gelmiştim, başımda kalan birkaç tel saçın altından çıkıntılı ve lekelerle bezeli kafa derim görünüyordu. Ağzımda hâlâ kendi dişlerim vardı, şöyle böyle beyaz da kalabilmişlerdi, ama bir ihtimal gençliğimde olduğu gibi gülüşüme bir güzellik katmıyorlardı artık. Hareket kabiliyetimin yaşlandıkça azaldığı söylenemezdi, ama ben yine de, her gün kütüphaneye yürüyerek gidip gelirken dengemi daha iyi koruyabilmek için güzel bir Malakka bastonunun yardımından faydalanmaya başlamıştım. Uzun lafın kısası, hayran kalınacak bir yakışıklılığım yoktu ve kesinlikle yarı yaşımdaki bir kadının arzu duyacağı bir adam da değildim.

Yer değiştirmeyi düşündüm, ama vazgeçtim. Beş yıldan beri, her gün aynı yere oturuyordum. Işığı iyiydi, gözlerim eskisi kadar iyi görmediği için okurken faydası oluyordu. Hem sakindi de; etrafım rağbet görmeyen konularla dolu raflarla çevriliydi. Çok az kişi beni rahatsız ediyordu. Ben neden yer değiştiriyorum, bırak o gitsin, diye düşündüm. Burası benim yerimdi.

Kısa süre sonra kalktı. Yanımdan geçerken söylemek istediği bir şey varmış gibi durakladı ama sonra fikrini değiştirip, yürüyüp gitti.

O gece yatmaya hazırlandığımız sırada Zoya, "Aklın başka yerde gibi," dedi. "Bir terslik mi var?"

Gülümseyip, "İyiyim ben," dedim; aslında var olmayan şeyleri hayal ettiğimi, aklımı kaçırdığımı düşünmesin diye o konudan hiç söz etmek istemiyordum. "Bir şey yok. Sadece biraz yorgunum, o kadar."

Yine de o gece, kadının benden ne istediğini düşünmenin verdiği huzursuzlukla gözümü kırpmadan yatakta öylece uzandım. Otuz hatta yirmi yıl önce, böyle bir ziyaret gerçekleşseydi, beni gözetleyen bu kadını kimin gönderdiğine, benden ne istediklerine, Zoya'yı da arayıp aramadıklarına dair paranoyakça fikirlerle dolup taşardı aklım. Ama artık 1970 yılına gelmiştik. O günler çoktan geçmişti. Kadının benimle neden ilgilendiğine dair mantıklı bir neden bulamıyordum. Onun, daha önce de gördüğüm kadınla aynı kişi olup olmadığından, onu tamamen hayalimde uydurduğumdan ve bunaklığın baş göstermesinden endişe etmeye başladım.

Ertesi gün, öğle yemeğinden hemen sonra kütüphaneye gidip de kadının dışarıda, taştan yapılmış büyük aslanların yanında durduğunu görünce bu endişelerim dağılıverdi. Koyu renkli, kalın bir mantoya sıkıca sarınmıştı ve kaldırımda ona doğru geldiğimi görünce fark edilir biçimde gerildi.

Buna karşılık, ben de kaşlarımı çattım ve o anda sinirlerimin gerildiğini hissettim. Benimle konuşacağını biliyordum, ama yanından yürüyüp gidersem belki beni rahat bırakır diye düşündüm. Çünkü artık kim olduğunu anlamıştım. Gün gibi ortadaydı. Kütüphaneye gelmeye başlamasından önce onu hiç görmemiştim –görmek istememiştim de– ama işte şimdi buradaydı, yüzleşmeye gelmişti, ki bu bile bir varsayımdı.

Yanından geçip git, dedim içimden. *Görmezden gel, Georgi. Hiçbir şey söyleme.*

Ona yaklaştığımda, "Bay Jahmenev," dedi. Yanından geçerken, eldivenli elimi biraz kaldırıp hafifçe gülümser gibi yaptım ve başımı öne doğru salladım. Bunları yaparken gerçekten de ihtiyarlamış olduğumu anladım. Bu, yaşlı bir adamın selamıydı; kraliyet ailesine mensup önemli birinin, yaldızlı arabasıyla yoldan geçerken yapacağı bir hareketti. Grandük Nikolay Nikolayeviç'in, başına geleceklerden habersiz, Kaşin sokaklarından atıyla geçerken, toplanmış kalabalığa selam verişini hatırlattı bana. "Bay Jahmenev, affedersiniz, sizinle bir..."

Aceleyle yürürken, mırıldanır gibi, "İçeri girmem gerekiyor," dedim. Çağımızın Koleklerinden birinin, bana nişan almasına izin vermeyecektim. Çok kararlıydım. "Bugün yapmam gereken çok iş var maalesef," dedim.

"Fazla zamanınızı almam," dedi. Önüme çıkıp yolumu keserken gözlerinde biriken yaşları gördüm. O da heyecanlıydı, yüzündeki ifadeden belliydi bu ve ellerinin titremesini tamamıyla havanın soğukluğuna yormak mümkün değildi. "Sizi rahatsız ettiğim için özür dilerim, ama mecburdum. Mecburdum."

Fısıldar gibi, "Hayır," dedim; yüzüne bakmaya gönülsüz, başımı iki yana salladım. "Hayır, lütfen..."

"Bay Jahmenev, bana git derseniz, dediğinizi yaparım ve söz veriyorum, sizi bir daha rahatsız etmem. Ama sizden tek istediğim, bana birkaç dakika ayırmanız. Belki size bir fincan kahve ısmarlamama izin verirsiniz, hepsi bu. Sizden bir şey istemeye hakkım yok biliyorum, ama lütfen. Size yalvarıyorum. İsterseniz eğer..."

Gözlerinden yaşlar dökülürken sesi giderek alçaldı. Bazen, günün en beklenmedik anlarında, olanları hiç düşünmediğim zamanlarda bile, kalbimde hissetiğim o derin sızı, ansızın bastırıveren o korkunç acıyla yüzüne bakmaya mecbur kaldım. Böyle anlarda ondan öyle nefret ediyordum ki onu bulmak, yaşlı ellerimle boğazına sarılıp sıkmak, can verirken yüzündeki ifadeyi seyretmek isterdim.

Ama şimdi, o beni bulmuştu ve karşıma geçip bana kahve ısmarlayacağını söylüyordu.

"Lütfen, Bay Jahmenev," dedi. Karşılık vermek üzere ağzımı açtım, ama içimden yükselen öfke dolu haykırıştan, bana yaşatmış olduğu ve beni, en az kendi büyük sırlarım ve ruhumu saran elem kadar boğan acının ve kederin küçük kırıntılarından başka bir şey duyulmadı.

Çocuk sahibi olmak için çok uzun zaman beklemiştik. Defalarca hayal kırıklığına uğramıştık. Ve sonra bir gün, oluvermişti. Sağlıklı Arina'mız gelmişti. Onu sevmemek imkânsızdı.

Doğduktan sonraki ilk zamanlar, Zoya'yla, onu yatağın ortasına yatırır, biz de iki yanına uzanır, imkânsız dileklerine kavuşmuş insanlar gibi gülümserdik. Minik ayaklarını avuçlarımıza alır, ne kadar mutlu olduğuna şaşar, Tanrı'nın sonunda bize böyle bir lütufta bulunmasına hayret ederdik.

Biri, ona neden Arina adını verdiğimizi sorduğunda, "*Huzur* anlamına geliyor," derdik. Bize huzur getirmişti, anne baba olmanın huzurunu. Ağladığı zaman, bu kadar küçük bir şeyin bu denli müzikal bir ses çıkarmasının hayret verici olduğunu düşünürdük. Her gün kütüphaneden eve dönerken, sokakta yürürken koşar adım hızlanmaktan kendimi alamazdım. Eve ulaşıp kapıdan içeri adımımı attığım zaman, yüzünde, geçen sekiz saatte beni unutmuş olabileceğini gösteren bir ifade görmekten öyle endişe ederdim ki, ama işte gelmiştim ve beni hatırlıyordu, beni yeniden görmek ne güzeldi.

Büyürken, üç aşağı beş yukarı herhangi bir çocuktan daha fazla zorlamadı bizi; okulda başarılıydı, ne herkesi geride bırakırdı ne de endişelenmemize sebep olurdu. Genç yaşta evlendi –yaşının fazla genç olduğunu düşünmüştüm o zamanlar– ama mutlu bir evlilikti bu. Annesiyle benim yaşadıklarımıza benzer zorluklar yaşadı mı bilmiyorum, ama yedi yıl önce karşımıza geçti, ellerimizi tuttu ve bize, büyükanne ve büyükbaba olacağımızı söyledi. Michael doğdu, onun etrafta olması sürekli bir sevinç hâli demekti. Bir akşam yemek sırasında, Michael'a bir kardeş vermekten söz etti. Hemen değilse de yakın zamanda. Bu haberle, büyük bir heyecana kapıldık, çünkü ziyarete gelmiş torunlarla dolu bir ev fikrine bayılıyorduk.

Ve sonra öldü.

Tanrı onu bizden aldığında Arina otuz altı yaşındaydı. Battersea Parkı'nın yakınındaki bir okulda öğretmenlik yapıyordu. Bir akşamüstü, Albert Köprüsü'nden geçerek eve doğru yürürken rüzgâr şapkasını uçurdu; sağına soluna bakmadan işlek yola atladı ve bir araba ona çarptı. Kabul etmesi güç olsa da bu kaza tamamen kendi hatasıydı. Otomobilin ona çarpmaması imkânsızdı. Elbette yoldan karşıya geçerken dikkat etmesi gerektiğini öğretmiştik ona, bunu bilmiyor değildi. Ama hangimiz, anlık bir dalgınlıkla, bize öğretilenleri unutmayız ki? Arina'nın şapkası başından uçmuştu ve o da şapkasını geri almak istemişti. Olay bu kadar basitti. Ve bu yüzden de öldü.

Zoya'yla ben, kaza haberini o akşam geç bir saatte, kapımız beklenmedik biçimde çaldığında aldık. Kapıyı açtığımda solgun yüzlü bir gençle karşılaştım; gözüm onu bir yerden ısırıyordu, ama hemen çıkaramadım. Yüzünde kaygılı bir ifade vardı, âdeta korkmuştu ve elinde, durmadan evirip çevirdiği kahverengi, kumaş bir şapka tutuyordu. Neden bilmiyordum, ama o konuşurken dikkatim giderek daha çok şapkaya kayıyordu. Elleri epey kemikliydi, cildi âdeta şeffaftı, ondan kırk yaş daha büyük olmama rağmen en az benim ellerim kadar yaşlıydılar. O konuşurken ellerini izledim; belki de metanetimi korumak için, çünkü yüzündeki bir şey, haberini vermek için buraya kadar geldiği şeyden hiç hoşlanmayacağım hissini veriyordu.

"Bay Jahmenev?"

"Evet?"

"Bilmem beni hatırladınız mı efendim. Ben David Frasier."

Yüzüne baktım ama kim olduğundan emin olamayarak duraksladım. Zoya, mahcup olmama fırsat vermeden arkamda beliriverdi.

"David," dedi. "Seni bu akşam hangi rüzgâr attı buraya? Georgi, Ralph'in arkadaşını hatırlıyorsun, değil mi? Düğünden?"

"Tabii, tabii," dedim, şimdi hatırlamıştım. Sarhoş hâliyle, kollarını kavuşturmuş, vücudunu dik tutmaya uğraşırken ayaklarını tekme atar gibi savurarak hopak dansı yapmaya kalkmıştı. Bunun bir birlik işareti, ev sahiplerine bir saygı gösterisi olduğunu sanmıştı ve ben de ona bu dansın, savaştan önce vücudu ısıtmak için yapılan bir idmandan farksız olmadığını söylemek istememiştim.

"Bay Jahmenev," dedi; yüzü, endişesini ele veriyordu. "Bayan Jahmenev. Beni Ralph gönderdi. Sizi alıp ona götürmemi istedi."

"Bizi alıp götürmek mi?" diye sordum. "Alıp götürmek de ne demek? Biz ona ne yaptık ki?"

Zoya bana aldırmadan, "Ralph mi istedi?" diye sordu. Yüzündeki tebessüm biraz silinmişti. "Neden? Ne oldu? Michael'a mı bir şey oldu? Arina'ya mı?"

"Bir kaza oldu," dedi çabucak. "Neyse ki fazla ciddi değil. Tüm ayrıntıları bilmiyorum ne yazık ki."

David'in kısa, kesik cümlelerle konuştuğunu hatırladım ve bunun normal konuşması olup olmadığını merak ettim. Silah patlaması gibiydi konuşması. O konuşurken bunu düşünüyordum. Ateşlenen silahlar. Cephede askerler. Saf saf oğlanlar; İngilizi, Almanı, Fransızı, Rusu, yan yana, karşılarına çıkan her şeye ateş ediyor; kurbanlarının da kendileri gibi, uykusuz anne babalarının eve dönmelerini endişe içinde beklediği gençler olduklarının farkında değiller, birbirlerinin canlarını alıyorlar. Zihnimde böyle görüntüler yüzmeye başladı. Şiddet. Tamamen buna odaklandım. Söylediklerini dinlemek istemiyordum. Bizi almak için gönderildiğini söyleyen bu adamın sözlerini, kızımı tanıdığını söyleme cüretini gösteren bu oğlanın dediklerini işitmek istemiyordum. Dinlemezsem, diye düşündüm, o zaman olmuş olmayacak. Eğer dinlemezsem, tamamen başka bir şey düşünürsem...

"Nerede?" diye sordu Zoya. "Ne zaman olmuş?"

"İki saat önce," dedi ve artık, onu duymamak gibi bir lüksüm yoktu. "Battersea yakınında bir yerde galiba. Hastaneye götürdüler. Sanırım durumu iyi. Çok ciddi olduğunu zannetmiyorum. Ralph'in arabasıyla geldim, dışarıda. Sizi almamı istedi."

Zoya onu itip geçti, kapıdan çıktı; gidebilmemiz için otomobili Bay Frasier'ın kullanması gerektiğini hiç düşünmeden, sanki biz olmadan da hastaneye gidebilecekmiş gibi koşup arabaya bindi. Ben bacaklarımda belli bir uyuşma, midemde bir burukluk hissederek olduğum yerde kaldım ve oda, hafifçe sallanmaya başladı.

Genç adam, dengemi sağlamak ister gibi bir elini uzatıp bana yaklaştı. "Bay Jahmenev," dedi. "Bay Jahmenev, iyi misiniz?"

"Ben iyiyim evlat," dedim ters bir tavırla ve dönüp kapıya yöneldim. "Haydi. Bizi oraya götüreceksen Tanrı aşkına durma, gidelim."

Oraya gitmemiz zor oldu. Trafik sıkışıktı ve Holborn'dan hastaneye ulaşmamız neredeyse kırk dakika sürdü. Yol boyunca Zoya adamı soru yağmuruna tutarken ben arkada, fare gibi sessiz, hiç konuşmadan oturup onları dinledim.

"Sence iyi midir?" diye sordu. "Neden iyi olduğunu düşünüyorsun? Ralph mi öyle dedi?"

"Galiba," dedi, sesi giderek başka bir yerde olmak istermiş gibi çıkmaya başlamıştı. "Beni işyerimden aradı. Ben hastaneden fazla uzakta değilim. Bulunduğu yeri, hemen danışmanın önüne gelmemi söyledi. Ardından, arabamla gidip ikinizi de yanına getirmemi istedi."

Zoya, "Peki, ama ne söyledi?" diye sordu, sesinde saldırganca bir ifade vardı. "Tam olarak anlat. İyi olacakmış dedi mi?"

"Kaza geçirdi, dedi. İyi olup olmadığını sordum, beni biraz tersledi. Evet, evet, iyileşecek, ama hemen gidip annesiyle babasını getirmen gerek, dedi."

"İyileşecek mi dedi?"

"Sanırım," dedi Bay Frasier; sesindeki panik ifadesini duyabiliyordum. Ağzından söylememesi gerektiğini düşündüğü bir şey kaçırmak istemiyordu. Yanlış bilgi vermek istemiyordu. Boş ümitler vermek ya da gereksiz yere kendimizi hazırlamamızı ima etmek istemiyordu. Ama o, bizim bilmediğimiz bir şeyleri biliyordu ve ses tonundan, ne yapmak istediğini anlayabiliyordum. Ralph'i görmüştü. Arabanın anahtarlarını alırken Ralph'in yüzündeki ifadeyi görmüştü.

Hastaneye varır varmaz danışma masasına koştuk; bize, kısa koridordan geçip bir üst kata çıkmamızı söylediler. Merdivenin başında sağımıza solumuza bakınırken bize seslenildiğini işittik: *Büyükanne! Büyükbaba!* Henüz dokuz yaşında olan torunumuz Michael kollarını açarak bize doğru koştu; yüzü ağlamaktan bembeyaz olmuştu.

Zoya, "*Duşa*," diyerek eğilip onu kucağına aldı. Bu esnada ben de gözlerimle koridoru taradım ve kızıl saçlı bir adamın doktorla derin bir konuşmaya dalmış olduğunu gördüm, sarsılmış bir hâldeydi. Damadım Ralph'ti bu. Onları izledim. Kımıldamadım. Doktor konuşuyordu, yüzü ciddiydi. Bir saniye sonra kolunu uzatıp, elini Ralph'in sol omzuna koydu ve dudaklarını büzdü. Söyleyecek başka bir şey kalmamıştı.

O zaman Ralph, arkasındaki patırtıyı hissedip döndü, göz göze geldik. Görmeyen gözlerle bana baktı, epey bir süre beni tanımadan dikkatle bakarken yüzünde oluşan ifade, bana bilmem gereken her şeyi anlattı.

Zoya, "Ralph," dedi. Michael'ı bir kenara itip ona doğru koşarken çantasını yere düşürdü; saç fırçası, tokalar, bir not defteri, bir kalem, mendiller, anahtarlar, cüzdan, bir fotoğraf–tüm bunları acaba ne zaman topladı?– hepsini hatırlıyorum; her şey, sanki Zoya'nın bütün hayatı birden dağılıvermiş gibi, beyaz fayans zemine saçıldı. Onu omuzlarından yakalayıp, "Ralph," diye bağırdı. "Ralph, nerede o? İyi mi? Cevap ver bana, Ralph. Nerede? Nerede kızım?"

Ralph ona bakıp başını iki yana salladı. Ardından oluşan sessizlikte Michael bana doğru döndü; etrafını saran beklenmedik duygulardan dehşete düşmüştü, çenesi hafifçe titriyordu. Üstünde, tuttuğu takımın renklerinde bir futbol forması vardı; yakın zamanda, hava müsait olursa, onu takımın kendi sahasındaki maçına götürebilirim diye düşündüm. Bu çocuğun, sevildiğini bilmeye ihtiyacı olacaktı ve ailemizin, kaybettikleriyle tanımlandığını öğrenmeliydi.

"Lütfen, Bay Jahmenev," dedi ve sonunda, beni kütüphanede izleyen o kadınla Russel Meydanı'na gitmeyi kabul ettim. Bir bankta acemice yan yana oturduk. Karım olmayan bir kadınla, bu kadar samimi bir ortamda bir arada bulunmak bana çok garip geldi. Oradan kaçıp gitmek istedim, böyle bir şeye dâhil olmayı hiç istemiyordum, ama söyleyeceklerini dinlemeye razı olmuştum ve sözümden dönmeyecektim.

Kelimeleri özenle seçerek, "Çektiklerimi sizinkilerle kıyaslamaya çalışmıyorum," dedi. "Tamamen farklı olduklarını biliyorum. Ama lütfen, Bay Jahmenev, ne kadar üzgün olduğuma inanın. Çektiğim vicdan azabını ifade edecek kelime bulamıyorum."

Etrafımızdaki hareketlilikten memnundum; gürültü, bütün dikkatimi ona vermeme müsaade etmiyordu. Aslında o konuşurken ben, üç metre kadar uzağımızda oturan, duyabildiğim kadarıyla tutarsız giden ilişkilerinin durumu hakkında hararetli bir tartışmaya dalmış çiftin konuşmalarına kulak kabartıyordum.

"Polis sizinle irtibat kurmamam gerektiğini söyledi," diye devam etti Bayan Elliot. Birkaç ay önce Albert Köprüsü yolunda kızıma çarpıp öldüren hanımın adı buydu. "Ama mecburdum. Hiçbir şey söylememek bana doğru gelmedi. Sizi bulmam ve ikinizle de konuşmam, bir şekilde özür dilemem gerektiğini hissettim. Umarım hata etmemişimdir. Sizin için durumu daha da kötüleştirmeyi kesinlikle istemem."

"İkimizle de mi?" Başımı ona çevirip kaşlarımı çattım. "Anlamadım."

"Sizinle ve eşinizle yani."

"Ama burada sadece ben varım," dedim. "Beni görmeye geldiniz."

Başını eğip ellerine baktı. "Evet, böylesi daha iyi olur diye düşündüm," diye karşılık verdi. Elinde tuttuğu eldivenleri evirip çevirmesinden ne kadar gergin olduğunu anlıyordum. Bu hareket hemen aklıma David Frasier'ın, o akşam kapımızda endişe içinde durmasını getirdi. Eldivenlerin pahalı olduğu belliydi. Mantosu da çok kaliteliydi. Bu kadın kimdi, bu parayı nasıl elde etmişti, merak ettim. Kazanmış mıydı, miras mı kalmıştı, yoksa zengin biriyle mi evlenmişti? Polis, öğrenmek istediğim her şeyi söylemeye gönüllüydü ama sanırım hiçbir şey öğrenmek istemeyerek onları şaşırtmıştım. Hiçbir şey bilmem gerekmiyordu. Hem bilmek neyi değiştirirdi ki? Arina geri gelmeyecekti. Hiçbir şey bunu değiştirmeyecekti.

"Düşündüm ki önce sizi görüp konuşursam ve hissettiklerimi ilk olarak size anlatırsam," dedi ve devam etti: "Belki o zaman eşinizle konuşursunuz ve onunla da görüşebilirim. Özür dilemek için."

Başımı öne doğru salladım. "Ha," dedim hafifçe göğüs geçirerek, "şimdi anlıyorum. Son birkaç aydır, Bayan Elliot, insanların karıma yönelik yaklaşımları bana çok ilginç geliyor."

"İlginç mi?"

"İnsanlar arasında, her nedense bu durumun anne için, baba için olduğundan daha beter olduğuna dair tuhaf bir anlayış var. Niyeyse annenin hissettiği acının daha yoğun olduğunu düşünüyorlar. Sanki kızımın babası değil de karımın doktoruymuşum gibi, bana sürekli Zoya'nın nasıl dayandığını sorup duruyorlar, ama aynı şeyi benim için de karıma sorduklarını hiç sanmıyorum. Yanılıyor da olabilirim tabii, ama..."

Hızlı hızlı başını sallayarak, "Hayır, Bay Jahmenev," dedi. "Hayır, beni yanlış anladınız. Benim demek istediğim..."

"Ve şimdi bile konuşmak için, çok daha zor olarak gördüğünüz bir mücadeleye zemin hazırlamak için önce bana geliyorsunuz. Elbette, bu konuşmaya başlamanın sizin için kolay olduğunu bir an için bile düşünmedim. Dürüst olmak gerekirse sizi bu yüzden takdir de ediyorum, ama Arina'yı kaybetmek konusunda benim, karımdan herhangi bir biçimde farklı hissettiğimi düşünmeniz çok üzücü. Onun ölümünün bana daha az acı verdiğini yani."

Başını sallayıp konuşmak üzere ağzını açtı, sonra fikrini değiştirip bakışlarını kaçırdı. Söylediklerimi düşünmesini istediğimden birkaç saniyeliğine sustum. Sol tarafımdaki genç adam, kız arkadaşına rahatlaması gerektiğini söylüyordu, ne önemi var diye soruyordu, alt tarafı bir partiydi, sarhoş olmuştu; kız, adamın onu gerçekten sevdiğini biliyordu ve her biri bir öncekinden çirkin hakaretler ederek misilleme yapıyordu. Eğer niyeti onu yola getirmekse bunu başaramıyordu, çünkü adam ona sadece gülüyordu; bu da ancak kızın öfkesini körüklüyordu. Eğer aşkları, film yıldızlarının aşkları gibi sadece bir senaryo değilse neden kavgalarını herkese dinletme ihtiyacı hissettiklerini merak ettim.

Birkaç saniye sonra Bayan Elliot, "Ben de bir anneyim, Bay Jahmenev" dedi. "Bence bu durumda, öncelikle başka bir annenin duygularını göz önünde bulundurmam gayet doğal. Fakat niyetim katiyen çektiğiniz acıyı küçümsemek değildi."

Söylediklerine karşılık olarak, "Siz de annesiniz," dedim, ama yine de biraz yumuşadım. Bu kadının ne kadar acı çektiğini görmek zor değildi. Ben de müthiş bir acı içindeydim, ama benimkinin azalmasına imkân yoktu. Onun ıstırabını dindirmek, az da olsa vicdanını rahatlatmak benim için çok kolaydı. Bu, büyük bir nezaket gösterisi olurdu. Ama buna gücüm olup olmadığından emin değildim. Birkaç saniye sonra, "Kaç çocuğunuz var?" diye sordum.

"Üç," dedi. Sorduğuma memnun olmuş gibiydi. Tabii ki memnun olmuştu: Hepsi, çocukları hakkında soru sorulmasını ister. Artık konu *onlardı*, *biz* değil. "İki oğlum üniversitede okuyor. Kız daha liseye gidiyor."

"İsimlerini sormamın bir mahzuru var mı?"

"Hiç yok," dedi, herhâlde sorunun cana yakınlığına şaşırmıştı. "En büyük oğlumun adı John, kocamın adıydı. Ortancası Daniel. Kızımınki de Beth."

Geçmiş zaman kullanması hemen dikkatimi çekti. Başımı ona doğru çevirdim. "Kocanızın adı mıydı?"

"Evet, on yıl önce dul kaldım."

"Epeyce genç vefat etmiş olmalı," dedim, çünkü kendisi ancak kırklarının ortasındaydı.

"Evet, öyle oldu. Kırk dokuzuncu yaş gününden bir hafta önce öldü. Kalp krizinden. Hiç beklemiyorduk." Omuz silkip uzaklara baktı, bir an için kendi acısına ve anılarına dalıp gitti. Bense gözlerimi parkta gezdirip buraya toplanmış insanların kaçının benzer acılar çektiğini düşündüm. Sol tarafımdaki kız, delikanlıya, ona yapabileceği hiç de hoş olmayan çeşitli şeyler sayıyor; delikanlı ise kızın kalkıp gitmesini engellemeye çalışıyordu. İçimden keşke şu bezdirici seslerini alçaltsalar, diye geçirdim; canımı fena hâlde sıkmışlardı.

Sonra, "Size kızınızı sorabilir miyim?" dedi ve sorusunun cüretkârlığından vücudumun biraz daha katılaştığını hissettim. "Tabii sormamı istemiyorsanız..."

"Hayır," dedim hemen. "Benim için bir mahzuru yok. Ne bilmek istiyorsunuz?"

"Öğretmendi, değil mi?"

"Evet," dedim.

"Ne öğretmeniydi?"

Böyle işe yaramaz branşlar seçmesinden bu kadar gururlanmama biraz da gülümseyerek, "İngilizce ve tarih," diye karşılık verdim. "Ama başka düşünceleri vardı. Yazar olmayı tasarlıyordu."

"Sahi mi?" diye sordu Bayan Elliot. "Neler yazardı?"

"Gençliğinde şiirler yazıyordu," dedim. "Doğruyu söylemek gerekirse şiirleri pek de iyi sayılmazdı. Daha sonra, biraz büyüyünce şiirlerine göre daha iyi olan öyküler yazdı. İki öyküsü yayımlandı, biliyor musunuz? Biri küçük bir antolojide, öbürü de *Express* gazetesinde."

Başını iki yana sallayarak, "Bunu bilmiyordum," dedi.

"Nereden bileceksiniz? Bu, polisin size anlatacağı türden bir şey değil."

"Hayır, değil." O korkunç kelimeyi kullanmam üzerine çenesi biraz gerildi.

Devam ettim. "Ölmeden önce bir roman üzerine çalışıyordu. Neredeyse bitirmişti."

Bu kadına yaptığım şey yüzünden vicdan azabı çektiğimi itiraf etmeliyim, çünkü bunların tek kelimesi bile doğru değildi. Bildiğim kadarıyla Arina hiç şiir yazmamıştı. Ne bir hikâyesi yayımlanmış ne de roman yazmaya kalkışmıştı. Böyle bir hevesi hiç olmamıştı. Sanki kişiliğine yaratıcı bir yan uydurarak büyük bir potansiyelin ne kadar erken söndüğünü, onun, yalnızca bir insan öldürmekle kalmayıp aynı zamanda o insanın, hayatı boyunca dünyaya sunabileceği tüm yeteneklerini de beraberinde öldürdüğünü ima ediyordum. Kendi yalanımı süslemeye devam ettim: "Daha şimdiden ilgi çekmişti. Bir yayıncı öykülerini okumuştu ve daha fazlasını görmek istiyordu."

"Neyle ilgiliydi?"

"Ne demek istiyorsunuz?"

"Yazdığı roman. Okudunuz mu?"

"Bir kısmını," dedim usulca. "Suçluluk hakkındaydı. Ve suçlama. Yanlış yere suçlama."

"Kitabına bir isim vermiş miydi?"

"Evet."

"Sorabilir miyim, neydi?"

Hiç tereddüt etmeden, "*Özel Amaçlı Ev,*" diye karşılık verdim. Yalanımın anlaşılmasından korkuyordum, ama Bayan Elliot sesini çıkarmadı; sadece konuşmamızın gittiği yerden rahatsız olup başını çevirdi. Ben de kendimi mahcup hissediyor ve bu saçmalığı daha fazla sürdüremeyeceğimi biliyordum.

"Olanlar için tamamen sizi suçlamadığımı bilmeniz gerek, Bayan Elliot," dedim. "Ve sizden kesinlikle... sizden nefret etmiyorum, eğer aklınızdan geçen buysa. Arina'nın yola fırladığını anlattılar bana. Nereye adım attığına bakmalıydı. Ama fark etmez, değil mi? Hiçbir şey onu geri getirmeyecek. Buraya gelip beni görmeniz büyük bir cesaret, bunu takdir ediyorum. Gerçekten, ediyorum. Ama eşimi göremezsiniz."

"Fakat Bay Jahmenev..."

Tokmağını kürsüye indiren bir yargıç gibi elimi dizime vurdum ve sertçe, "Hayır," dedim. "Ne yazık ki böyle olmak zorunda. Tabii ki Zoya'ya sizinle görüştüğümden bahsedeceğim. Büyük pişmanlığınızı anlatacağım. Ancak ikinizin arasında bir temas olamaz. Bu ona çok fazla gelir."

"Ama belki ben..."

"Bayan Elliot, beni dinlemiyorsunuz," dedim ısrarla. Kızgınlığım artmaya başlıyordu. "İstediğiniz hem imkânsız hem de bencilce. Bu korkunç olayı unutmasanız da atlatabilmek, en azından bununla yaşamayı öğrenebilmek için ikimizi de görmek, sizi bağışladığımızı duymak istiyorsunuz, ama biz bunu yapamayacağız. Hem, bu kazanın sizde yarattığı etkiyle nasıl başa çıkacağınız bizi ilgilendirmiyor. Ama eğer faydası olacaksa, evet, ben yaptığınız şey için sizi affediyorum. Ama lütfen. Bir daha beni aramayın. Karımı da bulmaya çalışmayın. Sizinle karşılaşmaya dayanamaz, anlıyor musunuz?"

Başını öne doğru salladı ve sessizce ağlamaya başladı. Ama içimden, hayır, diye geçirdim, avutucu rolüne bürünecek değilim. Gözyaşı dökmesi gerekiyorsa, bırak döksün. Acı çekiyorsa, bırak çeksin. Bırak, onunla çocukları konuşsun ve bu kötü günleri atlatması için duymaya ihtiyacı olan şeyleri, ona çocukları söylesin. Onun çocukları hâlâ yanındalar ne de olsa.

Eve gitme vaktim gelmişti.

"Senin hatan olduğunu düşünüyorsun, öyle değil mi?"

Zoya dönüp bana baktı; yüzünde inanmaz ve düşmanca bir ifade vardı. "Ne demek istiyorsun?" diye sordu. "Neyin benim hatam olduğunu düşünüyormuşum?"

"Boş ver," dedim. "Ben seni herkesten iyi tanırım. Aklından geçenleri görebiliyorum."

Arina öleli altı aydan uzun bir zaman olmuştu ve gündelik hayatımızın alışkanlıkları, sanki hiç tatsız bir şey olmamış gibi yeniden kendilerini göstermeye başlamıştı. Damadımız Ralph işe yeniden başlamıştı, Michael uğruna acısını bastırmak için elinden geleni yapıyordu. Oğlan hâlâ her gün ağlıyor, sanki bir şekilde annesini ondan sakladığımıza inanıyormuş gibi annesinden bahsediyordu; yaşadığı kayıp, annesinin ölümünün anlaşılmazlığı, henüz kabullenemediği bir meseleydi. Michael'la aramda altmış iki yaş vardı ama duygularımızın benzerliği düşünülünce ikiz sayılabilirdik.

Damadımızın evinden dönmüştük; Zoya ile Ralph, Michael hakkında tartışmışlardı. Zoya, oğlanın bizim evde daha çok yatıya kalmasını istiyordu, ama Ralph, çocuğun henüz kendi yatağından başka yerde yatmasını istemiyordu. Eskiden, geceleri bizde kalmaya, annesinin büyüdüğü odada uyumaya alışkındı, ama bu durum, Arina'nın ölümünün hemen ardından sona ermişti. Ralph, Michael'ı bizden uzak tutmaya çalışıyor değildi, sadece onsuz olmak istemiyordu. Bunu anlıyordum. Tamamen makul buluyordum, çünkü insanın çocuğunun yanında olmamasının ne demek olduğunu biliyordum.

"Tabii ki benim hatam," dedi Zoya. "Ve sen de bunun için beni suçluyorsun, biliyorum suçladığını. Suçlamazsan aptalsın."

"Seni suçladığım yok," diye bağırdım, yanına gidip yüzünü kendime çevirdim. Yüzünde sert bir ifade vardı; yıllardır gizlenen, ama Arina öldüğünden beri yeniden ortaya çıkan ve bana tam olarak aklından geçenleri aktaran bir bakış. "Kızımızın ölümünden seni sorumlu tuttuğumu mu düşünüyorsun? Delilik bu. Ben, seni sadece tek bir şey için sorumlu tutuyorum. Onun dünyaya gelişinden."

"Bunu bana neden söylüyorsun?" diye sordu; sesi, ağlamaya başlamasının bir an meselesi olduğunu ele veriyordu.

"Çünkü sen her zaman bunu hissettin ve bu, hayatımıza gölge düşürdü. Ne var ki yanılıyorsun Zoya; bunu anlayamıyor musun? Hislerinde daha fazla yanılamazdın herhâlde. Unutma ki ölümler karşısında nasıl tepki verdiğini her seferinde gördüm ben. Leo öldüğü zaman..."

"Yıllar oldu Georgi!"

"Ve Blitz'de arkadaşlarımızı kaybettiğimiz zaman."

"O zaman herkes arkadaşlarını kaybetti, değil mi?" diye bağırdı. "Sence kendimi mi sorumlu tuttum?"

"Ve her düşük yaptığında. Bunu o zaman da gördüm."

"Georgi, lütfen," dedi; ses tonu gerginleşmişti. Onu incitmeye çalışmıyordum ama içimden bunları söylemek geliyordu. Bunların söylenmesi gerekiyordu.

"Ve şimdi de Arina," diye devam ettim. "Şimdi onun ölmesinin sebebinin..."

Üstüme doğru atılıp, "Kes artık!" diye bağırdı. Yumruk yaptığı elleriyle göğsüme vuruyordu. "Bir an olsun duramaz mısın? Neden bunları hatırlamam gerektiğini düşünüyorsun? Leo, bebeklerim, dostlarımız, kızımız... Evet, hepsi gitti, hepsi. Onlardan konuşmanın ne yararı var?"

Oturdum, çaresizlikle yüzümü ovuşturdum. Karımı çok seviyordum, ama öteden beri dile dökülmemiş, hayatlarımızı delip geçen bir azap silsilesi vardı. Acısı, anıları onunla öyle bütünleşmişti ki başkalarının acılarına, hatta benimkilere bile neredeyse hiç yer kalmamıştı.

Sessiz geçen birkaç saniyenin ardından yanımdaki koltuğa oturup bacaklarını kendine doğru kıvırdı. "Hayatta, görmezden gelmenin mümkün olmadığı şeyler vardır," dedi, savunmaya geçmiş gibi kollarını vücuduna dolamıştı; yüzü Livadya'nın karları gibi bembeyazdı. "Tesadüfler vardır... hem de bize var olduklarını kanıtlayacak kadar çok. Ben bir mutsuzluk tılsımıyım, Georgi. İşte, buyum ben. Hayatım boyunca beni sevenlere ıstıraptan başka bir şey vermedim. Acıdan başka bir şey getirmedim. Bu kadar kişinin ölmesi hep benim suçum, hakikat bu, biliyorum. Belki de çocukken ben de ölmeliydim. Belki de..." diye ekledi, acı acı gülüp başını iki yana sallayarak. "Neler diyorum ben? Tabii ki ölmeliydim. Bu benim kaderimdi."

Doğrulup oturdum. "Ama bu delilik," dedim. Elini tutmaya çalıştım, ama sanki dokunmamla tutuşacakmış gibi çekti. "Peki ya ben Zoya? Bunların hiçbirini yaşamama sebep olmadın."

"Ölüm değil, hayır. Ama acı? Mutsuzluk? Istırap? Sana acı çektirdiğimi düşünmüyor musun?"

Onu inandırmak için çaresizce, "Tabii ki düşünmüyorum," dedim. "Bak bize, Zoya. Elli yıldan uzun süredir evliyiz seninle. Mutlu olduk. Mutlu oldum." Sözlerimin, üzüntüsünü hafifletmesine izin vermesi için yalvarırcasına yüzüne baktım. "Sen de mutlu olmadın mı?" Cevabını duymaktan ve hayatlarımızın gözlerimizin önünde yıkılıp dağılmasını izlemekten korkuyordum.

İç çekti, ama sonunda başını salladı. "Evet," dedi. "Mutlu olduğumu biliyorsun. Ama bu olanlar –yani Arina'ya olanlar– benim için çok fazla. Bu kadar felaket artık çok fazla. Artık hayatımda daha fazlasına izin veremem. Artık izin veremem Georgi."

"Ne demek istiyorsun?" diye sordum.

"Altmış dokuz yaşına geldim. Artık yetti. Ben... Georgi, hayattan artık tat almıyorum. Dürüst olmak gerekirse, hiç de almadım. Almak istemiyorum. Artık daha fazlasını istemiyorum. Anlayabiliyor musun?"

Ayağa kalkıp yüzüme öyle kararlı bir ifadeyle baktı ki beni ürküttü.

"Zoya," dedim, "Sen neden bahsediyorsun? Böyle konuşma, bu..."

Başını iki yana sallayıp, "Ha, aklından geçen şeyi kastetmiyorum," dedi. "Bu sefer değil, sana söz veriyorum. Ben sadece sonum geldiğinde, ki yakında gelecek, buna üzülmeyeceğimi söylemeye çalışıyorum. Artık yeter Georgi, anlamıyor musun? Sen de aynısını hissetmiyor musun? Şu yaşadığım hayata bir bak; birlikte yaşadığımız hayata bak. Bir düşün. Zaten nasıl bu kadar uzun süre dayandık ki?" Başını sallayıp sanki cevap çok basit ve açıkmış gibi uzun bir soluk bıraktı. "Bitsin istiyorum Georgi," dedi. "Hepsi bu. Sadece bitsin istiyorum."

Mogilev Prensi

Saint Petersburg'a gelişimden sonraki haftalar boyunca Kaşin'i, geride bıraktığım ailemi ve ölümüyle vicdanımın üzerinde ağır bir yük olan arkadaşımı sık sık düşündüğümü fark ettim. Geceleri ince yatağımda yatarken gözümün önüne Kolek'in yüzü, yuvalarından uğramış gözleri, ipin yaraladığı, çürüklerle bezeli boynu geliyordu. Muhafızlar onu ilmeğin asılı olduğu ağaca götürürken Kolek'in yaşadığı dehşeti hayalimde canlandırmaya çalışıyordum. Attığı tüm o cesaret nutuklarına rağmen ölümüne giden yolu adımlarken, yüreğinde korku ve göremeyeceği yıllar için hayıflanmanın haricinde bir his olduğunu sanmıyordum. Beni çok suçlamaması için dua ediyordum; gerçi ne kadar suçlarsa suçlasın, benim kendimi suçlamamla kıyaslanamazdı bile.

Sonra, onu düşünmediğim zamanlarda, düşüncelerime ailem hükmediyordu; özellikle de şu anda bulunduğum yerde olmak için her şeyini verebilecek olan ablam Asya. Hakikaten de, o akşamüstü, Kışlık Saray'ın büyük okuma salonunu gördüğümde aklımdan geçen ilk kişi Asya'ydı. Okuma salonunun kapıları açıktı, arkamı dönüp gidiyordum ki bir his fikrimi değiştirmeme neden oldu ve içeri girdim. Ömrümde ilk kez bir kütüphanenin sükûnetinde, kendimle baş başaydım.

Üç duvarı da yerden tavana kadar kitaplarla doluydu ve her birine, kitap arayan kişinin iterek raflar arasında gezinebilmesi için, ray üzerine yerleştirilmiş birer merdiven takılmıştı. Ortada, meşeden, ağır bir masa vardı; masanın üzerinde, açık hâlde iki büyük cilt ve birçok da harita yer alıyordu. Salonun çeşitli yerlerine büyük deri koltuklar yerleştirilmişti. Bir öğleden sonra burada oturup okumaya daldığımı hayal ettim. Ömrümde bir tek kitap bile okumamıştım elbette, ama cilt cilt kitaplardan yayılan fısıltı beni çağırıyordu. Raflara uzandım ve kitapların baş sayfalarına birbiri ardına baktım; elimden geldiğince ilk paragraflarını okudum ve okuduklarımı, hiç düşünmeden arkamdaki masaya bıraktım.

İncelememe öyle dalmıştım ki kapının arkamdan açıldığını hiç duymadım, ancak ağır çizmelerin çıkardığı sert adım seslerini duyduğumda gözlerimi kırpıştırıp o âna geri döndüm ve yalnız olmadığımı anladım. Şaşkınlıkla, elimdeki kitabı havaya fırlatıp arkama döndüm. Kitap yere, ayaklarımın dibine düştü ve açıldı. Çıkan gürültü duvarlarda yankılanırken diz çöküp Tanrı'nın kutsadığı insanın önünde başımı eğdim.

Başımı kaldırıp bakmaya cesaret edemeden, "Majesteleri," dedim. "Majesteleri, sizden bütün samimiyetimle özür dilerim. Dalmışım..."

Çar, "Ayağa kalk Georgi Daniiloviç," dedi. Yavaşça kalktım. Az önce ailem yüzünden kederlenmiştim, şimdi de yeniden yanlarına gönderileceğim diye korkuyordum. "Bana bak."

Ağır ağır başımı kaldırdım, göz göze geldik. Yanaklarımın kızarmaya başladığını hissedebiliyordum, ama çarın ne kızgın ne de dargın bir hâli vardı.

"Ne yapıyorsun burada?" diye sordu.

"Yolumu kaybettim," dedim. "Niyetim buraya girmek değildi, ama bunları görünce..."

"Kitapları mı?"

"Evet efendim. İlgimi çekti, hepsi bu. İçlerinde ne yazdığına bakmak istedim."

Bu durumu en iyi nasıl halledeceğine karar veriyormuş gibi sertçe bir soluk aldı. Sonra iç çekip meşe masanın arkasına geçti ve haritalarla dolu ciltlerin sayfalarını çevirmeye başladı.

Yüzüme bakmadan, "Kitap okuyan biri olduğunu düşünmemiştim," dedi alçak sesle.

"Değilim efendim," dedim. "Yani, hiç olmadım."

"Peki ama okuyabiliyor musun?"

"Evet efendim."

"Kim öğretti sana, baban mı?"

Başımı iki yana salladım. "Hayır efendim. Babam okuma bilmez. Ablam Asya öğretti. Bir tezgâhtan aldığı kitapları vardı. Bana harfleri, yani çoğunu öğretti."

"Anladım," dedi. "Peki ona kim öğretmiş?"

Düşündüm, ama bilmediğimi itiraf etmek zorunda kaldım. Belki de köyden kaçma arzusuyla, kitap sayfalarındaki daha parlak dünyalara kaçabilmek için kendi kendine öğrenmişti.

"Peki hoşuna gitti mi?" diye sordu çar. "Demek istediğim, seni buraya bir şey çekti."

Etrafıma bakındım ve bir an düşündükten sonra en dürüst karşılığı verdim. "Burada ilgi çekici bir şey var, evet efendim," dedim. "Ablam bana hikâyeler anlatırdı. Dinlemekten zevk alırdım. Burada bana onu hatırlatacak bir şeyler bulabilirim diye düşündüm."

"Sanırım aileni özlemeye başladın," dedi. Şimdi pencereye doğru gitmişti, içeri süzülen yumuşak ışık onu her taraftan aydınlatıyordu. "Uzun ya da kısa süreli olması fark etmez, uzak kaldığımda ben de ailemi özlerim, oradan biliyorum."

"Ailemi düşünecek vaktim olmadı efendim," dedim. "Elimden geldiği kadar sıkı çalışmaya uğraşıyorum. Yani Kont Çarnetski'yle. Geri kalan zamanımı da çareviçle birlikte geçirme şerefine nail oluyorum."

Oğlundan söz ettiğimde gülümseyip başını salladı. "Evet, doğru," dedi. "Siz ikiniz, iyi geçiniyor musunuz?"

"Evet efendim," dedim. "Çok iyi geçiniyoruz."

"Senden hoşlanmışa benziyor. Ona seni sordum."

"Bunu duyduğuma sevindim efendim."

Başını öne doğru salladıktan sonra başka yöne çevirdi; dikkati bir an için yine haritalara kaydı, masanın başına geldi, eğilip bakarken sakalını sıvazladı. "Bu çizimler," diye mırıldandı. "Her şey bu çizimlerde, anlıyor musun Georgi? Toprak. Sınırlar. Limanlar. Nasıl kazanacağımız. Keşke görebilsem." Benden çok kendine söylüyormuş gibi, "Ama göremiyorum," diye tısladı. Onu çalışmasıyla baş başa bırakmam gerektiğine karar verip geri çekildim, ona arkamı dönmeden kapıya doğru yöneldim.

Ben dışarı çıkmadan yüksek sesle, "Belki de sana biraz ders aldırmalıyız," dedi.

"Ders mi efendim?"

"Okumanı ilerletecek dersler. Bu kitaplar okunmak için; tüm saray çalışanlarına, ciltlere özen göstermeleri ve kitapları, aldıkları şekilde iade etmeleri şartıyla, istedikleri gibi okuyabileceklerini söylüyorum. Ders almak ister miydin Georgi?"

Bir an için isteyip istemediğimi düşünemedim; ama onu hayal kırıklığına uğratmak istemediğimden, duymayı arzu ettiğini düşündüğüm karşılığı verdim. "Evet majesteleri, çok isterim."

"Pekâlâ, kontun seni, uşak sınıfındaki çocukların devam ettiği derslere göndermesi için gereğini yaparım. Aleksey'le bu kadar zaman geçireceksen, eğitimli olman en doğrusu. Şimdi gidebilirsin."

Arkamı dönüp çıktım. Çarla yaptığım bu konuşmayla birlikte, benim için kitaplarla çevrili bir hayatın başladığı hissiyle kapıyı arkamdan kapadım.

Grandüşes Anastasya Nikolayevna'yla tek kelime konuşmadan önce onu öptüm.

Daha önce onu üç kere görmüştüm; bir kere Neva nehrinin kıyısındaki kestane tezgâhının başında; daha sonra aynı akşam, Kışlık Saray'da geçirdiğim ilk gece çarın beni kabul etmesini beklerken, pencereden nehir kıyısına bakıp dört grandüşesin gezinti teknelerinden indiklerini gördüğümde.

Üçüncüsü iki gün sonra oldu. Muhafız alayının eğitiminden dönüyordum. O akşamüstü, muhafızların enerjisi ve gücüyle hiçbir zaman boy ölçüşemeyeceğimden ve ânında Kaşin'e geri gönderileceğimden endişeli ve bitkin bir hâlde odama dönerken sarayın labirent gibi koridorlarında yolumu kaybettim. Odamın olduğu koridora açıldığını sandığım, ama sınıf gibi bir yere açılan bir kapıdan girdim. Hatamı anlayıp gözlerimi yerden kaldırıncaya kadar odanın ortasına kadar yürümüştüm bile.

Sol tarafımdan bir ses, "Yardım edebilir miyim genç adam?" dedi. Başımı çevirince çarın kızlarının İsviçreli öğretmeni Mösyö Gilliard'ı gördüm. Adam masasının arkasında durmuş, hem kızgın hem de eğlenir gibi bir ifadeyle gözlerini üzerime dikmişti.

"Özür dilerim efendim," dedim çabucak, sersemliğim yüzünden yanaklarım hafifçe kızardı. "Odamın kapısı sandım."

"Eh, gördüğün üzere," dedi ve kollarını açıp, kızların aldığı derslerde öğretilen büyük müzisyenlerin ve ünlü yazarların portreleri ve haritalarla kaplı duvarları gösterdi. "Değil."

"Değil efendim," dedim ve nazikçe eğilip selam verdikten sonra arkamı döndüm. Bu esnada, müstakil çalışma masalarında art arda iki sıra hâlinde oturmuş, merak ve bıkkınlık karışımı bir ifadeyle bana bakan dört kızı gördüm. İlk kez karşılarına çıkıyordum, kestane tezgâhının başında beni fark etmemişlerdi; biraz mahcubiyet ve aynı zamanda karşılarında olmaktan dolayı bir ayrıcalık hissettim. Benim gibi bir *mujik* için çarın kızlarıyla aynı odada olmak büyük bir şeydi, tarifsiz bir onurdu. En büyükleri Olga, yüzünde acır gibi bir ifadeyle başını kitabından kaldırdı.

"Bitap düşmüş görünüyor, Mösyö Gilliard," dedi. "Geleli daha birkaç gün oldu ama şimdiden bitap düşmüş."

Yere kadar eğilip, "Ben gayet iyiyim, teşekkür ederim ekselansları," dedim.

Onun küçüğü Tatyana, "Bu, omzundan vurulan çocuk değil mi?" diye sordu. Annesinin saçlarını ve gri gözlerini almış zarif bir kızdı.

Üçüncüleri, Marie, "Hayır, o olamaz, kuzen Nikolay'ın hayatını kurtaran gencin çok yakışıklı olduğunu duydum," diye kıkırdadı. Kızgın bir bakış attım ona. Kraliyet sarayındaki yeni hayatımla ilgili olarak hâlâ korku ve endişe içinde olabilirdim, ama mevkileri ne kadar üstün olursa olsun, bir kız grubunun bana zorbalık yapmasına göz yummayacaktım. Kont Çarnetski'nin adamlarıyla mızrak dövüşü, eskrim ve dövüş sporları yapmaktan o kadar yorgun düşmüştüm ki...

Sakin bir ses, "Bu o," dedi. Başımı çevirdim ve Grandüşes Anastasya'nın bana baktığını gördüm. O zamanlar on beş yaşlarındaydı, benden bir yaş kadar küçüktü, parlak mavi gözleri ve gücümü bir anda geri getiren bir gülümsemesi vardı.

Marie, hiç utanıp sıkılma belirtisi göstermeyen küçük kardeşine döndü. "Sen nereden biliyorsun ufaklık?"

"Çünkü haklısın," dedi omuz silkerek. "Ben de aynısını duydum. Yakışıklı bir genç, kuzenimizin hayatını kurtarmış. Adı Georgi'ymiş. O olmalı."

Öbür kızlar kıkır kıkır gülmeye başladılar; onlar Anastasya'nın söylediklerinin küstahlığı karşısında kahkahadan kırılırken biz ikimiz birbirimize bakmaya devam ettik ve bir an dudaklarının hafifçe yukarı kıvrıldığını ve yüzünde bir tebessüm belirdiğini gördüm. İltifatına aynı şekilde karşılık verme küstahlığını gösterdiğimi hayretle fark ettim.

Bunun üstüne Tatyana, "Kız kardeşimiz âşık!" diye bağırdı. Mösyö Gilliard, Anastasya'yı ve beni yerimizde sıçratacak şekilde, tahta silgisinin kenarıyla önündeki masaya vurdu ve aramızda kurulan bağı kırıverdi. Dönüp utanç içinde öğretmene baktım.

Hemen, "Özür dilerim efendim," dedim. "Dersinizi böldüm."

"Gerçekten de öyle oldu, delikanlı. Kont Vronski'nin davranışları hakkında bizimle paylaşacağınız herhangi bir görüş var mı?"

Şaşkınlıkla yüzüne baktım. "Hayır, yok efendim," dedim. "O beyefendiyle hiç karşılaşmadım."

"Ya Stepan Arkadyeviç'in kâfirliği hakkında? Levin'in tatmin arayışı? Belki karısının ihaneti karşısında Aleksey Aleksandroviç'in verdiği tepki hakkında yorum yapmak istersin?"

Neden söz ettiği hakkında hiçbir fikrim yoktu, ama her bir grandüşesin önünde açık duran romanları görünce, bunların gerçek kişiler değil, roman karakterleri olduklarından şüphelendim. Yüzünde hayal kırıklığıyla öğretmenine bakan Anastasya'ya bir bakış attım.

"Anlamıyor, değil mi?" dedi Tatyana, herhâlde ne yapacağımı bilemez hâlde olduğumu fark etmişti. "Sizce alık mı, ne dersiniz?"

Anastasya dönüp, yüzünde tam bir küçümsemeyle kardeşine baktı. "Sus Tatyana," dedi. "Yolunu kaybetmiş, hepsi bu."

Doğrudan grandüşese hitap etmeyi göze alamayıp Mösyö Gilliard'a döndüm. "Doğru," dedim. "Kayboldum."

Bunun yersiz bir açıklama olduğunu bilerek, "Eh, kendinizi burada arayacak değilsiniz," diye karşılık verdi. "Lütfen çıkın."

Hızlı hızlı başımı salladım ve koşarak kapıya gitmeden önce bir kez daha eğilip selam verdim. Kapıyı arkamdan kapamak üzere dönerken Anastasya'yla göz göze geldim. Hâlâ bana bakıyordu; yanaklarının pembeleştiğini fark ettim. Kendini beğenmişlikle içimden, bundan sonra dikkatini derse verebilecek mi diye geçirdim. Biliyordum ki benim akşamım hayallere dalıp giderek geçecekti.

Ertesi gün bütün öğleden sonrayı yine askerlerle talim yaparak geçirdim. Göreve getirilmeme tamamen karşı olan ve hoşnutsuzluğunu göstermek için hiçbir fırsatı kaçırmayan Kont Çarnetski, adamlarının edinebilmek için yıllar harcadıkları en temel becerileri bir ay içinde öğrenmemde ısrar etmişti ve bu hızlı öğrenme mecburiyeti, günün sonunda beni bitkin düşürüyordu. Yedi saatten beri, hızlı ve yetenekli bir süvari atının sırtında, bir yandan sol elimle atı idare edip diğer yandan muhtemel bir suikastçıyı devirmek için sağ elimle tabanca sallama talimi yapmıştım. Saray Meydanı'ndan geçerken yorgun bacaklarım ve titrek kollarım beni doğruca rahat yatağıma sürüklüyordu.

Meydanla saray arasında geçit görevi gören küçük, üstü kapalı avludan geçerken karşımdaki bahçeye baktım. Giriş yoluna giden kısa patikanın kenarına sıralanmış ağaçlar yapraklarını dökmüştü ve ayaza rağmen çarın en küçük kızını görebiliyordum. Sırtı bana dönük hâlde, ortadaki çeşmenin kenarına oturmuş, düşüncelere dalmıştı. Sarayın merdivenlerine ve hollerine dizilmiş heykeller kadar kıpırtısızdı.

Herhâlde varlığımı sezmiş olacaktı ki otururken eğik duran omuzları biraz dikleşti ve ihtiyatlı bir tavırla vücudunu oynatmadan, yüzünü yandan görebileceğim şekilde başını sola çevirdi. Yanaklarında pembe çiçekler açmıştı, dudakları aralıktı, elleri kımıldamak üzere gergin, çeşmenin kenarından kalktı ve sonra tekrar durdukları yere indi. Soğuk havada, kusursuz kirpiklerinin kırpışmasını görebiliyordum; vücudunun her kıpırtısını hissedebiliyordum.

Ve adını fısıldadım.

Anastasya.

O an arkasına döndü. Beni duymuş olamazdı, ama biliyordu, oradaydım. Vücudu sabit kaldı ama yüzü benimkini aradı. Üzerindeki lacivert pelerin biraz kayınca yeniden omzuna çekti, sonra ayağa kalkıp bana doğru geldi. Heyecan içinde, altı sütunlu avluyu çevreleyen on iki sütundan birinin ardına çekildim ve gözleri gözlerimde, doğruca bana gelişini izledim.

Karşımda durup yüzünde arzu ve kararsızlık karışımı bir ifadeyle bana bakarken, ne diyeceğimi, ne yapacağımı bilemedim; daha birbirimize tek kelime bile etmemiştik. Küçük, pembe dilini azıcık dışarı çıkarıp dudaklarının üzerinde gezdirdi; dili, sıcacık ağzına geri dönmeden önce dondurucu ayaza bir saniye dayanabildi. O yumuşacık dil bana nasıl baştan çıkarıcı geldi; içimi heyecan ve utanç karışımı bir hisle dolduran düşünceleri tetikleyerek hayal gücümü nasıl da harekete geçirdi.

Olduğum yerde mıhlanmıştım; onu deli gibi isteyerek gerginlik içinde yutkundum. Aslında yoluma devam etmeden önce karşısında eğilip onu selamlamam gerekiyordu ama bir türlü protokol kurallarını uygulayamıyordum. Tam aksine, o bana doğru gelirken, gözlerimi ayırmadan biraz daha gerileyip revakların gölgesine doğru çekildim. Ağzım kupkuruydu, dilim tutulmuştu. Sessizce bakışırken, Saray Meydanı'nda devriye gezen muhafız alayından biri, atıyla Anastasya'nın yanından öyle beklenmedik bir anda geçiverdi ki, Anastasya atın toynaklarının altında kalmaktan korkup âni bir çığlık atarak yerinden sıçradı ve kollarımın arasına atıldı.

Ve o anda dansların en zarifini yapan iki âşık gibi, sırtını, arkamızda yükselen uzun meşe kapıya bastıracak şekilde onu döndürüverdim. Gölgelerin arasında öylece durduk, bizi burada kimse göremezdi. Birbirimizin gözlerinin içine baktık, ta ki onunkilerin kapanmaya başladığını görene kadar. Sonra öne eğildim; soğuk, çatlamış dudaklarımı onun gül rengindeki, sıcacık, yumuşak dudaklarına bastırdım. Kollarım vücuduna dolanmıştı; bir kolum onu sıkıca sararken, diğeri, kumral saçlarının yumuşaklığına gömülüp kaybolmuştu.

O an ona duyduğum arzudan başka bir şey düşünemiyordum. Henüz hiç konuşmamış olmamızın da önemi yoktu. Ben yalnızca bir hizmetkâr, küçük kardeşine düşük seviyede korumalık yapmaya gelmiş bir *mujik*ken, onun grandüşes, imparatorun kızı olduğu gerçeğinin de önemi yoktu. Bizi birinin görüp görmemesi de umurumda değildi; bunu, onun da benim kadar istediğini biliyordum. Bilmiyorum ne kadar öpüştük; sonra bir an soluk almak için ayrıldığımızda elini göğsüme dayayıp, yarı korkar, yarı sarhoş bir ifadeyle yüzüme baktı. Sonra başını çevirdi, nasıl bu kadar cüretkârca davrandığına akıl erdiremiyormuş gibi iki yana sallayıp yere eğdi.

İlk sözüm, "Özür dilerim," oldu.

"Ne için?"

"Haklısın," dedim, omuz silktim. "Dilemiyorum."

Sadece bir an duraksadıktan sonra bana gülümsedi. "Ben de değilim."

Birbirimize baktık. Bundan sonra benden ne bekliyor olabileceğini bilemediğimden utandığımı hissettim.

"İçeri girmek zorundayım," dedi. "Biraz sonra akşam yemeği yiyeceğiz."

Eline uzanıp, "Ekselansları," dedim. Ona ne söylemek istediğim hakkında en ufak bir fikrim bile olmadan cümle kurmaya çabaladım, sadece onu biraz daha yanımda tutmak istiyordum.

Başını iki yana sallayarak, "Lütfen," dedi. "Benim adım Anastasya. Sana Georgi diyebilir miyim?"

"Evet."

"Bu ismi severim."

Mahcup bir tavırla omuz silktim. "Irgat demektir," dedim. Gülümsedi.

"Öyle misin?" diye sordu. "Sen de ırgat mıydın?"

"Babam ırgattır."

"Ya sen?" diye sordu usulca. "Sen nesin?"

Düşündüm; bana daha önce hiç böyle bir soru sormamışlardı, ama dondurucu soğukta, karşımda bu kızla revakların altında dururken yalnızca tek doğru cevap var gibiydi.

"Ben seninim," dedim.

Rus ordusunun karargâhının bulunduğu, Karadeniz kıyısında küçük bir Ukrayna şehri olan Mogilev'e gitmek üzere imparatorluk trenine binerken, saray halkı arasında hâlâ yeni sayılırdım. Karşımda, sarayın kapalı dünyasını geride bırakarak askeri karargâhın çetin ortamına gitmenin heyecanıyla yerinde duramayan on bir yaşında bir oğlan çocuğu oturuyordu. O, Romanov hanedanının veliahtı, Grandük Çareviç Aleksey Nikolayeviç'ti.

Böyle anlarda, hayatımın nasıl çarpıcı biçimde değiştiğini düşündüğümde, tüm bu olanlar bana hâlâ çok tuhaf geliyordu. Daha bir ay önce Kaşin'de, tıpkı diğerleri gibi odun kesen, sert tahtalarda yatan, aç biilaç, herhangi bir mutluluk ihtimalini kaskatı edecek eli kulağında kış ayazından korkan bir *mujik*tim. Şimdi ise muhafız alayının vücuduma sımsıkı oturan üniforması içinde, öğle ve akşam yemeği bulacağından emin, sıcak ve rahat bir yolculuğa çıkmaya hazırlanıyordum ve Tanrı'nın kutsadığı insan, birkaç metre ötemde oturuyordu.

İmparatorluk treniyle ilk kez seyahate çıkıyordum. Saint Petersburg'a geldiğimden beri, müsrifliğe ve gösterişe varan tüketime gitgide alışmaya başlamama rağmen, etrafımı saran zenginlik ve bolluk hâlâ beni hayrete düşürebilme gücüne sahipti. Trende bir salon, bir mutfak, çar ve çariçe için özel çalışma odalarının yanı sıra çocukların her birine, valizlere ve hizmetkârlara ait olmak üzere toplam on vagon vardı. Danışmanlar ve hizmetkârlardan oluşan heyet, bir saat gerimizden, daha küçük ikinci bir trenle geliyorlardı. Genelde, öndeki trende yalnızca imparatorluk ailesi ile birlikte iki doktor, üç aşçı, küçük bir muhafız ordusu ve çarın davet ederek onurlandırdığı danışmanları olurdu. Artık üç haftadır, koruyucusu ve arkadaşı olarak çareviçin yanında bulunduğumdan, trendeki yerim protokol gereğiydi.

Doğal olarak, trenin zemini, tüm duvarlar ve tavanlar, treni tasarlayanların elde edebildikleri en pahalı malzemeyle kaplıydı. Trenin duvarları Hint meşesinden yapılmıştı, üzerleri altın renkte ipek işlemeli, kabartmalı deriyle kaplıydı. Ayaklarımızın altında, vagon boyunca döşenmiş, kalın tüylü, yumuşak bir halı vardı. Oymalı ya da altın yaldızlı mobilyaların her biri, en güzel kayın ya da Hint meşesinden yapılmış, parlak İngiliz kretonuyla kaplanmıştı. Sanki Kışlık Saray, hareketli bir platform üzerinde taşınıyor gibiydi; içinde yolculuk edenler, böylelikle pencerelerin ötesinde uzanan, sefalet ve yoksulluk içinde yaşayan köy ve kasabaların, çarları yüzünden günbegün hüsrana uğradıklarını düşünmek zorunda kalmayacaklardı.

"Bir şeye zarar veririm diye kımıldamaya korkuyorum," dedim çareviçe. Halkın çıkıp el salladığı ve tezahürat ettiği ırgat tarlalarının ve küçük köylerin yanından geçiyorduk, el sallarken sefil görünmelerine rağmen dudakları nefretle kıvrılmıştı; vücutları gıdasızlıktan bir deri bir kemikti. Aralarında hiç genç erkek yoktu elbette; çoğu ya ölmüştü, ya saklanıyordu ya da cephede, yaşadığımız bu müsrif hayatın devam edebilmesi için savaşıyordu.

"Ne demek istiyorsun Georgi?" diye sordu.

Etrafındaki açık mavi duvarlara, pencerelerin yanlarından sarkan ipeklere bakıp, "Şey, her şey o kadar muhteşem ki," dedim. "Siz fark etmiyor musunuz?"

Karşıdan yüzüme şaşkınlıkla baktı. "Bütün trenler böyle değil midir?"

Gülümsedim. "Hayır Aleksey," dedim, çünkü bana hayret verici gelen çarın oğlunun gündelik yaşantısıydı. "Hayır, bu özel bir tren."

Herkesin büyükbabasının büyük bir adam olduğunu zanneden birinin tavrıyla, "Büyükbabam yaptırdı," dedi. "III. Aleksandr. Bana, demiryollarına çok düşkün olduğunu anlattılar."

"Yalnız, anlayamadığım tek bir şey var," dedim. "Trenin hızı."

"Neden, ne olmuş ki?"

"Biraz... Ben böyle şeyleri pek bilmem gerçi ama böyle bir tren bundan daha hızlı gidemez mi?" Bunu söyledim, çünkü Saint Petersburg'dan hareket ettiğimizden bu yana tren saatte kırk kilometrenin üstüne çıkmamıştı. Yolculuk boyunca hızını neredeyse kusursuz biçimde koruyor, ne yavaşlıyor ne de daha hızlanıyordu ve bu da yolculuğun son derece sarsıntısız ama biraz da sinir bozucu geçmesine neden oluyordu. "Bu treni geçecek atlar biliyorum."

"Hep böyle yavaş gider," dedi. "Yani ben trende olduğum zaman. Annem ani sarsıntıları göze alamayacağımızı söylüyor."

Bir an mevkimi unutup, "Duyan da porselenden yapıldığınızı zanneder," dedim ve hemen pişman oldum, çünkü gözlerini kınarcasına kıstı ve kanımı donduran bir ifadeyle bana baktı ki evet, dedim içimden, bu oğlan bir gün çar olabilir. "Özür dilerim efendim," diye ekledim, ama haddimi aştığımı unutmuş gibi görünüyordu. Çoktan, babasının birkaç gece önce verdiği ve o zamandan beri de elinden düşürmediği, Rus ordusunun tarihiyle ilgili kitabına dönmüştü. Çok zeki bir oğlandı, bunu çoktan anlamıştım ve okumaktan olduğu kadar, korumacı anne babasının onu sürekli uzak tutmaya çalıştığı açık hava faaliyetlerinden de hoşlanıyordu.

Çareviçe ilk defa Kışlık Saray'a gelişimin ertesi sabahı takdim edilmiş ve ondan hemen hoşlanmıştım. Solgun yüzlü ve koyu renk gözleri olan bir çocuk olmasına rağmen, hayatına giren herkesin ilgi odağı olmasına yorduğum, kendine güvenen bir havası vardı. Beni selamlamak için elini uzattı; gururla sıktım elini, kendimi tanıtırken saygıyla başımı eğdim.

Usulca, "Demek yeni muhafızım sen olacaksın," dedi.

Hemen, beni onun huzuruna çıkaran Kont Çarnetski'ye baktım, onaylar gibi başını salladı. "Evet efendim," dedim. "Ama umarım aynı zamanda da dostunuz olurum."

Bunun üzerine, sanki bu onun için bir şey ifade etmiyormuş gibi, alnı hafifçe kırıştı, tekrar konuşmadan önce bir an durup düşündü.

"Son muhafızım evlenmek için aşçılardan biriyle kaçmıştı, biliyor muydun?"

Başımı iki yana sallayıp hafifçe güldüm; bu olayı, bu kadar ciddi biçimde üstüne alınması bana gülünç gelmişti. Sanki adam uykusunda onu boğmaya çalışmıştı. "Hayır efendim," dedim. "Bilmiyordum."

"Sanırım birbirlerine, böyle bir göreve ihanet edebilecek kadar âşık olmuşlar. Ama uygunsuz bir eşleşmeydi, çünkü o, Prens Hagurov'un kuzeniydi, kız ise sokaktan kurtarılmış bir fahişeydi. Ailesi büyük bir utanç yaşamış olmalı."

Sadece anlık bir duraksamadan sonra, "Evet efendim," diye onayladım. Bunlar kendi sözleri miydi, yoksa büyüklerinden duymuştu da şimdi kendi sözleriymiş gibi mi konuşuyordu, merak ettim. Ne var ki çatık kaşları, muhafızına yakın olduğu ve onu kaybettiğine üzüldüğü fikrini uyandırdı bende.

"Babam evlilikte uygun olanın denklik olduğuna inanır," diye devam etti. "Kendi mevkinin aşağısında biriyle eşleşen kimseyi onaylamayacaktır. Ondan önce hiç sevmediğim bir adam vardı. Bir kere, nefesi kokuyordu. Hem, bedensel faaliyetlerini de kontrol edemiyordu. Ben böyle şeyleri çok kaba buluyorum, ya sen?"

Onunla uyuşamamaktan korkarak, "Ben de öyle sanırım," dedim.

"Ama," diye devam etti, mesele hakkında düşünürken dudaklarını ısırdı, "bazen bana gülünç geldiği de oluyordu. Tıpkı Willy Amca'nın babamın yanında kalmaya geldiğinde olduğu gibi. Geldiğinin ertesi sabahı kız kardeşlerimle beni, ona hoş geldin demeye götürdükleri zaman korkunç sesler çıkarmıştı. Komikti aslına bakarsan. Ama bu yüzden kovuldu. Muhafızım yani. Amcam değil."

Birinin, ülkemizin savaşta olduğu Kayzer Wilhelm'den Willy Amca diye söz ettiğini duymanın şaşkınlığıyla, "Kulağa pek uygun bir davranış gibi gelmiyor ekselansları," dedim.

"Hayır, hiç değildi. Bu hadise onu benim gözümde alçalttı ama kız kardeşlerimle bana bu kabalığı görmezden gelmemiz söylendi. Bir de ondan önceki muhafız vardı. Onu çok severdim."

Bir başka yasak ilişki ya da tatsız bir alışkanlık hikâyesi duymayı bekleyerek, "Ona ne oldu?" diye sordum.

Aleksey duygusuz bir tavırla, "Öldürüldü," dedi. "Çarskoye Selo'da oldu. Bir suikastçı, içinde olduğum arabaya bomba attı, ama sürücü durumu tam zamanında fark edip bomba kucağıma düşmeden önce arabayı sürdü. Bu muhafız, hemen arkamızdaki arabada oturuyordu, bomba onun üzerine düştü. Havaya uçtu."

"Çok korkunç," dedim. Olayın şiddeti beni sarsmıştı ve birden, böyle şanlı bir görevle ilgilenirken kendi hayatımın da benzer bir tehlike içinde olabileceğini fark ettim.

"Evet," dedi. "Ama babam, onun, böyle öldüğünü bilseydi kendisiyle gurur duyacağını söyledi. Rusya'nın hizmetindeyken öldüğü için yani. Ne de olsa, ben ölseydim daha kötü olurdu."

Bunları başka bir çocuk söyleseydi, düşüncesiz ve kibirli olduğu düşünülebilirdi, ama çareviç, ölen adam için öylesi bir şefkatle konuşmuş ve kendi konumunu öyle derinden kavramıştı ki bu yüzden hakkında kötü düşünemedim.

Gülümsedim. Onunla, mevkini değil de yaşını hesaba katarak basit bir dille konuşabileceğimi düşünerek, "Benim kaçıp evlenmeye de, gaz çıkarmaya da, havaya uçmaya da niyetim yok," dedim. "Bu yüzden, daha uzunca bir süre muhafızlığınızı yapacağımı umuyorum."

Kont Çarnetski hemen, "Jahmenev," dedi. Dönüp ona baktım, tam özür dileyecektim ki çareviçin ağzı açık hâlde yüzüme bakakaldığını fark ettim. Bir an için, kahkaha atmaya mı başlayacak, yoksa beni zincire vurup götürmelerini söylemek için muhafızları mı çağıracak, kestiremedim. Ama sonunda, sıradan insanlar onun için sonsuz bir eğlence ve merak kaynağıymış gibi, başını iki yana sallamakla yetindi. Ve böylece yeni rollerimize başlamış olduk.

Sonraki haftalarda aramızda hoş bir teklifsizlik oluştu. Ona Aleksey dememi istedi, ki bütün günümü on bir yaşındaki bir çocuğa "ekselansları" ya da "efendim" diyerek geçirmek benim için çok güç olacağından bunu seve seve kabul ettim. O da bir zamanlar bu isimde bir yavru köpeği olduğu için bana Georgi demekten hoşlanıyordu. Köpek, babasının arabalarından birinin altında ezilmişti; bunu uğursuz bir işaret olarak saydım.

Düzenli meşgaleleri vardı, nereye gitse ben de onunla gidiyordum. Sabahları annesi ve babasıyla birlikte ayine katılıyor, sonra doğruca kahvaltı yapıyor, ardından İsviçreli öğretmen Mösyö Gilliard'la ders işliyordu. Öğleden sonraları bahçeye çıkıyorduk. Annesiyle babası, meşgul olmalarına rağmen onu yakından takip ediyor ve fazla yorucu olduğunu düşündükleri hiçbir faaliyete kendini kaptırmasına izin vermiyorlardı; ben bu durumu, tahtın vârisinin başına istenmeyen herhangi bir şeyin gelebileceği endişesine yordum. Akşamları, ailesiyle birlikte yemek yiyor, sonra eline bir kitap alıp oturuyor ya da birlikte geçirdiğimiz ilk akşamda bana öğrettiği, ama henüz onu yenemediğim tavla oyununu oynuyorduk.

Ve her fırsatta odalarına daldığı, onlar onu sevip üstüne titredikçe hayatlarını işkenceye çevirdiği dört ablası vardı, Olga, Tatyana, Marie ve Anastasya. Aleksey'in muhafızı olarak gün boyu ben de grandüşeslerin yanındaydım, ama elbette çoğunlukla beni yok sayıyorlardı.

İçlerinden biri, yani âşık olduğum hariç.

Oturmuş pencereden dışarı bakarken Aleksey'e, "Atları geçelim, ben bile bu trenden daha hızlı koşarım," dedim.

"O zaman neden koşmuyorsun Georgi Daniiloviç? Eminim makinist treni durdurup denemene izin verir."

Yüzümü buruşturdum; kıkır kıkır güldü. Eğitimli, zeki, iyi bir hatip, tahtın vârisi ve milyonların müstakbel lideri olabilirdi, ama çok derinlerde, her Rus erkeğinin hayatının belli bir zamanında olduğu şey olarak kalmıştı.

Küçük bir oğlan çocuğu.

Çariçe Aleksandra Fedorovna başından beri bu yolculuğa karşıydı.

Saint Petersburg'a geldiğimden beri, imparatorluk ailesinin üyeleri arasında en az temas kurduğum kişi oydu. Çar her zaman sıcak ve cana yakındı, hatta çoğu kez adımı bile hatırlıyordu ve ben de bunu büyük bir itibar göstergesi sayıyordum. Ne var ki savaşın ilerleyişi yüzünden büyük bir sıkıntı içerisindeydi ve bu yüzüne de yansıyordu. Yüzündeki çizgiler belirginleşiyor, bakışları gölgeleniyordu. Günleri çalışma odasında, arkadaşlıklarından zevk aldığı generallerle ya da varlıklarından hiç hoşlanmaz göründüğü yasama meclisinin liderleriyle istişare yaparak geçiyordu. Fakat hiçbir koşulda, şahsi duygularının etrafındakilerle kurduğu ilişkileri etkilemesine meydan vermezdi. Gerçekten de ne zaman onu görsem beni kibarca selamlar, yeni görevimden memnun olup olmadığımı sorardı. Elbette ona duyduğum hürmet hiç eksilmedi, ama aynı zamanda onu şahsen sevmek gibi bir haddini bilmezlik içinde olduğumu fark ettim ve yakınında olmaktan büyük gurur duydum.

Aleksandra farklıydı. Uzun boylu, sivri burunlu, inceleyici bakışlara sahip, çekici bir kadındı; içinde, hizmetkârlar ve muhafızlardan başka kimse yoksa bir odayı boş sayar ve böyle zamanlarda, konuşması da davranışları da sanki tek başınaymış gibi olurdu.

Bir gece geç vakitte, yatakhanemiz yakın oluğu için arkadaş olduğumuz, muhafız alayından Sergey Stasyoviç Polyakov bana, "Sakın onunla konuşma," dedi. Aslında yataklarımız bitişikti; arada, geceleri horlamasını duyabildiğim incecik bir duvar vardı. On sekiz yaşındaydı, benden iki yaş büyüktü, ama yine de Kont Çarnetski'nin seçkin alayındaki en genç muhafızlardan biriydi. Saray konusunda benden çok daha görmüş geçirmiş ve rahat göründüğü için, beni arkadaş olarak seçmesi gururumu okşuyordu. "Onunla konuşmaya kalkışırsan bunu büyük bir saygısızlık işareti olarak görecektir."

"Asla konuşmam," dedim. "Ama bazen bir odada göz göze geliveriyoruz, o zaman selamlamalı mıyım, yoksa karşısında eğilmeli miyim, bilemiyorum."

Gülerek, "Ancak o seninle göz göze gelebilir Georgi," dedi. "İnan bana, sen onunla göz göze gelemezsin. O, bizim gibileri görmez bile. Biz onun için hayaletiz, her birimiz."

"Ben hayalet değilim," diye çıkıştım; bu görev yüzünden hor görüldüğüme şaşırmıştım. "İnsanım ben."

Yarıya kadar içtiği sigarasını çizmesinin topuğuyla ezip söndürdü. "Evet evet," dedi. Kalan kısmını sonra içmek üzere cebine koyarken gitmek için ayağa kalktı. "Ama onun nasıl yetiştirildiğini unutmamalısın. Büyükannesi İngiltere Kraliçesi Victoria'ydı. Böyle bir yetiştirilme tarzı, insanı pek hoşsohbet biri yapmaz. Elinden gelse hizmetkârların hiçbiriyle konuşmaz."

Tabii ki bunu gayet mantıklı buldum. Sülalemde hiç kral ya da prens yoktu, büyükbabalarımın bir kısmının adlarını bile bilmiyordum. Rus imparatoriçesi neden benimle konuşmaya tenezzül etsindi? Gerçekten de imparatorun ailesinden o kadar kaçınıyordum ki hiçbirinin beni fark etmesini beklemiyordum; ama kocasının, oğlunun ve kızlarının ne kadar hoş ve nazik olduklarını düşününce, bazen onu gücendirecek bir şey yapıp yapmadığımı merak ediyordum.

Onu saraya geldiğim ilk gece görmüştüm, ama arkası dönük hâlde, dua taburesine diz çökmüş kadının kim olduğunu o zaman anlamamıştım. Ne kadar ateşli dua ettiğini, Tanrı'ya ne kadar bağlı göründüğünü hâlâ hatırlıyordum. Ve onun önünde dikilen, o dehşet verici, karanlık figürü, bana bakıp hain hain sırıtan rahibi de unutmamıştım. Yollarımız henüz bir daha kesişmediyse de o günden beri hayali aklımdan hiç çıkmıyordu.

İmparatoriçenin beni yoksaymasının kötü tarafı, ben odadayken imparatoriçe olduğunu umursamadan davranmasıydı. Bu zaman zaman beni utandırıyordu mesela. İmparatorluk trenine binmemizden iki gün önce, çarın Aleksey'i ordu karargâhına götürmeyi teklif ettiği zaman olduğu gibi.

Sarayın en üst katında, çarın evraklara gömülü hâlde çalıştığı salona dalarak, "Niki," diye bağırmıştı. Ben loş bir köşede oturuyordum; Aleksey uzanmış, yere dizdiği oyuncak trenler ve raylarla oynuyordu. Tabii ki trenler altın kaplamaydı, raylar da ince çelikten yapılmıştı. Baba oğul beni elbette tamamen yoksayıyorlar, ara ara birbirleriyle konuşuyorlardı. İşine dalmış olmasına rağmen, çarın Aleksey yanındayken çok daha rahat ettiği dikkatimden kaçmamıştı. Aleksey, herhangi bir sebeple, ne zaman odadan dışarı çıksa başını işinden kaldırıp endişeleniyordu. "Niki, bana yanlış duyduğumu söyle."

Çar yorgun gözlerini önündeki kâğıtlardan kaldırıp, "Yanlış duyduğunu mu sevgilim?" diye sordu. Bir an için, orada otururken aslında uyukluyor mu diye düşündüm.

"Anna Vyrubova, perşembe günü orduyu ziyaret etmek için Mogilev'e gideceğini söylüyor."

Çar, çariçenin genellikle karanlık, kırılgan tavırlarıyla tam bir tezat oluşturan takma ismi telaffuz ederek karşılık verdi. "Doğru, Güneşim." Acaba gençliklerinde birbirlerine yaptıkları kurlar da şimdiki yaşayışları gibi garip miydi, diye geçirdim içimden. "Geçen hafta kuzen Nikolay'a yazıp bölüklere moral vermek için birkaç gün orada kalacağımı haber verdim."

Çariçe kayıtsızca, "Evet evet," dedi. "Ama Aleksey'i yanında götürmüyorsun elbette. Bana dediler ki..."

Usulca, "Götürmeyi düşünüyordum, evet," dedi. Bunu söylerken de arkasından gelecek münakaşanın farkındaymış gibi gözlerini kaçırdı.

"Ama buna izin veremem Niki," diye bağırdı çariçe.

"İzin veremez misin?" Nazik ses tonuna, eğlendiğini belli eden bir tını yerleşti. "Nedenmiş o?"

"Neden olduğunu biliyorsun. Orası güvenli değil."

"Artık hiçbir yer güvenli değil Güneşim, yoksa fark etmemiş miydin? Fırtına yüklü bulutların üzerimizde toplandığını hissedemiyor musun?" Bir an durakladı, gülümsemeye çabalarken bıyığının ucu hafifçe yukarı kalktı. "Ben hissedebiliyorum."

Kadın itiraz etmek üzere ağzını açtı, ama bu sözler sanki aklını karıştırmıştı. Konuşmak yerine başını çevirip, birkaç metre uzağında, yerde oturan, trenlerine tepeden bakıp önündeki manzarayı seyreden oğluna baktı. Endişeli bir ifadeyle bir an gülümsedi, tekrar kocasına dönmeden önce gergin bir tavırla ellerini ovuşturdu.

"Hayır Niki," dedi. "Hayır, burada benim yanımda kalmasında ısrar ediyorum. Bu yolculuk bile başlı başına fazla gelir ona. Hem sonra, oraya vardığınız zamanki şartlar kimbilir nasıl olacak? Ayrıca sana, Stavka'daki tehlikeleri de saymama gerek yok. Ya Alman bombacıları yerinizi tespit edecek olursa?"

"Güneşim, bu tehlikelerle haftanın her günü karşı karşıyayız," dedi bitkin bir sesle. "Hem burada, Saint Petersburg'da çok daha kolay hedefiz."

"*Sen* o tehlikelerle karşı karşıyasın, evet. Ve *ben* de öyle. Ama Aleksey değil. Oğlumuz değil."

Çar bir an gözlerini kapadıktan sonra ayağa kalkıp pencereye gitti, Neva nehrini izledi.

Sonra arkasını dönüp doğruca karısının yüzüne baktı. "Gitmek zorunda," dedi sonunda. "Benimle birlikte geleceğini çoktan kuzenim Nikolay'a söyledim bile. Bölüklere tebliğle duyuracak."

"O zaman fikrini değiştirdiğini söyle ona."

"Yapamam bunu Güneşim. Onun Mogilev'de olması, oradakilere büyük cesaret verecek. Son zamanlarda şevklerinin ne kadar kırıldığını, ne kadar moralsiz olduklarını biliyorsun. Ne kadar çok sevkiyat yapıldığını, benim gibi sen de okuyorsun; salonda okuduğunu gördüm. Askerlerimizi yüreklendirmek için elimizden gelen her şeyi..."

Çariçe alaycı bir gülüşle, "Sen de on bir yaşındaki bir çocuğun bunu yapabileceğini düşünüyorsun yani?" dedi

"O yalnızca on bir yaşında bir çocuk değil, öyle değil mi? O çareviç. Rus tahtının vârisi. O bir sembol..."

Odayı hiddetle adımlarken, "Ah, ondan böyle bahsetmenden nefret ediyorum!" diye bağırdı. Yanımdan, sanki duvar kâğıdının bir parçasıymışım ya da süslü bir kanepeden başka bir şey değilmişim gibi geçti. "O benim için sembol falan değil. O benim oğlum."

"Güneşim, o bundan çok daha fazlası ve sen de bunu biliyorsun."

Halının üzerinden alçak bir ses, "Ama anne, ben gitmek istiyorum," dedi. Çariçeye dürüst, sevgi dolu gözlerle baktı. Gözlerini annesinden aldığını fark ettim. Birbirlerine çok benziyorlardı.

Annesi, "Gitmek istediğini biliyorum yavrum," dedi ve eğilip yanağından öptü. "Ama orası senin için hiç güvenli değil."

"Dikkatli olurum. Söz veriyorum."

"Söz veriyorsun, iyi hoş ama ya takılıp düşersen? Ya yakınında bomba patlar da düşecek olursan? Tanrı korusun, ya senin olduğun yerde bomba patlayacak olursa?"

Onun dünyadaki en korumacı anne olduğunu düşündüm. İç çekip başımı iki yana sallamamak için kendimi zor tuttum. Ya düşerseymiş? Ne aptalca bir düşünce, diye geçirdim içimden. On bir yaşındaydı. Günde en az on kere yere düşüyordu herhâlde. Düşüyor ve tekrar ayağa kalkıyordu.

Çar, "Güneşim, oğlana gerçek dünyayı göstermeliyiz," dedi. Sesi, kesin kararını vermiş ve daha fazla tartışmaya izin vermeyecekmiş gibi artık giderek sertleşiyordu. "Hayatı boyunca saraylarda üzerine titrendi, pamuklara sarıldı. Bir de şunu düşün: Yarın bana bir şey olsa ve yerime geçmek zorunda kalsa? Çar olmak hakkında hiçbir şey bilmiyor. Babam vefat ettiği zaman, ben de bir şey bilmiyordum, üstelik yirmi altı yaşındaydım. Böyle bir durumda Aleksey nasıl ümit vadedebilir? Bütün hayatını burada, seninle ve kızlarla birlikte geçiriyor. Sorumlulukları hakkında bir şeyler öğrenmesinin zamanı geldi."

"Ama tehlikeli, Niki," diye yalvardı, kocasına doğru atılıp onun ellerini tuttu. "Tehlikenin farkında olman şart. Bu hususla ilgili olarak büyük bir özen gösterip akıl danıştım. Hatta yanına gelmeden önce Peder Grigori'ye bu planla ilgili fikrini sordum. İşte görüyorsun ki, sandığın gibi düşünmeden hareket etmiyorum. Bana, kötü yapılmış bir plan olduğunu söyledi. Bunu yeniden düşünmen..."

"Ne yapmam gerektiğini bana Peder Grigori mi söyleyecek?" diye bağırdı. "Peder Grigori, bu ülkeyi nasıl idare edeceğini benden daha iyi bildiğini düşünüyor, öyle mi? Aleksey'e nasıl iyi baba olunacağını, kendi babasından, benden daha iyi bildiğini mi zannediyor?"

Çariçe itiraz etti. "O bir Tanrı adamı. Çardan daha yücesiyle konuşuyor."

"Of, Güneşim!" diye gürledi. Şimdi ona sırtını dönmüştü. Sesi hiddet ve düş kırıklığıyla doluydu. "Bu konuşmayı bir daha yapmayacağım. Her gün aynı şeyi tartışamam. Artık yeter, beni duyuyor musun? Yeter!"

"Ama Niki!"

"Aması maması yok! Evet, ben Aleksey'in babasıyım ama başka milyonlarca kişinin daha babasıyım ve onlara karşı da sorumluluklarım var, onları da korumak zorundayım. Oğlan benimle Mogilev'e gelecek. Ona iyi bakılacak, emin ol. Derevenko ile Federov yanımızda olacaklar; yani bir şey olursa doktorlar onunla ilgilenmek için hazır bulunacak. Gilliard da geliyor, derslerinden de geri kalmayacak. Ona göz kulak olacak askerler, muhafızlar olacak. Hem Georgi de, sabah kalktığı andan gece uyuyuncaya kadar Aleksey'in yanından ayrılmayacak."

Çariçe, "Georgi mi?" diye bağırdı, yüzü şaşkınlıkla kırıştı. "Kimmiş bu Georgi, sorabilir miyim?"

"Hayatım, onunla karşılaştın. En az on, belki de on beş kez." Başını bana doğru salladı. Nazikçe öksürüp ayağa kalktım, loş köşeden çıkıp ona doğru ilerledim. Çariçe dönüp orada ne işim olduğuna ve neden dikkatini çekmek istediğime dair en ufak bir fikri yokmuş gibi dik dik bana baktıktan sonra, başını çevirip kocasına doğru yürüdü.

"Başına bir şey gelecek olursa, Niki..."

"Başına hiçbir şey gelmeyecek."

"Ama bir şey olursa, yemin ederim..."

Soğuk bir tavırla, "Neye yemin edersin, Güneşim?" diye sordu. "Ne için yemin edermişsin?"

Çariçe tereddüt etti; yüzleri birbirine çok yakındı, ama hiçbir şey söylemedi. Yenilgiye uğramış gibi döndü; buz gibi gözlerle bana baktıktan sonra gözlerini oğluna çevirdi. Yüzü, dünyada daha mükemmel ve daha güzel başka bir görüntü yokmuş gibi gevşeyip mutlu bir ifadeye büründü.

Elini uzatıp nazik bir sesle, "Aleksey," dedi, "Aleksey, bırak o oyuncakları da annenle gel, olmaz mı? Akşam yemeği zamanı geldi."

Oğlan başını öne doğru sallayıp ayağa kalktı. Hışımla odadan çıkan annesinin peşinden gitti.

Çar bana bakıp, "Evet?" dedi. Sesi soğuk ve hiddetliydi. "Ne bekliyorsun? Onunla git. Onu koru. Bunun için buradasın."

Rus ordusunun karargâhı Stavka, bir tepenin üzerinde, savaş bittiğinde de hâlâ idaresi altında bir bölge olmasını sağlama alabilmek amacıyla taşınmaya mecbur edilmesinden önce il valisinin evi olan binada yer alıyordu. Geniş bir alana yayılmış büyük bir malikâne olan yapı, birkaç düzine dönümden meydana gelen araziye inşa edilmişti. Dışında, şehre uğrayan bütün askerî personeli barındıracak sayıda baraka ve kulübe de vardı.

Neredeyse sürekli Stavka'da kalan Grandük Nikolay Nikolayeviç, binanın en güzel ikinci odasını almıştı; bu oda birinci kattaydı; valinin, donmuş toprağında sebze yetiştirmeye uğraşıp beceremediği bahçeye bakan, sessiz sakin bir yerdi. Özel banyosu ve bir de çalışma odası bulunan en üst kattaki geniş daire ise evin en güzel yeriydi; çarın, buradaki birlikleri teftişe geldiğinde kalması için sürekli boş tutuluyordu. Kafesli pencerelerden uzak tepelerin huzurlu manzarası görünüyor, sakin akşamlarda bazen yakındaki dereden akan suyun sesi duyulabiliyordu. Burada insan, dünyanın huzur içinde olduğu ve tüm bu insanların da Beyaz Rusya'nın doğu kesimlerinin dinginliğinde, masum bir taşra hayatı sürdüğü hayaline kapılıyordu. Ziyaretimiz boyunca çar bu odayı Aleksey'le paylaşırken, bana da, aralarında arkadaşım Sergey Stasyoviç'in de olduğu ve sırf çarı korumak için sorumlulukları genişletilen üç muhafızla paylaştığım zemin kattaki küçük salonda bir somya verdiler.

Bu zaman zarfında çar ile çareviçi bir aradalarken seyretmek bir zevkti, çünkü birlikteyken bu kadar eğlenen bir baba oğul hiç görmemiştim. Bu türden bir yakınlık Kaşin'de herkesin kaşlarının çatılmasına neden olurdu. Evlat sıcaklığının şahit olduğumuz en yakın örneği, Kolek'in, babası Boris'e gösterdiği saygıydı. Ama bu adamla oğlu arasında, ilişkilerini kıskanmama neden olan doğal bir yakınlık ve içtenlik vardı ve ancak saray hayatının ciddiyetinden uzaklaştıklarında bu denli açığa çıkabiliyordu. Böyle anlarda sık sık üzüntüyle Daniil'i düşünüyordum.

Çar, en başından beri Aleksey'e bir çocuk gibi değil, Rus tahtının vârisi olarak davranılmasında ısrarlıydı. Hiçbir konuşma onun için fazla mahrem ya da fazla ciddi görülemezdi. Gözlerinden hiçbir sahne saklanamazdı. Nikolay birlikleri ziyaret etmek için atına bindiğinde, Aleksey'de atıyla yanında gidiyordu. Sergey, ben ve diğer muhafızlar da hemen arkalarından onları izliyorduk. Teftişler esnasında askerler hazırolda bekler ve imparatorlarının sorularına cevap verirken, oğlan sessizce babasının yanında durur, nazikçe ve ilgiyle bütün söylenenleri dinler, her bir kelimeyi sindirirdi.

Hastanelere sık sık yaptığımız ziyaretlerde, önümüze serilen korkunç manzaralara rağmen hiçbir tiksinme ya da korku belirtisi göstermezdi.

Özellikle bir kampta, çar bütün maiyetiyle birlikte doktor ve hemşirelerin elli altmış kadar yaralı askerle ilgilendikleri gri bir çadıra girdi. Yaralıların yattığı tek kişilik yataklar birbirlerine öyle yakın yerleştirilmişti ki, sanki yaralılar, öleceklerse bunun üstünde ölsünler diye farklı parçalar birleştirilerek dikilmiş uzun bir şilteyi andırıyorlardı. Kan, çürüyen kol bacak ve kokmuş et kokusu havada asılı kalmış gibiydi. İçeri girer girmez koşup gerisingeri temiz havaya çıkmak istedim. Boğazımdaki doğal öğürme ihtiyacına karşı mücadele ederken yüzüm tiksintiyle buruştu. Çar hiçbir iğrenme belirtisi göstermedi, Aleksey de böyle itkisel tiksintilere yenilmedi. Gerçekten de, ben öksürürken bana baktığında, yüzünde gördüğüm bariz ayıplama ifadesi beni utandırdı, çünkü o daha bir çocuktu, benden beş yaş küçüktü ve benden çok daha ağırbaşlılıkla hareket ediyordu. Mahcubiyet içinde tiksintimi bastırmaya çalıştım ve yatak yatak dolaşan imparator ile maiyetinin peşinden gittim.

Çar sırayla her askerle konuştu; sohbetlerinin mahremiyeti için iyice yüzlerine doğru eğildi. Bazıları ona fısıltıyla da olsa karşılık verebiliyorlardı, diğerlerinin ne konuşacak güçleri vardı ne de bilinçleri yerindeydi. Hepsi de, çarın aralarında olmasından adamakıllı korkup sinmiş gibi görünüyorlardı; belki de sadece yüksek ateşin etkisiyle hayal gördüklerini sanıyorlardı. Sanki çadırlarından içeri bizzat İsa peygamber girmiş de onlar için dua etmeye başlamıştı.

Çadırın yarısına kadar geldiğimizde Aleksey babasının elini bıraktı ve onu taklit ederek hastalarla konuşmaya başladı. Yanlarına oturup o gün onlarla birlikte olmak için ne kadar uzun bir yol kat ettiğini, ta Saint Petersburg'dan geldiğini anlattığını işittim. Aslında bir süvari atına sahip olduğunu, ama başına bir şey gelmemesi için ağır ağır geldiğimizi söyledi. Küçük meselelerden, ona göre son derece önemli olan ama aslında incir çekirdeğini bile doldurmayacak şeylerden söz etti, fakat hastalar sohbetinin basitliğini takdir edip onunla konuşmanın çekiciliğine kapıldılar. Sıralı yatakların sonuna geldiklerinde çarın, bir saldırıda gözlerini kaybetmiş bir adamın ellerine küçük bir haç yerleştiren oğlunu izlediğini fark ettim. Generallerine dönüp, duyamadığım bir şey söyledi ve adam başını sallayıp çareviçin konuşmasını bitirmesini seyretti.

Aleksey arkasına dönüp bütün gözlerin onda olduğunu fark edince, "Bir şey mi var baba?" diye sordu.

"Hayır, hiçbir şey yok oğlum." Bu sözlerin, boğazına takıldığını duyduğumdan emindim; çar, hem adamlarının çektiği acıları paylaşmaktan kaynaklanan hisler hem de oğlunun sabrından duyduğu gururla altüst olmuş hâldeydi. "Gel, artık gitme zamanı," dedi.

Hayatını kurtardığım ve takdiriyle yeni hayatıma kavuştuğum Grandük Nikolay Nikolayeviç'i, Stavka'ya gelmemizden ancak bir hafta sonra gördüm. Tekrar karşılaştığımızda, başında olduğu birliklerin çeşitli başarılar elde ettiği cepheden yeni dönmüştü. Sonbahar stratejisini belirlemek ve kuzeni çarla görüşmek için Mogilev'e gelmişti.

Tam, Aleksey'in ağaçların arasında bir kale inşa ettiği bahçeden eve girmiştim ki koridordan dev gibi bir adamın bana doğru geldiğini gördüm. İlk dürtüm, hemen gerisingeri dönüp dışarı koşmak oldu, çünkü devasa boyutlardaki bu adam gözümü korkutmuştu. Neredeyse çardan bile heybetliydi. Ama artık kaçmak için çok geçti, çünkü beni görmüştü ve selam vermek için elini kaldırıyordu.

Yaklaşırken, "Jahmenev," diye kükredi. Cüssesi, açık kapılardan giren güneşi neredeyse tamamen engelledi. "Sensin, değil mi?"

Saygıyla hafifçe eğilerek, "Benim efendim," dedim. "Sizi tekrar görmek çok güzel."

"Öyle mi?" şaşırmış gibiydi. "Eh, bunu duyduğuma memnun oldum. Demek buradasın," diye ekledi. Beni hâlâ beğenip beğenmediğine karar vermeye çalışırmış gibi tepeden ayağa süzdü. "Senin işe yarayabileceğini düşünmüştüm zaten. Kuzen Niki'ye, 'Bok çukuru gibi bir köyde karşıma bir oğlan çıktı, çok yürekli bir delikanlı,' dedim. 'Pek ahım şahım bir şey değil, orası öyle. Birkaç santimetre daha uzun olsa, biraz daha yapılı olsa hiç fena olmazdı ama yine de kötü sayılmaz. Küçük Aleksey'e göz kulak olması için aradığın adam o olabilir,' dedim. Beni dinlemiş, buna memnun oldum."

"Durumumdaki bu büyük değişiklik için size minnet borçluyum efendim."

"Evet, evet," dedi, ilgisiz bir tavırla. "Biraz farklı tabii, şeyden... Nerede karşılaşmıştık seninle?"

"Kaşin, efendim."

"Ha, evet Kaşin. Berbat bir yerdi. Beni vurmaya kalkışan sersemi asmak zorunda kaldık. Aslında bunu yapmak istemezdim, sadece bir oğlan çocuğuydu ama böyle hainliklerin affı yoktur. İbret olması gerekiyordu. Bunu anlayabiliyorsun, değil mi?"

Başımı öne doğru salladım ama sesimi çıkarmadım. Kolek'in ölümündeki payım, üstünde durmamaya çalıştığım bir şeydi, çünkü ölümünden menfaat sağladığım için büyük bir suçluluk duyuyordum. Hem, arkadaşlığını da çok özlüyordum.

Grandük sesimi çıkarmadığımı gördükten sonra, "Senin arkadaşındı, değil mi?" diye sordu.

"Birlikte büyümüştük," dedim. "Bazen tuhaf fikirleri olurdu ama kötü niyetli biri değildi."

Omzu silkerek, "Bundan o kadar emin değilim," dedi. "Neticede bana silah çekti."

"Evet efendim."

"Eh, hepsi geçmişte kaldı. Güçlü olan hayatta kalır, falan filan. Bu arada, çareviç nerelerde? Senin her zaman onun yanında olman gerekmiyor mu?"

"Hemen dışarıda." Başımla, oğlanın kalesinin duvarlarını yapmak için otların üzerinden birkaç kütük sürüklediği küçük koruyu işaret ettim.

Grandük, "Orada tek başına iyidir, değil mi?" diye sordu. Hayal kırıklığıyla iç çekmeden edemedim. Çareviçe iki aydan beri refakat ediyordum ve onun kadar ihtimam gösterilen bir çocuk daha görmemiştim. Annesi ve babası ona, her an kırılıp ikiye ayrılıverecekmiş gibi davranıyorlardı. Ve şimdi de grandük, yaralanır korkusuyla tek başına bırakılmamasını söylüyordu. Bazen onlara, "O sadece bir çocuk," diye haykırmak istiyordum. "Çocuk! Siz hiç çocuk olmadınız mı?"

"İsterseniz hemen yanına dönebilirim," diye karşılık verdim. "Ben yalnızca bir dakikalığına içeri..."

Başını iki yana sallayıp hızlı hızlı, "Hayır, hayır," dedi. "Ne yaptığını biliyorsundur herhâlde. Başkasının hizmetkârına işini nasıl yapacağını söylemek benim üstüme vazife değil."

Bu niteleme beni biraz sinirlendirdi. Çarın hizmetkârı. Sadece bu muydum? Eh, elbette buydum. Özgür değildim. Ama yine de bunun yüksek sesle söylendiğini duymak hiç hoş değildi.

"Yeni görevine alıştın mı?" diye sordu.

Dürüstçe karşılık verdim. "Evet efendim. Ben... şey, belki yanlış bir ifade olacak ama, onlarla olmaktan çok keyif alıyorum."

"Hiç de yanlış bir ifade değil oğlum," dedi gülerek, sonra kocaman beyaz bir mendile sümkürdü. "İnsanın yaptığı işten keyif almasından daha iyisi yoktur. Günlerin hızlı geçer. Bu arada, kolun nasıl?" Kurşunun omzuma girdiği yeri öyle bir çimdikledi ki acıyla bağırıp, aynı şekilde, onu çimdikleyerek karşılık vermemek için kendimi zor tuttum, zira benim için çok korkunç sonuçlara yol açabilirdi.

Sıktığım dişlerimin arasından, "Çok daha iyi efendim," dedim. "Tahmin edeceğiniz gibi, yara izi var ama..."

"Erkeğin yara izi olmalı," dedi hemen. "Benim her yerimde yara izi var. Vücudum yara izleriyle kaplı. Çıplakken, üstümde sivri tırnaklı bir kedi gezinmiş gibi görünüyorum. Bir gün sana göstereyim." Bu sözle afallayıp yüzüne bakakaldım. İsteyeceğim son şey, grandükün yara izleri turuna davet edilmekti. Şaşkınlığımı fark etmeden, "Şu orduda yara izi olmayan adam yoktur," diye devam etti. "Bunu bir onur nişanı olarak kabul et, Jahmenev. Hem, kadınlara gelince... İzleri gördükleri zaman, sana söz veriyorum, hayal edemeyeceğin kadar hoşlarına gidecek."

Kızardım, kadınlar konusunda tecrübesizdim. Sesimi çıkarmadan gözlerimi yere diktim.

Gülerek, "Vay canına evlat," dedi. "Kıpkırmızı kesildin. Sen çoktan Kışlık Saray'ın etrafındaki her orospuya yara izini göstermişsindir, değil mi?"

Sesimi çıkarmadan başımı çevirdim. İşin aslı, böyle bir şey yapmamıştım; cinsel zevkler söz konusu olduğunda doğduğum günkü kadar masumdum. Saray hayatının başlıca unsurlarından olduğu için kolay elde edilir olsalar da fahişelere ilgi duymamıştım. Tavlamanın bir bedel ödemeyi gerektirmediği kadınlara da ilgi duymuyordum. Benim ilgimi çeken tek bir kız vardı. Ama bunu açığa vurmanın imkânı yoktu, çünkü bu o kadar uygunsuz bir arkadaşlık olurdu ki ortaya çıkması hayatıma mâl olabilirdi. Bunu Nikolay Nikolayeviç'e itiraf etmek ise yapacağım en son şeydi.

Tekrar koluma vurup, "Eh, aferin sana evlat," dedi. "Gençsin. Fırsatını buldukça keyfine bakmaman için bir neden yok. Güzel, güzel."

Ses tonundaki ani değişiklik başımı kaldırmama neden oldu; artık bana değil, pencereden çareviçin, kalesini iyiden iyiye inşa ettiği bahçeye baktığını gördüm. Fakat Aleksey hiçbir yerde görünmüyordu ve grandükün gözlerini takip edince birden onu görüverdim. Yerden yaklaşık beş metre yukarda, bir meşe ağacının kalın dalında oturuyordu.

Grandük fısıltıyla, "Aleksey!" dedi, ismi ağzından korku içinde çıktı.

Oğlan yüksekte oturduğu yerden, "Hey!" diye bağırdı, sesi bize kadar geldi. Bu kadar yükseğe çıkmak hoşuna gitmişti. "Kuzen Nikolay, Georgi, beni görüyor musunuz?"

Grandük bahçeye koşarken, "Aleksey, olduğun yerde kal!" diye bağırdı. "Sakın kıpırdama, beni duyuyor musun? Olduğun yerde kal. Seni almaya geliyorum."

Hemen arkasından koştum; bu durumu bu kadar ciddiye almasına şaşırmıştım. Oğlan ağaca çıkmayı becermişti, tekrar aşağı inmesi daha zor olmazdı. Ama yine de Nikolay Nikolayeviç, sanki bütün hayatımız ve Rusya'nın kaderi Aleksey'in kurtarılmasına bağlıymış gibi meşe ağacına doğru koşuyordu.

Ama artık çok geçti. Ayağa kalkıp ağacın gövdesinden aşağı inmeye çalışan oğlan için, üstüne hücum eden dev gibi adamı görmek fazla geldi; belki de bilinmeyen bir kuralı çiğnediğini, yakalanıp cezalandırılmadan önce sıvışmanın akıllıca olacağını düşünmüştü. Ayağı bir dala takıldı; aşağıdaki küçük dallara tutunmaya çabalarken dudaklarının arasından şaşkın bir çığlık döküldü ve sonra gürültüyle, sertçe yere düştü. Doğrulup oturdu; başını ve dirseğini ovuşturup tüm bu olanlar onun için pek de tatsız olmayan birer sürprizmiş gibi bize baktı ve sırıttı.

Ben de ona gülümsedim. Neticede bir şeyi yoktu. Oğlan çocuklarının yaramazlıklarından biriydi. Bir yeri incinmemişti.

Grandük dönüp bana baktı. "Çabuk ol," dedi. Benzi atmıştı. "Doktorları çağır. Hemen buraya doktor getir, Jahmenev."

Bu kazayı bu kadar ciddiye almasına şaşırarak, "Ama bir şeyi yok efendim," diye itiraz ettim. "Bakın, tek yaptığı..."

"Doktorları getir, hemen!" diye gürledi. Neredeyse öfkesiyle beni yere yıkıverecekti, bu sefer hiç oyalanmadım.

Dönüp koşmaya başladım ve yardım çağırdım.

Ve birkaç dakika içerisinde, evde bütün hayat tamamen duruverdi.

Akşam, yemek servisi yapılmadan gelip geçti; gece hiçbir eğlence tertiplenmedi. Nihayet sabaha karşı saat ikide, muhafız alayı üyelerinin toplandığı, hepsinin birbirinden beter, aşağılayan bakışlarıyla bana dik dik baktığı odadan bir bahaneyle dışarı çıktım ve doğruca yatağıma doğru gittim. Gözlerimi kapayıp hemen uykuya dalmaktan ve o korkunç günde olup biten her şeyi arkada bırakmaktan başka bir şey istemiyordum.

Kazanın yaşandığı saat ile sabahın erken saatleri arasındaki zaman boyunca şaşkınlık, kızgınlık ve kendine acıma duygularıyla dolmuştum, ama hâlâ Aleksey'in düşmesinin neden bu kadar korkunç bir felaket olarak görüldüğünü bilmiyordum, çünkü dizi, üst bedeni ve bacağındaki birkaç küçük çürük haricinde dışarıdan görünen bir yarası yoktu. Elbette çareviçe gösterilen ihtimamın nedeninin sırf tahta yakınlığı olmadığını anlamaya başlamıştım; esasında çok daha ciddi bir durum vardı. Geçmişe bakınca, çarla, bazı muhafızlarla, hatta çareviçin kendisiyle, meselenin, tam olarak dile getirilmese de ima edildiği konuşmalarımızı hatırladım ve daha fazla soru sorup ne olduğunu öğrenmeye çalışmadığım için kendime lanet ettim.

Kendimi yiyip bitirerek koridorda yürürken, sol tarafımda bir kapı açıldı; daha başımı çevirip içeride kimin olduğunu görmeye fırsat bulamadan bir el yakama yapıştı ve neredeyse ayaklarımı yerden keserek beni içeri çekiverdi.

"Nasıl bu kadar aptal olabildin?" Sergey Stasyoviç kapıyı kapadıktan sonra beni kendine doğru çevirdi. Odada onun haricinde sadece Aleksey'in ablası Grandüşes Marie'nin olduğunu görünce şaşırdım. Sırtı pencereye dönük duruyordu; yüzü solmuş, gözleri ağlamaktan kızarmıştı. Muhafızlardan biri, gün içinde, Çariçe Aleksandra'nın çoktan Saint Petersburg'dan geldiğini söylediğinde, belki de yalnız gelmemiştir diye düşünüp heyecanlanmıştım. "Neden ona dikkat etmedin Georgi?"

"Ama ediyordum Sergey," dedim. Tüm olanların, Kaşin'den gelen bu zavallı *mujik*in suçu olduğuna karar vermiş gibi görünmesine çok üzülmüştüm. "Bahçede yanındaydım, tehlikeli bir şey yapmıyordu. Sadece bir dakikalığına içeri girdim, beni..."

Marie bana doğru yürüdü. "Onu bırakmamalıydın." Önünde hafifçe eğildim, sanki hakaret etmişim gibi kovalarcasına elini salladı. Benimle aynı yaştaydı, birkaç gün önce ikimiz de on yedimize girmiştik. Bir yere girdiğinde erkekleri dönüp baktıran porselensi bir güzelliğe sahipti. Bazılarına göre çarın kızları arasında en güzeli oydu. Ama benim için öyle değildi.

Sergey asabi bir tavırla odada gezinip duruyordu. "Aramıza amatörlerin girmesine izin verilirse olacağı budur," dedi. "Ah, böyle dediğim için kusura bakma Georgi; senin hatan değil, ama böyle bir sorumluluk alacak tecrübeye sahip değilsin. Nikolay Nikolayeviç'in seni tavsiye etmesi çok saçmaydı. Çarı korumak için ne kadar süre eğitim gördüğümüzü biliyor musun?"

"Eh, benden sadece iki yaş büyük olduğuna göre, ben pek fark göremiyorum," dedim. Benimle böyle konuşmasına izin verirsem lanet olsundu bana.

Grandüşes beni tersledi. "O, sekiz yıldan beri sarayda." Son söylediğim sözle çileden çıkıp biraz daha yakınıma geldi. "Sergey bütün çocukluğunu harp okulunda geçirdi. Sen bunun ne olduğunu bile bilmezsin." Aşağılayıcı gözlerle yüzüme baktıktan sonra başını iki yana salladı. "Tabii ki bilmiyorsun. Saray soyluları arasından seçilen yüz elli çocuktan biriydi o ve muhafız alayı geleneklerine göre yetiştirildi. Üstelik, ancak en iyileri ailemi korumakla görevlendirilir. Her gün neyi gözleyeceğini, tehlikelerin nereden geldiğini, felaketlerin nasıl engelleneceğini öğrendi. Atalarımdan ve akrabalarımdan kaç kişinin öldürüldüğüne dair bir fikrin var mı senin? Ölümün gölgesinin, günün her saniyesi kardeşlerimle benim üzerimizde olduğunun farkında mısın? Yalnızca dua edip muhafızlarımıza güvenmek zorundayız. Sergey Stasyoviç, yanımızda olmasına ihtiyaç duyduğumuz türden bir adamdır. Sen değilsin, sen değilsin."

Başını iki yana sallayıp acıyan gözlerle bana baktı. Hiddetinin, kardeşinin başına gelenler ile Sergey hakkında söylediklerim arasında bölünmüş gibi görünmesi bana biraz tuhaf gelmişti. Neticede Sergey onun için, muhafız alayının bir üyesi olmasının ötesinde başka neydi ki? Korumaya çalıştığı kişi şimdi pencerenin önünde burnundan soluyordu. Grandüşesin, yanına gidip alçak sesle ona bir şeyler söylemesini seyrettim. Sergey başını iki yana sallayarak, "Hayır," dedi. Marie'nin ona biraz âşık olup olmadığını merak ettim; belki de öyleydi, çünkü Sergey çekici bir gençti, uzun boyluydu, keskin bakışlı mavi gözleri ve onu bir Rus'tan ziyade bir Aryan gibi gösteren gür sarı saçlarıyla çok yakışıklıydı.

Sonunda, "Benden ne beklendiğini bilmiyorum," dedim, üzüntümden ağlamak üzereydim. "Bu görevin bana verildiği andan beri ona göz kulak oldum. Bir kazaydı, bunu anlamak neden bu kadar zor? Küçük çocuklar düşer ve düştükleri gibi ayağa da kalkarlar."

Sergey sakin bir sesle, "Git biraz uyu Georgi," dedi. Yanıma gelip acımı paylaşırcasına omzuma vurdu. Bana büyüklük taslamasını istemediğimden elini ittim. "Yarın, hiç kuşkusuz yoğun bir gün olacak. Seninle konuşmak isteyecekler. Bu senin kabahatin değil, yani tam olarak değil. İşin doğrusu, sana söylemeliydiler. Belki bilseydin..."

"Bilse miydim?" Aklım karışmıştı, kaşlarımı çattım. "Neyi bilseydim?"

Kapıyı açıp, "Git," dedi ve beni sırtımdan koridora doğru itti. Bu konuyu biraz daha tartışacaktım ki yine, alçak sesle grandüşesle konuşmaya başlamıştı. Kendimi yanlarında fazlalık gibi hissettim, duruma giderek daha da sinirlendim ve hemen oradan ayrıldım. Planladığım gibi yatağıma gitmek yerine, bu olayların başladığı bahçeye döndüm.

O gece dolunay vardı. Kendimi öğleden sonra grandükle konuştuğum yerde buldum. Şimdi kendi düşüncelerim ve pişmanlıklarımla baş başa olmaktan memnundum. Dışarıda hafif bir esinti vardı; üzerime doğru esmesi için açık kapının önünde durup, buradan çok uzaklarda, benden bu kadar çok şeyin beklenmediği bir yerde olduğumu hayal ettim. Karanlıkta, Stavka'daki o koridorun loş tenhalığı, insana, bütün öğleden sonra ve akşam saatleri boyunca bizi içine çeken dramdan uzaklaşıp soluklanma fırsatı ve huzur veriyordu.

Koridorda ilerleyen ayak seslerini duydum. Bu seste bir telaş, sinirlerimi geren bir kararlılık vardı.

"Kim var orada?" diye seslendim. Sergey ile Grandüşes Marie'nin zannettiklerinin aksine, son birkaç aydır, suikast zanlılarının haklarından gelebilmek için çok daha ustalıklı yöntemler öğreniyordum, ama herhâlde burada, ordu karargâhında bir suikastçı olması imkânsızdı. İçimden, belki de güneş doğmadan imparatorun ailesinin gözünde kendimi bu günahtan kurtarma şansı bulabilirim diye geçirerek, bu kez daha yüksek sesle, "Kim var orada?" diye seslendim. "Kendini tanıt."

Ben bunu dediğim anda, nihayet ay ışığının aydınlığına çıktı ve karşıma dikiliverdi. Elini havaya kaldırıp sert ve kararlı bir hareketle yüzüme indiriverdi. Tokatın aniliği ve sertliği beni öyle afallattı ki dengemi kaybettim, arkaya doğru sendeleyip canımı yakacak biçimde dirseklerimin üzerine düştüm. Ama hiç sesim çıkmadı, sadece sersemlemiş hâlde orada oturup kaldım, acıyan çenemi ovuşturdum.

"Seni sersem!" Çariçe üzerime doğru bir adım daha geldi. Bana tekrar vurmaya niyetlendiğini düşünmememe rağmen, sahilde geri geri giden bir yengeç gibi arkaya doğru çekildim. "Seni aptal budala!" dedi bir daha; sesi, öfke ve korkudan perişandı.

Ayağa kalkarken, "Majesteleri," dedim, ama aramızda emniyetli bir mesafe de bıraktım. Gözlerinde saf bir dehşet ifadesi, daha önce hiç görmediğim bir panik vardı. "Herkese söylüyorum, bir kazaydı. Nasıl oldu bilmi..."

"Biz kazaları kaldıramayız," diye bağırdı. "Oğluma göz kulak olmayacaksan sana ne gerek var? Onu, başına gelebilecek kazalardan koruyamayacaksan?"

"Bana ne gerek mi var?" Sözlerin sahibi Rus imparatoriçesi olsa bile, ifademin tonuna hiç aldırmadım. "Günün her ânında gözlerimi üstünde tutamam," dedim. "O bir çocuk. Macera arıyor."

"Bana ağaçtan düştü dediler," diye karşılık verdi. "Hem, her şeyden önce, ağaçta ne arıyordu?"

"Tırmandı," dedim. "Çareviç bir kale yapıyordu. Herhâlde daha fazla tahta arıyordu ve..."

"Sen neden yanında değildin? Yanında olmalıydın."

Başımı iki yana sallayıp gözlerimi başka tarafa çevirdim; her an oğlunun yanında olabileceğimi nasıl düşünebiliyordu anlayamıyordum.

Hakkında ne düşünürlerse düşünsünler, o hareketli bir çocuktu. Beni sürekli atlatıyordu.

Çariçe, "Georgi," dedi; ellerini yanaklarına koyup uzun uzun solurken bir an öyle durdu. "Georgi, anlamıyorsun. Niki'ye söyledim, sana önceden anlatmalıydık."

"Anlatmalı mıydınız?" diye sordum; aramızdaki sınıf farkına rağmen şimdi de benim sesim yükselmişti, çünkü bu her ne ise, artık benden daha fazla saklayamayacaklardı. "Neyi anlatacaktınız? Söyleyin lütfen."

"Dur, dinle." Parmağını dudaklarına götürdü. Her şeyi açıklayabilecek bir ses duymayı istermiş gibi etrafına bakındı.

"Ne var?" diye sordum. "Ben bir şey duymuyorum."

"Biliyorum," dedi. "Şimdi ses yok. Ama bir saat, belki de daha kısa zaman sonra, ilk ağrıları başlayınca, bu koridorlar oğlumun feryatlarıyla çınlayacak. Yaralarının etrafında kan pıhtılaşmıyor. Ve sonra acı çekmeye başlıyor. Daha önce hiç böyle acı dolu çığlıklar duymadım diyeceksin, ama..." Başını iki yana sallarken acı acı güldü. "Bunlar arkasından gelecek şeyin yanında hiç kalır, *hiç kalır.*"

"Çok sert düşmedi ki," diye itiraz ettim. Söylediğim şey kendi kulağıma bile zayıf geldi, çünkü bu kadar korumacı davranmalarının bir nedeni olduğunu anlamaya başlamıştım.

Sözlerine devam etti: "Bundan birkaç saat sonra asıl acıları başlayınca, bütün yaraları içte olduğundan doktorlar kanamayı durduramayacaklar. Üstelik daha fazla kan kaybetmesine izin veremeyeceğimiz için, ameliyat etmek de mümkün değil. Doğal bir çıkış yolu bulamadığı için, kan Aleksey'in kaslarının ve eklemlerinin içine akacak; zaten dolu olan boşlukları doldurmaya çalışacak ve hasarlı bölgeleri daha da genişletecek. Senin de benim de hayal bile edemeyeceğimiz acılar çekmeye başlayacak. Ve çığlık atacak. Bir hafta boyunca çığlık atacak, belki de daha fazla. Böyle bir acıyı hayal edebiliyor musun Georgi? Bu kadar uzun süre haykırmak nasıl bir şeydir, düşünebiliyor musun?"

Yüzüne bakakaldım, hiçbir şey söyleyemedim. Tabii ki düşünemiyordum. Hafsalamı aşıyordu.

"Ve bu süre zarfında, şuuru bir kapanıp bir açılacak, ama çoğunlukla kendinde olacak ve acıyı hissedecek," diye devam etti. "Nöbet geçirecek ve sayıklamaya başlayacak. Kâh kâbuslar görecek, kâh acısından feryat edip babasına ve bana, yardım etmemiz için yalvaracak, ama elimizden hiçbir şey gelmeyecek. Başucunda oturup onunla konuşacağız, elini tutacağız, ama ağlamayacağız, çünkü yavrumuzun karşısında güçsüz görünemeyiz. Ve kimbilir bu ne kadar sürecek? Ondan sonra ne olabilir biliyor musun Georgi?"

Başımı iki yana salladım. "Ne?"

Soğuk bir tavırla, "Ölebilir," dedi. "Oğlum ölebilir. Rusya veliahtsız kalabilir. Sırf sen ağaca çıkmasına izin verdiğin için. Şimdi anlıyor musun?"

Ne diyeceğimi bilemedim. Oğlan hemofili hastasıydı; onda, asil hastalığı denen şeyden vardı. Hizmetkârların, aralarında böyle bir şeyden bahsettikleri kulağıma çalınmıştı ama pek üstünde durmamıştım. İngiltere'nin sabık kraliçesi, çariçenin büyükannesi Victoria, taşıyıcıydı. Çocuklarının ve torunlarının çoğu, evlilikler yapıp Avrupa'nın prensleri ve prensesleri olmuştu ve bu hastalık, birçok kraliyet sarayında utanç verici bir sır hâline gelmişti. Bizimki de bunlara dâhildi. Acı acı, bana önceden söylemeleri gerekirdi diye geçirdim içimden. Bana güvenmeliydiler. Çünkü çareviçin acı çekmesine sebep olmaktansa, kalbime bir bıçak saplamayı tercih ederdim.

"Onu görebilir miyim?" diye sordum. Bir an için bana gülümsedi, ifadesi belli belirsiz yumuşadı, sonra arkasını döndü ve çareviçin odasına giden uzun koridorun karanlığında gözden kayboldu. Arkasından bağırdım: "Onu görmek istiyorum!" Bunun ne kadar uygunsuz bir davranış olduğunu düşünmedim bile. "Lütfen, onu görmeme izin vermelisiniz!"

Ama bağırışlarıma aldıran olmadı. Çariçenin hızlı adımları, o uzaklaştıkça sessizleşip duyulmaz oldu. Yine tek başıma kaldım; çaresiz ve yaptıklarım yüzünden kederli, gözlerimi bahçeye çevirdim.

Ve o sırada Anastasya geldi.

Annesiyle aramızda geçen konuşmanın her kelimesini duymuştu. Tahmin ettiğim gibi, erken saatte, arabayla gelmiş olmalıydı. Kardeşi için gelmişti.

Ve benim için, diye düşündüm.

"Georgi." Sesi fısıltıdan biraz daha yüksekti; bir melodi gibi çalıların üzerinden süzülüp kulaklarıma erişti. Başımı sesin geldiği tarafa çevirdim ve koyu yeşil bitkilerin arkasında beyaz elbisesinin dalgalanışını gördüm. "Georgi, buradayım."

Bizi gözleyen kimse olmadığından emin olmak için etrafıma bakındım ve dışarı koştum. Kümelenmiş çalıların ardında beni bekliyordu. Endişeli yüzünü görünce ağlamak geldi içimden. Erkek kardeşi yatakta, korku içinde, haftalar sürecek bir ıstıraba hazırlanıyordu. Ama birden hepsi önemini kaybedivermiş gibi geldi, utandım. Çünkü o buradaydı, karşımdaydı.

"Gelmeni ümit etmiştim," dedim.

"Annem getirdi bizi," diye feryat edip kollarımın arasına düştü. "Aleksey..."

"Biliyorum," dedim. "Ve hepsi benim suçum. Ben... daha dikkatli olmalıydım. Bilseydim..."

"Tehlikeleri bilemezdin," dedi. "Korkuyorum Georgi. Sarıl bana, olmaz mı? Sarıl bana ve her şeyin düzeleceğini söyle."

Hiç tereddüt etmedim. Kollarımla onu sardım ve yüzünü göğsüme bastırdım. Altın saçlarından öpüp kokusunun tatlı aromasını içime çektim.

Gözlerimi kapayıp, "Anastasya," dedim. Kendimi bu hâlde bulduğuma inanamıyordum. "Anastasya, sevgilim."

1953

Sanat ve Tasarım Okulu'nun karşısındaki kafede, camın önündeki masaya oturmuş, Zoya'yı bekliyordum. Arada bir saatime bakıp etrafımda oturanların gevezeliklerini duymazdan gelmeye çalışıyordum. Şimdiden yarım saat gecikmişti, sinirlenmeye başlıyordum. Önümde *İsyan*[10] romanı açık duruyordu, ama dikkatimi veremiyordum. Sonunda kitabı bir kenara koyup bir yandan sol elimin parmaklarını sinirle masaya vururken diğer yandan kahvemi karıştırmaya başladım.

Yolun karşı tarafından okul çalışanları ile öğrenciler gelip geçiyor, durup çene çalıyor, gülüşüyor, dedikodu yapıyor, öpüşüyordu; alışılmışın dışındaki kılıkları yoldan geçenlerin hoşnutsuzlukla kaş çatmalarına neden oluyordu. On dokuz yaşlarında bir genç köşeyi dönüp geçit törenindeymiş gibi hızlı hızlı yürüdü; üzerinde dar bir pantolon, koyu renkli bir gömlek ve yelek vardı; hepsinin üstüne de, dizine kadar uzanan, Edward dönemine has bir ceket giymişti. Saçları briyantinden pırıl pırıldı; ön tarafı Pompadour tarzında zarif bir bombeyle yukarıya kıvrılmıştı. Sanki koca şehir ona aitmiş gibi kasıla kasıla gidiyordu. Bakmamak imkânsızdı ki muhtemelen amacı da buydu.

---

10 *The Caine Mutiny,* ABD'li yazar Herman Wouk'un 1951 tarihli romanı. [E.N.]

"Georgi."

Etrafıma bakındım, karımın yanımda durduğunu görünce şaşırdım. Okulun önünden gelip geçenlere bakmaya öyle dalmıştım ki geldiğini fark etmemiştim. İçimden üzüntüyle, bir yıl önce böyle bir şey olmazdı diye geçirdim.

Saatime bakıp, "Merhaba," dedim ve hemen pişman oldum çünkü bu, söze dökülmese de geç kaldığını ima eden kavgacı bir hareketti. Kızmıştım, doğruydu, ama kızgın görünmek istemiyordum. Son altı ayı kızgın *görünmemeye* uğraşarak geçirmiştim. Bizi birlikte tutan şeylerden biriydi bu.

Şapkasını ve mantosunu çıkardı; bitkince göğüs geçirip otururken, "Çok özür dilerim," dedi. Birkaç hafta önce saçlarını kraliçeyi anımsatan bir tarzda –kraliçe değil, Ana Kraliçe, hâlâ alışamadığından böyle söylüyordum– kısacık kestirmişti ve dürüst olmak gerekirse, hiç umurumda değildi. Ama o zamanlar umurumda olmayan pek çok şey vardı. "Tam çıkarken beni tuttular," diye açıkladı. "Doktor Highsmith'in sekreteri masasında yoktu, ben de bir sonraki görüşme için randevu almadan çıkamadım. Yerine dönmesi çok uzun sürdü, döndüğü zaman da ajandasını bulamadı." Sanki dünya hoş görülmeyecek kadar yorucu bir yermiş gibi başını iki yana sallayıp içini çekti, sonra hafifçe gülümseyip bana döndü. "Bu da çok uzun sürdü. Sonra otobüsler... Neyse, ne diyebilirim ki? Özür dilemekten başka."

Hiçbiri gerçekten önemli değilmiş gibi başımı iki yana salladım ve "Önemli değil," dedim. "Vaktin geçtiğini bile anlamadım. Her şey yolunda mı?

"Evet, iyi."

"Sana ne ısmarlayayım?"

"Sadece bir fincan çay lütfen."

"Sadece çay mı?"

"Lütfen," dedi canlılıkla.

"Aç değil misin?"

Bir saniye durakladı, düşündü, sonra başını iki yana salladı. "Şu an değilim," dedi. "Bugün nedense pek iştahım yok. Sadece çay içeyim, sağ ol."

Başımı onaylar gibi salladım ve taze bir demlik çay ısmarlamak için tezgâha gittim. Orada durup suyun kaynamasını ve yaprakların çökmesini beklerken, pencereden dışarıya, dört yıldır öğretmenlik yaptığı okula bakmasını izledim ve bize yaptığı şey yüzünden ondan nefret etmemek için çabaladım. Bana yaptığı şey için, geç kaldığı için, başka bir yerde, başka biriyle olduğunu; benimle değil, onunla öğle yemeği yediğini gösteren iştahsızlığı için ondan nefret etmemeye çalıştım. Böyle bir şey olduğunu bilmeme rağmen, her hareketiyle ondan şüphelenmeme neden olduğu için ondan nefret ediyordum.

Fincanı önüne koyunca, "Teşekkürler," dedi. "Buna ihtiyacım vardı. Dışarısı soğuk. Atkımı almalıydım. Ee, senin sabahın nasıl geçti?"

Omuzlarımı silktim. Neşeli tavrına, anlamsız gevezeliğine sinirleniyordum, sanki dünyada hiçbir terslik yoktu, sanki hayatımız eskiden olduğu gibiydi ve hep de öyle olacaktı. "Her zamankinden farklı değil," dedim. "Sıkıcı."

Masanın karşı tarafından uzanıp elini benimkinin üzerine koydu. "Ah Georgi," dedi. "Böyle söyleme. Senin hayatın sıkıcı değil ki."

"Eh, seninki kadar heyecanlı olmadığı kesin," dedim. Kulağa geldiği kadar incitici olmaya çalışıp çalışmadığımı kestirmeye çalışırken, donup kaldığını görünce böyle söylediğim için hemen pişman oldum. Elini benimkinin üzerinde birkaç saniye daha tuttuktan sonra çekti, pencereden dışarı bakıp çayından dikkatle bir yudum aldı. Ben konuşana kadar konuşmayacağını biliyordum. Otuz yılı aşkın evli kaldıktan sonra, yapabileceği beklenmedik pek az şey kalmıştı. Beni şaşırtabiliyordu elbette, bunu ispat etmişti. Ama yine de hareketlerini herkesten daha iyi tanıyordum.

Sonunda genzimi temizleyip tehlikesiz bir konu açtım. "Yeni kız işe başladı. Havadis bu, sanırım."

"Ya, öyle mi?" diye sordu ifadesiz bir sesle. "Nasıl biri?"

"Çok hoş. Öğrenmeye hevesli. Kitaplar hakkında da epey bilgili. Cambridge'de edebiyat okumuş. Korkunç zeki."

Zoya gülümseyip kahkahasını bastırdı. "Korkunç zeki," diye tekrarladı. "Georgi, ne kadar İngilizleştin."

"Öyle mi?"

"Evet. Londra'ya ilk geldiğimiz zamanlar hiç böyle ifadeler kullanmazdın. Kütüphanede akademisyenlerle birlikte geçen onca yıldan olsa gerek."

"Sanırım öyle," dedim. "İnsan farklı bir topluma asimile oldukça dili de değişiyor diyorlar."

"Utangaç mı?"

"Kim?" diye sordum.

"Yeni yardımcın. Adı neydi bu arada?"

"Bayan Llewellyn."

"Galli mi?"

"Evet."

"Utangaç mı?"

"Hayır. Kütüphanede çalışmayı tercih etmiş olması, yüzü kızaracak diye konuşmaya cesaret edemeyen mahcup bir taze olduğu anlamına gelmez."

Zoya içini çekip yüzüme baktı. Başını hafifçe sallayıp, "Pekâlâ," dedi, "Bir şey ima etmedim. Sadece sohbet ediyordum."

Alınganlık. Aksilik. Huzursuzluk. Bilinçdışında kullandığı her kelimede bir terslik bulma isteği. Onu eleştirme, kendini kötü hissettirme ihtiyacı. Her konuştuğunda bunları hissediyordum ve bundan nefret ediyordum. Bizim böyle insanlar olmamamız gerekiyordu. Bizim birbirimizi sevmemiz, birbirimize saygıyla ve incelikle davranmamız gerekiyordu. Ne de olsa biz hiç Georgi ve Zoya olmamıştık ki. Biz Georgi-ve-Zoya'ydık.

"İşini iyi yapacak," dedim. Sesim biraz daha yumuşaktı, konuşmanın gerilimini artırmak istemiyordum. "Tabii, Bayan Simpson olmayınca işler eskisi gibi olmayacak. Ya da Bayan Harris. Ama biz buradayız işte. Hayat devam ediyor. Zaman değişiyor."

"Evet," dedi. Çantasına uzanıp, içinden o günün *Times* gazetesini çıkardı. Masaya, önüme koyup, "Bunu gördün mü?" diye sordu.

Sadece anlık bir tereddütten sonra, "Gördüm," dedim. Her sabah kütüphanede mutlaka *Times* okuyordum, o da bunu gayet iyi biliyordu. Beni şaşırtan onun da görmüş olmasıydı, çünkü Zoya güncel meseleleri okumaktan hoşlanmazdı; özellikle de bu aralar çoğu doğal olarak savaşla ilgiliyken.

"Peki, ne düşünüyorsun?"

"Hiçbir şey düşünmüyorum," dedim. Gazeteyi elime alıp bir saniye Josef Stalin'in fotoğrafına baktım; o kalın bıyığı ve düşük gözkapakları bana sahte bir içtenlikle gülümsüyordu. "Ne düşünmemi bekliyorsun?"

"Bir parti vermeliyiz," dedi; sesi soğuk ama zafer doluydu. "Kutlamamız gerek, sen de öyle düşünmüyor musun?"

"Hayır," diye karşılık verdim. "Bu kadar sevinecek ne var ki? Ölmüş, ne var bunda? O öldükten sonra sence... Ne olacak yani? Her şey eskisi gibi mi olacak?"

Gazeteyi elimden aldı. "Tabii ki olmayacak," dedi. Bir saniye fotoğrafa baktıktan sonra katladı, sertçe çantasına tıktı. "Ben sadece mutlu oldum, o kadar."

"Öldü diye mi?"

"Öldü diye."

Sesimi çıkarmadım. Sesinde böyle bir garez duymaktan nefret ediyordum. Tabii ki Stalin'in hayranı falan değildim; yaptıkları hakkında ondan nefret edecek kadar çok şey okumuştum. Rusya'dan ayrıldıktan sonra geçen otuz beş yılda, artık bir parçası olmadığımı düşünüp kendimi rahatlamış hissetmek için memleketimde olup biten olayları yakından takip etmiştim. Fakat bir ölümü kutlayamazdım, onunkini bile.

Birkaç saniye sonra, "Her neyse," diye devam ettim, "işe dönmem gerekecek, fazla vaktim kalmadı. Senin sabahının nasıl geçtiğini dinlemek istiyorum. Nasıl gitti?"

Zoya bir an gözlerini masaya dikti. Konuyu bu kadar çabuk değiştirdiğimiz için hayal kırıklığına uğramış gibiydi; belki de Stalin, yaptıkları, tasfiyeleri ve işlediği envai çeşit suç hakkında uzun uzun konuşmak istiyordu. İstiyorsa bu sohbeti yapabilirdi, benim fikrim de kararım da belliydi. Ama bunu benimle konuşmayacaktı. "İyiydi," dedi alçak sesle.

"Sadece iyi mi?"

"Biraz daha karmaşıktı bu kez galiba."

Durup düşündüm ve daha fazla soru sormadan önce duraksadım. "Karmaşık mı?" diye sordum. "Nasıl yani?"

"Anlatması zor," dedi, düşünürken alnı biraz kırıştı. "Geçen hafta ilk randevumuzda Doktor Highsmith, günlük hayatım ve alışkanlıklarım haricinde başka bir şeyle ilgilenmiyor gibiydi. İşimi sevip sevmediğimi, ne kadar zamandan beri Londra'da yaşadığımı, kaç yıllık evli olduğumuzu bilmek istedi. Çok temel sorular. Bir partide, tanımadığın biriyle konuşulacak türden şeyler."

"Bu seni rahatsız mı etti?" diye sordum.

Omuz silkip, "Pek etmedi," dedi. "Yani tabii, konuşmaya istekli olduğum şeylerin bir sınırı vardı. Adamı tanımıyorum bile. Ama beni bunlarla tanımak ister gibiydi. Beni zorlamaya çok erken başladı."

Başımı öne doğru salladım. "Peki, ne kadar geriye gittiniz?"

"Çeşitli şekillerde, oldukça geriye," dedi. "Savaş sırasındaki durumdan bahsettim, buraya ilk gelişimizden, sonraki yıllardan. Anne baba olmak için ne kadar çok beklediğimizden... Sonra..." Duraklayıp dudaklarını ısırdı, sonra başını kaldırdı ve daha kararlı bir sesle devam etti. Bunun Doktor Highsmith'in teşvik ettiği bir şey olup olmadığını merak ettim. "Sonra, biraz da Paris'ten bahsettim."

"Sahi mi?" diye sordum, şaşırmıştım. "Paris'ten hiç söz etmeyiz."

"Hayır," dedi, ses tonunda belli belirsiz bir suçlama vardı. "Hayır, etmeyiz."

"Etmeli miyiz?"

"Belki de."

"Başka?"

"Rusya'dan."

"Rusya'yı mı anlattın?"

"Yani, çok genel anlamda," dedi. "Yeni tanıştığım biriyle böyle şahsi konuları konuşmak çok garip geldi."

"Ona güvenmiyor musun?"

Başını iki yana salladı. "Ondan değil," dedi. "Ona güveniyorum, sanırım. Sadece... garip bir durum. Aslında hiç soru sormuyor. Yalnızca benimle konuşuyor. Sohbet ediyoruz. Sonra ona açıldığımı fark ediveriyorum. Ona bir şeyler anlattığımı. Bir tür hipnoz gibi.

Konuşmamızdan önce sekreterinin dönmesini beklerken de bunu düşünüyordum, aklıma şeyi getirdi... bana şeyi hatırlattı..."

Usulca, âdeta fısıldar gibi, "Biliyorum," dedim; sanki onun adını söylemek, canavarı öbür dünyadan geri getirecekti. Hafızamdaki anılardan anlık görüntüler patlarcasına beliriverdi. Yine on yedimdeydim; dondurucu soğuk, suyun derinliklerine atılmaya hazır bir cesedin Neva nehri kıyısına sürüklenişi. Yerde kurşun yaralarından akan kan. Havada, canavar her an tekrar canlanıp hepimizi öldürecekmiş gibi bir his. O akşama ait duygular zihnime geri dönerken oda hafifçe dönmeye başladı, ürperdim. Bu, düşünmekten hoşlandığım bir şey değildi. Aklıma gelmesine bile izin vermediğim bir şeydi.

Söylediğim şeyi onaylamadan, hatta buna gerek görmeden, "Çok sakinleştirici bir sesi var," dedi. "Beni rahatlatıyor. Doktor Hooper gibi olmasından korkuyordum ama öyle değil. Hakikaten ilgileniyor gibi görünüyor."

"Peki, kâbuslardan da konuştunuz mu?" diye sordum.

"Bugün konuştuk," dedi başını sallayarak. "Öncelikle neden onu görmeye geldiğimi sormakla başladı. Biliyor musun, geçen sefer bana bunu sormadığını fark etmemiştim bile. Sana tüm bunları anlatmamın bir sakıncası yok, değil mi Georgi?"

Gülümsemeye çalışarak, "Tabii ki yok," dedim. "Öğrenmek istiyorum, ama eğer anlatmak istiyorsan. Doktorun sana faydası olacaksa, benim için tek önemli olan bu. Bana her şeyi anlatmak zorunda hissetmene gerek yok."

"Teşekkür ederim. Konu harici, sana söylediğim zaman tuhaf gelecek şeyler var. O anda ne kastettiğimi bilirsen anlamlı olan şeyler. Fakat yine de son günlerde geceleri çok uyandığımdan, korkunç rüyalardan, nasıl bir anda ortaya çıkıp beni gafil avladıklarından bahsettim. Aslında onca yıldan sonra böyle hatıraların su yüzüne çıkması çok saçma."

"Peki o ne dedi?"

"Pek bir şey söylemedi. Rüyaları anlatmamı istedi, ben de anlattım. Bazılarını. Ona henüz güvenip anlatamadıklarım da var. Sonra birçok farklı şeyden konuştuk. Senden söz ettik."

"Benden mi?"

"Evet."

Yutkundum. Bunu sormak istediğimden emin değildim, ama başka türlü sormanın yolu yoktu. "Benim hakkımda ne bilmek istedi?"

"Sadece seni tarif etmemi istedi, o kadar. Nasıl bir adam olduğunu."

"Peki sen ne anlattın?"

"Doğruyu tabii ki. Ne kadar iyi biri olduğunu. Ne kadar düşünceli. Ne kadar sevgi dolu." Bir an durakladı, hafifçe öne doğru eğildi. "Bunca yıldır benimle nasıl ilgilendiğini ve ne kadar bağışlayıcı olduğunu."

Yüzüne baktım, gözlerimin yaşla dolmak üzere olduğunu hissedebiliyordum. Artık öfkeli değildim, yine kendimi incinmiş, ihanete uğramış hissediyordum. Doğru kelimeleri bulmaya çalıştım. Saldırmak istemiyordum. "Peki, ona şeyden söz et... Ona anlattın mı?"

Başını salladı. "Henry'yi mi? Evet, anlattım."

İçimi çekip başımı çevirdim. Şu an, neredeyse bir yıl geçtikten sonra bile bu isim moralimi, kendime olan güvenimi yıkmaya yetiyordu. Hâlâ bunun olduğuna inanamıyordum, birlikte geçirdiğimiz bunca yıldan sonra başka bir erkekle olduğuna, bana ihanet edebildiğine inanamıyordum.

* * *

Arina, Ralph'i bizimle yaz sonunda tanıştırdı. Ne ummam gerektiğini bilememiştim, ne de olsa eve ilk defa bir delikanlı getiriyordu. İşin doğrusu, onunla karşılaşmaktan da epeyce korkuyordum. Bu durum, beni sadece kızımın yetişkinliğe adım attığı gerçeğini kabullenmeye zorlamakla kalmıyordu, bir de yaşımın ilerlediği gerçeğiyle yüzleşme meselesi vardı. Sersemce bir tavırla, hayatımın hâlâ, bahar mevsiminde rengârenk bir çiçek tarhı ya da harikulade bir yaşama açmak üzere olan laleler gibi, önümde upuzun uzandığını zannediyordum. Ama aslında daha çok, sonbahar mevsiminde yaprakları solup kararmaya yüz tutmuş gül fidanlarına benziyordu; canlılığından geriye yalnızca kış mevsiminin getirdiği çürüme kalmıştı. Kütüphanenin dosyalama sistemleri arasında kaybolmuş çalışıyordum; bu ayıltıcı düşünce gün boyunca zihnimde berraklaşırken durgunlaştım. Bayan Llewellyn iyi olup olmadığımı sorunca, mahcup bir tebessüm ve dürüst bir cevapla bu sıkıntımı sadece geçiştirebildim.

"Bilmem," dedim. "Önümde yalnızca alışılmadık bir akşam var, hepsi bu."

"Ya?" Merak etmişti. "Çok ilginç. Özel bir yere mi gidiyorsunuz?"

"Maalesef hayır. Karım, kızımızın erkek arkadaşını akşam yemeğine çağırdı. İlk kez böyle bir işkenceden geçeceğim ve dört gözle beklediğimi de söyleyemem."

"Ben de iki ay önce, arkadaşım Billy'yi annem ve babamla tanıştırmak için eve getirmiştim," dedi. O günün hatırasıyla ürperip hırkasına sıkıca sarındı. "Korkunç bir kavgayla sona erdi. Babam onu evden kovdu. Dedi ki, onunla görüşmeye devam edersem benimle bir daha konuşmayacakmış."

"Sahi mi?" Bizim gecemizin de bu kadar dramatik biçimde bitmemesini ümit ettim. "Ondan hoşlanmadı o hâlde?"

Sahne, anlatılamayacak kadar kötüymüş gibi gözlerini devirdi. "Aslında çok saçmaydı," dedi. "Billy söylememesi gereken bir şey söyledi, babam da daha beterini söyledi. Billy kendini devrimci gibi göstermeye bayılır; babamınsa o taraklarda hiç bezi yoktur. Tam bir eski İngiliz imparatorluğu adamıdır, öylelerini bilirsiniz. Zavallı yaşlı kralın bahsi açıldığı zaman, Tanrı selamet versin, birbirlerine nasıl bağırıp çağırdıklarını duymalıydınız. Neredeyse polis evi basacak sandım. Bu arada, kızınız kaç yaşında Bay Jahmenev, sormamın bir mahsuru yoksa?"

"On dokuzuna yeni girdi."

"Eh, o zaman bu daha başlangıç sanırım. İlerde, iple çekeceğiniz daha çok akşam yemeği olacağından eminim. Görürsünüz. Bu delikanlı sadece, arkasından gelecek olanların ilki."

Bu söz, Bayan Llewellyn'in arzuladığı gibi beni pek teselli etmedi. Mum yakmak için *–yaşadığım müddetçe–* kiliseye uğradığımdan, o akşam eve her zamankinden biraz daha geç döndüm, çünkü ağustosun on ikisiydi ve yerine getirmem gereken bir söz vardı.

Kapıdan içeri girerken Zoya dönüp yüzüme baktı. "Georgi," dedi, yüzü endişeden kızarmıştı. "Nerede kaldın? Yarım saat önce bekliyorduk seni."

"Affedersin," dedim; giyimine ve görünüşüne ne kadar çaba harcadığını fark ettim. Tanımadığımız bir oğlan için bu kadar zahmete girmesine biraz sinirlenerek, "Çok iyi görünüyorsun," diye ekledim.

Alınmış gibi güldü, "Bu kadar şaşırma," dedi. "Arada bir çaba gösteriyorum, biliyorsun."

Gülümseyip onu öptüm. Yıllardır, bu tür cümleler muzip ve sevgi dolu olarak görülür, dikkate alınmazdı. Şimdiyse içten içe bir gerilim, aramıza gömmeyi başardıklarımızın aslında hiç de affedilmediğine ve yanlış zamanda söylenen yanlış sözlerin, Bayan

Llewellyn'in erkek arkadaşıyla babası arasındaki gibi çok feci kavgalara yol açabileceğine dair bir his vardı.

"Banyo yapacak mısın?" diye sordu.

"Yapmam mı gerekiyor?"

"Bütün gün çalıştın," dedi yavaşça ve dudaklarını ısırdı.

İçimi çektim, "O zaman, yapsam iyi olacak galiba," dedim. Çantamı, ben gittikten sonra alıp gözden uzak bir yere kaldıracağını bildiğim bir yere attım. "Uzun kalmam. Kaçta gelecekmiş?"

"Sekizden sonra. Arina iş çıkışı birer içki içeceklerini söyledi, ama fazla gecikmezler."

"İçiyor demek," dedim. Kaşlarım çatıldı.

"Birer içki dedim," diye karşılık verdi Zoya. "Adama bir şans ver Georgi. Ondan hoşlanabilirsin de, bilemezsin."

Bundan kuşkuluydum, ama birkaç dakika sonra küvete uzanıp sabunlu sıcak suyun verdiği huzurun ve gevşemenin tadını çıkarırken, Arina'nın düşüncelerinin karşı cinse yöneldiği yaşa geldiği gerçeğini, bu tedirgin edici hakikati düşünmeye devam ettim. Küçüklüğünden beri zaman hiç geçmemiş gibiydi. Hatta bebekliğinden beri. Aslında, Zoya'yla hiçbir zaman çocuğumuz olmayacağını düşünüp ümidimizi yitirdiğimiz ve bu yüzden acı çektiğimiz zamanların üzerinden daha birkaç yıl geçmiş gibiydi. Hayatımın elimden kayıp gittiğini fark ettim. Artık elli dört yaşındaydım; nasıl olmuştu bu? Kışlık Saray'a gideli, çarın karşısına çıkmak için altın yaldızlı koridorlarda Kont Çarnetski'nin arkasından koşalı daha birkaç ay olmamış mıydı? İmparatorluk ailesi Saint Petersburg Yaylı Çalgılar Dörtlüsü'nü dinlerken, benim Standart'ın güvertesinde kaçamak yapmam daha bu yılın başlarında olmamış mıydı?

Hayır, diye geçirdim içimden aptallığıma sinirlenip. Vücudumu küvete biraz daha daldırdım. Hayır, yıllar önceydi bunlar. Onyıllar önceydi.

O günler, tamamen başka bir hayata, artık hiç sözü edilmeyen bir ömre aitti. Gözlerimi kapayıp başımı suya daldırdım. Nefesini tuttum; geçmiş, kulaklarıma ve hafızama dolarken, gözlerimin önünde oynanan memleket dramının, 1915 ile 1918 arasındaki o korkunç, o harika yılların hayalinde kaybolup gittim. Şimdinin dünyasından sıyrılınca, Neva kıyısındaki kış ayazının keskin soğuğunu bir kez daha hissedebiliyor; ayaz burnumu soğuktan sızlatıp soluğumu keserken çar ve çariçenin yüzlerini, sanki karşımda duruyorlarmış gibi net biçimde gözümde canlandırabiliyordum. Sanki rüyadaymışım gibi Anastasya'nın parfümü burnuma geliyor; kokuyu, âşık olduğum kızın bulanık görüntüsü takip ediyordu.

"Georgi." Zoya kapıyı tıklatıp başını içeri uzattı; sıçradım, soluk almaya çalışırken ellerimle, ıslak saçlarımı alnımdan ve gözlerimden çektim. "Georgi, biraz sonra gelirler." Durakladı, herhâlde yüzümdeki hüzün ve keder dolu, o beklenmedik ifadeden tedirgin olmuştu. "Ne var?" diye sordu. "Ne oldu?"

"Hiç," dedim.

"Hiç değil, ağlıyorsun."

"Banyo suyu o," diye düzelttim. Acaba ben farkında olmadan sabun köpüğüyle gözyaşlarım birbirine karışmış olabilir miydi?

"Gözlerin kızarmış."

"Bir şey yok," dedim bir daha. "Sadece bir şey düşünüyordum, o kadar."

"Ne?" diye sordu. Sesinde endişe vardı, sanki cevabını duymaya korkuyormuş gibiydi.

Başımı iki yana sallayıp, "Mühim bir şey değil," dedim. "Eskiden tanıdığım birini, hepsi o kadar. Uzun zaman önce ölmüş birini."

* * *

Yaptığı şey yüzünden ondan nefret ettiğim anlar oluyordu. Zoya'ya karşı, içimde sevgiden başka bir duygu olabileceğini hiç düşünmezdim, ama bazen yatakta yanında uyanık yattığım, ona dokunursam vücudumun buharlaşıvereceğini hissettiğim, hayal kırıklığı ve kırgınlığımdan çığlık atmak istediğim anlar oluyordu.

Bittiği zaman, kırık dökük hayatlarımızı onarmaya çalışırken cesaretimi toplayıp bunun nedenini sordum ona.

Sanki bir cevap istemem kabalıkmış gibi iç çekip, "Bilmiyorum Georgi," dedi.

Tükürür gibi tekrarladım. "Bilmiyorsun."

"Doğru."

"İyi o zaman. Buna karşılık ne demem gerekiyor?"

"Onu hiç sevmedim, eğer mesele buysa."

"Bu, durumu daha da kötüleştirir," dedim. Bunun doğru olup olmadığını bile bilmiyordum ama onu incitmek istiyordum. "Onu hiç sevmediysen bütün bunlar neden oldu?"

"Beni tanımıyordu," dedi usulca. "Bu onu farklı kılıyordu."

Kaşlarımı çatıp, "Seni tanımıyor muydu?" dedim. "Ne demek istiyorsun?"

"Günahlarımı... günahlarımı bilmiyordu."

Üzerine atılıp, "Sakın!" diye bağırdım. Öfkem kabarıyordu. "Sakın yaptığın şeyi haklı çıkarmak için bunu kullanayım deme!"

"Hayır, kullanmıyorum Georgi, kullanmıyorum," dedi. Başını iki yana salladı, şimdi ağlıyordu. "Sadece... ben bile anlayamazken sana bunu nasıl açıklayabilirim? Beni terk mi edeceksin?"

"Hiçbir şeyi daha çok isteyemem," dedim ona. Yalandı tabii. "Ben sana bunu yapmazdım. Asla yapmazdım."

"Biliyorum."

"Benim hiç ayartılmadığımı mı sanıyorsun? Hiçbir kadına bakıp, içimden ona sahip olmayı istemediğimi mi sanıyorsun?"

Tereddüt etti ama sonunda başını iki yana salladı. "Hayır Georgi, hiç sanmıyorum. Senin baştan çıkacağına inanmıyorum."

Tartışmak üzere ağzımı açtım ama nasıl yapabilirdim ki? Haklıydı.

"Seni sen yapan şey bu işte," diye üsteledi. "Sen kibar, doğru düzgün bir insansın, bense..." Durdu; tekrar konuştuğunda her kelimesini tek tek vurguladı. Sesini hiç bu kadar kararlı duymamıştım. "Bense öyle değilim."

Uzun süre hiç konuşmadan oturduk. Aklıma bir fikir geldi, öyle iğrençti ki, böyle bir şeyi ileri sürdüğüme kendim de inanamadım.

"Zoya," dedim, "Bunu seni *terk edeyim* diye mi yaptın?" Yüzüme bakıp yutkundu, başını çevirdi ve hiçbir şey söylemedi. "Seni terk edersem, sözde senin için bir ceza olacağını mı düşündün? Cezalandırılmayı hak ettiğini mi düşündün?"

Sessizlik.

Başımı iki yana sallayıp, "Tanrım," dedim. "Sen hâlâ kendi suçun olduğunu düşünüyorsun, değil mi? Hâlâ ölmek istiyorsun."

Ön kapı tamı tamına saat sekizde açıldı ve içeriye önce, yüzünde mahcup bir gülümsemeyle, küçükken yaramazlık yaptığı ama kabahatinin meydana çıkmasını istemediği zamanlardaki yüz ifadesini takınmış Arina girdi. Zoya'yla yanımıza gelip her zaman yaptığı gibi ikimizi de öptü ve sonra, karanlık antrede, şapkası elinde, yanakları hafifçe kızarmış, iyi bir intiba bırakmaya hevesli olduğu apaçık anlaşılan genç bir adam belirdi. Kendime rağmen, heyecanını sevimli buldum ve gülümsememek için dikkatimi yoğunlaştırmak zorunda kaldım. Onun için unutulmaz bir gün olmalıydı; telaşı, bana Zoya'nın babasıyla ilk tanıştırıldığım günkü heyecanımı hatırlattı.

Bütün mahcubiyetiyle karşımızda durduğunu görmüyormuşuz gibi genç adamı gösterip, "*Maşa, paşa,*" dedi, "bu, Ralph Adler."

Ralph tokalaşmak üzere hemen elini uzatıp, "İyi akşamlar Bay Jahmenev," dedi. Bu açılış konuşmasına defalarca hazırlanmış gibi dursa da adımı söylerken kekeledi. "Sizinle tanışmak büyük şeref. Ve Bayan Jahmenev; beni evinize çağırarak onurlandırdığınız için çok teşekkür ederim."

Zoya da gülümseyerek, "Hoş geldiniz Ralph," dedi. "Nihayet tanıştığımıza sevindik. Arina sizden çok bahsetti. Haydi, içeri buyurun, oturun."

Arina ile Ralph masadaki yerlerine geçtiler. Zoya son hazırlıklarını tamamlarken ben de karşılarına geçip oturdum. Böylece onu daha ayrıntılı inceleme fırsatı bulmuş oldum. Orta boylu, orta yapılıydı, kıpkızıl saçları beni şaşırtmıştı ama kötü görünümlü bir çocuk değildi sanırım. Tüm diğer çocuklar gibiydi.

"Umduğumdan büyükmüşsün," dedim. Hemen aklımdan, Arina'nın, ayarttığı kızların en sonuncusu olup olmadığı geçti.

Ralph, "Yirmi dört yaşındayım," dedi hemen. "Hâlâ genç bir adam sayılıyorumdur umarım."

"Tabii ki öylesin," dedi Zoya. "Bir de elli dört olmayı dene."

"Arina daha on dokuzunda," dedim.

Sanki bu yaş farkı önemsizmiş gibi, "Beş yaş demek," diye karşılık verip bu konuda başka yorum yapmamı engellemiş oldu. Her konuştuğunda onay bekler gibi Arina'ya bakıyordu. Arina gülümseyince o da gülümsüyordu. Arina konuşunca dudakları hafifçe aralık onu seyrediyordu. İçten içe, bana doğru eğilip, tamamen resmî bir tarzda, onun gibi birinin kendisine ilgi göstermesine inanamadığını anlatmak istediğini hissettim. Gözlerindeki, tutkuyla karışık bakışı tanıyordum; hayranlık, büyülenme, aşk. Kızım adına memnundum, böyle duygular uyandırabilmesine hiç şaşırmamıştım ama bu beni biraz da üzmüştü.

Çok genç, diye düşündüm. Onu kaybetmeye hazır değildim.

Zoya, "Arina bize, senin bir müzisyen olduğunu söyledi Ralph," dedi. Genellikle pazar günleri yediğimiz yemeği yiyorduk. Rosto ve patates. İki çeşit sebze. Et suyu. "Ne çalıyorsun?"

Hemen cevap verdi. "Klarnet. Babam harika bir klarnet sanatçısıydı. Küçük yaştan itibaren kardeşlerimle benim ders almamız hususunda ısrar etmişti. Çocukken nefret ederdim tabii, ama sonra değişti."

"Nefretinin nedeni neydi?" diye sordum.

"Sanırım sebep öğretmendi," dedi. "Yüz elli yaşında falandı; ne zaman kötü çalsam dersin sonunda beni döverdi. İyi çaldığımdaysa, Mozart, Brahms, Çaykovski ya da her kimse, mırıldanarak eşlik ederdi."

"Çaykovski'yi sever misin?" dedim.

"Evet, hem de çok."

"Anladım."

Zoya, "Ama sonunda tutumun değişmiş olmalı," dedi. "Hayatını klarnet çalarak kazandığına göre yani."

Çabucak sözünü keserek, "Keşke öyle olduğunu söyleyebilseydim," dedi. "Beni affedin Bayan Jahmenev, ama ben profesyonel müzisyen değilim. Yani henüz değilim. Hâlâ okuyorum. Guildhall Müzik ve Tiyatro Okulu'ndan ders alıyorum. Nehir kıyısındaki yürüyüş yolunun hemen yakınında."

"Evet," dedi Zoya, başını sallayarak. "Evet, orayı biliyorum."

"Hâlâ öğrenci olmak için biraz büyük değil misin?" diye sordum.

"Bu ileri düzey bir eğitim," diye açıkladı. "Böylelikle, ihtiyaç olursa, hem müzik yapıp hem de ders verebilirim. Bu son senem."

Arina, "Ralph, okul dışında bir orkestrayla da çalıyor," dedi hemen. "Son üç yıl boyunca Saint Paul Katedrali'ndeki Noel ayinlerinde çaldı; hatta geçen yıl ona solo bile verdiler, değil mi Ralph?"

"Sahi mi?" Zoya'nın sesi etkilenmiş gibiydi. Delikanlı bu kadar ilginin merkezinde olmaktan kızarıp gülümsedi. "Öyleyse çok iyi olmalısın."

Kaşlarını çatıp bunu düşündü. "Bilmem. Ama ilerlediğimi umuyorum."

Zoya, "Klarnetini de yanında getirmeliydin," dedi. "Bize çalabilirdin. Küçükken ben de piyano çalardım biliyor musun? Hep keşke evde piyano için yerimiz olsaydı diyorum."

"Sever miydiniz?"

"Evet," dedi, daha fazlasını anlatmak için ağzını açtı ama fikrini değiştirip hemen sessizleşti.

Sessizliği bozmak için, "Ben hiçbir müzik aleti çalmasını bilmem," dedim. "Ama hep istemişimdir. İmkân verilseydi keman çalmayı öğrenebilirdim. Her zaman, müzik aletleri içinde en zarifi olduğunu düşünmüşümdür."

"Öğrenmek için hiçbir zaman yaşlı sayılmazsınız efendim," dedi ve bunlar ağzından çıkar çıkmaz, sanki bana en ağır biçimde hakaret etmiş gibi, utançtan kıpkırmızı kesildi. Takınabildiğim en ciddi ifadeyle dik dik ona bakmam da hiç yardımcı olmadı. Dili dolanarak, "Çok özür dilerim," dedi. "Onu kastetmek istememiştim."

"Yaşlı olduğumu mu?" diye sordum. "Ne çıkar yani? Yaşlıyım. Eskiden kafama takardım. Sen de bir gün yaşlanacaksın. O zaman nasılmış görürsün."

"Ben sadece, insan her yaşta bir enstrümana başlayabilir demek istemiştim."

"Bunaklığımda bu bana teselli olur herhâlde," dedim.

"Hayır, hiç de öyle değil. Ben demek istiyorum ki..."

Zoya uzanıp elimi tuttu. "Georgi, zavallı çocuğa takılmasana," dedi. Parmaklarımız iç içe geçti. Başımı eğip baktım, eklemlerinin yaşlılıktan nasıl da gerginleşmeye başladığını fark ettim. Bir an için derisinin altındaki kanı, kemikleri gözümde canlandırdım; sanki geçen yıllarla beraber eli saydamlaşıyordu. İkimiz de yaşlanıyorduk ve bu, moral bozucu bir düşünceydi. Parmaklarını sıktım; onu yatıştırmaya mı yoksa canını yakmaya mı çalıştığımı anlamak için biraz şaşkınlıkla dönüp baktı. İşin doğrusu, o anda onu ne kadar sevdiğimi; kâbusların, hatıraların, hiçbir şeyin, hatta Henry'nin bile önemi olmadığını söylemek istedim, ama bunları söylememin imkânı yoktu. Arina ile Ralph burada olduğu için değil. Sadece... imkânsızdı işte.

Zoya bir saniye sonra, "Baban da aynı okula mı gitmişti?" diye sordu. "Klarnet çalmayı öğrenirken yani."

Başını iki yana salladı. "Yok, hayır. Buraya geldikten sonra, İngiltere'de hiç ders almadı. Çocukken babası öğretmiş, ondan sonra da kendi başına çalışıp ilerlemiş."

Söylediğine takılıp, "Buraya geldikten sonra mı?" diye sordum. "Ne demek istedin? Baban İngiliz değil mi?"

"Hayır efendim," dedi. "Hayır, babam Hamburg'da doğmuş."

Arina erkek arkadaşı hakkında bize çok şey anlatmıştı, ama bu daha önce bahsetmediği bir şey olduğu için çok şaşırıp, Zoya'yla başlarımızı tabaklarımızdan kaldırarak Ralph'e baktık. Birkaç saniye sonra, "Hamburg mu?" diye sordum. "Almanya, Hamburg mu?"

"Ralph'in babası İngiltere'ye 1920'de gelmiş," diye açıkladı Arina. Yüzü gerginliğini ele veriyor, diye düşündüm.

Söylediğini zihnimde tartarken, "Sahi mi?" dedim. "Büyük Savaş'tan sonra mı?"

Ralph usulca, "Evet," dedi.

"Ondan sonraki savaş sırasında da Almanya'ya geri döndü herhâlde."

"Hayır efendim," dedi. "Babam Nazilere şiddetle karşıydı. Oradan ayrıldıktan sonra bir daha Almanya'ya dönmedi."

"Ama ya ordu?" diye sordum. "Şey yapmazlar mı..."

"Harp boyunca gözaltınaydı," diye açıkladı. "Man Adası'ndaki bir kampta. Hepimiz alıkoyulduk. Annem, babam, bütün aile."

"Anladım," dedim. "Ya annen, o da Alman mı?"

"Hayır efendim. İrlandalı."

Gülerek, "İrlandalı," dedim; inanamayarak başımı salladım ve Zoya'ya döndüm. "Eh, bu iş giderek güzelleşiyor. Sanırım, bu da kızıl saçı açıklıyor."

"Sanırım," dedi Ralph, ama şimdi sesinde hayran olduğum bir toparlanma vardı. Zoya ve ben, savaş zamanında, komşularınkine benzemeyen bir aksanla İngiltere'de olmanın nasıl bir şey olduğunu çok iyi bilirdik. Hakaretlere ve tacizlere maruz kalmıştık. Şiddet karşısında çaresiz kaldığımı fark etmiştim. O yıllar süresince müttefikleri desteklediğimden emin olmak için, yaptığım iş kısmen birinin gözetimine verilmişti. Ama yine de biz Rus'tuk. Siyasi göçmendik. Bu kadarı bile yeterince zorken, o zamanlarda İngiltere'de bir Alman ailesi olmanın nasıl bir şey olduğunu hayal edemiyordum. Genç Ralph'in sinirlerinin, kız arkadaşının anne babasının yanındaki gerginliğine kıyasla çelik gibi olduğunu ve kendini nasıl savunacağını gayet iyi bildiğini düşündüm.

Geçiştirmeye çalıştığının farkındaydım. "Senin için zor olmalı," dedim.

"Öyleydi," dedi alçak sesle.

"Kız ve erkek kardeşlerin var sanırım."

"Bir kız, bir de erkek."

"Peki, ailen de sıkıntı çekti mi?"

Gözlerini tabağından kaldırıp, başını iki yana sallamadan önce tereddüt etti, sonra doğruca gözlerimin içine baktı. "Çok," dedi. "Hem sadece benim ailem değil. Orada başkaları da vardı. Ve birçok da kaybolan oldu tabii. Hatırlamaktan pek hoşlanmadığım günlerdir."

Masaya bir sessizlik çöktü. Daha fazlasını öğrenmek istiyordum ama yeterince soru sorduğumu hissediyordum. Bize bu kadarını anlatmasının, kızımı ne kadar önemsediğinin bir ifadesi olduğuna hükmettim. Ralph Adler denen delikanlıyı beğendiğime ve onu desteklemeye karar verdim.

Herkesin kadehini şarapla doldurduktan sonra, kendiminkini kaldırıp, "Evet," dedim. "Artık biz göçmenler, hepimiz burada yaşıyoruz. Rus, Alman, İrlandalı fark etmez. Hepimiz arkamızda insanlar bıraktık, yolda insanlar kaybettik. Belki de onların hatıralarına içmeliyiz."

Kadehlerimizi tokuşturduk ve yemeğimizi yemeye devam ettik; artık üç değil, dört kişilik bir aileydik.

Arina yeni kraliçenin taç giyme törenini evde seyredebilelim diye bir televizyon almam için bana yalvardı. Başta direndim; törenle hiç ilgilenmediğimden değil, bir kere kullanacağımız şeye bunca para harcamaya ne gerek vardı, anlamıyordum.

"Ama her gün kullanacağız," diye üsteledi. "Ya da... ben kullanacağım. Lütfen, mahallede televizyonu olmayan bir tek biz varız. Utanç verici."

Başımı sallayıp, "Abartma," dedim ona. "İstediğin ne ki zaten, her akşam üçümüz şuraya oturup odanın köşesinde duran bir kutuya bakacağız ve birbirimizle hiç konuşmayacağız, öyle mi? Hem herkesin evinde varsa, neden komşulardan birine gidip töreni orada seyretmiyorsun?"

"Çünkü beraber seyretmeliyiz," dedi. "Aile olarak. Lütfen *paşa*." Beni her zaman pes ettiren, o yalvarır gibi gülümsemesini takındı. Sonunda, ertesi pazartesi öğleden sonra, kraliçenin Westminster'daki Aziz Peter Kilisesi'ne doğru yola çıkmasından hemen önce yumuşadım ve eve, küçük oturma odamızın köşesine tam uyan Ambassador marka bir televizyon konsoluyla döndüm.

Ben kabloları doğru biçimde bağlamaya uğraşırken Zoya kanepeye oturup, "Ama çok çirkin," dedi. Mağazada sergilenen modeller gönlümü çelmişti; bu modeli, yemek masamızın ağacına uyan ahşap çerçevesi yüzünden seçmiştim. İki parçadan oluşuyordu; otuz santimetrelik küçük ekranı, benzer ebattaki hoparlörünün üstünde duruyordu. Bu iki parça, kutuya, yarım yamalak bir trafik lambası görünümü vermişti. Kendime rağmen satın aldığım bu yeni cihaz beni heyecanlandırmıştı.

Arina annesinin yanına oturup, "Harika," dedi. Bir Picasso veya Van Gogh eseri izlermiş gibi gözlerini hayretle televizyona dikmişti.

"Öyle olmalı," diye mırıldandım. "Sahip olduğumuz en pahalı şey bu."

"Ne kadar Georgi?"

"Yetmiş sekiz pound," dedim. Bunu söylerken, aslında bu kadar değersiz bir şeye bu kadar çok para verebilmiş olmama ben bile hayret ettim. "En az on yıl kullanırız tabii."

Zoya eski bir Rusça küfür mırıldandı ama hiçbir eleştiri yapmadı; belki o da şimdiden aletin cazibesine kapılmıştı. Nasıl çalıştığını anlamam biraz zaman aldı, ama sonunda bütün bağlantılarını yapıp açma düğmesine bastım ve üçümüz birden karşısına geçtik.

Önce ekranın ortasında küçük beyaz bir dairenin belirmesini, iki üç dakika sonra da genişleyip ekranı BBC'nin logosuyla doldurmasını seyrettik.

Yine de orada oturup test görüntüsünü seyretmekten memnun gibi görünen Arina, "Saat yediye kadar yayın başlamıyor," diye açıkladı.

Ertesi gün bütün ülkede tatil ilan edilmişti ve sokaklarda öyle çok bayrak ve süsleme vardı ki şehir bir gecede sirke dönmüş gibi görünüyordu. Ralph öğle yemeğinden önce geldi; eli kolu, sandviçler için soğuk et, çatni sosu, peynir ve kesinlikle gerekli gördüğümden daha fazla sayıda bira şişesiyle doluydu.

Sabahın altısından beri ayakta olan ve büyük bir heyecan içinde ortalığı telaşa veren Arina'ya, "Gören de sen evleniyorsun zanneder," dedim. Sonunda, törenin ilerleyişini mümkün olduğu kadar yakından görebilmek için televizyonun önünde yere oturmuştu. "Bundan böyle hep böyle mi olacağız, tahta bir kutudan çıkan titrek ışığın karşısına mıhlanıp kalmış bir maymun ailesine mi dönüşeceğiz?"

Stüdyoda tekrar tekrar aynı bilgileri haber diye veren sunucuyu seyrederken, "Of *paşa*, sus," dedi.

Zoya olan bitenlerle gençler kadar ilgili görünmüyor, küçük oturma odamızdaki televizyondan mümkün mertebe uzak duruyor, küçük, gereksiz işlerle oyalanıyordu. Ama genç kraliçe saraydan çıkıp, altın tavanlı arabasıyla yola koyulup, yüzünde kendine güvenli bir tebessümle halkına bakarak ve bileğinin o kraliçelere özgü kıvrılışıyla el sallamaya başlayınca, bir sandalye çekip oturdu ve sessizce izlemeye koyuldu.

Elizabeth tahta çıkarken, "Hoşmuş," dedim ve karşımızda beliren her bir mücevher, her taç, her taht için yorum yapmaktan başka bir şey düşünmeyen ve bir kelimeyle bile töreni bölmemi istemeyen kızım tarafından bir kez daha susturuldum.

Bize döndü. "Harika, değil mi?" Yüzü, gördüklerinin sevinciyle parlıyordu. Rahatsızlık duyarak ona gülümsedim; sonra televizyondaki görüntülere dalıp gitmiş, kızımızın dediklerinin tek kelimesini bile duymadığını sandığım karıma doğru baktım.

Nihayet tören bitince, Arina, "Ralph'le saraya gideceğiz," dedi.

Tek kaşımı kaldırıp, "Tanrı aşkına, neden?" diye sordum. "Yeteri kadar görmedin mi?"

Ralph dünyadaki en apaçık şeymiş gibi, "Herkes oraya gidiyor, Bay Jahmenev," dedi. "Balkona çıktığında kraliçeyi görmek istemez misiniz?"

"İlle de görmem gerekmez."

"Siz gidin," dedi Zoya. Kalkıp evyenin başına gitti, içini sıcak suyla doldurup kirli tabakları sertçe içine doldurdu. "Gençler için böyle şeyler; bize göre değil. Kalabalığa tahammül edemiyoruz."

Arina, "İyi. Şimdi çıksak iyi ederiz Ralph, yoksa iyi bir yer bulamayız," dedi. Ralph bize konukseverliğimiz için teşekkür etme fırsatı bile bulamadan Arina çocuğu elinden tutup sürükledi. Sokaktan, taç giyme törenini seyrettikten sonra evlerinden çıkıp Holborn'dan Charing Cross bölgesine doğru gidenlerin seslerini duyabiliyordum. Oradan da, Kraliçe Victoria anıtının olabildiğince yakınına yaklaşabilme umuduyla Mall Caddesi'ne gideceklerdi. Birkaç dakika boyunca bu sesleri dinledikten sonra, ayağa kalkıp Zoya'nın yanına gittim.

"İyi misin?" diye sordum.

"Evet."

"Emin misin?"

"Hayır."

"Tören yüzünden mi?"

İçini çekip bana doğru döndü. Bakışlarımız birkaç saniye buluştu; sonra başını çevirdi.

"Zoya," dedim. Onu kollarımın arasına almak, sarılmak, onu yatıştırmak istiyordum, ama beni engelleyen bir şey vardı. Evliliğimizdeki bu parçalanma. Bunu o da hissetti ve bitkince göğüs geçirdi; bana ne dokundu ne de tek kelime etti. Yatak odasına gidip kapıyı arkasından kapadı ve beni yalnız bıraktı.

Bana anlatmasından uzun zaman önce, ters giden bir şey olduğunu anlamıştım. Henry denen bu adam, bir yıllığına, Zoya'nın çalıştığı okulda ders vermek için Amerika'dan gelmişti ve hemen arkadaş olmuşlardı. Zoya'dan gençti, otuzlarının sonlarındaydı sanırım ve hiç kuşkusuz, kimseyi tanımadığı, hiç arkadaşının olmadığı bu şehirde kendini yalnız hissetmişti. Zoya, insanlara karşı bu şekilde sorumluluk hissedecek türden biri değildi, meslektaşlarıyla okul dışında herhangi bir sosyal ilişki kurmaktan kaçınırdı. Ama her nedense bu adamı kanatlarının altına almıştı. Kısa zaman içinde, öğle yemeklerini her gün birlikte yer oldular; sohbete daldıkları için derslere geç kalıyorlardı.

Her perşembe akşamı iş çıkışında içki içmeye gidiyorlardı. Ben sadece bir kere davet edildim; sudan konuşmaları ve kendini fazla önemseyen bir tavrı olsa da adamın arkadaşlığını zevkli ve hoş buldum. Ama sonra bir daha çağrılmadım, bu konu hakkında da tek kelime edilmedi. Sanki küçük kulüplerine giriş sınavından geçememiştim de bunu açıklayıp duygularımı incitmek istemiyorlardı. Pek de aldırmadım; aksine, daha önce pek arkadaşı olmadığından, Zoya'nın sadece kendine ait bir arkadaşı olması hoşuma gidiyordu, ama yine de geri çevrilmek acıtıyordu.

Eve gelir, Henry ile ilgili her şeyi, o gün yaptıklarını, söylediklerini, ne kadar bilgili, ne kadar eğlenceli olduğunu anlatırdı. Dediğine göre Başkan Truman'ın taklidini neredeyse mükemmele yakın bir biçimde yapıyordu. Zoya'nın, Başkan Truman'ın konuşma tarzını nasıl olup da kıyaslama yapacak kadar bildiğini merak ettim. Belki de saflık ediyordum ama hiçbiri beni zerre kadar rahatsız etmiyordu. Aslında bu küçük takıntısını eğlendirici buluyordum, ara sıra Henry hakkında ona takılmaya bile başlamıştım. Gülüyor, onun sadece iyi geçindiği bir çocuk olduğunu söylüyordu. Hepsi o kadardı, mesele çıkarmaya değmezdi.

"Pek de çocuk sayılmaz," dedim.

"Şey, ne demek istediğimi anladın," dedi. "Çok genç. Ona hiç de o şekilde ilgi duymuyorum." Bu konuşmayı gayet iyi hatırlıyorum. Mutfakta, ayaktaydık; birkaç dakika önce tertemiz olmasına rağmen bir tencereyi ovalayıp duruyordu. Konuştukça yanakları giderek kızardı, sanki gözümün içine bakamıyormuş gibi bana arkasını döndü. Sadece takılıyordum ona o kadar; tıpkı onun bana, Bayan Simpson'la ilgili olarak takıldığı gibi. Ama cevap verirkenki cilveli hâli, şuhluğu beni şaşırttı.

Gülüp geçiştirmeye çalıştım. "Ona ilgi duyuyorsun demedim." Aramızda aniden beliren gerginliği görmezden geldim. "Ben onun sana ilgi duyduğundan bahsediyordum."

"Of Georgi, saçmalama," dedi. "Olacak şey değil."

Ve sonra bir gün, ondan bahsetmeyi bıraktı. Yine işten her zamanki saatte eve dönüyordu, yine haftada bir akşam onunla içki içmeye gidiyordu, ama hoş bir akşam geçirip geçirmediklerini sorduğumda, hiçbir ayrıntısını hatırlamıyormuş gibi omuz silkiyor, iyi geçtiğini, özel bir şey olmadığını söylüyordu. Artık bu zahmete neden girdiğini bile bilmiyordu.

"Londra'yı seviyor mu?" diye sordum.

"Kim?"

"Henry tabii ki."

"Ha, sanırım. Aslında bundan pek söz etmiyor."

"Peki, ne hakkında konuşuyorsunuz?"

Savunmaya geçmiş gibi, "Şey, bilmem ki," dedi, sanki sohbet sırasında orada değilmiş gibiydi. "Çoğunlukla işten. Öğrencilerden. Pek ilginç şeyler değil."

"Pek ilginç değilse, neden onunla bu kadar zaman geçiriyorsun öyleyse?"

Beklenmedik bir şekilde öfkelendi. "Sen neden bahsediyorsun?" diye sordu. "Ben onunla neredeyse hiç zaman geçirmiyorum."

Bu iş bana oldukça tuhaf gelmeye başlamıştı. Ama zihnimin derinlerinden gelen zayıf bir ses Zoya'nın bana anlattığından daha fazlasının olduğunu söylese de, bu sesi duymazdan gelmeyi tercih ettim. Zaten bu düşünce, hiç olacak şeymiş gibi gelmiyordu. Zoya ellili yaşlara gelmişti. Ömrümüzün yarısını bir arada geçirmiştik. Birbirimizi çok seviyorduk. Akıl almaz güçlükler, sıkıntılar atlatmıştık. Birlikte acı çekmiş, birlikte kaybolmuş ve birlikte sağ kalmıştık. Ve başından sonuna kadar hep ikimiz olmuştuk, biz hep Georgi-ve-Zoya olmuştuk.

Dönem bitti, Henry Amerika'ya döndü.

Başta, Zoya biraz histeriye kapılmış gibiydi. İşten eve geliyor, gece boyu konuşuyordu; sanki anlık bir susmanın bile, kaybettiği her şeyi düşünmesine ve kendini tamamen yitirmesine neden olmasından korkuyor gibiydi. Tuhaf yemekler pişiriyor, hafta sonları Londra Hayvanat Bahçesi, Ulusal Portre Galerisi ve Windsor Kalesi gibi tuhaf yerleri gezmeye gitmek için ısrar ediyor, sanki bütün yetişkinlik yıllarını bir arada geçirmiş evli bir çift değilmişiz de birbirini yeni tanıyan genç âşıklarmışız gibi davranıyordu. Beni yeniden tanımaya çalışıyormuş, bir yerlerde beni gözden kaybetmiş ama aşkına layık olduğumu biliyormuş gibiydi. Keşke bir zamanlar neden ona karşı o duyguyu hissettiğimi hatırlayabilsem der gibiydi.

Histeri yerini depresyona bıraktı. Gitgide benimle daha az konuşmaya başladı, gün içinde olanlar hakkında konuşma girişimlerimi de geri çeviriyordu. Erkenden yatıyor, hiç sevişmek istemiyordu. Görünüşüyle her zaman, özellikle de beklenmedik biçimde Sanat ve Tasarım Okulu'nda kadroya alındığından beri iftihar eden, diğer öğretmenler ile öğrencilerin koydukları yüksek moda standartlarına ayak uydurma mecburiyeti hisseden kadının üstü başı dökülmeye başladı. Bir gün önceki kılığıyla ya da darmadağınık saçlarla derse girmiş, umurunda bile olmuyordu.

Sonunda ihanetini daha fazla gizleyemedi. Bir akşam yanıma oturdu ve bana anlatmak istediği bir şey olduğunu söyledi.

"Henry'yle mi ilgili?" diye sorup onu şaşırttım, çünkü Henry Londra'dan gideli beş aydan fazla olmuştu ve o zamandan beri evimizde hiç adı geçmemişti.

"Evet," dedi, "nereden bildin?"

"Nasıl bilmeyeyim," dedim.

Başını salladı ve bana her şeyi anlattı. Dinledim, hiç öfkelenmedim ve anlamaya çalıştım.

Kolay değildi.

Ve birkaç hafta sonra kâbuslar başladı. Gecenin bir yarısı ter içinde, soluk soluğa uyanır, korkudan titrerdi. Ben de uyanırdım; hiç ayrı yatmamıştık, en kötü gecelerimizde bile. Elimi ona doğru uzatırdım; korkuyla sıçrar, önce beni tanımaz, ışıkları açınca korkusu dinerdi. Onu kollarımın arasına alırdım; ağlamamaya çalışır, ama karanlık ve ıssız rüyalarında yüzleştiği imgeleri anlatırdı.

Evliliğimiz dibe vurmuşken, karım uyuyamaz, neredeyse hiç yemek yemez hâldeyken ve benim içim, sevgi, hiddet ve kırgınlıkla doluyken, Zoya nihayet günün birinde uyandı ve bunun böyle devam edemeyeceğini, bir şeylerin değişmesi gerektiğini söyledi.

Aklıma en kötüsü geldi, donup kaldım. Beni yalnız bırakacağını, onsuz bir hayatla karşı karşıya olduğumu düşündüm.

Sinirlerim gergin, yutkundum. "Ne demek istiyorsun?" diye sordum. Beni eskiden olduğu gibi severse, her şeyi ama her şeyi affedeceğimi söylemeye hazırlandım.

"Yardım almam gerek Georgi," dedi.

Starets[11] ve Patenciler

Birkaç günden beri içimde, izlendiğime dair tuhaf, tekinsiz bir his vardı. Akşamüstü, Moyka çayı boyunca yürüyüş yapmak için saraydan çıktığım zamanlarda kendimi tedirgin hissediyor, arkama dönüp duruyor, birinin beni izlediğinden emin, yanımdan hızlı hızlı geçenlerin yüzlerini inceliyordum. Acayip ve rahatsız edici bir histi; başta, bunu hayatımdaki şartların değişmesinden kaynaklanan paranoyaya yordum.

Şimdiye dek, imparatorun ailesi içindeki yeni konumumdan o kadar mutluydum ki geçmişimi, geri dönme korkusuna kapılmaksızın düşünemiyordum. Evim aklıma geldiğinde vicdanım sızlıyordu, ama aldırmıyor ve zihnimden hemen atıyordum.

Fakat bir gün gerçek kendini açığa vurduğunda, aklımı dolduran şey Kaşin değildi. Karanlık koridorlarda karşılaştığımızda grandüşes Anastasya'yı öpme, onu iyice kendime bastırma ve bana, yeniyetmelik şehvetimi bastıracak daha büyük bir yakınlık göstermesi ümidiyle sarayın yüzlerce boş odasından birine çekebilme ihtimalimi düşünüyordum. Önceki akşam kucaklaştığımız zaman kendimi epeyce kaybedip elini tutmuş ve yavaşça tuniğimden içeri, belimden aşağıya doğru itmiştim. Kalbim arzuyla dolup taşmış ve

11 Rus Ortodoks Kilisesi'nde, ruhani liderlere verilen ad. [E.N.]

elini çekip, "Hayır Georgi, olmaz, yapamayız," diyeceği ânın beklentisiyle deli gibi çarpmıştı.

Aklım bu düşüncelerle ve bir an önce odamın tenhalığına dönme arzusuyla öylesine doluydu ki Deniz Kuvvetleri'nin yan tarafında, kalın şallara sarınmış hâlde bekleyen genç kadına pek bakmadım. Kadın bana, etrafımızda esen rüzgâr yüzünden pek duyamadığım bir şeyler söyledi. Bense, bencilce ve sertçe, ona verecek param olmadığını, yemek yemek ve ısınmak için Saint Petersburg'un hemen her yerinde türeyen aşevlerinden birine gitmesini söyledim.

Ama peşimden koşup beni şaşırttı; kolumdan yakalayınca, zaten azıcık olan paramı çalabileceğini mi sanıyor diye düşünerek arkamı döndüm ve o an bile onu hemen tanıyamadım. Ta ki adımı söyleyinceye kadar.

"Georgi."

"Asya!" Başta şaşırdım ve sevindim, sanki gerçekten o değil de bir hayalmiş gibi yüzüne bakakaldım. "İnanamıyorum. Sahiden sen misin?"

Başını sallayıp, "Benim," dedi, gözlerinde sevinç gözyaşları birikti. "Sonunda seni buldum."

"Buradasın!" dedim başımı iki yana sallayarak. "Burada, Saint Petersburg'dasın!"

"Hep olmak istediğim yerde."

Onu kendime çekip kucakladım ve o anda, büyük bir utançla birlikte aklımdan geçenler şunlardı: *Burada ne işi var? Benden ne istiyor?*

Dizili sütunların korunaklı kısmını işaret edip, "Bu tarafa gel," dedim. "Soğukta durma, donmuşsun. Ne kadar zamandır buradasın?"

Uğultulu rüzgârın erişemediği alçak bir taş sırada yanıma otururken, "Pek uzun zaman olmadı," dedi. Burada birbirimizi daha iyi duyabiliyorduk. "Birkaç gün oldu."

"Birkaç gün mü?" Şaşırmıştım. "Yanıma daha şimdi mi geliyorsun?"

"Sana nasıl yaklaşabileceğimi bilemedim Georgi. Seni her gördüğümde yanında başka askerler oluyordu. Düzenini bozmaktan korktum. Er geç seni bulacağımı biliyordum."

Takip edildiğimi ve bundan rahatsız olduğumu hatırlayarak başımı öne doğru salladım.

"Anladım. Eh, işte buldun beni."

Gülümsedi. "Sonunda. Ne kadar iyi görünüyorsun! Yemek yediğin belli."

Alınıp hemen, "Ama idman da yapıyorum," dedim. "Burada işim hiç bitmiyor."

"Ben sadece sağlıklı görünüyorsun demek istedim, o kadar. Saray hayatı sana yaramış."

Omuz silkip, yeni dünyamda ilk gördüğüm manzara olan meydana ve Aleksandr Sütunu'na baktım. Ablamın çok zayıf ve solgun göründüğünün farkındaydım.

Bakışımı takip etti. "İlk gördüğümde neredeyse bayılacaktım," dedi.

"Sarayı mı?"

"Çok güzelmiş, Georgi. Hiç böyle bir şey görmemiştim."

Başımı salladım, ama etkilenmemiş görünmeye çalışıyordum. Ait olduğum yerin bu saray olduğunu, hayatımın öteden beri beni hep buraya sürüklediğini hissetmesini istiyordum.

"Burası da diğerleri gibi bir ev işte," dedim.

"Hayır, değil ama!" diye bağırdı.

"Yani içeride, aileyle birlikteyken demek istiyorum. Onlar, buraya evleri gözüyle bakıyorlar. İnsan böyle zenginliğe hemen alışıveriyor," dedim.

"Onlarla karşılaştın mı?"

"Kimlerle?"

"Majesteleriyle."

Bir kahkaha patlattım. "Asya," dedim, "Ben onları her gün görüyorum. Ben Çareviç Aleksey'e refakat ediyorum. Beni bu yüzden buraya getirdiler, biliyorsun."

Başını salladı, dili tutulmuş gibiydi. "Bu çok... Doğru olabileceğine inanamamıştım."

Sinirli bir şekilde, "Eh, ama öyle," dedim. "Her neyse, sen neden buradasın?"

"Georgi?"

Ses tonumdan hemen pişman oldum. "Affedersin," dedim. Gitmesini bu kadar çok istememe şaşırıyordum. Sanki beni alıp eve götürmek için geldiğine inanmış gibiydim. O, hayatımın benim için kapanmış bir sayfasını, sadece geçmişte bırakmak değil, tamamen unutmak istediğim bir dönemi temsil ediyordu. "Ben sadece, seni buraya hangi rüzgâr attı demek istemiştim."

"Orada sensiz kalmaya dayanamadım anlayacağın. Yani Kaşin'de. Arkada bırakılmaya katlanamadım. Ben de kalkıp geldim. Düşündüm ki... düşündüm ki belki bana yardım edebilirsin."

Asabi bir tavırla, "Tabii," dedim. "Ama nasıl? Senin için ne yapabilirim?"

"Düşündüm ki belki... şey, sarayda mutlaka hizmetçi kızlara ihtiyaç vardır. Benim için bir iş olabilir. Eğer biriyle konuşursan..."

Kaşlarımı çatıp, "Evet, evet," dedim. "Eminim vardır. Öğrenmeye çalışırım." Düşündüm, içimden kime başvurmalıyım diye geçirdim. Ablamı hizmetçi üniforması ya da mutfak çalışanlarının sade kıyafetleri içinde hayal ettim; bir an için hoş bir fikir gibi geldi. O da benim gibi birçok arzusuna kavuşabilirdi. Sergey Stasyoviç gibi saygısını kazanmaya can attığım biri ya da Anastasya gibi sevgisini arzuladığım biri değil, gerçek bir arkadaşım olurdu. "Neyse, nerede kalıyorsun?"

"Bir oda buldum," dedi. "Pek iyi değil; hem çok uzun kalmaya da param yetmez. Acaba benim için sorabilir misin Georgi? Sonra tekrar buluşuruz. Belki de burada."

Peki der gibi başımı salladım ve onu başımdan savmak, yeniden sarayın gerçekdışı dünyasına dönmek için şiddetli bir arzu duydum. Dışarıda kalmayı, geçmişle konuşmayı istemiyordum. Bencilliğim yüzünden kendimden nefret ettim ama bunu yenebilecek gibi de görünmüyordum.

Ayağa kalktım. "Bir hafta sonra," dedim. "Bir hafta sonra bu gece, yine aynı saatte gel, sana bir cevap veririm. Keşke daha fazla kalabilsem ama vazife..."

"Tabii," dedi, üzülmüş görünüyordu. "Ama belki bu gece, ilerleyen saatlerden birinde? Geri gelebilirim..."

"Mümkün değil," dedim, başımı iki yana salladım. "Gelecek hafta. Sana söz. O zaman görüşürüz."

Başını sallayıp ben bir daha kucakladı. "Teşekkür ederim Georgi," dedi. "Beni hayal kırıklığına uğratmayacağını biliyordum. Ya olur ya da eve dönerim. Benim için başka bir yol yok. Elinden geleni yapacaksın, değil mi?"

Terslenerek, "Evet, evet," dedim. "Şimdi gitmem gerek. Haftaya görüşürüz abla."

Ve bunu dedikten sonra telaş içinde meydandan saraya doğru yürüdüm. Buraya geldiği; geçmişi, ait olmadığı bir yere getirdiği için içimden ona sayıp sövüyordum. Ne var ki odama varınca yine yumuşamıştım; ertesi sabah ona yardım edebilmek için elimden geleni yapmaya karar verdim. Odamın kapısı kapanır kapanmaz Asya yine aklımdan tamamen silindi ve düşüncelerim, tekrar, varlığı benim için önemli olan tek kıza yöneldi.

Üç ana imparatorluk ikametgâhı –Saint Petersburg'daki Kışlık Saray, Livadya'daki uçurumun tepesindeki kale ve Çarskoye Selo'daki Aleksandr Sarayı– içinde en sonuncusu, çarın çok sayıda konutu arasında en sevdiğimdi. Başkentin yirmi beş kilometre kadar güneyine kurulmuş bir kraliyet köyünde yer alıyordu ve saray halkı düzenli olarak trenle oraya giderdi. Tabii ki tren, çareviçe yeni bir hemofili nöbeti geçirtecek herhangi bir ani sarsıntıya meydan vermeyecek kadar yavaş ilerlerdi.

İmparatorluk muhafızlarının kaldığı koridordaki daracık hücreye yerleştirildiğim Saint Petersburg'un aksine, Çarskoye Selo'daki yerim, çareviçin, annesinin inanılmaz sayıda dinî ikonayla donattığı yatak odasına yakın, küçük bir asker barakasıydı.

Bir akşam koridordan geçerken Sergey Stasyoviç başını kapıdan uzatıp, "Yüce Tanrım," dedi. "Georgi Daniiloviç, demek sana burayı verdiler, öyle mi?"

"Şimdilik," dedim. Saray halkının geri kalanı iş başındayken yatağıma uzanmış hâlde yakalandığım için utanmıştım. Sergey'in yanakları kızarmıştı, kıpır kıpır bir heyecanı vardı. Akşamı nerede geçirdiğini sorunca, başını iki yana salladı ve sonra çok mühim bir şey varmış gibi duvarları ve tavanı incelemeye başladı.

Gönülsüzce, "Hiçbir yerde," dedi. "Şöyle bir tur attık o kadar. Katerina Sarayı'na doğru uzandım."

"Nereye gittiğini bana da söylemeliydin," dedim. Beni çağırmadığı için hayal kırıklığına uğramıştım, çünkü arkadaşım diyebileceğim en yakın tanıdığım oydu. Kimi zaman bazı sırlarımı ona açabileceğimi düşündüğüm oluyordu. "Ben de seninle gelirdim. Yalnız mı gittin?"

"Evet." Bir saniye sonra ekledi, "Hayır. Yani evet, yalnızdım. Ne fark eder ki?"

Bu tavrına şaşırıp, "Hiç fark etmez," dedim. "Sadece merak etmiştim..."

Konuyu değiştirdi. "Bu odada kaldığın için şanslısın."

"Şanslı mı? Herhâlde eskiden süpürgelikmiş, o kadar küçük."

Hızlı hızlı güldü. "Küçük mü? Sakın şikâyet etme. Biz, ikinci kattaki büyük yatakhanelerin birinde, yirmi kişi üst üste kalıyoruz. Bir gece gel de, herkes uykusunda öksürüp, gaz çıkarıp, sevgilisine seslenirken orada biraz uyumayı dene."

Gülümseyip omuz silktim. Öyle yerlerde muhafızlarla birlike kalmak zorunda olmadığıma memnundum. Bu odaya ancak bir yatak ve sürahi ile leğeni koymak için bir de sehpa sığıyordu, ama Aleksey'le giderek yakınlaşmıştık, yakınında olmamı seviyordu ve çar da böyle olmasını emretmişti. Emrettiği gibi de olmuştu.

Çariçe Aleksandra bu düzenlemeden pek de mutlu görünmüyordu. Mogilev'de, Aleksey'in ağaçtan düşüp yaralandığı o kazadan sonra imparatoriçenin gözünden düşmüştüm. Koridorlarda birbirimize denk geldiğimiz zaman, önünde yerlere kadar eğilsem de, tek kelime etmeden yanımdan geçip gidiyordu. Oğluyla birlikte olduğumuz bir odaya girdiğinde beni tamamen yok sayıyor, yalnızca onunla konuşuyordu. Bu hiç de alışılmadık bir şey değildi, zaten yakın akrabası ya da ünlü bir ailenin mensubu olmayan çoğu kişiyi görmezden gelirdi. Ama küçümsemesinin derecesini fark etmemi sağlayan şey, ben yakınlardayken dudaklarının hafifçe kıvrılması oldu. Sanırım imparatorluk ailesinin hizmetinden kovulup gerisingeri Kaşin'e ya da dahası Sibirya'ya, sürgüne gönderildiğimi görmekten çok memnun olurdu, ama çar beni desteklemeyi sürdürdüğü için ben de yerimi korumayı başarıyordum. Onun bana inancı olmasaydı, hayatım tamamen farklı bir yöne sapabilirdi.

Üç gece önce odama yine bir ziyaretçi geldi. Bu seferki misafirim, Sergey Stasyoviç kadar hoş karşılayacağım biri değildi. Yatmaya hazırlanıyordum ki kapı hafifçe çalındı. Öyle alçak bir tıklamaydı ki ilk seferinde kapının çalındığından emin olamadım. Tekrar çalınınca, bu saatte kimin beni görmek isteyebileceğini düşünerek kaşlarımı çattım. Aleksey olamazdı, çünkü o hiç kapıyı çalma zahmetine girmezdi. Belki de... Anastasya olabileceği aklıma gelince nefesim kesildi. Doğruldum, heyecanla yutkundum ve kapıya gittim; biraz aralayıp karanlık koridora dikkatle baktım.

Başta, kulaklarımın beni yanılttığını sandım, dışarıda kimse yoktu. Ama sonra, tam kapıyı kapatacakken gölgelerin içinden bir adam çıkıverdi. Uzun siyah saçları ve siyah cübbesi, ortamın karanlığıyla öylesine bir olmuştu ki bir an için sadece gözlerinin akı göründü.

Ağzı, tebessümü andıran bir hareketle açıldığında dişleri sapsarı parlayıverdi. Berrak bir sesle, "İyi akşamlar Georgi Daniiloviç," dedi.

"Peder Grigori," dedim. Daha önce onunla hiç konuşmamış olsam da çariçenin dairesine girip çıkarken onunla birçok kez karşılaşmıştım. Onu ilk kez Kışlık Saray'a ilk geldiğim gece, imparatoriçenin başında dua ederken görmüştüm. Gözlerini üzerime çevirip beni bakışlarından yayılan dehşetle yakalayıvermişti.

"Umarım sizi ziyaret etmek için çok geç bir saat değildir," dedi.

"Yatmıştım," diye karşılık verdim ve birden, kapıyı, üzerimde yatak kıyafetim olan bol bir fanila ve kısa paçalı donumla açtığımı farkına vardım. "Herhâlde yarın sabaha kadar bekleyebilir?"

"Bekleyebileceğini sanmıyorum," dedi. Sanki müthiş bir espri yapmış gibi sırıttı. Öne doğru adım atıp, beni itmediyse de bana kenara çekilmekten başka seçenek bırakmayacak şekilde yürümeye devam etti ve odaya girdi. Sırtı bana dönük hâlde durdu; hiç kıpırdamadan bir süre yatağıma baktıktan sonra, gözlerini avluya bakan dar pencereye çevirdi ve taş kesilmiş gibi öylece durmaya devam etti. Ancak ben kapıyı kapayıp mumu yakınca arkasına döndü; ama tek mumdan yayılan titrek ışık öyle sönüktü ki, onu seçebilmeme pek bir faydası olmadı.

"Sizi görmek beni şaşırttı," dedim. Varlığı bana tehditkâr gelse de, gözümü korkuttuğunu belli etmemeye kararlıydım. "Çareviçten bir emir mi var?"

Beni tepeden tırnağa ağır ağır süzerek, "Hayır, olsa bile sence ben mi getirirdim?" diye sordu. İç çamaşırlarıyla durmaktan utanmaya başlayıp pantolonuma uzandım. Ben giyinirken gözünü bir an bile üzerimden ayırmadı. "Birçok ortak noktamız var seninle, ama hiç konuşmadık. Son derece üzücü bir durum, sen de öyle düşünmüyor musun? İyi arkadaş olabilecekken..."

"Hiç aklıma gelmedi," dedim. "İşin aslı, Peder Grigori, ben hiç manevi tarafı olan biri değilimdir."

"Ama maneviyat hepimizin içindedir."

"Ben o kadar emin değilim."

"Neden?"

"Eğitim görmeden büyüdüm," diye açıkladım. "Ablalarımla birlikte, çok çalışmak zorundaydık. İkonalara tapınıp dua ezberleyecek zamanımız yoktu."

Düşünceli bir tavırla, "Ama yine de bana Peder Grigori diyorsun," dedi. "Mevkime saygı duyuyorsun."

"Elbette."

"Başkalarının bana ne dediğini biliyorsun, değil mi?"

Hemen, "Evet," dedim; heyecan, korku ya da hayranlık belirtisi göstermemeye kararlıydım. "Size *starets* diyorlar."

Başını sallayıp hafifçe gülümsedi. "Öyle diyorlar. Mübarek sayılan öğretmen. Bütünüyle şerefli bir hayat süren insan. Sence bu yerinde bir isim mi, Georgi Daniiloviç?"

Gerginlik içinde yutkundum. "Emin değilim," dedim. "Sizi tanımıyorum."

"Tanımak ister miydin?"

Buna verecek bir cevabım yoktu, kıpırdayamadan olduğum yerde kaldım. Onun varlığından uzaklaşmak istiyordum ama bacaklarımda büyük bir ağırlık var gibiydi, beni olduğum yere mıhlamıştı.

Uzun bir sessizlikten sonra, "Bana verdikleri bir isim daha var," dedi. Şimdi sesi alçak ve pes çıkıyordu. "Onu da duymuşsundur sanırım."

"Rasputin," dedim, söylerken bu kelime boğazıma takıldı.

"Evet, işte o. Peki ne anlama geldiğini biliyor musun?"

Sesimin titrememesi için çabalayarak, "Faziletsiz adam demektir," diye karşılık verdim, hiç kırpmadığı o kapkara gözlerini doğruca gözlerimin içine dikmişti. Beni fazlasıyla tedirgin ediyordu.

"Ne kadar naziksin Georgi Daniiloviç," dedi ve hafifçe gülümsedi. "*Pek çok kişiyle yakınlık kuran adam.* Çok değişik bir ifade. Kastettikleri şu; karşılaştığım her kadınla ilişkiye giriyorum."

"Evet," dedim.

"Düşmanlarım, Saint Petersburg nüfusunun yarısının ırzına geçtiğimi iddia ediyorlar, değil mi?"

"Bunu duymuştum."

"Hem sadece kadınların değil, genç kızların da. Ve de oğlanların. Karşıma çıkan herkesten faydalandığımı söylüyorlar." Gergin bir tavırla yutkunup gözlerimi kaçırdım. "Hatta çariçeyi bile yatağıma attığımı söylemeye cüret edenler var. Ve azgın bir boğa gibi, sırayla, grandüşeslerin hepsinin içine girdiğimi. Buna ne diyeceksin Georgi Daniiloviç?"

Gözlerimi yeniden ona çevirdim, dudaklarım tiksintiyle kıvrıldı. Ona vurmak, onu odamdan atmak için güçlü bir arzu duydum, ama karanlık bakışlarının altında güçsüzdüm. Vücudumdan bir ürperti geçti; kapıya atılıp kendimi koridora atmayı, bu adamdan uzaklaşmak için her şeyi yapmayı düşündüm. Ama adım atamadım. Söyledikleri beni ne kadar tiksindirse de büyülenmiş gibiydim; koşmayı emretsem de bacaklarım bana itaat etmezdi. Aramızda bir dakika, belki de daha uzun bir sessizlik oldu. Tedirginliğim hoşuna gidiyor gibiydi, çünkü başını iki yana sallayıp kendi kendine gülümsedi, hatta hafifçe güldü.

Sonunda beni kucaklayacakmış gibi kollarını iki yana açıp, "Düşmanlarımın hepsi de yalancı tabii," dedi. "Hepsi de hayalci. Kâfir. Ben bir Tanrı adamıyım, o kadar, ama onlar beni şehvet düşkünü bir adam gibi gösteriyorlar. Üstelik ikiyüzlüler de, çünkü ben, kendin de söyledin, bir bakıyorsun şerefli bir insan oluyorum, bir bakıyorsun namussuzun biri. İnsan aynı anda hem starets hem de Rasputin olamaz, öyle değil mi? Böyle insanların beni incitmelerine izin vermiyorum elbette. Neden biliyor musun?"

Başımı iki yana salladım, ama sesimi çıkarmadım.

"Çünkü ben bu dünyaya onlarınkinden daha yüce bir amaç için getirildim," dedi "Hiç böyle hissettiğin oluyor mu Georgi Daniiloviç? Buraya bir sebeple gönderildiğini hissediyor musun?"

"Bazen," dedim fısıltıyla.

"Peki, nedir bu sebep sence?"

Durup düşündüm, cevap vermek için ağzımı açtım, ama sonra fikrimi değiştirip ağzımı kapadım. Bazen demiştim, ama aslında bu meseleye hiç kafa yormamıştım; ancak bana bu soruyu sorduğu zaman, evet, buraya henüz anlayamadığım bir sebeple getirildiğimi fark ettim. Bu fikir beni daha da huzursuz etmeye yetti ve başımı kaldırdığımda, starets yine o korkunç gülümsemesiyle bana bakıyordu. İşin en garip tarafı, bana ne kadar itici gelse de gözlerimi yüzünden ayırmanın imkânsız olduğunu fark ettim.

"Biraz önce seninle birbirimize benzediğimizi söylemiştim," dedi. Gözbebeklerinin etrafındaki karanlık gölcükler, mum ışığında, kış mevsiminin zirvesindeki Neva nehri kadar yıkıcı ve hain, bir girdap gibi dönüyordu.

"Benzediğimizi düşünmüyorum," dedim.

"Ama sen çocuğu koruyorsun, ben de annesinin muhafızıyım. Görmüyor musun? Peki neden onlarla bu kadar ilgileniyoruz? Çünkü ülkemizi seviyoruz. Doğru, değil mi? Oğlana bir zarar gelmesine ya da çarın, kendi soyundan bir vârisi olmadan hükümdarlık etmesine izin veremezsin. Hem de böyle bir kriz zamanında. Savaş korkunç bir şey Georgi Daniiloviç, sen de öyle düşünmüyor musun?"

"Aleksey'e bir şey olmasına isin vermem," diye itiraz ettim. "Mecbur kalırsam kendi canımı feda ederim."

O zaman, "Mogilev'de kaç hafta acı çekti?" diye sordu. "Hepsi birlikte kaç hafta acı çektiler; oğlan, ablaları, annesi, babası? Biliyorsun, onun öleceğini sandılar. Sen de bizim gibi, geceleri oğlanın çığlıklarını dinlerken gözlerini kırpmadan yattın. Çığlıkları sana nasıl geldi? Gürültü gibi mi, yoksa ninni gibi mi?"

Yutkundum. Bütün söyledikleri doğruydu. Çareviçin düşmesinden sonraki günler ve haftalar kâbus gibiydi. Onun kadar ıstırap çeken kimse görmemiştim. Konuşmak için odasına girmeme izin verdikleri zaman, neredeyse kardeşimmiş gibi yakın bir bağ kurduğum o neşeli, canlı çocuktan eser kalmamıştı. Karşımda iskelet gibi bir çocuk vardı, kolları ve bacakları yatağın üstünde eğilip bükülmüş, benzi sapsarı; soğuk bezleri yüzüne ne kadar sık bastırırlarsa bastırsınlar, önü alınamayan bir ter seli içinde. Yüzüme kimseyi tanımayan gözlerle bakan ama yine de yardım etmem için yalvaran bir oğlan çocuğu; dermansız kolunu uzatıp bana haykıran, acısını dindirecek bir şey, bir şeyler yapmam için yakaran bir yavru gördüm. Hiç böyle bir ıstıraba şahit olmamıştım, hatta böyle bir acının var olabileceğini hayal bile etmemiştim. Nasıl dayanıyordu, nasıl ölmüyordu, bilmiyorum. Her gün, her gece acıya yenilmesini ve kendinden geçmesini bekledim. Ama geçmedi. Umulmadık bir kuvveti vardı. İkinci kez anladım ki, evet, bu çocuk çar olabilirdi.

Ve başından sonuna kadar, o üç haftalık işkence boyunca çariçe, o iyi kadın, neredeyse hiç başından ayrılmadı. Başucunda oturdu, elini tuttu, onunla konuştu, fısıldadı, yüreklendirdi. Çariçe ile ben dost değildik ama sevgi dolu, fedakâr bir anneyi nerede görsem tanırdım, çünkü hiç böyle bir annem olmamıştı.

Aleksey'in acıları nihayet dinip de rahata kavuştuğunda ve düzelmeye, gücü yerine gelmeye başladığında, çariçe fark edilir derecede yaşlanmıştı. Saçları kırlaşmış, cildinde sıkıntıdan lekeler belirmişti. Tamamıyla benim yüzümden olan bu hadise, çariçeyi telafisi imkânsız biçimde değiştirmişti.

Staretse, "Ona yardım etmek elimden gelseydi, ederdim," dedim. "Yapabileceğim bir şey yoktu."

Ellerini uzatıp gülümsedi. "Tabii ki yoktu," dedi. "Fakat olanlar için kendini asla suçlamamalısın. Aslında, bu gece seni ziyaret etmemin sebebi de bu Georgi. Sana teşekkür etmek."

Kaşlarımı çatıp yüzüne baktım. "Teşekkür etmek mi?"

"Tabii ki. Majesteleri çariçe son zamanlarda oğlunun sağlığıyla fazla meşguldü. Sana karşı düşmanca bir tavır takınmış gibi göründüğünden endişeleniyor."

"Böyle bir şey aklımın ucundan bile geçmedi Peder Grigori," diye yalan söyledim. "O imparatoriçemiz. Dilediği gibi davranabilir."

"Evet, ama biz değer verildiğini anlamanın önemli olduğunu düşündük."

"Biz mi?"

"Çariçe ile ben."

Bu açık ifade karşısında tek kaşımı kaldırdım. Ne kastettiğini pek anlamamış, çariçenin böyle bir şey söyleyeceğine ya da bu vazifeyle onu odama göndereceğine pek inanmamıştım ama, "Eh, minnettarlığa lüzum yok," dedim sonunda. "Ve lütfen majestelerine, bir daha böyle bir olayın gerçekleşmemesi için elimden gelen her şeyi yapacağımı söyleyin."

Usulca, "Sen sadece yakışıklı bir delikanlı değilsin, değil mi?" diye sordu ve bana doğru bir adım attı. Aramızda ancak birkaç santimetre mesafe kaldı, sırtım duvara dayandı. "Aynı zamanda çok da sadıksın."

İçimden gitmesini dileyerek, "Umarım öyleyimdir," dedim.

"Senin yaşındaki oğlanlar her zaman bu kadar sadık olmazlar." Yaklaşmaya devam ediyordu; artık nefesinin pis kokusunu alabiliyor, vücudunun benimkine yaslandığını hissediyordum. Midem bulandı; birden beni öldürmek için gönderildiği kanısına kapılıverdim, ama sadece başını biraz çevirip, dehşetli bir akıbet ifadesi olan o gülümsemesini gösterdi ve o korkunç gözlerini gözlerime dikti. Parmağını omzumdan koluma doğru indirirken, "Bütün aileye sadıksın," diye mırıldandı. Parmağını, Kolek'in sıktığı kurşunun girdiği yerde durdurup, "İşte buraya, içlerinden biri için bir kurşun yedin," diye fısıldadı. Avucunu göğsüme bastırarak, "Ve oğlan için bir kurşun da buraya yerdin," dedi. Kalbim, elinin altında küt küt atıyordu. "Ama ileride, kurşunlar seni hedef aldığında nerede olacaksın?"

"Peder Grigori," diye fısıldadım, elim kolum bağlı hâlde beni bırakmasını istiyordum. "Lütfen, size yalvarıyorum."

"Nerede olacaksın Georgi? Kapılar açılıp adamlar tabancalarıyla içeri daldıkları zaman? O zaman da kurşunlara göğüs mü gereceksin, yoksa bir korkak gibi ağaçların arasına mı saklanacaksın?"

"Neden söz ettiğinizi anlamıyorum?" diye bağırdım. Söyledikleri aklımı karıştırmıştı. "Hangi adamlar, hangi kurşunlar?"

"Kızın önüne atardın kendini, değil mi?"

"Hangi kızın?"

"Hangi kız olduğunu biliyorsun Georgi," dedi. Açık avucu şimdi de karnıma inmişti; bıçak çıkaracak diye bekliyordum; beni öldürmek için bıçağı karnıma saplayıp içinde çevirecekti. Biliyordu, orası belliydi. Anastasya'yla aramızda olanları öğrenmiş ve akılsızlığım yüzünden beni öldürmek için gönderilmişti. İnkâr etmeyecektim. Onu seviyordum ve bu sonum olacaksa, varsın olsundu. Gözlerimi kapayıp etimin delinmesini, açılan yaradan kan boşalmasını, akan kanın yapışkan ılıklığıyla çıplak ayaklarımı kaplamasını bekledim. Ama saniyeler ve hatta dakikalar geçti ve hiçbir şey olmadı. Bir bıçak beni yarıp geçmedi. Gözlerimi açtığımda gitmişti. Sanki dağılıp havaya karışmış, ardında hiçbir iz bırakmamıştı.

Kan ter içinde, korkudan titreyerek yere yığıldım ve başımı ellerimin arasında gömdüm. Starets her şeyi biliyordu; tabii ki biliyordu. Ama kime söyleyecekti? Ve öğrendiklerinde bana ne olacaktı?

Kışlık Saray'daki tüm hizmetlilerden sorumlu olan kişi, Düşes Rayisa Afonovna'ydı; şehre geldiğimin ertesi günü ilk karşılaşmamızdan itibaren bana şaşırtıcı derecede dostça davranmıştı. Çariçenin samimi arkadaşı olduğundan ailenin türlü ikametgâhlarında zaman zaman yollarımız kesişiyordu ve kesiştiği zaman da beni hep candan bir tavırla selamlıyor, onun mevkisindeki kişilerin asla tenezzül etmeyecekleri şekilde durup benimle konuşuyordu. Bu yüzden, Asya için iş istemek üzere ertesi sabah görmeye gittiğim kişi o oldu.

İşlerini, sarayın birinci katındaki oldukça küçük bir ofiste yürütüyordu. Kapıyı çaldım, cevap verdikten sonra başımı içeri uzatıp selam verdim.

Gülümseyerek, "Georgi Daniiloviç," dedi. İçeri girmemi işaret ederek, "Ne hoş bir sürpriz," dedi.

"Günaydın ekselansım," dedim. Kapıyı kapayıp, oturmamı işaret ettiği küçük yan kanepeye geçtim. Birkaç metre ilerideki tekli koltuğu tercih ederdim ama o koltuk üst mevki göstergesiydi ve buna cüret edemezdim. "Sizi rahatsız etmediğimi umarım."

"Etmiyorsun," dedi. Önündeki kâğıtları toplayıp dikkatle bir sehpaya bıraktı. "Bilakis, biraz zihnimi dağıtmak hoşuma gider."

Beni hiç dikkate almayan arkadaşı Çariçe Aleksandra'nın tam aksine, bana bu kadar hoş davranması karşısında yine şaşkınlıkla başımı salladım.

"Nasılsın bu arada?" diye sordu. "İyice alıştın mı?"

Başımı sallayıp, "Gayet iyiyim, ekselansım," dedim. "Vazifelerimi kavramaya başladığıma inanıyorum."

"Ve sorumluluklarını da, umarım," dedi. "Çünkü birçok sorumluluğun var. Duyduğuma göre çareviçin güvenini kazanmışsın."

"Hakikaten öyle oldu." Aleksey'in adı geçince yüzümde sevgi dolu bir gülümseme belirdi. "İzninizle, beni uğraştırdığını söyleyebilirim."

"Söyleyebilirsin," dedi gülerek. "Hareketli bir çocuk, orası belli. Bir gün, her şey yolunda giderse, büyük bir çar olacak." Kaşlarım çatıldı, seçtiği kelimeler beni şaşırttı ve bir an için yanaklarının pembeleşmeye başladığını sandım. Sonra düzeltti ve "Kesinlikle büyük bir çar olacak," dedi. "Ama burayı yadırgıyor olmalısın, değil mi?"

Ne kastettiğinden emin olamadım. "Yadırgıyor muyum?" diye sordum.

"Evinden çok uzaktasın. Ailenden. Ben oğlum Lev'i her gün özlüyorum."

"Saint Petersburg'da oturmuyor öyleyse?"

"Çoğunlukla evet," dedi. "Ama..." Göğüs geçirip başını salladı ve "Oğlum asker. Ülkesi için savaşıyor," dedi.

"Evet," dedim. Şimdi anlaşılmıştı. Düşes, kırk yaşının üstünde değildi; orduya katılmış bir oğlu olabilirdi.

"Aslında, aranızda en fazla iki yaş vardır," dedi. "Bazı yönlerden bana onu hatırlatıyorsun."

"Öyle mi?"

"Biraz. Onunla aynı boydasın. Saçların aynı. Ve yapınız da." Hafifçe gülerek ekledi: "Aslında kardeş olabilirmişsiniz."

"Onun için endişeleniyor olmalısınız."

Gülümsemeye çalışarak, "Arada bir, geceleri uyuduğum oluyor," dedi. "Ama pek sık değil."

Üzüldüğünü hissedip, "Affedersiniz," dedim. "Sizinle bunları konuşmamalıyım."

"Önemli değil." Başını iki yana sallayıp gülümsedi. "Bazen onun için korkuyorum, bazen de onunla gurur duyuyorum. Ve bazen de kızıyorum."

"Kızıyor musunuz?" dedim şaşkınlıkla. "Neden?"

Duraklayıp başını çevirdi. Söylemek istediği şeyi söylememek için kendisiyle mücadele ediyor gibiydi. Alçak sesle, sıktığı dişlerinin arasından, "Bizi sürüklediği yere," dedi. "Bütün bu olan bitenin çılgınlığına. Askerî meselelerde tam bir yeteneksiz olmasına. İşi bitmeden önce, hepimizi öldürtecek."

"Oğlunuz mu?" Söylediklerine bir anlam verememiştim.

"Hayır, oğlum değil Georgi. O bir piyondan başka bir şey değil. Neyse, çok konuştum. Beni görmeye gelmiştin sen. Sana nasıl yardım edebilirim?"

Az önceki konuşmamızı sürdürüp sürdürmemekte tereddüt ettim ve sürdürmemeye karar verdim. "Ben, hizmetkâra ihtiyacınız var mı diye sormak istemiştim," dedim.

"Muhafız alayı üniformasını bir önlükle değiştirmeyi düşünmüyorsun, değil mi?"

"Hayır," dedim gülerek. "Hayır. Ablam Asya Daniiloviç için sormuştum. Saraya hizmet etmek istiyor."

Düşes ilgilenmiş gibiydi. "Sahi mi?" diye sordu. "İyi huylu bir kızdır, değil mi?"

"Hiçbir kusuru yoktur."

Gülümseyerek, "Harika, iyi huylu kızlar için her zaman yerimiz vardır," dedi. "Ablan burada mı, yoksa şeyde mi... Kusura bakma Georgi, nereliydin unuttum."

"Kaşin," dedim. "Moskova Grandükalığı. Hayır, ablam orada değil, çoktan..." Duraklayıp düzelttim. "Affedersiniz," dedim. "Evet, hâlâ orada. Ama ayrılmak istiyor."

"Eh, ona haber gönderirsek herhâlde birkaç gün içerisinde burada olabilir. Yaz ona Georgi. Buraya çağır ve geldiği zaman da bana haber ver. Mutlaka onun için bir iş bulurum."

Ayağa kalkıp, "Teşekkür ederim," dedim. Asya'nın yeri konusunda neden yalan söylediğimi bilemiyordum. "Bana karşı çok iyisiniz."

"Dediğim gibi," dedi; kâğıtlarını yeniden alıp gülümsedi. "Bana oğlumu hatırlatıyorsun."

"Onun için bir mum yakacağım," dedim.

"Teşekkür ederim."

Eğilip selam verdim ve odadan çıktım. Birkaç saniye koridorda durdum. Bir tarafım, ablama böyle bir müjde verebileceğim, yine onun kahramanı olabileceğim için sevinç içindeydi. Diğer tarafımsa yalnızca kendime saklamak istediğim yeni dünyama girdiği için ona kızgındı.

"Aklın karışmış gibi görünüyor, Georgi Daniiloviç." Starets, Peder Grigori, karşımda öyle ansızın beliriverdi ki şaşkınlıkla bağırdım. Elini uzatıp omzumdan tuttu ve alçak sesle, "Sakin ol," dedi. Omzumu hafifçe okşadı.

Elinden kurtulmaya çalışıp, "Kont Çarnetski bekliyor, geç kaldım," dedim.

Sarı dişlerini göstere göstere gülümsedi. "İğrenç bir adam," dedi. "Neden gideceksin ona? Neden benimle kalmıyorsun?"

İçimde, hiç umulmadık, akıl erdirmesi imkânsız bir taraf, "Tamam, olur," demek istedi. Ama omzumu silkip elinden kurtuldum ve tek kelime söylemeden yürümeye başladım.

Arkamdan, "Sonunda doğru kararı vereceksin Georgi," diye seslendi. Sesi taş duvarlarda yankılanıp kafamın içinde çınladı. "Kendi zevklerini, başkalarının zevklerinin önüne geçireceksin. Seni insan yapan budur."

Koşmaya başladım ve bir saniye içinde, çizmelerimin koridorlarda gümleyen sesi, söylediklerinin doğru olduğunu bildiğim gerçeğini bastırdı.

1916 yılının kışı ve ilkbaharı boyunca, çareviçin, yaralanmasıyla sonuçlanabilecek hiçbir faaliyette yer almadığından emin olmayı kendime görev bildim. Ablalarının keyifli oyunlarına katılmasına ve yaptıkları hareketleri yapmasına neden izin verilmediğini hiçbir şekilde anlayamayan, on bir yaşındaki hareketli bir oğlan çocuğu söz konusu olduğunda, bu hiç de kolay bir iş değildi. Pek çok kez bakıcılarına öfkelenip kendini yatağına atmış, yastıkları yumruklamıştı; korumacı tavrımız onu son derece üzüyordu. Belki de kız kardeşlerle dolu bir ailenin tek veliahtıyken, en çok istediği şeyleri onun değil de kızların yapabilmesi, engellenmekten doğan hüsranını daha da alevlendiriyordu.

Kışın sonlarına doğru imparatorluk ailesi hep birlikte Çarskoye Selo yakınlarındaki donmuş bir göle paten yapmaya gittiler. Çar, dört kızı, öğretmenleri Mösyö Gilliard ile Doktor Federov öğleden sonralarını kalın buzda muhteşem şekiller çizerek geçirirken, çariçe ile oğlu, kürkleri, eldivenleri ve şapkalarıyla, gölün güvenli kıyısında oturuyorlardı.

Hava kararmaya yüz tutup eğlencenin yakında sona ereceği belli olunca çareviç, annesine, "Birkaç dakikalığına yanlarına gidemez miyim?" diye yalvardı.

Annesi, oğlanın alnındaki saçlarını düzeltirken, "Gidemeyeceğini biliyorsun yavrum," dedi. "Bir şey olursa eğer..."

"Ama bir şey olmaz," diye üsteledi. "Söz veriyorum, çok dikkatli olurum."

İçini çekti. "Hayır Aleksey."

"Ama bu haksızlık!" diye bağırdı Aleksey. "Neden abalarım orada eğlenirken, canlarının her istediğini yaparken ben gölün bu tarafında durmak zorundayım, anlamıyorum. Bak Tatyana'ya, soğuktan mosmor kesilmiş. Ama kimse ona kıyıya gelip ısınmasını söylemiyor, değil mi? Anastasya'ya bak. Sürekli benden tarafa bakıp duruyor. Yanlarında olmamı istediği belli."

Ben imparatorluk ailesinin hemen arkasında duruyordum; çareviç böyle söylenirken, Anastasya'nın baktığı kişinin kardeşi olmadığını bildiğim için kendi kendime biraz gülümsedim. Aramızdaki aşkı neredeyse bir yıldır başarıyla sakladığımızı düşününce hayret ediyordum. Elbette bu, tamamen masum bir ilişkiydi. Gizli buluşmalar ayarlıyor, birbirimize kendi bulduğumuz şifreli bir dille mesajlar yazıyor ve baş başa kalabildiğimiz anlarda el ele tutuşup öpüşüyor, birbirimize aşkımızın sonsuza dek süreceğini söylüyorduk. Sırılsıklam âşıktık ve aşkımızı birinin öğrenmesinden çok korkuyorduk, çünkü ifşa olmamız, kesin bir ayrılık anlamına gelirdi.

Çariçe bitkince göğüs geçirip, "Bütün bunları istiyorsun Aleksey ama..." dedi. Kalaylı bir kupaya mataradan sıcak çikolata doldurdu ve, "herhâlde düştüğün zaman çektiğin acıları hatırlatmama gerek yok," diye ekledi.

Oğlan, sıktığı dişlerinin arasından, "Düşmem," diye üsteledi. "Ömrüm boyunca bana hep böyle mi muamele edeceksiniz? Hep böyle pamuklara mı saracaksınız beni? Hiç mutlu olmama izin vermeyecek misiniz?"

"Hayır Aleksey, tabii ki böyle yapmayacağız. Büyüyüp erkek olduğun zaman istediğini yapabilirsin, ama şimdilik kararları ben veriyorum ve senin için en iyisini yapıyorum. Bu konuda bana güven."

Aleksey, gölün kenarında Anastasya'nın yanında kayarken anaoğulun tartışmalarına kulak misafiri olan çara döndü. "Baba," dedi. Yüzleri soğuktan pembeleşmişti, ama dondurucu soğuğa rağmen gülüp eğleniyorlardı. Anastasya bana gülümsedi, ben de fark edilmemesi için dikkat ederek hafif bir tebessümle ona karşılık verdim. "Baba, lütfen birazcık kaymama izin ver, olmaz mı?"

Çar başını üzüntüyle iki yana salladı. "Aleksey," dedi, "bunu seninle konuşmuştuk."

"Peki ya yalnız kaymasam? Yanımda biriyle kaysam, olmaz mı? Ellerimi tutup beni koruyacak biriyle kaysam?"

Çar bunu bir an düşündü. Karısının aksine, orada olan diğer kişilerin farkındaydı; hizmetkârlar, akrabalar, soylu ailelerin prensleri... Ve böyle zamanlarda, oğlunun en normal faaliyetleri yapmayı bile göze alamayan çelimsiz bir çocuk gibi görülmesinden endişe ederdi. Ne de olsa o çareviçti. Güvenliği teminat altına alındığı müddetçe, güçlü ve erkeksi görünmesi önemliydi. Babasının tereddüdünü hisseden oğlan, hemen zaafını yakalayıverdi.

"Sadece on dakika kalacağım," diye önerisini savunmaya devam etti. "En fazla on beş. Belki yirmi. Hem, çok yavaş kayarım. İstersen, yürüme hızıyla."

Çariçe, "Aleksey, olmaz," diye başlamıştı ki kocası sözünü kesti.

"Yürür gibi kayacağına, daha hızlı gitmeyeceğine dair bana yemin eder misin? Ve de yanındakinin elini tutacağına?"

Aleksey sevinç içinde, "Evet baba!" diye bağırdı; yerinden fırlayıp patenlere uzanayım derken –herkesin yüreğini ağzına getirerek– neredeyse takılıp düşüyordu. Hemen öne atılıp, onu yere düşmeden evvel yakaladım ama tam zamanında toparlandı ve takıldığı için biraz utanarak ayağa kalktı.

Çariçe hemen, "Niki, hayır!" diye bağırdı. O da ayağa kalkmıştı, kocasına öfkeyle bakıyordu. "Buna izin veremezsin."

Çar gözlerini kaçırıp, "Ruhu biraz özgürlüğü tatmalı," dedi. Böyle bir sahnenin başkalarının önünde yaşanmasından hiç hoşlanmadığını biliyordum. "Hem Güneşim, bütün gün burada oturup kendisini kandırılmış hissetmemesini bekleyemezsin."

"Peki ya düşerse?" Çariçenin sesi şimdiden gözyaşlarıyla çatlamaya başlamıştı.

Aleksey onu yanağından öpüp, "Düşmeyeceğim anne," dedi. "Söz veriyorum."

"Neredeyse oturduğun yerde düşüyordun," diye bağırdı.

"O kazaydı. Bir daha olmaz."

Çariçe bir kez daha kocasından medet umarak, "Niki," dedi, ama çar, hayır der gibi başını salladı. Anladım ki oğlunu gölün üzerinde görmek istiyordu. Ve sonuçları ne olursa olsun, hepimizin onu orada görmesini istiyordu. Karıkoca birbirlerine baktılar, bir iktidar mücadelesi içinde, kuvvetleri karşılıklı boy ölçüştü. Saraydaki dedikodulara bakılırsa yirmi yıl önce sevişerek evlenmişlerdi; birleşmeleri, çarın babası III. Aleksandr ile –çariçenin İngiliz ve Alman kökenlerinden hiç hoşlanmayan– annesi imparatoriçe Marie Fyodorovna'nın itirazlarına rağmen gerçekleşmişti. Birlikte geçirdikleri yıllar boyunca çar, birbiri ardına kız çocukları dünyaya getirmesine rağmen ve bir erkek evlat sahibi olmalarının çok uzak bir ihtimal gibi göründüğü zamanlarda bile, eşini hep çılgınca bir aşkla baş tacı etmişti. Ancak ilişkileri son yıllarda, Aleksey'e hemofili teşhisi koyulduğundan beri bozulmaya başlamıştı.

Tabii ki bütün ülkede konuşulan bir diğer söylenti de, çarın Aleksandra'nın kalbindeki ve yatağındaki yerini, staretsin yani Peder Grigori'nin aldığıydı. Ama tüm bunlar doğru muydu yoksa iftira mı, bilmiyordum.

Alçak bir ses, "Onu ben kaydırırım baba," dedi. O masum, ince gülüşüyle gülümseyen Anastasya'ya baktım. "Elini hiç bırakmam."

Aleksey annesine, "İşte gördün mü?" dedi. "Anastasya'nın, içimizdeki en iyi patenci olduğunu herkes bilir."

Yenildiğini sezen ama karar alma aşamasındaki rolünü sağlama almak isteyen çariçe, "Ama sadece senle olmaz," dedi. Dönüp doğruca bana bakarak beni hayrete düşürdü ve, "Georgi Daniiloviç!" dedi. Beni nerede bulacağını gayet iyi biliyordu. "Sen de çocuklarıma eşlik edeceksin. Aleksey, sen aralarında duracaksın ve ikisinin de elini tutacaksın, anlaşıldı mı?"

Çareviç, "Tamam anne!" dedi sevinçle.

"Ve bir kez bile onun elini bıraktığınızı görürsem, hemen geri çağırırım. Sözümü dinlemezlik etmeyeceksiniz."

Çareviç şartlarını kabul etti. Ben gölün kenarına gidip kalın kar çizmelerimi ince bıçaklı patenlerle değiştirirken çareviç de bağcıklarına son düğümleri attı. Anastasya'yla göz göze geldik, cilveli bir tavırla gülümsedi; ne mükemmel bir plan yapmıştı. Tek kişinin bile şüphesini çekmeden, herkesin gözü önünde, gölde dans edecektik.

Üçümüz birlikte yavaş yavaş, grandüşeslerle diğer patencilerin bize yer açmak için birbirlerinden ayrıldıkları gölün ortasına doğru kayarken, "Siz iyi bir patencisiniz ekselansım," dedim.

Sanki onun için bir uşaktan daha fazlası değilmişim gibi mağrur bir tavırla, "Teşekkürler Georgi," dedi. "Buz üstünde, şaşılacak kadar kendine güvensiz duruyorsun."

Gülümsedim. "Öyle mi?"

"Evet, daha önce hiç paten kaymadın mı?"

"Çok."

"Sahi mi?" diye sordu. Buz üstünde daire çizmeye başladık; ıslık gibi sesler çıkararak sağa sola kayıyor, hızımızı birbirimize uyduruyor, kenardaki çariçenin bağırışlarıyla tekrar yavaşlamak zorunda kalana dek ara ara hızı artırıyorduk. "Böyle avarelikler için saraydan ayrılacak kadar çok zamanın olduğunu bilmiyordum. Herhâlde görevlerin sandığım kadar külfetli değil."

"Burayı değil ekselansım," dedim hemen. "Ben köyüm Kaşin'i kastettim. Kışın donduğu zaman gölde kayardık. Patenle değil tabii. Öyle lüks şeylere verecek paramız olmazdı."

Flörtün tadını çıkarıyordu. "Anladım," dedi. "Tek başına kayıyordun herhâlde."

"Her zaman değil, hayır."

"Arkadaşlarınla birlikte o zaman? Birlikte büyüdüğün kalın kafalı, çam yarması oğlanlarla birlikte mi?"

"Hiç de değil ekselansım." Sırıttım. "Dünyanın her yerinde olduğu gibi, Kaşin'deki ailelerin de hem oğulları hem kızları vardır. Hayır, köyümdeki kızlarla birlikte kayardım."

Bütün dikkatini dik durmaya vermiş olan Aleksey, "Kayga etmeyi kesin, ikiniz de," diye bağırdı. Çünkü işin aslı, hiç de iyi bir patenci değildi. Aynı zamanda bunun bir münakaşa değil, süregiden bir flört olduğunu anlamayacak kadar da küçüktü.

Anastasya birkaç saniye sonra, "Anlıyorum," dedi. "Gölünüzde o çalışkan, iriyarı kızlarla kaymanın sana epey faydası olmuş. Ben bile ancak birkaç yılda usta bir patenci oldum."

"Görebiliyorum," dedim.

"Evet, Prens Yevgeni İlyaviç Simonov'u gördün mü?"

Saint Petersburg'un en varlıklı ailelerinden birinin oğlu olan yakışıklı genci hatırladım. "Zaman zaman görüyorum," dedim. Açık tenli, gür sarı saçlı ve şimdiye dek gördüğüm en beyaz dişlere sahip delikanlıydı. Sosyetedeki kadınların yarısının ona âşık olduğunu herkes biliyordu.

Anastasya tatlı bir gülüşle, "Evet, bildiğim her şeyi bana o öğretti," dedi.

"Her şeyi mi?"

Bir iki saniye sonra itiraf etti. "Hemen hemen her şeyi." Dudaklarını büzüp yüzüme baktı, herkesin içinde öpüşmeye en fazla bu kadar yaklaşabilirdik.

Aleksey'e bakıp, "Daire çizmeyi deneyelim," dedim.

"Daire mi?"

"Evet, kendi etrafımızda dönebiliriz ekselansım." Anastasya'ya bakıp devam ettim. "Siz de elimi tutun ki üçümüz halka olalım."

Dediğim gibi yaptık ve bir saniye sonra, el ele tutuşmuş üç kişilik bir halka hâlinde kaymaya başladık. Fakat bu zevkli dans, çariçe göl kenarından sinirle kollarını sallamaya başlayıp ısrarla güvenli yere dönmemizi isteyince kesildi. İç çekerek, içimden keşke bu an sonsuza dek sürebilseydi diye geçirip Aleksey'e geri dönmemiz gerektiğini söyledim, ama Aleksey sağ salim annesinin kucağına döndüğü anda, Anastasya elimi yakaladı. Ben hızına yetişmeye ve buz üstünde dengemi korumaya çabalarken beni daha hızlı çekmeye başladı.

Böyle baş başa paten kaymamızın ne kadar yakışıksız olduğunun çok iyi bilen çariçe, "Anastasya!" diye haykırdı. Ama neredeyse yere kapaklanacak gibi olmamla birlikte çarın attığı gürültülü kahkaha, böyle bir haylazlığa en azından birkaç dakikalığına müsamaha gösterildiğini anlamama yetti.

Ve kaydık. Paten bir dansa dönüştü. Her hareketimiz uyum içinde, uzun uzun kaydık. Ancak birkaç dakika sürdü ama sonsuz gibiydi. Geçmişe dönüp Çarskoye Selo'yu ve 1916 kışını düşündüğüm zaman, en canlı hatıram budur.

Grandüşes Anastasya ile ben, buz üstünde baş başa, el ele, kızıl güneş alçalıp hava tam karşımızda kararırken; annesi, babası, ablaları aşkımızdan, tutkumuzdan habersiz, bizi uzaktan seyrederken kendi ritmimizle dans ettik. Uyum içinde, o ânın hiç bitmemesini arzulayan mükemmel bir çift.

Ve artık hayatımın en utanç verici ânını anlatmalıyım. Kendime, genç olduğumu, âşık olduğumu, yalnızca Anastasya'ya değil, imparatorluk ailesine, Kışlık Saray'a, Saint Petersburg'a, beklenmedik biçimde kavuştuğum yeni hayatıma vurulduğumu söyleyerek, kendime sürekli bunları hatırlatarak yaşıyorum. Kendime, bencillik ve kibirden sarhoş olduğumu, başka kimsenin yeni hayatımın bir parçası olmasını istemediğimi, sadece yeniden başlamak istediğimi söylüyorum. İçimden tüm bunları geçiriyorum, ama hiçbiri yetmiyor. Ben bir günah işledim.

Sözleştiğimiz saatte Asya oturmuş beni bekliyordu; bütün öğleden sonrayı orada bekleyerek geçirdiğinden şüphelendim.

Ona ihanet ederken bile gözlerinin içine baktım. "Kusura bakma," dedim. "Sana göre iş yokmuş. Sordum, ama yapacak bir şey yok."

Başını öne soğru salladı ve söylediklerimi şikâyet etmeden kabullendi. Gecenin karanlığında gözden kaybolurken, kendi kendime, onun Kaşin'de daha iyi olacağını söyledim. Ailesi, dostları ve evi Kaşin'deydi. Sonra da beni seven bir kardeş değil de, uzak bir tanıdıkmış gibi onu aklımdan çıkarıp attım.

Onu bir daha görmedim; ondan bir haber de almadım. Bu hatırayla, bu onursuzlukla yaşamak zorundayım.

1941

Kütüphaneye uğradığı ilk üç seferde o beyefendiyi fark etmedim; ama dördüncüsünde, adamdan fazlasıyla hoşlanan Bayan Simpson, yüzünde canlı bir ifadeyle beni bir kenara çekti.

Kolumu sıkıca tutup kütüphanenin merkezine doğru bakarak kulağıma, "İşte, yine gelmiş," diye fısıldadıktan sonra bir hevesle bana arkasını döndü. Onu hiç bu kadar canlı ve neşeli görmemiştim. Çocukların, o hararetli Noel sabahı heyecanına kapılmış gibiydi.

"Kim yine gelmiş?"

Sanki adamdan daha önce söz etmişiz de ben kasten anlamazdan geliyormuşum gibi, "O işte," dedi. "Ben ona Bay Tüvit diyorum. Onu fark etmişsindir, değil mi?"

Yüzüne bakıp acaba aklını mı oynattı diye düşündüm. Ne de olsa savaş herkesin aklını bir nebze altüst etmişti. Biteviye bombardıman, bombardıman tehdidi, bombardımanın sonuçları... Tüm bunlar en mantıklı kişileri bile delirtmeye yeterdi. "Bayan Simpson," dedim, "Neden bahsettiğinize dair en ufak bir fikrim bile yok. Daha önce gördüğünüz biri burada, doğru mu? Mesele çıkaran biri mi? Anlamıyorum."

Kolumdan çekerek beni çalıştığım masadan uzaklaştırdı. Bir saniye sonra, bir kitap rafının arkasına saklanmış hâlde, okuma masalarından birinde oturan adama bakıyorduk. Bütün dikkatini büyük bir başvuru kitabına vermişti. Bayan Simpson'ın ona ad takmasının nedeni olan pahalı tüvit takım elbisesinin haricinde, hâlinde ve tavırlarında öyle dikkat çekici bir şey yoktu. Ayrıca, geriye doğru taranmış briyantinli siyah saçlarıyla, oldukça yakışıklı bir erkekti sanırım. Güneş yanığı tenine bakılırsa ya İngiliz değildi ya da yurtdışında uzun bir süre kalmıştı. En alışılmadık olan da, onun yaşındaki bir erkeğin –yirmili yaşlarının sonlarındaydı– perşembe günü öğleden sonra saat ikide, müze kütüphanesinde oturmasıydı. Şu anda askerde olması gerekirdi.

"Ee, ne olmuş ona?" diye sordum. Genç iş arkadaşımın coşkusu beni sinirlendirmişti. "Ne yaptı?"

Bayan Simpson başını ateşli bir tavırla sallayarak, "Bu hafta her gün buradaydı," dedi. "Onu fark etmediniz mi?"

"Hayır," dedim. "Kütüphaneye gelmeyi tercih eden genç erkeklere dikkat etmek gibi bir alışkanlığım yok."

"Bence bana vuruldu," dedi kıkırdayarak ve beğeni dolu bir gülümsemeyle tekrar adama baktı. "Nasıl görünüyorum Bay Jahmenev? Rujum düzgün mü? Ruj sürmeyeli aylar oldu; bu sabah şifonyerin arka tarafında eski bir ruj buldum, uğur getirir diye düşünüp moralimi düzeltmek için sürdüm. Ya saçlarım? Çantamda fırçam var. Ne diyorsunuz, çabucak tarasam mı?"

Yüzüne baktım ve tepemin atmaya başladığını hissettim. Gençlerin zaman zaman kapıldıkları havailiklere alışkın olmadığımdan değil; ne de olsa son yıllarda gündelik hayat hepimiz için hem daha zor hem de daha korkutucu bir hâl almıştı. Birini, nadiren ortaya çıkan eğlence fırsatından mahrum bırakmak, istediğim en son şeydi. Ama tahammül edebileceğim eğlencenin de bir sınırı vardı. Açık söylemek gerekirse bu sinir bozucuydu.

İşimin başına dönmek üzere yanından uzaklaşırken, "İyi görünüyorsunuz," dedim. "İşinizin başına geçip böyle aptallıklarla zaman harcamayı bırakırsanız, daha da iyi görünürsünüz. Yapacak başka işiniz yok mu?"

"Tabii ki var," dedi. "Hadi ama, Bay Jahmenev. Londra'da böyle kıymetli birkaç erkek ya kaldı ya kalmadı. Ona bir baksanıza, harika. Buraya her gün beni görmeye geliyorsa, ona hayır diyecek değilim ya. Belki de konuşmaktan çekinecek kadar mahcup biridir. Bunu anlamanın kolay bir yolu var."

"Bayan Simpson, lütfen, yapma..."

Ama çok geçti. Raftan bir kitap alıp ona doğru yürümeye başladı. Sezgilerime rağmen, kendimi marazi bir merakla neler olacağını izler hâlde buldum. Bayan Simpson'ın hareketlerinde, insanın içindeki röntgenciliği tetikleyen heyecanlı bir taraf vardı ve zaman zaman ben de buna kapılıyordum. Havalı havalı yürüdü; kalçası, bir film yıldızının kendine güvenli tavrıyla, bir sağa bir sola sallanıyordu. Adamın yanına geldiği zaman kitabı bilerek yere düşürdü; sert kapak mermer zemine büyük bir gürültüyle çarptı, ses salonda yankılandı. İçimden gözlerimi devirdim. Almak için yere eğilirken, yakınında olan herkes, hem kalçasının hem de çoraplarının üst kısmının manzarası sayesinde bir göz ziyafeti çekti. Âdeta yakışıksız bir hareketti, ama güzel kızdı ve insanın ondan yüz çevirmesi için benden daha iradeli bir erkek olması gerekirdi.

Bay Tüvit kitaba uzandı. Bayan Simpson'ın gülümseyip ona bir şeyler söylediğini gördüm. Parmakları bir an için adamın ceketinin kolunda dolaştı. Ama adam hemen omzunu silkerek Bayan Simpson'ın elini uzaklaştırdı ve kısa bir karşılık verdikten sonra yere düşen kitabı kızın eline tutuşturdu. Ardından bir soru daha geldi; bu sefer adam sadece önündeki kitabın kapağını çevirip adını göstermekle yetindi. Bayan Simpson bakmak için eğilip geniş göğsünü sergiledi. Ne var ki adam bu manzaradan etkilenmemiş gibiydi; bir beyefendiye yakışır bir tavırla gözlerini başka tarafa çevirdi. Durduğum yerden, Gibbon'ın *Roma İmparatorluğu'nun Gerileyiş ve Çöküş Tarihi* adlı çalışmasını okuduğunu gördüm. Akademisyen ya da öğretim görevlisi olup olmadığını merak ettim. Belki de askere alınmasına mani bir hastalığı vardı. Burada olmasının birçok sebebi olabilirdi.

Bayan Simpson'un ona bu kadar ilgi duyması şaşırtıcı değildi. Birkaç yıl öncesine kadar her gün, müzeye ya da kütüphaneye çok sayıda genç erkek gelip giderdi, fakat savaş çıktığından beri hayat epeyce değişmişti. Sanki Fareli Köyün Kavalcısı gelip götürmüş gibi binlerce hemcinsi şehirden uzaklaşmışken, okuma masalarımızın birinde koca olmaya elverişli genç bir erkeğin bulunması kesinlikle kayda değer bir olaydı. Hayatlarımıza karneler, sokağa çıkma yasakları ve her gece duyulan hava saldırısı sirenleri hükmediyordu. Sokakta yürüdüğünüz zaman karşımıza, artık hepsi de hemşire olan, kurulan geçici hastaneler ile lojmanları arasında mekik dokuyan iki üç kişilik kız grupları çıkıyordu. Memleketlerinin erkeklerini parçalanmış, hurdahaş olmuş hâlde görmekten ve uykusuzluktan, hepsinin yüzü solmuş, gözleri çukura kaçmıştı. Beyaz etekleri genellikle kırmızı lekelerle dolu olurdu; ama bu lekeler artık dikkatlerini çekmiyor gibiydi ya da umursamıyorlardı.

İki yıldan beri kütüphanenin süresiz olarak kapanacağını bekliyordum, ama burası, Bay Churchill'in inatçı bir karşı çıkışla savunduğu İngiliz hayat tarzının simgelerinden biriydi ve açık kalmaya devam etti. Kütüphane genellikle Savaş Bakanlığı'nın emir subaylarına sığınak görevi görüyordu; subaylar, okuma odasının sessiz köşelerinde oturup, üstlerini, tarihsel olarak ispatlanmış zafer stratejileriyle etkileme hevesiyle, haritaları ve başvuru kitaplarını inceliyordu. Eskiye nazaran daha az sayıda personelle çalışıyorduk, ama Bay Trevors hâlâ bizimleydi tabii, çünkü askere alınmayacak kadar yaşlıydı. Bayan Simpson aramıza, düşmanlıkların patlak verdiği dönemde katılmıştı; güçlü bağlantıları olan bir iş adamının kızıydı, bu kadroya "kan görmeye dayanamaması" yüzünden getirilmişti. İki yardımcı daha vardı, ikisi de eli silah tutacak yaşta değildi ve bir de ben vardım. Rus adam. Siyasi göçmen. Neredeyse yirmi yıldır Londra'da yaşayan ve birdenbire herkesin güvenini kaybediveren adam. Tek bir sebep yüzünden.

Aksanım.

Bayan Simpson flörtünü seyretmekten sıkılıp, geri döndüğüm masama geldi. "Eh, niyetini belli etmiyor, orası kesin," dedi.

Ses tonumla, ilgimi çekmediğini belli etmeye çalışarak, "Cidden öyle," dedim.

Bana aldırmadan devam etti. "Tek yaptığım adını sormaktı. 'Fazla cüretkâr davranmıyor musunuz,' dedi. Ben de, 'Her gün giydiğiniz bu harika tüvit yüzünden size Bay Tüvit adını taktım,' dedim. 'Eşinizin hediyesi mi, yoksa hanım arkadaşınızın mı?' diye sordum. Küçük dağları o yaratmış gibi, 'Korkarım bu fazla ayrıntı vermek olur,' dedi. Ben de, 'Umarım fazla meraklı olduğumu düşünmemişsinizdir; sadece, sizin gibiler, öğleden sonraları pek sık buraya gelmezler,' dedim. O zaman, 'Benim gibiler mi?' diye sordu. 'Ne demek istiyorsunuz?' dedi. Ben de, 'Niyetim sizi gücendirmek değildi; sadece asil, hoşsohbet birine benziyorsunuz, o kadar. Akşam işten çıktıktan sonra boşum...'"

Ters bir tonda, "Bayan Simpson, lütfen," dedim. Gözlerimi kapayıp sinirimden, başparmaklarımla şakaklarımı ovuşturdum; aralıksız anlattığı saçma sapan şeyler başımı ağrıtıyordu. "Burası bir kütüphane. İlim irfan yuvası. Siz de çalışmak için buradasınız. Burası dedikodu, cilveleşme ya da boşboğazlık etme yeri değil. Mümkünse fikirlerinizi kendinize..."

Ellerini beline koyup sanki büyük bir hakaret etmişim gibi dikildi. Sertçe, "Ne dediniz?" dedi. "Şu söylediğiniz şeye bakın Bay Jahmenev. Sizi duyan da ırkçılara devlet sırrı verme peşindeyim zanneder."

İç çekip, "Kabalık ettiysem özür dilerim," dedim. "Ama cidden bu kadarı çok fazla. Şurada, sabahın erken saatlerinden beri yerlerine götürülmeyi bekleyen iki araba dolusu kitap duruyor. Masaların üstüne bırakılmış, raflarına götürülecek kitaplar var. İşinizi yapmanızı isteyerek gerçekten çok mu ileri gidiyorum?"

Bana bir saniye daha ters ters baktı, dudaklarını büzüp dilini ağzının kenarına götürdükten sonra başını iki yana sallayarak arkasını döndü. Becerebildiği kadar ciddi ve öfkeli bir tavır takınarak yürüyüp gitti. Arkasından baktım ve biraz suçluluk hissettim. Bayan Simpson'ı severdim, kimseye bir zararı yoktu ve arkadaşlığı da çoğunlukla zevkliydi.

Ama Arina'nın böyle bir kadına dönüşmesi düşüncesi tüylerimi ürpertiyordu.

Birkaç saniye sonra, biri alçak sesle, "Ne parça ama," dedi. Başımı kaldırınca Bay Tüvit'in önümde durduğunu gördüm. Elindeki kitabı almak için aşağı doğru baktım, ama elinde kitap yoktu. "Biraz ele avuca sığmaz bir şey, galiba."

"İyi niyetli bir kızdır," diye karşılık verdim; onu bir yabancıyla çekiştirmekten sakınacak kadar dayanışma bilincine sahiptim. "Sanırım gençlerin bugünlerde eğlenecekleri çok az şey var. Fakat sizi rahatsız ettiyse özür dilerim efendim," diye de ekledim. "Kolay heyecanlanan bir tip, o kadar. Kusuruma bakmazsanız, bence ona olan ilginizden gururu okşandı."

"Ona olan ilgimden mi?" Tek kaşı şaşkınlıkla havaya kalktı.

"Her gün onu görmek için buraya gelmenizden."

Yeniden yüzüne bakmama neden olan bir ses tonuyla, "Ben o yüzden gelmiyorum buraya," dedi. Tuhaf bir hava vardı üzerinde; belki de düşündüğüm gibi bir akademisyen olmadığını hissettiren bir şey.

"Anlamıyorum," dedim. "Yapabileceğim bir şey..."

"Benim buraya geliş sebebim o değil Bay Jahmenev," dedi.

Yüzüne bakakaldım ve kanımın donduğunu hissettim. İlk çözmeye çalıştığım şey, aksanı olup olmadığı oldu. O da siyasi bir göçmen miydi? Bizden biri miydi?

Sakin bir tavırla, "Adımı nereden biliyorsunuz?" diye sordum.

"Siz Bay Jahmenev'siniz, değil mi? Bay Georgi Daniiloviç Jahmenev?"

Yutkundum. "Ne istiyorsunuz?"

"Ben mi?" Biraz şaşırmış gibiydi, ama sonra başını iki yana salladı. Başını başka tarafa çevirdikten sonra, yakınıma doğru eğildi. "Ben bir şey istemiyorum. Yardımınızı isteyen, yardımınıza *ihtiyacı* olan ben değilim."

"Kim öyleyse?" diye sordum; ama bir şey söylemedi ve gülümsedi, öyle bir gülümsemeydi ki, nihayet okuma salonunun başka bir tarafında kendi işiyle meşgul olmasaydı Bayan Simpson'ı mahvedebilirdi.

Londra üzerindeki yıldırım harbi aylardan beri devam etmekteydi ve hepimizi delirteceğini zannettiğim raddeye doğru hızla ilerlemişti. Her gece dehşet içinde hava saldırısı sirenlerinin çalmaya başlamasını bekliyorduk ve beklemek, saldırının kendisinden daha beterdi, çünkü sonunda, kaçınılmaz olarak sirenler çalmaya başlayıncaya kadarki o hareketli sessizlikte kimse kendini emniyette hissedemiyordu. Ve çaldığı zaman da Zoya, Arina ve ben, Chancery Caddesi'ndeki civar sokakların sakinleriyle çabucak doluveren, birbirine paralel iki uzun tünelden meydana gelen derin sığınakta kendimize yer bulabilmek için koşuyorduk.

Şehirde sadece sekiz tane böyle sığınak vardı; buralara sığınacak kişi sayısına göre çok yetersizdi. Üstelik bu sığınaklar karanlık, nahoş, pis kokulu, gürültülü, havasız yeraltı geçitleriydi; işe bakın ki oradayken kendimizi kendi evlerimizden çok daha emniyetsiz hissediyorduk. Her bir yerleşim bölgesinin hangi sığınağa gideceğini belirleyen katı kurallar olmasına rağmen, insanlar akşamın erken saatlerinde Londra'nın daha uzak bölgelerinden kalkıp istasyonlara geliyor, yerlerini güvenceye almak için dışarıda bekliyorlardı. Kapılar açılınca, içeri girmek için çirkin bir koşuşturmaca oluyordu. Zaman içinde büyüyen, vatanseverlik aleviyle harlanan ve güvenilir hatıraların dinginliğiyle pekiştirilen popüler efsanenin tersine, ben, o sığınaklarda ne neşeyle geçen bir zaman ne de yukarıdaki bombardımandan yeraltına sığınmış biz zavallı fareler arasında sergilenen herhangi bir dayanışma örneği hatırlıyorum. Nadiren konuşurduk; gülmezdik, hiç şarkı söylemezdik. Küçük aile grupları hâlinde bir araya toplaşır, titreşirdik; korku içinde, sinirler yıpranmış. Arada bir sıkıntılı ortama diken gibi batan öfke patlamaları olurdu. Sürekli çatı aniden başımıza çökecekmiş ve hepimizi, yıkılmış kent sokaklarının altındaki moloz kaplı mezarlarımıza gömecekmiş gibi bir his vardı.

1941 yılının ortalarında, bombardımanlar altı ay öncesine nazaran biraz daha seyrekleşti; ama insan, sirenlerin hangi gece ya da gecenin hangi vaktinde çalacağını bilemiyordu. Bizi biteviye bitkin düşüren bir durumdu bu. Herkes patlayıp duran, komşuların evlerini yıkan, sokaklarda derin yarıklar açan ve sığınaklara zamanında inememiş zavallıları öldüren bombaların sesinden nefret ediyordu ama bu sesler, Zoya için ayrı bir işkenceydi. Herhangi bir kurşuna dizme ya da katliam düşüncesi aşırı kederlenmesine yetiyordu.

"Bu daha ne kadar sürebilir?" diye sordu. Bir gece vakti Chancery Caddesi'nde, oturmuş, o geceki bombardımanın verdiği hasarı görmek için sağ salim mezarlarımızdan çıkacağımız ânı beklerken geçen dakikaları sayıyorduk. Arina paltomun içine sokulmuş uyuyordu, artık yedi yaşındaydı; savaşın, hayatın olağan bir parçası olduğunu zanneden bir çocuktu, çünkü savaşın, onun dünyasının merkezinde olmadığı bir zamanı hatırlayamıyordu.

"Kestirmek zor," dedim, ona biraz ümit vermek istiyordum, ama sahte bir iyimserlik yaratmaya da hevesli değildim. "Fazla uzun sürmez sanırım."

"Peki, hiçbir şey duymadın mı? Kimse seninle konuşmadı mı, ya da bir şey söylemedi mi, ne zaman..."

Kimsenin dinlemediğinden emin olmak için etrafıma bakınıp sözünü kestim. "Zoya, bu konuyu burada konuşamayız."

"Ama daha fazla dayanamayacağım." Gözleri yaşlarla doldu. "Her gece aynı şey. Her gün, ertesi sabaha çıkacak mıyız diye endişe içindeyim. Artık dostların var Georgi. Onlar için önemlisin. Keşke onlara sorsan da..."

"Zoya, sessiz ol," diye tısladım, gözlerimi kısıp etrafa göz attım. "Söyledim sana. Bir şey bilmiyorum. Kimseye soramam. Lütfen... Ne kadar zor olduğunu biliyorum, ama bunları konuşamayız. Burada olmaz."

Arina kollarımın arasında kıpırdandı, uyku mahmurluğuyla bana baktı, gözleri aralıktı. Dili dudaklarının üzerinde gezerken ağzı yavaşça oynadı. Yüzündeki ifade hem annesinin hem de babasının onu korumak için hâlâ yanında olduğundan emin olma çabasını yansıtıyordu. Zoya uzanıp onu alnından öptü ve yeniden uykuya dalıncaya kadar saçlarını okşadı.

"Yanlış yere geldik diye düşündüğün oluyor mu hiç Georgi?" diye sordu. Sesi şimdi sakin ve kabullenmiş çıkıyordu. "Paris'ten ayrıldığımız zaman her yere gidebilirdik."

"Ama savaş her yerde sevgilim," dedim. "Bütün dünya savaşın pençesinde. Kaçabileceğimiz hiçbir yer yoktu."

Sığınaktaki o uzun gecelerde aklım sık sık Rusya'ya gidiyordu. Saint Petersburg ile Kaşin'in, onlardan yirmi yıl uzak kaldıktan sonraki hâllerini gözümde canlandırmaya çalışıyor, savaşta nasıl ayakta kaldıklarını, oradaki insanların bu işkenceyle nasıl başa çıktığını düşünmeden edemiyordum. Gazeteler ondan Bolşeviklerin şehri olarak söz ederken bile Saint Petersburg'u hiç Leningrad olarak düşünmüyordum elbette. Büyük Savaş sırasında çar, kentin orijinal adının, özellikle de Alman kuzeniyle bir sınır muharebesine girdiği bir zamanda, büyük bir Rus kenti için fazla Alman olmasından korkarak kente yeni bir ad vermişti: Petrograd. Bu ada da alışamamıştım. Hakkında sık sık yazılar okuduğum ve yüzü bana hiç güven telkin etmeyen şu Stalin denen adamı hayalimde canlandırmaya çalışırdım. Onunla hiç karşılaşmamıştım elbette, ama son yıllarda Stalin adının, sarayda, Lenin ve Troçki'yle birlikte anıldığını işitmiştim ve hayatta kalıp iktidara geçen kişinin o olması garip görünüyordu. Romanov saltanatı, çarın otokrasisine duyulan taşkın bir nefretle sona ermişti, ancak bana öyle geliyordu ki yeni Sovyet yönetiminin eski Rus İmparatorluğu'ndan adı hariç pek bir farkı yoktu.

Aklıma nadiren gelseler de kız kardeşlerimin savaşla nasıl baş ettiklerini, hâlâ sağ olup olmadıklarını merak ediyordum. Asya şimdi kırklı yaşlarının ortasında olacaktı; Liska ile Talya da kırklı yaşlara gelmişlerdi. Oğul sahibi olacak yaştaydılar, yeğenlerim belki de Rus cephelerinde savaşmış, Avrupa'nın savaş meydanlarında can vermişti. Sık sık bir erkek evladın hasretini çekiyordum ve bu oğlanlardan hiçbirini görmeyeceğimi, yaşadıklarını oturup dayılarıyla paylaşamayacaklarını düşünmek canımı acıtıyordu, ama 1918'de yaptıklarım için ödediğim bir bedeldi bu: Ailemden uzaklaştırılmak, memleketimden ömür boyu sürgün edilmek. Hiçbirinin sağ olmaması bile mümkündü; belki çocuk sahibi olmamışlar ya da devrim sırasında öldürülmüşlerdi. Yaptığım şeyler, Kaşin'de duyulduysa, o küçük, çaresiz köyde nasıl bir misillemeyle karşılaştıklarını kim bilebilirdi?

Özellikle üç bombardımanın ailem üstünde büyük etkisi oldu. İlki, evimden farksız gördüğüm Britanya Müzesi'nin kısmen bombalanmasıydı. Kütüphanenin büyük bir kısmı hasar görmedi ama ana binanın bazı bölümleri yıkıldı ve ardından da ileride, bilinmeyen bir tarihte tekrar onarılıncaya kadar kapatıldı. Böyle muhteşem bir yapının bu hâle geldiğini görmek beni çok üzdü.

İkincisi, savaşın başlamasından önce Zoya'yla birçok vesileyle sık sık gittiğimiz, tamamen Greta Garbo'ya duyduğum saplantıyı ve iki saat boyunca karımla birlikte *Anna Karenina*'yı seyrederken memleketimizin görüntülerine ve anılara daldığımız o geceyi hatırlatan Holborn Empire Sineması'nın yıkılmasıydı.

Üçüncüsü ise en yıkıcı olanıydı. Bitişiğimizdeki dairede oturan, altı yıldır Zoya'ya sırdaş ve dost, Arina'ya da büyükannesi gibi yakın olan komşumuz Rachel Anderson, Brixton'da, ziyaretine gittiği bir arkadaşının evinde, hava saldırısı esnasında sığınağa zamanında gidemediği için öldü. Cesedi bir haftadan uzun bir süre bulunamadı; bu sırada, korkuyla en kötü ihtimalleri düşündük. Onu kaybetmek hepimizi, ama en çok da Rachel'ı hayatının her günü görmüş olan ve yas tutmanın ne demek olduğunu yeni öğrenen Arina'yı çok üzdü.

Ebeveynlerinin aksine, Arina yasını tutabildi.

Başlarda, hiçbiri önemli sayılabilecek bilgiler içermeyen bir dizi mektubu, önemsizliklerine rağmen tercüme ediyor ve kullanılan deyimler arasında gizli manalar arıyordum. Üzerlerinde bir yıl öncesinin tarihleri vardı ve Kiril alfabesini İngilizceye çevirmeye koyulmamdan çok uzun zaman önce bitmiş askerî faaliyetlere dair ayrıntılar içeriyorlardı. Faaliyetleri bu mektuplar aracılığıyla yönlendirilen adamların çoğu çoktan ölmüştü. Nasıl deşifre edeceğime karar vermeden önce anlamlarını açık biçimde kavrayabilmek için her bir notu baştan sona okuyarak dikkatle çalıştım. Savaş Bakanlığı tarafından verilen beyaz parşömen kâğıdına, ben gelmeden önce masaya koyulmuş mükemmel kalitedeki dolma kalemi kullanarak, düzgün, anlaşılır bir el yazısıyla yazdım; tam bitirip kalemi elimden bıraktığım anda kapı açıldı ve içeri girdi.

"Ayna," dedim, başımla, duvarı baştanbaşa kaplayan aynayı işaret ederek. "Başından sonuna kadar beni izliyordunuz sanırım?"

Gülümseyerek karşılık verdi. "Evet Bay Jahmenev. Gözlemlerde bulunmayı severiz. Mahzuru yoktur umarım."

"Olsaydı burada olmazdım, Bay Jones," dedim. "Zaten pek de gizliyor gibi değilsiniz. İçeriden, konuştuğunuzu duyabiliyordum. Pek güvenli bir yöntem değil. Bu yöntemi benden daha önemli kişiler için de kullanmıyorsunuzdur umarım."

Başını öne doğru sallayıp özür diler gibi omuz silktikten sonra, odanın köşesine geçip oturdu ve dikkatle yazdıklarımı okudu. Üzerinde, bana kendini ilk kez takdim ettiği gün giydiği takım elbise kadar kaliteli bir takım elbise vardı; karne sisteminin çok katı olduğu bir zamanda bu giysileri nasıl satın alabildiğini merak ettim. Bayan Simpson'ın o öğleden sonra *Bay Tüvit* diye çağırdığı bu adam, kendini, ilk adını söylemeden, *Bay Jones* olarak tanıttı. Bu alışılmadık girizgâh, adamın gerçek adının, Bayan Simpson'ın icat ettiği takma ad kadar sahte olduğu hissini uyandırmıştı bende. Önemli değildi. Kimse kimdi, benim için fark etmiyordu. Ne de olsa, hayatımdaki, olmadığı biriymiş gibi yapan ilk kişi değildi.

Cümlelerimi tararken onu izliyordum. "Takımınız," dedim. Yüz ifadesi, beğeni ile şaşkınlık arasında gidip geliyor, zaman zaman değişiyordu.

Başını kaldırdı. "Takımım mı?"

"Evet. Çok beğendim."

Yüzüme baktı, dudaklarının kenarları, bu sözlerime nasıl bir anlam vermesi gerektiğinden emin olamıyormuş gibi biraz yukarıya kıvrıldı. Şaşkın bir ses tonuyla, "Teşekkür ederim," dedi.

"Genç bir adam nasıl böyle bir takım alabiliyor, merak ettim. Bu zor dönemde yani," diye ekledim.

"Özel bir gelirim var," dedi hemen. Hızlı cevabı bana bu konuyu konuşmaya hiç istekli olmadığı hissini verdi. Masaya gelip yanıma oturdu. "Bunlar çok iyi," dedi. "Gerçekten de çok iyi. Çoğu tercümanımızın yaptığı hatalara düşmemişsiniz."

"Nedir o hatalar?"

"Her sözcüğü ve her ifadeyi olduğu gibi çevirmek. Bir dilden başka bir dile aktarırken, deyimlerdeki farklılıkları göz ardı etmek. Aslında siz bunları hiç tercüme etmediniz, değil mi? Siz bana her bir mektubun ne söylediğini anlattınız. Bu ince bir fark."

"Beğendiğinize memnun oldum," dedi. "Ama belki ben de size bir şey sorabilirim."

"Buyurun."

"Belli ki Rusçanız benimki kadar iyi."

"İşin aslı, Bay Jahmenev," dedi gülümseyerek, "Sizinkinden daha iyidir."

Kendini beğenmişliği beni güldürdü; yüzüne baktım, çünkü benden en az on beş yaş küçüktü ve Eton'a, Harrow'a ya da zengin ailelerin çocuklarının öğrenim gördüğü başka bir pahalı okula gittiğini belli eden bir aksanı vardı. Kuşkuyla, "Rus musunuz?" diye sordum. "Konuşmanız... çok İngiliz de."

"İngiliz olduğum içindir. Rusya'ya sadece birkaç kere gittim. Moskova. Leningrad tabii. Ve Stalingrad."

Hemen düzelttim. "Saint Petersburg," dedim. "Ve Çariçin."

"Dediğiniz gibi olsun. Batıda, Orta Sibirya platosuna kadar gittim. Güneyde de İrkutsk'a kadar. Ama tamamen keyif için gezdim. Hatta bir kere Yekaterinburg'a bile gitmiştim."

O konuşurken yeniden Kiril harflerini görmenin zevkine vararak yine mektuplara bakıyordum; ama o kelimeyi, kelimelerin en korkuncunu duyunca hemen başımı kaldırıp sırrını ele verecek herhangi bir şey bulma ümidiyle gözlerimi yüzüne diktim.

"Neden?" diye sordum.

"Oraya gönderildim."

"Neden Yekaterinburg'a?"

"Oraya gönderildim."

Yüzüne baktım ve damarlarımda korku ile heyecan karışımı bir duygunun aktığını hissettim. Duygularını bu kadar kontrol altında tutabilen biriyle; hiç terlemeyen, serinkanlılığını asla kaybetmeyen ve söylemek istediğinden tam olarak emin olmadığı hiçbir şeyi söylemeyen biriyle en son ne zaman karşılaştığımı hatırlayamıyordum.

Sonunda, "Rusya'yı sadece ziyaret etmişsiniz," dedim, çünkü ben konuşuncaya kadar konuşmayacakmış gibiydi.

"Doğru."
"Orada hiç yaşamadınız mı?"
"Hayır."
"Ama Rusçanızın benimkinden iyi olduğunu düşünüyorsunuz."
"Evet."
Sesindeki kesinlik karşısında gülmeden edemedim. "Sorabilir miyim, neden?"
"Çünkü benim işim sizden daha iyi Rusça bilmek," dedi.
"İşiniz mi?"
"Evet."
"Tam olarak ne iş yapıyorsunuz, Bay Jones?"
"İşim, sizden daha iyi Rusça bilmek."
İç geçirip başımı çevirdim. Bu konuşmanın hiçbir yere varacağı yoktu. Bana istemediği hiçbir şeyi söylemeyecekti. Onun konuşmasını beklemek daha basit olurdu. Ne sorarsam sorayım aynı şeyleri söyleyecekti.
Mektupları yeniden eline alıp masaya yaydı. "Ama dediğim gibi, Rusçanız mükemmel. Sizi takdir ediyorum. Yani, son yirmi yıldır hiç Rusça konuşmamışsınız veya yanınızda Rusça konuşarak anlaşacağınız biri hiç olmamış gibi değil, öyle değil mi?"
"Yok mu zaten?"
Omuz silkti. "Karınız var tabii," dedi. "Ama evde Rusça konuşmuyorsunuz. Kızınızın yanında da asla konuşmuyorsunuz."
"Evimde ne konuştuğumu nereden biliyorsunuz?" diye sordum. Sinirlenmeye başladığımı hissediyordum; hakkımda bu kadar çok şey biliyor gibi görünmesinden hiç hoşlanmamıştım. Yirmi yılımı ailemin mahremiyetini korumakla geçirmiştim ve şimdi yanımda oturan bu çocuk kalkmış bana hiç bilmemesi gereken şeyler anlatıyordu. Bunları nasıl öğrendiğini bilmek istiyordum. Hakkımda başka ne bildiğini öğrenmek istiyordum.

Belki de kızgınlığımı hissetmişti. Sesini yumuşatarak, "Yanılıyor muyum?" diye sordu.

"Yanılmadığınızı biliyorsunuz."

"Peki, neden Bay Jahmenev? Neden Arina'nın yanında anadilinizi kullanmıyorsunuz? Köklerini bilmesini istemiyor musunuz?"

"Siz söyleyin," dedim. "Hakkımdaki her şeyi biliyor gibisiniz."

Şimdi gülümseme sırası ondaydı. Çok uzunmuş gibi hissedilen bir süre boyunca, öylece oturduk ama dediklerime karşılık hiçbir şey söylemedi, sadece başını sallamakla yetindi.

İşaretparmağını mektupların üstüne vurup, "Gerçekten çok iyi," dedi. "Doğru kişiyi bulduğumu biliyordum. Sanıyorum ki gelecek sefer size biraz daha zorlayıcı bir şey verebiliriz, ne dersiniz?"

1939 ile 1945 yılları arasında Londra'da Rus olmak hiç kolay değildi. Zoya birçok akşam, yıllardır alışveriş yaptığı kasaptan ya da manavdan bir şeyler alırken aksanı belli olduğunda nasıl kuşkuyla baktıklarını; tezgâhtan ona uzatılan, karneye bağlanmış et paketinin, önde ve arkada onunla birlikte sıra bekleyen İngiliz kadınlara verilenlerden biraz daha küçük olduğunu anlatırdı. Aldığı süt şişeleri hep son kullanma tarihine yakın, ekmekler biraz daha bayat oluyordu. Aralarında geçirdiğimiz yirmi yıl boyunca komşularımızla kurduğumuz samimiyet ve aidiyet duygusuna dair her şey ile kendimizi benimsettiğimize olan tüm inancımız neredeyse bir gecede yok oluvermişti. Alman olmamamız onlar için fark etmiyordu. İngiliz değildik ve önemli olan buydu. Konuşmamız değişikti; öyleyse biz, düşmanın sırlarını öğrenmek, ailelerine ihanet etmek, çocuklarını öldürmek için başkente sızmış ajanlar olmalıydık. Şüphe, etrafımızı pis bir koku gibi sarmıştı.

Şehrin hemen her yerindeki duvarlara asılmış propaganda posterlerini –DİKKATSİZ KONUŞMALAR CANLARA MÂL

OLUR; KİMİN DİNLEDİĞİNİ ASLA BİLEMEZSİN; DİLİNİ TUT– okumak için ne zaman duracak olsam, insanların konuşmamı duydukları zaman neden sustuklarını ve neden sanki mutlulukları için bir tehditmişim gibi dönüp bana baktıklarını anlıyordum. Mağazalarda, kafelerde konuşmaktan nefret etmeye başladım; istediğim şeyi elimle gösteriyor, konuşmama gerek kalmadan bana servis yapılmasını bekliyordum. Hava saldırıları yüzünden sığınağa inmediğimiz zamanlarda Zoya'yla birlikte her geceyi, yabancıların yıldırıcı bakışlarına katlanmak zorunda kalmadan rahatça konuşabildiğimiz evimizde geçiriyorduk.

1941'in sonlarına doğruydu; uzun ve zor geçen bir günün ardından oldukça moralsiz hâlde eve dönüyordum. Önceki gece Bay Trevors'ın karısı, kızı ve kayınvalidesi; Bayan Trevors'ın ailesinin evinde, çılgın gibi rota değiştiren bir Luftwaffe uçağından atılan tek bombayla ölmüşlerdi. Akla gelebilecek en kötü talihsizlikti; sokakta bombanın isabet ettiği tek ev onlarınkiydi ve Bay Trevors bu felaketle çılgına döndü. Akşamüstü kütüphaneye girdiğini hiçbirimiz fark etmemiştik, kısa bir süre sonra odasından yüksek feryatlar geldiğini işittim. İçeri girdiğimde zavallı adam masasında, yüzünde perişan bir ifadeyle oturuyordu; teselli etmeye çalışınca bağırarak ağlamaya başladı. Birkaç dakika sonra peşimden Bayan Simpson da içeri girdi ve idareyi tamamen ele alarak beni şaşırttı. Titremesini dindirmek için bilmediğim bir yerden viski buldu; Bay Trevors'ın böyle korkunç bir anda kabul edebileceği kadar samimiyet gösterdikten sonra da onu alıp evine götürdü.

Bu olayların etkisinden hâlâ çıkamamıştım ve eve dönerken hiç âdetim olmayan bir şey yapıp müthiş bir alkol ihtiyacıyla bir bardan içeri girdim. Barın üçte ikisi doluydu; askere alınma yaşının üzerinde erkekler, her yaştan kadınlar ve birkaç da izinli asker vardı.

Birine bile dönüp ikinci kez bakmadan doğruca bara yürüdüm. Bara yaslandığımda hissettiğim azıcık destek hoşuma gitti.

Tanımadığım barmene, "Bir büyük *ale*," dedim. Aslında burası da evimize, Zoya'yla birlikte gittiğimiz, semtimizdeki pub kadar yakındı ama buraya çok seyrek gelirdik.

Gözlerini kısıp saklamaya çalışmadığı bir küçümsemeyle yüzüme baktı ve zıtlaşır gibi, "Ne?" diye sordu. Üzerinde, kolları pazılarına kadar sıvanmış bir gömlek olduğundan kalın kollarını fark etmemek elde değildi; manşetin altından dövmesinin bir kısmı görünüyordu.

"Bir büyük *ale* dedim," diye tekrarladım. Bu sefer yüzüme, sanki beni sokağa atıp atmamayı düşünüyormuş gibi on yirmi saniye baktıktan sonra sonunda başını öne doğru sallayıp ağır ağır pompalardan birinin başına geçti. Bardağa bol köpüklü birayı doldurdu ve tezgâha, önüme koydu.

Bardan öylece çıkıp eve gitmenin daha iyi olacağını gayet iyi bilsem de, "Bu *bitter* değil mi?" diye sordum. Zoya genellikle böyle acil durumlar için dolapta, karneyle verilen bir kaç şişe *ale* saklardı.

Barmen elini uzatıp, "Bir büyük bardak *bitter*," dedi. "İstendiği gibi. Altı peni lütfen."

Şimdi duraklama sırası bendeydi. Bardağa, terlemiş bardağın üstünde beliren davetkâr damlacıklara baktım ve bunun, itiraz edecek doğru zaman olmadığına karar verdim. İçerideki konuşmaların uğultusu çoktan alçalmıştı, sanki müşteriler kavga çıkaracak bir şey, herhangi bir şey yapmamı bekliyorlardı.

Elimi cebime atıp, "İyi," dedim ve barın üzerine tamı tamına istediği miktarı koydum. "Ve teşekkür ederim." Bardağımı alıp boş bir masaya oturdum, benden önceki müşterinin bıraktığı gazeteyi alıp manşetlere göz gezdirdim.

Çoğu, savaş haberiydi tabii ki. Bay Churchill'in o gün öğleden sonra Birmingham'da yaptığı konuşmadan alıntılar vardı. Bir başka haberde, Bay Attlee hükümete destek önermişti. Bombardımanlar ve ölenlerin bazılarının adları, yaşları ve meslekleri hakkında kısa bir haber vardı, ama henüz Bay Trevors'ın ailesinden söz edilmemişti; bir an için acaba ertesi günün haberlerinde yer alacaklar mı, yoksa hepsine yer verilemeyecek kadar çok mu ölü var diye merak ettim. Herhâlde her gün ölenlerin adlarını listelemek halkın morali için iyi değildi. Tam, pek de ilgimi çekmeyen bir spor haberini okumak üzereydim ki iki adamın barın öbür ucundan gelip yanımdaki masaya oturduklarını fark ettim. Başımı bir saniyeliğine kaldırıp göz ucuyla baktım. İçkileri yarılanmıştı, bir süredir burada olduklarından şüphelendim ama konuşmaya gönülsüz olduğumdan hemen başımı gazeteme eğdim.

Adamlardan biri başını bana doğru sallayıp, "İyi akşamlar," dedi. Benim yaşlarımda, soluk benizli, çürük dişli bir adamdı.

Sohbeti ilerletmesini önleyeceğini umduğum bir tavırla, "İyi akşamlar," diye karşılık verdim.

"Seni barda içki ısmarlarken duydum," dedi. "Buralardan değilsin, öyle değil mi?"

Başımı kaldırıp ona baktım, iç geçirdim. Acaba kalkıp gitsem benim için daha mı iyi olur diye düşündüm, ama sonra gözümü korkutmalarına izin vermemeye karar verdim.

"Aslında buralardanım," dedim. "Birkaç sokak ileride oturuyorum."

Başını iki yana sallayarak, "İki sokak ileride oturuyor olabilirsin," dedi, "Ama *buralı* değilsin, öyle değil mi?"

Yüzüne baktım, sonra da ondan biraz daha genç ve oldukça basit görünüşlü arkadaşına baktıktan sonra başımı öne doğru salladım.

"Hayır, buralıyım," dedim sakince. "Yirmi yıldır burada yaşıyorum."

"Ama yaşça benim kadar varsın," dedi adam. "Ondan önceki yirmi yılda neredeydin, ha?"

"Gerçekten merak ediyor musun?" diye sordum.

Gülerek, "Merak ediyor muyum?" diye tekrarladı. "Tabii ki merak ediyorum ahbap, yoksa sormazdım, değil mi? Merak ediyor musun diye soruyor." Başını sallayıp sanki bütün bar onun seyircisiymiş gibi etrafına bakındı.

"Bana oldukça sıkıcı bir soru gibi geldi, o kadar."

Bu kez daha etkileyici bir tavırla, "Bak arkadaş," dedi adam. "Ben sadece seninle sohbet etmeye çalışıyorum, hepsi bu. Arkadaşça davranıyorum. Biz İngiltere'de böyle davranırız. Arkadaşça. Belki de âdetlerimize aşina değilsindir, yoksa öyle mi?"

Bardağımı masaya bırakıp doğruca gözlerinin içine bakarak, "Bak," dedim, "mahsuru yoksa biraz rahat bırakılmak istiyorum. Sadece içkimi içip gazetemi okumak istiyorum, o kadar."

Kollarını göğsünde kavuşturup, "Rahat bırakılmak mı?" diye sordu; sanki ömründe hiç bu kadar acayip bir şey duymamış gibi arkadaşına baktı. "Duydun mu, Frankie? Şuradaki beyefendi rahat bırakılmak istediğini söylüyor. Bence hepimiz rahat bırakılmak isteriz, değil mi?"

Frankie başını anıran bir eşek gibi sallayarak, "Evet," dedi. "İsteriz, biliyorum."

"Ama hiçbirimizin rahatı kalmadı artık, öyle değil mi?" diye devam etti. "Seninkilerin sebep oldukları belalar yüzünden."

Kaşlarım çatıldı. "Benimkiler mi? Kimmiş o benimkiler dediğin?"

"Eh, sen söyle. Tek bildiğimiz, İngiliz değilsin. Bana yarı Alman gibi geldin."

Şimdi gülme sırası bendeydi. "Sence Alman olsaydım, burada, Londra'nın ortasındaki bir barda oturur muydum? Uzun zaman önce beni alıp götürmezler miydi, içeri tıkmazlar mıydı?"

Omuz silkti. "Şey, onu bilemem. Seni gözden kaçırmış olabilirler. Siz Almanlar kurnaz heriflersinizdir."

"Ben Alman değilim," dedim.

"Aksanın öyle demiyor ama. Holborn'da büyümemişsin, o kadarından adım gibi eminim."

İtiraf ettim. "Hayır, büyümedim."

"Bütün bu gizlilik nedir peki? Utanacak bir şeyin mi var? Yakalanırım diye mi korkuyorsun?"

Karşılık vermeden önce duraklayıp etrafıma göz attım; içeride bir uğultu vardı ama yine de çoğunluğun, bizim konuşmamıza kulak kabarttığını anlayabiliyordum.

"Hiçbir şeyden korkmuyorum," dedim sonunda. "Ve sana göre de hava hoşsa, bu sohbete devam etmemeyi tercih ederim."

"O zaman sorumu cevapla, bütün istediğim bu," dedi. Bana karşı sabrı tükenmeye başlamıştı, ses tonu şimdi daha saldırgandı. "Hadi bayım, o kadar büyük bir sır değilse, aksanının nereden geldiğini neden söyleyemiyorsun?"

"Rusya," dedim. "Ben Rusya'da doğdum. Bu kadarı yeterli mi?"

Arkasına yaslandı, âdeta etkilenmiş gibiydi. Fısıltıyla, "Rusya," diye tekrarladı. "Rusların hangi tarafında duruyoruz, Frankie?"

Genç olanı öne doğru eğilip, "Enselerinde," dedi. Göz korkutan bir tavır takınmaya çalışıyordu, ama ayağa kalkmaya çabalayan yeni doğmuş bir kuzuyu andıran, masum, çocuksu bir ifadesi olduğundan bu onun için biraz zordu. Ona bir şey söylenmediğinde tamamen kendi düşüncelerine dalıp gittiği izlenimine kapıldım.

"Beyler, sanırım artık gitme vaktim geldi," dedim. Ayağa kalkıp uzaklaştım. Arkamdan seslenip sadece arkadaşlık etmeye çalıştıklarını, sadece benimle biraz zaman geçirmek istediklerini söylediler, ama birden çok gözün beni izlediğinin farkındaydım, onları duymazdan gelip bardan çıktım. Gözlerimi ileriye diktim ve evime giden sokağa saptım. Birkaç saniye sonra arkamda ayak sesleri işittim, kalbim sıkıştı. Yirmi otuz saniye kadar çaresizce arkama dönmemek için mücadele ettim, ama ses gittikçe yaklaşıyordu. Sonunda kendimi tutamadım ve bardaki iki adam bana yetiştikleri anda arkama döndüm.

Yaşça büyük olanı beni duvara yapıştırıp orada tuttu. "Nereye gittiğini zannediyorsun?" Eli boğazımdaydı. "Rus arkadaşlarına dökülmeye, değil mi?"

Bir an için elinden kurtulup, "Bırak beni," diye tısladım. "İkiniz de içiyordunuz. Beni bırakıp içkinize dönmeniz daha akıllıca olur."

"Daha akıllıca, öyle mi?" diye sordu gülerek, arkadaşına baktıktan sonra kolunu geri çekip yumruğunu sıktı, bana vurmaya hazırlandı. "Ben seni akıllandırırım."

O yumruk yüzüme hiç değmedi bile. Sağ elim, ilkin geriye çekilip sonra hızla ileriye, çenesinin tam yan tarafına inerken, sol elim, onun sağ kolunu yakalayıp eski bir alışkanlıkla ânında kırıverdi ve adamı arkaüstü kaldırıma yuvarladı. Adam bir küfür savurup, henüz canını yakmayan ama gitgide uyuşarak peşinden büyük bir acının geleceğini hissettiren kırık kolunu tuttu.

"Kolumu kırdı Frankie!" diye bağırdı, sözleri çenesinden bira gibi aktı. "Frankie, adam kolumu kırdı! Yakala onu Frankie! Canına oku!"

Genç olanı hayretle bana baktı. Böyle bir şiddet gösterisi beklemiyordu benden, gerçi ben de beklemiyordum. Soğuk bir ifadeyle bakışlarına karşılık verdim, sonra yapacağı herhangi bir hamlenin kötü bir fikir olacağını söylermiş gibi başımı iki yana salladım. Gerginlik içinde yutkundu. Arkamı dönüp gittim, ardımdan gelen sesleri ve tehditleri duymazdan gelmeye çalışarak köşeyi dönene kadar düzgün adımlarla yürümeye devam ettim.

Kendimi bu şekilde savunmak zorunda bırakılmayalı yıllar olmuştu, ama Kont Çarnetski beni iyi eğitmişti ve hareketleri hemen hatırlamıştım. Yine de, her şeye rağmen, yaptığım şeyden biraz utanıyordum ve eve dönünce Zoya'ya o akşam olanlardan söz etmek yerine Bay Trevors'ın başına gelen faciayı ve Bayan Simpson'ın bu zor gününde ona gösterdiği anlayışı anlattım.

Çalışma saatlerim değişmedi. Sabahları saat sekizde kütüphanede oluyor, tam altıda da çıkıyordum. Vaktimin çoğunu ana masanın başında, her zaman yaptığım gibi kart sistemine kitap adlarını girerek geçiriyordum. Masalar çok dağıldığı zaman, Bayan Simpson'ın toplamasına yardım ediyordum. Okurların faydalanmaları için gereken başvuru kitapları söz konusu olduğu zaman, mümkün olduğu kadar hızlı biçimde o kitapları bulup onlara teslim ediyordum.

Ama artık bunlar, başka bir yöne evrilen asıl sorumluluklarım için birer kılıftı.

Bana ulaştırılacak şey sadece bir zarfsa, yürüyerek işe giderken bana fark ettirmeden ceketimin cebine, üstüne anlamsız bir cümle karalanmış bir not kâğıdı bırakıyorlardı. Örneğin notta, Zoya'ya ait olmayan bir el yazısıyla, "Sütümüz bitti, gelirken almayı unutma canım, Zoya," yazıyordu.

Kütüphanede kimsenin beni görmediğinden emin olduktan sonra, kalemi kâğıdı alıp nota bakıyordum.

S harfi için 22, eşittir 4; B için 2; G, 8'dir. A, 1. U 25'tir, o da eder 7. C, 3. Ve son olarak Z, 29, bu da 22, eşittir 11 eder ve bu da 2 demektir.

Sütümüz bitti, gelirken almayı unutma canım, Zoya.

4281732

428-1732.

Kitabın yer numarası. Kitabı bul, mektubu bul.

Mektubu oku.

Mektubu tercüme et.

Mektubu imha et.

Tercümeyi teslim et.

Eğer sadece basit bir zarf değilse, incelenmesi gereken bir dizi evrak varsa, sabah evimden çıktığım zaman, yanımdan –her seferinde başka– bir adam geçer, bana çarpar, önüne bakması gerektiğini söyleyip özür dilerdi. Bu çarpışma olunca, bir gazete ve biraz da meyve almak için müzenin yanındaki köşebaşında yer alan dükkâna uğruyordum. Meyvelere bakıp en az çürümüş elmayı ararken evrak çantamı yere, hemen yanıma koyuyordum. Tekrar elime aldığımda, eskisinden biraz daha ağır oluyordu. Sonra meyvemi alıp dükkândan çıkıyordum.

Arada bir, saat tamı tamına ikiyi yirmi geçe kütüphanenin telefonu çalıyordu; ben açıyordum.

Hattın diğer tarafındaki ses, "Bay Samuels'la mi görüşüyorum?" diyordu.

"Maalesef, burada Bay Samuels diye biri yok," diyordum; tam olarak bu kelimeleri kullanıyordum. "Burası Britanya Müzesi'nin kütüphanesi. Kimi aramıştınız?"

"Çok özür dilerim," diyordu ses. "Herhâlde yanlış numarayı çevirdim. Ben Doğa Tarihi Müzesi'ni aramıştım."

"Rica ederim," deyip telefonu kapatıyor; akşam iş çıkışında yürüyerek doğruca eve gitmek yerine, bir otobüse binip Clapham'a gidiyordum. Lavender Hill Caddesi ile Altenburg Gardens Caddesi'nin köşesinde bir araba, beni Bay Jones'un yanına götürmek üzere bekliyor oluyordu.

Yanına vardığımda, "Sizi uğraştıracak bir iş çıktı, Bay Jahmenev," diyordu. "Üstesinden gelebilecek misiniz?"

Gülümseyip, "Denerim," diyordum. Beni sessiz bir odaya götürüp önüme bir dizi evrak ve fotoğraf koyuyordu. Ya da beni, hiçbiri kendini tanıtmayan ama içeri adımımı attığım andan itibaren beni soru yağmuruna tutan sert adamlarla dolu bir odaya sokuyordu. Elimden geldiğince açık ve kendinden emin cevaplar vermeye çalışıyordum.

Bir keresinde bütün bir geceyi üç yüz sayfa mektup ve telgraf okuyarak geçirdim. Anladığım her şeyi Bay Jones'a nakledince, akıl yürütmem onu şaşırtmış gibi oldu ve bana tercüme mantığımı bir kez daha anlatmamı istedi. Anlattım, durup biraz daha düşündü, sonra bir araba çağırttı. Bir saat sonra Bay Churchill'in karşısında duruyordum. Bay Jones'a anlattıklarımı ona tekrarlarken durmadan purosunu tüttürdü. Konuşmamın başından sonuna kadar memnuniyetsiz bir hâli vardı, sanki savaşın yönü değişiyordu ve bu tamamen benim suçumdu.

Çatılmış kaşlarla, kelimelerin üstüne basa basa, "Eminsiniz, değil mi?" diye sordu Bay Churchill.

"Evet efendim," dedim. "Oldukça eminim."

"Evet, çok ilginç," dedi. Tombul parmaklarını birkaç saniye masasına vurduktan sonra ayağa kalktı. "Çok ilginç ve çok şaşırtıcı."

"Hakikaten öyle efendim."

Sonra beni buraya getiren Bay Jones'a döndü. "Aferin Bay Jones," dedi. Cep saatine baktı. "Ama şimdi gitmem gerekiyor. Güvenilir bir adamınız var. Adı neydi, bu arada?"

Sorunun muhatabı ben değilsem de, "Jahmenev," dedim. "Georgi Daniiloviç Jahmenev."

Soru başkasına sorulmuşken cevap vermekle büyük bir saygısızlık yapmışım gibi dönüp bana baktı, ama sonra başını öne doğru sallayıp gitti.

Bay Jones, "Bir araba sizi Clapham'a geri götürecek," dedi. "Ne yazık ki oradan evinize kendi imkânlarınızla gitmek zorundasınız."

Ben de öyle yaptım. Uzun bir günün ardından yorgun hâlde, ay ışığında eve yürüdüm. Her an sirenler çalmaya başlayacak ve Zoya ile Arina'dan ayrı düşeceğim diye gergindim.

Kapıdan içeri girerken Zoya beni gülümseyerek karşıladı, kahvaltı hazırladı ve bir demlik dolusu çayla birlikte önüme koydu. Bir kere bile nerede olduğumu sormadı.

Beyaz Geceler

Savaş lehimize ilerlemiyordu.

Sokaklardaki ayaklanmalar, erzak dükkânlarına ve belediye depolarına yapılan saldırılara dönüştü. İmparatorluk ailesi ile maiyetini sarmalayan atmosfer, mağrur bir güvenden asabiyet ve endişeye doğru kaymaya başladı. Tüm bunların arasında çar ve çariçe, sanki dünyada yeni bir şey olmuyormuşçasına, zamanlarını Saint Petersburg, Livadya ve Çarskoye Selo'daki saraylarda geçiriyor ve Standart gemisiyle gezintilere çıkmaya devam ediyorlardı. Biz zavallı havarileri de eşyalarımızı toplayıp, peşlerinden, gittikleri her yere gidiyorduk.

Bazen hükümdarlıkları altındaki halkın ne hâlde olduğundan tamamen habersiz gibi görünüyorlardı, ama cephelerde verilen kayıpların sayısına dair haberler artarak gelmeye başladığında çar, Kışlık Saray'dan tamamen ayrılmaya ve kuzeni Grandük Nikolas Nikolayeviç'in yerine silahlı kuvvetlerin kumandanlığına geçmeye karar verdi. Çariçe de beni şaşırtarak bu kararına pek itiraz etmedi, ama çarın bu kez oğlunu yanına almaya niyeti yoktu.

Aile her zamanki gibi yine şatafatlı bir sofra başında toplandığı sırada, çariçe, "Bu gerçekten şart mı?" diye sordu. Ben yemek salonunun duvarları önünde göze çarpmayan bir sıra oluşturmuş uşakların ve hizmetkârların yanında duruyordum. Hiçbirimiz, imparatorluk ailesi yemekte rahatsız olmasınlar diye yüksek sesle nefes bile almıyorduk. Doğal olarak, yemek yerken onu seyredebilmek için, Anastasya'nın karşısında duruyordum; cesaret edebildiği anlarda benim tarafıma doğru bir bakış atıyor ve bacaklarımın yorgunluğunu unutturan müşfik tebessümler bahşediyordu. "Kendini tehlikeye atmamalısın, Niki. Ne de olsa birçok büyük sorumluluk yükleniyorsun."

Masanın üzerinde duran süslü semavere uzanıp fincanını doldururken, "Anlıyorum, ama bu değişikliklerin yapılması da çok önemli," dedi çar. Çayın akışını, sanki onu hipnotize ediyormuş, onu neşelendirip mutlulukla dolu bir yere götürüyormuş gibi izlerken gözlerini kıstı. Birkaç saniye sonra da bitkin bir tavırla, parmaklarıyla şakaklarını ovuşturdu. Son aylarda çok kilo kaybettiği gözümden kaçmıyordu. Koyu renkli gür saçları da hızla kırlaşıyordu. Müthiş bir yükün altında sıkıntı çeken bir adama benziyordu. Buna daha fazla dayanamayacakmış gibiydi. Bitkin bir sesle, "İngiltere, birliklerimizi çarpışmadan çekeceğimizden korkuyor," diye devam etti. "Kuzen Georgie mektupta bana bu kadarını anlattı. Fransa'ya gelince..."

Bu düşünce karşısında sarsılan çariçe sözünü kesti. "Sen de böyle bir şey yapmayacağımızı söyledin ona, tabii ki?"

Çar sinirli bir tavırla karşılık verdi. "Tabii ki söyledim hayatım. Ama inandırıcı bir tez ileri sürmek giderek güçleşiyor. Rus Lehlerinin çoğu şimdi Kuzen Willy'nin ve onun Alman canilerinin kontrolünde; Baltık bölgelerini söylemeye ne hacet." Bunu söyleyince zihnimden gözlerimi devirdim; bu ülkelerin liderlerinin böyle yakın akraba ilişkileri içinde olmaları bana çok tuhaf geliyordu. Sanki bütün bu mesele çocukça bir oyundan başka bir şey değildi. Willy,

Georgie ve Niki bahçede koşuşuyor, kalelerini yapıp oyuncak askerlerini diziyor, içlerinden biri fazla ileri gidip de sorumluluk sahibi bir yetişkin tarafından içeri götürülmek zorunda kalıncaya kadar neşeyle oynuyorlardı. Azimli bir tavırla, "Hayır, ben kararımı verdim," dedi. "Ordunun başına geçersem, bu hem müttefiklerimize hem de düşmanlarımıza niyetlerimde ne kadar ciddi olduğum mesajını verecektir. Hem askerlerin moraline de iyi gelir. Beni savaşçı bir çar, yanlarında çarpışan bir hükümdar olarak görmeleri çok önemli."

Çariçe ıstakozun etini kabuğundan ayırıp ona kendisi tarafından yenme onurunu bahşetmeden önce kötü yerlerini incelerken omuz silkti. "Öyleyse gitmelisin. Ama sen yokken..."

Çar ne soracağını tahmin ederek, "Elbette hükümdarlık görevlerinin idaresi sende olacak," dedi. "Geleneklerin emrettiği üzere."

"Teşekkür ederim Niki." Çariçe gülümsedi; uzanıp elini bir saniyeliğine onun elinin üstüne koydu. "Bana bu kadar inanman beni mutlu ediyor."

"Sana tabii ki inanıyorum." Çarın sesi kararının akılcılığından çok da emin değilmiş, ama karısından daha üst mevkide birini yerine getirmenin imkânsız olduğunu da biliyormuş gibiydi. Çariçe haricinde tek uygun kişi on bir yaşındaydı ve henüz böyle bir sorumluluğu almaya hazır değildi.

Çariçe bakışlarını kocasından çevirip sakin bir tavırla, "Hem zaten," dedi, "Danışmanlarım her zaman yanımda olacaklar. Nazırlarını dikkatle dinleyeceğime söz veriyorum. O nefret ettiğim Stürmer'i bile dinleyeceğim."

"O etkili bir başnazırdır, sevgilim."

Ters bir tavırla, "Züppe ve yüreksiz bir adam," dedi. "Ama onu sen seçtin ve makamına yaraşır her türlü nezaketi görecektir.

Ayrıca Peder Grigori de yanımdan hiç ayrılmayacaktır, tabii ki. Onun öğütleri paha biçilmez olacaktır."

Staretsin adı geçtiği anda çarın bir saniyeliğine donup kaldığını fark ettim. O habis yaratığın tesirini yayabileceği düşüncesine karşı duyduğu nefretle çenesi seğirmişti. Fakat bu konuda söylemek istediği kaygıları ya da düşünceleri varsa bile o an için kendine sakladı ve sadece teslimiyet içinde başını sallamakla yetindi.

Hatırı sayılır bir duraklamanın ardından, alçak sesle, "Öyleyse sana iyi hizmet edecekler demektir," dedi ve bu konuda başka söylenecek söz kalmadı.

Çariçe birkaç saniye sonra, "Bu demek değil ki bütün zamanımı devlet meselelerine ayıracağım," dedi. Sesi şimdi endişesini biraz ele veriyordu. Tıpkı kaşlarını çatıp fincanını masaya bırakan kocası gibi, elimde olmadan başımı çevirip ona baktığımı fark ettim.

"Ya? Nedenmiş o?"

"Bir fikrim var," dedi. "Umarım sen de beğenirsin."

"Eh, ne olduğunu anlatana kadar bir şey söyleyemem, değil mi?" dedi gülümseyerek, ama sesinde sanki karısının bundan sonra düşüneceği şeyden korkuyormuş gibi, biraz tahammülsüzlük hissediliyordu.

"Halka yardım etmek için de bir şeyler yapabilirim diye düşündüm," dedi. "Geçen hafta Aziz İshak Katedrali'nin karşısındaki hastaneyi ziyaret ettim; biliyorsun, değil mi?"

"Evet, bahsetmiştin."

"Korkunçtu Niki, tam anlamıyla korkunçtu. Hastalarla ilgilenecek kadar doktor ve hemşireleri yok; üstelik gün boyu yüzlerce hasta geliyor. Sadece orası da değil, bütün şehirdeki hastaneler böyleymiş. Bana bugün Saint Petersburg'da seksenin üzerinde hastane olduğunu söylediler."

Çar kaşlarını çatıp bir an için bakışlarını başka yöne çevirdi, çarpıştığı savaşın gerçekleriyle yüz yüze gelmekten hoşlanmıyordu. Sedyelerle taşınan gençler, gözünde canlandırmak istediği bir manzara değildi.

"Yapılabilecek her şeyin yapıldığında eminim Güneşim," dedi.

"Ha şunu bileydin." Öne doğru eğildi, yanakları heyecanla kızardı. "Her zaman yapılabilecek daha fazla şey vardır. Düşündüm ki bunu yapacak kişi ben olabilirim. Hemşirelik yaparak yardım edebilirim diye düşündüm."

Hatırlayabildiğim kadarıyla sarayın yemek salonuna ilk kez mutlak bir sessizlik hâkim oluyordu. Ailenin her bir üyesi taş kesilmiş gibi oturuyordu; çatallar bıçaklar havada donmuş, az önce söylediğine inanamıyorlarmış gibi çariçeye bakıyorlardı.

Çariçe gözlerini yüzlerinde gezdirerek, "Neden bana öyle bakıyorsunuz?" diye sordu. "Acı içindeki o çocuklara yardım etmeyi istemem gerçekten de bu kadar acayip mi?"

Çar yeniden sesine kavuştu. "Hayır, tabii ki değil sevgilim," dedi. "Sadece... şey, senin hemşirelik eğitimin yok, o kadar. Orada verilen güzel hizmetlere ayak bağı olabilirsin."

"Ama hiç de öyle değil, Niki," diye üsteledi. "Doktorlardan biriyle konuştum; temel hemşirelik işlerine yardım etmek için benim gibi eğitim görmemiş birine birkaç günlük eğitimin yeterli olacağını söyledi. Ah, tabii biz ameliyat ya da onun gibi şeyler yapacak değiliz. Sadece yardım etmek için orada olacağız. Pansuman yapmak, sargıları değiştirmek, hatta hastaları temizlemek. Ben... yıllar önce beni buraya getirdiğinden beri bu ülke bana çok iyi davrandı. Ve adımı karalayan her saygısız köpeğe karşılık imparatoriçelerini seven ve onun için canlarını feda edecek olan binlerce Rus var. Bu, benim onlara borcumu ödeme şeklim. Yapabileceğimi söyle Niki, lütfen."

Çar bu isteği düşünürken parmaklarını birkaç saniye masa örtüsüne vurdu. Hiç kuşkusuz bizim gibi o da karısının bu ani hayırseverlik arzusuna şaşırmıştı. Fakat çariçe samimi görünüyordu; sonunda omuz silkip gergince gülümsedi ve başını öne doğru salladı.

"Bence bu harika bir fikir Güneşim," dedi. "Tabii ki izin veriyorum. Senden tek isteğim, dikkatli olmandır. Bazı emniyet tedbirleri almak gerekecek, ama istediğin buysa ben kim oluyorum ki sana engel olayım? Halk ikimizin de, onların esenliği ve savaşın başarısı için kendimizi nasıl adadığımızı görecek. Ama bir şey sormam gerek. Az önce ben değil, biz dedin. Biz demekle neyi kastettin?"

Çariçe, şimdi ailenin diğer fertlerine de dönerek, "Şey, orada tek başıma olmak hoşuma gitmez," dedi. "Olga ile Tatyana'nın da bana katılabileceklerini düşündüm. Ne de olsa artık yaşları büyüdü. Faydaları dokunabilir."

Dönüp, adlarının geçmesi üzerine hafifçe benizleri atan iki büyük kıza baktım. Başta bir şey söylemediler; gözlerini annelerinden babalarına çevirdiler, sonra dehşet içinde birbirlerine baktılar.

Tatyana, "Baba," diye başladı, ama babası hiddetle başını öne sallamaya başlamıştı ve ne karşılık vereceğine karar vermiş gibiydi.

"Muhteşem bir fikir Güneşim," dedi. "Ve güzel kızlarım, bu şekilde yardım etmek istediğiniz için ikinizle de ne kadar gurur duyduğumu anlatamam."

Fikir karşısında şok olmuş gibi görünen Olga, "Ama baba," dedi, "Biz bunu ilk kez duyu..."

Çar uzanıp karısının elini tuttu, usulca, "Göğsümü kabarttın sevgilim," dedi. "Hepiniz. Nasıl bir ailem var benim! Bu da *mujik*lerin adımızı alçaltmalarını engellemezse, ne engeller bilmiyorum. İşte, savaşlar böyle işlerle kazanılır, çarpışarak değil. Asla çarpışarak değil. Bunu anlıyorsunuz çocuklar, değil mi?"

"Ya ben baba?" diye sordu Anastasya. "Ben de yardım edebilir miyim?"

Çar başını iki yana sallayıp güldü. "Hayır, hayır *ufaklık*. Bence böyle şeyler görmek için daha küçüksün."

"On beş yaşındayım."

"Tatyana gibi on sekizine geldiğin zaman düşünürüz. Tanrı korusun, o zamana kadar savaş kazanılmamış olursa elbette. Ama üzülme, Marie ile senin de faydalı olabileceğiniz başka yollar buluruz. Hepimiz yardım edeceğiz. Maaile."

Anastasya'nın, annesi ve ablalarına eşlik etmesine izin verilmeyince rahat bir soluk aldım, çünkü cömertçe bile olsa çok aptalca bir fikir gibi gelmişti bana. Etrafı muhafızlarla çevrili eğitimsiz bir hemşire grubu, yardımcı olmaktan ziyade orada yapılan işe engel olacakmış gibi geliyordu. Ama biraz yüksek perdeden iç çekmiş olacaktım ki, çariçe dönüp –genelde bana bakmaya çok isteksiz olmasına rağmen– dik dik yüzüme baktı ve gözleri sinirle irileşti.

"Evet, Georgi Daniiloviç," dedi, "bu konuyla ilgili söyleyecek bir şeyin mi var?"

Yüzüm cayır cayır yanmaya başladı. "Affınızı dilerim majesteleri," dedim. "Boğazım gıdıklandı, o kadar."

Tek kaşını hoşnutsuzlukla kaldırıp başını tekrar yemeğine çevirdi. Beni izleyen ve her zamanki gibi gülümseyen Anastasya'yla göz göze geldik.

Grandüşes Tatyana, "O kadar korkunç ki," dedi. Birkaç hafta sonrasıydı; oldukça yorucu bir günün sonunda, özel oturma salonlarında Marie, Anastasya ve Aleksey ile birlikte oturuyorlardı. Solgun görünüyordu, hemşirelik vazifesi başladığından beri kilo da kaybetmişti; gözlerinin altındaki koyu renkli torbalar, erken başlayan sabahların ve geç biten akşamların kanıtıyken koltuğundaki rahatsız hâli, uzun saatler boyunca yaralı asker yataklarına eğilmekten sırtının ağrımaya başladığını sezdiriyordu. Çareviç ablalarının yanında olduğu için ben de oradaydım; usule göre esas duruş vaziyetinde durması gerekirken bunun yerine, bir kolunu Grandüşes Marie'nin yanındaki kanepeye dayamış, sanki imparatorluk ailesinin hizmetkârı değilmiş de, onların bir yakınıymış gibi sigara saran Sergey Stasyoviç de grubumuzu tamamlıyordu. Tatyana, "Hastaneler ağzına kadar dolu," diye devam etti. "Askerler korkunç şekillerde yaralanmışlar; bazıları kollarını, bacaklarını ya da gözlerini kaybetmiş. Her yer kan içinde. Sürekli iniltiler, feryatlar işitiliyor. Koşuşan doktorlar makama mevkiye aldırmadan emirler yağdırıyorlar; kullandıkları dil de küfrün sınırında. Bazı sabahlar uyanınca içimden keşke ben de hastalansam da oraya gitmesem diye geçiriyorum."

Marie büyük bir öfkeyle, "Tatyana!" diye bağırdı. Onda, babasının askerlere karşı hissettiğine çok benzeyen bir vazife duygusu vardı ve yeni sorumluluğu yüzünden ablasına gıpta ediyordu. Onlarla birlikte hemşirelik yapabilmek için annesine yalvarmıştı ama Anastasya gibi onun da bu isteği geri çevrilmişti. "Böyle şeyler söylememelisin. Askerlerimizin çektiği acıları düşün."

Sergey sohbete ilk kez katılarak, "Marie Nikolayevna haklı," dedi ve Tatyana'ya, muhtemelen grandüşesin daha önce kimsenin yüzünde görmediği saf bir hoşnutsuzlukla baktı. "Kan karşısındaki tiksintiniz o adamların çektikleri acıların yanında hiç kalır. Azıcık kandan ne çıkar ki? Rengimiz ne olursa olsun, damarlarımızda aynı kan var." Dönüp şaşkınlıkla yüzüne baktım. Böyle sohbetlerde hazır bulunmamız, hatta ara sıra destekleyici bir yorum yapmamız bir şey, ama grandüşeslerden birini açıktan eleştirmek başka bir şeydi; karşılıksız bırakılması imkânsız bir küstahlıktı.

Tatyana, "Onlardan daha fazla ıstırap çektiğimi söylemiyorum, Sergey Stasyoviç," dedi; hiddetlenince yanakları fark edilir biçimde pembeleşmişti. "Ben böyle bir şey demedim. Yalnızca kimsenin şahit olmaması gereken bir manzara olduğunu kastettim, o kadar."

Marie, "Elbette öyle bir manzara, Tatyana," dedi. "O kadarı belli. Fakat anlamıyor musun? Kışlık Saray'da sıcacık, güven içinde bu meseleleri konuşmamız iyi hoş, ama hayat tarzımızı sürdürebilmemiz için can vermekte olan o gençleri bir düşün. Düşün ve onları düşündüğünde içinin sızlamadığını söyle bana."

Asabi bir tavırla sesini yükseltip, "Tabii ki içim sızlıyor kardeşim," diye itiraz etti. "Yaralarını sarıyorum, onlara kitap okuyorum, kulaklarına dua fısıldıyorum ve rahat etmeleri için elimden geleni yapıyorum. Ah, ama aldırmayın. Siz beni tamamen yanlış anladınız. Ve sana gelince, Sergey Stasyoviç," dönüp hiddetle ona baktı, "kendini cephede bulursan, bir daha böyle küstahça konuşamayabilirsin."

Marie dehşete kapılmıştı. "Tatyana!" diye bağırdı.

Annesini hatırlatan bir tavırla başını arkaya attı. "Eh, doğru," dedi, "o kim oluyor ki benimle bu şekilde konuşabiliyor? Bütün gününü bizim yanımızda, çapraz adım pratiği ve kılıç hamleleri yaparak geçirdiği düşünülürse, savaştan ne anlar ki o?"

Sergey gözlerini kısıp öfkeyle ona baktı. "Biraz anlarım," dedi. "Ne de olsa altı kardeşim, ailenizin devamı için çarpışıyor. Ya da çarpışıyordu. Üçü öldü, biri çarpışma sırasında kayboldu, diğer ikisinden de yedi haftadan uzun zamandır haber almadım."

Bu sözler karşısında Tatyana biraz kızardı; belki biraz da kendinden utandı. Sergey ölen kardeşlerinden bahsedince grandüşes Marie'nin, onun yanına gidip teselli etmek istermiş gibi koltuğunda öne doğru eğilmesi dikkatimi çekti. Yaşlar, gözlerine usulca yerleşti; o an çok güzel görünüyordu, alevlerle şekillenen gölgeler solgun teninde titreşiyordu. Sergey de fark etti bunu; dudaklarının köşeleri beğeni dolu bir tebessümle hafifçe yukarı kıvrıldı. İkisi arasında böyle bir yakınlığa şahit olmak beni şaşırttı, duygulandım.

Tatyana ne kadar samimi olduğunu anlamamızı sağlamak için sırayla yüzlerimize bakıp, "Gitmemek için bir yol bulmaya çalışıyorum demek istemiyorum," diye üsteledi. "Sadece savaşın kısa zaman içinde bitmesini istiyorum, o kadar. Kuşkusuz bunu hepimiz istiyoruz. O zaman eski düzenimize geri dönebiliriz."

"Ama hiçbir şey eskisi gibi olmayacak," diyen sesimi duydum; şimdi buz gibi bakışlarının muhatabı olma sırası bendeydi.

"Neden böyle söyledin Georgi Daniiloviç?"

"Ekselansım, ben yalnızca, ebediyen kaybolan günler ve hayat tarzları vardır demek istemiştim. Savaş bitince, barış yeniden inşa edilince, insanlar yöneticilerinden eskiye kıyasla daha fazla şey talep edecekler. Bu, gün gibi ortada. Ülkede, oğlunu savaşta kaybetmemiş hemen hemen hiçbir aile kalmayacak. Sizce kayıpları için bir tazmin yolu aramayacaklar mı?"

Soğuk bir tavırla, "Kimden?" diye sordu.

"Babanızdan elbette," dedim.

Karşılık vermek için ağzını açtı, ama söylediklerimin küstahlığı karşısında benimle tartışacak kelimeleri bulamayacak kadar şaşırmış gibiydi. Ne var ki sessizlik sadece bir saniye sürdü, bana arkasını döndü ve hayal kırıklığıyla kollarını havaya savurdu.

Marie o zaman arabulucu rolünü oynayarak, "Kız kardeşim sadece her şeyin eski hâline dönmesini istiyor," dedi. "Neticede bu, o kadar da korkunç bir istek sayılmaz. Burası büyümek için harikulade bir ülkeydi. Her akşam sarayda balolar, harika partiler olurdu. Hepimiz keşke her şey sonsuza dek öyle kalsa diyoruz."

Karşılık vermedim, ama Marie'nin masumiyeti ve saflığıyla alay etme niyetiyle Sergey'e muzipçe bakış attım. Fakat beni şaşırtarak gülümsememe karşılık verecek yerde, onu grandüşes Marie hakkında böyle mahrem bir şakaya dâhil etme cüretini gösterdiğime alınmış gibi baktı.

"Kendini talihli saymalısın, Tatyana." Anastasya ilk kez söze karışıyordu. "Askerlere bu şekilde yardım etmek büyük bir şeref. Hayat kurtarıyorsun."

İçini çekti. "Ama o işte çok kötüyüm," dedi başını iki yana sallayarak. "Ve bütün o kopmuş kolların bacakların görüntüsü! Görmedikçe anlayamazsın bunu, ufaklık. Dün annemizin, on yedi yaşındaki bir oğlanın iki bacağının kesildiği bir ameliyatta hemşirelik yaptığını biliyor musun? Orada durup seyretti, elinden geldiği kadar yardım etti. Ama oğlanın çığlıkları... Yemin ederim öldüğüm anda yine o çığlıkları duyacağım."

Anastasya özlem dolu bir sesle, "Keşke birkaç yaş daha büyük olsaydım da ben de yardım edebilseydim," dedi. Ayağa kalkıp pencereye gitti, aşağıdaki avluya bakmaya başladı; çeşmeden akan suyun akışını duyabiliyordum. İlk kez kollarımın arasına düştüğü ve öpüştüğümüz sütunlara doğru baktığını hayal ettim. Dönüp gözlerimin içine bakmasını istedim, ama sessiz ve vakur duruyordu, sarayın duvarlarının ötesine bakmaya devam etti.

"Eh, istediğin zaman yerime geçebilirsin." Tatyana ayağa kalkıp eteğinin önünü süpürdü. "Kendimi perişan hissediyorum, uzun bir banyo yapmak niyetindeyim. İyi geceler." Büyük bir hakaretin kurbanıymış gibi azametle yürüyüp odadan çıktı; yapacağı son bir yorum varmış gibi arkasına bakıp sonra vazgeçen Marie de onu izledi. Marie de tek kelime etmeden gitti.

Bir saniye sonra Sergey de unuttuğu bir işi olduğunu söyleyip çıktı ve gece sona erdi. Anastasya, Aleksey'i odasına götürürken ben salonda birkaç dakika daha kalıp ışıkların bir kısmını söndürdüm; geri geleceği ânı, kapıları arkasından sessizce kapayacağı ve açık kollarıma atılacağı ânı bekleyerek sadece birkaç mumu yanar hâlde bıraktım.

Daha önce beyaz geceleri hiç görmemiştim ve ilk kez onunla birlikte görmem, Anastasya'nın fikriydi. Aslında bu tabiat olayını hiç duymamıştım ve gece yarısı huzursuz bir hâlde gözlerimi açıp parlak gün ışığının odamdan içeri girdiğini gördüğüm zaman aklımı kaçırdığımı zannettim. Bütün gece uyuyup sabah her zamanki gibi erkenden uyandığımı zannederek yıkanıp çabucak giyindim ve koşarak Aleksey'in, bu saatte genellikle askerlikle ilgili kitaplar okuduğu ya da yeni oyuncaklarından biriyle oynadığı oyun odasına gittim.

Ama oda boştu. Merasim ve kabul salonlarına gittim ve hepsinin bomboş olduğunu gördüm. Paniğe kapılmaya başladım, ben uyurken gece büyük bir felaket yaşandığını zannettim. Çareviçin odasının yakındaydım, içeri daldığım zaman oğlanın yatağında derin uykuda olduğunu görüp rahatladım. Örtünün üzerinde yatıyordu, çıplak bacaklarından birini yan tarafa uzatmıştı.

Yatağın kenarına oturup yavaşça omzunu okşadım. "Aleksey," dedim. "Aleksey, haydi, şimdiye kadar kalkmalıydın."

İnleyip anlaşılmaz bir şeyler mırıldandıktan sonra yan tarafına döndü. Annesinin hastaneye gitmeden önce öpüp veda etmek için yanına geldiği ve onu hâlâ uykuda bulduğu zaman ne diyeceğini tahmin edebildiğimden, tekrar rüyaya dalmasına izin vermemek için Aleksey'i bir daha sarstım. "Aleksey, uyan. Derse gitmen gerek."

Yavaşça gözlerini aralayıp kim olduğunu, nerede olduğunu bilmiyormuş gibi yüzüme baktıktan sonra perdelerin arasından ışık sızan pencereye göz attı.

"Vakit daha gece yarısı Georgi," diye sızlandı ağzını şaplatıp; abartılı biçimde esnedi, bitkince kollarını uzatıp gerindi. "Daha kalkmama gerek yok."

"Değil," dedim. "Bak, hava ne kadar aydınlık. Saat..."

Duvardaki saate göz atınca dördü biraz geçtiğini görüp şaşkına döndüm. Öğleden sonra dörde kadar uyumuş olmamıza imkân yoktu; o yüzden tek açıklama, hâlâ sabah erken olmasıydı.

"Yatağına dön Georgi," diye mırıldandıktan sonra yatakta dönüp vicdanı rahat olanların huzuruyla hemen uykuya daldı.

Aklım karışmış hâlde odama gidip yatağıma girdim, ama o şaşkınlıkla uyumak imkânsızdı.

Fakat ertesi sabah, Anastasya kahvaltısını bitirirken onunla baş başa kaldık ve bana, ne olduğunu açıkladı.

"Biz buna beyaz geceler deriz. Hiç duymadın mı?"

"Hayır," dedim.

"Sanırım Saint Petersburg'a has bir durum. Şehrin epeyce kuzeyde olmasıyla ilgili bir şey. Mösyö Gilliard bu yakınlarda anlattı. Yılın bu vaktinde birkaç günlüğüne güneş ufkun altına inmiyor, bu yüzden de hava kararmıyor. Sürekli gündüz hissi veriyor, ama bence daha çok sabahın erken saatlerinde bastıran alacakaranlığa benzer bir his."

"Ne kadar olağanüstü," dedim. "Uyuyakaldığımdan emindim."

Omuz silkti. "Ah, uyuyakalmazdın," dedi. "Mutlaka biri gelip seni kaldırırdı."

Bu sözüne birazcık sinirlenerek başımı öne doğru salladım. Ancak bu his yakınıma gelince yatıştı; etrafta kimse olmadığından emin olunca hafifçe dudaklarımdan öptü.

Cilveli bir gülümsemeyle, "Biliyor musun, genç âşıkların beyaz gecelerde Neva kıyısında yürümeleri âdettir," dedi.

Ağzım kulaklarımda, "Ya, öyle mi?" dedim.

"Öyle. Hatta bazılarının bu zamanda evlilik planları yaptıkları da bilinir. Bu da beyaz geceler kadar garip bir olay."

"Şey," dedim, sanki böyle bir bağlanma fikrinden hiç hoşlanmamışım gibi muzipçe kollarının arasından sıyrıldım. "Ben hemen gitmeliyim."

Gülerek, "Georgi!" diye bağırdı.

"Sadece takılıyorum sana." Tekrar kollarımın arasına aldım onu, ama çok gergindim. Yakalanmaktan en çok korkan bendim; belki de yakalanınca göreceğim cezanın onunkinden çok daha şiddetli olacağını bildiğimdendi. "Ama bence nişanlanmak için biraz erken, sen de öyle düşünmüyor musun? Baban ne der, tahmin bile edemiyorum."

"Ya annem?"

Yüzümü buruşturdum. "Ya annen." Çarın kızıyla evlenmeme izin vermeleri fikri çok aptalca olsa da, yüreğimin küçük bir parçası çarın, bu aşk evliliğine karısından daha olumlu bakacağına inanıyordu. Olacak şey değildi. Böyle uygunsuz bir evlilik asla gerçekleşemezdi. Anastasya da ben de bu hakikati düşünmekten hoşlanmıyorduk.

"Yine de," dedi, bu belirsizlik ânını çabucak geçiştirerek, "Saint Petersburg'da olup da bunu yapmamak olmaz. Bu gece dışarı çıkmalıyız."

"Biz mi? Birlikte çıkmalıyız demek istemiyorsun herhâlde?"

"Neden olmasın? Ne de olsa hava kararmayacak, ama yine de gece olacak. Evdekilerin hepsi uykuda olacak. Kılık değiştirir, sessizce kaçarız. Kimsenin haberi olmaz."

Kaşlarımı çattım. "Biraz riskli değil mi? Ya bizi görürlerse ne olacak?"

Üsteledi. "Görmezler. Dikkat çekmediğimiz sürece elbette."

Akıllıca bir plan olduğundan şüpheliydim, ama Anastasya'nın hevesli tavrı beni ikna etti. Tabii, geceleri gezintiye çıkan diğer genç âşıklar gibi nehir kıyısında el ele yürüme fikri de. Bir kerecik olsun, normal insanlar olacaktık. Bir grandüşes ile muhafız alayından birer değil. Bir kutsanmışla bir *mujik* değil. Sadece sıradan iki kişi.

Georgi ve Anastasya.

İmparatorluk ailesi genellikle erken yatardı. Hele şimdi çar Stavka'da olduğu ve çariçe de, iki büyük kızıyla birlikte, bir saat içinde hastanede olabilmek için sabah yedide kalktığı için daha da erken yatıyorlardı. Biz de Saray Meydanı'nda, Aleksandr Sütunu'nun yanında, kimsenin ayakta olmadığında emin olduğumuz bir saatte, sabaha karşı üçte buluşmayı kararlaştırdık. Her zamanki gibi gece yarısı yatmaya gittim ama uyumadım. Kütüphaneden aldığım ve son zamanlarda kendimi eğitmek için okumaya başladığım Puşkin'in bir şiir kitabından birkaç bölüm okudum. Çoğunu anlayamıyordum ama dikkatimi vermek için elimden geleni yaptım. Gitme vakti gelince muhafız üniformamı değil, bir pantolonla bir gömlek giydim; üzerime paltomu geçirdim ve merdivenlerden sessizce inip o acayip, aydınlık geceye çıktım.

Meydanı hiç bu kadar sessiz sakin görmemiştim, ama yine de geç saatlerin aydınlığıyla neşeli insanlar vardı. Birtakım maceralardan dönen grup hâlinde askerler ağır adımlarla yürüyüp geçtiler. Allık sürmüş iki genç fahişe cilveli cilveli bana doğru bakıp henüz tanışmadığım ama çok da arzuladığım o şehevi hazları teklif ettiler. Âlemden dönen sarhoşlar ayarsız sesleriyle eski şarkılar söylüyor, şarkıların sözlerini unutuyorlardı. Ama hiçbiriyle konuşmadım, bütün teklifleri görmezden geldim ve sözleştiğimiz yerde, sevgilim sütunların ardında belirip eldivenli elini sallayıncaya kadar sessizce bekledim. Çok alışılmadık bir kılıktaydı. Basit bir elbise, sıradan kişilerin giydiği bir *letnik*,[12] altına ise kenarları kürklü bir yelek giymişti. Ucuz ayakkabılar. Eşarp. Daha önce hiç böyle mücevhersiz bir giysi içinde görmemiştim onu.

Yanına yürürken başımı iki yana sallayarak, "Yüce Tanrım," dedim, gülmemeye çalışıyordum. "Bunları da nereden buldun?"

"Hizmetçilerimden birinin dolabından aşırdım," diye kıkırdadı. "Sabah yerine koyarım, hiçbir şey anlamaz."

"İyi de neden? Böyle şeyler senin mevkine yakışmaz."

Şaşırdı, "Yakışmaz mı?" diye sordu. "Georgi, böyle düşündüğümü zannediyorsan beni hiç tanımamışsın demektir."

"Hayır," dedim hemen. "Hayır, öyle demek istemedim. Sadece..."

Etrafa göz gezdirip eşarbını iyice yüzüne doğru çekti. "Beni tanıyanlar çıkabilir. Uzak bir ihtimal ama yine de riske girmeye değmez. Bu giysiler, kalabalığın arasına karışmamı sağlayacak, o kadar."

Elini tutup dudaklarımı dudaklarına bastırdım, vücudumu onun vücuduna dayayıp eğildim; arzum fark edilmek istiyordu. "Sen asla kalabalığa karışamazsın," dedim. "Bunu hâlâ öğrenemedin mi?"

Budalalığıma gülüp başını iki yana salladı. O gülünç tavrıyla dudağını ısırdı ama iltifatım karşısında memnun olduğunu görebiliyordum.

Birkaç dakika sonra sarayın yan tarafından, nehir kıyısındaki yola doğru yürüyorduk. Hava, bildiğim çoğu geceden daha yumuşaktı; dile dökülmemiş kelilmelerimizin yüzümüzün önünde

---

12 Genellikle ipekten yapılan, uzun ve bol kesimli geleneksel Rus giysisi. [E.N.]

bulutlar hâlinde havaya karıştığını görmeden soluk alıp verebiliyorduk. Pantolonum, Saint Petersburg gecelerinin özelliği olan o ıslak hisle bacaklarıma yapışmıyordu. Bizi karşılayan ilk manzara, inşaatı şehre gelişimden bile önce başlamış olan ama savaş yüzünden durdurulan ve son yıllarda ilerlememizi nasıl engellediklerini yalın biçimde hatırlatan bir simge gibi dikilen, yarım kalmış Saray Köprüsü'nün görüntüsüydü. Hermitage Müzesi'nin önünden uzanıp Vasiliyevski Adası'na geçtik; devasa tuğla ve çelik destekler Neva'nın iki yakasında duruyordu ama bir gün kavuşacaklarına dair hiçbir belirti yoktu. Aksine büyük bir su kütlesiyle birbirlerinden ayrılmış iki âşık gibi birbirlerine uzanmışlardı. Anastasya o tarafa baktı, yüzünde biraz cesareti kırılmış gibi bir ifade belirdi. İçim gitti.

"Köprüye mi bakıyorsun?" diye sordum.

Başını öne doğru salladı, ama birkaç saniye karşılık vermedi, buraya ne olduğunu düşünüyordu. Sonunda, "Evet," dedi. "Sence bir gün tamamlayabilecekler mi?"

"Tabii ki," dedim. Kendinden emin sesim kuşkumu maskeliyordu. "Bir gün. Sonsuza dek böyle kalamaz ya."

"İnşaat başladığı zaman on ya da on bir yaşındaydım." Geçmişe gidip hafifçe gülümsedi. "Aleksey'in yaşında. İmar kanunu akşam saat dokuz ile sabah yedi arasında çalışma yapılamaz diyordu. Takdir edersin ki böyle bir proje için çalışılacak en uygun zaman aralığı o saatlerdir."

"Öyle mi?" Böyle konularda bilgili olması beni şaşırttı.

"Evet. Biliyor musun neden böyle yaptılar?"

"Hayır."

"Çünkü beni uyutmuyordu. Yani ablalarımla beni. Ve erkek kardeşimi."

Yüzüne bakıp kahkaha attım. Bana takıldığından emindim ama yüzündeki ifade öyle söylemiyordu. Yaşadığı olağanüstü hayat karşısında şaşkına dönüp sadece bir kahkaha daha atabildim.

Sonunda, "Eh, artık istediğin kadar uyuyabilirsin," dedim. "Savaş bitinceye kadar ne işçiler ne de gürültü olacak."

Yürümeye devam ettik. "O gün o kadar çabuk gelmeyebilir," dedi.

"Babanı mı özledin?"

"Evet, hem de çok," dedi. "Ama o kadar basit de değil. Hem ben savaşın bitmesini, ablalarımın öne sürdüğü sebepler yüzünden istemiyorum zaten. Benim balolarda, güzel elbiselerde ya da Saint Petersburg sosyetesinin, her şeyin üzerinde tuttuğu o saçmalıkların hiçbirinde gözüm yok."

"Yok mu?" diye sordum şaşkınlıkla. "Böyle eğlenceler hoşuna gidiyor zannediyordum."

Başını iki yana salladı. "Hayır. Tam anlamıyla hoşlanmıyor sayılmam, Georgi; bu da o kadar basit değil. Bazen eğlenceli oluyor böyle şeyler. Ama savaştan önce burada hayat nasıldı, hiçbir fikrin yok. Annemle babam haftanın her gecesi başka bir davete giderlerdi. Olga sosyeteye yeni girmişti. Kısa zaman sonra ona bir eş bulacaklardı. Büyük ihtimalle, bir İngiliz prensi. Savaş bitince bulacaklar, orası kesin. Her zaman ablamın müstakbel eşi olarak Galler Prensi Kuzen David'in adı geçerdi."

"Sahi mi?" Şaşırmıştım, çünkü Olga'nın biriyle sözlü olabileceğini hiç düşünmemiştim. "Ne zamandır seviyorlar birbirlerini?"

Bana doğru dönüp tek kaşını kardırarak, "Seviyorlar mı?" diye sordu. "Saçmalama Georgi, birbirlerini sevmiyorlar."

"Ama nasıl..."

"Saf olma. Bu işlerin nasıl yürüdüğünü biliyorsundur. Olga genç, güzel bir kız, sence de öyle değil mi?"

"Evet, tabii ki öyle," dedim. "Ama kardeşi daha güzel."

Anastasya gülümsedi, nehir kıyısından ilerlemeye devam ederken başını koluma yasladı. Bronzdan yapılmış atlı heykeli solumdaydı; birden atını su kenarına sürüp hücum edecekmiş gibi bakıyordu. "Bir eşe ihtiyacı olacak," diye devam etti. "Ne de olsa Rus çarının en büyük kızı. Herhangi biriyle evlenemez."

Kabul ettim. "Yok, evlenemez. Bunu anlayabiliyorum."

"Her zaman Kuzen David'le mükemmel bir çift olacaklarını söyleyip dururlar. Tabii ki o da günün birinde kral olacak. Kuzen Georgie öldüğü zaman. Bu uzun yıllar alabilir ama sonra taht onun olacak. Ve Olga da İngiltere kraliçesi olacak. Tıpkı büyük büyükannemiz Kraliçe Victoria gibi."

Avrupa'nın kraliyet aileleri arasındaki bu ilişkilerin yarattığı kafa karışıklığıyla başımı iki yana salladım.

"Akraba olmadığın biri var mı?"

Son derece ciddi bir tavırla, "Sanmıyorum," dedi. "Kuzen Georgie, İngiltere'nin kralı. Kuzen Alfonso, İspanya'nın kralı. Kuzen Christian, Danimarka'nın kralı. Ve tabii ki Kuzen Willy de Almanya'nın kayzeri, ama artık ondan kuzen diye bahsetmememiz söylendi. Şimdi onunla savaştığımız için değil. Tıpkı annem gibi o da Kraliçe Victoria'nın torunu olduğu için. Galiba bütün bunlar biraz garip. Sen de tuhaf olduğunu düşünmüyor musun Georgi?"

"Ne düşünmeliyim bilemiyorum," dedim. "Bütün bu isimleri ve hükümdarı oldukları ülkeleri takip edemiyorum. Ben Galler Prensi'nin Prens Edward olduğunu sanıyordum."

"Aynı kişi," dedi. "David onun kendi adı, Edward da kraliyet adı."

Hiç anlamasam da, "Anladım," dedim. "Ve Olga, Galler prensiyle evlenecek olursa İngiltere kraliçesi olacak. Peki Tatyana ile Marie'nin akıbetleri de böyle mi olacak?"

"Tabii," dedi. Kalın mantosuna sıkıca sarındı, güneş hâlâ bizi aydınlatmaya devam etse de hava giderek soğuyordu. "Eminim ikisine de birer budala prens bulurlar. Kimse bu konuda Kuzen David kadar ünlü olamaz herhâlde. Sanırım Tatyana, Kuzen Bertie ile evlenir. Annem bu fikri geçen sene ileri sürdü, babam da kabul etti. O zaman İngiliz sarayında iki kardeş birlikte yaşarlar ki anlayacağın bu da çok uygun olur."

Usulca, "Peki ya sen?" diye sordum. Durdum, kolunu tutup onu kendime çevirdim. Nehrin akıntısı kıyıya vuruyordu. Bana doğru dönünce rüzgâr saçlarını alnından kaldırıp esintisiyle gözlerini kısmasına neden oldu. Elini boynuna götürüp başörtüsünü dikkatle yeniden bağladı.

"Ben mi?"

"Evet. Sen kiminle evleneceksin? Seni bir İngiliz prensine mi kaptıracağım? Yoksa bir Yunan prensine mi? Danimarka prensine mi? İtalyan'a mı? Hiç olmazsa rakibimin milliyetini bileyim."

Başını çevirdi. Acı bir sesle, "Ah, Georgi," dedi, ama onu böyle kolay bırakacak değildim.

Onu kendime doğru çekip üsteledim. "Söyle. Bana şimdi söyle ki kalp kırıklığına kendimi hazırlayabileyim."

"Seninle Georgi." Öpmek için bana doğru uzanırken gözlerinde yaşlar vardı. "Benim evlenmek istediğim kişi sensin. Başka kimse değil."

Aşkımdan ve arzumdan çaresizlik içinde, "Ama ben sana ne verebilirim?" dedim. "Ben seni tahta çıkaramam, biliyorsun. Prensliğim yok. Hükmettiğim bir ülkem de yok benim. Ünvanım, soylu köklerim, param ya da böyle beklentilerim de yok. Ben, sadece benim. Sadece Georgi'yim. Hiç kimseyim."

Durakladı ve gözlerimin içine baktı. Orada acıyı ve kederi görebiliyordum. Bu dünyada bir yere gelme şansımın olmaması umurunda değildi; beni sevmesi için kraliyet kanı taşımama da gerek yoktu, biliyordum. Ama yine de bu mesele aramızda duruyor ve tıpkı Neva'nın sularının, Saray Köprüsü'nün bitmemiş iki ucunu ayırdığı gibi bizi ayırıyordu. Savaş bitecekti, o gün gelecekti ve çar karar verecekti. Saint Petersburg'a başka bir genç erkek gelecekti. Anastasya'ya takdim edilecekti; Mariyinsky Sarayı'nda, bütün sosyetenin gözlerinin önünde, birlikte mazurka dansı yapacaklardı ve onun, itaat etmekten başka seçeneği olmayacaktı. Bu mesele de böylece kapanacaktı. Başka biriyle nişanlanacaktı. Bense mahvolacaktım.

"Bir ihtimal var," diye söze başladı, ama devamını getiremeden birileri bizi durdurdu. İkimizde korkuyla sıçradık. Konuşmaya öyle dalmıştık ki etrafımızdaki her şeyi unutmuştuk. Hemen yanımdan gelen erkek sesi bizi sarsıp gerçek dünyaya döndürüverdi.

Genç adam, "Özür dilerim," dedi. Benim yaşlarımda, kılığı kıyafeti benimkine benzeyen bir delikanlıydı. "Ateşinizi alabilir miyim?"

Bana uzattığı yanmamış sigaraya göz attım ve ceplerimi yoklayıp çakmak aradım. Bu esnada Anastasya kolumdan çıkıp biraz geriye gitti. Suya bakarken soğuktan korunmak için kollarını vücuduna sardı. Cebimde küçük bir kibrit kutusu buldum. Delikanlı, kutudan bir kibrit çıkarırken yanındaki genç köylü kızının, gözlerini Anastasya'ya diktiğini fark ettim. Kız da sevgilimle hemen aynı yaştaydı, on altı yaşından fazla yoktu; güzel yüz hatlarını, gözünün altından başlayıp elmacık kemiğinin dört beş santimetre aşağısına kadar inen bir yara izi bozuyordu. Gür sarı saçlı, güler yüzlü delikanlı sigarasını yaktı, gülümseyerek teşekkür etti.

Aydınlık ufka doğru bakıp, "Yarın akşamüstü hepimiz uyumak isteyeceğiz," dedi.

"Herhâlde," dedim. "Sürekli, çoktan yorulmuş olmam gerek diye düşünüyorum ama yorgun değilim. Aydınlık bana oyun oynuyor."

Sigarasından derin bir nefes çekip, "Geçen sene üç gün uyumadım," dedi. "Hemen sonrasında alayıma dönmem gerekiyordu. Ama orada öyle çok uyudum ki neredeyse beni kurşuna dizeceklerdi."

"Askersin demek."

"Askerdim," dedi. "Omzumdan vuruldum, kolumu kullanamaz hâle geldim." Başıyla sol tarafını işaret etti. "Beni terhis ettiler."

"Şanslıymışsın," dedim gülümseyerek.

Başını iki yana salladı. "Pek sayılmaz. Orada olmalıyım, burada değil. Savaşmak istiyorum ben. Ya sen?" Sağlıklı olduğumdan emin olmak için beni tepede tırnağa süzdü. "Orduda mısın?"

"İzindeyim," diyerek yalan söyledim. "Hafta sonunda dönmem gerekiyor."

Başını salladı; yüzünde üzüntülü bir ifade belirdi. "Sana iyi şanslar dilerim öyleyse," dedi. Gülümseyerek Anastasya'ya baktı. "İkinize de."

"Ben de," dedim.

"Gecenizin keyfini çıkarın," diye ekledi. Sevgilisinin elini tutmak üzere döndü ama kız, yüzünde sanki Meryem Ana bizzat cennetten inmiş de nehir kıyısında yürümek üzere aramıza karışmış gibi, huşu içinde gözlerini Anastasya'ya dikmişti. Anastasya'nın kim olduğunu biliyordu, o kadarı belliydi. Ve çoğu *mujik* gibi, Anastasya'ya, bu mevkiye Tanrı tarafından getirilmiş kutsal bir kişi gözüyle bakıyordu. Her an çığlığı basıp bizi ele vermesini bekleyerek soluğumu tuttum ama kızın ciddiyeti baskın çıktı. Şaşkınlığından kurtulmak için başını iki yana salladı. Uzanıp Anastasya'nın sağ elini tuttuktan sonra ıslak taşların üstünde diz çöktü. Kimbilir yüzü hangi korkunç olayla yaralanmış olan, dudaklarını sevdiğim kızın solgun, lekesiz ellerine bastıran bu güzel kıza baktım ve bulunduğum konumu düşünüp ani bir hayretle sarsıldım. Kız bir saniye sonra başını kaldırıp ona baktı ve yine başını eğip selam verdi.

"Beni kutsamanızı dileyebilir miyim?" diye sordu. Anastasya'nın gözleri hayretten irileşti.

"Ben mi?" diye başladı.

"Lütfen, ekselansım."

Anastasya tereddüt etti, ama kımıldamadı. "Elbette," deyip gülümseyerek eğildi ve kızı kucakladı. "Ve ne olursa olsun, hayatın sana huzur getirmesini dilerim."

Kız gülümseyip başını salladı ve yaralı askerin elini tuttu. Tek kelime etmeden yürüyüp gittiler. Anastasya bana doğru döndü, gözleri yaşla doluydu.

"Hava soğuyor Georgi," dedi.

"Evet."

"Dönme vakti geldi."

Başımı öne doğru sallayıp elini tuttum. Anastasya'nın evliliğiyle ilgili ihtimaller üzerine yaptığımız konuşmaya devam etmeden sessizce saraya döndük. Biz farklı dünyalara doğmuştuk, bu kadar basitti. Nasıl ki göz rengimizi değiştiremiyorsak, kimliğimizi de değiştiremezdik.

Saray Meydanı'na girerken, son bir hüzünlü buseyle ayrıldık. Odama çıkan merdivenlere açılan kapıya doğru gittim. Başımı kaldırıp karanlık pencerelere bakınca üçüncü kattan beni izleyen bir karartı şekil gördüm, ama gözlerimi kısıp kırpıştırarak orada duran kişinin kim olduğunu seçmek için ne kadar çabalasam da yorgunluk galip geldi. Karartı sanki bir hayalden ibaretmiş gibi dağılıp yok oldu. Üzerinde daha fazla durmadım ve doğruca yatağıma gidip uykuya daldım.

1935

Çok mutlu bir andı.

Zoya'yla beraber Brighton'da, cıvıl cıvıl bir pansiyonun çatı katındaki yatağımızda oturuyorduk. Az önce doğum günü hediyesi olarak bana yeni, titizlikle dikilmiş bir gömlek vermişti. Böyle bir geziye çıkmak nadir yaptığımız bir şeydi; günlerimiz, haftalarımız, aylarımız hep işle, sorumluluklarla, geçim kaygılarıyla dolu olduğundan tatil gibi savurganlıklar genellikle bizim için erişilmezdi. Ama Zoya, Londra'dan uzaklaşıp açık havadaki kafelerde, saate bakma mecburiyeti olmaksızın, birlikte, uzun, tembel öğle yemeklerinin keyfine varabileceğimiz; çocuklar sahilde gülüşüp çakılların üstünde oynarken el ele yürüyüş yapabileceğimiz kısa bir tatil yapmayı önermişti. Bir dakika bile tereddüt etmeden evet demiştim. Evet, haydi gidelim. Evet, ne zaman gidiyoruz?

Gezimiz otuz altıncı yaş günüme denk gelmişti. O sabah uyanıp artık ailemden ayrı geçen yıllarımın, Kaşin'de onlarla birlikte geçirdiğim süreden daha fazla olduğunu fark ettim. Neşeli ruh hâlimi pişmanlık ve utanç hisleriyle boğan bir düşünceydi bu. Annem, babam ve kardeşlerimin yüzlerinin, zihnimi yeniden doldurmasına pek sık izin vermiyordum. Kötü bir evlat olmuştum ben, buna hiç şüphe yoktu. Kardeş olarak hele, daha da kötüydüm. Ama o sabah ailem benimle birlikteydi; hafızamın uzak, karanlık bir bölmesinden haykırıyor, sitem ediyorlardı. Ben böyle umulmadık bir mutluluğa kavuşmuşken, onlar... Eh, öldüklerinden emin olmam haricinde başlarına başka nelerin geldiğini bilmiyordum.

Ben paketi açıp hediyeyi incelerken Zoya dudaklarını ısırıp, "Harrods'tan aldım," dedi. Olağanüstü kaliteli bir gömlekti. Asla para verip de kendime almayacağım, ama alsam da sevinç duyacağım türden, lüks bir şeydi. "Beğendin, değil mi Georgi?"

"Tabii ki beğendim," dedikten sonra uzanıp onu öptüm. "Çok güzel. Ama çok pahalı bir şey gerçekten."

Beni neden şımartmaması gerektiğinin sebeblerini sıralayıp keyfini kaçıracağımdan korkarak başını iki yana salladı. "Lütfen," dedi, "Daha önce Harrods'ın kapısından içeri adımımı atmamıştım. Dürüst olmak gerekirse müthiş bir tecrübeydi."

Bu sözünün üzerine, keşif gezisini haftalar öncesinden planlayışını, Knightsbridge'e yürümek için doğru günü belirleyişini, hediyeyi seçişini, eve getirişini, inceleyişini, paketleyişini ve ben işten gelmeden bir yere saklayışını gözümde canlandırıp bir kahkaha attım. Sayısız kere önünden geçmiş olmama rağmen o büyük mağazadan içeri hiç girmemiştim. Ne var ki önünden geçerken kendimi hep birazcık mütereddit hissederdim; içeri girmeye kalkışacak olursam işgüzar bir kapıcı tarafından geri çevrileceğimden, ucuz takım elbisemin ve göçmen aksanımın, orada olmaya hakkı olmayan biri olduğumu belli edeceğinden emindim. Fakat ihtişam Zoya'nın gözünü korkutmazdı. Böyle mağazalardan uzak durmasının nedeni sağduyudan başka bir şey değildi, çünkü o, hiçbir zaman sahip olamayacağı şeylere özlem duymakla zamanını harcamazdı.

Arina kollarını açmış, paytak adımlarla bana doğru yürürken, "Şimdi benim hediyem, benim hediyem," diye bağırdı. Onun da elinde güzelce paketlenmiş bir armağan vardı. Gülüyordu, ama yardım almadan ayakta durup yürümeye yeni başladığından hâlâ bacaklarına güvenemiyordu. Yeni keşfettiği bu özgürlük nedeniyle sevinç içindeydi. Çok yakınına gitmemizden hiç hoşlanmıyor, tehlikelere aldırmadan istediği yere koşmak istiyordu. Kızımız, emniyet ağı istemiyordu.

"Bir hediye daha!" diye bağırdım. Onu yerden kucağıma aldım; kucağıma oturmamak için bacaklarını savurup beni itti. Onu hemen yere indirmemi istiyordu. "Ne şanslı bir adamım ben! İçinde ne var acaba?"

Paketi yavaşça açıp hediyeyi kâğıttan çıkardım. Bir an neye baktığımı anlamadan öylece durdum; bir saniye sonra ne olduğunu anlayıp şaşkınlıkla soluğumu tuttum. Ellerimin arasında tuttuğum şey beni gerçekten hayrete düşürmüştü. Zoya'ya baktım, gülümsedi ama bana biraz gergin gülümsüyormuş gibi geldi; sanki geçmişi hatırlatacak böyle bir şeye nasıl tepki vereceğimden emin değilmiş gibiydi. Söyleyecek kelime bulamadım; yanlış seçilmiş kelimelerle duygularımı ele vermekten korktum. Konuşmak yerine pencereye doğru yürüdüm. Gün ışığının bu hazineyi aydınlatması için aileme sırtımı döndüm.

Kızım bana bir kar küresi vermişti. Tabanı avucumdan geniş değildi. Üzerine cam bir yarımküre yerleştirilmiş, beyaz, plastik bir kubbe. Ortasında Saint Petersburg'daki Kışlık Saray'ın kaba bir modeli vardı. Ön cephesi soluk yeşil olması gerekirken koyu maviydi. Çatıdaki heykeller hiçbir şekilde görünmüyordu. Önündeki alanda Aleksandr Sütunu yoktu, ama eksikliklerine rağmen görür görmez tanımıştım. Gerçekten de altın yaldızlı duvarlarının içinde yaşamış ya da çalışmış birinin hemen tanıyacağı bir kopyasıydı. Bakarken, sanki yıkılacağından korkar gibi soluğumu tuttum. Üç katlı sarayın pencerelerini temsil eden küçük beyaz olukları incelemek için gözlerimi kıstım.

Ve hatıralar sel gibi aktı.

Çareviç Aleksey'i gözümde canlandırdım. Hızla koşarak sıra sıra sütunlardan fırladığını, düşüp bir yerini incitmesinden korkan bir muhafız onun peşinde koştururken avlunun kenarlarından koştuğunu hayal ettim.

Birinci kattaki çalışma odasında babasını gördüm. Generalleri ve başbakanıyla görüşüyordu; sakalına kır düşmüştü, kan çanağına dönmüş gözleri cepheden gelen moral bozucu haberler karşısındaki endişesini ele veriyordu.

Bir oda yukarısında çariçenin, dua taburesinde diz çöktüğünü hayal ettim. Starets onun önünde dikiliyor; çariçe bir imparatoriçe değil de bir *mujik*miş gibi onun ayağına eğilirken karanlık efsunlar fısıldıyordu.

Sonra iç avluya açılan kapıların birinden bir delikanlı, Kaşinli bir köylü fırladı. Soğuk havada durup bir sigara yaktı; muhafız bir arkadaşının yarenliğini geri çevirdi, çünkü düşünceleriyle baş başa kalmak, erişilmez birine duyduğu ezici aşkı nasıl bastırabileceğini, imkânsız olduğunu bildiği bir birlikteliği aklından nasıl çıkarabileceğini düşünmek istiyordu.

Küreyi salladım. Dibindeki sakin kar taneleri suyun içinde yükselip hafifçe sarayın çatısına doğru yüzdükten sonra yavaşça inmeye başladılar. Ve hafızamdaki kişiler saklandıkları yerlerden çıkıp gökyüzüne baktılar, kollarını uzatıp birbirlerine gülümsediler, yeniden bir araya gelince bu anların hiç sona ermemesini ve geleceğin hiç gelmemesini dilediler.

Zoya'ya döndüm. Elbette bir yaşındaki kızımızın değil, onun aldığı bu hediye beni duygulandırmıştı. "İnanılmaz," dedim. Sesim, kapıldığım ani duygu selini ele vermişti.

O da pencerenin önüne geldi. Ben küreyi aramızda tutarken başını omzuma yasladı. "Strand Caddesi'ndeki bir kuyumcudan aldım," dedi. Kar taneleri düşmeye, saray öylece durmaya, aile soluk alıp vermeye devam etti. "Bunlardan bir raf dolusu vardı. Dünyanın farklı yerleri; Londra Kulesi, Eiffel Kulesi, Kolezyum..." Bir an durakladıktan sonra yüzüme baktı. "Ama ben seçmedim Georgi, yemin ederim. Arina'ya hepsini gösterdim, o da en beğendiğini seçti. Saint Petersburg'u seçti."

Şaşkınlık içinde yüzüne baktım, gülümsemeden edemedim. Başımı iki yana salladım. "O kadar beklenmedik bir hediye ki," dedim. "Neredeyse..." Bir an durdum ve aklımdan, geçen yılları hesapladım. "Neredeyse yirmi yıl geçti, inanabiliyor musun? O kadar gençtim ki. Daha çocuktum."

Gülerek, "Ama hâlâ gençsin Georgi," dedi; parmaklarını saçlarımın arasında gezdirdi. Onu bu kadar mutlu görmek ne büyük zevkti. Sevinçli yıllardı, hediyelerin en beklenmedik olanı, küçük Arina'mız yanımızdaydı. "Hem zaten ben de seninle birlikte yaşlanıyorum," diye ekledi. "Yakında kırışıklıklarım belirecek. Yaşlı bir kadına dönüşeceğim. O zaman beni nasıl bulacaksın bakalım?"

"Her zaman nasıl buluyorsam öyle," dedim. Mutlu ekibimizin bir parçası olmaya kararlı kızımız aramıza girip bizi iterek ayırmadan önce, minik küreyi dikkatle tutarak Zoya'yı kucakladım ve öptüm.

"Baba," dedi; sesi, çok önemli olduğunu düşündüğü bir soru soracağı zamanlarda olduğu gibi çok ciddiydi. "Kimin hediyesi daha güzel, benimki mi anneminki mi?"

Birini diğerine tercih etmekten kaçınarak, "Ben ikisini de eşit derecede beğendim," dedim. Onu havaya kaldırıp öptüm. "Ve ikinizi de eşit derecede seviyorum!" Arina'yı sımsıkı bağrıma bastım.

* * *

Londra'ya ilk geldiğimizde, Holborn'da, Zoya ne zaman yanından geçse onu yiyecek gibi süzen, bana ise onun seviyesinde değilmişim gibi ters ters bakan, orta yaşlı, can sıkıcı bir devlet memuruyla kapı komşusu olma talihsizliğine uğradığımız küçük bir daire kiralamıştık. Birkaç vesileyle onunla konuşmaya çalıştığımda, aksanım zamanını harcamasına değmeyeceğime inanması için yeterliymiş gibi, oldukça kaba davrandı bana.

Bir sabah kapıyı çekip evden çıktım. Merdivenlere yöneldiğim zaman yolumu kesip, "Ağlamaması için bir şey yapamaz mısınız?" dedi.

Kabalığı karşısında nazik kalmaya kararlı bir tavırla, "Günaydın Bay Nevin," diye karşılık verdim.

Hızlıca, "Tamam, tamam," dedi. "Şu sizin çocuk. Geceleri beni uyutmuyor. Çok saçma. Bu konuda ne zaman bir şeyler yapmayı düşünüyorsunuz?"

Yanakları kızgınlıktan kıpkırmızıydı ve gözlerinin altında uykusuzluktan siyah halkalar vardı; onu daha fazla kışkırtmak istemiyordum. "Özür dilerim," dedim ve insani yanına hitap edeceği umuduyla hafifçe gülerek ekledim: "Ama daha birkaç haftalık. Hem henüz bu işte acemiyiz ama elimizden geleni yapıyoruz."

Çarpık parmağını bana doğru uzatıp, "Elinizden gelen yetmiyor Bay Jackson," diye bağırdı. Talihli adammış ki parmağı göğsüme değmedi; ben de yorgundum ve bana dokunsaydı, sabrım tükenebilirdi. "İnsanın uyumaya ihtiyacı vardır, ben burada..."

Sakin bir sesle, "Jahmenev," dedim. Tepem atmaya başlıyordu.

"O da ne?"

"Adım," dedim. "Bay Jackson değil, Bay Jahmenev. Ama siz bana isterseniz Georgi Daniiloviç diyebilirsiniz. Nasılsa komşuyuz."

Bir saniye sesini çıkarmadı. Onu kasten kışkırtmaya çalışıp çalışmadığımdan emin olamazmış gibi yüzüme baktıktan sonra ellerini havaya savurdu. İyi dileklerini belirten birkaç şoven laf mırıldanarak yürüyüp gitti.

Sinir bozucuydu tabii, herif hödüğün tekiydi. Ama ne ben ne Zoya komşularımızla aramızın açılmasını istiyorduk. Ne var ki mesele, birkaç ay sonra, Bay Nevin'in memnuniyetsizliğini de alarak evden taşınması ve boşalan dairesine, orta yaşlı dul bir hanım olan Rachel Anderson'ın yerleşmesiyle tatlıya bağlandı. Yeni komşumuz, kızımızdan rahatsız olmak şöyle dursun, ondan büyülenmişti âdeta. Bu tepkisi de doğal olarak, gururlu anne babaya kendini sevdirmesini sağladı ve çabucak dost olduk.

Rachel sürekli bebeğimize bakabileceğini söylüyordu. Dostluğumuz ilerledikçe ona olan güvenimiz de arttı ve teklifini kabul ettik.

Tek başına yaşıyordu, kimsesinin olmadığı belliydi ve Arina'ya büyükannelik yapmaktan zevk alıyordu. Belki de bu, mahrum kaldığı çocuk ve torun sevgisinin yerini tutuyordu.

Bir akşam Holborn Empire Sineması'na doğru yürürken Zoya'ya, "Rachel'ın bebekleri sevmesi büyük şans," dedim. Birkaç saatliğine de olsa yeniden baş başa kalmış, romantizmin keyfini çıkarıyorduk. "Arina'yı eski komşumuza emanet ettiğimizi düşünemiyorum, ya sen?"

"Kesinlikle hayır," dedi. Başta bütün bir akşamı evden uzakta geçirmekte gönülsüzdü ama evden çıkar çıkmaz isteksizliği yok olmuştu. "Sinemaya gitmek istediğinden hâlâ eminsin, değil mi?"

"İstersen başka bir yere gidebiliriz," dedim. Benim için önemli olan tek şey, biraz baş başa zaman geçirmekti. Empire'da oynayan filmi görünce enine boyuna düşünmeden sinemaya gitmeyi teklif etmiş ve bunun o güne dek aklıma gelen ya en iyi ya da en kötü fikir olduğunu anında anlamıştım.

Başını salladı. "Hayır, hayır," dedi. "Sabırsızlanıyorum. Galiba. Sen istemiyor musun?"

Hevesle, "İstiyorum," dedim. Size bir itirafta bulunacağım: O geceye kadar sadece üç kere sinemaya gitmiştim ve her seferinde de amacım Greta Garbo'yu seyretmekti. İlk gidişim beş yıl önceydi; hangi filmin oynadığını bilmeden, tek başıma Empire Sineması'ndan içeri girmiş ve aktrisi, kaderini değiştirmeye çalışan eski bir fahişe olan Anna Christie rolünde seyretmiştim. Onu bir daha, iki yıl sonra, beni pek de cezbetmeyen, Grand Otel'in yıldızı sönen balerini Grusinskaya rolünde seyrettim. Ama ertesi yıl İsveç kraliçesi Christina rolünde bir kez daha kalbimi kazandı ve şimdi, dördüncü seferimde Zoya'yla birlikte, yüreğime hitap eden Anna Karenina rolünde seyredecektim.

Bu iki kelime beni yirmi yıl geriye götürmeye yetti. Sinemanın ön cephesinde büyük, siyah harflerle yazılı olan ismi gördüğümde, Kont Çarnetski'nin bitmek bilmez talimleri yüzünden kemiklerimin hâlâ sızladığını, daha yabancısı olduğum sarayın içinde odama giden yolu ararken yolumu şaşırdığımı hissediyordum.

Tatyana bana bakıp, "Bu omzundan vurulan, değil mi?" diye sormuştu. Dersi bölen kısacık mola hoşuna gitmişti.

Marie başını sallayıp, "Hayır, o olamaz, kuzen Nikolay'ın hayatını kurtaran gencin çok yakışıklı olduğunu duydum," demişti.

Anastasya gözlerimin içine bakarak usulca, "Bu o," demişti.

O akşam sinema doluydu, içerisi şimdiden sigara dumanıyla kaplanmıştı. Salon, flört eden çiftlerin ve yalnız romantiklerin gevezelikleri yüzünden gürültülüydü ama balkonda iki kişilik yer bulabildik ve ışıklar sönüp konuşmaların uğultusu dinmeye başlarken keyifle yerlerimize yerleştik. Önce kısa bir haber filmi gösterildi. Florida kıyılarını vuran, yoluna çıkan her şeyi yok eden bir kasırganın görüntülerini izledik. Söylenene göre, Howard Hughes adında bir adam, uçakla saatte 566 kilometreye ulaşarak yeni bir hız rekoru kırmıştı. Arizona ile Nevada eyaletleri arasındaki Siyah Kanyon'da Hoover Barajı'nın açılışını yapmaya hazırlanan Amerikan Başkanı Bay Roosevelt de rekor denemesini izlemişti. Haber filmi, Alman Şansölyesi Hitler'in Nürnberg caddelerindeki geçit töreninin, ordu teftişinin ve on binlerce Alman vatandaşının katıldığı mitinglerde yaptığı konuşmaların yer aldığı beş dakikalık bir bölümle sona erdi. Seyirciler kasırganın neden olduğu tahribat karşısında soluklarını tuttular; Bay Hughes'un tuhaflıklarını tezahüratla karşıladılar; Başkan Roosevelt'in söylevi üzerine yüksek sesle konuştular. Ama şansölye, konuşmasının, sekiz yüz kilometre ötedeki Holborn Empire Sineması'nda dinleneceğini biliyormuş ve haşin savaş çığlıklarıyla seyircilerin her birini hipnotize etmek istermiş gibi kitlelere hitap eder, onlara bağırır, haykırır, yalvarır, yakarır, üsteler, onlardan taleplerde bulunurken, tek bir kelime bile anlamamalarına rağmen, kendilerinden geçmiş hâlde sessizce oturup dinlediler.

Fakat Zoya ve ben, Hitler'in söylediklerinin özünü kavrayacak kadar Almanca anlıyorduk. Ve o, kükremekten başka hiçbir şey yapmazken birbirimize biraz daha sokulduk.

Hitler nihayet perdeyi terk edince film başladı ve Anna ile Kontes Vronski'nın içinde oldukları tren, kocaman buhar bulutları salarak Moskova istasyonuna girdi. Buhar bulutu biraz dağılınca, Garbo –Anna Karenina– ortaya çıktı. İri, berrak gözleri perdenin tam ortasında göründü. Koyu renk vizon şapkası ve mantosu, boynuna dökülen yalın bukleleriyle tam bir zıtlık oluşturuyordu.

Filmden sonra eve yürürken Zoya'ya, "Ne hoş görünüyordu," diye övdüm onu; oyunculuğuna vurulmuştum. "Gözlerindeki o ihtiras! Hatta Vronski'nin gözlerindeki ifade de... Tek kelime konuşmaya bile ihtiyaç duymadılar; sadece birbirlerine baktılar ve ihtiraslarına yenildiler."

Usulca, "Bunun aşk olduğunu mu sandın?" diye sordu. "Ben başka bir şey gördüm."

"Ne?"

"Korku."

"Korku mu?" Şaşkınlıkla yüzüne baktım. "Ama birbirlerinden hiç de korkmuyorlar. Birbirleri için yaratılmışlar. Birbirlerini ilk gördükleri anda anladılar."

"Ama yüz ifadeleri, Georgi," dedi; basit dünya görüşüm karşısında duyduğu hayal kırıklığıyla sesi yükseldi. "Elbette onlar sadece birer oyuncu, biliyorum, ama görmedin mi? Sanki birbirlerine büyük bir korkuyla bakıyorlarmış gibiydi; sanki o basit, kaçınılmaz buluşmanın yaratacağı zincirleme olayları kontrol edemeyeceklerini biliyorlarmış gibi geldi bana. O âna dek sürdükleri hayatlar sona ermişti. Ve o zaman, gelecekte olacaklar önemini kaybetti. Kaderleri çoktan yazılmıştı."

"Olaylara çok tatsız bir bakış tarzın var Zoya," dedim. Sahneyi yorumlayış tarzından pek de hoşlanmamıştım.

Dediğime aldırmadan, "Vronski, Anna'ya sonradan ne söylemişti?" diye sordu. "Sen ve ben, tasavvur edilemez bir ümitsizliğe mahkûmuz. Ya da büyük bir saadete; tasavvur edilmez bir saadete."

"O sözleri romandan hatırlayamadım," dedim.

"Öyle mi? Belki de romanda yoktur. Okuyalı yıllar oldu. Yine de o kadını tanıdığımı hissediyorum."

Gülerek, "Ama siz hiç birbirinize benzemiyorsunuz," dedim.

"Benzemiyor muyuz?"

"Anna, Karenin'i sevmiyor," dedim. "Ama sen beni seviyorsun."

Çabucak, "Tabii ki seviyorum," dedi. "Ben onu kastetmedim."

"Ve sen Anna'nın yaptığı gibi asla ihanet etmezsin."

Başını sallayarak, "Hayır," dedi. "Ama o hüznü, Georgi. Trenden aşağı adımını attığı anda, hayatının çoktan bittiğini anlaması; bu sadece, yaşamının son ânına ulaşana dek geçecek olan zamana tahammül etme meselesi. Tanıdık gelmedi mi?"

Duruverdim, yüzümü gölgeleyen çatılmış kaşlarla ona doğru döndüm. Buna nasıl karşılık vermem gerektiğine karar veremedim. Söylediklerini sindirmem, bana ne anlatmaya çalıştığını anlayabilmem için zamana ihtiyacım vardı.

Sonunda bana doğru dönüp, "Zaten önemi yok," dedi. Gülümsüyordu. "Bak Georgi, eve geldik."

Eve girdiğimizde Arina çoktan uyumuştu. Rachel, Arina'nın, birlikte zaman geçirme şansına sahip olduğu en harika çocuk olduğunu söyledi; zaten biliyorduk ama yine de bunu duymak bizi sevindirdi.

Hemen bitişiğimizdeki dairesine yapacağı kısa yürüyüş için mantosunu sırtına geçirirken, "Yıllar var, sinemaya gitmedim," dedi. "Albertçığım flört ederken beni hep götürürdü. Her tür filmi seyrettik. Ama benim en sevdiğim Charlie Chaplin'di. Filmlerini seversiniz, değil mi canlarım?"

İtiraf ettim. "Biz onu hiç seyretmedik. Tanıyoruz tabii, ama..."

Hayret içinde, "Hiç Charlie Chaplin filmi seyretmediniz mi?" diye sordu. "Bir sonraki filmi için gözünüzü dört açın. Ben yine seve seve bebeğe bakarım. Charlie, en iyisidir. Çocukken onu iyi tanırdım. Walworth'da büyümüştü, değil mi ya? Bizim evden hemen köşeyi dönünce. İnanabiliyor musunuz? Kısa pantolonla etrafta koşuşturduğunu bilirim; türlü hokkabazlıklar yapar, kimseye bir dakika huzur vermezdi. Sandford Row civarında otururdum; Albertçığım de Faraday Gardens tarafında otururdu. O zamanlar herkes birbirini tanırdı. Charlie çocukluğunda bile maskaralıklarıyla ünlüydü. Ama başarılı oldu, değil mi? Bakın şimdi ona. Amerika'da milyoner oldu, bütün kalantorlar emrine amade. İnanması zor, ama yemin ederim öyle. Bu geceki filmde kimler vardı? Hiç Charlie Chaplin filmi seyretmediniz demek? Böyle şey duymadım."

Zoya gülümseyerek, "Greta Garbo," dedi. "Georgi ona vurgundur, bilmiyor muydunuz?"

Rachel, burnuna kötü bir koku gelmiş gibi yüzünü ekşitti. "Greta Garbo'ya mı? Hiç anlamıyorum. Hep son derece erkeksi bir tavrı olduğunu düşünmüşümdür."

Yüzüm kızarmıştı.

"Ben hiç de ona vurgun falan değilim," dedim. "Zoya, neden böyle bir şey söyledin?"

Neşeli bir kahkaha attı. "Şuna bakın Bayan Anderson," dedi, "Utandı."

Rachel da gülerek, "Domates gibi kızardı," dedi. Başımı çevirip suratımı astım. Bozulmuştum.

"Tam bir saçmalık," deyip koltuğuma gittim, oturdum ve gazeteyi elime alıp okuyor numarası yaptım.

Rachel, karıma şöyle bir bakıp, "Ee, nasıldı peki?" diye sordu. "Şu sizin Greta Garbo filmi? Güzel miydi bari?"

Zoya usulca, başımı kaldırıp yüzündeki özlem dolu ifadeyi incelememe sebep olacak bir ses tonuyla, "Bana evimi hatırlattı," dedi.

"Bu da iyi bir şey, öyle değil mi?" dedi Rachel.

Zoya gülümsedikten sonra başını salladı ve dudaklarının arasından derin bir ah kaçıverdi. "Ah, evet Bayan Anderson. İyi bir şey. Gerçekten de çok iyi."

* * *

Arina doğmadan önce, Zoya'nın, dikiş makinesi operatörü olarak çalıştığı fabrikada şefliğe terfi ettirileceğine dair bazı konuşmalar geçiyordu. Çalışma saatleri daha rahat olmayacaktı elbette –sabah sekizden akşam altı buçuğa kadar; sadece yarım saatlik öğle tatili– ama maaşı çok daha iyi olacaktı ve bütün gün makinenin başında oturmak yerine fabrikanın içinde dolaşma özgürlüğü de olacaktı.

Ne var ki bu ihtimal, Zoya hamile kalınca ortadan kalktı.

Neredeyse dört ay boyunca bu haberden kimseye söz etmedik. O zamana dek bizi anne baba olamayacağımıza inandırmaya yetecek kadar çok kayıp yaşamıştık. Ama sonunda Zoya, bazı belirtiler göstermeye başladı ve doktorumuz hamileliğin gerçekleştiğini, bir kere daha düşük yapması için hiçbir sebep bulunmadığını söyleyerek bize güven verdi. Bunun hemen ardından da Zoya, doğumdan sonra fabrikaya dönmeyip zamanını kızımızı büyütmeye adamaya karar verdi. İşverenlerinin, genç annelerin, çocukları okula başlama çağına gelinceye kadar işe dönmelerine izin vermedikleri göz önüne alındığında zaten bu belirsiz bir meseleydi. Bu durum, artık sadece benim maaşımla geçineceğimiz için büyük zorlukları beraberinde getirdi. Fakat birkaç yıldır çok dikkatli davranarak para biriktirmiştik. Bay Trevors da yeni sorumluluklarımı göz önüne alarak Arina'nın dünyaya gelmesinin hemen ardından maaşıma küçük bir zam yaptı.

Bu nedenle, bir akşam eve döndüğümde oturma odamızın köşesinde büyük bir dikiş makinesi görmek benim için sürpriz oldu. Kapıdan içeri girerken makinenin ağır, metal kaplaması bana meydan okurcasına parlıyordu. Karım makinenin sağ tarafına, üstüne kumaşlarını ve iğnelerini koymak için idareten küçük bir sehpa yerleştiriyordu. Arina sandalyesindeydi, irileşmiş gözleriyle bu alışılmadık faaliyeti izliyordu. Ama beni görünce neşeyle ellerini çırpıp sevinç çığlıkları atarak makineyi gösterdi.

Paltomla şapkamı çıkarırken, "Merhaba," dedim. Zoya gülümseyerek bana döndü. Ardından, "Neler oluyor burada?" diye sordum.

Zoya yanağımdan öptü. "İnanmayacaksın," dedi. Sesi, o gün her ne olduysa heyecanlı çıkıyor, aynı zamanda mutluluğunu paylaşmayacağımdan korktuğunu da ele veriyordu. "Sabah Arina'nın kahvaltısını hazırlıyordum ki kapı çalındı. Pencereden bakınca gözlerime inanamadım. Gelen, Bayan Stevens'tı."

Ne zaman kapı beklenmedik bir anda çalınsa Zoya gerilirdi. Birkaç dostumuz vardı, onlar da haber vermeden uğramazlardı. Bu yüzden de gündelik hayatımızı bölen herhangi bir şey, karımın sanki korkunç bir şey olacakmış gibi tedirginleşmesine neden olurdu. Kapıyı hemen açmak yerine pencereye gider, gelenin kim olduğunu görmek için tül perdeyi aralardı. Bu şekilde, gelen kişiye sezdirmeden, kim olduğunu görmek mümkündü. Bu, hiç terk etmediği bir alışkanlıktı. Kendini hiçbir zaman güvende hissetmiyordu ki mesele de buydu. Hep günün birinde, bir şekilde birinin onu bulacağına, hepimizi bulacaklarına inanıyordu.

"Bayan Stevens mı?" Tek kaşım havaya kalktı. "Newsom'daki Bayan Stevens mı?"

"Evet. Beni çok şaşırttı. Son maaş zarfımda bir yanlışlık olduğunu, düzeltmek için de onu gönderdiklerini sandım, ama öyle bir şey yokmuş. Önce hatırımı sormak, Arina'yı görmek için uğradığını söyledi. Tabii bir saniye bile inanmadım. Bir fincan çay içtikten ve beni kendi evimde fazlasıyla rahatsız hissettirdikten sonra, nihayet, bugünlerde fabrikada işçi sıkıntısı çektiklerini, siparişleri yetiştirmeye yetecek sayıda dikiş diken işçi olmadığını söyledi. Evden iş yapmakla ilgilenir miyim diye merak etmişler."

Makineye doğru yürürken başımı sallayıp, "Anlıyorum," dedim. Bu konuşmanın nasıl sona ereceğini çok iyi biliyordum. "Sen de evet dedin tabii."

"Eh, hayır demek için bir sebep göremedim. Hem her hafta Newsom'dan bir adam ihtiyacım olan malzemeleri getirecek, fabrikaya gitmek zorunda da kalmayacağım. Böylelikle elimize daha fazla para geçecek, değil mi?"

"Evet, tabii," dedim. "Ama ben üçümüzü geçindirebileceğimi düşünmek isterim."

"Ah, geçindirebileceğini biliyorum Georgi. Ben sadece, demek istemiştim ki..."

"Makineyi de yanında getirdiğine göre, ne cevap vereceğinden emindi herhâlde."

Zoya bir saniye hayretle yüzüme baktıktan sonra kahkaha atmaya başladı. Başını iki yana sallayarak, "Ah Georgi," dedi, "Bayan Stevens'ın makineyi ta fabrikadan buraya kadar taşıdığını düşünmüyorsun, değil mi? Ben bile yerde güçbela itebildim. Hayır, teklifi kabul etmemin üstüne işçilerden biri öğleden sonra getirdi. Biraz önce de gitti."

Belki yanlış yapıyordum, ama bu anlaşmadan hiç memnun olmamıştım. Benim için burası evimiz, yuvamızdı; bir işyerine dönüşmemeliydi. Üstelik bu yeni düzenlemeler, bana danışmaya gerek görülmeden yapılmıştı. Ama aynı zamanda Zoya'nın ne kadar mutlu olduğunu; bu işin, bütün gününü Arina'yla oynayarak geçirirken ona bir mola imkânı vereceğini görebiliyordum. Ona engel olmakla aksilik etmiş olacağımı anladım.

Karışık hislerimi sezip, "Olur değil mi, Georgi?" diye sordu. "Sence mahzuru yok değil mi?"

"Hayır, hayır," dedim hemen. "Seni mutlu edecekse."

İddialı bir tavırla, "Edecek," dedi. "Bu iş için beni düşünmeleri koltuklarımı kabarttı. Hem ben kendi paramı kazanmayı seviyorum. Söz veriyorum, akşamları hiç iş olmayacak. Kütüphaneden eve geldiğin zaman makine sesine katlanmak zorunda kalmayacaksın. Hem kendime biraz kumaş alırsam Arina için de giysi dikebilirim; bu da bu işin ikramiyesi olur."

Gülümsedim ve bence çok iyi bir fikir olduğunu söyledim. Ama sonra Zoya beni şaşırtarak akşamın geri kalanını makinenin başında, makineyle birlikte gönderilen çeşitli kalıpları inceleyerek geçirdi. Dikkatini işine verişini; rengi solmuş, ince, pamuklu kumaş parçasının üzerindeki dikişi takip ederken gözlerini hafifçe kısışını, ipliği kesişini, makinenin kolunu kaldırmadan önce düğümü koparışını seyrettim. Kendi memleketimizde bu, bayağı bir iş, bir *mujik* işi olarak görülürdü. Ama burada, Saint Petersburg'dan yaklaşık üç bin kilometre ve yirmi sene uzakta, karıma keyif veren bir işti. Ve başka şey için değilse bile, sırf bunun için minnettardım.

Akşamları misafirliğe gelen olursa, bu kişi ekseriyetle Rachel olurdu. Haftada bir ya da iki kere kapımızı çalar, yalnızlığını gidermek için bizimle birlikte bir iki saat geçirirdi. İkimiz de ziyaretlerinden hoşlanıyorduk, çünkü Rachel daha çok Arina'yla oynamak için gelen, bu arada bizi de gören iyi yürekli bir insandı. Arina'ya tapıyordu ve bu da, Zoya'yla benim onu kaçınılmaz olarak daha çok sevmemize neden oluyordu.

O yıl, Noel yaklaşırken hep birlikte salonumuzda oturup radyodan konser dinliyorduk. Arina kucağımda uyuyordu; küçücük ağzı aralıktı, rüya görürken gözkapakları hafifçe titreşiyordu ve ben, Tanrı'nın bana bahşettiği bu mutlu yuvada, ezici bir mutluluk hissediyordum. Zoya yanımda oturuyordu. Çaykovski'nin Dördüncü Senfonisi'ni dinlerken başını bir mindere yaslamıştı. Parmaklarımız birbirinin arasına geçmişti. Kendini müziğe kaptırdığını ve müziğin canlandırdığı anıları görebiliyordum. Rachel'a baktığımda, mum ışığına dalıp gittiğini gördüm. Küçük ailemize bakarak gülümsemesine rağmen, yüzünde dayanılmaz bir acı ifadesi vardı.

Onun için endişelenerek, "Rachel," dedim, "İyi misin?"

Başını iki yana sallayıp gülmeye çalıştı. "Ben iyiyim," dedi. "Çok iyiyim."

"İyi görünmüyorsun. Her an ağlayacak gibisin."

Aniden gözyaşlarına boğulmamak için gözlerini bir anlığına kaldırıp yukarıya baktı. "Öyle miyim?" diye sordu. "Şey, belki biraz duygusallaştım."

Onu utandırmadığımı umarak, "Çaykovski insanda çok kuvvetli hisler uyandırabiliyor," dedim. "Bu bölümü dinlerken aklıma eski Rus halk şarkıları geliyor. Eskiye hasret duymadan edemiyorum."

Rachel usulca, "Beni etkileyen müzik değil," dedi. "Siz üçünüz."

"Ne olmuş bize?"

Gülerek başını çevirdi. "Sadece sulugözlülük ediyorum, o kadar. Hâlinizden çok hoşnut görünüyorsunuz. Orada birbirinize sokulup oturmuşsunuz. Aklıma Albertçığımı getirdi. Hayatta olsaydı, şimdi nasıl olurdu diye düşündürdü." Bir an durakladıktan sonra özür dilercesine omuz silkti. "Bugün doğum günü olacaktı. Kırkıncı yaş günü. Büyük ihtimalle gürültülü bir parti veriyor olurduk, yani her şey daha farklı olsaydı."

"Rachel, bize söylemeliydin," dedi Zoya. Ayağa kalktı, gidip yanına oturdu, kolunu omzuna dolayıp yanağından öptü. Böyle anlarda, yani ruhu acı çeken birini gördüğü zamanlarda hep o kuvvetli empati duygusu ortaya çıkardı; Zoya'nın sevdiğim yanlarından biri de buydu. "Herhâlde onu çok düşünüyorsun."

"Evet, her gün," diye itiraf etti. "Öleli yirmi yıldan uzun zaman olmasına rağmen... Onu Fransa'da defnettiler, size söylemiş miydim? Eskiden, gidip onu göremeyişimin, herkes gibi mezarına çiçek bırakamayışımın, durumu daha da kötüleştirdiğini düşünürdüm. Küçük bir termosa çay doldurup, birlikte vakit geçirdiğimiz yerlerde gezinmekten başka bir şey istemediğim günler oldu, ama yapamıyorum. Burada değil. Londra'da değil."

"Hiç gitmedin mi?" diye sordum. "Dover'dan yola çıktığında fazla uzun sürmüyor."

Gülümsedi. "Sekiz kere gittim, yavrucuğum. Gemi seyahatini karşılayabilirsem, bu sene yine gideceğim. Ypres'te, Prowse Point denen bir mezarlıkta yatıyor. Sıra sıra, hizalı beyaz mezar taşları, hepsi bir arada, hepsi de delikanlıların naaşlarını saklıyor. Her yeri pırıl pırıl, bakımlı. Sanki, şey gibi göstermeye... bilmiyorum, temiz ölmüşler gibi göstermeye çalışıyorlar. İşte bu yüzden hep, keşke mezarı burada olsaydı diyorum. Yüksek ağaçları ve çitleri olan, içinde tarla farelerinin cirit attığı bir mezarlıkta. Daha dürüst bir yerde."

"Piyade miydi?" diye sordum. "Subay mıydı?"

"Hayır Georgi," dedi. "Subay olacak kadar iyi değildi. Hem istemezdi de. Somerset Hafif Piyade Taburu'ndaydı. Erdi. Bir özelliği yoktu sanırım. Benim için özel olmasının haricinde. 1914'ün sonunda öldü. Epey erken sahiden de. Çarpışma bile göremedi. Bazen bunun bir lütuf olduğunu düşünüyorum," diye ekledi. "1917'de ve 1918'de ölen o zavallı çocuklara çok üzülürüm. Son birkaç yıllarını savaşarak, acı çekerek ve Tanrı bilir hangi dehşet sahnelerine şahit olarak geçirdiler. Hiç olmazsa Albertçığım bunların hiçbirini yaşamak zorunda kalmadı. Eceline çok erken kavuştu."

Zoya, Rachel'in elini ellerinin arasına aldı. "Ama onu hâlâ özlüyorsun," dedi. Yaşlı kadın başını salladı, gözyaşlarını tutmaya çalışarak göğüs geçirdi.

"Evet yavrucuğum," dedi. "Her gün özlüyorum. Hep, birlikte olsaydık neler yapabilirdik diye düşünüyorum. Bu bazen beni çok üzüyor; bazen de dünyaya öyle öfkeleniyorum ki çığlık atacak hâle geliyorum. O lanet olası siyasetçilere. Ve Tanrı'ya. Savaş tacirlerine, Asquith denen adama, kayzere, çara; hepsi de aşağılık herifler." Zoya çarın sözü geçince biraz dikleşti, ama sesini çıkarmadı. "Onu benden aldıkları için onlardan nefret ediyorum. Onun gibi bir delikanlıyı. Genç bir çocuğu. Yaşanacak her şeyle birlikte. Ama ben kime ne anlatıyorum? Siz de savaş sırasında çok sıkıntı çekmiş olmalısınız. Vatanınızı terk etmek zorunda kaldınız. Nasıl bir şey olduğunu hayal bile edemiyorum."

Konunun sohbet etmek için yeterince güvenli olduğundan şüphe ederek, tereddütle, "Kimse için kolay bir dönem değildi," dedim.

Zoya geçmişinden bahsederek beni şaşırttı. "Ben savaşta bütün ailemi kaybettim," dedi. "Hepsini."

Rachel şaşırarak öne eğildi. "Ah yavrum," dedi. Zoya'nın ellerini okşuyordu. "Bilmiyordum. Ben hep onları Rusya'da bıraktığınızı sanıyordum. Yani... hiç bahsetmezsiniz. Bak şimdi, ben de kötü anılarınızı canlandırıp duruyorum."

Konuyu değiştirme isteğiyle, "Savaşın yaptığı şey bu işte," dedi. "Sevdiklerimizi elimizden alıyor, aileleri ayırıyor, dile dökülmez bir sefalete yol açıyor. Ne için? Akıl erdirmek imkânsız," dedim.

"Geri gelecek," dedi Rachel; sesindeki ciddiyet beni şaşırttı.

"Geri mi gelecek?"

"Savaş. Hissetmiyor musunuz? Ben âdeta kokusunu alıyorum."

Başımı iki yana salladım. "Sanmam," dedim. "Avrupa karışıyor, orası kesin. Sıkıntılar ve düşmanlıklar var ama bir savaş daha çıkacağını zannetmiyorum. Biz görmeyiz. Kimse geçen sefer yaşadıklarımızı sil baştan yaşamak istemiyor."

Dediklerimi düşündükten sonra, "Sizce de çok ironik değil mi?" dedi Rachel. "Büyük Savaş bittiği zaman büyük bir sevgi ve şehvet seliyle dünyaya gelen bütün o çocukların, tam da yenisi başlayacağı sırada eli silah tutacak yaşa gelmeleri? Sanki Tanrı onları sırf savaşarak ölmeleri için yaratmış gibi. Tüfeklerin karşısına dikilip onlara yönelen kurşunların hedefi olmaları için. Cidden, şaka gibi..."

Zoya onun sözünü kesti. "Ama savaş çıkmayacak ki. Georgi'nin dediği gibi..."

Rachel iç geçirip ayağa kalktı. Mantosuna uzandı. "Ne yazık," dedi. "Çok yazık. Niyetim seninle zıtlaşmak değil, Georgi, hem de senin evinde. Ama korkarım yanılıyorsun. Savaş geri dönüyor. Çok geçmeden buraya da ulaşmış olur. Bekle, göreceksin."

Neva

Not, kapımın altından itilmiş ve o kadar ileriye gitmişti ki neredeyse yatağın altında gözden kaybolmuştu. Üstünde, Kiril harfleriyle ve güzel bir el yazısıyla sadece adım yazılıydı: Georgi Daniiloviç. Böyle notlar almak başıma çok ender gelen bir şeydi. Genelde muhafız alayının programındaki değişiklikler Kont Çarnetski tarafından kısım amirlerine iletilir, onlar da kendi astlarına haber verirlerdi. Zarfı merakla açtım; içindeki kartta yalnızca bir adres ve saatin yazılı olduğunu görünce şaşırdım. Ne bir talimat ne de gönderene dair bir ipucu vardı. Neden o saatte orada bulunmam gerektiğini açıklayan bir ayrıntı da yazılmamıştı. Baştan aşağı esrarlıydı. Önce Anastasya'nın gönderdiğini düşündüm, ama sonra o akşam ailesiyle birlikte Prens Rojeski'nin evindeki akşam yemeği davetine gideceğini hatırladım. Yani gizli bir randevu ayarlamış olamazdı. Yine de meraklandım. O akşam yapacak işim yoktu, keyfim de yerindeydi. Ben de banyoya gidip güzelce yıkandıktan sonra, en güzel sivil kıyafetimi giydim ve saraydan çıkıp verilen adrese gitmek üzere yola koyuldum.

Hava karanlık ve soğuktu. Sokaklar öyle kalın bir kar tabakasıyla kaplıydı ki çizmeli ayaklarımı kar yığınlarından kurtara kurtara, ağır aksak yürümek zorunda kalıyordum. Ellerimi ceplerimin dibine kadar sokmuş yürürken duvarlara, lamba direklerine yapıştırılmış propaganda posterlerini görmemek elde değildi. Posterlerde Nikolay ile Aleksandra'yı alaya alan resimler vardı; onlara memleketin yağmacıları, zorbalar, despotlar deniyordu. Çariçe ise bir fahişe ya da dişi bir kurt gibi resmedilmişti; resimlerden birinde, iri yapılı ve genç erkeklerden oluşan bir haremin ortasında, bir başkasında ise staretsin kapkara gözlerinden yayılan şehvetli bakışlarının altında, yüzükoyun yatarken gösteriliyordu. Bu posterler, şehrin sıradan bir parçası hâline gelmişti; görevliler her gün posterleri yırtıp söküyor, ama posterler, ânında yeniden ortaya çıkıveriyordu. Bu posterlerden biriyle yakalanmak, ölüme davetiye çıkarmak demekti. Çar ile çariçenin, sokaklardan geçerken kendilerini bu kadar müstehcen biçimde gösteren resimleri görmeye nasıl tahammül ettiklerini merak ediyordum. Çar, sınırlarımızı korumak için orduda aylarını geçirmiş, sağlığını feda etmişti. Çariçe her gün hastanede, hastalarla ve ölüm döşeğindeki erlerle ilgileniyordu. Ne çariçe bir Marie Antoinette'ti ne de kocası XVI. Louis. Ama *mujik*ler, Kışlık Saray'a ikinci bir Versay gözüyle bakıyor gibiydiler. Bu ihtilafın sonu nereye varacak diye düşününce içim kararıyordu.

Karttaki adres beni şehrin, yolumun nadiren düştüğü bir kesimine, ne prenslere ait sarayların ne de ırgat viranelerinin bulunduğu o tuhaf semtlerden birine götürdü. Alelade sokaklar, küçük dükkânlar, birahaneler; burada olmamı gerektiren olağandışı bir şey göremiyordum burada. Bir an için o not belki de bana gönderilmemişti diye düşündüm. Belki de biri, şehri istila eden sayısız gizli cemiyetten birine bulaşmış bir arkadaşının kapısından atmak istemişti. Siyasete karışmış birinin. Belki de Romanovlar'a karşı yeni bir ayaklanma başlatmak üzere düzenlenen gizli bir toplantıya sürükleniyordum. Dönüp saraya gitmeyi düşündüm, ama daha kesin karar vermemiştim ki aradığım adres karşıma çıkıverdi. Berisinde beni bekleyen birinin olduğu, gösterişsiz siyah kapıya ihtiyatla baktım.

Korku ve şaşkınlıkla durakladıktan sonra, ahşap çerçeveye hızlı hızlı vurdum. Buraya davet edildim dedim, kendi kendime. O not bana hitaben yazılmıştı. Kapı hemen açılmayınca, sağ elimdeki eldiveni çıkarıp kapıya bu kez daha sert bir şekilde vurdum. Aynı anda kapı savrularak açıldı, koyu renk kıyafetler içinde gölgeye benzeyen biriyle burun buruna geldim. Karanlıkta kim olduğumu seçmeye çalışarak bir saniyeliğine dikkatle yüzüme baktı ve sonra keyifle çirkin bir kahkaha patlattı.

Gürleyerek, "Geldin!" dedi ve iki elini omuzlarıma koydu. "Geleceğini biliyordum! Genç erkekler çok kolay yönlendiriliyorlar, değil mi? Sana kendini Moyka'nın dibine atmanı da söyleyebilirdim; şimdiye çoktan gebermiş hâlde nehrin dibinde yatıyor olurdun."

O iri ellerin ağırlığı altında kıvranıp silkinmeye çalıştım ama beceremedim. Öyle bir kararlılıkla bastırıyordu ki sanki kendi kuvvetine karşı benim dayanıklılığımı sınıyordu. "Peder Grigori," dedim; bana kapıyı açan oydu, keşiş, Tanrı'nın adamı, Rus imparatoriçesini fahişesi yapan *mujik*. "Beni buraya çağıran kişinin siz olduğunuzu anlayamadım."

Sırıtarak, "Neden? Anlasaydın daha mı çabuk gelirdin?" diye sordu. "Yoksa gelmez miydin? Hangisi, Georgi Daniiloviç? İkincisi değil herhâlde. Bir an bile inanmam buna."

Açıksözlülükle, "Benim için sürpriz oldu, o kadar," dedim, çünkü yanında kendimi ne kadar rahatsız hissetsem de, beni ne kadar tiksindirse de, ondan etkilenmemek imkânsızdı, zira varlığı insanı durmadan sarhoş ediyordu. Onu ne zaman görsem kendimi âdeta felç olmuş hâlde buluveriyordum. Ve bu, sadece benim başıma gelmiyordu. Herkes ondan nefret ediyordu ama kimse de gözlerini ondan alamıyordu.

Beni içeri alırken, "Geldin ya, önemli olan bu," dedi. "İçeri gir, dışarısı soğuk; seni hasta etmeyelim, değil mi? Seni arkadaşlarımla tanıştırmak istiyorum."

Peşinden yürürken, "Peki ama burada ne işim var?" diye sordum. Karanlık bir koridordan geçip binanın arka tarafına, tamamen kırmızı mumlarla aydınlatıldığını fark ettiğim bir odaya doğru gidiyorduk. "Beni neden çağırdınız?"

"Çünkü ilginç kişilerin arkadaşlığı hoşuma gidiyor, Georgi Daniiloviç," diye gürledi, sanki kendi sesinden büyüleniyordu. "Ve senin çok ilginç biri olduğunu düşünüyorum."

"Nedenini anlayamıyorum."

"Anlamıyor musun? Anlamalısın." Bir an durup bana döndü, iki sıra hâlindeki sarı dişlerini göstererek gülümsedi. "Gizleyecek şeyleri olan herkesten hoşlanırım ve sen, genç arkadaşım, sırlarla dolusun, değil mi?"

Koyu mavi gözlerinin içine bakıp endişeyle yutkundum.

"Benim sırrım falan yok," dedim. "Hiçbir sırrım yok."

"Tabii ki var. Sadece ahmakların sırrı yoktur ve ben senin ahmak olduğunu zannetmiyorum. Hem, hepimizin sakladığı bir şeyler vardır. Hepimizin. Bizden üstün olanların da, bizimle eşit olanların da. Bizim ayrıcalıklarımıza sahip olmayanların da. Kimse asıl yüzünü açığa vurmayı sevmez; vuracak olsak birbirimize düşeriz. Ama sen çoğundan birazcık farklısın, bu konuda sana katılıyorum. Çünkü senin, sırlarını gizlemeye gücün yetmiyormuş gibi. Bunu fark eden tek kişinin ben olduğuma inanamam doğrusu. Ama lütfen, seni buraya bunun için çağırmadım." Dönüp yürümeye devam etti. "Bu konuşma bekleyebilir. Gel de arkadaşlarımla tanış. Bence birbirinizden hoşlanacaksınız."

İçimden, hemen dönüp git dedim, ama çoktan kırmızı mumlu odaya girip gözden kaybolmuştu ve o esnada hiçbir kuvvet beni, onun ardı sıra içeri girmekten alıkoyamazdı. Kapıdan içeri girdiğimde neyle karşılaşacağımı bilmiyordum. Staretsin arkadaşlarından oluşan küçük bir grupla ya da belki de çariçeyle karşılaşacaktım; tahmin etmek imkânsızdı. Hayal gücümü ne kadar zorladıysam da içeri adımımı attığımda beni tuhaf, hiç umulmadık ve insanı hemen sarhoş ediveren bir manzara karşıladı.

İçerisi kırmızı ve morun koyu tonlarıyla kaplanmış kanepelerle doluydu ve her yer, Delhi'nin pazarlarından getirilmiş gibi görünen, pahalı zemin ve duvar halılarıyla kaplıydı. Kanepelerin ve şezlongların üzerinde on on iki kişi vardı. Hepsi de birbirinden kışkırtıcı giysiler içindeydi. İmparatoriçenin yakın dostu olduğunu bildiğim, Livadya'ya yaptığı bir ziyaret sırasında çariçenin huysuz teriyeri Eira'yı tekmeleme cüretini göstererek çariçeyi gücendiren bir kontes; kraliyet ailesine mensup bir prens; Saint Petersburg'un en adı çıkmış kulamparalarından birinin kızı; benimle aynı yaşta, belki benden biraz daha büyük ve daha önce hiç görmediğim dört beş genç; birkaç fahişe; yüzü ruj izleriyle kaplı, olağanüstü güzellikte bir delikanlı... Çoğu soyunup dökünmüştü; gömleklerin önü açık, ayaklar çıplaktı. Kiminin üzerinde iç çamaşırlarından başka bir şey yoktu. Odayı kaplamış dumanın arkasında bir fahişe dikkatimi çekti. Ânında aklımı başımdan alıp daha fazlasını istememe neden olan kadın kanepede oturuyordu; bir delikanlı başını onun kucağına gömmüştü. Oğlan çırılçıplaktı ve kadının vücudunu fincan tabağından süt içen bir kedi gibi yalıyordu. Karşımdaki sahneye bakakaldım. Gözlerim tiksinti ve arzu karışımı bir duyguyla irileşti; biri beni kaçmaya zorluyor; diğeri kalmam için bastırıyordu.

Peder Grigori, kollarını iki yana açarak, "Arkadaşlar!" diye kükredi ve oda bir anda sessizliğe büründü. "Çok sevgili arkadaşlarım, tanıdıklarım ve yakın dostlarım, tanıma şansına eriştiğim nefis bir delikanlıyı sizlerle tanıştırmama izin verin. Georgi Daniiloviç Jahmenev. Eski Kaşinli; kutsanmış ülkemizin ortasındaki sefil bir bok çukurundan geliyor. Çarın ailesine, daha doğrusu en eski arkadaşına büyük bir bağlılık sergiledi. Bir süredir Saint Petersburg'da; ama bence eğlenmeyi hiç bilmiyor. Bu gece bu durumu değiştirmek niyetindeyim."

Konukları, bana yüzlerinde can sıkıntısı ve ilgisizlik karışımı bir ifadeyle bakıp kadehlerinden şarap içmeye ve aralarında dolaştırdıkları, fokurdayan cam pipodan derin nefesler çekmeye devam ederek alçak, fısıltıyla yakın bir mırıltıyla tekrar konuşmaya başladılar. Hepsinin gözlerinde ölgün bir bakış vardı. Peder Grigori hariç; o capcanlıydı.

Kolunu omzuma atıp beni kendine doğru çekti. Uyum içinde hareket ederek inleyen kadınla oğlana bakıp alçak sesle, "Georgi, seni davet ettiğime memnun değil misin?" diye sordu. "Burada olmak o kasvetli saraydan daha iyi, öyle değil mi?"

Dönüp yüzüne baktım. "Benden ne istiyorsun?" diye sordum ve ekledim: "Beni neden getirdin buraya?"

Bana sanki bir gerizekâlıymışım gibi bakıp güldü. "Ama canım, gelmek isteyen sendin," dedi. "Elini tutup seni buraya kadar ben getirmedim ya?"

"Kartı kimin gönderdiğini bilmiyordum," dedim. "Bilseydim..."

"Çok iyi biliyordun, ama aldırmadın," dedi gülümseyerek. "Kendine yalan söylemek aptalca bir şey. Başkalarına mutlaka söyle, ama kendine sakın. Burada huysuzluğa izin yok, yalnızca ahenge izin veririz. Bir kadeh şarap al. Rahatla. Keyfine bak. Sandığın kişi olduğunu unutmayı ve gerçekten olmak istediğin kişi olmayı becerirsen buradan hoşlanabilirsin, Georgi Daniiloviç. Yoksa sana *paşa* mı diyeyim? Öylesini mi tercih ederdin?"

Gözlerim irileşti. Yıllardan beri kimse bana bu isimle hitap etmemişti ve yalnız babam bana böyle derdi. "Bu adı nereden duydun?" dedim. "Kim söyledi sana?"

"Ben çok şey duyarım!" diye bağırdı. Sesi aniden yükselmişti, ama konuklardan hiçbiri korku veya hayretle dönüp bakmadı; konuşurken sesi dürüst ve dehşete düşmüş bir tınıyla titriyordu. "Tarlalarda adalet ve eşitlik diye haykıran köylülerin seslerini duyarım. Geceleri hasta oğlu için ağlayan Matuşka'nın sesini duyarım. Hepsini duyarım, *paşa*." Şimdi sesi hüzünlü ve korkuluydu, eğilip bana doğru yaklaşırken yüzü acıyla buruştu. "Onu ezerek canını alacak olan aracı gördüğü anki nefes alış verişlerini duyuyorum. Cehennemden kurtulmak için yakaran günahkârların feryatlarını duyuyorum. Yüzlerini bizden çevirip kurtulmuş olanların cennetteki kahkahalarını duyuyorum. Odaya giren askerlerin ayak seslerini duyuyorum; tüfekleri ellerinde, öldürmeye, şehit düşmeye hazırlar..." Sustu, yüzünü ellerine gömdü. "Ve seni duyuyorum, Georgi Daniloviç Jahmenev," dedi. Ellerini yüzünden çekip yanaklarıma bastırdı. Soğuk yanaklarımdaki parmakları sıcak ve yumuşaktı. "Söylediğin şeyleri, çaresizce duymamaya çalıştığın şeyleri duyuyorum."

"Hangi şeyleri?" diye sordum, sesim neredeyse duyulmayacak kadar alçak çıktı. "Ne diyorum ben? Ne duyuyorsun?"

"Ah, sevgili oğlum," dedi başını sallayarak. "'*Ne oldu? Kim ateş etti?*' diyorsun."

Sağ taraftan bir ses konuşmamızı bölerek, "Al, biraz iç şundan," dedi. Döndüm ve elinde bir kadeh kırmızı şarapla prensi gördüm. Geri çevirmek için bir neden göremedim ve kadehi hemen ağzıma götürüp bir yudum içtim.

Peder Grigori gülümseyerek, "Çok güzel," dedi. Yanaklarımı okşadı; içimde, yüzümü eline daha fazla bastırıp uyuma isteği uyandı.

"Çok güzel, *paşa*. Şimdi otur. Seni arkadaşlarıma takdim edeyim. Sanırım burada sana haz verebilecek kişiler var." Bunu söylerken bir rafa uzanıp başka bir pipo aldı ve ateşe tuttu; eli ya yanmıyordu ya da ateşin acısına aldırmıyordu. "Seni gevşetir. Güven bana," diye fısıldadı. "Bana güveniyorsun, değil mi *paşa*? Dostun Grigori'ye güveniyorsun?"

Buna verilecek tek bir cevap vardı. Bütün bunlar beni hipnotize etmişti. Arkamdaki kanepeden uzanan ellerin vücudumu okşadığını hissediyordum. Fahişe. Delikanlı. Beni oyunlarına davet ediyorlardı. Odanın diğer tarafındaki kontes beni izliyor, bir yandan da utanmadan açıp bana gösterdiği göğsünü okşuyordu. Prens, kontesin önünde diz çökmüştü. Diğer genç erkekler ve kadınlar fısıldaşıyor, pipodan duman çekiyor, soluk alıyor, bana bakıyor, ardından başlarını çeviriyorlardı. Odayla bütünleşmek, neşeli eğlencelerine karışmak için kendimi bırakırken vücudumun, gereksiz bir ayak bağıymış gibi sürüklendiğini hissettim. Yeniden konuşabildiğim zaman sesim bana ait değil de, bir başkasının, uzak bir diyardan seslenen tanımadığım birinin iç çekişi gibiydi.

"Evet," dedim. "Evet, sana güveniyorum."

1916 yılının bitmesine yakın, Saint Petersburg patlamaya hazır bir yanardağ gibiydi, ama saray sakinleri sokakları işgal eden huzursuzluktan bihaberdiler. Hiçbir terslik yokmuş gibi mutlu mesut, her zamanki düzenimizde yaşamaya devam ediyorduk. Aralık ayının başında, çar birkaç haftalığına Stavka'dan saraya döndü. Bunun üzerine imparatorluk ailesini bir sevinç, hatta bir havailik sardı; ta ki çarın, sonunda, sevgili kızının en güvendiği muhafızlarından biriyle bir gönül ilişkisi kurduğunu öğrendiği o öğleden sonraya kadar. O an, Alman, Rus, Baltık ve Türk sınırlarında süregelen savaş sanki bütün şiddetiyle Kışlık Saray'ın ikinci katına taşındı.

Uzun zamandır saklanan bu sırrı kimin açığa çıkardığını Anastasya da, ben de hiçbir zaman öğrenemedik. Kol gezen dedikodulara göre, bir fitneci, imzasız bir not yazıp Nikolay'ın çalışma masasına bırakmıştı. Başka bir söylentiye göre ise çariçe bunu, ilişkiyi kendi gözleriyle gören dedikoducu bir hizmetçiden duymuştu. Üçüncü ve tamamen asılsız bir rivayet de Aleksey'in gizlice verilen bir buseyi görmesi ve bunu babasına anlatmasıydı. Ama oğlan asla böyle bir şey yapmazdı, bunu bilecek kadar iyi tanıyordum onu.

İlişkinin duyulduğunu öğrenmem şöyle oldu: Bir akşam geç saatte çareviçin odasından çıkıyordum. Koridorun ilerisinde, çarın çalışma odasının olduğu yerde, bir fırtınanın kopmak üzere olduğunu duyabiliyordum. Başka bir zaman olsa durup bu gürültünün nedenini anlamak için kulak kabartırdım ama yorgun ve aç olduğum için yoluma devam ettim. Fakat birden, bir el kolumdan yakalayıp beni kabul salonlarından birine çekiverdi. Kapı hızla kapanıp kilitlendi. İrkilip döndüm ve beni kaçıran kişiyle yüz yüze geldim.

"Anastasya," dedim sevinçle. Kendini beğenmişliğimden, Anastasya'nın bana duyduğu arzuya yenilip, oradan geçmemi beklediğini zannettim. "Bu akşam maceraperestliğin üzerinde."

Kolumu bırakıp hızlı hızlı konuştu. "Kes şunu Georgi. Olanları duymadın mı?"

"Olanları mı?" diye sordum. "Kime ne oldu?"

"Marie," dedi. "Marie ile Sergey Stasyoviç."

Gözlerimi kırpıştırıp bir an düşündüm. O akşam çok yorulmuştum ve aklım her zamanki kadar hızlı işlemiyordu, ne demek istediğini hemen anlayamadım.

Yüzümün ifadesinden anlamadığımı görünce çabucak açıkladı. "Ablam Marie ile Sergey Stasyoviç Polyakov."

Tek kaşımı kaldırdım. "Sergey mi? Ee, ne olmuş ona? Kastettiğin buysa, bu akşam onu görmedim. Petrus ve Pavlus Katedrali'ne giderken babanın maiyetinde olmayacak mıydı o?"

Anastasya budalalığım karşısında çileden çıkıp sert bir şekilde, "Dinle beni Georgi," dedi. "Babam ikisini öğrenmiş."

"Marie ile Sergey Stasyoviç'i mi?"

"Evet."

"Ama anlamıyorum ki," dedim. "Ne Marie'si, ne Sergey Stasyoviç'i? Marie ve Sergey Stasyoviç diye bir şey yok ki." Kulağım söylediklerimi işitirken her şey bir anda berraklaşıverdi. "Hayır!" Ağzım bir karış açık kaldı, gözlerim şaşkınlıktan irileşti. "Yoksa..."

"Aylardan beri sürüyordu," dedi.

Hayret içinde başımı iki yana salladım. "Ama inanamıyorum. Senin ablan, imparatorluğun grandüşesi, çarın kızı. Sergey Stasyoviç ise... Eh öyle tiplerden hoşlanıyorsan sevimli ve yakışıklı çocuktur, ama Marie'nin ona gönlünü kaptırması, olacak... " Durakladım, sözümü tamamlamamayı tercih ettim. Anastasya bir kaşını kaldırıp yüzüme baktı, yüzündeki endişeye rağmen kendimi tutamayıp hafifçe gülümsedim. Lafı çevirip şansımı denedim. "Tabii ki mümkün," dedim. "Ben de ne düşündüysem?"

"Biri babama söylemiş," dedi. "Öfkeden deliye döndü. Köpürdü. Onu hiç bu kadar sinirli görmemiştim."

"Ben çok... Sergey'in bana anlatmamasına inanamıyorum," dedim. "Dost olduğumuzu sanıyordum. Aslında o, buradaki en yakın arkadaşım." Bunları söylerken aklıma, en yakın arkadaşım dediğim bir önceki kişi geliverdi. Bebeklikten erkekliğe kadar birlikte büyüdüğüm arkadaşım. Kanı ellerime bulaşan arkadaşım.

"Peki, Sergey'e bizden söz ettin mi?" diye sordu Anastasya. Şimdi benden uzaklaşmış, endişeyle odayı adımlıyordu.

"Hayır, tabii ki etmedim. Ona asla bu kadar mahrem bir sırrımı emanet etmem."

"O zaman, o da senin için aynı şeyi hissediyormuş."

"Sanırım öyle," dedim. Riyakârca olmasına rağmen, elimde olmadan biraz kırgınlık hissediyordum. "Peki ya sen?" diye sordum. "Sen ilişkilerini biliyor muydun?"

Sorunun cevabı gün gibi ortadaymış gibi, "Tabii ki biliyordum Georgi," dedi. "Marie'yle her şeyimizi birbirimize anlatırız."

"Ve bana hiç söylemedin."

"Hayır, bu bir sırdı."

"Sırlarımız olduğunu bilmiyordum," dedim alçak sesle.

"Öyle mi?"

Bir an için gözlerimi kaçırıp kendi kendime, "Hepimiz bir şeyler saklıyoruz," diye mırıldandım. Tıpkı staretsin birkaç hafta önce o müthiş gecede baktığı gibi, büyük bir yoğunlukla, doğruca gözlerimin içine baktı. O gecenin çağrışımı, anısı kalbime saplanan bir bıçak gibiydi; utanç hissedip yüzümü buruşturdum. Soğukkanlılığımı yeniden kazanmaya çabalayarak sonunda, "Peki ya biz?" diye sordum. "Marie bizi biliyor mu?"

"Evet. Ama yemin ederim ki kimseye söylemeyecek Georgi. Bu bizim sırrımız."

"Marie ile Sergey Stasyoviç de sırrınızdı. Ve duyuldu."

Kızgınlıkla, "Eh, ben Peder'e söylemedim," dedi. "Asla yapmam bunu."

"Peki ya Olga ile Tatyana? Onların Marie ile Sergey'den haberleri var mı? Bizi biliyorlar mı?"

Başını sallayarak, "Hayır," dedi. "Biz bunları Marie'yle, uyumadan önce konuşurduk. Sadece birbirimizle paylaştığımız sırlardı."

Başımı öne doğru salladım. Ona inanmıştım. İmparatorluk ailesinin her bir sarayında yüzlerce oda olmasına karşın, Marie ile

Anastasya gibi, Olga ve Tatyana da her zaman aynı odada birlikte kalırlardı. Birlikte kalan kardeşlerin kendilerine ait mahrem sırları paylaşmaları şaşırtıcı bir durum değildi.

Çarın çalışma odasından gelen bağırış çağırışları hatırladım. "Peki, ne olmuş?" diye sordum. "Orada neler oluyor biliyor musun?"

"Bir saat önce annem Marie'yi sürükleye sürükleye babamın odasına götürdü. Marie geri geldiğinde ağlamaktan kendini kaybetmiş gibiydi. Benimle doğru dürüst konuşamadı bile Georgi, neredeyse hiç konuşamadı. Sergey'i Sibirya'ya, sürgüne göndereceklerini söyledi."

"Sibirya mı?" Soluğum kesildi. "Ama... olamaz!"

"Bu gece gidiyor," dedi. "Bir daha birbirlerini göremeyecekler. Marie'nin dediğine göre Sergey'in şansı varmış. İlişkileri daha ileri gitseymiş, onu idam da edebilirlermiş."

Gözlerimi kısıp yüzüne baktım. Yanakları koyu kırmızı bir tona büründü. Birbirimize yakınlaşalı uzun zaman olmasına rağmen aramızda cinsel bir yakınlık yaşanmamıştı. Aşkımızı sonu gelmez öpüşlerle korumuştuk.

Alçak sesle, "Doktor Federov'u çağırdılar," dedi. Doktorun adını söyleyince yanakları daha da kızardı.

"Doktor Federov'u mu? Ama onu, erkek kardeşinin sağlık sorunları haricinde çağırdıklarını hiç görmedim. Neden ona ihtiyaç duydular ki?"

"Marie'yi muayene etti," dedi. "Annemle babam şey olup olmadığını... bekâretinin bozulup bozulmadığını öğrenmek istediler."

Şaşkınlıktan ağzım açık kaldı. Durumun korkunçluğunu hayal bile edemiyordum. Marie on yedi yaşına gireli daha birkaç ay olmuştu. Annesiyle babası yan odadayken –aynı odada bulunmadıklarını varsaydım– ihtiyar Federov'un ellerinde, böyle onur kırıcı bir muayeneye maruz kalmak öyle feci bir tecrübeydi ki düşüncesine bile katlanmak zordu.

"Peki..." diye başladım, ama gerisini getiremedim.

Anastasya üstüne basa basa, "O masum," dedi. Gözlerimin içine bakmak için başını kaldırınca, gözlerine yırtıcı bir bakış yerleşti.

Başımı salladım; bir an durup düşündükten sonra saatime göz attım. "Peki Sergey Stasyoviç nerede? Daha gitmedi ya?"

"Gitmedi sanırım," dedi, zihni allak bullak olmuş gibiydi. "Emin değilim Georgi; sakın gidip de onu arama. Ona yakınlık gösterdiğin anlaşılırsa senin için hiç iyi olmaz."

Elimi kapının koluna atıp, "Ama o benim arkadaşım," dedim. "Gitmek zorundayım."

"Sana olanları anlatmadığına göre pek de dostun sayılmazmış."

"Fark etmez," dedim. "Şimdi acı içinde. Konuşmadan gitmesine razı olamam. Bir kez bir arkadaşıma ihanet ettim ve tek yapabildiğim bunun utancına katlanmak oldu. Ne dersen de, bunu bir daha yapmayacağım."

Yüzüme baktı; itirazını sürdürmek ister gibi bir hâli vardı, ama yüzümdeki ifadeden benim de bir o kadar kararlı olduğumu anlayınca başını peki der gibi salladı. Yine de endişeliydi.

Ben çıkmak üzere kapıyı açarken, "Bundan sonra dikkatli olmak zorundayız," dedi. "Öğrenirlerse buna dayanamam. Seni benden ayırırlarsa... Kimse bilmemeli."

Koşup onu kollarımın arasına aldım. Ağlamaya başladı; biraz bizim durumumuz yüzünden, biraz da ablasının kırılan kalbi için ağladığını düşündüm.

"Kimse bilmeyecek," dedim emin bir tavırla. Fakat ben de endişe içindeydim, çünkü hâlihazırda *biri* bizi biliyordu.

Sergey Stasyoviç'i iki genç subayın koruması altında, tam saraydan ayrılmak üzereyken buldum. İkisi de boş gecelerimizde hep birlikte sarhoş olduğumuz arkadaşlarımızdı. Bu görev onlara verildiği için mutsuz görünüyorlardı. Birkaç dakikalığına arkadaşımla yalnız kalmak için yalvardım. Razı oldular, birbirimize veda edebilelim diye yanımızdan biraz uzaklaştılar.

Sergey'in yorgun, mutsuz yüzüne bakarak, "İnanamıyorum," dedim. Yüzünde tekinsiz bir ifade vardı, son birkaç saatte olanlara inanamıyormuş gibiydi.

"İnanmaya çalış Georgi," dedi gülümseyerek.

"Ama gerçekten bizden ayrılmak zorunda mısın? Seni..." Muhafızlarına, arkadaşlarımıza doğru baktım. "Seni yolda bir yerde bırakamazlar mı? Herhangi bir yere gidebilirsin. Yeni bir hayata başlayabilirsin."

Omuzlarını silkip, "Yapamazlar," dedi. "Canlarına mâl olur. Karşı tarafta beni karşılamak için bekleyen biri olacak. Çara yazıp haber verir. Ne de olsa bu onun emri. İtaatsizlik edemem. Sana veda ettiğim için üzülüyorum Georgi." Sesi, ıstırapla hafiften boğuklaştı. "Bilmiyorum, sana iyi bir arkadaş olabildim mi..."

Sözünü kestim. "Ya ben sana olabildim mi?"

"Belki ikimizin de aklı başka yerlerdeydi, değil mi?" Yüzüme bakıp gülümsedi, benzimin solduğunu hissettim. Tabii ki biliyordu. Ben onunkini anlayacak kadar akıllı değildim, ama o benim sırrımı biliyordu. Tedirgin bir tavırla etrafa göz atıp sesini alçalttı ve "Dikkatli ol," dedi. "Zamanının gelmesini bekleyecek. Bana yaptığı gibi seni de öldürecek."

Kaşlarımı çatıp, "Kim?" diye sordum. "Kimden bahsediyorsun?"

"Rasputin!" diye tısladı, beni kendine çekip kucaklarken fısıltıyla, "başıma gelen talihsizliğin mimarı. Rasputin her şeyi biliyor Georgi. Bize sonu gelmez oyunlarında birer piyonmuşuz gibi davranıyor. Çar ve çariçeden tut da, bizim gibi değersizlere dek herkesle oynuyor. Aylardan beri benimle oynuyordu."

Ayrılırken, "Nasıl?" diye sordum.

Başını iki yana sallayıp acı acı güldü. "Önemi yok. Aklıma geldikçe utanıyorum. Ama o, sırlarını bilmesini isteyeceğin türden bir insan değil," diye ekledi. "Bence o insan bile değil. O bir şeytan. İmkânım varken onu öldürmeliydim."

Deşhete kapılmıştım. "Ama asla böyle bir şey yapamazdın," dedim. "Sebepsiz yere..."

"Neden? Marie'siz hayatım nasıl olacak şimdi? Ya onunki bensiz nasıl olacak? Şimdi yukarda, ikimize de gülüyordur. Aptal gibi, bizi ele vermez sandım, eğer... eğer..."

"Eğer ne, Sergey?"

"Benden istediğini yaparsam... Onu öldürmeliydim, Georgi. Boğazını, bir kulağından öbürüne kadar kesmeliydim."

Birkaç kez benim de gördüğüm o kara gölgeyi görmeyi bekler gibi başını kaldırıp sarayın pencerelerine baktı, ama şimdi Peder Grigori'den hiçbir iz yoktu. İçimden, keşke çarın masasına bırakılan notu görebilsem diye geçirdim. Zarfı, mektup kâğıdını, el yazısını inceleyebilsem. Gözümde gayet iyi canlandırabiliyordum.

Kiril alfabesiyle yazılmış o kusursuz el yazısı.

Üç atla birlikte yanımıza yaklaşan muhafızlarına baktı. "Gitmek zorundayım," dedi. "Bir daha görüşmeyeceğiz. Ama söylediklerimi aklından çıkarma. Artık benim hayatım bitti. Benim ve Marie'nin. Ama Anastaya ile senin, hâlâ vaktiniz var."

İtiraz etmek için ağzımı açtım ama ne kastettiğini bilmiyordum. Başka bir şey söylemedim; atını saraydan uzağa, yalnız ve ümitsiz geleceğine doğru sürmesini izledim.

Peder Grigori. Keşiş. Starets. Rasputin. Nasıl isterseniz öyle deyin. Bu işin içindeydi; kesinlikle içindeydi. Kimbilir ne yöntemlerle Sergey Stasyoviç'in aklını çelmişti. Ve sonunda arkadaşım hayır demiş ve ona sırtını dönmüştü. Ödediği bedel de bu oldu.

O gece olanları zihnimden uzaklaştırmaya çabalamış, ancak başarısız olmuştum. Aslında çok azını hatırlıyordum. Alkol. Uyuşturucular. Bana verdiği iksirler. Kurduğu sahnedeki diğer oyuncular. Yaptığım şeyleri tamamıyla hatırlayamıyordum. Utancım ve pişmanlığım hariç. Keşke odamda bulduğum o zarfı yerden hiç almasaydım diye Tanrı'ya yakarışlarım hariç.

Artık benim için önemli olan sadece Anastasya'ydı. Peder Gregori'nin, Sergey Stasyoviç ile Marie'ye yaptıklarını bize de yapmasına izin veremezdim. Bizi ayırmasına izin veremezdim. İşte kabul ediyorum. İlk ve son olarak itiraf ediyorum. Olacağımı hiç düşünmediğim bir insan hâline geldim. İkimizi de yok etmesine izin vermemeye karar verdim.

Peder Grigori'nin düşmanlarını bulmak hiç zor olmadı; sayıca çok tutar. Toplumun hemen her kesiminde olağanüstü bir nüfuzu vardı. Saint Petersburg'da geçirdiği yıllar boyunca, bakanları ve başbakanları makamlarından etmeye yetecek kadar güç kazanmıştı. Dizginlenemez şehveti, sayılamayacak kadar çok yuvanın yıkılmasına neden olmuştu. Halkı otokrasinin aleyhine kışkırttığı için yönetici sınıfın düşmanlığını kazanmışken çariçe de dâhil olmak üzere, sosyetenin ileri gelen hanımları, onun hipnotize edici ve baştan çıkarıcı kontrolünün altına girmişlerdi. Fakat Rusya'nın köy ve kasabalarındaki *mujik*ler için durum böyle değildi.

Şaşılacak olan, onu öldürmeye hevesli insanların çokluğu değildi. Şaşılacak olan, her şeyden önce, bu kadar uzun zaman boyunca tutunabilmesiydi.

Marie ile Sergey Stasyoviç'in ilişkisinin ortaya çıkmasından sonraki günler tedirginlikle geçti. Staretsin, en küçük kızıyla ilişkim olduğunu çara söylemek için bir açığımı yakalayacağı korkusuyla aklımı kaybetmiş gibiydim. Buna bir de, arkadaşımı kaybetmenin üzüntüsü ve herkese rezil olan, matem içindeki ablasıyla ilgilenen ve en az onun kadar acı çeken Anastasya için duyduğum endişe eklenmişti.

Böyle yaşamaya devam etmem imkânsız gibi görünüyordu. Kapım her çalındığında ödüm patlıyor; işkencecimle karşılaşırım diye sarayın koridorlarında yürümeye korkuyordum. Ve böylece, Sergey'in sürgüne gitmesinden birkaç gün sonra, yaptıklarımın sonuçlarını düşünmeyi bir an bile bırakmadan, cephaneliğe gidip bir tabanca aldım ve karanlık çökene kadar bekledikten sonra, üç hafta önce ziyaret ettiğim, staretsin zevki için kendimi alçalttığım o eve gittim. Görülmekten korktuğum için güzelce kılık değiştirdim. Önceki gün bir tezgâhtan aldığım kalın pelerini giydim; bir şapka, bir de uzun bir atkı taktım. Kimse beni tanıyamazdı. Görenler, bir an önce soğuktan kurtulup evine kavuşmak için hızlı hızlı yürüyen, işinde gücünde bir tüccar zannedebilirdi beni ancak. O sokaklardan bir daha geçmek; elimin, o siyah kapının pervazına bir daha vurduğunu duymak bile içimi utanç ve vicdan azabıyla doldurdu. Yaptıklarım, ümitsizce unutmaya çabaladığım şeyler aklıma gelince midemin kalktığını hissediyordum. Masumiyetim kaybolmuştu, artık Anastasya'nın aşkına layık olup olmadığımı bile bilmiyordum.

Ellerim sadece ayazdan değil, yapmayı tasarladığım şeyin korkusundan da titriyordu. Düşmanımın ortaya çıkmasını beklerken bir elimle paltomun içine sakladığım tabancayı sıkıca tutmaya devam ettim. Onu hemen mi vursam diye düşündüm. Son duasını etmesine, bağışlanmak için yakarmasına, birçok insanı kendi önünde diz çöktürüp yalvarmaya zorladığı gibi, hangi tanrıyı aziz biliyorsa diz çöküp ondan yardım dilenmesine izin verecek miydim?

İçerideki koridordan yükselen ayak seslerini işittim. Nabzım korkudan hızlandı, kaygan parmaklarım tetiğe yapıştı, *hayır* diye geçirdim içimden, bunu yapacaksam, karşımda belirdiği anda, ne olduğunu anlamadan, beni insafa getirmek için aklımı çelmesine fırsat vermeden yapacaktım. Ne var ki kapıyı onun değil, birkaç hafta önce önüme serdiği zevklerden faydalandığım fahişenin açtığını görüp şaşırdım. Başta beni tanımayıp ifadesiz gözlerle yüzüme baktı, ya sarhoştu ya da kimbilir ne tür bir karışımla kendinden geçmişti.

"Nerede o?" diye sordum. Kendimi tamamen nihai amacıma verdiğimden sesim boğuk ve korkunç çıktı.

"Kim nerede?" diye karşılık verdi; görünüşümden de kararlılığımdan da etkilenmemişti. Ben yalnızca, staretsin buraya getirdiği onlarca, yüzlerce kişiden biriydim.

"Kim olduğunu biliyorsun," diye üsteledim. "Papaz. Rasputin dedikleri."

"Ama o burada değil ki," dedi. Omuz silkip sarhoş bir kahkaha attı ve rüyadaymış gibi bir tavırla ekledi. "Beni bir başıma bıraktı."

Uzandım, omuzlarından tutup sarstım. "Nerede peki?" O zaman sinirlenip nefret dolu gözlerle yüzüme baktı; sonra fikrini değiştirip gülümsedi.

Omuz silkti. "Prens alıp götürdü," dedi.

"Prens mi? Hangi prens? Adını söyle!"

"Yusupov. Bir saat kadar oldu. Nereye gittiklerini bilmiyorum."

Amansız bir tavırla ona yumruğumu gösterdim. "Tabii ki biliyorsun," dedim. "Nereye gittiler, söyle, yoksa yemin olsun seni..."

"Bilmiyorum," dedi. "Bana söylemedi. Her yerde olabilir. Hem zaten ne yapacaksın ki *paşa*?" diye sorduktan sonra alaycı bir tavırla devam etti. "Canımı yakabileceğini mi sanıyorsun? Bana yapmak istediğin şey gerçekten bu mu?"

Beni tanımasına şaşırıp yüzüne bakakaldım, ama tek kelime etmedim. Ona bakmak zorunda kalmamak için arkamı dönüp yüzümü sokağa çevirdim.

Felix Yusupov'un evini hatırlayarak, sessizce, "Moyka Sarayı," dedim. Büyük olasılıkla oraya gitmişti; ne de olsa Moyka, partileri ve sefahat âlemleriye adı çıkmış bir yerdi. İçimden, tam da Peder Grigori'nin kendini evinde gibi hissedeceği bir yer diye geçirdim. Son bir kez fahişeye baktım. Sataşmak için konuşmaya başladı ama tek kelimesini bile dinlemeden dönüp nehir istikametine doğru yürüdüm.

Moyka Nehri'nin kıyısına doğru gidip Gorokhovaya Caddesi'ni geçtim. Mariinsky Sarayı'nın parlak ışıklarının önünden, Yusupov'un evine doğru ilerledim. Nehrin büyük bölümü donmuştu. Su, nehrin etrafındaki duvarlara çarpıp donarak, yukardan bakınca karlı sıradağlara benzeyen beyaz uçlu tepeler oluşturmuştu. O uzun, soğuk yürüyüş boyunca tek bir kişiye bile rastlamadım. Anladım ki böylesi çok daha iyiydi, çünkü yapacağım şey, hele de çariçenin kulağına giderse, ölümüme sebep olabilirdi. Elbette yapmayı planladığım şey için beni alkışlayacak çok insan vardı, ama mahkemeye çıkacak olsam arkamda durmaz, sessiz bir çoğunluktan ibaret kalırlardı. Suçlu bulunursam hikâyem, muhakkak, staretsin son kurbanı olarak, Saint Petersburg'un dışındaki ormanda, bir ağaçtan sallandırılmamla sona ererdi.

Sonunda Moyka Sarayı karşımda belirdi. Binayı koruyan herhangi bir nöbetçi olmadığını görünce sevindim. On ya da on beş sene önce olsaydı, girişteki avluyu arşınlayan en az bir düzine bekçi olurdu. Ama artık yoktu. Üst sınıfın ne ölçüde zayıfladığının bir işaretiydi bu. Her yerde, sarayların bir yıl bile dayanamayacağı konuşuluyordu. Bu arada zenginler, hâlâ fırsatları varken sefih hayatlar yaşamaya devam ediyor, şaraplarını içiyor, midelerini etle dolduruyor, fahişelerini beceriyorlardı. Sonları yaklaşıyordu, biliyorlardı, ama umursayamayacak kadar sarhoşlardı.

Sarayın arka tarafına gittim. Kapılardan birini açmayı denemek üzereyken içeriden bir silah sesi geldiğini duydum. İrkildim, âdeta taş kesildim. Gerçekten silah sesi miydi, yoksa ben mi yanlış duymuştum? Heyecanla yutkunup etrafıma bakındım, ama kimseler görünmüyordu. Saraydaki insanların bağırışlarını, kahkahalarını, içlerinden bazılarının diğerlerini susturduğunu duyabiliyordum. Sonra bir el silah sesi daha işitip dehşete kapıldım. Sonra bir el daha. Bir el daha. Toplam dört el ateş edilmişti. Etrafa baktım ve tam o anda kapı açıldı, büyük bir lamba beni aydınlattı, biri üzerime çullanıp kollarını boynuma sarıverdi ve bıçağının ağzını gırtlağıma dayadı.

"Kimsin?" diye tısladı. "Çabuk söyle yoksa geberirsin."

Bıçak boynuma girmesin diye boynumu fazla kıpırdatmamaya çalışarak, "Bir dost," diye kekeledim.

"Dost mu? Kiminle konuştuğunu bile bilmiyorsun."

"Ben..." diyip durakladım. Kendimi çarın adamı olarak mı tanıtmalıydım? Yoksa Rasputin'in yakın bir arkadaşı mı? Belki de düşmanı? Boğazımdaki elin sahibinin kim olduğunu nereden bilebilirdim?

Biri, "Dimitri, hayır," diye haykırarak saraydan fırladı. Prens Felix Yusupov'u görür görmez tanıdım. "Bırak onu. Bu çocuğu tanıyorum." Adam beni hemen bıraktı, ama yerimden kımıldamadım. Elimi boğazımda gezdirip kesik olup olmadığına baktım, fakat bir şey olmamıştı. "Ne yapıyorsun burada?" diye sordu. "Seni tanıyorum, değil mi? Sen çareviçin muhafızısın."

Onaylayarak, "Georgi Daniiloviç," dedim.

"Ne istiyorsun peki? Vakit geç oldu. Seni çar mı gönderdi?"

"Hayır," dedim hemen. "Kimse göndermedi. Kendim geldim."

"Ama neden? Kimi arıyorsun?"

Bir saniye önce üzerime atılan adam karşıma geçti. Kusursuz bir dikkatle yüzüne baktım. Bu adamı birkaç kez görmüştüm; uzun boylu, aksi görünümlü biriydi. Bir grandük ya da bir konttur herhâlde diye düşündüm. Meydan okurcasına, ters ters yüzüme baktı. "Cevap ver," diye bağırdı. "Kimi arıyordun?"

İtiraf ettim. "Staretsi. Evine gittim, orada yoktu. Burada olabileceğini düşündüm."

Prens Yusupov hayretle yüzüme baktı. Alçak sesle, "Rasputin mi?" diye sordu. "Peki neden arıyordun onu?"

Artık öğrenileceğini umursamadan, "Öldürmek için," diye bağırdım. Bir daha oyunlarının kuklası olursam lanet olsundu bana. "Onu öldürmeye geldim ve önce ikinizi haklamam gerekse bile bunu yapacağım."

Prensle arkadaşı bakıştı ve tekrar bana baktıktan sonra kahkahalara boğuldular. İçimden, ikisini de hemen oracıkta vurmak geçti. Beni ne zannetmişlerdi, öfke nöbeti geçiren bir çocuk mu? Staretsi öldürmek için oradaydım ben; öldürmeden dönersem yuh olsundu bana.

"Peki onu neden öldürmek istiyorsun bakalım, genç Georgi Daniiloviç?"

"Çünkü o bir canavar," dedim. "Çünkü yok edilmezse hepimiz yok oluruz."

Prens hoşnutsuz bir gülümsemeyle, "Zaten olacağız," dedi. "Buna engel olmak için hiçbirimiz bir şey yapamayız. O deli keşişe gelirsek... korkarım çok geç kaldın."

Rahatlama mı, yoksa ümitsizlik mi hissetsem bilemedim. Onun

sokağa kaçıp hızla fahişelerinin kollarına koştuğunu hayal ederek, "Gitti mi yoksa?" diye sordum.

"Ah, evet."

"Peki burada mıydı?"

Prens, "Buradaydı," dedi. "Bu gece erken saatte onu alıp buraya getirdim. Şarap verdim. Pasta verdim. İçlerine de, bırak Pokrovskoye'den gelen kokuşmuş bir *mujiki*, bir düzine adamı öldürmeye yetecek kadar siyanür kattım."

Gözlerim hayretten faltaşı gibi açıldı. Şaşkınlık içinde, "Öldü mü peki?" diye sordum. "Onu çoktan öldürdünüz mü?"

İki adam yine bakışıp âdeta özür dilercesine omuz silktiler. Prens gülümseyerek diğerine, "Sence de ölmüştür, değil mi?" dedi. Hâli hiç de az önce cinayet işlemiş birinin hâline benzemiyordu; aklını kaçırdığından ya da sarhoş olduğundan şüphelendim. Her medeni insanın bildiği basit bir gerçekten bahsedermiş gibi, "Ama hiç etki etmedi," dedi. "O insan değil. O şeytanın yarattığı bir şey. Siyanür onu öldürmedi."

Damarlarımdan bir ürperti geçti. "Peki, onu öldüren neydi?" diye sordum.

Prens gülümseyerek, "Bu," dedi. Tuniğinin içinden tabancasını çıkardı; sahiden de namludan hâlâ duman çıkıyordu. On dakika önce, neredeyse Moyka'dan kaçmama neden olacak olan silah seslerini hatırladım hemen.

Duygusuz bir sesle, "Onu vurdunuz," dedim. Benim niyetim de buydu ama yine de kelimelerin gerçekliği içimi ürpertti.

"Evet. İstersen göstereyim."

Beni içeri alıp önüme düştü. İki yandaki uzun, beyaz mumların aydınlattığı loş koridorda biraz yürüdük. Yerde yüzüstü yatan, şüphe götürmez biçimde Peder Grigori'nin cesediydi. Siyah pelerini etrafına yayılmıştı; kolları karikatürvari bir pozla açılmış, cılız, uzun, pis saçları mermerin üzerine dağılmıştı.

Ben cesede yaklaşıp bakarken prens, "Zehir işe yaramazsa kurşun yarar diye düşündüm," dedi. "Bir tane midesine, bir tane bacağına, bir tane böbreğine, bir tane de göğsüne sıktım. Biri bu işi yıllar önce yapmalıydı. Yapsaydı şimdi böyle altüst olmazdık."

Onu dinlediğim filan yoktu; gözlerimi cesede dikmiştim. Bu işi başka birinin halletmesine memnun olmuştum ve bir an için, acaba bende bu kadar iğrenç bir suç işleyecek kadar yürek var mı diye düşündüm. Öldüğü için ne mutlu ne de tatmin olmuştum. Aksine başım dönüyor, midem bulanıyordu. Saraydaki yatağıma dönmekten başka bir şey istemediğimi fark ettim. Aslında seçme şansı verilse, aşkım Anastasya'nın kollarında olmayı yeğlerdim; ama şimdilik bu mümkün değildi.

Suçuna şahit olduğum için beni de öldürmesin diye prense dönüp, "Öldürdüğünüze çok sevindim," dedi. "O, yaptıkları karşısında her şeyi hak..."

Cümlemi tamamlayamadım, çünkü Peder Grigori'nin cesedinden bir ses çıktı. Gözleri ardına kadar açıldı ve gülmeye, keskin çığlıklar atmaya, insandan çok bir hayvanın çıkaracağı türden bir ses çıkarmaya başladı. Ağzı yayılıp korkunç bir sırıtma belirince soluğumu tuttum. Dudakları aralanıp sarı dişleriyle siyah dili meydana çıktı. Çığlık atmak, koşarak uzaklaşmak istedim daha ama ikisini de yapamadım. Bir saniye içerisinde prens, staretsin kalbine bir kurşun daha sıktı. Peder sıçradı, bedeni çöktü ve olduğu yere yığılıp kaldı.

Artık ölmüştü.

* * *

Bir saat içinde ortadan kaybolmuştu bile. Onu Neva'nın kenarına üçümüz birlikte taşıdık ve suya attık. Hemen battı, nehrin kapkara dibine doğru inerken o korkunç suratı bize döndü. Son bir kez yüzüne baktığımızda gözleri hâlâ açıktı.

Gelmiş geçmiş en soğuk gecelerden biriydi ve nehrin üzeri neredeyse bir hafta boyunca buz tutmuş hâlde kaldı.

Rasputin'in cesedi, buz biraz erimeye başlayınca bulundu. Kolları yukarı uzanmış hâldeydi, elleri pençe gibi kıvrılmıştı, tırnakları buzu kazımaya çalışmaktan bembeyaz kesilmişti. Çıkmaya çalışmıştı. O zaman bile hâlâ ölmemişti. Kimbilir ne kadar süre boyunca üstündeki kalın buz tabakasını tırmalamıştı. Siyanür, prensin sıktığı dört kurşun ve su onu öldürememişti. Hiçbiri işe yaramamıştı.

En sonunda canını alan neydi, bilmiyorum. Önemli olan tek şey, artık ölmüş olmasıydı.

1924

Londra'da kolayca iş bulduk. Hem Zoya hem de ben, Paris'ten gelmemizden sonraki birkaç hafta içinde, sayesinde soframıza aş koyabileceğimiz ve zihinlerimizin geçmişle fazlaca meşgul olmasını engelleyen saygın işyerleriyle anlaştık. Bay Trevors'la mülakatımın gerçekleştiği sabah, Zoya da kadın iç çamaşırı ve gecelik üretiminde uzmanlaşmış Newsom adlı bir tekstil fabrikasından iş teklifi aldı. Ertesi sabah ve sonraki tüm sabahlar boyunca Holborn'daki küçük dairemizden saat yedide çıktı, üretim bölümündeki işi için donuk gri üniformasını giydi, saçlarını örten biçimsiz kumaş başlığını taktı. Ama ne bir iplik parçası, ne dikiş izleri ne de ilmekler güzelliğini biraz bile sönükleştirebildi. Vazifesi monotondu; Paris'te mükemmel seviyeye ulaştırdığı becerilerini kullanabileceği bir fırsat pek çıkmıyordu. Ama yine de işiyle gurur duyuyordu. Böyle sıradan bir işle uğraşarak yeteneklerini ziyan ettiğini düşünüyordum ama o mevkisinden memnun görünüyor ve o an için daha büyük fırsatların peşinden koşmuyordu.

Ne zaman bunu söyleyecek olsam, "Fabrikada olmak hoşuma gidiyor," diyordu. "O kadar çok insan var ki aralarında kaybolmak çok kolay. Herkesin yapması gereken tek bir iş var ve herkes işini sessizce, gürültü patırtı çıkarmadan yapıyor. Kimse bana dikkat etmiyor. Hoşuma gidiyor. Göze çarpmak istemiyorum. Fark edilmek istemiyorum."

Bazen eve geldiğinde, görev yerindeki kadınların gevezeliklerine katlanmanın ne kadar zor olduğundan yakınıyordu. Onun yeri, sabah düdük çaldığı anda ağızlarını açıp akşam olduğunda evlerine dönene kadar hiç kapamayan kadın işçilerden oluşan uzun bir sıranın tam ortasındaydı. Sol tarafında sekiz, sağında altı kadın; önünde ve arkasında da ikişer sıra daha işçi vardı. İşçilerin sürekli konuşması herkesin başını ağrıtmaya yeterdi, ama en azından zihnini dağıtıyor, dikiş makinelerinin çıkardığı biteviye vızıltı ve uğultuyu dinlemekten kurtarıyordu onu.

Aksanımız İngiltere'de, savaş sonrası dönemde farklı milliyetlerin bir arada yaşamasının kaçınılmaz olduğu Fransa'ya kıyasla çok daha fazla ilgi çekiyordu. Fransa'nın başkentinde beş yıldan uzun bir süre kalmamız, konuşmamıza, Saint Petersburg ile Paris arasında bir yerlerde tuhaf, melez bir hava katmıştı. Bize sürekli nereli olduğumuzu soruyorlar, söyleyince de ya kaşlarını kaldırıyor ya da temkinli bir tavırla baş sallıyorlardı. Ama çoğu kişi bize medenice davranıyordu. Ne de olsa yıl 1924'tü ve iki savaş arasındaydık.

Zoya, yanındaki makinede çalışan Laura Highfield adında genç bir kadının ilgi odağı hâline geldi. Laura hayalperest bir kadındı; Zoya'nın Rusya'da doğmuş olması ve onca yıl Fransa'da kalması ona çok romantik ve egzotik geliyordu. Durmadan geçmişiyle ilgili sorular soruyor, hiç doymuyordu. İlkbahar sonlarında, bir hafta boyunca yağıp biriken karın bana memleketimi hatırlattığı bir akşam, kütüphanedeki işimi erkenden bitirmiş, Zoya'yı alıp eve dönüş yolumuzun üzerindeki ucuz kafelerden birinde yemek ısmarlamak için fabrikaya doğru yürüyordum. Birlikte fabrikadan çıkarken

Laura bizi gördü, karıma seslendi, deli gibi kollarını sallayarak bize doğru koşmaya başladı.

O anda kapılardan dışarı çıkan, hepsi de gevezeliğe, dedikoduya dalmış en az iki yüz, belki de üç yüz kadın vardı herhâlde. Fabrikanın art arda çalan paydos düdüğü, beni tuhaf bir âna götürdü. Çarın ailesini yıl boyunca, sonu gelmez yolculuklarına taşıyan ve Rusya'nın taşra kesimlerinden geçerek ilerleyen imparatorluk treninin çıkardığı düdük seslerini aklıma getirdi. İlk düdük sesiyle birlikte, bahar tatili için Saint Petersburg'dan Livadya Sarayı'na giderken, altın renkli armalarla işlenmiş kalın tüylü bir halının bulunduğu özel salonlarında oturan Nikolay ile Aleksandra canlanıverdi. Düdük bir kere daha çaldı ve karşımda mayıs ayında Peterhof'a seyahat ederken yabancı dil çalışan Olga beliriverdi. Bir daha çaldı ve tren, haziran ayında imparatorluk gemisine ve Finlandiya fiyortlarına doğru gürüldeye gürüldeye ilerlerken, aşk romanlarına dalmış Tatyana'yı gördüm ve Marie'yi düşündüm, pencereden Polonya ormanlarındaki bir av kulübesine bakıyordu. Ardından düdük bir kere daha çaldı ve işte karşımda Anastasya vardı; Kırım'a dönerken çaresizce ebeveynlerinin dikkatini çekmeye çalışıyordu. Düdük son defa çaldığında ise aylardan kasımdı; tren, Çareviç Aleksey bir kaza geçirmesin diye, imparatoriçenin, hızın saatte yirmi beş kilometreyi geçmemesine yönelik sıkı talimatına uyarak kaplumbağa hızıyla, kış için Çarskoye Selo'ya doğru gidiyordu. İşçileri evlerine, ailelerine gönderen borunun her bir ötüşüyle canlanmış bir alay hatıra; hepsi üzerime hücum ediyordu.

Zoya koluma girip başını omzuma yasladı. "Dalıp gittin. Her şey yolunda mı?" diye sordu.

Gülümseyerek, "Her şey harika, *duşa*," dedim. Başının üstüne hafif bir öpücük kondurdum. "Benim sersemliğim, o kadar. Bir an aklıma..."

"Zoya!"

Arkamızdan gelen sese doğru döndük. Laura, peşinde bir grup kadınla bize doğru koşuyordu. Zoya'ya çay içmeye gittiklerini söyledi, bir yandan da beni kusur arıyormuş gibi tepeden tırnağa süzdü. Zoya onlarla birlikte gelmek ister miydi?

Zoya beni tanıştırmadan, kolumdan tutup aceleyle yürürken, "Gelemem," dedi. "Kusura bakmayın, belki başka zaman."

Onlardan bu kadar hızla uzaklaşmaya çalışmasına şaşırdım. "Arkadaşların mı?"

"Olmaya uğraşıyorlar," dedi. "Sadece birlikte çalışıyoruz, o kadar."

"Onlarla çay içmek istiyorsan ben eve gidebilirim," dedim. "Ne de olsa Londra'da pek kimseyi tanımıyoruz. Gidip bir çay içmek hoş..."

Zoya sözümü kesti. "Hayır. Hayır, istemiyorum."

"Neden?" şaşırmıştım. "Onlardan hoşlanmıyor musun?"

Tereddüt etti, cevap vermeden önce yüzünde kesin bir endişe belirdi. "Biz arkadaş edinmemeliyiz," dedi sonunda.

"Anlamadım."

"*Ben* arkadaş edinmemeliyim," diye düzeltti. "Bana bulaşmalarına gerek yok. Hepsi bu."

Bunun ne manaya geldiğini kavrayamayıp kaşlarımı çattım. "Ama anlamıyorum," dedim. "Bunun ne zararı olabilir ki? Zoya, eğer aklına..."

Sert bir şekilde, "Güvenli değil Georgi," dedi; sinirlendikçe kelimeler ağzından hızlı hızlı çıkıyordu. "Benimle arkadaş olmak ona iyi gelmeyecek. Uğursuzum ben. Biliyorsun bunu. Birine çok yaklaşırsam..."

Sokağın ortasında durup hayretle yüzüne baktım. "Zoya!" Kolundan tutup kendime çevirdim. "Bunu içinden gelerek söylüyor olamazsın."

"Neden?"

"Kimse uğursuz değildir," dedim. "Bu mantıkdışı bir düşünce."

"Beni tanımak insanlara acıdan başka bir şey vermiyor," dedi. Sesi boğuk ve ciddiydi. Gözleri hızla hareket ederken kırıştırdığı alnında ıstırabın neden olduğu derin çizgiler belirmişti. "Akıl alır şey değil Georgi, biliyorum ama gerçek bu. Doğru olduğunu anlaman gerek. Laura'yla yakınlaşmak istemiyorum. Ölmesini istemiyorum."

"Ölmesini mi?" diye bağırdım. Yanımdan geçerken çarpan adama dönüp dik dik baktım; aniden kabaran öfkem, peşinden koşup kavga çıkarmaya yetecek kadar şiddetliydi. Zoya dirseğimi sıkı sıkı tutup kendisine bakmaya zorlamasaydı bunu yapabilirdim de.

"Benim yaşamamam gerek," dedi. Kelimeleri, etrafımızdaki kalabalığı dağıtıp toza çevirdi, dünyada sanki yalnızca ikimiz kalmıştık, karımın yüzündeki kati inanç ve mutsuzluk nabzımı hızlandırdı. "*O*, bende bunu görmüştü," diye devam etti. Şimdi başını çevirmiş arkamızdaki kar yığınlarına bakıyordu. Kar yığınlarının arasında tekmeler savurarak yürüyen, kartopları yapıp birbirlerine atan çocukların kahkahalarını; küçük ellerini, parmaklarını uyuşturan kara gömerkenki bağırışlarını duyabiliyordum. "*Zavallı çocuk,*" demişti, "*Sana yaklaşanların hepsi zarar görüyor, değil mi?*"

"Zoya," dedim, şok olmuştum, çünkü bana bundan hiç söz etmemişti. "Ben... sen nasıl..."

Dişlerinin arasından, "Arkadaş istemiyorum," diye tısladı. "Kimseye ihtiyacım yok. Sadece sen ol. Bir düşün. Hepsini düşün bir kere. Yaptıklarımı düşün. Hiç bitmiyor, değil mi? Hepsi, yaşamak için ödediğim bedeller. Leo bile..."

"Leo mu!" Onun adını ağzına aldığına inanamıyordum. İkimiz de onu unutmamıştık elbette –ve asla unutmayacaktık– ama başkaları gibi o da geçmişimizin bir parçasıydı. Ve Zoya ile ben, biz, geçmişi çok derine gömmüştük. Geçmişten hiç söz etmemiştik. Nasıl hayatta kaldığımızdan. "Leo'nun başına gelenler kimsenin suçu değildi, kendi suçuydu."

Hafifçe gülüp başını iki yana salladı. "Ah Georgi," dedi. "Senin kadar saf olabilmek kimbilir ne büyük bir mutluluktur."

Karşı çıkmak için ağzımı açtım; söylediğine gücenmemiştim ama yıkılmıştım. Çünkü haklıydı. Saftım ben. Mesele bu konuyu onunla tartışmak olduğunda tam anlamıyla ahmaklaşıyordum. Ona olan sevgimi ifade etmek istedim, ama onun söylediklerinin yanında bana çok boş, çok gereksiz göründü. Söyleyecek sözüm kalmamıştı.

Bir saniye sonra sevinçle ellerini çırparak, "Bak!" diye bağırdı. En sevdiği kafenin kapılarının açıldığını görmüştü. Kararmaya yüz tutmuş havada bir anda böylesine heveslenişi, bana âşık olduğum masum kızı hatırlattı. Sanki son birkaç dakikalık konuşmamız hiç yaşanmamış gibiydi. "Ah, yine açılmış. Temelli kapandığını sanmıştım. Haydi içeri girelim Georgi, olmaz mı? Akşam yemeğini burada yiyebiliriz."

Sağına soluna bakmadan yola öyle hızla atladı ki neredeyse deli gibi korna çalan otobüsün altında kalıyordu. Tekerleklerin altında ezilmesi gözümde canlanıverince yüreğim ağzıma geldi. Ama otobüs geçip gidince kıl payı kurtulduğu kazadan habersiz, hızlı adımlarla sıcacık kafeden içeri girdiğini gördüm.

Beş ay sonra ilk kez intihara teşebbüs etti.

Migren ağrısı çekmem ve kahvaltı boyunca ağrıdan yakınmam haricinde o gün de, tıpkı diğer günler gibi başlamıştı. Hemen hemen hiç hasta olmadığımdan, bu benim için alışılmadık bir histi. Renkli, âdeta capcanlı bir rüya görürken uyanmıştım; sonradan üzerinde düşünmek için aklınızda tutmayı umduğunuz, ama sessizce kayıp giden, şekerin suda erimesi gibi dağılıveren türden bir rüyaydı. İçinde bir bando ya da vurmalı çalgılar orkestrası vardı herhâlde diye düşündüm, çünkü görüşümü bulanıklaştıran ve enerjimi yiyip bitiren tekdüze zonklama, gözlerimi açtığım andan beri tam alnımın ortasında duruyordu. Saat ilerledikçe daha da kötüleşeceğe benziyordu.

Kahvaltı esnasında Zoya'nın hâlâ sabahlığıyla olması başlı başına alışılmadık bir şeydi, çünkü genellikle ben yıkanırken o da işe gitmek için giyinirdi. Önünde haşlanmış yumurtası ve kızarmış ekmeği de yoktu. Önüne koyduğum bir fincan çaya aldırmadan, yüzünde uzak bir ifadeyle karşımda oturuyordu.

"Her şey yolunda mı?" diye sordum. Konuşmak zorunda kaldığım için âdeta moralim bozuldu, çünkü gözlerimin arkasında çalan davullar daha da hızlandı. "Hasta değilsin ya?"

Üstünkörü bir gülümsemeyle başını iki yana salladı. Geçiştirir gibi, "Ben iyiyim," dedi. "Geç kalıyorum. Bu sabah kendimi çok yorgun hissediyorum. Artık kalkıp hazırlanmam gerek."

Ayağa kalkıp, üzerini değiştirmek için yatak odasına gitti. Masada otururkenki hareketlerinde tuhaf ve uyumsuz bir şey fark eder gibi oldumsa da başım öyle kötü zonkluyordu ki ona bu konuyu soracak hâlim yoktu. Pencere açıktı; insanı dirilten, soğuk bir sabah olduğunu fark ettim; tek istediğim sokağa çıkmak ve bir an önce işe doğru yürümeye koyulmaktı. Ağrımın, temiz hava sayesinde, Bloomsbury'ye varana kadar geçeceğini umuyordum.

Hoşça kal öpücüğü vermek için yatak odasına doğru yürürken, "Akşama görüşürüz," dedim. Hâlâ yatakta, boş boş karşısındaki duvara bakarak oturduğunu görünce şaşırdım. Kaşlarımı çatarak, "Zoya?" dedim. "İyi olduğundan emin misin?"

"İyiyim Georgi," dedi, ayağa kalkıp üniformasını almak için gardroba uzandı.

"Ama öylece oturuyordun. Aklına takılan bir şey mi var?"

Dönüp bana baktı, söylemek istediği şeyle mücadele ederken alnının kırıştığını gördüm. Dudakları aralandı, soluk aldı, ama sonra duraksayıp başını iki yana salladı ve gözlerini kaçırdı.

Sonunda omuzlarını silkip, "Sadece yorgunum, o kadar," dedi. "Uzun bir hafta oldu."

"Ama daha çarşamba," dedim gülümseyerek.

"Uzun bir ay olmuş o zaman."

"Bugün ayın altısı."

"Georgi..." deyip içini çekti. Sesi gitgide daha kızgın ve yılgın çıkıyordu.

"Tamam tamam," dedim. "Ama belki biraz dinlensen iyi olur. Bunun şeyle ilgisi..." Şimdi tereddüt etme sırası bendeydi; bu zor bir konuydu ve sabahın bu erken saatinde konuşmak için pek de uygun değildi. "Şey için endişeli değilsin ya?"

Hemen, savunmaya geçer gibi, "Ne için?" diye sordu.

"Biliyorum, pazar günü hayal kırıklığına uğradın," dedim. "Pazar günü öğleden sonra yani, hani şey..."

Ânında, "Onunla ilgisi yok," dedi. Arkasını dönüp askıdaki üniformasını düzeltirken, yüzü hafifçe kızarmış gibi geldi bana. "Gerçekten Georgi, her şey onunla ilgili değil. Zaten bu ay olmayacağını biliyordum. Tahmin edebiliyordum."

"Olacağını düşünüyor gibiydin."

"Demek ki yanılmışım. Eğer olacaksa, zamanı geldiğinde olur. Sürekli bunu düşünemem. Bana çok ağır geliyor, Georgi. Görmüyor musun?" Başımı öne doğru salladım. Tartışma istemiyordum ve bu konuşmayı sürdürmek bile baş ağrımı öyle azdırıyordu ki kusacağımı sandım. "Saat kaç?" diye sordu.

Saatime göz atıp, "Yediyi çeyrek geçiyor," dedim. "Acele etmezsen geç kalacaksın. İkimiz de."

Başını salladı, hafifçe gülümseyerek uzanıp beni öptü. "Öyleyse elimi çabuk tutsam iyi olacak," dedi. "Akşama görüşürüz. Baş ağrın çabucak geçsin."

Ayrıldık. Kapıya yöneldim, ama daha ben kapıyı açmadan hızlı adımlarla mutfaktan geçip bana doğru geldiğini duydum. Kolumdan tuttu, arkamı döner dönmez kollarıma atıldı. "Çok özür dilerim Georgi," dedi. Başını göğsüme gömdüğünden kelimeleri boğuk çıkıyordu.

"Özür mü?" Onu kendimden biraz uzaklaştırıp şaşkınlıkla gülümseyerek yüzüne baktım. "Ne için?"

"Bilmiyorum," diyerek aklımı biraz daha karıştırmıştı. "Ama seni seviyorum Georgi. Biliyorsun, değil mi?"

Yüzüne bakıp güldüm. "Tabii ki biliyorum," dedim. "Bunu her gün hissediyorum. Sen de seni sevdiğimi biliyorsun, değil mi?"

"Her zaman biliyordum," dedi. "Bazen bunca iyiliği hak edecek ne yaptım diye düşünüyorum."

Başka zaman olsa seve seve yanında oturur; ona özelliklerini, onu sevmemin yüzlerce sebebini sayardım, ama alnımın gerisindeki berbat zonklama her dakika daha da şiddetleniyordu. Bu yüzden, eğilip yanaklarından öptüm ve bir an önce temiz havaya çıkmazsam ağrıdan yığılıp kalacağımı söyledim.

Merdivenlerden inip sokağa çıkarken arkamdan baktı, ama el sallamak için arkama döndüğüm zaman kapı çoktan kapanmıştı. Orada durup buzlu cama baktım; arkasına yaslanıp öylece kaldığını görebiliyordum. Başı hafifçe eğilmişti. O şekilde beş on saniye durduktan sonra yürüyüp gitti.

Umduğumun aksine, kütüphaneye vardığımda kendimi çok daha tedirgin hissediyordum, ama ağrıma aldırmamaya çalışıp işimi yapmaya devam ettim. Saat on bire geldiğinde ağrı mideme ve kollarıma yayılmıştı. Artık bir yerlerden mikrop kaptığıma ve gün boyu çalışırsam iyileşemeyeceğime kanaat getirmiştim. Yoğun bir gün olmadığı için –kataloğa eklenecek yeni kitap yoktu ve okuma salonu da alışılmadık derecede sakindi– Bay Trevors'ın kapısını çalıp durumumu izah ettim. Solgun, ter içindeki yüzüm ve işe girdiğimden beri bir gün bile hastalık izni almamış olmam birleşince, beni hiç şikâyet etmeden eve gönderdi.

Kütüphaneden çıkınca Holborn'a kadar yürümeyi göze alamayıp bir otobüse bindim. Theobald Yolu'ndan eve kadarki sürede, otobüsün hareketi ve sarsıntısı beni daha da hasta etti. Üstüme başıma kusmaktan ya da rezil olmamak için otobüs hareket hâlindeyken inmeye kalkışmaktan korktum. Ne var ki yolun sonuna geldiğimde, o an aklımda tek bir şey vardı: yatağım. Ben de ona odaklandım ve bana mahcubiyet kaygısı veren sıkıntılı hâlime aldırmamaya çalıştım.

Nihayet saat on bir buçukta, dairemize çıkan basamakları yavaş yavaş tırmandım, kapıyı açtım ve bir oh çekerek içeri girdim. Evde yalnız olmak çok tuhaftı; ben evdeyken her zaman Zoya da yanımda olurdu. Kendime bir bardak su doldurup masaya oturdum. Belli bir şey düşünmeden, midemi bastırır diye umarak ihtiyatla birkaç yudum içtim.

Çantamdan o günün Times gazetesini çıkarıp birkaç saniye boyunca manşetlere göz attım. Gözüm Gürcistan'daki ayaklanmayla ilgili bir habere takıldı. Menşevikler, bağımsızlık için Bolşeviklerle çarpışıyorlardı, ama görünüşe göre gayretleri işe yaramıyordu. İmparatorluğun çeşitli yerlerindeki sayısız direniş ve ayaklanmadan da, bağımsızlık yolundaki devletlerden de haberdardım. Kütüphanede, çay molalarında genellikle *Times* okur, memleketimle ilgili bütün haberlere özellikle dikkat ederdim. Ama son haftalarda, 1917 yılında Rus ordularının cephelerdeki ilerleyişini çara raporlamak üzere Çarskoye Selo'ya gönderilen heyette yer alan Menşevik lideri Albay Çolokaşvili nedeniyle, bu haberler özellikle dikkatimi çekiyordu. Saraydaki diğer temsilcilerden daha gençti. Giderken onunla kısa bir sohbet etme şansına erişmiştim. Bana imparator ile vârisinin hayatlarını korumanın, savaş sırasında sınırlarımızı korumak kadar önem taşıdığını söylemişti. Söyledikleri, o zaman bana çok önemli gelmişti, çünkü on binlerce akranım Karpat dağlarında, Masurya göllerindeki savaş meydanlarında can verirken, çarın ailesinin yanında kalarak asli görevlerimi ihmal ettiğimden endişe ediyordum.

Yazıyı okuyup bitirdiğimde, baş ağrımın da midemdeki rahatsızlığın da dinmeye yüz tuttuğunu fark ettim. Yine de tamamen iyileşmiş hâlde uyanmak ümidiyle günü yatakta geçirmeyi düşündüm.

Yatak odasının kapısını açtığımda donup kaldım.

Zoya yatakta boylu boyuca yatıyordu. Gözleri kapalıydı, kolları iki yana açılmıştı, bileklerindeki derin yaralardan kan sızıyordu. Kızılımsı kara bir gölcük oluşturmuş kan, altındaki battaniyeye işliyordu. Eşikte, dehşet içinde bakakaldım. Çok tuhaf bir acizlik ve kavrayamama hissi yaşıyordum. Sanki beynim, kendisine sunulan sahneyi tam olarak sindiremiyor ve bu yüzden de vücuduma tepki vermesi için emir veremiyordu. Ne var ki sonunda midemden yükselen hayvani bir böğürmeyle yatağa koştum. Onu kollarıma alıp kaldırdım. Canlandırmak için çaresizce, tekrar tekrar adını haykırıp gözlerine bakarken yanaklarımdan aşağı yaşlar akıyordu.

Birkaç saniye içinde göz kapakları hafifçe titredi, göz bebekleri bir an gözlerime odaklandıktan sonra başka yere çevrildi ve dudaklarının arasından bitkin bir inilti kaçıverdi. Orada olmam hiç hoşuna gitmemişti, kurtulmak istemiyordu. Gardroba koşup rafların birinden iki tane eşarp kaptım. Yatağa dönüp, kolundaki bıçak kesiklerini sardım ve sıkıca bağlayıp kan akışını kestim. Zoya'nın ağzından boğuk bir feryat çıktı; yalnız kalmak için, onu kendi hâline bırakmam için yalvardı. Ama yapamazdım, yapmayacaktım. Bileklerini sıkıca bağladıktan sonra sokağa fırladım ve doktor muayenehanesinin olduğu sokağın sonuna doğru koştum. İçeri daldığımda çılgınca bakan gözlerimle, Zoya'nın kanıyla kaplı gömleğim, kollarım ve yüzümle bir akıl hastasına benziyor olmalıydım. Kabul masasında oturan orta yaşlı kadın korkunç bir çığlık attı, herhâlde beni, onlara zarar verme niyetinde olan çıldırmış bir katil sanmıştı. Fakat hemşireye olanları anlatacak ve hemen, şimdi, iş işten geçmeden yardım isteyecek kadar aklım başımdaydı.

Sonraki günlerde, sık sık o gün beni hasta eden, midemi bozup başımı ağrıtan mikrobu düşünüp durdum. O rahatsızlıkları yaşamak benim için olağandışı bir durumdu ve sağlığım her zamanki gibi yerinde olsaydı, bütün gün kütüphanede kalır, eve döndüğümde çoktan dul kalmış bir adam olurdum.

Yaşadığım hayat, tanıdığım insanlar, gördüğüm yerler düşünülürse, birinin sırf makam sahibi olduğu için gözümü korkutması olacak şey değildi. Ama hastanede Zoya ile ilgilenen Doktor Hooper beni biraz korkutuyor, onun yanındayken sersem gibi görünmekten endişe etmeme neden oluyordu. Pahalı tüvit takım elbiseler giyerdi; düzgünce kesilip düzeltilmiş Romanov tarzı sakalı, delici bakışlara sahip mavi gözleri vardı. O yaşta ve o mesleği icra eden erkeklerde pek rastlanmayan biçimde sırım gibi bir vücudu olan yaşlıca bir beyefendiydi. Emrindeki doktor ve hemşirelerin ödlerini patlattığından ve aptallara pek tahammülü olmadığından şüphelenmiştim. Karımın, yaraları iyileşirken hastanede yattığı haftalar boyunca benimle konuşmaya tenezzül etmemesine sinirleniyordum. Ne zaman koridorda rastlayıp onunla konuşmaya çalışsam, o an benimle konuşamayacak kadar meşgul olduğu mazeretini ileri sürüyor; beni, karımın durumundan benden daha fazla şey bildiği meçhul asistanlarından birine havale ediyordu. Fakat Zoya'yı eve götürmemden bir gün önce, sekreterine telefon edip, Zoya taburcu edilmeden evvel doktordan bir randevu vermesi için yalvardım. Ve nihayet, karımı yatağımızda kan kaybından ölmek üzereyken bulmamdan üç hafta sonra, kendimi, hastanenin psikiyatri bölümünün en üst katında yer alan büyük, rahat bir odada, dikkatle karımın dosyasını inceleyen en kıdemli doktorun karşısında oturur hâlde buldum.

Sonunda, "Bayan Jahmenev'in fiziksel yaraları tamamen iyileşti," deyip dosyayı bir kenara bıraktı ve doğruca yüzüme baktı.

"Kendi açtığı yaralar atardamarları kesecek kadar derin değildi. Bu konuda şanslıymış. Çoğu insan bu işi doğru düzgün yapamaz."

"Çok fazla kan vardı," dedim. O ânı tekrar yaşamamak için anlatmakta tereddüt ettim, ama bütün hikâyeyi bilmesi gerektiğini hissediyordum. "Onu bulduğum zaman... yani, şey... çok solgundu ve..."

Beni susturmak için elini kaldırıp, "Bay Jahmenev," dedi, "Eşiniz hastaneye yattığından beri günde iki üç kere geldiniz, değil mi? İlginizden etkilendim. Hastaneye ne sebeple yatarlarsa yatsınlar, eşlerini ziyaret etme zahmetine giren kocaların sayısının ne kadar az olduğunu duysanız şaşarsınız. Ama bu zaman zarfında, durumundaki düzelmeyi de fark etmiş olmalısınız. Artık hiçbir fiziksel sorunu için endişelenmenize gerçekten lüzum yok. Kollarında küçük izler kalacak, ama zamanla kaybolur, neredeyse hiç fark edilmezler."

Elimde olmadan bir oh çekerek, "Teşekkür ederim," dedim. "İtiraf etmeliyim ki onu bulduğum zaman, aklıma ilk önce, en kötü ihtimal gelmişti."

"Ancak, uzmanlık alanımı biliyorsunuzdur herhâlde. Ben fiziksel izlerden çok zihnindeki izlerden endişeliyim. Bildiğiniz gibi, her intihar teşebbüsünün, failin eve dönmesine izin verilmeden önce etraflıca değerlendirilmesi şarttır." *Fail.* "Her şeyden önce kendi iyiliği için. Son birkaç hafta boyunca, bu davranışının altında yatan nedeni bulabilmek için eşinizle yoğun görüşmelerde bulundum ve size karşı dürüst olacağım, Bay Jahmenev. Eşiniz beni endişelendirdi."

"Yani bir daha deneyebilir mi demek istiyorsunuz?"

"Hayır, muhtemelen böyle bir şey olmayacaktır," dedi. "İntihar girişiminden sağ kurtulanların çoğu, yaptıkları şeyden, bir daha denemeyecek kadar utanır ya da korkarlar. Anlayacağınız, çoğu zaten ölmek niyetinde değildir. Bu, dedikleri gibi, bir yardım çığlığıdır."

Ümitle, "Sizce bu da öyle miydi?" diye sordum.

Dünyada bundan daha açık bir şey yokmuş gibi, "Eğer gerçekten ölmek isteseydi, bir silah bulup kendini vururdu," diye karşılık verdi. "Bunun dönüşü yoktur. Hayatta kalanlar, hayatta kalmak isterler. Öncelikle, bu onun lehine bir durum."

Zoya'nın olayında ben bundan o kadar da emin değildim. Hem Zoya o gün en az altı saat daha eve gelmemi beklemiyordu. Hangi damarını keserse kessin, o kadar uzun süre kan kaybetmiş olsaydı kurtulamayabilirdi. Hem silahı nereden bulacaktı ki? Belki de Doktor Hooper bizim hakkımızda, kendi standartlarına göre hüküm veriyordu. Zaten, hafta sonlarını elinde tüfeği, aristokrat dostlarıyla birlikte yaban hayvanlarını öldürerek geçiren bir adama benziyordu.

Doktor konuşmaya devam etti. "Ve eşinizin durumunda, bence intihar girişiminin şokuyla birlikte size olan duyguları da bu olayın tekrarlanmasını önleyebilir."

Kaşlarımı kaldırıp, "Bana olan duyguları mı?" diye sordum. "Ama bunu yaparken beni düşünmedi, öyle değil mi?"

Bu sözler bana yakışmıyordu, ama Zoya'nınki gibi benim ruh hâlim de son haftalarda iyimserlikten uzaklaşıp korkunç bir umutsuzluğa kayıyordu. Bazı gecelerde gözümü kırpmadan, yalnızca, ölüme ne kadar yaklaştığını, onsuz nasıl yaşayacağımı düşünüp duruyordum. Gündüzlerimi, çektiği acıyı fark etmediğim ve yardımına koşmadığım için kendimi yiyip bitirerek geçiriyordum. Hayal kırıklığıyla yumruklarımı sıktığım, bana ne kadar acı çektireceğini hiç mi düşünmedi diye öfkelendiğim anlar oluyordu.

Doktor Hooper aklımı okumuş olacak ki sonunda masasından kalkıp yanımdaki koltuğa oturdu. "Bunun sizinle ilgisi olduğunu düşünmemelisiniz," dedi. "Bunun sizinle hiçbir ilgisi yok. Bu onunla ilgili. Aklıyla. Depresyonuyla, mutsuzluğuyla ilgili."

Anlayamıyordum, başımı iki yana salladım. Kelimelerimi dikkatle seçerek, "Doktor Hooper," dedim, "Zoya ile çok mutlu bir evliliğimiz olduğunu anlamalısınız. Biz hiç kavga etmeyiz, birbirimizi çok severiz."

"Siz birlikte olmaya başladığınızdan beri..."

"Gençlik çağımızda tanıştık. Beş yıl önce evlendik. Çok mutlu zamanlar geçirdik."

Başını salladı, ellerini açıp parmaklarını birleştirdi. Söylediğim şeyleri düşünürken ağır ağır soluk alıp verdi.

"Çocuğunuz yok tabii," dedi.

"Yok. Bildiğiniz gibi, birçok düşük yaşadık."

"Evet, eşiniz bundan bahsetti. Üç kez, değil mi?"

Kaybettiğimiz üç bebeği hatırlayınca duraksadım, ama sonunda başımı sallayarak onayladım. "Evet." Öksürüp genzimi temizledim. "Evet, üç kere oldu."

Öne doğru eğilip gözlerimin içine baktı. "Bay Jahmenev, sizinle her şeyi konuşamam. Zoya'yla aramızda, doktor-hasta mahremiyetine giren, aramızda kalması gereken bazı şeyler var, anlıyorsunuz değil mi?"

Zoya'ya herkesten çok yardım etmek isteyen kişi ben olmama rağmen, nesi olduğunun bana söylenmemesine sinirlendim. "Evet, tabii," dedim, "Ama ben kocasıyım, Doktor Hooper. Bazı şeyler var ki..."

Arkasına yaslanıp dediklerime aldırmadan, konuyu geçiştirir gibi, "Evet, evet," dedi. Sanki ne kadarını bilmeme izin verebileceğine ve ne kadarını saklaması gerektiğine karar vermeye çalışıyormuş gibi, beni dikkatle incelediğini –hatta tahlil ettiğini– hissettim. Sonunda, "Eğer size eşinizin çok mutsuz bir kadın olduğunu söyleyecek olsam, hiç şüphesiz ki bunu anlardınız, Bay Jahmenev," dedi.

"Bunun apaçık ortada olduğunu düşünürdüm," dedim, sesim alçak ve kızgın çıkıyordu. "Yaptığı şey düşünüldüğünde."

"Akli bir dengesizliği olduğunu bile düşünebilirsiniz."

"Siz bu fikirde değil misiniz?"

"Hayır, ben her iki izahın da, Zoya'nın sorununu tam olarak kapsadığı fikrinde değilim. Bu tür sözler fazla yüzeysel ve basit kalır. Bence onun sorunları çok daha derinlerde yatıyor. Geçmişinde. Şahit olduğu şeylerde. Bastırdığı anılarında."

Şimdi gözlerinin içine bakma sırası bendeydi. Nereye varmak istediğinden emin olamadığım için benzimin biraz daha attığını hissedebiliyordum. Zoya'nın, ona güvense bile, geçmişimize –geçmişine– ait ayrıntılarını ona açmış olabileceğini bir saniyeliğine bile aklımdan geçiremezdim. Hiç onun kişiliğine uyan bir hareket değildi bu. Doktorun, görmediği bir şeyler olduğunu bilip bilmediğini merak ettim. Ona, böyle düşünmesi için yönlendirildiğini söylesem mi diye düşünmekten kendimi alamadım. Elbette beni tanımıyordu; karıma asla ihanet etmeyeceğimi anlamıyordu.

"Ne gibi?" diye sordum.

"Sanırım ikimiz de bunun cevabını biliyoruz Bay Jahmenev, değil mi?"

Yutkunup dişlerimi sıktım. Öyle ya da böyle bunu itiraf etmeyecektim. Sesime kararlı bir tavır vererek, "Benim bilmek istediğim," dedim, "onun için endişelenmeye devam etmeli miyim, gün boyu onu gözlemeli miyim? Böyle bir şey tekrar olabilir mi, bunu bilmek istiyorum. Her gün işe gitmek zorundayım. Sürekli yanında olamam."

"Bir şey söylemek zor," dedi, "ama düşününce, endişelenmeniz gereken bir şey olduğunu sanmıyorum. Tabii ki onunla yeni seanslara da başlayacağım. Acı çekmesine neden olan şeyleri kabullenmesine yardım edebileceğimi sanıyorum. Eşiniz, onun yakınında olan kişilerin tehlikede oldukları gibi bir kuruntuya düşmüş. Bunun farkındasınız, değil mi?"

Onaylayarak, "Bana bundan söz etmişti, fakat kısaca. İçinde tuttuğu bir şey bu," dedim.

"Mesela düşük yaptığından bahsetti," dedi. "Ve arkadaşınız Mösyö Raymer'den."

Başımı sallayıp gözlerimi bir saniye için yere diktim. Leo.

"Eşinizin bunların hiçbirinden sorumlu olmadığını anlamasını sağlamak gerekiyor." Görüşmemizin sona erdiğini göstermek için ayağa kalktı. "Bu, ayakta tedavi seanslarında benim sorumluluğum olacak. Ve birlikte yaşayacağınız hayatta da sizin."

Koğuşa gittiğimde Zoya çoktan giyinmiş, yatağının kenarına oturmuş beni bekliyordu. Sade, pamuklu elbisesi ve önceki gün getirdiğim mantosunun içinde derli toplu görünüyordu. Başını kaldırıp, ona doğru geldiğimi görünce gülümsedi. Ben de gülümseyip onu kucakladım. İyileşmekte olan yaralarının üzerindeki büyük sargıların, mantosunun altında kaldığına memnun oldum.

Yüzümde karmaşık duygularımı belli eden bir ifade görmüş olacaktı ki gözyaşlarını tutamadı. Usulca, "Georgi," dedi, "çok özür dilerim. Niyetim seni incitmek değildi."

"Önemli değil" dedim. Kelime seçimin tuhaftı, çünkü yaptığı şey her şey olabilirdi ama önemsiz olamazdı. "Artık buradan çıkabilirsin. Her şey düzelecek, söz veriyorum."

Başını öne doğru sallayıp koluma girdi. Koğuştan çıkarken, "Eve mi gidiyoruz?" diye sordu.

Ev. Bir tuhaf kelime daha. Neredeydi bu ev? Burada, Londra'da değildi. Paris'te de değildi. Ev yüzlerce kilometre uzakta, asla dönemeyeceğimiz bir yerdeydi. Evet diyerek ona yalan söylemeyecektim.

"Küçük dairemize dönüyoruz," dedim. "Hep olması gerektiği gibi, kapımızı kapatıp bir arada olmak için. Sadece ikimiz. Georgi-ve-Zoya."

Çarın İmzası

Öyle bitmeliydi, öyle de bitti. Pskov'da bir tren vagonunda. Beni hâlâ hayrete düşürür bu.

1917 yılının gelişini, önceki yılbaşlarındaki kadar şenlikli ve neşeli kutlamadık. Çarın ailesi öyle bir kargaşa içindeydi ki Saint Petersburg'dan ayrılıp Kaşin'e dönmeyi bile düşündüm. Ya da belki de yepyeni bir hayat kurmak için batıya doğru gidebilirdim. Ama beni engelleyen tek bir şey vardı: Anastasya ailesini asla terk etmezdi ve onu götürmeme de asla izin vermezlerdi. Gerilim, imparatorluk ailesinin bir parçası olan herkesi kıskacına almıştı. Yolun sonu görünüyordu, artık her şey sadece an meselesiydi.

Çar, 1916 yılının büyük bölümünü orduyla birlikte geçirmiş ve onun yokluğunda siyasi meselelerle ilgilenme işi çariçeye kalmıştı. Çar, Stavka'daki mevkisini korurken çariçe, etkileyici olduğu kadar yanlış yönlendirilmiş bir kuvvet ve kararlılıkla devlete hükmediyordu. Elbette kendi aklıyla değil, staretsin aklıyla hareket ediyordu. Starets her yere nüfuz etmişti. Ama artık ölmüştü, çar da uzaktaydı ve çariçe bir başına kalmıştı.

Peder Grigori'nin ölüm haberi, Kışlık Saray'a, zehirlendiği, kurşunlandığı ve Neva nehrine atıldığı o korkunç aralık gecesinden bir iki gün sonra ulaşmıştı. Elbette imparatoriçe üzüntüden çılgına döndü. Katillerinin yakalanıp işledikleri suçun hesabını vermeleri konusunda çok ısrarcıydı, fakat kendi konumunun hassasiyetini kavrayınca üzüntüsünü çok geçmeden içine gömdü. Ara sıra özel salonunda oturur, nedimelerinden biri önemsiz bir saray dedikodusu hakkında gevezelik ederken boş gözlerle pencereden dışarıya bakardı. Ben de onu seyrederdim; gözlerinde, azminin devam ettiğini görür ve bu yüzden ona hayranlık duyardım. Belki de sanıldığı gibi Rasputin'in kuklası değildi.

Ancak çar, Noel için kısa süreliğine saraya döndüğünde, çariçe, Felix Yusupov'un mahkemeye çıkarılmasında ısrar etti. Ama Yusupov geniş imparatorluk ailesinin bir ferdi olduğundan, çar, yapabileceği bir şey olmadığını söyledi.

Çariçe, "O asalaklara, o kan emicilere, Tanrı'ya ettiğinden daha çok kulluk ediyorsun," diye haykırdı. Bir akşamüstüydü, çar saraya geleli daha birkaç saat olmuştu. Nikolay'ın ne kadar kötü göründüğünü görünce hepimiz sarsıldık. Onu en son ağustos ayında gördüğümüzden beri, belki on, belki on beş yaş yaşlanmış gibiydi. Bir acı olayla daha karşılaşsa mutlu mesut ölecekmiş gibi görünüyordu.

Çar şakaklarını parmaklarıyla ovalayıp, "Peder Grigori Tanrı değildi," dedi, odaya göz gezdirip kendisine destek aradı. Dört kızı da hiçbir münakaşa yaşanmıyormuş gibi davranıyordu, hizmetkârları da benim gibi odanın loş köşelerine çekilmişlerdi. Aleksey bir köşede, oturduğu yerden olanları izliyordu; neredeyse babası kadar solgundu. Aklımdan, acaba bugün, günün daha erken bir saatinde bir yerini incitip kimseye haber vermemiş olabilir mi diye geçirdim. Kimi zaman iç kanamanın başladığını anlamak mümkün olabiliyordu; oğlanın yüzündeki panik ve çaresizlik ifadesi ile yaklaşan travmayı savuşturmak için kıpırtısız oturma isteği, onun hâlini çok iyi bilen bizler için çok tanıdık işaretlerdi.

"O, Tanrı'nın vekiliydi," diye bağırdı çariçe.

"Öyle mi?" Çar şimdi karısına öfkeyle bakıyor, bir yandan da soğukanlılığını kaybetmemeye çalışıyordu. "Rusya'da, Tanrı'nın vekili olan kişi benim zannediyordum. Kutsanmış olanın, Pokrovskoyeli bir köylü değil, ben olduğumu sanıyordum."

Çariçe yılgınlıkla, "Ah Niki!" diye bağırıp kendini bir koltuğa attı. Bir saniye yüzünü elleriyle kapadıktan sonra ayağa kalkıp çarın yanına gitti. Karısı değilmiş de, annesi imparatoriçe Marie Fedorovna'ymış gibi, "Katillerin serbest kalmalarına izin veremezsin," dedi.

Çar aceleyle karşılık verdi. "Bunu ben de istemiyorum. Sence Rusya'dan istediğim bu mu? Kendi ailemden?"

"Onlar senin ailen değil."

"Onları cezalandıracak olursam, Peder Grigori'nin etkisini onaylıyormuşum gibi anlaşılır."

Çariçe, "O bizim oğlumuzu kurtardı!" diye bağırdı. "Kaç kere..."

"Böyle bir şey yapmadı Güneşim," dedi. "Yüce Tanrım... seni nasıl da avucunun içine almış."

"Bu yüzden mi ondan bu kadar nefret ediyordun? Ona inandığım için mi?"

Çar başını çevirdi ve usulca, "Eskiden bana inanırdın," dedi. Yüzünde öyle ıstıraplı bir ifade vardı ki bir an onun çar olduğunu unutup, kendim gibi bir insana baktığımı sandım. O an Rasputin'in ölümüne karıştığımı kimsenin bilmediğine şükrettim. Ortaya çıkarsa çarın öfkesi hiç kuşkusuz bana yönelirdi ve karısını susturmak için kendimi gece yarısı olmadan darağacı yollarında bulabilirdim.

Çariçenin sesi yumuşadı; kollarını uzatıp, "Ama ben sana inanıyorum Niki," dedi. Fakat çar sanırım bu hareketi yanlış yorumladı.

Karısını salonun ortasında, kollarını uzatmış hâlde bırakarak geri çekildi. Çariçe, "Benim tek istediğim…" diye devam etti.

"Halk ondan nefret ediyordu Güneşim, biliyorsun," diye üsteledi çar.

"Tabii ki biliyorum."

"Sebebini de biliyorsun."

Çariçe, evet der gibi başını salladı ve karşılık vermedi. Belki de sonunda, beş çocuğunun da hiçbir şey yokmuş gibi yapsalar bile kendilerini seyrettiğinin farkına varmıştı. Kanepede oturan Anastasya'ya göz attım; tığ işi yapıyordu, annesiyle babasının tartışmasını izlerken parmakları dantelin bir içine, bir dışına doğru dikkatle hareket ediyordu. Etrafımızda parçalarına ayrılıp dağılan bu korkunç yerden alıp götürmek istedim onu. Yine aklıma Versay geldi; ama bu düşünceyi bir kenara ittim. O hikâyenin nasıl bittiğini çok iyi biliyordum.

Çariçe sonunda incinmiş gibi bir sesle, "Peder Grigori benim günah çıkardığım papazdı," dedi. "Ve sırdaşımdı. Ama onsuz yaşayabilirim Niki, buna inanmalısın. Güçlü olabilirim. *Güçlüyüm*. Bu nefret dolu savaş sürerken senin yokluğunla..."

Çar kollarını havaya kaldırıp, "Ve bir de bu çıktı," diye bağırdı. "Bu kadarı çok fazla, anlamıyor musun? Elindeki bu kudret. Başkalarının..."

Çariçe elini asil bir tavırla kaldırdı ve kibirli bir tavırla, "Çar tahttan uzaktayken idareden çariçenin sorumlu olması gelenektir," dedi. "Emsalleri var. Annen de böyle yaptı; tıpkı ondan öncekiler gibi."

"Ama sen çok ileri gidiyorsun Güneşim. İleri gittiğini de biliyorsun. Trepov bana diyor ki..."

"Hah! Trepov!" diye bağırdı çariçe. Başbakanın adı ağzından

neredeyse tükürür gibi çıktı. "Trepov benden nefret eder. Herkes bilir bunu."

Çar acı acı güldü. "Evet," diye bağırdı. "Evet, eder. Peki neden eder?"

"Bir ülke nasıl yönetilir anlamıyor. Gücün nereden geldiğini bilmiyor."

Çar hiddetle çariçenin üzerine doğru yürüdü. "Peki nereden geliyormuş, sen söyleyebilir misin?" Birbirlerini aylardır görmemişlerdi. Birbirlerine olan aşklarının ve tutkularının ne kadar derin olduğunu herkes bilirdi. Birbirlerine her gün yazıp gönderdikleri mektuplarda aşklarını dile getiriyorlardı, ama şimdi, görünüşe göre birbirlerinden nefret ediyorlar, sanki bütün dünya onları ayırmak için gizlice anlaşmış gibi kavga ediyorlardı. "Yürekten gelir! Ve de akıldan!"

Çariçe, "Sen benim yüreğimi ne biliyorsun?" diye haykırdı. Bunu söylediği anda kızları dikişlerini bırakıp korkuyla anne babalarına baktılar. Her an ağlamak üzereymiş gibi duran Aleksey'e göz attım. "Kalpsiz olan sensin!" diye devam etti. "Yalnızca aklıyla düşünen sensin! Yüreğimden geçenler en son ne zaman umurunda oldu ki senin?"

Çar bir an için sesini çıkarmadan çariçenin yüzüne baktıktan sonra başını iki yana salladı. Sonunda yenik düşmüş gibi omuz silkerek, "Trepov ısrarlı," dedi. "Artık ben yokken sorumluluk sende kalamaz."

"Öyleyse gitme!"

"Gitmek zorundayım Güneşim. Ordu..."

"Sen olmadan da dayanabilir. Grandük Nikolay Nikolayeviç eski görevine getirilebilir."

"Çar ordunun başında olmalı," diye üsteledi.

"O zaman ben de yönetimde kalırım."

"Kalamazsın."

Hayretle, "Onun gibi bir adamın sana emir vermesine izin mi vereceksin?" diye sordu çariçe. "Kimsenin sana bir şey dayatmasına izin vermeyeceksin, öyle değil mi? Sen ki Tanrı'nın kutsadığı kişi olduğunu iddia ediyorsun."

Çarın gözleri hayretle irileşti. "*İddia* mı ediyorum? Neymiş bu iddia? Daha az önce buna şüpheyle yaklaşan sen değil miydin?"

"Ben yalnızca geldiğimiz nokta bu mu diye soruyorum o kadar. Pokrovskoyeli bir köylü bana ne yapacağımı söyleyemez diyordun, ama Kievli bir alçağın karşısında dize geliyorsun. Bana aradaki farkı anlatır mısın Niki? Bir kraliçenin torunu, bir kayzerin kuzeni ve çar karısı değil de, cahil, eğitimsiz bir *mujik* olarak kabul et beni ve aradaki farkın ne olduğunu anlat."

Çar masasının başına geçip oturdu. Elleriyle gözlerini örttükten sonra tekrar başını kaldırdı, yüzünü kaçınılmaz bir son ifadesi sarmıştı. "Duma,[13]" dedi sonunda. "Kendilerine gerçek parlamenter haklar verilmesini talep ediyorlar."

"Peki ama otokraside bir meclis nasıl olabilir ki?" diye sordu. "Aynı anda ikisi birden olamaz."

Çar acı acı gülerek, "Meselenin özü de bu hayatım," dedi. "Öyle değil mi? Olamaz. Ama aynı anda iki cephede savaşamam. Savaşmayacağım. Buna gücüm de yok. Ülkenin de yok. Hayır, birkaç gün sonra Stavka'ya döneceğim; sen de çocukları alıp Çarkoye Selo'ya gideceksin. Trepov da ben yokken siyasi meselelerle ilgilenecek."

Çariçe alçak sesle, "Bunu yapacak olursan Niki," dedi, "Döneceğin bir saray kalmaz. Seni temin ederim."

---

13 Çarlık Rusya'sında, 1905-1917 arasında faaliyet gösteren yasama meclisi. [E.N.]

"İşler..." Çar kendini koltuğuna bıraktı. "İşler kendi kendine hallolacak. Sadece biraz zaman alacak, o kadar."

Çariçe bir şey söylemek için ağzını açtı, ama yenildiğini anlayıp başını iki yana sallamakla yetindi ve acıma dolu gözlerle kocasına baktı. Sonra sırayla çocuklarına baktı, gözlerini birinin yüzünden diğerine çevirirken bakışları karardı. Sadece en küçükleri olan Aleksey'de takılıp kalınca yüzü biraz aydınlandı.

"Çocuklar haydi, benimle gelin," dedi.

Romanovlar'ın beş üyesi de hemen ayağa kalktı; çariçe avuçlarını açıp ellerini uzattı ve başını iki yana salladı. Odadaki değersiz ölümlülerin varlığını görmeye tenezzül ettiği nadir anlardan biriydi.

İkna edici bir sesle, "Yalnızca çocuklarım," dedi. "Geri kalanı burada, çarın yanında kalsın. Size ihtiyacı olabilir."

Çariçe çocuklarının önüne düşüp kendi salonuna doğru giderken, arkalarından baktım. Anastasya odadan çıkarken arkasına dönüp bana baktı, göz göze geldik; gergin bir tavırla gülümsedi. Gittiği yerde içini rahatlatacak bir şey bulmasını ümit ederek ben de ona gülümsedim. Birkaç saniye sonra grandüşeslerin nedimeleri de odadan çıktı. Muhafızlar kapıdaki yerlerini aldı. İçerde yalnızca çar ile ben kaldık. Toy bir budalalıkla odada kalıp onunla konuşmak, onu biraz avutmak istedim, ama haddim değildi. Birkaç saniyelik teredütten sonra arkamı dönüp odadan çıkmak üzereyken çar başını kaldırdı ve beni çağırdı.

"Georgi Daniiloviç."

Ona dönüp eğildim. "Buyurun majesteleri." Yerinden kalktı, ağır ağır yanıma geldi. Ne kadar güçlükle yürüdüğünü görüp şaşırdım. Elli yaşında bile yoktu, ama son yıllarda olanlar onu yaşlı bir adama çevirmişti.

"Oğlum," dedi, şahit olduğum sahneden sonra gözlerimin içine bakamıyordu. "İyi mi?"

"Öyle sanırım efendim," dedim. "Tehlike yaratacak hiçbir faaliyette bulunmuyor."

"Solgun görünüyor."

"Starets öldürüldüğünden bu yana çariçe dışarı çıkmaması konusunda ısrar etti," dedim. "Hiç güneş ışığı almıyor sanrım."

"Öyleyse burada hapis."

"Öyle sayılır," diyerek onayladım.

Hafifçe gülümseyerek, "Eh, hepimiz burada mahpus sayılırız Georgi," dedi. "Öyle değil mi?"

Karşılık vermedim, ama bana arkasını dönünce bunu gitmem için verilmiş bir işaret olarak yorumlayıp kapıya doğru yürüdüm.

Çar tekrar bana döndü. "Gitme Georgi," dedi. "Lütfen. Benim için yapman gereken bir şey var."

"Ne isterseniz efendim."

Gülümsedi. "Senden istenen şeyin ne olduğunu duymadan önce asla böyle bir şey söylememelisin."

Hemen karşılık verdim. "Asla söylemem, ama siz çarsınız. O yüzden de yine söylüyorum. Ne isterseniz, efendim."

En küçük kızını hatırlatan bir tavırla dudağını ısırarak birkaç saniye yüzüme bakıp gülümsedi.

"Aleksey'i bırakman gerekiyor," dedi. "Onun koruyucusu olmayı bırakmanı istiyorum. Hiç olmazsa kısa bir süre için. Seni yanımda götürmem gerekiyor."

Kapıya vurulduğunu hayal ettiğimi sandım. Ama bir kez daha, bu sefer daha ısrarlı bir şekilde çalınınca yataktan kalkıp kapıya gittim. Kapının gıcırtısı, aynı koridorda odası olanları rahatsız etmesin diye dikkatle açtım. Tek kelime etmeden beni itip içeri daldı ve ben daha ne olduğunu anlayamadan odanın ortasında duruyordu bile.

"Anastasya," dedim. Takip edilmediğinden emin olmak için dışarıya göz attıktan sonra, "Ne işin var burada? Saat kaç?" diye sordum.

"Geç," dedi. Sesi, korkusunu belli ediyordu. "Ama gelmek zorundaydım. Kapıyı kapat Georgi. Burada olduğumu kimse bilmemeli."

Hemen kapıyı kapayıp pencerenin pervazında duran muma uzandım. Fitil alev alınca arkamı döndüm ve üzerinde geceliği ile sabahlığının olduğunu gördüm. Bütün vücudunu örten bir kıyafetti, ama yine de yatağı ve mahremiyeti çağrıştırdığından apaçık erotik bir havası vardı. O da gözlerini benim üzerime dikmişti. Sadece bol bir şorttan ibaret kıyafetimin onunkinden daha açık saçık olduğunu ancak o zaman fark edip kızardım. Mum ışığında içimi göstermediğini ümit ettim. Arkasını dönünce hemen pantolonumu ve gömleğimi üzerime geçirdim.

Giyinince, "Artık uygunum," dedim. Tekrar bana döndü, ama benim gibi o da düşünce zincirinin ucunu biraz kaybetmiş gibiydi. Onu kollarımın arasına almaktan, giysilerimi ve onun geceliğini çıkarmaktan, sıcacık yorganın altında vücudumu onunkine sarmaktan daha çok istediğim bir şey yoktu.

"Georgi," diye söze başladıktan sonra başını iki yana salladı, ağlayacak gibiydi.

"Anastasya, ne var?" dedim. "Ne oldu?"

"Bugün oradaydın," dedi. "Sen de gördün. Ne olacak, biliyor musun? Etrafta dolaşan bir sürü korkunç söylenti var."

Elini tuttum, yan yana yatağın üstüne oturduk. O gün çariçe, Anastasya ile kardeşlerini alıp götürdükten sonra, babasıyla aramızda geçen konuşmayı anlatmak için onu aramıştım; ama bütün öğleden sonrasını Mösyö Gilliard ile ders yaparak geçirmişti. Dersleri bittiği zaman da yanına gidebilmek için uygun bir bahane bulamamıştım.

"Olga her şeyin sonuna geldiğimizi söylüyor," dedi, sesi çaresizlikle doluydu. "Tatyana endişeden âdeta kendini kaybetmiş durumda. Marie de Sergey Stasyoviç'in gidişinden beri eski hâline dönemedi. Anneme gelince..." Kızgınlıkla kısa bir kahkaha attı. "Ondan nefret ediyorlar, değil mi Georgi? Herkes ondan nefret ediyor. Halk, hükümet, Trepov, Duma. Babam bile öyle görü..."

"Öyle söyleme," dedim hemen. "Asla bunu düşünme. Baban çariçeye tapıyor."

"Ama kavga etmekten başka bir şey yapmıyorlar. Stavka'dan geleli daha birkaç saat olmuşken neler olduğunu gördün. Yarın geri dönüyor zaten. Bu savaş bitecek mi Georgi? Halk neden böyle aleyhimize döndü?"

Cevap verirken tereddüt ettim. Onu ümitsizce seviyordum, ama imparatorluk ailesinin bu durumunu açıklayacak sayısız sebep bulabilirdim. Elbette çar, Almanlar ve Türklere karşı saldırganca bir tutum izlerken birçok hata yapmıştı; fakat bunlar, sevdiğini iddia ettiği tebaasının gördüğü muamelenin yanında hiç kalıyordu. Biz, saray halkı, bir saraydan diğerine seyahat ediyor, mükellef trenlere biniyor, ihtişamlı gemilerden iniyorduk; en güzel yemekleri yiyor, en lüks giysileri giyiyorduk. Kumar oynuyor, müzik dinliyor, kim kiminle evlenecek, hangi prens daha yakışıklı, sosyeteye yeni giren kızlardan en flörtçü olan hangisi diye dedikodu yapıyorduk. Hanımlar, bezendikleri ışıl ışıl mücevherleri bir kere taktıktan sonra atıyor; erkekler, işe yaramaz kılıçlarını elmaslar, yakutlarla donatıyor, yemeklerde havyar yiyor, her gece votkanın ve şampanyanın en iyisiyle sarhoş oluyordu. Bu esnada, sarayların dışında kalan halk, aş, ekmek, iş, yani kendilerini biraz daha insan gibi hissettirecek şeylerin hasretini çekiyordu. Rusya'nın o müthiş kış ayazında titreşiyor ve ailelerinden kimlerin bahara sağ çıkamayacağını hesaplıyorlardı. Hayatlarını, Rus değil, daha ziyade Alman saydıkları bir kadın yönetirken onlar oğullarını ölüme, savaş meydanlarına gönderiyordu. İmparatoriçelerinin, bir fahişe gibi, hor gördükleri bir köylüyle düşüp kalkmasını seyrediyorlardı. Öfkelerini ayaklanmalar, gösteriler ve bağımsız basın aracılığıyla ifade ediyorlar ve her fırsatta öldürülüyorlardı. Çarın adamları otokrasinin egemenliğini sağlama almaya çalışırken hastaneler kimbilir kaç kez ölü ve yaralı isyancılarla dolup taşmıştı? Mezarlıklara kaç sefer yapılmıştı? Ona söylemek, anlatmak istediklerim bunlardı; ama olağanüstü ayrıcalıklarla dünyaya gelen Anastasya bu hayattan başkasını bilmezken nasıl yapabilirdim ki bunu? Alnında, bir gün bir prensle evlenmek ve hayatını büyük saygı görerek geçirmek yazılıydı. Sadece iki yıldır bu insanlarına arasındaydım; lüks hayatlarından faydalanırken, bir otokratın kaprisiyle Rusya'nın herhangi bir köşesine gönderilebilecek, her an gözden çıkarılabilecek bir muhafız ya da bir teğmen değil, onlardan biri olduğum hayaliyle kendimden geçmişken, ben kimdim ki ona böyle bir açıklama yapacaktım?

Onu kollarımın arasına alırken bir an için bile inanmasam da o gün babasının söylediği şeyi fısıldadım. "İşler kendi kendine hallolacak. İnsanların gözünün açıldığı bir döngü..."

Geri çekilip, "Ah Georgi, anlamıyorsun!" diye bağırdı. "Babam bütün ailenin Çarskoye Selo'ya gitmesini emretti. Kendisi de savaşın geri kalanında Stavka'da kalacakmış; gerekirse cephede çarpışacakmış."

"Baban şerefli bir adam," dedim.

"Ama ya dedikodular, Georgi... Neden söz ettiğimi biliyor musun?"

Durakladım. Ne kastettiğini gayet iyi biliyordum. Sarayın altın yaldızlı duvarlarını aşarak kulağımıza ulaşan ve Saint Petersburg'un pis sokaklarından yükselen o sözleri; her bakanın, tüm Duma üyelerinin ve Rusya'daki her *mujik*in duymak istediği o cümleyi söyleyen ilk kişi ben olmak istemiyordum.

Kelimeleri dile dökmeye çalışırken yutkundu. "Diyorlar ki... diyorlar ki babam... yapmasını istedikleri... Georgi, diyorlar ki babam tahttan feragat etmek zorunda kalacakmış."

İstemsiz olarak, "Böyle bir şey asla olmayacak," dedim. Karşıma geçip ürpertiyle gözlerini kıstı.

"Ama hiç şaşırmadın," dedi. "Demek duymuşsun."

İtiraf ettim. "Konuşulduğunu duydum. Ama hiç sanmıyorum. Böyle bir şeyin olabileceğini hayal bile edemiyorum. Tanrım, Anastasya, üç asırdır Rus tahtında Romanovlar var. Hiçbir ölümlü onu tahttan indiremez. İmkânsız bir şey bu."

"Ya yanılıyorsan?" diye sordu. "Ya artık çar olmazsa? O zaman bize ne olacak?"

"Bize mi?" Biz derken kimi kastettiğini anlamadım. Onunla ben mi? Kardeşleri mi? Romanov ailesi mi?

Gerginliği azaltmak için gülümseyerek, "Sana hiçbir şey olmaz," dedim. "Sen imparatorluk soyundan gelen bir grandüşessin. Aklından ne..."

Fısıltıyla, "Sürgün," dedi. Bu sözcük onun ağzında bir küfür gibiydi. "Sürgüne gönderileceğimize dair söylentiler var. Hepimiz. Bütün ailem. İstenmeyen göçmenler gibi Rusya'dan kovulacağız. Kimbilir nereye... Gönderecekler bizi."

"Bu iş oraya varmaz," dedim. "Rus halkı buna izin vermez. Öfkeliler, evet, ama sevgileri de var. Ne olursa olsun sevgilim, ben hep yanında olacağım. Seni koruyacağım. Ben yakınında oldukça sana hiçbir zarar gelmeyecek."

Biraz gülümsedi, ama hâlâ endişe içinde olduğunu görebiliyordum. Sanki kimse fark etmeden odasına dönemeyeceğini düşünür gibiydi; yatakta, benden biraz uzaklaştı. Utanarak, böyle samimi bir ortamda yanımda olmasından tahrik olduğumu fark ettim ve onu kollarımın arasına alıp yatağa bastırmamak, vücudunu öpücüklere boğmamak için içimdeki şeytanlarla mücadele etmek zorunda kaldım. Gerçi, bana karşı koymaz diye düşündüm. Ondan böyle bir şey isteyecek olsaydım, bana izin verirdi.

Fısıltıyla, "Anastasya," dedim. Ayağa kalktım; yüzümdeki arzu dolu ifadeyi görmemesi için arkamı döndüm. "Bu gece buraya gelmen çok iyi oldu. Sana söylemem gereken bir şey var."

"Olmak istediğim başka bir yer yoktu ki," dedi. Ses tonu yumuşamıştı. "Hiç olmazsa, Çarskoye Selo'ya gidince daha fazla bir araya gelme imkânımız olacak. Tek iyi tarafı bu."

En iyisinin, durumu olduğu gibi söyleyivermek olduğuna karar verip hızlı hızlı, "Ama ben Çarskoye Selo'da olmayacağım," dedim. "Seninle gelemiyorum. Çar, kardeşini koruma görevimden aldı beni. Kendisiyle birlikte Stavka'ya gitmemi istiyor."

Odamdaki sessizlik bir ömür sürdü sanki. Sonunda arkamı döndüm ve yüzündeki ifadeyi gördüm. İncecik, soluk mavi renkteki ay ışığı pencereden sızıp yüzünü ikiye bölüyordu.

Başını iki yana sallayarak, "Hayır," dedi. "Hayır."

"Yapabileceğim bir şey yok," dedim. Gözlerime hücum eden yaşları hissedebiliyordum. "Bana gelmemi emretti..."

Bir daha, "Hayır!" diye bağırdı. Sesi duyulacak ve burada olduğu anlaşılacak diye korkarak kapıya doğru baktım. "Ciddi olamazsın. Beni bir başıma bırakamazsın."

"Ama kendi başına olmayacaksın ki. Annen de orada olacak. Ablalarınla kardeşin de. Mösyö Gilliard da. Doktor Federov da."

Dehşet içinde, "Mösyö Gilliard mı?" diye bağırdı. "Doktor Federov mu? Onların bana ne faydası var? Benim sana ihtiyacım var Georgi, sana. Sadece sana."

"Benim de sana!" diye bağırdım. Ona doğru atılıp yüzünü öpücüklere boğdum. "Benim için önemli olan yalnızca sensin, biliyorsun."

"Öyleyse neden beni bırakıyorsun? Babama hayır demek zorundasın."

"Çara mı? Ona nasıl hayır diyebilirim?" diye sordum. "O emreder, ben itaat ederim."

Gözyaşlarına boğuldu. "Hayır, hayır, hayır. Hayır Georgi, lütfen..."

Güçlükle yutkundum. Mümkün olduğunca mantıklı konuşmaya çalışarak, "Anastasya," dedim, "yanında olmadığım haftalar boyunca ne olursa olsun, sana döneceğim. Buna inanıyor musun?"

"Artık neye inanacağımı bilmiyorum." Yüzünden sel gibi yaşlar akıyordu. "Her şey ters gidiyor. Etrafımızdaki her şey dağılıyor. Bazen bütün dünyanın çıldırdığını düşünüyorum."

Sarayın dışından büyük bir gürültü geldi. İkimiz de yerimizden sıçradık. İrkilip pencereye koştum ve beş yüz ila bin kişilik bir kalabalığın, ellerinde Duma'nın üstünlüğünü ilan eden pankartlarla Aleksandr Sütunu'na doğru yürüdüğünü gördüm. Ölümcül niyetlerle Kışlık Saray'a doğru bağırıyorlardı. O zaman, bu gece değil diye düşündüm. Ama yakında. Yakında olacak.

Ona dönüp, "Dinle beni Anastasya," dedim. Kollarından tutup gözlerinin içine baktım. "Bana inandığını söylemeni istiyorum."

"Yapamam!" diye bağırdı. "Çok korkuyorum."

"Ne olursa olsun, nereye gidersen git, nereye götürürlerse götürsünler seni bulacağım. Orada olacağım. Ne kadar sürerse sürsün. İnanıyor musun?" Başını sallarken gözlerinden yaşlar dökülüyordu. Ama bu benim için yeterli değildi. "Bana inanıyor musun?" diye üsteledim.

"Evet!" diye bağırdı. "Evet, sana inanıyorum."

Usulca, "Seni yüz üstü bırakırsam Tanrı canımı alsın," dedim.

O anda benden uzaklaşıp son bir kez yüzüme baktı, sonra odadan çıkıp gitti. Beni ter, korku ve ıstırap içinde bir başıma bıraktı.

Onu bir daha görmem için aradan yaklaşık on sekiz ay geçecekti.

Bir zamanlar capcanlı ve heyecan dolu olan imparatorluk treni, boş ve terk edilmiş gibiydi. İmparatorluk ailesi trende değildi, muhafız alayının çoğu da yoktu. Ne öğretmenler, ne doktorlar ne de aşçılar trendeydi; ilgi çekmeye uğraşan yaylı sazlar dörtlüsü de yoktu. Özel vagonundaki çalışma masasının başında oturan çar büzülmüş, önüne saçılmış kâğıtların üzerine eğilmişti, ama sanırım hiçbirini okumuyordu. 1917 yılının mart ayındaydık. Saint Petersburg'dan ayrılmamızın üzerinden iki ay geçmişti.

Öne doğru çıkıp endişeyle ona baktım. "Efendim," dedim. "Efendim, iyi misiniz?"

Başını ağır ağır kaldırıp bir an için kim olduğumu hatırlayamamış gibi baktı. Yüzündeki zayıf gülümseme, belirdiği gibi hızla siliniverdi.

"İyiyim," dedi. "Saat kaç?"

Arkasındaki süslü saate bakıp, "Neredeyse üç oldu," dedim.

"Ben hâlâ sabah olduğunu sanıyordum," dedi alçak sesle.

Cevap vermek için ağzımı açtım ama verecek uygun bir karşılık bulamadım. İçimden, keşke Doktor Federov burada olsaydı diye geçirdim, çünkü çarı hiç bu kadar hasta görmemiştim. Benzi kül rengini almıştı ve epeyce yaşlanmıştı. Alnındaki deri kurumuş, pul pul olmuştu; her zaman pırıl pırıl olan saçları yağlanmış, zayıflamıştı. Çalışma odası çok havasızdı; boğulacakmış gibi hissedip pencereyi açmaya gittim.

"Ne yapıyorsun?" diye sordu.

"Biraz havalandıracağım," dedim. "Kendinizi daha iyi hissedersiniz..."

"Kapalı kalsın."

"Ama size de havasız gelmiyor mu?" Kaldırmak üzere ellerimi pencerenin altına koydum.

"Kapalı kalsın!" diye bağırıp beni irkiltti. Dönüp ona baktım.

Ürkekçe yutkunup, "Özür dilerim majesteleri," dedim.

"Burada işler bu kadar değişti mi ki iki kez emretmek zorunda kalıyorum?" Bana bakarken gözleri, bir tavşanı kapmaya hazırlanan tilki gibi kısıldı. "Kapalı kalsın diyorsam kapalı bırakacaksın. Anlaşıldı mı?"

Başımı öne doğru salladım. "Elbette. Özür dilerim efendim."

"Ben hâlâ çarım," diye ekledi.

"Daima öyle kalacaksınız..."

"Biraz önce bir rüya gördüm Georgi," dedi. Şimdi başını çevirmiş, sanki görünmez bir seyirciye konuşuyordu; ses tonu bir anda değişti, artık kızgın değil, geçmişe hasret duyar gibi çıkıyordu. "Pek rüya da sayılmaz, daha çok bir anı. Çar olduğum gün. Babam öldüğünde ellisinde bile yoktu, biliyor muydun? Hiç düşünmemiştim... sıramın böyle..." Omuzlarını silkti, durup bir an düşündü. "Daha uzun yıllar tahta çıkacağımı sanmıyordum. Hazır olmadığımı söyleyenler vardı. Ama yanılıyorlardı. Doğduğum günden beri o an için hazırlanıyordum. İnsanın alnında yazılı olanı, ancak babasını kaybettiği zaman gerçekleştirebilmesi garip bir şey, Georgi. Babamın ölümünden sonra yıkılmış hâldeydim. Babam bir canavardı tabii. Ama yine de ölümü beni perişan etti. Sen babanı hiç tanımamıştın, değil mi?"

"Tanıdım efendim," dedim. "Size ondan bahsetmiştim."

Elini sallayıp, "Ha, evet," dedi. "Unutmuşum. Benim babam çok zor bir adamdı, buna hiç şüphe yok. Ama annemin yanında hiç kalırdı. Tanrı seni, benimki gibi bir anneden korusun."

Kaşlarımı çatıp trenin koridoruna açılan kapıya göz attım. Kapıda kimse yoktu; içimden, keşke biri gelip beni kurtarsa diye düşündüm. Çarın o güne dek böyle konuştuğuna hiç şahit olmamıştım ve sesinin, böylesi bir kendine acıma ve hayal kırıklığıyla dolu çıktığını duymaktan nefret ediyordum. Sanki gece geç vakitte sokakta karşınıza çıkan, hayatlarını mahvettiklerine inandıkları kişilere karşı içleri hınçla dolu olan, hazin hikâyelerini dinletecek insan arayan o suratsız sarhoşlardan birine dönüşüvermişti.

Parmaklarını önündeki masaya tempolu biçimde vurarak devam etti. "Babamın ölümünden hemen bir hafta sonra evlendim. Şimdi bambaşka bir zamanmış gibi geliyor. Taç giymek için Moskova'ya girdiğimiz zaman, o kalabalık... Rusya'nın her köşesinden bizi görmeye gelmişlerdi. O zamanlar bizi severlerdi. Çok uzun zaman önceymiş gibi gelmiyor, ama öyle galiba. Yirmi yıldan fazla olmuş. İnanmak zor, değil mi?"

Aslında bana çok uzun bir zaman gibi gelse de, gülümseyip başımı öne doğru salladım. Ne de olsa daha on sekiz yaşındaydım ve II. Nikolay'ın yönetmediği bir Rusya'da yaşamamıştım. Yirmi yıl bir ömürden uzundu; en azından benimkinden uzun bir süreydi.

Ayağa kalkıp yüzüme baktı. "Bugün burada olmamalıydın," dedi. "Seni getirdiğim için özür dilerim."

"Gitmemi ister misiniz efendim?"

"Hayır, demek istediğim o değil." Sesi birden yükseldi, ağlamaklı oldu. "Neden insanlar sürekli beni yanlış anlıyor? Ben yalnızca, seni buraya getirmekle haksızlık yaptığımı söylemeye çalışıyordum. Burada olmanın tek sebebi, sana güvenmem. Bunu anlayabiliyor musun Georgi?"

Benden ne istediğini kestiremeden başımı salladım. "Tabii ki," dedim. "Ve bunun için size minnettarım."

"Senin hakkında, adı Nikolay olan bir Romanov'u kurtardıysa, belki birini daha kurtarabilecek cesareti vardır diye düşündüm. Batıl bir inanç, bir kuruntu. Ama yanıldım, değil mi?"

"Majesteleri, ben buradayken hiçbir suikastçi yanınıza yaklaşamaz."

Bu söylediğime gülüp başını iki yana salladı. "Kastettiğim bu da değildi," dedi. "Hiç değildi."

"Fakat dediniz ki..."

"Beni koruyamazsın Georgi. Kimse koruyamaz. Seni Çarskoye Selo'ya göndermeliydim. Orası çok güzel değil mi?"

Yutkunup, hâlâ gönderebileceğini söylemek üzere ağzımı açtım –ne de olsa Anastasya oradaydı– ama dilimi tuttum. Çarı terk edip gidecek zaman değildi. Henüz çocuk olabilirdim ama bunu bilecek kadar da erkektim.

Ona doğru adım atıp, "Efendim, sıkıntılı görünüyorsunuz," dedim. "Acaba yapabileceğim... Hepimiz buradan ayrılsak? Tren iki gündür burada duruyor. Kuş uçmaz kervan geçmez bir yerdeyiz efendim."

Başını sallayıp gülerek bir kanepeye oturdu. "Kuş uçmaz kervan geçmez," diye tekrarladı. "Bak bunda haklısın."

"Askerlerden birini en yakın kasabaya gönderip bir doktor getirtebilirim."

"Neden doktor isteyeyim? Hasta değilim ki."

"Fakat efendim..."

Gözlerinin altındaki koyu halkaları parmaklarıyla ovarak, "Georgi," dedi, "General Ruzsky birkaç dakika içinde buraya dönmüş olur. Beni neden görmeye geliyor, biliyor musun?"

"Hayır efendim," dedim. General öğleden sonralarının çoğu zaman çarla birlikte geçirmişti. Hiçbir konuşmalarında yanlarında değildim ama ahşap kapının arkasından seslerinin yükseldiğini duymuştum; sonunda da bir sessizlik olmuş, general, yüzünde hem korku hem de ferahlama dolu bir ifadeyle odadan fırlamıştı. O zamandan beri çarı düşünceleriyle baş başa bırakmıştım, ama onun için gittikçe endişelendiğimden bir ihtiyacı olup olmadığını öğrenmek için içeri girmiştim.

"İmzalamam için bazı kâğıtlar getiriyor," dedi. "Evraka imzamı attığım zaman, Rusya'da büyük bir değişiklik yaşanacak. Büyük olasılıkla hiç hayal etmediğim şeyler olacak. Ömrüm boyunca aklımın ucundan bile geçmeyen şeyler."

Her zamanki karşılığımı verdim: "Evet efendim." Çar bu şekilde konuşsa bile, ona neler olduğunu sormak terbiyesizlik olarak görülürdü. Kişinin, onun daha fazla bilgi vermesini beklemesi gerekirdi.

“Kışlık Saray’ı duymuşsundur herhâlde?”

“Hayır majesteleri,” dedim.

Hafifçe gülümseyerek, “Ele geçirildi,” dedi. “Hükümet. Senin hükümetin. *Benim* hükümetim. Onu benden aldılar. Artık Duma’nın hâkimiyeti altındaymış, bana öyle dediler. Saraya ne olacak kimbilir? Birkaç yıl sonra belki de otel olacak. Ya da müze. Salonlarımız hediyelik eşya dükkânı olacak. Odalarımız kek çörek satmak için kullanılacak.”

“Asla olamaz,” dedim; sarayın, onun haricinde birilerinin yönetiminde olduğunu düşününce sarsıldım. “Orası sizin eviniz.”

“Ama artık benim bir evim yok. Saint Petersburg’da bana yer yok; bundan adım gibi eminim. Geri dönmeyi aklımdan bile geçirecek olsam...”

Kapının hafifçe vurulmasıyla sustu. Kapıya göz attıktan sonra tekrar çara baktım. Derin bir iç çekişten sonra başını öne doğru salladı. Gidip açtım. General Ruzsky eşikte, elinde kalın bir tomar kâğıtla duruyordu. Kır saçlı, fırça gibi siyah bıyıkları olan, zayıf bir adamdı. İki gündür, tren durduğundan beri gelip gidiyordu ve çar ile görüşmelerinin başından sonuna kadar hazır bulunmama rağmen beni bir kez bile tanıdığını belli etmemişti. Şimdi bile, tek kelime etmeden sürtünerek yanımdan geçti. Nikolay’ı başıyla selamladıktan sonra belgeyi önüne bıraktı. Ben odadan çıkmak üzere dönerken çar başını bana doğru çevirip elini kaldırdı.

“Gitme Georgi,” dedi. “Sanırım bu belge için bir şahide ihtiyacımız olacak. Öyle değil mi, general?”

General aksi bir tavırla, daha önce hiç böyle zavallı bir insan numunesi görmemiş gibi beni tepeden tırnağa süzerek, “Şey... evet efendim,” dedi. “Ama bir muhafızın buna uygun olduğunu sanmıyorum, ya siz? Teğmenlerimden birini getirtebilirim.”

"Fark etmez," dedi çar. "Georgi de olur." Bana bakıp oturmamı söyledi. Göze çarpmamak için elimden geleni yaparak vagonun köşesindeki bir koltuğa geçip oturdum. Çar belgeyi dikkatle inceleyerek, "Şimdi, general," dedi, "Üzerinde anlaştığımız her şey burada yazıyor mu?"

Ruzsky de oturdu. "Evet, efendim," dedi. "Tek gereken, imzanız."

"Ya ailem? Güvende olacaklar mı?"

Dikkatle konuştu. "Şu anda Çarskoye Selo'da geçici hükümetin ordusu tarafından korunuyorlar. Onlara bir zarar gelmeyeceğine dair size söz veriyorum."

Çar, sesi hafifçe çatlayarak sordu. "Ya karım? Onun güvenliğini de garanti ediyor musunuz?"

"Elbette, o hâlâ çariçedir."

"Evet, elbette." Çar şimdi gülümsüyordu. "Şimdilik. 'Korunuyorlar' demeniz dikkatimi çekti, general. Bu, 'hapis tutulmak' yerine kullandığınız bir tabir mi?"

"Durumlarına henüz karar verilmedi efendim," dedi general. Bu söz beni şok etti. Kim oluyordu da çarla böyle konuşabiliyordu? Çok çirkindi. Ve Anstasya'nın, geçici hükümetin herhangi bir üyesi tarafından göz hapsine alındığı düşüncesi hiç hoşuma gitmedi. Ne de olsa o imparatorluğun grandüşesiydi, Tanrı'nın kutsadıklarının kızı, torunu, torununun torunuydu.

Çar uzun bir sessizlikten sonra, "Bir mesele daha var," dedi. "Son görüşmemizden sonra bir konuda fikrimi değiştirdim."

General bıkkın bir tavırla, "Efendim, bunu konuşmuştuk," dedi. "Bunun mümkün olmadığını..."

Çar başını iki yana sallayarak, "Hayır, hayır," dedi. "Düşündüğünüz şey değil. Tahtın verasetiyle ilgili."

"Veraset mi? Ama bu konuda kararınızı verdiniz. Oğlunuz Çareviç Aleksey lehine tahttan çekileceksiniz."

Oturduğum yerde öne doğru fırladım. Korkuyla çığlık atmamak için tek yapabildiğim buydu. Gerçekten olabilir miydi bu? Çar tahttan feragat etmek üzere miydi? Elbette öyleydi. İşin buraya varacağını biliyordum. Hepimiz biliyorduk. Sadece bu gerçekle yüzleşmek istememiştim.

"Biz... biz derken, yakın aile fertlerini kastediyorum, yani eşim, çocuklarım ve ben," dedi çar, "Bu belge yürürlüğe girdikten sonra sürgüne gönderileceğiz, değil mi?"

Genaral sadece bir an tereddüt ettikten sonra başını salladı. "Evet efendim," dedi. "Evet, Rusya'da emniyetinizi temin etmemiz mümkün olmayacak. Belki Avrupa'daki akrabalarınız..."

Çar aldırmaz bir tavırla, "Evet, evet," dedi. "Kuzen Georgie ve diğerleri. Bize bakarlar, biliyorum. Ama Aleksey çar olacaksa eğer, onun Rusya'da kalması gerekecek. Ailesi olmadan, öyle mi?"

"Yine söylüyorum ki en muhtemel sonuç bu olur."

Başını öne doğru salladı. "Öyleyse belgeye bir madde eklemek istiyorum. Yalnızca kendi hakkımdan değil, oğlumun hakkından da feragat ettiğimizi beyan etmek istiyorum. O zaman, tahta kardeşim Mihail geçebilir."

General arkasına yaslanıp birkaç saniye bıyığını sıvazladı.

"Majesteleri," dedi, "sizce bu akıllıca bir karar mı? Çocuk tahta çıkma şansını hak..."

Çar sert bir çıkışla sözünü kesti. "Çocuk; sizin de açıkça ifade ettiğiniz gibi, bir çocuk. Daha on iki yaşında. Ve sağlığı iyi değil. Onun çariçeden ve benden ayrılmasına izin veremem. Değişikliği yapın general ve ben de belgeyi imzalayayım. Belki o zaman biraz huzur bulurum. Bunca yıldan sonra hiç olmazsa bu kadarını hak ediyorum, değil mi?"

General Ruzsky sadece bir saniye durakladıktan sonra başını salladı. Çar pencereden dışarı bakarken, general hızlı hızlı yazmaya başladı. Bakışımı hissedip bana bakarsa biraz olsun desteğimi hissettirebilirim ümidiyle gözlerimi çara diktim, fakat general mırıltıyla bir şeyler söyleyinceye kadar başını çevirmedi. Hemen kâğıdı alıp göz gezdirdikten sonra imzaladı.

Çar ayağa kalkana dek hepimiz kıpırdamadan oturduk.

Alçak sesle, "Artık çekilebilirsiniz," dedi. "İkiniz de, lütfen."

Generalle çıkıp kapıyı arkamızdan kapadık.

Son çar içerde, düşünceleri, anıları ve pişmanlıklarıyla baş başa kaldı.

1922

Parisli işverenim Mösyö Ferré, sürekli devamsızlık yapmamdan memnun değildi; ama beni kenara çekip memnuniyetsizliğini açıkça belirtmeden önce son müşterinin dükkândan çıkmasını bekledi. Sabahtan beri canının sıkkın olduğu hareketlerinden belliydi. Mesai saatlerimle ilgili iğneleyici yorumlar yapmış, bana fazla yumuşak davrandığı gerekçesiyle her zamanki gibi öğle yemeğine çıkmama izin vermemişti. Akşamüstü onunla sohbet etmeye çalışmıştım ama başının etrafında dolaşan sineği kovalayan birinin rahatlığıyla beni hiç kaale almamış ve açıkça, bana ayıracak vakti olmadığını, aylık hesapları tamamladığını, benimle dükkân kapandıktan sonra konuşacağını söylemişti. Konuşmamızı sabırsızlıkla beklemesem de, kitabevinin tarih kısmında oyalanıp, kendimi seslendiği zaman onu duymayacak denli işime kaptırmış gibi yaptım. Sonunda hızla köşeyi dönüp beni Fransız askerî kıyafetlerinin tarihçesiyle ilgili kitapları rafa dizerken gördü ve kızgınlıkla, resmen tükürükler saçarak, "Jahmenev," dedi. "Sana seslendiğimi duymadın mı?"

"Özür dilerim efendim," dedim. Ayağa kalkıp pantolonumdaki kitap tozlarını silkeledim. Kitaplıkların arasındaki boşluklar şaşılacak ölçüde dar olduğu için doğrulurken dizlerim, ağırlığımın altında hafifçe büküldü. Mösyö Ferré mağazada mümkün olduğu kadar çok stok bulundurmaya özen gösteriyordu, ama bunun sonucunda raflar tıka basa kitapla doluyor ve rafların birbirine yakın olması da aynı anda birden fazla kişinin aralarına girip bakmasına imkân vermiyordu. "İşe dalmışım," diye ekledim. "Ama..."

Kavgaya hazır bir tavırla, "Ya ben müşteri olsaydım, ne olacaktı?" diye sordu. "Ya mağazada tek başına olsaydın, böyle yeni yetme bir çocuk gibi bir köşeye saklanıp Bellocq hakkında bir kitap okurken sırf bir seferde birden fazla işe aklını veremiyorsun diye hırsızın biri günlük hasılatı alıp kaçsaydı?"

Tecrübelerimden, onunla tartışmanın bir yararı olmadığını, kendimi savunmaya başlamadan önce öfkesini kusmasına izin vermenin daha iyi olacağını biliyordum. Sesime pişman bir ton vermeye çalışarak sonunda, "Özür dilerim efendim," dedim. "Bundan sonra daha fazla dikkat ederim."

Başını sinirli bir tavırla sallayarak, "Bunun dikkat etmekle ilgisi yok Jahmenev," dedi. "Ben de seninle tam da bu konuda konuşmak istiyordum. Son birkaç haftadır sana karşı oldukça adaletli davrandığımı kabul edersin, değil mi?"

"Son derece cömert davrandınız efendim, bunun için size minnettarım. Eşim de öyle."

"İstediğin kadar izin verdim, ne zaman..." Nasıl devam etmesi gerektiğinden emin olamayıp durakladı. Böyle bir konuşmanın içine çekilmekten bile rahatsızlık duyduğunu görebiliyordum. Sonunda, "Son günlerde yaşadığın sıkıntıları aşman gerekse..." diye tamamladı. "Ama burası da hayır kurumu değil, bunu anlaman gerek Jahmenev. İşe şöyle bir uğrayıp sonra giden, mesai saatlerini doldurmayan, ilgilenmem gereken başka bir alay iş varken dükkânda beni yalnız bırakan bir eleman çalıştırmak için bütçe ayıramam..."

Beni işten çıkarmasından korkarak biraz öne çıktım, zaten zor bir dönemden geçiyorken bu bir darbe daha demekti. "Efendim," dedim, "son zamanlarda güveninize layık olamadığım için özür dilerim, ama gerçekten en kötü sürecin sonlandığına inanıyorum. Zoya artık ayaklandı, pazartesi işinin başına dönüyor. Eğer bana bir şans daha tanıyabilirseniz, söz veriyorum, beni bir daha azarlamanıza mahal vermeyeceğim."

Ters ters yüzüme baktıktan sonra bir an için başını çevirip altdudağını ısırdı. Ne zaman zor bir karar vermesi gerekse hep böyle yapardı. İçinden gelen, hatta niyeti, beni kovmaktı, ama söylediklerim onu ikna ediyordu ve son kararını verirken bocaladı.

"Sizin yanınızda çalıştığım üç yıl boyunca son derece güvenilir olduğumu siz de kabul edersiniz, değil mi efendim?"

Hayal kırıklığıyla, "Mükemmel bir yardımcı oldun Jahmenev," dedi. "Bu meselenin beni bu kadar hayal kırıklığına uğratmasının nedeni de bu zaten. Seni arkadaşlarıma, Paris'teki diğer işadamlarına överek anlattım. Üstelik bunlar Rus göçmenler hakkında hiç de iyi düşünmeyen kimseler. Size devrimci, ortalığı karıştıran insanlar gözüyle bakan kimseler bunlar. Onlara senin bugüne kadar işe aldığım en güvenilir işçi olduğunu ispatladığını anlattım. Seni göndermek istemiyorum genç adam, ama çalıştırmaya devam edecek olursam da..."

"Sizi kesinlikle temin ederim ki efendim, her sabah tam vaktinde burada olacağım ve gün boyu işimin başından ayrılmayacağım. Bir şans daha, Mösyö Ferré, sizden tek istediğim bu. Söz veriyorum, bu kararınıza pişman ettirmeyeceğim sizi," dedim.

Biraz durup düşündükten sonra küçük tombul parmağını bana doğru salladı. "Bir şans daha Jahmenev, başka yok. Beni anladın mı?"

"Anladım efendim."

"Eşinle durumunuzu gayet iyi anlıyorum. Yaşadığınız şey çok korkunç, fakat bu meselenin onunla bir ilgisi yok. Eğer seninle bir daha bu şekilde konuşmama sebebiyet verecek olursan, seninle işimiz biter. Bu arada, çalışmadığın süreyi telafi etmek için bu akşam birkaç saat fazla mesai yapabilirsin. Rafların bir kısmı rezil hâlde. Bugün şöyle bir dolaştım, gördüm ki alfabetik sistem neredeyse tamamen karışmış. Aradığım hiçbir şeyi bulamadım."

"Evet efendim," deyip hafifçe eğildim. Yetkili birinin karşısındayken hâlâ vazgeçemediğim bir alışkanlıktı. "Memnuniyetle düzenlerim. Ayrıca teşekkür ederim. İkinci bir şans verdiğiniz için."

Başını salladı, ben de gönül rahatlığıyla işime döndüm, çünkü kitabevinde çalışmak zevkli bir işti. Etrafımın bunca engin bilgiyle çevrili olmasını çok kamçılayıcı buluyordum. Fakat daha da önemlisi, geçimimizi sağlayan azıcık geliri de kaybetmeyi göze alamazdım. Zoya'nın düşük yapmasından bu yana geçen son beş haftada yaptığımız tedavi masrafları yüzünden elde avuçta bir şey kalmamıştı. Paris'e geldiğimizden beri üç yılda biriktirdiğimiz azıcık para da bitmişti. İkinci gelirin geçici bir süreliğine kesilmesi de tuz biber olmuştu. İşimden atılırsan hâlimizin ne olacağını düşünmeye bile korkuyordum. Mösyö Ferré'ye, bir daha hakkımda kötü düşüncelere kapılacağı fırsatı vermemeye kararlıydım.

Leo'nun tutuklandığını, Zoya'nın bir akşamüstü benzi atmış hâlde kitapçıya çıkagelmesiyle öğrendim. Bir kasım günüydü; hava soğumuş, insanı dirilten bir ayaz çıkmış, ağaçlar çoktan yapraklarını döküp çıplak kalmıştı. Tezgâhın arkasında, Mösyö Ferré'nin birkaç gün önce hiçbir neden yokken bir açık arttırmadan aldığı anatomi ders kitaplarını inceliyordum. Kapının üstündeki zil çalınca, buz gibi esintinin dükkândan içeri girmesini, burnumu ve kulaklarımı ısırmasını bekleyerek gayriihtiyari ürperdim. Başımı kaldırınca karımın bana doğru geldiğini görüp şaşırdım; mantosunun düğmelerini sıkıca iliklemişti, kendi ördüğü atkısı boynundan aşağı sarkıyordu.

"Zoya!" Patronum evine gitmiş olduğu için bir oh çektim; ziyaretçilerimin işyerime gelmesinden hiç hoşlanmazdı çünkü. "Ne oldu? Hayalet görmüş gibisin, benzin solmuş."

Başını iki yana salladı ve soluğunun düzene girmesi için bir an durakladı. Bu esnada aklıma, çıkabilecek tersliklerle ilgili bir alay ihtimal doldu. Bebeği kaybedeli üç ay olmuştu ve Zoya, morali hâlâ bozuk olmasına rağmen, günlük hayatımızda yine mutlu olabilecek bir şeyler bulmaya başlamıştı. Birkaç gece önce düşükten bu yana ilk kez sevişmiştik; nazik ve müşfik bir birleşmeydi. Sonrasında ona sarıldığımda hiç kımıldamadan durmuş, arada bir başını kaldırıp nazikçe öpmüştü beni. Sonunda gözyaşları diniyor, yerini ümide bırakıyordu. Tekrar hastaladığını zannedip büyük bir korkuya kapıldım ama giderek artan bir panikle yüzüne baktığımı görünce korkularımı çabucak giderdi.

"Bana bir şey olmadı," dedi. Ben iyiyim."

"Tanrı'ya şükür," dedim. "Ama çok üzgün görünüyorsun. Ne oldu ki bu..."

"Leo," dedi. "Tutuklandı."

Gözlerim hayretten fal taşı gibi açıldı, ama sevgili dostumuzun bu sefer başını hangi belaya sokmayı başardığını merak ederek yüzümde beliren gülümsemeye de engel olamadım, çünkü Leo dramların ve heyecanların adamıydı. "Tutuklandı mı?" dedim. "İyi de neden? Ne yapmış olabilir ki?"

"İnanılacak gibi değil," dedi ve yüzündeki ifadeden, durumun aklıma ilk gelenlerden çok daha ciddi olduğunu anladım. "Georgi, Leo bir jandarmayı öldürmüş."

Ağzım açık kaldı. Başımın hafifçe dönmeye başladığını hissettim. Leo ve sevgilisi Sophie, Paris'teki en yakın arkadaşlarımızdı. Burada bulduğumuz ilk yoldaşlarımızdı. Birlikte defalarca aynı masada yemek yemiş, kimbilir kaç kez sarhoş olmuş, gülmüş, şakalaşmış ve her şeyden önemlisi siyaset hakkında konuşmuştuk. Leo bir hayalperestti; bir idealist, bir romantik, bir devrimciydi; aynı anda espritüel ve sinir bozucu, ihtiraslı ve alıngan, flörtçü ve cömert olabilirdi. Bu olağandışı adamı tarif edecek sıfatların sonu gelmezdi. Zoya'yla kimbilir kaç kez onun yanından ya ona neredeyse âşık olmuş hâlde ya da bir daha görmemeye ant içerek ayrılmıştık. Gençliğe dair ne ararsanız vardı onda; şiir, sanat, hırs ve azim insanıydı. Ama katil değildi. İçinde şiddetten eser yoktu.

Hayretle yüzüne bakıp, "Ama bu imkânsız," dedim. "Bir yanlışlık olmalı."

"Şahitler var." Oturup yüzünü ellerine gömdü. "Hem de görünüşe göre epey fazla şahit var. Tam olarak ne olduğunu bilmiyorum. Tek bildiğim, şu anda jandarma karakolunda tutuluyor ve serbest bırakılma ihtimali de yok."

Tezgâha yaslanıp birkaç saniye durumu sessizce gözden geçirdim. Buna inanmak mümkün değildi. Böyle bir şiddet gösterisi bana iğrenç gelirdi ve ona da öyle geldiğinden emindim. Devrimci görüşleri, kimi zaman heyecanlanmasına ve geçmişten kalma proletarya eylemciliğine kapılıp gitmesine neden olsa bile, her zaman karşılıklı anlayış ve barışseverlik nutukları atardı. Bense böyle şeyleri geride, bir başka yerde, bir başka ülkede bırakmıştım.

"Ne olmuş, anlat," dedim. "Bütün bildiklerini anlat."

"Çok az şey biliyorum," dedi. Sesinin boğukluğu, onun da, böyle olayların artık hayatımızın bir parçası olmamasını ümit ettiğini hissettiriyordu. "Daha bir saat önce olmuş. Sophie'yle her zamanki gibi işteydik. Akşama hazır olması gereken bir elbiseyi bitiriyorduk, yakasına iliştirilecek dantel süsü dikiyorduk ki dükkâna bir adam girdi. Çok uzun boylu, çok ciddi bir adamdı. Onu ilk gördüğüm anda ne düşüneceğimi bilemedim. Bazen kapıdan içeri bir erkek bile girmeden bir ay geçtiği olur, Georgi. Söylemeye utanıyorum, ama adamı görüp de yüzündeki ciddiyeti, bakışlarındaki kararlılığı fark edince aklıma... bir an için aklıma..."

"Yerimizin öğrenildiğini mi zannettin?"

Başını öne doğru salladı, ama bunun üzerine başka bir şey söylemedi. "Şaşkın şaşkın yüzüne baktım. Tam yardım edebilir miyiz diye soracakken adam parmağını yüzüme öyle yüksekten uzattı ki parmağı bana tabancayı hatırlattı. Bir an bayılacağım sandım.

Bana bakıp, 'Sophie Tambleau?' dedi. Gözüm öyle korkmuştu ki bir saniye hiçbir şey söyleyemedim. Bir daha, 'Sophie Tambleau siz misiniz?' diye sordu. Ben cevap veremeden Sophie yüzünde hem merak hem de endişe yüklü bir ifadeyle öne atıldı.

'Sophie Tambleau benim,' dedi. 'Nasıl yardım edebilirim?'

Adam, 'Edemezsiniz,' dedi. 'Size bir mesaj getirdim, o kadar.'

Sophie gülerek bana baktı. 'Mesaj mı?' diye sordu. Ben de rahatlayıp gülümsemeye başladım, ama tuhaf bir durumdu. Bize kim mesaj gönderecekti ki?

'Siz Leo Raymer'in gayriresmî karısı değil misiniz?' Sophie omuz silkti. Elbette bu gülünç bir tabirdi, ama Sophie evet der gibi başını salladı. 'Mösyö Raymer, Clignancour Caddesi'ndeki jandarma karakolunda tutuluyor. Tutuklandı.'

Sophie, 'Tutuklandı mı?' diye bağırdı. Adam, 'Evet,' dedi. O gün öğleden sonra bir jandarmayı öldürmüş, mahkemeye çıkarılmak üzere gözaltına alınmış ve birinden de Sophie'ye gidip olanları anlatmasını istemiş."

Anlattıklarıyla hayrete düşmüştüm. "Ama Leo!" dedim. "Bizim Leo mu? Nasıl olur da Leo birini öldürebilir? Neden böyle bir şey yapsın?"

"Bilmiyorum Georgi." Ayağa kalkıp sinirli bir tavırla gezinmeye başladı. "Sana anlattıklarımdan başka bir şey bilmiyorum. Sophie doğruca onu görmeye gitti. Ben de gelip seni bulayım, sonra da birlikte Sophie'nin yanına gideriz dedim. İyi yapmış mıyım?"

"Tabii ki," dedim. Mağazanın kapanış saatine daha en az bir saat olmasına aldırmadan anahtarlara uzandım. "Gitmek zorundayız, arkadaşlarımızın başı dertte."

Sokağa çıktık, mağazanın kapısını kilitledim. Sabah eldivenlerimi almayı unuttuğum için kendime küfür ettim. Rüzgâr öyle şiddetli esiyordu ki birkaç saniye içinde yanaklarımın pembeleşmeye başladığını hissettim. Hızlı hızlı sokakta yürürken aklım tamamen, korkunç bir suç yüzünden hücreye tıktıkları sevgili dostumdaydı. Ama yine de Zoya gibi ben de, o adam bizi değil de Sophie'yi aramaya geldiği için bir ferahlık hissetmekten alamıyordum kendimi.

Rusya'dan ayrılalı sadece dört yıl olmuştu. Hâlâ bir gün bizi yakalayacaklarına inanıyordum.

Leo'yu ziyaret etmemize izin vermediler; jandarmalar, tutuklanmasına neden olan olayla ilgili bilgi vermeye de yanaşmadılar. Karakolun danışma masasında oturan görevli çavuş, aksanımı duyunca yüzüme tam bir aşağılamayla baktı. Karşılık vermeye isteksiz, sorduğum her soruda sanki bana cevap verirse asaleti zedelenecekmiş gibi homurdandı, omuz silkmekle yetindi. Paris'te ırkçılıktan kaynaklanan herhangi bir düşmanlıkla karşılaşmak Zoya için de, benim için de ender bir durumdu. Ne de olsa savaş Paris'in her milletten insanla dolmasına neden olmuştu. Ama zaman zaman, başkentlerinin, Avrupalı ve Rus sürgünler tarafından işgal edildiği gerçeğinden hoşlanmayan yaşlı Paris nüfusunda bariz bir içerleme olduğu da görülüyordu.

Çavuş başını şöyle bir kaldırıp bana baktıktan sonra, "Siz ailesi değilsiniz," dedi ve çapraz bulmacasını çözmeye devam etti. "Size bir şey söyleyemem."

İtiraz ettim. "Ama biz arkadaşlarıyız. Mösyö Raymer nikâh şahidimdi. Eşlerimiz birlikte çalışıyorlar. Mutlaka..." O anda sol tarafında bir kapı açıldı ve arkasından başka bir jandarma ile Sophie çıktı. Yüzü bembeyazdı, çaresizce göyaşlarına hâkim olmaya çalışıyordu. Kendisini beklediğimizi görünce şaşırdı, ama kapıya doğru yürümeden önce bir an minnet dolu bir ifadeyle gülümsedi.

Zoya karanlık sokağa çıkarken peşinden koştu. "Sophie!" Gece olmuş, neyse ki rüzgâr dinmişti. "Sophie, neler oluyor? Ne olmuş? Leo nerede?"

Olanları anlatacak söz bulamıyormuş gibi başını iki yana salladı. Onu yakınlardaki bir kafeye götürdük, üç kahve söyledik ve nihayet kendisine söylenenleri anlatacak gücü toplayabildi.

"Çok saçma bir şey," dedi. "Bir kaza, o kadar. Aptalca bir kaza. Ama diyorlar ki... öldürülen kişi jandarma olduğundan..."

"Öldürülen mi?" Bu kelimenin vahşiliğinden, nahoş tınısından irkilmiştim. "Leo mu öldürmüş? Ama imkânsız. Tam olarak ne olmuş, anlat."

İçini çekerek anlatmaya başladı. "Bu sabah her zamanki gibi çıktı." Sanki bu kadar sıradan başlayan bir günün bu kadar dramatik biçimde bitebildiğine inanamıyormuş gibiydi. "Sehpası için güzel bir yer bulmak ümidiyle evden erken çıktı. Hava böyle berbatken portre ressamlarının oturabileceği çok az yer oluyor. Çoğu kişi, Leo onların resimlerini yapmaya çalışırken, rüzgârlı bir sokakta otuz dakika boyunca oturmak istemiyor. Çok sayıda turistin olduğundan emin olduğu Sacré-Coeur Bazilikası'nın olduğu tarafa gitti. Son zamanlarda biraz para sıkıntımız vardı. Endişe edilecek kadar değil, ama anlarsınız işte, bir günlük yevmiyemizi kaçırmayı göze alamazdık. Zorlanıyorduk."

"Hepimiz zorlanıyoruz," dedim usulca. "Ama yardıma ihtiyacınız varsa her zaman bize gelebileceğinizi biliyorsun, değil mi?" Bunu söylemem doğru değildi. Aslında, Leo ya da Sophie, Zoya'dan ya da benden bir şey isteyecek olsa yardım edebilecek durumda değildik. Ama bir şey söylememek kendini beğenmişlik olurdu ki bu da bana yakışmazdı. Zoya bir anlığına bana doğru bakıp hafifçe kaşlarını çattı, bu gereksiz cüretimden utanarak başımı eğdim.

Büyük ihtimalle maddi durumumuzun kendilerininkinden farksız olduğunu bilen Sophie, "Çok naziksin Georgi," dedi. "Ama arkadaşlarımızın iyilikseverliğine bel bağlayarak bir yere gelmedik." Zoya uzanıp elini, Sophie'nin otururken bile hafiçe titreyen elinin üstüne koydu. Alçak sesle, "Leo," dedi. "Bize Leo'yu anlat."

"Sacré-Coeur'da umduğundan daha çok insan varmış," diye devam etti. "Çok sayıda ressam sehpa kurmuş; hepsi de turistleri karşılarına oturmaya ikna etmeye çalışıyormuş. Çimenlerde oturup kuşları besleyen bir kadın varmış..."

Şaşırdım. "Bu havada mı?" diye sordum. "Donar insan."

Omuz silkerek, "Kocakarıları bilirsin," dedi. "Yaz kış, ister yağmur yağsın ister güneş açsın orada otururlar. Havaya aldırmazlar."

Doğruydu. Yaşlı Parislilerin, sabah ve öğleden sonralarını bazilikanın önünde, nehrin çimenlik kıyısına oturup kuşlara bayat ekmek atarak geçirdiklerini defalarca görmüştüm. Sanki onların yardımı olmazsa kuşlar âleminin soyu tükenecekti. Hatta üç hafta kadar önce, seksen yaşlarında bir adamı seyretmiştim. Yüzü, çizgilerden ve kırışıklıklardan sütlaca dönmüş, buruşuk ihtiyar bir yaratığa benziyordu. Kollarını yana açmış oturuyordu; üstüne bir küme kuş konmuştu. Oraya oturup neredeyse bir saat onu izledim, bütün bu süre boyunca hiç kımıldamadı. Kolları havada olmasaydı onu ölü zannederdim.

Sophie, "Başka bir ressam," diye devam etti. "Paris'te yeni biri, Leo'nun daha önce hiç görmediği biri gelip tam da bu yaşlı kadının oturduğu yere yerleşmeye karar vermiş. Kadından kalkmasını istemiş, kadın da hayır demiş. Kadına orada resim yapmak istediğini söylemiş, kadın da ona gidip içmesini söylemiş. Sanırım kaba sözler sarfedilmiş. Sonra adam eğilmiş ve bağırarak itiraz eden kadını, en doğal hakkı olan yerinden çekerek kaldırmaya yeltenmiş."

Zoya, "Nereliymiş?" diye sordu. Sorduğu şeye şaşırarak ona baktım. Bizimle aynı memleketten olmadığını ümit ederek sorduğunu düşündüm.

"Leo, İspanyol olduğunu düşünüyor," dedi. "Ya da belki Portekizli. Her neyse, bu saygısızlığı görünce... Leo'yu bilirsiniz, böyle nezaketsizliklere seyirci kalamaz."

Doğruydu. Leo, sokakta rastladığı yaşlı hanımlara şapkasını eğerek selam vermesiyle ünlüydü. Onları gülümsemesiyle ve sıcak tavırlarıyla cezbederdi. Kafelerde sandalyelerini çeker, aynı yöne gidiyorlarsa çantalarını taşırdı. Kendini, eski şövalyeliğin temsilcisi, 1920'lerin Paris'inde o eski topluluğa mensup son erkeklerden biri olarak görürdü.

"Yanına gidip İspanyolu yakalamış, kadına yönelik davranışlarına ve hareketlerine itiraz etmiş. Tabii kavga çıkmış. İtiş kakış, sözlü saldırılar olmuş; kimbilir nasıl çocukça şeyler. Sesleri çok yükselmiş. Leo avazı çıktığı kadar bağırıyor, hasmı için ağzına ne gelirse söylüyormuş. Bana söylediklerine göre İspanyol da ondan aşağı kalmamış. Kavga iyiden iyiye çirkinleşince bir jandarma araya girmiş. Bu, Leo'nun daha da hiddetlenmesine sebep olmuş.

Leo, genç jandarmayı, kendi vatandaşına karşı bir yabancının tarafını tutmakla suçlamış ve bunun üzerine bir münakaşa patlak vermiş. Yetkililer karşısında Leo'nun nasıl olduğunu bilirsiniz. Galiba Leo saldırıya geçmiş, alt kademedeki bekçilerle ilgili fikirlerini nutuk atar gibi haykırmaya başlamış ve kimse daha ne olduğunu anlamadan, Leo önce İspanyol'un burnuna, hemen ardından da jandarmanın suratına yumruk atmış."

Leo'nun sımsıkı yumruğunun bir adamın burnuna indiğini, sonra da bir başkasına vurmaya hazırlanarak geriye çekildiğini gözümde canlandırmaya çalışırken, "Yüce Tanrım," dedim. Leo kuvvetli bir adamdı; o yumrukları yiyenlerin yerinde olmak istemezdim.

Sophie, "Tabii ki bundan sonra," diye devam etti, "jandarmanın onu tutuklamaktan başka çaresi kalmamış. Ama Leo herhâlde kaçmak için adamı itip elinden kurtulmaya çabalamış. Maalesef itince, basamaklardaki genç jandarmanın ayağı kaymış, merdivenlerden yere kadar on beş yirmi basamak yuvarlanıp başını taşa çarpmış. Leo yardım etmek için yanına koştuğunda çoktan can vermiş."

Konuşmadan oturduk. Zoya'ya göz attım; yüzü solmuştu. Çenesi, duyguları yoğunlaştığında nasıl tepki vereceğinden emin olamadığı zamanki gibi kasılmıştı. Şiddete, ölüme, birinin hayatının son anlarına dair herhangi bir düşünce, duygularını alt üst etmeye, huzurunu kaçırmaya yetiyor, korkunç anılarını yeniden canlandırıyordu. İkimiz de sesimizi çıkarmadık. Şimdi daha sakin görünen Sophie'nin, hikâyesine devam etmesini bekledik.

Sonunda, "Kaçmaya çalışmış," dedi. "Ve tabii bu, işleri daha da beter etmiş. Sanırım epeyce uzaklaşmış, Bonne Caddesi'ni koşarak geçip Saint Vincent'a sapmış. Sonra kendini toplayıp Saint Pierre de Montmartre Kilisesi'ne yönelmiş."

Bunun üzerine derin bir soluk aldım; Paris'teki ilk evim oradaydı, evlendiğimizden beri Zoya ile oturduğumuz daire de Saint Pierre'den fazla uzak olmayan, Cortot Caddesi üzerindeydi. Belki de Leo, bizim yanımıza sığınmayı düşünmüştü.

"Ama o kaçmaya çalışırken peşine altı yedi jandarma düşmüş; her sokaktan düdük sesleri geliyormuş. Sonunda onu yakalayıp yere sermişler." Elini arkadaşına uzattı; ağlayarak, "Ah Zoya," dedi. "Onu çok kötü dövmüşler. Bir gözü şişip kapanmış, yanağı da çürümüş, mosmor kesilmiş. Görseniz tanıyamazsınız. Onu zaptedebilmek için mecbur kaldıklarını söylüyorlar, ama böyle bir şey olamaz."

Zoya kesin bir tavırla, "Korkunç bir kaza bu," dedi. "Mutlaka anlayacaklardır bunun bir kaza olduğunu. Hem de bu kadar saçma sapan bir mesele yüzünden. O İspanyol da Leo kadar suçlu."

Yeniden gözlerinden yaşlar akmaya başlayan Sophie, başını iki yana sallayarak, "Onlar böyle düşünmüyorlar," dedi. Yüreğinin ta içinden hıçkırıklar boşaldı. Olanları kavrayınca, önceden görece durgun olan duygularına sonunda teslim oldu. "Onlar buna cinayet gözüyle bakıyorlar. Bu suçtan yargılanacak. Yıllarca hapis yatabilir, belki de ömür boyu. Salıverilse bile gençliği heba olacak." Deli gibi bağırdı. "Ben onsuz yaşayamam, anlıyor musunuz! Onsuz yaşayamam!"

Kafenin sahibinin, daha fazla oturmadan kalkıp gitmemizi ümit ederek kuşkuyla bize doğru baktığını görebiliyordum. Genzini duyulacak şekilde temizledi. Adama bakıp başımı salladım, masaya birkaç frank bıraktım ve hep birlikte kalktık.

Zoya'yla birlikte Sophie'yi alıp evimize götürdük ve ona iki kadeh dolusu brendi içirip dinlenmesi için yatak odamızı verdik. İtiraz etmeden gitti ve hemen uykuya daldı, ama yatakta huzursuzca dönüp durduğunu duyuyorduk.

İkimiz baş başa kalınca Zoya, "Hapse giremez," dedi. Küçük mutfak masasında oturmuş, ikisine de yardım edebilmek için bir çare düşünüyorduk. "Akıl alır gibi değil. Onu kurtarmanın bir yolu olmalı."

Başımı salladım, ama bir şey söylemedim. Leo için endişeleniyordum elbette, ama beni korkutan, hapse atılma ihtimali değildi. Durum bundan da beterdi. Neticede, Fransız emniyet teşkilatına mensup birinin ölümünden sorumluydu. Kaza ya da değil, böyle meseleler hafife alınmazdı. Verilecek ceza, karımın da, Leo'nun karısının da şu anda düşündüklerinden daha ağır olabilirdi.

Leo Raymer'in mahkemesi üç hafta sonra, aralık ayının ikinci haftasında başladı ve sadece otuz altı saat sürdü. Salı sabahı başladı, çarşamba öğle vakti jüri kararını vermişti.

Sophie olaydan sonraki birkaç gün bizde kaldı. Sonra birkaç sokak ileride, tek başına yatacak bile olsa gayet güzel bir yatağı varken bizim kanepemizde yatmasının ve her akşam ayağımızın altında dolaşmasının anlamsız olduğunu söyleyip evine döndü. Fazla itiraz etmedik ama yine de her akşam ya onun dairesinde, ya bizimkinde ya da paramız varsa civardaki kafelerden birinde bir araya geliyorduk.

Başta, art arda gelişen olaylar karşısında histeriye yakın bir ruh hâli içindeydi; sonra giderek güçlenmeye, daha iyimser düşünmeye başladı. Leo'nun serbest kalması için elinden geleni yapmaya kararlıydı. Çok geçmeden morali bozulmaya başladı; tüm bunlara sebep olduğu için sevgilisine kızgındı. Mahkeme başladığında duyguları yüzünden bitkin düşmüş, uykusuzluktan gözlerinin altı kararmaya başlamıştı. Mahkemeden iyi bir karar çıkmazsa vereceği tepkiden korkuyordum.

İlk duruşmanın yapılacağı salı günü, Mösyö Ferré'den bir gün izin istedim. Kötü bir ânına denk gelmiş olacağım ki kalemini masaya attı, üzerime sıçrayan mürekkep arkaya doğru zıplamama neden oldu. Mösyö Ferré burnundan soluyarak ters ters yüzüme baktı.

"Hafta ortasında izin mi, Jahmenev?" diye sordu. "Yine mi izin istiyorsun? Seninle bir anlaşmaya vardığımızı sanıyordum?"

Bu basit ricama bu kadar şiddetli bir tepki vermesini beklemiyorum. "Vardık efendim," dedim. Bir önceki azardan bu yana örnek bir çalışan olmuştum ve bana seve seve bir gün izin vereceğini zanmıştım. "İzin istediğim için özür dilerim, sadece..."

"Karın, dünyanın kendi etrafında dönmediğini anlama..."

Hemen, "Mesele karımla ilgili değil Mösyö Ferré," diye atıldım. Zoya'yı eleştirme küstahlığını göstermesi tepemi attırmıştı. "Bunun aylar önce olanlarla hiç alakası yok. Size, dostum Mösyö Raymer'den söz etmiştim sanırım."

Alaycı bir gülümsemeyle, "Ha, şu katil," dedi. "Evet, hatırlıyorum. Tabii ya, davasını gazetelerde okudum."

"Leo katil değil," dedim. "Elem bir kaza olmuş."

"Birinin öldüğü bir kaza."

"Aynen öyle."

"Hem, alelade biri de değil. Vazifesi vatandaşları korumak olan biri. Kanımca, dostunun serbest kalması çok zor. Kamuoyu buna karşı."

Başımı sallayıp duygularıma hâkim olmaya çalıştım; zaten bildiğim şeyleri tekrarlıyordu. Başımı kaldırıp gözlerimi gözlerine diktim. "İzin kullanabilir miyim, kullanamaz mıyım?" Yüreğimin yettiği kadar gözlerimi ondan ayırmadım, sonunda gözlerini kaçırdı ve pes etmiş gibi elini salladı.

"İyi, tamam," dedi. "Bir günlük izin kullanabilirsin. Ücretsiz tabii. Mahkeme salonunda muhabirlere rastlarsan, onlara sakın burada çalıştığından söz etme. Kitabevimin adının böyle pis bir meseleyle birlikte anılmasını istemiyorum."

Şartlarını kabul ettim ve mahkemenin başladığı sabah Zoya ile Sophie'ye eşlik ettim. Bütün gözlerin üzerimizde olduğunun farkında, salona girip oturduk. Zoya'nın bundan rahatsız olduğunu anlayabiliyordum, elini tuttum ve şans getirsin diye iki kere sıktım.

Alçak sesle, "Bu ilgiden hiç hoşlanmadım," dedi. "Yolda, bir muhabir kendimi tanıtmamı istedi benden."

"Onlara bir şey söylemeye mecbur değilsin," dedim. "Hiçbirimiz değiliz. Hem unutma, aslında bizimle ilgilenmiyorlar. İstedikleri Sophie."

Böyle bir şey söylemekle katı yüreklilik ettiğimi hissettim ama gerçek buydu ve ben de karımı, güvende olduğumuz konusunda ikna etmek istiyordum. Belki o inanırsa, ben de inanırdım.

Duruşma salonu meraklı izleyicilerle doluydu. Çok geçmeden bir kapı açıldı. Leo, etrafı birkaç jandarmayla sarılı hâlde içeri getirilince kalabalıktan derin bir soluk sesi işitildi. Leo bizi bulmak istercesine salona göz gezdirdi; bizi gördüğü zaman yüzünde, kuşkusuz hissettiği korkuyu maskeleyen yürekli bir gülümseme belirdi. Onu son görüşüm kazadan bir gece önceydi; bir barda sadece ikimizdik, kırmızı şarabı fazla kaçırmıştık. Bana Noel günü Sophie'ye evlenme teklif etmeyi planladığını anlatmıştı; Sophie'nin bundan hâlâ haberi yoktu. Leo solgun ve zayıf görünüyordu ama cesaretini muhafaza etti, iddianame okunurken gözlerini ileriye dikti ve savunmasını yaparken berrak bir sesle sorulanlara cevap verdi.

Sabah celsesi, hâkim, savcı ve dostumuzu temsil etmek üzere mahkemenin tayin ettiği avukat arasında geçen can sıkıcı hukuki tartışmalarla geçti. Fakat öğleden sonraki oturum, aralarında İspanyol'un yerinden kaldırmaya çalıştığı yaşlı kadının da olduğu birkaç şahit kürsüye çağırıldığında giderek ilginçleşti. Kadın, Leo'ya övgüler düzüp, kaza için jandarmayı ve de muhtemelen incinen egosu yüzünden Leo'ya nedensiz bir sertlikle çıkışan İspanyol'u suçladı. Kaza meydana geldiğinde Sacré-Coeur Bazilikası'nın merdivenlerinde bulunan ve soruşturmayı yürütenlere isimlerini veren kadınlı erkekli birkaç kişi daha şahit kürsüsüne çıktı. Ölen adamın, düştüğü anda, sadece birkaç santimetre uzağında olan bir kadın. Cesedi ilk muayene eden doktor. Olayı araştıran memur.

O gece Sophie, "İyi gitti değil mi, ne dersiniz?" diye sordu. Destekleyici bir yalanın bir şey kaybettirmeyeceğini düşünüp onaylayarak başımı salladım.

"Bazı şahitlerin ifadeleri faydalı oldu," dedim. Çoğu tanığın, Leo'yu saldırgan, o günkü gibi bir zorba, düşüncesizce hareket ederek dürüst ve masum bir gencin ölümüne sebebiyet veren biri olarak gösterdiğine değinmedim.

O akşam ayrılırken Zoya onu kucaklayıp, "Yarın da iyi geçecek," dedi. "Eminim."

O gece Zoya'yla kavga ettik. İlk kez birbirimize seslerimizi yükselttik. Mahkemeye gitmek istememe rağmen kitabevinden bir gün daha izin isteyecek olursam Mösyö Ferré'nin çok kızacağını söylediğimde Zoya, geleceğimiz hakkında duyduğum bu endişeyi bencillik olarak yorumladı. Beni arkadaşlarımızı umursamamakla suçladı; bu beni hem çok üzdü hem de derinden yaraladı.

O gece barıştıktan sonra –şimdi hatırlayınca bile garip geliyor; kavga etmeye hiç alışık olmadığımızdan ikimiz de ağlamıştık– yatağımızda yatarken, Zoya'ya ısrarla, kendini olacaklara hazırlamasını, bu meselenin bizim istediğimiz gibi bitmeyebileceğini söyledim. Karşılık vermedi. Uyumak için arkasını döndü, ama gerçeği benim ikazımla birlikte anlayacak kadar saf olmadığını biliyordum.

Ertesi gün aynı yere oturduk. Bu kez mahkeme salonu, Leo'nun ifadesini dinlemek için ağzına kadar doluydu. Leo gergin başladı, ama gücü çabucak yerine geldi ve bir an, acaba gerçekten kendini bu işten kurtarabilir mi diye düşünmeme neden olan olağanüstü bir hitabet sergiledi. Kendinden bir halk kahramanı, yaşlı bir kadının, yaşlı bir *Fransız* kadınının, kendi vatanında konuk olan biri tarafından hakarete uğramasına ve kötü muameleye maruz kalmasına dayanamayan bir genç yarattı. Jandarmaların çalışmalarına ne kadar hayran olduğundan söz etti ve genç adamın ayağının kaydığını gördüğünü, aslında kurtarmak için elini uzattığını ama çok geç kaldığını söyledi. Düşmüştü. O konuşurken duruşma salonundakiler tam bir sessizlik içinde oturdular. Leo kürsüden inerken kendisine endişeyle gülümseyen Sophie'ye göz attı. Kendisini bekleyen polislerin arasındaki yerine oturmadan önce gülümseyerek ona karşılık verdi.

Ne var ki son şahit, genç emniyet mensubunun annesiydi. Mahkemeye oğlunun o sabah yaptıklarını anlattı ve oğlunu –belki de haklı olarak– bir aziz suretinde resmetti. Gurur ve ağrıbaşlılıkla konuştu ve sadece bir kez gözyaşlarına teslim oldu. İfadesi bittiğinde, çok az umut olduğunu anlamıştım.

Bir saat sonra jüri geri döndü. Leo'yu cinayet işlemekten suçlu bulduklarını açıkladılar ve bir anda mahkeme salonunda alkış koptu. Sophie'nin ayağa fırlamasıyla bayılması bir oldu. Onu dışarı taşımak Zoya'yla bana düştü.

Mahkemenin dış duvarlarının dibine sıralanmış, soğuk taş banklardan birinin üzerinde kendine gelmeye çabalamaktan sersemlemiş hâlde, "Olamaz, olamaz," diyordu Sophie. "Masum o. Onu benden alamazlar."

Şimdi Zoya da ağlıyordu. İki kadın şiddetle titreyerek kucaklaştılar. Benim için çok fazlaydı bu. Kendimi tutamadığımı görmelerini istemediğimden ayağa kalktım.

Onlara arkamı dönüp hızlı hızlı, "İçeri gireyim," dedim. "Bundan sonra ne olacak, öğreneyim."

Mahkeme salonuna girince, olanları kendi gözümle görebileceğim bir yere ulaşabilmek için kendime yol açmak zorunda kaldım. Leo ayaktaydı, iki yanında iki jandarma duruyordu, yüzü bembeyazdı; olanlara inanamıyormuş, her an birilerinin ondan özür dileyip onu serbest bırakacağından eminmiş gibiydi. Ama öyle bir şey olmayacaktı.

Yargıç, sessizliği sağlamak için tokmağını kürsüye vurdu ve hükmü okumaya geçti.

Birkaç saniye sonra mahkeme salonundan çıktığım zaman, bir an kusacağımı sandım. Ciğerlerime taze hava doldurmak için hızla dışarı koştum. Bu esnada az önce duyduklarım kafama dank etti. Dengemi bulmak için elimi duvara dayamak zorunda kaldım, yoksa tamamen kendimi kaybedip rezil olacaktım.

Birkaç metre uzağımda oturan Zoya ile Sophie, ağlamayı keserek dönüp bana baktılar.

Sophie koşarak yanıma geldi. "Ne?" diye sordu. "Georgi, söyle bana, ne oldu?"

Başımı iki yana salladım. "Söyleyemem."

"Söyle!" Artık bağırıyordu. "Söyle Georgi!" Yüzüme bir, iki, üç sert tokat indirdi. Yumruklarını sıkıp omuzlarıma vurdu ve Zoya gelip onu benden uzaklaştırana kadar hiçbir şey hissetmeden orada öylece durdum. Haykırmaya devam ediyordu. "Söyle!" Ama savurduğu kelimeler, çektiği ıstırap ve hıçkırıkları arasında anlaşılmaz hâle geldi.

Zoya bana bakıp asabiyetle yutkundu. "Georgi?" dedi. "Georgi, ne oldu? Bilmemiz gerek. Ona söylemek zorundasın."

Başımı öne doğru salladım. Böyle, dile gelmesi, söze dökülmesi zor bir şeyin nasıl söyleneceğini bilemez hâlde, yüzüne baktım.

İdam ertesi sabah, erken saatte gerçekleşti. Zoya da, ben de izlemeye gitmedik, ama avluya çıkarılıp giyotinle başı kesilecek olan sevgilisiyle yarım saat geçirmesi için Sophie'ye izin verildi. Cezasının giyotin olacağını ve Fransız Devrimi'yle bağdaştırdığım bir idam yönteminin bir asır sonra bile hâlâ idam cezalarında kullanıldığını duyunca şok olmuştum, hatta şok olmanın da ötesindeydim. Üçümüz de, genç, yakışıklı, eğlenceli, canlı, eşsiz dostumuzun başına böyle bir şey geldiğine inanamıyorduk. Ama bundan kaçış yoktu. Yirmi dört saat içinde karar hem açıklandı hem de uygulandı.

Bundan sonra, Paris'in bizim için bir güzelliği kalmadı. Mösyö Ferré'ye istifamı yazılı olarak bildirdim. Dilekçemi okumadan yırtıp attı ve ne yazdığımın önemi olmadığını, zaten kovulduğumu söyledi.

Önemi yoktu.

Sophie ülkeden ayrılmadan önce bizi sadece bir kez görmeye geldi, yardımlarımız için teşekkür etti, gittiği yere varınca bize yazacağına söz verdi.

Paris'ten temelli ayrılmaya karar verdik. Bu Zoya'nın kararıydı, ama ben de seve seve kabullendim.

Şehirdeki son gecemizde, boş dairemizde oturup sokaklara serpiştirilmiş kiliselerin sivri kulelerine baktık.

"Benim suçumdu," dedi Zoya.

Yekaterinburg'a Yolculuk

O gece, muhafız vagonunun kenarlarına sıralanmış küçük karyolalardan birine yattığım zaman, uyuyamayacağımdan emindim. Çar, sessiz bir bunalımın içine batarken, gün gitgide daha da karmakarışık hâle gelmişti. Biz, çarın maiyetindekiler ise mahcup ve kederliydik. Başımı yastığa koyduğum gibi ağladığımı itiraf edemeyecek kadar gururlu olmaya gerek yok, zira bir tür duygu yoğunluğu yaşıyordum. Sonunda uykuya dalmama rağmen sıkıntılı rüyalar yüzünden gece birkaç kere sersem ve üzüntülü bir hâlde uyandım. Ne var ki saatler ilerledikçe derin bir uykuya daldım; gözlerimi açtığımda sadece gece değil, sabah saatlerinin çoğu da geçip gitmişti. Gözlerimi kırpıştırıp, önceki gün olanların tıpkı bir rüya gibi dağılıp kaybolmasını umdum; ama silinerek yok olmak yerine, berraklaşıp yeniden ortaya çıktılar. Hepsinin gerçek olduğunu ve kimsenin aklına bile gelmeyecek olan şeyin sahiden gerçekleştiğini anlayıverdim.

Pencereden içeri güneş ışığı süzülüyordu. Vagonda benden başka kim var diye etrafıma bakınınca tek başıma olduğumu fark edip şaşırdım. Trenin bu bölümü hemen hemen her zaman, uyuyan, uyumaya çalışan, giyinen, çene çalan veya tartışan muhafızlarla dolu olurdu. Bu kadar sakin olması telaşlandırıcı bir durumdu. Etrafımı saran ürkütücü sessizlikte, yavaşça yataktan kalkıp gömleğimi ve pantolonumu giydim ve temkinli bir tavırla, trenin iki yanında kilometreler boyunca uzanan soğuk, dipsiz ormana baktım.

Hızlı adımlarla yemekli vagonu, oyun salonunu ve grandüşeslerin özel vagonlarını geçip çarın, dün kendisinin ve oğlunun tahttaki haklarından feragat ettiğini gösteren belgeyi imzaladığı çalışma odasına gittim. Kapalı kapıyı tıklattım. İçerden cevap gelmedi, herhangi bir konuşma sesi duyabilmek için eğilip kulağımı kapıya dayadım.

Kapıyı bir daha çalarken, "Majesteleri," diye seslendim. Ona hâlâ bu unvanla hitap etmeye kararlıydım. "Majesteleri, yardım edebileceğim bir şey var mı?"

Cevap gelmedi. Kapıyı açıp içeri adım atınca, muhafız yatakhanesi gibi bu odanın da boş olduğunu gördüm. Kaşlarımı çatarak çarın nerede olabileceğini düşündüm. Her gün sabah saatlerini, çalışma odasına kapanıp evraklar üstünde çalışarak geçirirdi. Bu düzenin, kendimizi içinde bulduğumuz bu yeni şartlar altında bile süreceğini varsayıyor, değişeceğini hayal bile edemiyordum. Ne de olsa hâlâ yazılacak mektuplar, imzalanacak evraklar, verilecek kararlar vardı. İşleriyle ilgilenmesi şimdi her zamankinden de önemliydi. Koridora bakıp kimsenin gelmediğinden emin olduktan sonra, masasının başına geçip çarın bıraktığı kâğıtları hızlı hızlı karıştırdım. Bana hiçbir şey ifade etmeyen, karmaşık, siyasi belgelerdi; hayal kırıklığıyla arkamı dönmek üzereyken her zaman masanın üstünde duran aile fotoğrafının alınmış olduğunu fark ettim; geride gümüş çerçeveden başka bir şey kalmamıştı. Bir an durup boş çerçeveye baktıktan sonra, çarın nerede olduğuna dair bir ipucu verecekmiş gibi çerçeveyi elime aldım. Ardından yerine bırakıp buradan hemen çıkmam gerektiğine karar verdim.

Tren önceki geceden beri hareket etmiyordu. Aşağı atlayınca

çizmelerim traverslerin yanındaki taşları çatırtıyla ezdi. İleride, Saint Petersburg'a geldiğimden beri çarın maiyetindekilerden biri olan, muhafız alayından Piyotr İlyaviç Maksi'yi gördüm. Hiç geçinemezdik, çoğunlukla ondan uzak dururdum. Harp okulunda okuduğundan, benim imparatorluk çalışanları arasında olmama içerleyenlerden biriydi. Bebek bakıcılığı gözüyle baktığı koruma görevimden alınıp çarın maiyetine dâhil edilerek buraya getirildiğim zaman çileden çıkmıştı. Ama geride ondan başka kimse kalmadığından, onunla konuşmaktan başka seçeneğim yoktu.

"Piyotr İlyaviç," diye seslenip, sabah sabah keyfini kaçıran ehemmiyetsiz bir şeymişim gibi, can sıkıntısıyla yüzüme bakmasına aldırmamaya çalışarak ona doğru yürüdüm. Epeydir ağzında tuttuğu sigarasından son bir nefes çekip yere attı ve ayağıyla ezdi.

Başıyla selam verirken, "Dostum," dedi, sesinde alaycı bir ton vardı. "Günaydın."

"Neler oluyor? Herkes nereye gitti? Trende kimse kalmamış."

Gözlerini en öndeki vagondan raylara doğru çevirip, "Hepsi ilerideler," dedi. "Yani gidenler."

Tek kaşımı kaldırıp, "Gidenler mi?" diye sordum. "Gidenler demekle neyi kastediyorsun?"

"Duymadın mı? Dün gece olanları bilmiyor musun?"

İçimde büyük bir korkunun uyanmaya başladığını hissettim, ama ondan önce davranıp kastettiği şeyi dile getirmek istemedim. "Söylesene Piyotr," dedim, "Çar nerede?"

Omuz silkip sanki dünyanın en doğal gerçeğiymiş gibi, "Artık çar falan yok," dedi. "Gitti. Nihayet ondan kurtulduk."

"Gitti mi? Ama nereye? Yoksa..."

"Tahttan feragat etti."

"O kadarını biliyorum," dedim tersçe. "Ama nereye..."

"Gece yarısı onu almak için bir tren gönderdiler."

"Kim gönderdi?"

"Yeni hükümetimiz. Uyumuşum deme sakın! Harika bir gösteriyi kaçırdın."

Bir anda içim ferahladı. Demek ki çar yaşıyordu; bu da, ailesinin başına bir şey gelme ihtimalinin olmadığı anlamına geliyordu. Ama hissettiğim ferahlamanın yerini çok geçmeden, çarın nereye götürüldüğünü öğrenme arzusu aldı.

Piyotr gözlerini kısıp, "Neden bu kadar umursuyorsun ki?" diye sordu, uzanıp yakamdaki tozları silkeledi. Bu tacizkâr hareket hemen geriye çekilmeme neden oldu.

Bir gecede dünyanın ne kadar değiştiğini ve yeni tehlikeleri kavrayıp, "Umursamıyorum," diyerek yalan söyledim. "Sadece merak ettim."

"Romanov'a ne olduğunu mu merak ettin?"

"Öğrenmek istiyorum, o kadar," diye üsteledim. "Gidip yatmıştım, sonra... Bilmiyorum, çok yorgundum herhâlde. Uyuyup kalmışım. Trenin geldiğini falan duymadım."

"Hepimiz yorgunuz Georgi." Omuzlarını silkti. "Ama artık bitti. Bundan sonra her şey daha iyi olacak."

Çarın tahttan çekilmesinden bariz bir zevk aldığını görmezden gelip, "Ne treniymiş bu?" diye sordum. "Ne zaman geldi?"

"Sabaha karşı iki ya da üç sularında geldi galiba," dedi ve bir sigara daha yaktı. "Çoğunuz uyuyordunuz sanırım. Ben uyumuyordum. Onu götürmelerini seyretmek istedim. Tren Saint Petersburg'dan geldi, bu hattın bir ya da bir buçuk kilometre ilerisinde durdu. Trende, Nikolay Romanov'u tutuklama yetkisi olan bir grup asker vardı."

"Onu tutukladılar mı?" Şaşırmıştım, ama çar için bu alaycı adı kullanarak attığı oltayı yutmadım. "Peki neden? Ne istedilerse yapmıştı."

"Kendi emniyeti için olduğunu söylediler. Başkente geri dönmesi güvenli değilmiş. Şehrin her yerinde ayaklanmalar varmış. Halk sarayı istila etmiş. Dükkânlar, ekmek ve un bulmak isteyenler tarafından yağmalanıyormuş. Şehri baştan başa anarşi sarmış. Onun suçu tabii ki."

"Bırak şu gazeteci ağızlarını," diye tısladım, artık tepem atmıştı. Yakasından tutup, "Nereye götürdüler onu, söyle," dedim.

Yüzüme şaşkınlıkla bakıp elimden kurtulmaya çalışırken, "Georgi, bırak beni!" diye bağırdı. "Senin derdin ne be?"

"Derdim mi ne? Hizmetinde olduğumuz adamı tutuklayıp götürüyorlar; sen de hiçbir şey olmamış gibi burada durmuş sigaranı tüttürüyorsun."

"Ama bu şanlı bir sabah," dedi. Duygularını paylaşmadığıma şaşırdığı belliydi. "Sen de bu günü beklemiyor muydun?"

Sorduğu soruyu duymazdan gelip gözlerimi imparatorluk treninin, karaya oturmuş gibi duran on beş vagonunda gezdirdim. "Neden bu trenle götürmediler? Neden başka bir tren gönderdiler?"

"Artık Romanov'un hiçbir lüksüne izin verilmiyor," dedi. "O bir mahkûm, anlamıyor musun? Hiçbir şeyi yok. Parası yok. Bu tren de ona ait değil. Rusya'nın malı."

"Düne kadar Rusya oydu."

"Ama artık bugündeyiz."

Şeytan, oracıkta üzerine atılıp burnunun üstüne yumruğunu indir, meydan okuyup bütün hıncını ondan al dedi; ama bir anlamı yoktu.

Başını iki yana sallayıp gülerek, "Georgi Daniiloviç," dedi. "İnanamıyorum... sen sahiden de çarın köpeğisin, değil mi?"

Tiksintiyle dudaklarımı kıvırdım. İmparatorun maiyetinde, çardan ve temsil ettiği her şeyden nefret edenler olduğunu biliyordum, ama ben, o adama hiç azalmayacak bir bağlılık duyuyordum. Bana iyi davranmıştı, buna şüphe yoktu. Ve bugün de, sonuçları ne olursa olsun, onu inkâr edecek değildim.

"Ben onun hizmetkârıyım," dedim. "Öleceğim güne kadar."

Gözlerini ayağının altındaki toprağa dikip, "Anlıyorum," diye mırıldandı. Çizmesinin burnuyla yeri eşeledi. Onunla daha fazla konuşmak istemediğimden başımı çevirip uzaklara, kuzeye, Saint Petersburg'a doğru baktım. Onu oraya geri götürmüş olamazlardı. Eğer ayaklanmalar Piyotr İlyaviç'in anlattığı kadar kötüyse, onu Saray Meydanı'nda paramparça ederlerdi. Bolşevikler, devrimlerinin bu kadar başındayken halkın gözleri önünde böyle kanlı bir olayı göze alamazdı. Daha fazla cevap almaya kararlı bir tavırla tekrar Piyotr'a döndüm, ama gitmişti. En öndeki vagona doğru bakarken kulağıma yüksek sesle konuşan, tartışan insanların sesleri çalındı, ama fazla net olmadığından ne dediklerini anlayamadım. Trenin sol tarafında duran iki arabayı fark ettim; dün öğleden sonra orada değillerdi; başta Bolşevik olduklarına hükmettim ve içimde aniden bir korku uyandı: Bir şeyler olmak üzereydi.

Piyotr İlyaviç'e öyle konuşmakla ihtiyatsızlık etmiştim; şu anda beni ihbar ediyordu.

Kaygıyla yutkunup arkama döndüm ve yavaş adımlarla trenin arka tarafına doğru yürümeye başladım. Son vagon görününce adımlarımı sıklaştırdım. Omzumun üzerinden arkaya baktım, kimse yoktu ama birkaç saniye içinde peşimden geleceklerini biliyordum. Hayatının en tuhaf başarısını kazanmış, talihli bir *mujik*ten başka neydim ki ben? Çarın yaşamasına izin verebilirlerdi, ne de olsa bir ganimetti o. Ama ya ben? Romanovlar'dan birinin hayatını kurtarmış, bir diğerinin ise hayatını korumuş biriydim sadece.

Sol tarafımda orman uzanıyordu. Rayların üstünden geçip doğruca, dalları iç içe geçmiş sık köknarların, çamların, sedirlerin ve karaçamların arasına daldım. Hızlı soluk alış verişlerimin ve sürtünerek geçtiğim dalların hışırtıları arasından, ellerinde tüfeklerle peşime düşmüş, beni yakalamaya kararlı askerlerin seslerini duyar gibi oldum. Bir an için durup soluklandım; evet, doğruydu, geliyorlardı. Yanlış duymamıştım.

Artık muhafız alayının bir üyesi değildim; hayatımın o kısmı sona ermişti. Artık bir kaçaktım.

Saint Petersburg'a döndüğümde ekim ayı kapıdaydı. Hâlâ tehlikede olup olmadığımı kestirmek güçtü, ama Bolşevikler tarafından yakalanıp öldürülme korkusu, peşimde olduğunu düşündüğüm herkesten daha evvel harekete geçmeme yetiyordu. Bu yüzden de şehre hemen dönmemiş, yol üstündeki kasabalarda saklanmış, gözlerden uzak ve korunaklı neresi denk gelirse orada uyumuş, leş gibi kokan vücudumun kirini derelerin, nehirlerin sularında akıtmış, beklemeyi tercih etmiştim. Saçımı ve sakalımı, on sekiz yaşında genç bir asker olduğum anlaşılmayacak şekilde, Romanov hanedanının son dönemine has bir tarzda uzatmıştım. Sürekli hareket etmekten kol ve bacak kaslarım güçlenmişti; hayvan avlayıp derisini yüzmeyi, karnını deşmeyi, ateşte pişirmeyi, sağ kalmak için onların canını almayı öğrenmiştim.

Arada bir küçük bir köyde duruyordum. Yemek ve yatak karşılığında köylüler bana yorucu işlerini gördürüyorlardı. Köylülere sorular sorarak siyasi olaylardan haberdar oluyordum. Halkın hükümeti olmakla övünen geçici hükümetin, faaliyetleri hakkında halka çok az bilgi vermesi beni şaşırtıyordu. Öğrenebildiklerime göre, şimdi Rusya'nın başında, herkesin Lenin olarak bildiği Vladimir İlyiç Ulyanov adında bir adam vardı ve çarın tam aksine, yönetim merkezini, Saint Petersburg'dan Moskova'ya, Nikolay'ın hiç sevmediği ve nadiren gidip kaldığı Kremlin'e taşımıştı. Tabii ki kendinden önceki bütün çarlar gibi Nikolay da orada taç giymişti. Yeni iktidar koltuğunu seçerken Lenin'in aklından da bu gelenek mi geçmişti acaba? Bunu düşünmeden edemedim.

Nihayet döndüğümde Saint Petersburg –ya da resmî olarak değiştirilen adıyla, Petrograd– oldukça değişmişti, ama bana hâlâ tanıdık geliyordu. Neva boyundaki sarayların hepsi kapatılmıştı. Acaba o prensler, kontlar, düşesler şimdi nerede yaşıyorlardı? Tabii ki hepsi de Avrupa'nın kraliyet aileleriyle akrabaydılar. Muhakkak kimi Danimarka'ya, kimi de Yunanistan'a kaçmıştı. Daha dayanıklı olanları Avrupa'yı da aşıp, çarın da planladığı gibi İngiltere'ye doğru yelken açmış olabilirlerdi. Ama artık burada değillerdi. Artık yoktular.

Bir zamanlar, varlıklı yolcularını donmuş göllerde paten kaymaya ya da birbirlerinin malikânelerinde verilen neşeli akşam davetlerine taşıyan at arabalarıyla dolu olan nehir kıyıları, şimdi, kaldırımlarda koşuşturup duran, soğuktan kaçmak ve gün boyu topladıkları artıkları yemek için evlerine dönmeye can atan köylüler haricinde bomboştu.

O kış hava buz gibiydi, o kadarını hatırlıyorum. Saray Meydanı'nda öyle bir ayaz vardı ki rüzgâr ne zaman esse, yanaklarımı, kulaklarımı, burnumun ucunu ısırıyor, can acısından bağırmamak için tırnaklarımı avuçlarıma batırmak zorunda kalıyordum. Sıra sıra sütunların gölgesine sığınıp eski evime baktım; iki sene önce, buraya geldiğim ilk günden bu yana her şeyin ne kadar değiştiğini, Kaşin'de katlandığım hayattan çok farklı, çok saf, çok masum, çok arzulu bir hayat yaşadığımı düşündüm. Ablam Asya beni şimdi böyle bir duvar dibine sokulmuş, ısınmak için kollarımı vücuduma sarmış hâlde görse ne düşünürdü?

Herhâlde, layığımı bulduğumu düşünürdü.

İmparatorluk ailesine ne olduğundan hiç haberim yoktu. Köy köy dolaşırken çok az şey öğrenebilmiştim. Kısa bir süre gözaltında tutulduktan sonra, Anastasya'nın en korktuğu şey olan sürgüne gönderildiklerini tahmin ediyordum. Avrupa'yı baştan başa aşıp İngiltere'ye geçmiş olmalılardı. Hiç şüphesiz Kral George onlara sıcak bir karşılamayla kucak açmış ve kendisinden çok şey bekleyen Romanovlar ile ne yapacağını düşünmeye başlamıştı.

Ne gündüzleri yolculuk ederken ne de geceleri uyumaya çalışırken Anastasya'nın yüzü gözümün önünden gidiyordu. Onu hayal ediyor; kafamdan ona mektuplar, envai çeşit aptalca şiirler yazıyordum. Onu asla terk etmeyeceğime, ne olursa olsun yanında olacağıma yemin etmiştim. Fakat ailesinin mutsuzluğuyla çılgına dönüp Kışlık Saray'daki odama geldiği geceki son görüşmemizin üzerinden neredeyse dokuz ay geçmişti. Bunun bir veda olduğunu aklımızdan bile geçirmemiştik, ama çar ertesi sabah, ailesi yataktan kalkmadan önce erkenden gitmeyi tercih etmişti ve benim görevim ona refakat etmekti. Kimbilir Anastasya uyanıp da gittiğimi anlayınca ne kadar üzülmüştü, hayal bile edemiyordum.

Ahırlarda, samanlıklarda yatıp tahta kirişlerdeki çatlaklardan yıldızlara bakarken, o da beni hayal ediyor mudur diye düşünürdüm. Londra göğünün altında, yanıp sönen gümüşi yıldızlara bakarak, nerede olduğumu merak edip aynı göğün altında uzandığımızı düşünüyor, adını fısıldayıp bana inanması için yalvardığımı hayal ederken benimle aynı anda uykuya dalıyor muydu? Zor günlerdi.

Ona yazabilseydim, böyle yazardım; ama yazsam nereye gönderecektim? Onu görebileceğimi bilsem yürüyerek çöller geçerdim, ama nereye gidecektim? Elimde hiçbir ipucu yoktu. Sadece burada, bu ıssız Saint Petersburg'da –evet, Petrograd değil; burası benim için hep Saint Petersburg olarak kalacaktı– sorularıma cevap verecek birini bulabilirdim.

Geri döneli neredeyse bir hafta olmuştu ki ihtiyacım olan ipucunu buldum. Bir gün öğleden sonra, yeni hükümet tarafından desteklenen bir ambarın satış mağazasında tahıl varillerinin indirilmesine yardım edip birkaç ruble kazanmış ve çok nadiren yaptığım bir şey yapıp sıcak bir yemekle kendimi şımartmaya, güzel bir ziyafet çekmeye karar vermiştim. Sıcacık ve rahat bir lokantaya girdim, ateşin başına oturdum. Bir kâse lahana çorbası ve ardından da votka içerek, bir kerelik olsun birkaç basit zevkin, yeniden genç bir adam olmanın, Georgi olmanın tadına varmaya çalışıyordum. Yanımdaki masada, benden birkaç yaş büyük, gece ilerledikçe giderek sarhoş olan genç bir adam oturuyordu. Dikkatimi çekti. Sinekkaydı tıraşlıydı, üzerinde geçici hükümetin üniforması vardı, tepeden tırnağa bir Bolşevikti. Ama hâl ve tavırlarında bir şey vardı ki bana aradığımı bulduğumu söylüyordu.

"Keyifsiz görünüyorsun arkadaş," dedim; bana dönüp şöyle bir baktıktan sonra, sanki vereceği zahmete değip değmeyeceğime karar verirmiş gibi dikkatle yüzümü inceledi.

Elini sallayıp, "Ha, keyifsizdim," dedi. "Doğru." Sol elindeki votka şişesini kaldırıp bana gülümsedi. "Ama artık değilim."

"Anladım," dedim. Kadehimi ona doğru kaldırdım. "Şerefe!"

"Şerefe," dedi, içkisini fondip yapıp bir daha doldurdu.

Birkaç saniye bekledikten sonra karşısına geçtim. "Oturabilir miyim?" diye sordum.

Temkinli bir tavırla baktıktan sonra omuz silkti. "Nasıl istersen."

"Askersin, değil mi?" diye sordum.

"Evet. Ya sen?"

"Irgatım."

Yumruklarını masaya vurup sarhoşlara has bir kararlılıkla, "Daha çok ırgata ihtiyacımız var," dedi. "Böyle zenginleşiriz. Tahılla."

İkimizin bardağına da biraz daha votka koyarken, "Haklısın," dedim. "Siz askerlerin sayesinde hepimiz zamanla zengin olacağız."

Soluğunu yüksek sesle bırakıp yüzünde tam bir hayal kırıklığıyla başını iki yana salladı. "Kendini kandırma arkadaşım," dedi. "Kimse ne yaptığını bilmiyor. Benim gibi insanları dinlemezler."

Kendi payına düşenden memnun olmasa da büyük ihtimalle devrimcilerin görüşlerine bağlı olduğu için, gülümseyip, "Ama durum eskiye göre daha iyi, öyle değil mi?" diye sordum. "Ça... yani Nikolay Romanov'un hükümranlığı altında olduğumuz zamandan daha iyi," diye de ekledim.

Kardeşmişiz gibi uzanıp elimi sıktı. "Doğru söylüyorsun," dedi. "Ne olursa olsun, hepimiz bu değişiklikler sayesinde daha iyi durumdayız." Yere tükürüp ekledi. "Lanet olası Romanovlar!"

Barın sahibi bağırarak doğru düzgün oturmasını, yoksa onu dışarı atacağını söyledi.

"Peki mesele ne öyleyse?" diye sordum. "Neden bu kadar mutsuz görünüyorsun? Kadın meselesi mi?"

Acı bir sesle, "Keşke öyle bir mesele olsaydı," dedi. "Şimdilerde en son düşündüğüm şey kadınlar. Yok bir şey dostum, senin de canını sıkmayayım. Bugün Lenin'in hükümetindeki küçük bir bürokrattan beklediğim bir iş vardı, ama beni hayal kırıklığına uğrattı, hepsi bu. Ben de içip biraz efkâr dağıtıyorum işte. Tabii, yarın da hâlâ üzgün olacağım, ama geçer."

"Akşamdan kalma da olacaksın."

"O da geçer."

Onu pohpohlayarak istediğim şeyi öğrenebileceğimden emin olduğum için, "Lenin'e yakın mısın?" diye sordum.

"Tabii ki değilim. Onunla hiç karşılaşmadım."

"Öyleyse nasıl..."

"Başka bağlantılarım var. Yüksek mevkilerde beni el üstünde tutan kişiler var."

Uysal görünme isteğiyle, "Eminim vardır," dedim. "Bu ülkeyi değiştirenler senin gibi adamlar."

"Sen gel de onu benim küçük bürokrata anlat."

"Bir şey sorabilir miyim, acaba..." Fazla meraklı görünmekten çekinerek duraklayıp devam ettim. "Sen Romanovlar'ın defedilmesinden sorumlu olan o kahramanlardan mısın? Öyleysen söyle de sana biraz daha içki ısmarlayayım, çünkü tüm *mujik*ler, hepimiz sana şükran borçluyuz."

Omuz silkti. "Pek sayılmaz. Belki biraz kırtasiye işi. Bütün alakam o kadar."

"Ha," dedim, kalbim göğsümün içinde hopladı. "Sence bir daha buraya dönmelerine izin verirler mi?"

Kaşlarımı çattı. "Petrograd'a mı? Kesinlikle hayır. Paramparça ederler onları. Halk buna asla müsaade etmez. Hayır, oldukları yerde daha emniyetteler."

Rahatlayarak bir oh çektim; anlaşılmasın diye de öksürür gibi yaptım. En azından sağ olduklarına, *sağ olduğuna* dair ilk kesin bilgiyi elde etmiştim.

Güvenini kazanmak için gülerek, "Oranın iklimine alışık değiller," dedim. "Kışları çok soğuk geçermiş diyorlar, buranın soğuğunun yanında hiç kalırmış."

Tek kaşını kaldırdı. "Tobolsk'da mı? Hiç duymadım, bilmiyorum. Ama onlarla ilgileneceklerdir. Sibirya valisinin evi saray sayılmaz ama bizim bildiğimiz evlerden çok daha güzeldir. Öyleleri nasıl sağ kalacaklarını iyi bilirler. Kedi gibidirler; hep dört ayak üstüne düşerler."

Hayretten bağırmamak için kendimi zor tuttum. Demek İngiltere'de değillerdi. Rusya'dan bile ayrılmamışlardı. Uralların ötesine, Tobolsk'a götürülmüşlerdi. Sibirya'nın derinliklerine. Çok uzaktı. Ama oraya gidebilirdim. Onu bulabilirdim.

Birine söyleyebileceğimi pek de umursamaz bir tavırla, "Tabii, bu herkesin bildiği bir şey değil dostum," dedi. "Nerede tutuldukları yani. Kimseye söyleme sakın."

Ayağa kalkıp, "Merak etme," dedim. Masaya, ikimizin de hesabını ödemeye yetecek birkaç ruble attım; hiç olmazsa bu kadarını hak etmişti. "Bu konudan kimseye bahsetmeye niyetim yok."

Saint Petersburg'dan ayrılınca doğuya doğru gittim. Vologda, Vyatka ve Perm'den geçip Sibirya ovalarına ulaştım. Anastasya'yı son görüşümün üzerinden bir yıldan uzun bir zaman geçmişti. Çarın adı Nikolay Romanov olalı da bir o kadar olmuştu. Cılız ve aç bir hâldeydim, ama onu tekrar görmek, korumak arzusuyla ilerliyordum. Uzun yolculuk vücudumu tüketmişti. Bir aynam olsaydı, daha yirmime bile gelmediğim hâlde on yaş daha yaşlı göründüğüme yemin edebilirdim.

Zorluklarla dolu bir yolculuk olmuştu. Vyatka'nın hemen dışında ateşlenmiştim, ama talihim yaver gitti, beni evlerine alan bir ırgat ile karısı bana baktılar, iyileştirdiler. Ateş yüzünden sayıkladıklarımı yüzüme vurmadılar. Evlerinde geçirdiğim son gece, ateşin karşısında oturuyordum; ırgatın Polina Pavlovna adındaki güçlü kuvvetli karısı, elini elimin üzerine koyarak bu samimi hareketiyle beni şaşırttı.

"Dikkatli olmak zorundasın *paşa*," dedi. Evlerindeki birinci ya da ikinci günümde bana adımı sormuşlardı. Yüksek ateşten sayıklar hâldeyken onlara, çocukluğumda takılan o nefret ettiğim ismi söylemiştim. "Bundan sonra yapacağın şey tehlikeli."

"Bundan sonra yapacağım şey mi?" diye sordum. Nekahat dönemimde onlara, tarladaki işlere yardım etmek için Surgut'ta yaşayan ailemin yanına döndüğümü anlatmıştım. "Ama orada bir tehlike olduğunu sanmıyorum."

Fısıltıyla, "Luka'yla ilk tanıştığımızda babamın onayını alamadık," dedi. "Ama hiç mi hiç umursamadık, aşkımız yeteri kadar güçlüydü. Ama babası yoksul bir adamdı, kimsenin aldırış etmediği biriydi. Senin durumun farklı."

Hastayken ne kadarını ağzımdan kaçırdığımı bilmediğimden heyecanla yutkundum. "Polina..."

Gülümsedi. "Önemli değil. Yalnızca bana anlattın. Ben de kimseye söylemedim. Luka'ya bile."

Başımı sallayıp pencereden dışarı baktım. "Daha çok yolum var mı?"

"Haftalar alır," dedi. "Ama iyi olacaklar. Bundan eminim."

"Nasıl bilebilirsin ki?" dedim.

Hüzünlü bir ifadeyle başını başka tarafa çevirdi. "Çünkü onların hikâyesi Tobolsk'ta bitmez," dedi usulca. "Hem, şu sevdiğin kızın, grandüşesin daha yaşayacağı çok şey var."

Buna ne karşılık vereceğimi bilemediğimden sesimi çıkarmadım. Hurafelere ya da kocakarı kehanetlerine inanacak türden biri değildim. Staretsin kehanetlerine inanmamıştım ve söylediklerinin doğru çıkmasını ümit etmeme rağmen Vyatkalı bir ırgat karısının sözlerine de inanacak değildim.

Evlerinden ayrılmadan önce, "Biliyor musun, çar bir kere buradan geçmişti," dedi. "Ben genç bir kızken."

Kaşlarımı çattım, çünkü yaşlı bir kadındı. Dediğine pek inanamadım.

Hafifçe gülerek, "Senin çar değil," dedi. "Büyükbabası, II. Aleksandr. Öldürülmesinden birkaç hafta önce. Yıldırım gibi geçti. Bütün kasaba onu görmek için dışarı çıkmıştı ama o bize bakmadı bile, atını sürüp gitti. Fakat yine de, sanki Tanrı'nın eli bize dokunmuş gibiydi. Şimdi gözünde canlandırması zor, değil mi?"

"Biraz," diye itiraf ettim.

Ertesi gün yanlarından ayrıldım ve şükür ki yolculuğumun geri kalanında sağlığım bozulmadı. Temmuz ayının başlarında Tobolsk'a vardım. Şehir Bolşeviklerle doluydu ama kimse bana dönüp bakmadı bile. Anladım ki artık beni aramıyorlardı. Bir uşaktan başka neydim ki ben. Zaten hiç kimseydim. Çarın tutuklanmasından sonra, beni takip etmekten vazgeçeli çok uzun zaman olmuştu.

Valinin evini bulmak kolay oldu. Etrafını kalabalık bir muhafız ordusuyla çevrili bulmayı bekleyerek bir akşamüstü oraya ulaştım. Ulaştığımda ne yapacağımı pek bilmiyordum. Aklımın bir tarafında, doğruca gidip çarı –ya da üstelerlerse Nikolay Romanov'u– görmek istediğimi söylemeyi düşünüyordum. O noktaya gelince de hizmetkârları olarak ailenin yanında kalmayı teklif edebilir, böylece sürgüne gönderilene dek her gün Anastasya'yı görebilirdim.

Oysaki ev hiç de hayal ettiğim gibi değildi. Dışında hiç araba yoktu, sadece çite yaslanmış, ağzını aça aça esneyen tek bir asker vardı. Ben eve doğru yaklaşırken aksi bir ifadeyle gözlerini kıstı, ama benimle ilgilendiğini belli eden bir hareket yapmadı. Ayağa kalkma zahmetine bile girmedi.

"İyi akşamlar," dedim.

"Yoldaş."

"Merak ettim de... burası valinin ikametgâhı değil mi?"

"Diyelim ki öyle, ne olacak?" diye sordu. "Sen kimsin?"

"Adım Georgi Daniiloviç Jahmenev," dedim. "Kaşinli bir ırgatım."

Başını salladıktan sonra birkaç saniyeliğine başka tarafa çevirdi, sonra da yere tükürüp, "Hiç duymadım," dedi.

"Yok, duymanı da beklemiyordum. Ama esirlerin duymuştur."

Hafifçe gülümseyerek, "Esirlerim mi?" dedi. "Ne esiriymiş bu?"

Bıkkın, derin bir nefes aldım. Hiç oyun oynama havasında değildim. "Buraya çok uzun yoldan geldim," dedim. "Aslında ta Saint Petersburg'dan geliyorum."

"Petrograd demek istedin herhâlde."

"Öyle olsun."

Tek kaşını kaldırdı. "Yaya mı geldin?"

"Yolun çoğunu, evet."

"İyi, burada ne arıyorsun?"

"Geçen yıla kadar imparatorluk sarayında, çar için çalışıyordum."

Karşılık vermeden önce durakladı. Sertçe, "Çar falan yok," dedi. "Sen *eski* çarın yanında çalışmışsın."

"Eski çar diyelim öyleyse. Düşündüm de... acaba uğrayıp saygılarımı sunabilir miyim?"

Kaşlarını çattı. "Tabii ki sunamazsın," dedi. "Nesin sen Jahmenev, aptal mısın? Sence kimseyi Romanovlar'ın yanına sokar mıyız?"

Üstümde silah olmadığını göstermek için kollarımı açtım. "Ben kimse için bir tehdit değilim. Sadece hizmetlerinde olduğumu söylemek istiyorum."

"Neden yapasın ki bunu?"

"Çünkü bana hep iyi davrandılar."

"Onlar zorbaydı," dedi. "Yanlarında olmak için aklını kaçırmış olmalısın."

"Olsun, ben öyle istiyorum," dedim. "Mümkün mü?"

Omuz silkip, "Her şey mümkün," dedi. "Ama çok geç kaldın maalesef."

Kalbim durdu sanki. Adamı yakasından tutup ne kastettiğini sormamak için kendimi zor tuttum.

Dikkatle, "Çok mu geç kaldım?" diye sordum. "Nasıl yani?"

"Artık burada değiller," dedi. "Vali evine döndü. İstersen seni onun karşısına çıkarabilirim."

Başımı sallayarak, "Hayır, hayır," dedim. "Gerek yok." Başımı ellerimin arasına alıp oracığa yıkılmak istedim. Bu işkence hiç bitmeyecek miydi? Hiç kavuşamayacak mıydık? "Ben... onları görmeyi ummuştum."

"Onları buradan fazla uzağa götürmediler," dedi. "Belki peşlerinden gidebilirsin."

Ümitle yüzüne baktım. "Öyle mi? Neredeler şimdi?"

Gülümseyerek avucunu açtı. Bu bilgiyi bedava elde edemeyeceğimi hemen anladım. Elimi cebime atıp tüm rublelerimi çıkardım. Parayı eline bırakırken, "Pazarlık edemem," dedim. "İstersen üstümü ara. Bütün param bu. Dünyadaki tüm varlığım bu kadar. Lütfen..."

Avucuna baktı, parayı sayıp cebine koydu. Yürüyüp gitmeden önce eğilip kulağıma tek bir kelime fısıldadı.

"Yekaterinburg."

* * *

Böylece dönüp bir kere daha, bu sefer güneybatıya, Yekaterinburg'a doğru yürümeye başladım. Her nasılsa, bunun yolculuğumun sonu olacağını, nihayet Anastasya'yı bulacağımı biliyordum. Yolda bana Kaşin'i hatırlatan köylerden –Tavda, Turinsk, İrbit– geçtim, bazılarında ırgatlarla konuşmak ümidiyle durup dinlendim. Ama faydası yoktu; benden şüpheleniyor gibiydiler, konuşmaya yanaşmıyorlardı. Acaba benden önce köylerinden kimlerin geçtiğini biliyorlar mı, onları gördüler mi diye geçirdim içimden. Görselerdi bile, bundan söz etmezlerdi.

Yekaterinburg'a ulaşmam bir hafta aldı.

Buranın halkı, yolda karşılaştığım hemen herkesten daha endişeliydi; doğru yere geldiğimden emin oldum. Çok geçmeden bana gideceğim yeri tarif edecek birini buldum. Şehrin kıyısında, etrafı askerlerle çevrili büyük bir evdi.

Karşılaştığım yardımsever bir adam, "Evin sahibi çok zengin bir tüccar," dedi. "Bolşevikler evine el koydu.Kimsenin girmesine izin vermiyorlar."

"Şu tüccar," dedim, "nerede şimdi?"

"Gitti. Hesabı kesildi. Adı İpatyev'di. Elinden aldılar. Biz yerliler oraya İpatyev'in evi deriz hâlâ. Ama Bolşevikler, özel amaçlı ev diyorlar."

Başımla selam verip gösterdiği istikamete doğru yürüdüm.

Oradaydı, biliyordum. Hepsi oradaydı.

1919

Belki tuhaf ya da antika bir şey gibi gelecek ama Zoya'yla Paris'te, Montmartre'ın tepesinde, ayrı binalarda, birbirini gören, geceleri yatmadan önce birbirimize el sallayabileceğimiz, hatta öpücük yollayabileceğimiz birer oda tuttuk. Zoya odasından, ulusun benimsediği bir azizin, başı kesilerek ülkesi için şehit edildiği yer olan beyaz kubbeli Sacré-Coeur Bazilikası'nı görebiliyor, bazilikanın üç kemerli girişine çıkan basamakları tırmanan kalabalıkları seyredebiliyor, evlerinden işlerine gidip gelirken penceresinin altından geçen insanların konuşmalarını duyabiliyordu. Benim odamın penceresinden ise Cizvitlerin doğum yeri olan Montmartre Aziz Peter Kilisesi görünüyordu. Başımı uzattığımda, ressamların her sabah, mütevazı bir akşam yemeğine yetecek kadar para kazanma ümidiyle sokaktaki stüdyolarına sehpa kurmalarını seyredebiliyordum. Etrafımızın dinî simgelerle bu denli sarılı olması için özel bir çaba sarf etmemiştik. On sekizinci bölge olarak bilinen bu yerde kiralar ucuzdu ve iki Rus göçmeni, şehrin zaten mülteci kaynayan bir kesiminde, insanların laf atmalarına maruz kalmadan kolayca kalabalığa karışabilirdi.

O aylarda, Budapeşte'de, Prag'da, Zagrep'te ve son olarak Compiègne'deki bir tren vagonunda barış antlaşmaları imzalanmaya başlamış, savaş bitmeye yüz tutmuştu. Fakat önceki dört yılda, on binlerce Avrupalı, Fransa'nın başkentine akın etmişti. Kayzerin askerleri onların vatanlarına doğru ilerlediği için, bu insanlar da buraya sürüklenmişti. Biz Paris'e geldiğimizde –sayıları azalmış olmasına rağmen– batıya gitmeye zorlanmış sürgün rolünü oynamak zor değildi. Kimse hazırladığımız hikâyelerin gerçekliğini sorgulamaya kalkmadı.

Minsk'te başlayıp, zahmetli ve hiç bitmeyecekmiş gibi gelen bir seyahatin ardından şehre geldiğimizde, Zoya'yla karıkoca gibi yaşayacağımızı varsayma hatasına düştüm. Doğduğum ülkenin kırsal bölgeleri geçip gider, yerlerini şehirlere, nehirlere ve sıradağlara bırakırken zihnim fazlasıyla bu fikirle meşguldü. Aslında bunu düşünmek beni hem heyecanlandırıyor hem de endişelendiriyordu. Yolculuğun büyük bölümünü, konuya girmek için doğru sözcükleri seçmeye çalışarak geçirdim.

Paris'e on beş kilometre kala, yüzümdeki tedirginliği göreceği korkusuyla Zoya'nın yüzüne bakmaya cesaret edemeden, "Tek ihtiyacımız küçük bir daire tutmak," dedim. "İçinde mutfağı olan küçük bir yer. Şansımız varsa bir de küçük banyo. Tabii ki bir de yatak odası," diye ekledim. Bunları söylerken kıpkırmızı kesildim. Zoya'yla henüz sevişmemiştik, ama Paris'teki hayatımızın bize sadece bağımsızlık ve yeni bir başlangıç sunmakla kalmayıp, tensel zevklerin kapılarını aralamasını da hararetle ümit ediyordum.

Bana bakıp başını iki yana salladı, "Birlikte yaşayamayız, biliyorsun," dedi. "Biz evli değiliz."

"Tabii," dedim. Ağzım öyle kurumuştu ki dilim damağıma yapışıyordu. "Ama bu bizim için yeni bir dönem, öyle değil mi? Burada kimseyi tanımıyoruz, sadece biz varız. Düşündüm de belki..."

Kararlılıkla, "Hayır Georgi," dedi ve dudağını ısırdı. "Olmaz. Daha değil. Yapamam."

"O zaman... o zaman evleniriz," dedim. Bunu daha önce düşünmediğime şaşırmıştım. "Ama elbette başından beri niyetim buydu zaten. Karıkoca oluruz."

Zoya yüzüme baktı ve onu bir hafta önce kollarıma aldığımdan bu yana ilk kez kahkaha atıp gözlerini yuvarladı. Aptal olduğumu ima etmek için değil elbette, teklifimin budalalığına.

"Georgi, bana evlenme mi teklif ediyorsun?"

Keyifle gülümseyerek, "Evet, ediyorum," dedim. "Karım olmanı istiyorum." Geleneklere uygun bir biçimde diz çökmeye çalıştım, ama koltukların arasındaki boşluk bu hareketi zarafetle yapmama izin vermeyecek kadar dar olduğu için tek dizimin üstünde yüzükoyun eğilip başımı ona doğru çevirmek zorunda kaldım. "Sana verecek bir yüzüğüm yok henüz," dedim. "Ama kalbim senin. Her şeyimle seninim, biliyorsun bunu."

"Biliyorum," dedi. Beni çekti, nazikçe itip yerime oturttu. "Ama sen bunu, şey yapabilelim diye... şey için..."

"Hayır," diye atıldım, hakkımda böyle kötü düşünmesinden utanmıştım. "Hayır Zoya, o yüzden değil. Sana evlenme teklif ediyorum, çünkü hayatımı seninle birlikte geçirmek istiyorum. Her günümü, her gecemi. Bu dünyada benim için senden başka kimse yok, bunu bil."

Usulca, "Benim için de senden başkası yok Georgi," dedi. "Ama seninle evlenemem. Daha değil."

"Ama neden?" Sesimden, alındığımı anlamaması için çabaladım. "Birbirimizi seviyorsak, birbirimize söz verdiysek, o zaman..."

Başını çevirdi. "Georgi... düşün, lütfen." Aslında bunları fısıltıyla söyledi ve o anda kendimden utandım. Nasıl bu kadar anlayışsız olabilmiştim? Böyle bir zamanda evliliği dile getirmekle insafsızlık ediyordum. Ama gençtim, sırılsıklam âşıktım ve sonsuza kadar bu kadınla birlikte olmaktan başka bir şey istemiyordum.

Birkaç saniye sonra alçak sesle, "Özür dilerim," dedim. "Düşünemedim. Benim anlayışsızlığım." Başını iki yana salladı, ağlamak üzere olduğunu görebiliyordum. "Bir daha... bir daha bu konuyu açmayacağım. Yani uygun bir zamana kadar," diye ekledim, çünkü bunun unutulacak bir konu olmadığını açıkça belirtmek istiyordum. "İleride, bu konuyu açmak için senden izin alabilir miyim Zoya?"

"Bu ümitle yaşayacağım," diye karşılık verdi. Şimdi o da gülümsüyordu.

İçimden, artık nişanlandık diye geçirdim ve bunu düşünmek yüreğimi mutlulukla doldurdu.

Sonra Montmartre'ın tepelerine ulaşıp kapı kapı dolaşarak kiralık oda aramaya başladık. Valizimiz yoktu, sırtımızdaki eski püskü şeylerden başka giysimiz de yoktu. Eşyamız yoktu. Azıcık paramız vardı. Yeni bir hayata başlamak için yabancı bir ülkeye gelmiştik ve o andan itibaren edindiğimiz her şey, yeni bir hayatın işareti olacaktı. Gerçekten de eski hayatlarımıza ait, birbirimizden başka hiçbir şey getirmemiştik.

Ama bu kadarı bize mutlaka yeterdi, inanıyordum.

O kış, Noel'i iki kere kutladık.

Aralık ayının ortasında arkadaşlarımız Leo ile Sophie bizi, ayın yirmi beşinde Ressamlar Tepesi'nin yakınındaki dairelerinde akşam yemeğine davet etti. Zoya'nın böyle bir kutlamayla nasıl baş edeceği endişesiyle, Noel'e tamamen boş vermeyi ve öğleden sonrayı, Seine nehrinin kıyısında baş başa yürüyüş yaparak, günün getireceği ender huzur anlarının tadını çıkarmayı önerdim.

Fakat Zoya gösterdiği hevesle beni şaşırtarak, "Ama ben gitmek istiyorum Georgi," dedi. "Çok eğlenceli olacakmış gibi anlattılar. Biz de hayatımıza biraz eğlence katabiliriz, değil mi?"

"Tabii ki," dedim. Verdiği tepkiden memnun olmuştum, çünkü ben de gitmek istiyordum. "Ama gerçekten eminsen. Zor bir gün olabilir, ne de olsa Rusya'dan ayrıldıktan sonraki ilk Noel'imiz."

"Bence..." Bir an duraklayıp dikkatle düşündükten sonra devam etti. "Bence o günü arkadaşlarımızla geçirmek harika bir fikir. Mutsuz düşüncelere saplanıp kalmaya daha az zaman kalır."

Paris'te yaşadığımız beş ay içerisinde Zoya'nın kişiliği de değişmeye başlamıştı. Rusya'dayken de hayat dolu ve neşeliydi, ama Paris'te gardını indirmişti, coşkusunu daha serbestçe gösteriyordu. Değişim ona iyi gelmişti. Şımarmadı ve dünyanın sunduğu zevklere, maddi durumumuz acınacak hâlde olduğundan çok azından faydalanabilsek de, çok daha açıktı. Ne var ki kederinin yeniden su yüzüne çıktığı, o korkunç anıların hafızasına hücum ettiği anlar –hem de çok sıklıkla– oluyor ve moralini bozuyordu. Böyle zamanlarda yalnız kalmayı tercih ediyordu. O karanlıktan çıkmanın yolunu nasıl bulduğunu bilmiyorum. Bazı sabahlar kahvaltı etmek için buluştuğumuzda, renginin solgun, gözlerinin etrafının koyu renkli halkalarla çevrili olduğunu görürdüm; sağlığını sorardım, omuz silker, sözünü etmeye değmeyeceğini, sadece uyuyamadığını söylerdi. Daha fazla soru sorarak üstelersem, kızıp başını sallar, sonra da konuyu değiştirirdi. Bu korkularla tek başına yüzleşmesine izin vermeyi öğrenmiştim. Ona destek olacağımı, ne zaman konuşmak istese onu dinleyeceğimi bilirdi.

Zoya, Sophie'yle, birlikte çalıştıkları terzi dükkânında tanışmıştı. Hemen arkadaş olmuşlardı. Parisli kadınlara basit, sade giysiler dikiyorlardı. Savaş zamanında kullanışlı olabilecek giysiler üreten bir dükkânda çalışıyorlardı. Sophie sayesinde, ressam sevgilisi Leo'yla da arkadaş olmuştuk. Dördümüz düzenli olarak bir araya gelen bir grup olduk. Akşam yemeklerinde ya da pazar günleri akşamüstü gezintilerinde, Seine nehrini büyük bir macera ruhuyla geçmek ve Lüksemburg Bahçesi'nde dolaşmak için buluşuyorduk. Leo ile Sophie'nın aşırı kozmopolit olduklarını düşünüyor ve onlara âdeta tapıyordum, çünkü bizden sadece iki yaş büyük olmalarına rağmen kimseye hesap verme zorunluluğu duymadan uyum içinde birlikte yaşıyorlar ve herkesin içindeyken bile sık sık sevgi gösterileriyle aşklarını açığa vuruyorlardı. İtiraf edeyim ki bu hâlleri beni utandırıyor, ama aynı zamanda da heyecanlandırıyordu.

Noel günü Sophie, "Hindi pişirdim," diyerek, tuhaf görünüşlü, bir tarafı fırında fazla kızarmış, geri kalanı da garip bir biçimde pembe kalmış bir kuş getirip önümüze koydu; yemeğin oldukça iştah kapatıcı görünmesine neden olan alışılmadık bir pişirme tarzıydı bu. Ama böyle ayrıntılara hiç aldırmadık; bir aradaydık ve kadehler şarapla doluyordu, bütün gece yiyip içtik. Evsahiplerimiz dokunaklı biçimde uzun uzun öpüştükçe, Zoya'yla başımızı başka taraflara çevirdik.

Yemekten sonra oturma odalarındaki kanepelere uzanıp sanattan, siyasetten konuştuk. Zoya, kolumu omzuna atıp onu sarmalayabileceğim şekilde vücudunu benimkine yaslamıştı. Vücudunun sıcaklığı benimkiyle birleşiyordu. Sophie'nin parfümlerinden birini sıkmıştı, saçlarına sinmiş lavanta kokusu sarhoş ediciydi.

Leo en sevdiği konulardan birini açtı. "Siz ikiniz," dedi, "Rusya'dan geldiniz. Siyasete bulaşmışsınızdır."

Başımı iki yana salladım. "Pek sayılmaz. Böyle şeylere hiç zaman kalmayan küçük bir köyde büyüdüm. Çalışırdık, tarla sürerdik, sağ kalmaya uğraşırdık, o kadar. Tartışmalara ayıracak vaktimiz yoktu. Böyle şeyler bizim için büyük lüks sayılırdı."

"Zaman ayırmalıydınız," diye üsteledi. "Özellikle de sizinki gibi bir ülkede."

Sophie, kadehine biraz daha şarap doldururken, onu şakayla karışık azarladı. "Ah Leo, yine başlama lütfen." Ne zaman akşamları bir araya gelsek konu dönüp dolaşıp siyasete gelirdi. Leo ressamdı, hem de iyi bir ressamdı. Ama çoğu sanatçı gibi, tuval üstünde yeniden yarattığı dünyanın yozlaşmış olduğuna, bu dünyanın dürüst insanlara, elbette kendi gibi insanlara ihtiyacı olduğuna inanıyor, saflığı da bunu ispatlıyordu. Günün birinde temsilciler meclisi seçimlerinde adaylığını koymayı ümit ediyordu. Bir idealist ve hayalperestti, ama aynı zamanda da miskindi ve ben onun bir seçim kampanyası için gereken enerjiyi toplayabileceğinden şüpheliydim.

"Ama bu önemli," diye ısrar etti. "Hepimizin, bizim vatanımız dediği bir vatanı var, haksız mıyım? Ve sağ olduğumuz müddetçe de o vatanın hepimiz için daha iyi bir yer olması için çabalamak bizim sorumluluğumuzdur."

"Nasıl daha iyi?" diye sordu Sophie. "Ben Fransa'yı böyle, olduğu gibi seviyorum, siz sevmiyor musunuz? Başka bir yerde yaşamayı düşünemiyorum bile. Değişmesini istemiyorum."

"Herkes için daha adil olacak şekilde iyi," dedi Leo. "Toplumsal eşitlik. Maddi bağımsızlık. Siyasetin özgürleşmesi."

Zoya, "Ne demek istiyorsun?" diye sordu. Sesi ortamı delip geçti, çünkü onda ne Sophie'nin sarhoşça hevesliliği ne de Leo'nun muhalif bilmişliği vardı. Bir süredir de sessizdi, gözleri kapalıydı, ama uyumuyordu, belli ki odanın sıcaklığı ve alkolün verdiği rahatlıkla gevşemişti. Üçümüz de başımızı çevirip ona baktık.

Leo omuz silkti. "Şey, sadece... bana mantıklı gelen, her vatandaşın sorumluluk..."

Zoya onun sözünü kesti. "Hayır," dedi, "o değil. Ondan önce söylediğin. Sizinki gibi bir ülke demekle ne kastettin?"

Leo bir an durup düşündü, sonunda her şey gün gibi ortadaymışçasına omuzlarını silkti. "Ha, şu mesele..." dedi. Konuya ısınırken bir dirseğine dayanıp doğruldu. "Bak Zoya, benim ülkem, Fransa, iğrenç bir aristokrasinin ağır baskısı altında asırlar geçirdi; ülkedeki her bir sıradan ve emekçi kadının ve erkeğin kanını emen asalak nesiller paramızı çaldı, toprağımızı ele geçirdi, biz açlık ve sefalet içinde yaşarken kendileri sapkınlıklarıyla, taşkınlık derecesine varan iştahlarını tatmin edip keyiflerine baktı. Sonunda, 'Yeter!' dedik. Direndik, ayaklandık, o şişko aristokratları kağnılara koyduk, Concorde Meydanı'na götürdük ve şak!" Parmaklarını birleştirip elini hızla indirerek giyotinin düşüşünü taklit etti. "Kafalarını uçuruverdik! Ve iktidarı geri aldık. Ama dostlarım, bu neredeyse yüz elli yıl önce oldu. Benim büyük büyük büyükbabam, Robespierre'le savaştı. Bastille'e hücum etti..."

Sophie asabi bir tavırla, "Of Leo!" diye bağırdı. "Bunu bilemezsin. Her zaman anlatırsın, ama elinde kanıtın mı var?"

Savunmaya geçerek, "Oğluna anlattığı kahramanlık hikâyeleri var," dedi. "Ve o zamandan beri babadan oğula geçen başka hikâyeler," diye ekledi.

"Evet." Zoya'nın sesine bariz bir soğukluk geldiğini düşündüm. "Ama bunun Rusya'yla ne ilgisi var? Benzer şeyler değil ki kıyasladıkların."

"Şey," diyerek soluğunu dudaklarının arasından ıslık gibi bıraktı. "Ben sadece Rusya'nın aynı şeyi yapmasının neden daha uzun sürdüğünü merak ediyorum, o kadar. Saraylar varlıklarını sürdürürken, balolar devam ederken, sizin gibi köylüler –alınmayın ama gerçeği söylüyorum– kaç asır boyunca acıklı bir hayat sürmeye zorlandılar? *Bahar* daha erken gelemez miydi?" Böyle bir şeyin düşüncesi bile ona fazlaymış gibi başını iki yana salladı. "Başınızdaki otokratları defetmeniz neden bu kadar uzun sürdü? Kendi ülkenizin iktidarını ele geçirmeniz? Kellelerini vurmanız? Onu da yapmadınız tabii. Hatırladığım kadarıyla onları vurmuştunuz."

"Evet," dedi Zoya, "Öyle yaptık."

O gece ne kadar içmiştim hatırlamıyorum –sanırım çok– ama bir anda ayılıverdim ve içimden keşke konuşmanın gittiği yönü anlasaydım diye geçirdim. Böyle bir basiret gösterebilseydim, konuyu daha çabuk değiştirebilirdim, ama artık iş işten geçmişti. Zoya dimdik oturuyordu ve şimdi, Leo'ya bakarken, yüzünden kanının çekildiğini görebiliyordum.

"Seni sersem herif," dedi. "Sen Rusya hakkında gazetelerinizde yazılanlardan başka ne biliyorsun ki? Ülkeni bizimkiyle kıyaslayamazsın sen. Tamamen farklılar birbirlerinden. Söylediklerin yüzeysel ve cahilce şeyler."

"Zoya!" dedi Leo; bu çıkışa şaşırmıştı, ama teslim olmaya niyeti yoktu. Leo'yu çok severdim, fakat böyle meselelerde daima haklı olduğuna inanan bir tipti ve görüşlerini paylaşmayanlara hayretle ve acıyarak bakardı. "Gerçekler tartışılmaz. İnsanın yazılanları bir kere okuması yeter, olanların nasıl..."

"Öyleyse kendini bir Bolşevik olarak mı adlandırırdın?" diye sordu Zoya. "Bir devrimci olarak mı?"

"Kesinlikle Lenin'in tarafında olurdum," dedi. "Büyük bir adam o. Onun geldiği yerden gelip de tüm o yaptıklarını başarmak..."

"O bir katil," dedi Zoya.

"Çar da katil değil miydi?"

Kadehimi önümdeki sehpaya bırakıp, "Leo," dedim, "Bu şekilde konuşman nezaketsizlik. Biz çarın hükümdarlığında yetiştik, bunu anlaman gerek. Onu sevip sayan, hâlâ da sevip saymaya devam eden birçok insan var. İçlerinden ikisi de şimdi burada. Bütün o yılları sadece gazetelerden okumayıp bizzat yaşayıp gördüğümüz için herhâlde, çar hakkında, Bolşevikler hakkında, hatta Lenin hakkında senden daha çok şey biliyoruz. Belki de senin anlayamayacağın kadar çok acı çektik."

Sophie kalkıp herkesin kadehini doldurmaya başladı. "Belki de Noel gecesi böyle şeylerden konuşmamalısınız," dedi. "Eğlenmek için bir araya geldik, değil mi?"

Leo omuz silkip konunun kapatılmasından memnun, kibirli bir tavırla haklı olduğundan ve ikimizin bunu göremeyecek kadar budala olduğumuzdan emin, arkasına yaslandı. Zoya bu olaydan sonra çok az konuştu ve kutlama gerilim içinde sona erdi. Tokalaşmalar her zamankinin aksine biraz zorlama, öpüşmeler birazcık daha baştan savma oldu.

Odalarımıza doğru yürürken, yolda, "İnsanların düşündükleri bu mu?" diye sordu. "Çarı böyle mi hatırlıyorlar? XVI. Louis'i hatırladıkları gibi mi?"

"İnsanların ne düşündüklerini bilmiyorum," dedim. "Umurumda da değil. Önemli olan bizim fikirlerimiz. Önemli olan bizim bildiklerimiz."

"Ama tarihi çarpıtıyorlar. Mücadelelerimiz hakkında hiçbir şey bilmiyorlar. Rusya'yı böylesine basit bir açıdan görüyorlar. Ayrıcalıklıları canavar, yoksulları kahraman gibi görüyorlar; herkes aynı. O devrimciler böyle idealistçe konuşuyorlar, ama teorileri ne kadar da safça. Çok gülünç."

Gülüp geçiştirmeye çalışarak, "Leo devrimci falan değil," dedim. "O sadece bir ressam, o kadar. Dünyayı değiştirebileceğini düşünmek hoşuna gidiyor, ama neticede her gün şişman turistlerin resimlerini çizip kazandığı parayla kaldırım kafelerinde içmekten, dinletebildiklerine nutuk çekmekten başka ne yapıyor?"

Zoya'nın ikna olmadığını görmek güç değildi. Yolun geri kalanında pek konuşmadı ve ayrılırken de yanağından, ancak bir ablanın kardeşine vereceği türden, mesafeli bir öpücükten fazlasına izin vermedi. Binanın ön kapısına çıkarken arkasından baktım, önünde zor bir gece olduğunu tahmin ettim. Zihni söylemek istediği şeylerle, kusmak istediği öfkesiyle doluydu. İçimden, keşke beni içeri çağırsa diye geçirdim; sadece sıkıntılarını paylaşmak için, o kadar. Öfkesine ortak olmak için. Çünkü aynı şeyleri ben de hissediyordum.

İkinci Noel'imizi on üç gün sonra, ocak ayının yedisinde kutladık. Davetlerine aynı şekilde karşılık vermek için Leo ile Sophie'yi bir kafede akşam yemeğine davet ettik. İkimizin de evde yemek hazırlama imkânımız yoktu, evsahibelerimiz buna asla izin vermezlerdi. Hem zaten Zoya'yla birlikte yaşamamak, evine ziyarete bile gidememek ya da benimkine davet edememek beni utandırıyordu. Leo ile Sophie'nin bu düzenimiz hakkında ne konuştuklarını merak ediyordum; konuştuklarından emindim. Gerçekten de bir keresinde Leo, sarhoşluğunun verdiği taşkınlıkla bana, "Benim masum genç arkadaşım," demişti. Bu sözdeki günahsızlık imasından alınmıştım; özsaygımı yükseltmeye hiç faydası dokunmayan bir ithamdı. Bir başka sefer de, sorunumu gidermek için beni malum evlerden birine götürmeyi teklif etmişti; ama teklifinin beni ayartmasına meydan vermeden onu reddetmiş, şehvetimi tek başıma bastırmak için eve gitmiştim.

Hep birlikte masaya otururken, Sophie şapkasını çıkardı, başını sallayarak uzun siyah saçlarını dağıttı ve "İkinci Noel kutlaması," dedi.

"Bu, geleneksel Rus Ortodoks Noeli," diye açıkladım. "Jülyen ve Gregoryen takvimlerine göre. Çok karışık. Bolşevikler, halkı dünyanın geri kalanına uydurdular; belli bir ironi de var burada tabii. Ama biz gelenekselciler farklı düşünüyoruz. Bu nedenle ayrı bir Noel günümüz var."

Leo çekici bir gülümsemeyle, "Elbette," dedi. "Tanrı korusun, ya Bolşeviklerle aynı tarafta olursanız!"

Leo ile Zoya, önceki hadiseden beri hiç konuşmamışlardı ve tartışmalarının ağırlığı, masanın üzerinde bir bulut gibi asılı duruyordu. Ama bu davetimizle, arkadaşlıklarını kaybetmek istemediğimizi belli etmiş oluyorduk ve ilk barış talep eden de, ona yakışacak şekilde Leo oldu.

İçtiği iki kadeh şarabın ve Sophie'nin onu harekete geçirmek için göze çarpacak şekilde kaburgasına dirsek atmasının ardından, "Sanırım sana bir özür borcum var, Zoya," dedi. "Galiba Noel günü sana biraz kaba davrandım. *Bizim* Noel'de yani. Herhâlde biraz sarhoştum. Hiç söylenmemesi gereken şeyler söyledim. Anayurdun hakkında öyle konuşmaya hakkım yoktu."

Zoya, "Evet, konuşmamalıydın," dedi ama sesinde saldırganca bir tavır yoktu. "Ama ben de evinizde o şekilde tepki vermemeliydim; ben öyle davranacak biri olarak yetiştirilmedim ve sanırım, ben de sana özür borçluyum."

İkisinin de bakış açısının yanlış olduğunu kabul etmeye yanaşmadıklarını, aslında özür de dilemediklerini fark ettim. Sadece birbirlerine özür borçlu olduklarını söyleyerek geçiştirmişlerdi, ama bunları dile getirip tartışmayı tekrar alevlendirmek istemedim.

Leo yüzünde geniş bir gülümsemeyle, "Eh, ülkemizde misafirsiniz," dedi, "öyle konuşmakla hata ettim. İzin verir misiniz?" Kadehini havaya kaldırdı, biz de kadehlerimizi kaldırıp ona eşlik ettik. "Rusya'ya," dedi.

"Rusya'ya," dedik ve kadehlerimizi tokuşturup şaraplarımızdan birer yudum içtik.

Fısıltıyla, "Yaşasın devrim," diye ekledi Leo, ama galiba bunu bir tek ben duydum ve aldırmadım.

Bir saniye sonra, "Gelgelelim, neden Rusya hakkında hiç konuşmadığınızı da merak ediyorum," dedi. "Yani o kadar harika bir yerse. Ah, bana öyle bakmasana Sophie, gayet makul bir soru sordum."

Sophie, "Zoya oradan söz etmekten hoşlanmıyor," dedi. Yeni arkadaşının geçmişine dair sır perdesini aralamayı denemiş, ama sonunda pes etmişti.

"Ya sen Georgi?" diye sordu Leo. "Bize Paris'e gelmeden önceki hayatından biraz söz etsene."

Omuz silkip, "Anlatacak pek bir şey yok," dedim. "Bir çiftlikte geçen on dokuz yıl, hepsi o kadar."

"Nerede tanıştınız ikiniz? Zoya, sen Saint Petersburglu olduğunu söylemiştin, değil mi?"

"Bir tren kompartımanında," dedim. "İkimiz de Rusya'dan temelli ayrılıyorduk. Karşılıklı oturmuştuk, içerde başka kimse yoktu. Sohbet etmeye başladık. O zamandan beri de beraberiz."

"Ne romantik," dedi Sophie. "Ama söyleyin bana. İki Noel'iniz varsa, o zaman size iki hediye vermek gerek. Yanılıyor muyum? Ve Zoya'ya ilk Noel'de parfüm hediye ettiğini biliyorum, Georgi. Ee, Zoya, Georgi sana bugün başka hediye verdi mi?"

Zoya bana bakıp gülümsedi, başımı öne doğru salladım. O zaman güldü ve onlara baktı, ağzı kulaklarında gülümsedi. "Evet, tabii ki verdi," dedi. "Fark etmediniz mi?"

Ve hediyemi göstermek için onlara sol elini uzattı. Daha önce fark etmemiş olmalarına şaşırmamıştım. Gelmiş geçmiş en küçük nişan yüzüğü benimki olmalıydı. Ama param sadece buna yetmişti. Önemli olan, yüzüğün şu anda onun parmağında olmasıydı.

* * *

1919 sonbaharında, Rusya'dan kaçmamızdan yaklaşık on beş ay sonra evlendik. Öyle görkemsiz bir tören oldu ki, yetersizliğini aşkımızın şiddetiyle telafi etmeseydik âdeta acıklı görünecekti.

Katı, şaşmaz bir doktrinle yetiştirildiğimizden, birleşmemizin onaylanması için kilisede kutsanmaktan başka bir şey istemedik. Ne var ki Paris'te Rus Ortodoks kilisesi bulmak mümkün olmadığından, bir Fransız Katolik kilisesinde evlenmeyi önerdim, fakat Zoya bu teklifimi duyduğu zaman öfkelendi, hatta dinlemek bile istemedi. İçinde yetiştiğim inancı hiç sorgulamadığım hâlde, şahsen hiç dindar bir insan olmamıştım. Fakat Zoya farklı düşünüyordu; başka bir kilisede evlenme teklifimi, inancımızı inkâr etmek olarak, bizi memleketimizden biraz daha uzaklaştıracak ve atmaya hiç de hevesli olmadığı bir adım olarak gördü.

"Peki, öyleyse nerede yapacağız?" diye sordum. "Herhâlde tören için Rusya'ya dönmemiz gerektiğini düşünmüyorsun. Tehlikesi bir tarafa..."

"Tabii ki düşünmüyorum," dedi, ama için için doğduğumuz topraklara dönmeye can attığını gayet iyi biliyordum. O, benim çabucak silip attığım insanlara ve toprağa karşı bir bağ hissediyordu; bu, kişiliğinin değişmez bir parçasıydı. "Ama Georgi, tören gereği gibi yapılmazsa kendimi sahiden evlenmiş hissedemem. Annemle babamı düşün, geleneklerimizi yoksaysam ne hissederlerdi?"

Buna karşı söylenecek söz yoktu. Ben de şehirde Rus Ortodoks bir rahip aramaya koyuldum. Şehirdeki Ruslar sayıca az ve dağınık bir cemaatti, biz de aralarına karışmaya hiç yeltenmemiştik. Aslında bir keresinde, genç bir Rus çift, çalıştığım kitapçı dükkânına girmiş, konuşmaları hemen dikkatimi cezbetmişti. Onlar birbirleriyle anadilimde konuşurken, dilin ezgisi, zihnimde, hasret ve pişmanlıkla başımı döndüren görüntüler ve hatıraları canlandırdı.

Aniden rahatsızlandığım bahanesiyle izin istedim; çiftle ilgilenmek zorunda kaldığına sinirlenen Mösyö Ferreé'yi dükkânda bırakıp arka taraftaki dar geçide sığındım. Bizim gibi göçmenlerin büyük bir kısmının, on yedinci bölgede yer alan Neuilly semtinde yaşayıp çalıştıklarını biliyordum. Bizi olası tehlikelere maruz bırabilecek bir topluluğun parçası olmak istemediğimizden, bilerek onlardan uzak kalmayı seçmiştik.

Ancak hafiyelik işini kurnazca yürüttüm ve sonunda beni, Les Halles civarında küçük bir apartmanda oturan, Rahletski adında yaşlıca bir adamla tanıştırdılar. Rahletski töreni gerçekleştirmeyi kabul etti. 1870'lerde Moskova'da papazlık yaptığını ve adanmış bir mümin olduğunu anlattı, fakat 1905 Devrimi'nden sonra piskoposla arası açılmış ve Fransa'ya göç etmişti. Çarın sadık bir kuluydu, devrimci papaz Peder Gapon'a şiddetle karşı çıkmış ve onu Kışlık Saray'a yürümekten vazgeçirmeye çalışmıştı.

"Gapon kavgacı biriydi," dedi bana. "Kendini işçilerin destekçisi olarak gösteren bir anarşistti. Kilisenin geleneklerine uymadı; iki kere evlendi, çara kafa tuttu, ama yine de onu kahraman yaptılar."

"İşçilerin onun aleyhine dönmesinden ve sonra da onu asmalarından önce," diye karşılık verdim; yaşlı bir adama büyüklük taslayan toy bir delikanlıydım.

"Evet, ondan önce," diye kabul etti. "Ama Kanlı Pazar'da onun yüzünden kaç masum can verdi? Bin mi? İki bin mi? Dört bin mi?" Biraz pişman, biraz da kızgın bir tavırla başını iki yana salladı. "Ondan sonra orada kalamadım. İtaatsizliğim yüzünden öldürülmemi emrederdi. Otokrat rejimlerden ya da diktatörlüklerden en çok nefret edenlerin, ellerine güç geçtiği zaman ilk iş olarak düşmanlarını ortadan kaldırmaları beni hep hayrete düşürmüştür, Georgi Daniiloviç."

"Peder Gapon hiçbir güç elde edememişti."

"Ama Lenin etti," dedi gülümseyerek. "Çardan hiç farkı yok, sen ne diyorsun?"

Düğün günümüze böyle anıları taşımanın doğru olmayacağını düşündüğüm için, pederin siyasi fikirlerinden Zoya'ya, onunla aynı fikirde olmasına rağmen bahsetmedim. Peder Rahletski'yi, kayzerin emrindeki kuvvetlerin ilerleyişi yüzünden vatanından ayrılmak zorunda kalan, bizim gibi bir sürgün olarak takdim etmek istedim. Bu adamı bulmak çok vaktimi almıştı; nikâhımızın gereğinden fazla ertelenmesine neden olacak hiçbir sorun çıkmasını istemiyordum artık.

Nikâh töreni ekim ayında, ılık bir cumartesi akşamı, Leo ile Sophie'nin dairesinde yapıldı. Arkadaşlarımız cömertlik göstererek tören için bize evlerini açmış ve aynı zamanda da şahitlik etmişlerdi. Peder Rahletski, akşamüstü dairede tek başına bir saat kalıp, oturma odalarını kutsal bir mekân olarak takdis etmişti. Bu işlemden, "Son derece Ortodoks, ama bir o kadar da zevkli," diye söz etmesi beni güldürdü.

Gelinime daha özenli bir tören sunamamak beni üzüyordu, ama yoksulluk uçurumunun kenarındayken elimden daha fazlası gelmiyordu. İşlerimizden fazla para kazanmıyorduk, ancak kiralarımızı ödeyip karınlarımızı doyurmaya yetiyordu, o kadar. Zoya, acil bir durum çıkarsa Paris'ten kaçabilmemiz için, ikimizin de her hafta birkaç frank artırmamızda ısrar ediyordu, ama yine de biraz lüksü karşılayabilirdik. Zoya'yla Sophie, Zoya'nın gelinliğini her gün mesai bittikten sonra terzi dükkânında çalışarak dikmişlerdi. Leo ve ben de en iyi gömleklerimizi ve pantolonlarımızı giydik. O gün, sınırlı imkânlarımıza rağmen hoş bir manzara oluşturduğumuz kanısındaydım.

Peder Rahletski, törene kadar Zoya'yla hiç karşı karşıya gelmemişti. O akşam kolumda odaya girdiği zaman Zoya'nın yüzünde, güzelliğini örten sade bir duvak vardı. Peder sanki kendi çocuklarıymışız ya da çok sevdiği yeğenleriymişiz gibi, bize bakıp mutlulukla gülümsedi. Ömründe son bir nikâh daha kıyabildiği için ne kadar sevinçli olduğu her hâlinden belliydi. Leo ile Sophie, bu alışılmadık tecrübenin bir parçası olmaktan memnun, iki yanımızda durdular. Böyle bir mekânda bu şekilde evlenmek, bence onlara aşırı modern ve alışılmadık gelmişti. Ve belki de romantik.

Sade yüzüklerimizi birbirimize taktıktan sonra, Zoya'nın sol elini sağ elime aldım. Peder başımızın üstünde o sihirli sözleri söylerken, boştaki ellerimizle tuttuğumuz mumları yukarıya kaldırdık. Peder işaret verince, Leo ile Sophie yanlarındaki sehpaların üzerinden Zoya'nın yaldızlı kâğıt ve keçeden yaptığı küçük, sade taçları alıp aynı anda başlarımızın üstüne koydular.

Peder elini başlarımızın birkaç santimetre yukarısında tutup, "Tanrı'nın hizmetkârları Georgi Daniiloviç Jahmenev ile Zoya Fedorovna Daniçenko, Baba, Oğul ve Kutsal Ruh adına taç giyiyorlar," dedi. Bu sözleri söylediği anda içime büyük bir mutluluğun dolduğunu hissettim ve Zoya'nın elini sımsıkı tuttum; hayatlarımızın nihayet birleştiğine inanamıyordum.

Ardından İncil okundu; o andan itibaren her şeyimizi, sevinçlerimizi olduğu kadar kederlerimizi, başarılarımızın yanında yüklerimizi de paylaşacağımıza söz vererek aynı kaptan içtik. Yeminimizi ettikten sonra Peder Rahletski bizi, üstünde Tanrı'nın sözleri ile kefaretimizi temsil eden bir İncil'in ve bir de bir haçın durduğu masanın başına götürdü. İlk kez evli bir çift olarak birlikte yürüyüp, benim İbrahim Peygamber gibi övülmemi, İshak Peygamber gibi mübarek biri olmamı, Yakup Peygamber gibi çoğalmamı dilediği, sonra da Zoya'nın Sare gibi övülmesini, Rebeka gibi mutlu biri olmasını, Rahel gibi çoğalmasını, Tanrı'nın rızasını kazanmak için yeni kocasını sevmesini ve yasanın şartlarını yerine getirmesini dilediği son duasını ederken, bir kez daha pederin karşısında durduk.

Ve bu duayla nikâh töreni sona erdi, evlilik hayatımız başladı.

Sophie ile Leo alkışlamaya başlayınca, Peder Rahletski bu teklifsizlik karşısında şaşırmış görünse de rahatsız olmadı. İkimizi de tebrik etti, içtenlikle elimi sıktı ve gelinin duvağını kaldırıp öpmek üzere ona doğru uzandı.

Ve tam öpecekken durdu, öylece kaldı ve öyle ani ve beklenmedik bir biçimde geri çekildi ki bir tür nöbet ya da kalp krizi geçirdiğini sandım. Kendi kendine, duyamadığım bir şeyler mırıldandı ve o kadar uzun süre durakladı ki Leo, Sophie ve ben aklını kaçırdığını düşünüp rahibe bakakaldık. Gözleri Zoya'ya kilitlenmişti. Zoya da şaşkınlık ve utançla gözlerini kaçırmak yerine, pederin gözlerinin içine baktı. Çenesini yukarı kaldırdı; öpmesi için yanağını değil, elini uzattı. Peder bir saniye sonra kendine geldi, telaşla Zoya'nın elini tutup öptükten sonra bize sırtını dönmeden geri geri giderek uzaklaştı. Yüz ifadesinden, yaşadığı şaşkınlık, kafa karışıklığı ve olan bitene bir türlü inanamadığı belli oluyordu.

Nikâhtan sonra kalıp bizimle birlikte akşam yemeği yiyeceğine söz vermiş olmasına rağmen, telaşla eşyalarını toplayıp, dairenin dışındaki sahanlıkta Zoya'ya özel olarak birkaç şey söyledikten sonra da gitti.

Bir saat sonra, arkadaşlarımızın aldığı son derece güzel şarap eşliğinde yemeklerimizi yerken Sophie, "Ne tuhaf bir adamdı," dedi.

Leo sevimli ve flörtçü bir tavırla, "Bence bu Rus gelini kadar güzel birini görmeyeli çok uzun zaman olmuş," dedi. Gevşettiği kravatını açık yakasından aşağı sarkıtmıştı. "Zoya, adamcağız seninle evlenemediğine çok üzülmüş gibi baktı."

Sophie, "Bence hayalet görmüş gibi oldu," diye ekledi.

Başımı karıma çevirdim; bir an gözlerimin içine baktı ve başını belli belirsiz iki yana salladıktan sonra sohbete katıldı. Baş başa kalmak için sabırsızlanıyordum, ama aklınıza gelen sebepten değil. Gitmeden önce papazın sahanlıkta ona ne söylediğini öğrenmek istiyordum.

Leo ile Sophie'nin bize ikinci hediyeleri, balayımızda evlerini bize açmak oldu. Biz üç gece baş başa onların evinde kalırken, onlar da bizim dairelerimize gittiler. Çok büyük bir incelikti bu; yeni bir daire tutmamıza rağmen, evimiz hafta ortasına kadar hazır olmayacaktı ve evlendikten sonra birbirimizden bu kadar ayrı kalmak istemiyorduk.

Gece, Leo ile Sophie evi bize bırakıp gittikten sonra, "Seni tanıdı," dedim.

Başını salladı. "Beni tanıdı."

"Birilerine söyler mi?"

"Kimseye söylemeyecek," dedi. "Bundan eminim. Çara sadık bir adam, gerçek bir hizmetkâr."

"Ona inandın mı?"

"İnandım."

Verdiği hükme güvenmekten başka şansım olmadığından başımı salladım. Garip bir panik ânıydı ve kimse fark etmeden geçip gitmişti. Ve artık bitmişti; biz evli bir çifttik. Elinden tutup yatak odasına götürdüm onu.

Daha sonra, kaba battaniyenin altında birbirine sarılmış iki çıplak bedenin sıcaklığını ve pürüzsüzlüğünü yadırgayarak uyumaya çalışırken, gözlerimi kapayıp parmaklarımı bacaklarında, kusursuz belkemiğinde, bütün vücudunda dolaştırdım. Zoya gündüz olanları, nikâhımızı ve yanımızda olmayanları düşünüp titremesine hâkim olmaya çabalarken hiçbir şey söylemedim. Kollarımın arasında ağladığını bilmezden geldim.

İpatyev'in Evi

İpatyev'in evi yakından bakınca hiç de korkutucu görünmüyordu.

Binayı, tüccarın evini çevreleyen sık ağaçlıklı arazinin birkaç metre içinde, saklandığım yerden seyrediyor ve duvarlarının ardında neler olduğunu gözümde canlandırmaya çalışıyordum. Birbirine yakın kümelenmiş karaçamlar, evi gözden ırak kalarak rahatça gözleyebilmemi sağlıyor; sarkık dallar ve sık ağaçlık alan, soğuktan biraz da olsa korunmamı sağlıyordu. Gerçi sırtımda daha kalın bir palto ya da yanımda, Kont Çarnetski'nin Saint Petersburg'a ilk geldiğimde verdiği yün eldivenler olmadığına hayıflanıyordum. Önümde, bacaklarım çok yorulduğu zaman uzanıp dinlenebileceğim küçük, çimenlik bir alan; daha ileride, doğruca evin ön cephesine paralel olan çakıllarla döşeli yola kadar inen bir iki metre uzunluğunda sık bir çalılık vardı.

İçimden, imparatorluk ailesi az ileride bir yerde, Bolşeviklerin esirleri olarak bir aradalar, diye geçirdim. Anastasya da oradaydı.

Öğleden sonra bir düzine asker gelip gitti, duvarlara yaslanıp sigara tüttürerek konuşup gülüştüler. Sonra bir top meydana çıktı; kollarını sıvayıp kapı ile kapının karşısındaki duvarı kale yaptılar ve yarım saat kadar birbirlerine gol atmaya çalıştılar. Hemen hepsi yirmilerinin ortalarında genç erkeklerdi; ama elli yaşlarında, ufak tefek, kaslı, kısık gözleri ve saldırgan tavırları olan bir adam olan sorumlu asker, arada bir oyunlarını bozuyordu. Elbette hepsi Bolşevikti; ünifomalarından belliydi. Fakat esir aldıkları insanların yüksek mevkilerine kasten kayıtsız kalıyorlarmış gibi, işlerini lakayt bir tavırla yapıyorlardı. Çarın tahttan çekilmesinden bu yana devir değişmişti. Pskov'daki tren vagonundan başlayıp Yekaterinburg'daki özel amaçlı eve kadar süren on sekiz aylık maceralı yolculuğum boyunca, halkın, imparatorluk ailesine, layık oldukları saygı ve itaati göstermediklerini görmüştüm. Aksine, en ağza alınmaz küfürleri sıralamakta birbirleriyle yarışıyorlar, bir zamanlar makamına Tanrı tarafından getirildiğine inandıkları adama açıktan açığa lanet okuyorlardı. Elbette hiçbiri çarla yüz yüze gelmemişti; gelselerdi, ona karşı farklı şeyler hissedebilirlerdi.

Ne var ki beni en çok şaşırtan, güvenlik tedbirlerindeki eksiklikti. Bir ya da iki kere, saklandığım yerden çıkıp yolda gezindim, açık kapıların önünden geçtim, kimseyle göz teması kurmamaya çalıştım ve sadece yolda duran askerlerin kayıtsız bakışlarına maruz kaldım. Onlar için ben, sadece bir delikanlı, vakit harcamaya değmeyecek sefil bir *mujik*tim. Kapılar gün boyu açık kaldı, birkaç kere bir araba gelip gitti. Evin ön kapısı hiç kapanmıyordu ve giriş kattaki salonlardan birinin geniş pencerelerinden, yemek zamanı toplanan muhafızları görebiliyordum. Emniyet tedbirlerinin böyle gevşek olduğunu görünce, aileden birilerinin neden aşağı inip ilerideki köye kaçmadığını merak ettim. İlk gözetleme günümde, akşamüstü, atik gözlerim üst kattaki pencerelerden birine takıldı. Birden bir karaltı belirip perdeleri çekmişti. O gölgenin çariçeye, İmparatoriçe Aleksandra Fedorovna'ya ait olduğunu hemen anladım. Çariçeyle genelde fırtınalı bir ilişkimiz olmasına rağmen, onu görünce kalbim durdu sandım. Çünkü bu, yolculuğumun başarıya ulaştığının ve sonunda onları bulduğumun bir kanıtıydı.

Gece inerken, uyuyacak daha sıcak bir yer bulmak için köye dönmeye hazırlanıyordum ki ön kapıdan küçük bir köpek fırladı. Meşe kapı pervazının arka tarafındaki karanlıktan yükselen tartışma seslerini –bir kız, bir de erkek sesi– işittim. Bir saniye sonra kız yola çıktı, yüzünde sinirli bir ifadeyle sağa sola bakındı. Onun çarın üçüncü kızı Marie olduğunu hemen anladım. Çariçenin teriyerine seslendi; hayvan çoktan evin bahçesinden çıkıp yolu geçmiş, kucağıma yerleşmişti bile.

Marie köpeğe seslenerek hızlı hızlı araba yolundan yürüdü. Köpek havlayarak ona karşılık verdi. Havlamanın geldiği yöne, ağaçlığa doğru baktı; sadece anlık bir tereddütten sonra, Marie yolu geçip doğruca bana doğru gelmeye başladı.

"Neredesin Eira?" diye bağırdı, giderek yaklaştı, ormanın karanlığında birkaç adım yakınıma kadar geldi. Tek başına olmadığını hissedince sesi tonu gitgide gerginleşti. Kararsız bir sesle, "Burada mısın?" diye sordu.

"Evet," dedim ve uzanıp kolundan tuttum, hızla çalıların içine çektim. Çığlık atamayacak kadar şaşırdı; sesini çıkaracak kadar kendini toparlayamadan elimi ağzına bastırıp, kollarımın arasında kıvranırken onu sıkıca tuttum. Köpek yere düşüp ikimize birden havlamaya başladı ama ona dönüp ters ters bakınca hemen sesini kesti ve patileriyle yeri eşeleyip korkuyla inlemeye başladı. Marie başını hafifçe bana doğru çevirdi, kendisini tutanın kim olduğunu görünce gözleri irileşti. Beni tanır tanımaz bedeninin gevşediğini hissettim. Ona çırpınmamasını, çığlık atmayacağına söz verirse elimi çekeceğimi söyledim. Hızlı hızlı başını sallayınca onu bıraktım.

Marie geri çekilince ona bir zarar vermeyeceğimi göstermek için hemen eğilip, "Özür dilerim ekselansım," dedim. "Umarım canınızı yakmamışımdır. Sadece, çığlık atıp nöbetçileri harekete geçirmenizi göze alamazdım."

"Canımı yakmadın." Köpeğe dönüp inlemeyi kesmesi için ıslık çaldı. "Beni şaşırttın, hepsi o kadar. Ama kime baktığımdan hâlâ emin değilim. Georgi Daniiloviç, sahiden sen misin?"

Gülümseyerek, "Evet," dedim. Yeniden yanında olmaktan memnundum. "Evet ekselansım, benim."

"Ama burada ne işin var? Ne zamandan beri burada saklanıyorsun?"

Kimsenin onu aramadığından emin olmak için dönüp çabucak eve göz attıktan sonra, "Anlatması çok uzun sürer," dedim. "Seni tekrar görmek çok güzel Marie," diye ekledim, sözlerimin kulağa fazla samimi gelip gelmediğinden emin değildim ama bunu bütün içtenliğimde söylemiştim. "Ben... şey, çok uzun zamandır ailenizi arıyordum."

O da gülümsedi, "Seni de görmek çok güzel, Georgi," dedi. Bana, gözleri ıslanmış gibi geldi. Onu son gördüğümden beri zayıflamıştı; ucuz elbisesi üzerine büyük geliyor, biçimsizce üstünden sarkıyordu. Ormanın loşluğunda bile, gözlerinin altındaki koyu halkaları görebiliyordum. Belli ki uykusuzluk çekiyordu. "Geçmişten gelen, inanması güç bir hayal gibisin. Bazen o günler, sadece hayal gücümün bir aldatmacasıymış gibi geliyor. Ama işte buradasın. Bizi buldun." Duygulandığı belliydi ve bir anda kollarını boynuma dolayıp beni kucakladı; dostça bir hareketten fazlası değildi ama beni çok mutlu etti.

Sonunda kollarından sıyrıldım, kavuşmamızdan duygulanıp en az onun kadar sevinçle gülümseyerek, "İyi misiniz?" diye sordum. "Birinize bir şey olmadı ya? Aileniz nasıl?"

Gülerek, "Kız kardeşimi mi soruyorsun?" dedi. "Anastasya mı nasıl?"

Kızararak, "Evet," dedim, aklımı bu kadar kolayca okumasına şaşırmıştım. "Demek biliyorsunuz?"

"Tabii ki, bana uzun zaman önce anlattı. Ama merak etme, kimseye bahsetmedim. Sergey Stasyoviç'in başına gelenlerden sonra..." Gözlerini yukarı çevirip karanlıkta dolaştırdı. Heyecan ve umut dolu bir sesle, "O burada yoktur, değil mi?" diye sordu. "Ah, lütfen onu da yanında getirdiğini söyle..."

Araya girdim. "Üzgünüm. Saint Petersburg'dan ayrıldığından beri onu hiç görmedim."

"Gönderildiğinden beri demek istiyorsun."

"Evet, o zamandan beri. Size yazmadı mı?"

"Yazdıysa bile mektupları elime geçmedi. İyi olması ve gelip beni bulması için her gün dua ediyorum. Beni aradığını hayal ediyorum. Ama senin burada olduğuna inanamıyorum eski dostum. Sadece... Artık burada olduğuna göre, ne istiyorsun?"

"Anastasya'yı görmek istiyorum," dedim. "Size yardım etmek için elimden ne gelirse yapmak istiyorum."

"Yapabileceğin bir şey yok. Kimsenin yapabileceği bir şey yok."

"Ama anlamıyorum, ekselansım. Birkaç dakika önce kapıdan öylece çıktınız. Askerler peşinizden koşmadılar. Bu kadar mı önemsemiyorlar?"

"Annemin köpeğini aramaya çıktığımı söyledim onlara."

"Umursamadılar mı? Öylece çıkıp gitmenize izin veriyorlar mı?"

"Neden vermesinler ki?" diye sordu. "Nereye gidebilirim? Nereye gidebiliriz? Ailemin hepsi içerde. Annemle babam üst kattalar. Geri döneceğimi biliyorlar. Bize istediğimiz kadar serbestlik tanıyorlar, tabii ki Rusya'dan ayrılma özgürlüğü hariç."

"O da yakında olacak," dedim. "Bundan eminim."

"Evet, ben de öyle düşünüyorum. Babam İngiltere'ye gideceğimizi söylüyor. Neredeyse her gün Kuzen Georgie'ye yazıp içinde bulunduğumuz kötü durumu anlatıyor, ama henüz cevap gelmedi.

Mektupların gönderilip gönderilmediğini bile bilmiyoruz. Bu konuda bir şey duymamışsındır herhâlde."

"Hiçbir şey duymadım," dedim. "Sadece Bolşeviklerin ailenizi ülkeden çıkarmak için doğru zamanı beklediklerini biliyorum. Sizi burada istemiyorlar, orası kesin. Ama sanırım gidişiniz güvenli oluncaya kadar beklemek niyetindeler."

"Keşke hemen gitsek," dedi. "Artık grandüşes olmak istemiyorum, babam da çar olmak istemiyor. Hiçbiri umurumuzda değil. Bunlar sadece sözcüklerden ibaret şeyler. Tek istediğimiz, buradan gitmek ve hürriyetimizin geri verilmesi."

"O gün gelecek Marie," dedim. "Bundan hiç kuşkum yok. Ama lütfen, söyleyin bana, Anastasya'yı ne zaman görebilirim?"

Eve doğru baktı, şimdi askerlerden biri dışarı çıkmış, etrafına bakınıyor, gece havasında esniyordu. Asker orada dikilip sigara içerken hiç ses çıkarmadan durduk, sonra adam tekrar içeriye döndü.

"Ona senin burada olduğunu söylerim," dedi Marie. "Hâlâ aynı odayı paylaşıyoruz. Bütün gece bundan konuşacağız, sana söz. Hemen gitmeyeceksin, değil mi?"

"Asla gitmem," dedim. "Siz olmadan gitmeyeceğim."

"Teşekkür ederim Georgi," dedi ve gülümseyerek gözlerini yere dikti. Bir anlığına, sessizce bizi seyreden Eira'ya baktı. Eliyle evin ilerisindeki karanlık yolu işaret ederek, "Bak, karşıda bir küme sedir ağacı var. Gidip orada bekle. Her an yanına gelebilir. Gerçi birkaç saatten önce evden çıkamayabilir de, ama sen bekle, söz veriyorum, gelecek," dedi.

"Gerekirse bütün gece beklerim," dedim.

"İyi. Seni gördüğüne çok sevinecek. Birileri beni aramaya çıkmadan gitsem iyi olacak. Sedir ağaçlarının yanında bekle Georgi. Çok geçmeden gelir."

Başımı peki der gibi salladım. Çariçenin köpeğini kucağına alıp koşarak yolu geçti, bir an durup arkasına baktıktan sonra içeri girdi. Kimsenin izlemediğinden emin olana dek bekledikten sonra, üstümü başımı silkeleyip hızlı adımlarla gösterdiği yöne doğru yürüdüm. Kalbim Anastasya'yı tekrar görebilme ümidiyle hızla atıyordu.

Uyandığımda gün çoktan doğmuştu. Gözlerimi açıp üzerimdeki ağaç dallarının arasından görünen soluk mavi göğe baktım ve bir an, nerede olduğumu hatırlayamadım. Dün gece olanlar, bir saniye içinde, hızla zihnime doldu. Sıçrayıp oturduğum anda belimin alt tarafına, hiç kuşkusuz rahatsız bir pozisyonda uyuyup kaldığım için keskin bir acı saplanıverdi.

Sedir ağaçlarının yanında saatlerce Anastasya'yı beklemiş, ama sonunda uykuya yenik düşmüştüm. Başta onu kaçırmış olmaktan korktum ama hemen bu düşünceyi aklımdan çıkardım. Evden çıkabilmiş olsaydı, mutlaka beni saklandığım yerde bulur ve uyandırırdı. Ayağa kalkıp, ağrının geçmesi için sırtımı elimle birkaç dakika ovuşturarak ileri geri yürüdüm. Midem kazınmaya başladı, neredeyse bir gündür bir şey yememiştim.

Tekrar yola doğru yürürken İpatyev'in evinin önünde duraklayıp üst kattaki pencerelere doğru baktım, ama içerden gelen bir ses duyamadım. Fakat ön taraftaki kapının önünden geçerken, genç bir askerin bir otomobilin lastiğini değiştirdiğini görüp dikkatle yanına yaklaştım.

Başımla selam verip, "Yoldaş," dedim.

Başını kaldırıp güneş ışığından korunmak için elini gözlerine siper etti. Hiç saklama gereği duymadığı küçümser bir ifadeyle beni baştan aşağı süzdü. "Sen de kimsin?" diye sordu. "Ne istiyorsun delikanlı?"

"Varsa birkaç ruble," dedim. "Günlerdir yemek yemedim. Ne verebilirseniz, çok makbule geçer."

Elini sinek kovalar gibi sallayarak, "Git başka yerde dilen," dedi. "Burayı ne zannettin?"

"Lütfen yoldaş," dedim. "Açlıktan ölüyorum."

Ayağa kalktı, "Bak," dedi; alnını sildiği eli, gözlerinin üzerinde uzun, siyah bir yağ lekesi bıraktı. "Sana söyledim..."

"İsterseniz bu işi sizin yerinize yapabilirim," dedim. "Tekerleği değiştirebilirim."

Bir an tereddüt etti, düşünüyormuş gibi gözlerini yere dikti. Bir süredir bu işle uğraştığından ve bir türlü beceremediğinden şüphelendim. Arabanın yanında bir kriko ile bir bijon anahtarı duruyordu, ama daha tekerleğin vidaları bile çıkarılmamıştı. "Yapabilecek misin?"

"Öğle yemeği parasına yaparım," dedim.

"Doğru düzgün yaparsan bir kâse borş çorbasına yetecek kadar para veririm," dedi. "Ama elini çabuk tut. Arabaya ihtiyacımız olabilir."

"Peki efendim," deyip arkasından baktım. Yanımdan uzaklaşıp beni araba yolunda yalnız bıraktı.

Çömelip, berbat ettiği işe bir baktım. Krikoyu alıp arabayı kaldırmak için şasinin altına soktum. Böyle zihinsel uyarılara alışkın olmasam da hemen kendimi işe kaptırdım. Gerçekten de öyle dalmışım ki yaklaşan ayak seslerini duymadım bile. Sonra biri korku dolu bir fısıltıyla adımı söyleyince yerimden sıçradım; anahtar, sol elimin eklemlerini sıyırarak elimden kaydı. Söverek başımı kaldırdığım anda yüzümdeki kızgın ifade siliniverdi.

"Aleksey," dedim.

"Georgi!" Kimsenin bakmadığından emin olmak için eve göz attı. "Beni görmeye gelmişsin."

"Evet dostum," dedim; bu kez gözlerine yaşlar hücum eden bendim. Hayatımdan çıkana değin bu oğlanı ne kadar sevdiğimi fark edememiştim. "Burada olduğuma inanabiliyor musun?"

"Sakal bırakmışsın," dedi.

Kısa sakallarımı ovuşturup, "Pek ahım şahım olmamış, değil mi?" dedim. "Babanınki kadar etkileyici görünmüyor."

"Farklı görünüyorsun."

"Herhâlde daha büyük görünüyorumdur."

"Daha zayıf," dedi. "Ve daha solgun. Pek iyi görünmüyorsun."

Gülerek başımı iki yana salladım. "Teşekkürler Aleksey," dedim, "kendimi daha iyi hissetmek istediğim her seferde sana güvenebileceğimi biliyordum."

Ne kastettiğimi çözmek istermiş gibi yüzüme baktı, ama ona takıldığımı anlayınca içtenlikle gülümsedi. "Affedersin," dedi.

"Nasılsın? İdare edebiliyor musun? Dün gece ablanı gördüm, biliyor musun?"

"Hangisini?"

"Marie'yi."

"Püfff." Başını iki yana salladı. "Ablalarımdan nefret ediyorum."

"Aleksey, böyle söyleme lütfen."

"Ama öyle. Beni hiç yalnız bırakmıyorlar."

"Seni çok sevdikleri içindir."

Önündeki yarım kalmış işe bakıp, "Lastiği değiştirmene yardım edebilir miyim?" diye sordu.

"Seyredebilirsin," dedim."Neden şuraya oturmuyorsun?"

"Yardım edemez miyim?"

"Bu işin sorumlusu olabilirsin," dedim. "Benim denetmenim ol."

Söylediğim şey onu memnun etti. Başını öne doğru sallayıp, arkasındaki, boyunun yettiği geniş taş parçasının üstüne oturdu ve ben işimi yaparken benimle sohbet etmeye başladı. Beni orada çalışırken gördüğüne hiç şaşırmadığı geldi aklıma. Soru bile sormamıştı. Sanki alelade bir günde, alelade bir olay gibiydi.

Elimi işaret edip, "Kanıyor, Georgi," dedi.

Başımı eğince anahtarın yaraladığı yerden ince bir çizgi hâlinde kan sızdığını gördüm. Ona bakıp sırıttım. "Senin suçun," dedim. "Beni şaşırttın."

"Sen de kötü söz söyledin."

İtiraf ettim. "Evet, söyledim. Bir daha öyle bir söz söylemeyeceğiz."

"Dedin ki..."

Kaşlarım çatıldı. "Aleksey," diyerek onu uyardım.

Bijon anahtarını alıp sessizce işimi yapmaya devam ettim. Onunla konuşmaya can atıyordum ama içeri koşup diğerlerine beni gördüğünü söyler diye sorularımı hemen sormaya da çekiniyordum.

Sonunda, "Sizinkiler," dedim, "hepsi evde mi?"

"Üst kattalar," dedi. "Babam mektup yazıyor. Olga aptal bir roman okuyor. Annem de diğer kızlara ders veriyor."

"Ya sen? Neden derste değilsin?"

Omuz silkerek, "Ben çareviçim," dedi. "Derse katılmamayı tercih ettim."

İçinde bulunduğu bu kötü durum içimi sızlattı, gülümseyip başımı salladım. Oğlan artık çareviç olmadığının, bundan böyle benim gibi, parasız ve itibarsız bir çocuk, sadece Aleksey Nikolayeviç Romanov olduğunun farkında bile değildi.

"İyi olduğuna sevindim. Kışlık Saray'daki günlerimizi özlüyorum."

"Ben de Standart'ı özlüyorum," dedi. İmparatorluk ikametgâhları arasında en sevdiği, o gemiydi. "Oyuncaklarımı ve kitaplarımı da özlüyorum. Burada çok az var."

"Yekaterinburg'a geldiğinizden beri iyisin, değil mi? Düşüp yaralanmadın ya?"

Aklına gelince hafifçe ürperdi. "Yok. Annem dışarı çıkmama pek izin vermiyor. Doktor Federov da burada, ne olur ne olmaz diye. Ama oldukça iyiyim, teşekkür ederim."

"Bunu duyduğuma memnun oldum."

"Ya sen, Georgi Daniiloviç, sen neler yaptın? Biliyor musun, artık on üç yaşındayım ben."

"Biliyorum," dedim. "Geçen ağustos ayında doğum gününü kutladım."

"Nasıl?"

Çareviçin doğum gününü kutlayabileceğim bir kilise bulabilmek için neredeyse sekiz saat dolaştığımı hatırlayıp, "Senin için bir mum yaktım," dedim. "Mum yakıp Tanrı'ya hep iyi olman, yaralanmaman için ve Tanrı'nın seni koruyup esirgemesi için dua ettim."

Gülümsedi. "Teşekkür ederim. Gelecek ay on dördüncü doğum günüm olacak. O zaman da aynısını yapar mısın?"

"Tabii ki yaparım. Her yıl ağustosun on ikisinde yapacağım. Yaşadığım müddetçe."

Aleksey başını sallayıp gözlerini avluda gezdirdi. Düşüncelere dalmış gibiydi, onu rahatsız etmemek için sesimi çıkarmayıp işimi yapmaya devam ettim.

Sonunda, "Burada kalabilecek misin, Georgi?" diye sordu.

Yüzüne bakıp başımı iki yana salladım. "Sanmıyorum," dedim. "Askerlerden biri, bu lastiği değiştirirsem bana bir iki ruble vereceğini söyledi."

"Peki o parayla ne yapacaksın?"

"Yemek yiyeceğim."

"Peki sonra geri gelecek misin? Bizi koruyacak kimse yok."

"Artık sizi askerler koruyor," dedim. "O yüzden buradalar, değil mi?"

"Bize öyle söylüyorlar, evet," dedi, düşünürken alnını kırıştırdı. "Ama ben onlara inanmıyorum. Bizden hoşlandıklarını da hiç sanmıyorum. Ben de onlardan hiç hoşlanmıyorum. Sürekli korkunç şeyler söylüyorlar, duyuyorum. Annem hakkında, ablalarım hakkında... Bize hiç saygı göstermiyorlar. Mevkilerini unutuyorlar."

Emniyetinden endişelenerek, "Ama onları dinlemek zorundasın, Aleksey," dedim. "Uslu durursan, sana iyi davranırlar."

"Sen de bana Aleksey mi diyorsun?"

Başımı eğip, "Özür dilerim efendim," dedim. "Ekselansları demek istemiştim."

Hiç önemli değilmiş gibi omuz silkti, ama yeni konumu yüzünden kafasınının son derece karıştığı belliydi.

"Senin de kız kardeşlerin vardı, değil mi Georgi?"

"Vardı," dedim. "Üç tane. Ama onlara ne olduğunu bilmiyorum. Uzun zamandır görmedim."

"Demek ikimizin toplamda yedi kız kardeşi var, ama hiç erkek kardeşimiz yok."

"Doğru."

"Garip, değil mi?"

"Biraz," dedim.

Gözlerini yere dikip alçak sesle, "Hep bir erkek kardeşim olsun istemişimdir," dedi. Yerden birkaç tane çakıl taşı alıp, onları bir o eline, bir bu eline atıp tutmaya başladı.

"Bana bunu hiç söylememiştin." Böyle bir şey söylemesi beni şaşırtmıştı.

"Ama doğru. Hep bir ağabeyim olsa ne iyi olurdu diye düşünürdüm. Beni kollayacak biri."

"O zaman çareviç sen değil, o olurdu."

"Biliyorum," dedi. "Harika olurdu."

Söylediklerine şaşırıp kaşlarımı çattım.

"Ya sen Georgi, hiç erkek kardeşin olsun ister miydin?"

"Pek sayılmaz," dedim. "Hiç düşünmedim. Bir zamanlar bir arkadaşım vardı, adı Kolek Boryaviç'ti. Birlikte büyüdük. Kardeşim gibiydi."

"Şimdi nerede peki? Savaşta mı çarpışıyor?"

"Hayır," dedim. "Hayır, öldü."

"Affedersin, üzüldüm."

"Eh, uzun zaman oldu."

"Ne kadar uzun?"

"İki yıldan fazla."

"O kadar da uzun değilmiş."

"Bana bir ömür gibi geliyor," dedim. "Her neyse, senin ağabeyin yok, Kolek Boryaviç de öldü, ama sen ve ben hayattayız. Belki ben senin ağabeyin olabilirim, Aleksey. Ne dersin buna?"

Yüzüme bakıp kaşlarını çattı. "Ama bu imkânsız," dedi. Ayağa kalktı. "Neticede sen sadece bir *mujik*sin. Bense çarın oğluyum."

Gülümseyip, "Evet," dedim. Zavallı çocuk; niyeti beni incitmek değildi. Böyle yetiştirilmişti. "Evet, imkânsız."

Söylememesi gereken bir şey söylediğini biliyormuş ve pişman olmuş gibi, "Ama arkadaş olabiliriz," dedi. "Seninle hep arkadaş kalacağız, değil mi Georgi?"

"Elbette," dedim. "Sen buradan ayrıldıktan sonra da, her zaman arkadaş kalacağız. Söz veriyorum."

Başını sallayarak güldü. Sakin, ölçülü bir sesle, "Ama biz buradan hiç ayrılmayacağız, Georgi Daniiloviç," dedi. "Bilmiyor musun?"

Sesindeki kesinlikten rahatsız olup durakladım. Onu inandıracak bir şeyler bulup söylemeye çalışırken, tam ağzımı açtığım anda gözüm yeniden eve takıldı ve Marie'nin hızla bize doğru geldiğini gördüm.

Çocuğu kolundan tutup, "Aleksey," dedi. "Buradaymışsın. Ben de seni arıyordum."

"Marie, bak! Georgi Daniiloviç."

"Görüyorum." Bir saniyeliğine doğrudan gözlerimin içine baktıktan sonra, başını yeniden kardeşine çevirdi. "İçeri gir. Babam seni çağırıyor. Sakın ona kiminle konuştuğunu söyleme, anladın mı?"

"Ama neden? Bilmek ister."

"Ona sonra söyleriz, şimdi olmaz. Sonra sürpriz yaparız. Güven bana, tamam mı?"

Omuz silkti. "Peki. Öyleyse, hoşça kal Georgi," dedi ve elini, generallere ve prenslere uzattığı gibi, resmiyet içinde uzattı. Gülümseyip elini sıkıca tuttum ve tokalaştım.

"Hoşça kal Aleksey," dedim. "Eminim, yine görüşeceğiz."

Başını sallayıp koşarak eve girdi.

Aleksey gidince Marie bana döndü. "Kusura bakma Georgi," dedi, "ona söyledim. Tabii ki gelmek istedi. Ama askerler bütün gece kâğıt oynadılar. Aşağı inemedi."

"Nerede şimdi?"

"Annemin yanında. Seni görmeyi çok istiyor. Ben dışarı çıkmayı başardım. Seni bulmak için sedir ağaçlarının oraya gidecektim. Bu gece yanına geleceğini söylememi istedi. Çok geç saatte. Ne olursa olsun, bu gece geleceğine söz verdi."

Başımı öne doğru salladım. Yarım gün daha beklemek işkence gibiydi, ama o kadar beklemiştim, on sekiz aydan fazla olmuştu. Biraz daha bekleyebilirdim.

"Tamam," dedim, "şurada." Bir gece önce konuştuğumuz ağaçlığı işaret ettim. "Gece yarısından sonra orada bekleyeceğim ve..."

"Fazla gecikmez," dedi. "Sabaha karşı iki gibi gel. O zamana kadar herkes uyumuş olur. Gelecek, söz veriyorum."

"Teşekkür ederim Marie," dedim.

"Artık buradan gitmen gerek." Korku içinde etrafına bakındı. "Babamla annem seni görecek olurlarsa... Şey, burada olduğunu ne kadar az kişi bilirse o kadar iyi."

Yeni lastiğin somunlarını sıkıştırmayı henüz bitirmemiştim, ama buna aldırış etmeden, "Gidiyorum," dedim. "Tekrardan teşekkür ederim."

Uzanıp yanağımdan öptükten sonra döndü ve eve girdi. Müthiş bir minnet duyarak arkasından baktım. Ailesinin hizmetinde olduğum zamanlarda, onu hiç böyle bilmezdim. Ama bana hep iyi davranmıştı ve Sergey Stasyoviç onu sevmişti. Etrafa göz gezdirip, askerin dönüp paramı vermesi için beklemeyi düşündüm, ama ortada görünmüyordu. İçimde, buradan uzaklaşmak için şiddetli ve ani bir arzu hissettim.

Tam kapıdan çıkmak üzereydim ki arkamda bıraktığım çakıllardan gelen hızlı adım seslerini işittim. Arkamı dönmemle Aleksey'i gördüm; hızını hiç kesmeden bana yaklaştı. Kollarımı açtım, üzerime atıldı, sıkı sıkı sarıldı. Onu havaya kaldırırken kollarını boynuma doladı.

Ağlamamak için kendini tutarken boğazı düğümlendi. "Bilmeni istedim," dedi. "Bilmeni istedim ki... istersen ağabeyim olabilirsin. Beni kardeşin saydığın sürece."

O zaman geri çekilip gözlerimin içine baktı. Gülümsedim ve başımı öne doğru salladım. Kardeşi olmaktan gurur duyacağımı söylemek için ağzımı açtım, ama tek istediği, kabul ettiğimi görmekti. Bir saniye içinde koşarak eve girdi ve gözden kayboldu.

* * *

Dakikalar uzuyor, vakit geçmek bilmiyordu.

Saatim olmadığından, saati sormak için köydeki bir kahveye girdim. İkiyi on geçiyordu. Beklemekle geçecek yarım gün. İmkânsız gibi geliyordu. Sokaklarda bir aşağı, bir yukarı dolaştım. Her saniye daha da duygusallaşıyor, tasalanıyordum. Bana saatler geçmiş gibi uzun gelen bir süre amaçsızca dolaştıktan sonra kahveye gidip bir daha saati sordum.

Tezgâhın arkasındaki adam, "Beni ne sandın çocuk, saat mi?" diye bağırdı. "Git sorularınla başkasının kafasını ütüle."

"Lütfen," dedim. "Saati söyleseniz..."

"Neredeyse üç oldu," diye bağırdı. "Şimdi çık dışarı, bir daha da gelme."

Üç mü? Bir saat bile geçmemişti daha.

Ama birkaç saniye sonra talih yüzüme güler gibi oldu. Köşeyi dönünce gözüm, ayaklarımın dibinde parlayan bir şeye ilişti. Ne olduğunu anlamak için gözlerimi kısıp baktım, ama bir daha göremedim. Parıltıyı yeniden yakalayabilmek için geri geri yürüdüm. Dikkatle yere bakıp sonunda topraktan bir avuç dolusu –çok değil, ama uzun zamandan beri bir arada görmediğim kadar– kâğıt paraya takılı bir klips çıkardım. Bahtsız bir köylü düşürmüş olmalıydı, kimbilir belki birkaç dakika önce, belki de haftalar önce düşmüştü, bilmek imkânsızdı. Parayı bulduğumu gören var mı diye etrafıma baktım, ama kimse bana bakmıyordu. Yaver giden şansım sayesinde, heyecan içinde parayı cebime indirdim. Tabii ki bir askere verebilirdim; belediye meclisine başvurup asıl sahibine verilmesini sağlayabilirdim, ama hiçbirini yapmadım. Benim gibi düşkün ve açlıktan ölecek hâlde olan herkesin yapacağı şeyi yaptım; parayı cebime attım.

Tekrar içeri girdiğimde kahvehanenin sahibi, "Saat üçü çeyrek geçiyor," diye kükredi. Canını sıkmaya gelmediğimi göstermek için, paralardan birini havaya kaldırdım. Sırıtarak, "Ha, işte şimdi oldu," dedi.

Oturup kendime yemek ve içecek bir şey ısmarlayıp, dakikaların ilerleyişini takip etmemeye çalıştım. Artık on sekiz aylık yolculuğum sona ermişti, artık Anastasya'yla nihayet kavuşacaktık. Aklımda tek bir soru dolaşıp duruyordu: Yeniden bir araya gelince ne yapacaktım?

Bolşevikler onun öylece İpatyev'in evinden çıkıp gitmesine ve benimle gelmesine izin verecek gibi görünmüyorlardı. Verseler bile nereye gidecektik? Hayır, sadece birkaç dakikalığına, şansımız varsa birkaç saatliğine kavuşabilirdik. Sonra ailesinin yanına dönmesi gerekecekti. Peki sonra ben ne yapacaktım, onu görmek için her gece geri mi gelecektim? Sürekli gizli buluşmalar mı planlayacaktım? Hayır, daha mantıklı bir çözüm olmalıydı.

Belki onları kurtarabilirim, diye düşündüm. Belki bütün aileyi o evden çıkarıp, gizlice Rusya'dan kaçırıp sonra kuzeye, İngiltere'ye kaçabilecekleri Finlandiya'ya götürecek bir yol bulabilirdim. Yolda, imparatorluk ailesini koruyacak, onlar için yalan söyleyecek, gerekirse canlarını ortaya koyacak sempatizanlar çıkardı mutlaka. Eğer başarılı olursam çar da aramızdaki mevki farkına rağmen kızını bana verme konusunda itiraz etmezdi. Cesurca bir fikir gibi görünüyordu ama ne kadar uğraştıysam da bu planı başarıya ulaştıracak bir yol bulamadım. Benim üzerimde sadece sokakta bulduğum birkaç banknot varken, askerlerin hepsi silahlıydı. Bolşeviklerin ve yeni halk hükümetinin, en kıymetli ganimetlerinin öylece kaçıp gitmesine ve sürgünde bir Rus hanedanlığı kurmalarına göz yummaları olacak şey değildi. Hayır, onları sonsuza dek bırakmayacaklardı; böyle bir inziva hayatı yaşatacaklardı, dünyadan saklayacaklardı. Çar ile çariçenin sarayları olmayacaktı artık, hayatlarının geri kalanını Yekaterinburg'da, gözetim altında geçireceklerdi. Oğulları ve kızları burada yaşlanacaklardı. Ömürleri boyunca saklı tutulacaklar, evlenmelerine ve çocuk yapmalarına asla izin verilmeyecekti. Romanov hanedanı doğal yollarla sona erecekti. Elli, bilemediniz altmış sene sonra da hepsi ölmüş olacaktı.

Bunlar akla hayale sığmıyordu elbette, ama en muhtemel açıklama da buydu. Bunu düşünmek bile beni bunalıma sürükledi. Saatler geçti, güneş battı; kahveden çıktım, yine sokaklarda dolaşmaya başladım. Geri dönüşü yine bir saat daha alsın diye, belirli bir yöne doğru bir saat boyunca yürüyordum. Hiç yorulmadım, çünkü o akşam tam anlamıyla tetikteydim. Saat dokuz oldu, vakit geçti, on, on bir oldu. Gece yarısı yaklaştı. Daha fazla bekleyemedim.

Geri döndüm.

Ev gündüz pek bunaltıcı görünmüyordu, ancak gece bambaşka bir görünüm kazanmıştı. Ay ışığının, evin duvarlarına ve etrafını çevreleyen çitlere vuran alacalı gölgeleri beni tedirgin etti. Önceden araba yolunda gelişigüzel gezinen vardiyalı nöbetçiler, görünüşe göre birinin her hareketlerini izlediğini fark etmemişlerdi ve şu anda hiçbir yerde görünmüyorlardı. Giriş kapısı kilitli değildi. Araba yolunun ortasında bir kamyon duruyordu, arkasındaki yükün –yükü varsa tabii– üstü brandayla örtülmüştü. Karşı taraftaki çimenlikte durakladım, içeride neler olduğunu merak ederek gerginlikle etrafıma bakındım. Birkaç dakika sonra, askerlerin geri gelip orada durduğumu görmelerinden çekinerek, bekleyeceğimi söylediğim ağaç kümesine doğru yürüdüm ve Anastasya'nın gelip beni bulmasını beklemeye başladım.

Çok geçmeden, giriş katındaki salonun ışıkları yandı ve görünüşe göre askerlerin tamamı içeriye girdi. Üzerlerinde Bolşevik üniformaları yoktu, hepsi de basit ırgat kılığındaydı. Tüfeklerini her zamanki gibi omuzlarına asmışlardı. Ama beklediğim gibi kimi yatmaya, kimi çalışmaya, kimi nöbete gitmek üzere gruplara ayrılmak yerine, masanın etrafına oturup, ayakta duran, sanırım amirleri olan yaşlıca bir askere dikkat kesilerek söylediklerini sessizce dinlemeye başladılar.

Bir saniye sonra aniden çakılların üzerinden bir ses geldiğini işittim. Çömelerek ağaçlarına arasına çekilirken başımı kaldırıp dışarı çıkanın kim olduğunu görmeye çalıştım. Ama hem karanlık hem de ortada duran kamyon yüzünden, salondaki askerlerden başka kimseyi seçemedim. Nefesimi tuttum, o ses bir daha duyuldu; biri çakıltaşlarını eze eze dikkatlice yürüyordu.

Evden biri çıkmıştı.

Gözlerimi kısıp, gelen kişinin Anastasya olup olmadığını seçmeye çalıştım. Hataya düşüp fark edilme korkusuyla, fısıltıyla bile olsa seslenmeyi göze alamadım. Beklemekten başka yapacak bir şey yoktu. Kalbim göğsümde hızla atıyor, gecenin ayazına rağmen alnımdan ter sızıyordu. Bir terslik vardı. Şansımı deneyip yolu geçsem mi diye düşünürken nöbetçiler aynı anda ayağa kalktılar ve sağ kollarını uzatıp ellerini birbirlerinin ellerinin üstüne koydular. Ellerini bu şekilde bir kez kaldırıp indirdikten sonra sessizce tek sıra hâlinde dizildiler. Konuşan adam ve bir de nöbetçi salondan çıktı; yarı açık kapıdan, evin ortasındaki merdiveni kullanarak üst kata çıktıklarını gördüm.

Dışarıya kimin çıktığını görmek ümidiyle tekrar araba yoluna göz attım, ama şimdi hiç ses gelmiyordu. Belki sadece çariçenin teriyeridir, diye düşündüm. Ya da başka bir hayvandı. Belki de ben birinin yaklaştığını sanmıştım. Eğer bir saniye önce orada biri varsa bile, şimdi gitmişti.

Üst kattaki pencerelerin birinde ışık yandı, hemen başımı o tarafa çevirdim. Üst kattan gelen sesleri duyabiliyordum. Alçak sesli konuşmalar, mırıltılar geliyordu. Sonra, soluk perdenin önünde birbirlerine sokulmuş, âdeta yekvücut olmuş bir grup insanın gölgesi belirdi. Ardından birbirlerinden ayrılıp birer birer kapıya doğru gittiler.

Hızla sol tarafa doğru geçip ağaçların arasından merdiveni gözlemeye başladım. Bir saniye sonra grandüşes Olga, arkasında, karanlıkta kim olduklarını seçemediğim ama kardeşleri olduğunu tahmin ettiğim küçük bir grupla birlikte ortaya çıktı. Köşeyi dönüp gözden kaybolmadan önce onları bir anlığına görebildim. Beşinin birden, anne babalarından ayırılarak başka bir yere götürüldüklerine hükmettim. Ne de olsa hepsi de gençti. Hiçbir suç işlememişlerdi. Belki de gitmelerine izin verilmişti.

Ama hayır, hol bir saniye boş kaldıktan sonra çar ile çariçe göründü. Onlar da merdivenlerden indiler. Birbirlerinden destek alarak ağır adımlarla yürüyorlardı; belli ki ikisi de takatsizdi, peşlerinden gelen iki asker onları da çocuklarının gittiği tarafa yönlendirdi.

Sonra her yer tam bir sessizliğe büründü. Salondaki askerler ayağa kalkıp yavaş yavaş dışarı çıktılar, en sonuncusu ışığı kapadı. Sonra hepsi köşeyi dönüp gözden kayboldu.

O anda kendimi çok yalnız hissettim. Yaz esintisinin kımıldattığı yapraklardan gelen hışırtılar haricinde dünya tam anlamıyla sessiz ve huzurlu bir yere dönüşmüş gibiydi. Gözlerimi kapayıp zihnimin, sessizlik içinde zamandan kopup gitmesine izin verdim; havada bariz bir güzellik, şu andan itibaren ülkemizde her şeyin iyi olacağına ve düzeleceğine dair hoş bir ümit vardı. Aile yok oluvermişti. Askerler gözden kaybolmuştu. Çakıl kaplı yolda yürüyen her kimse, onu göremeyeceğim ve işitemeyeceğim bir yere gitmişti. Ve ben, tek başımaydım; korkmuş, kuşku içinde ve âşık. Ansızın, ezici bir bitkinliğin bedenimi bir kasırga gibi vurduğunu hissettim. Çimenlerin üzerine öylece yatıp gözlerimi kapamalı ve gelecek olan sonsuzluğu beklemeliyim diye düşündüm. Uzanmak, ruhumu Tanrı'nın ellerine teslim etmek, açlığın ve mahrumiyetin beni alıp Kolek Boryaviç'in yanına, ondan *özür dileyebileceğim* o yere, o huzur dolu diyara götürmesine izin vermek istedim. O an, tüm bunlar çok kolay olabilirdi.

Ablalarımın önünde diz çöküp, "Özür dilerim," diyebileceğim yere.

Aşkımın gelip, "Özür dilerim," demesini bekleyebileceğim yere.

Anastasya.

Son kez, dünya bir an için kusursuz bir sükûnet içindeydi.

Ve tam o anda silahlar ateşlendi.

İlki, beklenmedik ve aniydi. Yerimden sıçradım. Gözlerim açılıverdi. Olduğum yerde donup kaldım. Birkaç saniye sonra ikinci el duyuldu; soluğum kesildi. Sonra, her bir Bolşevik kendi silahını boşaltıyormuş gibi bir dizi silah sesi geldi. Müthiş bir gürültü çıktı. Kımıldayamadım. Silah sesleri gelirken merdivenin sol tarafında parlak bir ışık binlerce kez çaktı. Birbiriyle çarpışan binlerce ihtimal zihnime hücum etti. Her şey öyle beklenmedik bir anda olmuştu ki olduğum yerde kalmaktan başka bir şey yapamadım. Kıpırdayamıyordum. Dünyanın sonunun geldiğini sandım.

Tekrar nefes alabilmem için on beş yirmi saniye geçmesi gerekti. Soluk aldığım anda ayaklarım yeniden yerden güç aldı, ayağa kalkmaya çalıştım. Görmek zorundaydım, oraya gitmek zorundaydım, onlara yardım etmek zorundaydım. Her ne oluyorsa. Doğruldum, tam hareket edecektim ki önümdeki ağaçlardan büyük bir gürültü geldi. Biri üzerime atılıp beni yere sermişti. Ne olduğunu anlayamadan bir an sersemledim. Vurulmuş muydum? Son ânım mıydı bu?

Ama bu sersemlik sadece bir saniye sürdü; karanlıkta, yanımda yatanın kim olduğunu seçmeye çabalayarak geri geri süründüm. Baktım ve soluğum kesildi.

"Georgi!" diye bağırdı.

1918

Böyle bir ânı hayal bile edemezdim. Ben, Georgi Daniiloviç Jahmenev, bir kulun oğlu, adsız sansız biri, bir hiç, dondurucu soğuklukta bir Yekaterinburg gecesinin zifiri karanlığında, kollarımda sevdiğim kadını, majesteleri İmparator Çar II. Nikolay ile Çariçe Aleksandra Fedorovna Romanov'un en küçük kızları olan Grandüşes Anastasya Nikolayevna Romanov'u tutuyordum. Bu mertebeye nasıl erişmiştim? Hangi fevkalade kader, beni Kaşin'in tahta kulübelerinden alıp Tanrı'nın kutsadıklarından birinin kollarına atmıştı? Heyecanla yutkundum; ben olanlara akıl erdirmeye uğraşırken, midem vücudumun içinde bir ihtilal gerçekleştiriyordu.

Uzakta, İpatyev'in evinin ışıkları yanıp sönüyordu, içeriden gelen öfkeli bağırışları ve çılgın kahkahaları duyabiliyordum. Gözlerimi kısıp baktığımda, Bolşevik liderin üst kattaki pencerelerden birinin önünde durduğunu gördüm, pencereyi açıp dışarı eğildi, başını âdeta müstehcen bir tavırla uzatıp bir sağa bir sola çevirdi, manzaraya baktıktan sonra soğuktan ürpererek pencereyi kapattı ve gözden kayboldu.

Fısıltıyla, "Anastasya," dedim; onu daha iyi görebilmek için zorla itip kendimden uzaklaştırdım. Son birkaç dakikadır, sanki göğsümü oyup içeride saklanacak bir yer bulmaya çalışır gibi, canımı acıtacak kadar sert bir biçimde göğsüme yaslanmıştı. "Anastasya, aşkım ne oldu? Silah sesleri duydum. Ateş eden kimdi? Bolşevikler mi? Çar mı? Konuş benimle. Yaralanan oldu mu?"

Tek kelime etmedi. Ben bir insan değilmişim de sanki kâbuslardan fırlamış ve her an bin parçaya ayrılacak bir suretmişim gibi yüzüme baktı. Sanki beni tanımamıştı; bana aşk sözleri söyleyen, bir ömür bana sadık kalacağına yemin eden o kız değildi sanki. Ellerine uzanıp dokunduğum anda, korkuyla yeniden bırakmamak için kendimi zor tuttum. Gömülmek üzere olan bir ölünün ellerinden bile soğuktu elleri. O anda kontrolünü kaybetti ve şiddetle titremeye başladı. Gırtlağından, büyük bir çığlığın habercisi olan boğuk, azap dolu hıçkırıklar çıkmaya başladı. Bu acayip hareketleri yüzünden telaşa kapılıp bir daha, "Anastasya," dedim, "Benim. Benim, Georgi'n. Söyle bana ne oldu? Kim ateş etti? Baban nerede? Ya sizinkiler? Ne oldu onlara?" Cevap yoktu. "Anastasya!"

Katliam yapıldığını anladığım ânı bir dehşet duygusu takip etti. Çocukluğumda Kaşin'deki köylüler ıstırap içinde ölürken, vücutları açlık ya da hastalıktan kırılırken oradaydım. Muhafız alayına katıldıktan sonra, kimi metanetle kimi korku içinde idama götürülenleri görmüştüm ama hiçbir bedenin, şu anda karşımda duran aşkımın bedeni kadar sarsıntı ve dehşet içinde titrediğini görmemiştim. Öyle korkunç bir şeye şahit olmuştu ki beyni henüz bu gerçeği kavrayamıyordu belli ki, ama bütün toyluğuma ve masumiyetime rağmen onu nasıl iyi edeceğimi biliyordum.

Evden gelen sesler daha da yükselince, onu ağaçlık arazinin derinliklerine çektim. Bulunduğumuz yerden görülmediğimizden emin olmama rağmen Anastasya'nın aniden kendine gelip yerimizi belli etmesinden giderek daha da endişelenmeye başladım; keşke gerektiğinde kullanacağım bir silahım olsaydı.

Evin ön cephesindeki yüksek kırmızı kapıdan üç Bolşevik çıktı, birer sigara yakıp alçak sesle konuşmaya başladılar. Tekrar tekrar çaktıkları kibritlerin parıltısını görünce, bunu aşırı gergin olduklarından mı yapıyorlar, yoksa esinti, daha onlar sigaralarını yakamadan alev alan kibritleri mi söndürüyor diye merak ettim. Konuşmalarını işitemeyecek kadar uzaktaydım, ama birkaç saniye sonra içlerinden biri, en uzun boylusu, acı dolu bir çığlık attı. Kelimeleri, gecenin sessizliğini bozdu:

"Eğer onun... fark edilirse..."

Bu kadar. Ömrüm boyunca defalarca kafa yorduğum dört basit kelime.

Gözlerimi kısıp adamların yüzlerindeki ifadeyi seçmeye çalıştım. Neşeliler miydi, heyecanlı mı, gergin mi, pişman mı, sarsılmış mı, tehlikeli mi? Ama görmek çok güçtü. Bana sıkıca tutunmuş hâlde duran Anastasya'ya göz attım, aynı anda o da başını kaldırdı, göz göze geldik. Yüzünden öyle bir dehşet ifadesi geçti ki, o lanet olası evin içinde her ne olduysa aklını kaybetmesine sebep olduğundan korktum. Ağzını açtı, derin bir nefes aldı; çığlık atmaya başlayıp yerimizi askerlere belli edeceğinden korktum ve iki gece önce ablasına yaptığım gibi, elimle ağzını kapadım ve orada tuttum. Benliğimin her bir zerresi böylesi bir hakaretin karşısında isyan etti; sonunda, vücudunun üstüme yığıldığını hissettim, artık mücadele etme gücünü kaybetmiş gibi başını çevirdi.

Kulağına, "Affet aşkım," diye fısıldadım. "Canavarlığımı affet. Ama lütfen korkma. Şuradalar, ama ben ikimizi de korurum. Seni korurum. Ama sesini çıkarmamalısın, aşkım. Burada olduğumuzu fark ederlerse peşimize düşerler. Askerler içeri girene kadar burada kalmamız şart."

Ay, bulutun arkasından kurtuldu ve bir an için Anastasya'nın solgun ışıkla aydınlanan yüzünü gördüm. Gecenin durgunluğunda beliriveren yüzü hayalimde canlandırdığım gibi sessiz ve sakindi artık. Kimbilir kaç kere yatağımda arkamı dönüp onu orada bulduğumu, oturup onu, on dokuz yıllık ömrümde tanıdığım tek güzeli seyrettiğimi hayal etmiştim. O rüyada gözden kaybolurken kimbilir kaç kere kan ter içinde uyanmıştım. Ama bu sükûneti, içinde bulunduğumuz durumla öyle ters düşüyordu ki korktum. Sanki aklını kaçırmış gibiydi. Bir budalalık edip onu bırakacak olursam, her an bağırıp çığlık atmasından, kahkahalarla gülmesinden ya da üstünü başını yırtarak ağaçların arasında koşmaya başlamasından korktum.

Bu yüzden onu sıkı sıkı kendime bastırdım ve genç bir erkek olduğumdan, düşüncesiz olduğumdan, ihtiras dolu olduğumdan vücuduma bastırdığım vücudunun verdiği heyecandan zevk almadan edemedim. İçimden, ona şimdi sahip olabilirim diye geçirdim ve bu sapkın fikir yüzünden kendimden iğrendim. Fark edilmemizin ölümle sonuçlanacağı, dehşet verici bir durumla karşı karşıyaydık ve ben, alçak ve hayvani duygular içindeydim. Kendimden nefret ettim. Ama yine de onu bırakmadım.

Ağaçların arasından bakarak askerlerin gitmelerini bekledim.

Ama yine de onu bırakmadım.

Kesin olarak bildiğim bir şey varsa o da buradan kaçmak zorunda olduğumuzdu. İki âşığın romantik buluşması bambaşka bir şeye dönüşmüştü ve benim yaşadığım dehşet, onunki kadar aşikâr olmasa da en az o kadar hakikiydi. Anastasya'yı, ihtişamlı mekânlarda âşık olduğum o sıcak, uçarı, sevecen kızı, kahkahalarla kollarıma almayı beklemiştim. Yekaterinburg'da geçen onca zaman, Anastasya'nın ışıltısını söndürememiş olacaktı. Ama aksine, ödülüm dehşete kapılmış bir dilsiz oldu; kulaklarımda çınlayan müzik de silah sesleriydi. İpatyev'in evinde korkunç bir şey olmuştu, orası belliydi. Ama Anastasya her nasılsa kaçıp kurtulmayı başarmıştı. Eğer fark edilecek olursak sabaha sağ çıkabileceğimizi sanmıyordum.

Gece soğuk ve karanlıktı, fakat bir an önce batıya doğru ilerlememiz ve bulabilirsek bir ahıra ya da kömürlüğe sığınmamız gerektiğini hissediyordum. Anastasya'yı ayağa kaldırdım –hâlâ bana sıkı sıkı tutunuyor, hiç bırakmak istemiyor gibiydi– ve gözlerimin içine bakması için başını kaldırdım. Dikkatini tamamen bana vermesi ve güvenmesi için yüzüne baktım. Ve ancak bilincinin açık olduğunu ve beni dinlediğini hissettiğim zaman konuşmaya başladım.

Azimli bir tavırla ve alçak sesle, "Anastasya," dedim, "bu gece ne oldu bilmiyorum ve şimdi sır paylaşılacak zaman değil. Ne olduysa oldu, artık değiştiremeyiz. Ama bana tek bir şey söylemelisin. Sadece bir şeyi, aşkım. Yapabilir misin?" Yüzüme bakmaya devam etti, ama anladığını belli edecek bir şey yapmadı. Ben yine de, az da olsa şuurunu koruyabildiğine inanıyordum. "Söyle bana Anastasya," diye devam ettim, "seni alıp buradan götürmek ve seni bir daha ailenin yanına geri göndermemek üzere, hemen, şimdi, buradan temelli gitmemizi istiyorum. Anastasya, yapılması gereken doğru şey bu mu? Seni buradan alıp götürmekle doğru bir iş mi yapıyorum?"

O an aramızda öyle bir sessizlik oldu ki nefes almayı bile göze alamadım. Kollarını ellerimle öyle sıkı kavramıştım ki, başka zaman olsa canının acısından bağırıp kurtulmaya çalışırdı. Ama şimdi hiçbir şey yapmıyordu. Cevap verdiğine dair herhangi bir işaret görmeyi umarak yüzüne baktım ve o anda –çok şükür!– başı neredeyse hissedilmez bir hareketle hafifçe aşağıya indikten sonra, evet, şu tarafa gitmeliyiz dermiş gibi, belli belirsiz batıya doğru döndü. Bu hareketiyle, gerçek Anastasya'nın hâlâ, bu yabancı simanın arkasında bir yerlerde var olduğu ümidine kapıldım. Ne var ki bu küçük işaret bile ona çok fazla geldi, bir kez daha göğsüme yığıldı. Kararımı verdim.

"Şimdi başlıyoruz," dedim. "Güneş doğmadan. Benimle yürüyecek gücü toplaman gerek."

Hayatım boyunca o ânı pek çok kez aklımdan geçirdim; eğilip onu yerden alışımı, güvenli bir yere değilse de güvenli bir yöne götürüşümü gözümde canlandırdım. Bu kahramanca hareketim, pekâlâ hikâyenin doruk noktası ya da en temel ayrıntısı olabilirdi. Ama hayat şiir değildir. Anastasya zayıf bir kızdı ve gençti. Ama havanın acımasızlığını; o dondurucu havanın, açıkta kalan yerlerimizi, çariçenin öfkeli köpeği gibi ısıran kaba soğukluğunu ifade edecek söz bulamıyorum. Sanki derimizin altındaki kan akışı durmuş, kanımız buz kesmişti. Yürümek zorundaydık; sırf kan dolaşımımızın durmaması için hareket etmek zorundaydık.

Üstümde palto, içimde de üç kat giysi vardı. Yürümeye başlayınca paltomu çıkarıp Anastasya'nın omuzlarına sardım ve düğmelerini ilikledim. Kendimle birlikte onu da sürüklerken, bütün dikkatimi adımlarımızın temposunu korumaya vermiştim. Hiç konuşmuyorduk. Bir süre sonra kendi ayak seslerim beni hipnotize etti. Hızımızı kaybetmemek için sürekli ve istikarlı adımlarla ilerliyordum.

Bu arada, hep tetikteydim. Bir kulağım ardımızda bıraktığımız Bolşeviklerdeydi. O gece evin içinde bir şey olmuştu, korkunç bir şey. Ne olduğunu bilmiyordum, ama aklımdan ihtimaller geçip duruyordu. En kötüsü, akla hayale sığmaz bir şeydi. Bizzat Tanrı'ya karşı suç işlemek demekti. Ama bu, kelimelere bile dökmeye cüret edemediğim şey gerçekten de olduysa, biz şimdi sadece Yekaterinburg'dan kaçan iki kişi değildik. Peşimize, *onun* peşine düşeceklerdi. Ve bizi bulacak olurlarsa... Devamını düşünmeye cesaret edemedim, adımlarımı sıklaştırdım.

Anastasya beni şaşırtarak hiç zorlanmadan yürüyordu. Gerçekten de, sadece adımlarıma ayak uydurmakla kalmıyor, arada bir beni geçtiği de oluyordu. Sessizdi, eski hapishanesinden mümkün olduğu kadar uzaklaşmak konusunda benden daha hevesli görünüyordu. O geceki dayanma gücü insani sınırların üzerindeydi; inanıyorum ki Saint Petersburg'a kadar yürüyelim desem razı olur, hiç durup dinlenmeden oraya kadar giderdi.

Ancak iki, bilemediniz üç saat sonra ama eninde sonunda durmak zorunda kalacağımızı biliyordum. Her adımda bedenim direniyordu. Önümüzde uzun bir yol vardı ve güç toplamamız gerekiyordu. Takip edildiğimize dair bir belirti olmasa da, kısa zaman sonra güneş doğacaktı ve işte o zaman, kolayca görülebileceğimiz bir yerde olmak istemiyordum. Yetmiş seksen metre ileride küçük bir ağıl gözüme çarptı, orada durup uyumaya karar verdim.

İçerisi berbat kokuyordu ama boştu, duvarları sağlamdı ve yerde de yeterince rahat uzanabileceğimiz kadar saman vardı.

"Burada uyuyacağız aşkım," dedim. Başını sallayıp itiraz etmeden yere uzandı ve gözlerini çatıya dikti; gözlerinde hâlâ o tekinsiz ve boş bakış vardı. Geceki karşılaşmamızdan beri, adımdan başka tek kelime etmemiş olduğuna ve olanları anlatma isteği göstermemesine aldırmadan, "Bana bir şey anlatmak zorunda değilsin," dedim. "Şimdilik. Sadece uyu. Uyumaya ihtiyacın var."

Yine belli belirsiz bir baş hareketiyle yanıtladı. Ama bu kez, sanki dediklerimi onaylamak ister gibi, parmakları benimkileri biraz daha sıktı. Yanına uzanıp, onu ısıtmak için vücudunu sardım ve birkaç saniye içinde uykuya dalacağımı fark ettim. Onu seyretmek için uyanık kalmaya çabalasam da, çatıya dikilmiş gözlerine bakmak beni âdeta hipnotize etti. Ve bitkinliğim beni çabucak alt etti.

* * *

Anastasya üç gün sonra konuştu.

Ertesi sabah uyandığımızda, talihimizin yardımıyla İjevsk istikametine giden bir yük arabasına bindik. Yolculuk neredeyse bir gün sürdü; bizi arabasına alan ırgat, bu iyiliğine karşılık birkaç kapikten fazlasını kabul etmemekle kalmadı, yolda bize ekmek ve su da ikram etti. İkimiz de önceki gün öğleden beri bir şey yemediğimiz için ikramını minnetle kabul ettik. Arabanın arkasındaki tahtaların üstüne uzanıp rahatsız bir uykuya daldık, ama yoldaki her tümsekten geçerken sarsılıp uyanıyorduk. Bu işkencenin çabucak bitmesi için içimden dua ediyordum. Anastasya'nın, her uyanışında nerede olduğunu ve buraya nasıl geldiğini ancak birkaç saniye sonra hatırlayabildiğini fark ettim. Yüzü bir anlığına rahat ve gamsız göründükten hemen sonra gölgeleniyor, ışıltısı kayboluyor, gözleri tekrar uykuya dalmak –ya da belki de daha beterini– istermiş gibi sımsıkı kapanıyordu. Arabanın sürücüsü bizimle konuşmadı, sırtını dönmüş hâlde sessizce arkasında oturan prensesi de tanımadı. Konuşmadığı için minnettardım, çünkü kendimizi içinde buluverdiğimiz bu şartlarda, ahbaplık etmeye tahammül edemeyecektim.

İjevsk'e vardığımızda, tren istasyonuna gitmeden önce küçük bir kahvehaneye girip bir şeyler yedik. İçerisinin beklediğimden daha kalabalık olması beni memnun etti; böylece güçlük çekmeden kalabalığa karışabilecektik. Giriş çıkışlarda bizi bulmak için bekleyen *–onu arayan–* askerlerle karşılaşabileceğimiz konusunda endişeliydim, ama olağandışı bir durum yok gibi görünüyordu. Anastasya, yanımızdan gelip geçenlerin onu alelade bir ırgat kızı zannetmeleri için sürekli başını eğik tutuyor, sarı saçlarını koyu renkli bir şapkayla örtüyordu. Önceki gün yerde bulduğum rublelerin çoğu duruyordu ve pervasızca bir karar vererek iki misli para verip trende özel bir kompartıman tuttum. Minsk'e iki bilet aldım, bin beş yüz kilometreden uzun bir yol vardı önümüzde. Aklıma daha uzak bir yer gelmemişti. Minsk'ten sonra nereye gideceğimize dair hiçbir fikrim yoktu.

Hayatta beklenmedik zevkler, bazı sevinçli anlar vardır; biz de tren kalkarken öyle bir an yaşadık. Tren bekçisi düdüğünü çaldı, son yolcuları acele ettirmek için birkaç kere bağırdı, trenin pistonları hareket etmeye başlarken bir buhar bulutu yükseldi. Birkaç saniye sonra tren makul bir hızla batıya doğru yöneldi. Başımı çevirip, yüzünde bir ferahlama ifadesi beliriveren Anastasya'ya baktım. Ona doğru uzanıp elini tuttum. Bu beklenmedik yakınlığa şaşırmış göründü, sanki trene onunla birlikte bindiğimi bile unutmuştu, ama sonra yüzüme bakıp gülümsedi. On sekiz aydan beri görmediğim bu gülüşe büyük bir minnetle karşılık verdim. Tebessümüyle, yakında eski hâline döneceğine dair bir ümitle doldu içim.

"Üşüyor musun sevgilim?" Uzanıp başımızın üstündeki raftan ince bir battaniye aldım. "Neden şunu bacaklarına örtmüyoruz? Soğuğu keser."

Battaniyeyi minnetle kabul ettikten sonra başını çevirip yanımızdan geçip giden çıplak araziye bakmaya başladı. Toprak. Ekinler. *Mujik*ler. Devrimciler. Bir saniye sonra tekrar dönüp bana baktı. Beklenti içinde soluğumu tuttum. Dudakları aralandı. Özenli bir tavırla yutkundu. Konuşmak için ağzını açtı. Konuşma sinyali beyninden diline geçerken, solgun boynunda gırtlağının usulca hareket ettiğini gördüm. Tam ilk kelimeler ağzından çıkacakken kompartımanın kapısı sertçe açıldı. Korkuyla başımı çevirdim, fakat eşikte duranın kondüktör olduğunu görünce rahatladım.

"Biletleriniz," dedi. Biletleri çıkarmadan Anastasya'ya bir göz attım. Şimdi yeniden başını çevirmiş pencereden dışarı bakıyor, paltomu yakasının çenesine kadar çekmiş titriyordu. Neresine dokunacağımı bilemeden ona doğru uzandım.

Fısıltıyla, "*Duşa*," dedim.

Kondüktör bu kez daha ısrarlı bir sesle, "Biletler efendim," dedi. Başımı çevirip dik dik adamın yüzüne baktım, yüzümde aniden öyle bir öfke belirmiş olacaktı ki adam bir adım gerileyip ürkekçe yüzüme baktı. Bir şey söylemek üzere ağzını açtı fakat sonra vazgeçti. Ben paltomun cebinden yavaşça biletleri çıkarıp ona uzatırken sesini çıkarmadan bekledi.

Biletlere dikkatle bakarak, "Minsk'e mi gidiyorsunuz?" diye sordu.

"Öyle."

"Moskova'da aktarma yapmanız gerek," dedi. "Yolun son ayağı için ayrı bir tren var."

Bizi bir an önce yalnız bırakmasını isteyerek, "Farkındayım," dedim.

Herhâlde gözünü sandığım kadar korkutamamış olacaktım ki biletleri geri verip gideceği yerde, elinde tutmaya devam edip gözlerini Anastasya'ya dikti.

"Hanımefendi iyi mi?"

"Gayet iyi."

"Rahatsız görünüyor."

Hiç tereddüt etmeden, "İyi," dedim. "Biletlerin işi tamam mı?"

Soruma aldırmadan, "Hanımefendi?" dedi. "Hanımefendi, bu beyle mi seyahat ediyorsunuz?" Anastasya hiçbir şey söylemeden pencereden bakmaya devam etti, hatta kondüktörün varlığının bile farkında değil gibiydi. "Hanımefendi, size bir soru sordum."

Bana çok uzun gibi gelen saniyelerden sonra, Anastasya, daha önce hiç bu kadar büyük bir hakaretle karşılaşmamış gibi başını çevirdi ve buz gibi bir ifadeyle adama baktı.

"Hanımefendi, bu beyle birlikte seyahat ettiğinizi teyit eder misiniz?"

"Tabii ki benimle birlikte seyahat ediyor, seni sersem," diye atıldım. "Yoksa neden birlikte oturalım? Neden ikimizin bileti benim cebimde olsun?"

"Efendim, hanımefendinin bir sıkıntısı var gibi görünüyor," dedi. "Buraya zorla getirilmediğinden emin olmak istiyorum."

Gülerek, "Zorla mı?" diye sordum. "Delirmiş olmalısınız! Sadece yorgun, o kadar. Kaç zamandır yoldayız..."

Ben sözümü bitiremeden Anastasya uzanıp elini koluma koydu. Şaşırarak yüzüne baktı, elini tekrar çekmesini izledim, artık titremiyor, meydan okurcasına kondüktöre bakıyordu. Tekrar dönüp kondüktöre baktığımda, adamın, Anastasya'nın ani soğukkanlılığı ve asil güzelliği karşısında şaşakaldığını fark ettim.

"Kaçırılmadım, eğer ima etmeye çalıştığınız buysa," dedi Anastasya. Uzun zamandır konuşmadığından sesi biraz çatlak çıktı.

Kondüktör mahcup olmuş gibiydi. "Özür dilerim hanımefendi," dedi. "Öyle bir şey ima etmek niyetinde değildim. Rahatsız bir hâliniz vardı, o kadar."

"Bu rahatsız bir tren," dedi. "O yeni hükümetiniz, parasının bir kısmını neden trenleri yenilemeye ayırmıyor, merak ediyorum. Yeteri kadar paraları var, öyle değil mi?"

Bu sözlerin nereye gideceğini bilemediğimden nefesimi tuttum. Ne de olsa kondüktörün neyin nesi olduğunu, nereye bağlı olduğunu bilmiyorduk. Babası dışında hiçbir erkeğe hesap vermeye alışkın olmayan Anastasya, adamın saygısızlığı sayesinde belli ki şahsiyetini yeniden kazanmıştı. Birkaç saniyelik bir sessizlik oldu. Kondüktör bize kafa mı tutacak, eğer kafa tutarsa daha beteriyle karşılaşmaktan mı korkuyor, bilemedim. Ama sonunda biletleri bana geri verip başını çevirdi.

Sertçe, "Açsanız, trenin sonunda yemekli vagon var," dedi. "Bir sonraki istasyon Nijniy Novgorod. İyi yolculuklar."

Başımı sallayarak selam verdim. Adam ikimize son kez baktıktan sonra –Anastasya, biraz daha üstüne gelmesi için kışkırtırcasına hâlâ adamın yüzüne dik dik bakıyordu– arkasını dönüp kompartımanın kapısını kapadı ve bizi yalnız bıraktı. Gerginlikten göğsümün patlamak üzere olduğunu hissedip derin bir oh çektikten sonra, zayıf bir tebessümle bana bakan Anastasya'ya göz attım.

"Sesin geri gelmiş."

Başını salladı. "Georgi," diye fısıldadı, sesi acı doluydu.

Elini ellerimin arasına aldım.

Israrlı bir tavırla ama baskı da yapmadan, nazik ve anlayışlı bir biçimde, "Bana anlatmalısın," dedim. "Bana olanları anlatman gerek."

"Peki," dedi. "Anlatacağım. Sadece sana. Ama önce bana bir şey söylemelisin."

"Ne istersen."

"Beni seviyor musun?"

"Tabii ki seviyorum."

"Beni hiç bırakmayacaksın, değil mi?"

"Beni senden ancak ölüm ayırır sevgilim."

Bunun üzerine yüzü biraz asıldı, yanlış kelimeleri seçtiğimi anladım. Ellerini sıkı sıkı tuttum ve bir kez daha, bana olanları, her şeyi anlatmasını istedim. İpatyev'in evinde olan biten her şeyi.

Bekçiler bize mahkûm muamelesi yapmıyorlardı. Aslında, istediğimiz zaman bahçede dolaşmamıza, hatta sonra geri dönmek şartıyla civarda uzun yürüyüşler yapmamıza bile izin veriyorlardı. Elbette dediklerine uyuyorduk. Neticede gidecek yerimiz yoktu. Rusya'nın hiçbir şehrin-

de ya da köyünde gizlenemezdik. Yekaterinburg'da güvende olduğumuzu, bizi koruduklarını, bizden nefret edenlerle dolu bir ülkeden sakladıklarını söylüyorlardı. Bizim ölmemizi isteyenler olduğunu söylüyorlardı.

Bize dostça davranıyorlardı, bu beni hep hayrete düşürüyordu. Bizimle, hayatlarımızın kontrolü onlarda değilmiş gibi konuşuyorlardı. Gitmekte de, kalmakta da serbestmişiz gibi davranıyorlardı ve dışarı çıktığımız zaman hiçbirimizi sorgulamıyorlardı, ama sırtlarındaki tüfekler öyle söylemiyordu. O kapıya yürüdüğüm zaman bir elin kalkıp beni durduracağı gün ne zaman gelecek diye merak ediyordum.

Marie, benim için geri geldiğini haber verdi. Başta inanamadım. Mucize gibiydi. Doğru olduğuna, seni gördüğüne ve seninle konuştuğuna yemin etti. Mutluluktan neredeyse aklımı kaybedecektim, ama annem ısrarla evde kalıp dersime devam etmemi söyledi ve evden çıkmama izin vermedi. Tabii, neden dışarı çıkmak istediğimi ona söyleyemedim. Söyleseydim bir daha çıkmama asla izin vermezdi. Bu kadar yakınımda olduğunu düşünmek beni çok mutlu etti. Özellikle de Marie, o gece tekrar geleceğini söyleyince çok sevindim. Sabırsızlanıyordum, Georgi.

Hava kararınca, gizlice alt kata indim. Askerlerin zemin kattaki salonların birinde konuştuklarını duydum. İçlerinden biri neredeyse her zaman kapının yanında beklediği için, böyle bir araya toplanmaları tuhafıma gitti. Her yer boştu, ama yine de ses çıkarmadan yürüdüm. Şimdi düşününce çok garip geliyor Georgi, ama benim korktuğum şey, askerlerin nereye gittiğimi öğrenmeleri değil, annemle babamın kime gittiğimi öğrenmeleriydi.

Salonun penceresinin önünden çömelerek geçtim; bir şeyler, bir saniye için duraklamama neden oldu. Sanki kavga ediyor gibi çıkıyordu sesleri. Kulak kabarttım, seslerden biri diğerlerini bastırdı ve hepsi durup onun dediklerini dinledi. Daha fazla kafa yormadan, aklımda bir tek sen, hızla kapıya yürüdüm. Kollarında olmaya can atıyordum. Hatta beni alıp Yekaterinburg'dan götürdüğünü, aşkımızı babama açtığını, babamın ikimizi bağrına bastığını, sana oğlum dediğini ve yine eskisi gibi olduğumuzu bile hayal ettim. Belki de Marie haklıydı. Bir daha bir araya gelebileceğimizi düşünmenin aptallık olduğunu söylemişti.

Kapıya ulaştığımda ne kadar üşüdüğümü fark ettim. Kalbim koşmaya devam edip seni bulmamı söyledi, az sonra kollarıyla sarıp seni ısıtır dedi, ama aklım eve geri dönüp bir palto almamı söylüyordu. Holde, kapının yanında asılı duran bir palto vardı, galiba Tatyana'nındı. Kalkıp paltosunu aramazdı. Geri döndüm ve askerlerin konuştukları salonun boşalmış olduğunu gördüm. Bu bana garip geldi. Palto alacağım derken yakalanacak mıyım yoksa diye düşünüp durakladım. Askerlerin sigara içmek için kapıdan çıkmalarını bekledim. Ama kimse görünmedi. Çıkmalarını istemiyordum Georgi, ama çıkmamaları da beni rahatsız etti.

Bir saniye sonra basamaklarda ağır postallarının gümbürtüsünü duydum. Bir sürü postalın sesi... Hemen ön kapıya koştum, evin yan tarafına dolanıp bir pencerenin önünden çömelerek geçtim. Başımın yukarısında bir ışık yandı, içeri bir kalabalık doldu. Babamın sesini duyabiliyordum, neler olduğunu sordu. İçlerinden biri, artık Yekaterinburg'un güvenli olmadığını, ailemizi korumak için hemen başka bir yere götürülmemizin şart olduğunu söyledi.

Annem, "Ama nereye?" diye sordu. "Sabaha kadar bekleyemez mi?"

"Lütfen burada bekleyin," dediler. Sonra o postallar, çıkardıkları seslerle birlikte odayı terk ettiler. İçeride sadece ailem kaldı.

Aşkımın ve sorumluluklarımın arasında kalmıştım. Başka bir şehre nakledilecekerse, mutlaka yanlarında olmalıydım. Ama sen Georgi, sen beni bekliyordun. Çok yakınımdaydın. Belki seni bir kerecik olsun görebilir, sana nereye gittiğimizi söyleyebilirdim. Sen de bizi izler ve beni kurtaracak bir yol bulurdun. Ama ne yapmam gerektiğine karar vermeye çalışırken odaya yine bir askerin girdiğini işittim. Duyamadığım bir şey sordu. Babam, "Bilmiyorum, bu akşam onu görmedim," dedi. Benden bahsettiklerini, askerlerin beni aradıklarını tahmin ettim, ama yerimden kımıldamadım. Birkaç saniye sonra odadaki sesler yine kesildi.

Nihayet ayağa kalktım. Pencere yüksekte olduğundan, içeridekiler ancak ağzımdan yukarısını görebilirlerdi. Kimbilir kaç kez gördüğüm o odaya baktım. Her zaman çıplak bir odaydı, ama şimdi duvarın önünde iki sandalye duruyordu. Birinde, dizindeki Aleksey'le babam oturuyordu. Kardeşim babamın kucağında uyukluyordu. Yanlarında annem oturuyordu, endişeli bir hâli vardı, boynundaki uzun inci kolyeyi parmaklarına dolayıp duruyordu. Olga, Tatyana ve Marie de arkalarında, ayakta duruyorlardı. Yanlarında olmadığım için suçluluk hissettim. Bir saniye sonra Marie, belki de bakışlarımın yoğunluğunu hissedip pencereye doğru baktı, beni gördü ve adımı söyleyiverdi.

"Anastasya."

Annemle babam dönüp bana doğru baktılar, bir an için onlarla göz göze geldim. Annem dışarda olduğuma inanamıyormuş gibi şaşkına dönmüştü, ama babam... Bana ateş saçan gözlerle baktı, bakışları kudretli ve kararlıydı. Olduğum yerde kalmamı söylemek ister gibi avucunu bana doğru kaldırdı. Emir gibiydi; çarın buyruğu. Bir şeyler söylemek için ağzımı açtım, ama tek kelime edemeden odanın kapısı ardına kadar açılıverdi. Ailem hızla dönüp kendilerini esir alanlara baktı.

Askerler sıra oldular. Bir saniye kadar hiçbiri konuşmadı. Başlarındaki asker cebinden bir kâğıt parçası çıkardı. Üzgün olduğunu, ama ailenin kurtarılmasının imkânsız olduğunu söyledi. Ben daha bunun ne demek olduğunu kavrayamadan, cebinden bir tabanca çıkarıp babamı başından vurdu. Çarı vurdu, Georgi. Annem istavroz çıkardı, ablalarım çığlık çığlığa birbirlerine sarıldılar, ama ne konuşacak ne de paniğe kapılacak zamanları oldu. Çünkü o anda her asker birer silah çekip ateş etti. Onları hayvanlar gibi vurdular. Öldürdüler. Ve ben de seyrettim. Yere düşmelerini seyrettim. Kanlar içinde kalarak ölmelerini seyrettim.

Ve sonra arkamı döndüm.

Ve koştum.

Ağaçlara ulaşmayı, o evi ardımda bırakmayı istediğimden, başka bir şey hatırlamıyorum. Beni beklediğini bildiğim koruya odaklandım. Koşarken ayağım bir şeye takıldı, düştüm. Düştüm ve kollarının arasında buldum kendimi.

Seni buldum. Beni bekliyordun.

Gerisi... gerisini biliyorsun, Georgi.

Neredeyse iki gün sonra, yorgun argın Minsk'e vardık. İstasyonda durup tren saatlerine ve gidilebilecek yerlerin listesine baktık. Bir trende daha zaman geçirmek zorunda olduğumuz için tedirgin ve korkuluyduk ama başka seçeneğimiz de yoktu. Rusya'da kalamazdık. Bizim için güvenli olmazdı.

Buradan doğruca ulaşabileceğimiz şehirlerin listesine bakarken, Anastasya, "Nereye gideceğiz?" diye sordu. Roma, Madrid, Viyana, Cenevre; belki de büyükbabasının kral olduğu Kopenhag.

"Nereye istersen Anastasya," dedim. "Kendini nerede emniyette hissedeceksen oraya."

Parmağıyla bir şehri gösterdi. Romantizmi hoşuma gitti, peki der gibi başımı salladım. "Öyleyse Paris'e gidiyoruz," dedim.

Aniden koluma girip, "Georgi," dedi. "Tek bir şey var."

"Evet?"

"Adım. Artık bana bu isimle hitap etmemelisin. Yakalanmayı göze alamayız. Seni aramayacaklardır; ilişkimizi Marie dışında kimse bilmiyordu, o da..." Durakladı, kendini toplayıp devam etti. "Bugünden itibaren artık bana Anastasya diyemezsin."

Başımı sallayarak, "Doğru," dedim. "Ama ne diyeceğim peki? Anastasya'dan daha güzel bir isim düşünemiyorum."

Başını eğip biraz düşündü. Tekrar kaldırdığında âdeta başka bir insan olmuş gibiydi. Hiçbir şey beklemediği yeni bir hayatın eşiğinde olan genç bir kadın.

"Bana Zoya de," dedi usulca. "Zoya *hayat* demektir."

1981

Gece saat on bir gibi telefon çalıyor. Küçük gazocağımızın karşısındaki bir koltukta, elimde açık bir romanla oturuyorum. Gözlerim kapalı, ama uyumuyorum. Telefon yakınımda, ama hemen açmıyor, gerçeklerle yüzleşmeden önce kendime son bir iyimserlik ânı daha veriyorum. Altı, yedi, sekiz kere çalıyor. Sonunda elimi uzatıp ahizeyi kaldırıyorum.

"Alo," diyorum.

"Bay Jahmenev?"

"Buyurun?"

"İyi akşamlar Bay Jahmenev," diyor karşımdaki ses. Bir kadın sesi. "Bu kadar geç vakitte aradığım için özür dilerim."

Sesini hemen tanıdığım için, "Önemli değil Doktor Crawford," diyorum. Gecenin bu saatinde başka kim olabilir ki?

"Maalesef haberler kötü, Bay Jahmenev," diyor. "Zoya'nın fazla vakti kalmadı."

"Daha haftalarca zamanı olabilir demiştiniz," diyorum, çünkü bugün hastanede, ben akşam için eve dönmeden önce böyle demişti. "Hemen endişeye kapılmak için bir sebep yok demiştiniz." Doktor Crawford'a kızgın falan değilim, sadece aklım karışık. Bir doktor size bir şey söylerse onu dinler, ona inanırsınız. Sonra da eve dönersiniz.

"Biliyorum," diyor, sesi biraz mahcup çıkıyor. "O esnada öyle düşünüyordum. Ne yazık ki eşinizin durumu bu akşam kötüleşti. Bay Jahmenev, tamamen sizin bileceğiniz bir şey ama bence hemen gelmelisiniz."

"Az sonra oradayım," deyip telefonu kapatıyorum.

Neyse ki yatmak için üzerimi değiştirmemiştim; cüzdanımı, anahtarlarımı ve paltomu alıp kapıya varmam bir dakikamı alıyor. Aklıma gelen bir fikirle duraklıyorum, acaba biraz daha beklesem mi diye düşünüyorum; erteleyemeyeceğime karar verip oturma odasına dönüyorum, telefonun başına geçip, haber vermek için damadım Ralph'i arıyorum.

"Michael üst katta," diyor, torunumla başka türlü irtibat kurma şansım olmadığı için bunu duyduğuma memnun oluyorum. "Az sonra görüşürüz."

Sokakta taksi bulmak birkaç dakikamı alıyor, ama sonunda bir tanesi yaklaşıyor, elimi kaldırınca kaldırıma yanaşıp hemen yanımda duruyor. Arka kapısını açıp biniyorum, daha kapıyı çekmeden şoföre hastanenin adını söylüyorum, hemen hareket ediyor. Yüzüme çarpan havanın soğukluğunu fark edip kapıyı sertçe çekerek kapatıyorum.

Gecenin bu saatinde sokaklar umduğumdan daha tenha. Barlardan gruplar hâlinde gençler çıkıyor, kollarını birbirlerinin omuzlarına atmış, anlaşıldıklarından emin olmak için parmaklarını kararlılıkla birbirlerinin yüzlerine doğru sallıyorlar. İleride iki kişi kavga ediyor; genç bir kadın da kendini yumrukların ortasına atarak onları ayırmaya uğraşıyor. Yanlarından geçerken, sadece bir saniyeliğine de olsa yüzlerindeki nefret dolu ifadeyi görmek rahatsız edici.

Taksi âni bir dönüşle sola, sonra da sağa sapıyor ve ben farkına varamadan Britanya Müzesi'nin önünden geçiyoruz. Kapıların iki yanındaki aslanlara bakarken, Bay Trevors'ın benimle mülakat yapacağı sabah, içeriye ilk adımımı atmadan önce durakladığım ânı görür gibi oluyorum. Zoya'nın da Newsom adlı tekstil fabrikasında dikiş makinesi operatörü olarak işe başladığı sabah. Çok uzun zaman önceydi; çok gençtim ve hayat zordu, bir kere daha o günlere dönmek ve ne kadar şanslı olduğumu anlamak için her şeyimi verirdim. Gençliğime, karıma, aşkımıza ve önümüzde uzanan hayata sahip olduğum için ne kadar şanslı olduğumu düşünüyorum.

Gözlerimi kapayıp yutkunuyorum. Ağlamayacağım. Bu gece gözyaşı dökmek için bolca zamanım olacak. Ama daha değil.

Taksinin şoförü ziyaretçi girişinin önünde durup, "Burası iyi mi efendim?" diye soruyor. "Evet iyi," deyip elime ilk geçen parayı uzatıyorum. Bu para çok fazla, biliyorum, ama umurumda değil. Soğuk havaya adım atıyor, hastanenin kapısının önünde sadece bir anlığına duraklıyorum. Ancak taksinin gittiğini duyunca içeri giriyorum.

Danışma masasındaki solgun genç kadın, bana Zoya'nın artık onkoloji servisinde olmadığını söylüyor. Üçüncü katta özel bir odaya alınmış.

"Aksanınız," diyorum. "İngiliz değilsiniz, öyle değil mi?"

Başını bir an için kaldırıp, "Hayır," diyor ve sonra yeniden önündeki işe dönüyor. Nereli olduğunu söylememeyi tercih ediyor, ama ben Doğu Avrupalı olduğundan eminim. Rus değil, o kadarını anlıyorum. Belki Yugoslav. Rumen. O ülkelerden biri.

Asansöre binip üçüncü katın düğmesine basıyorum; telefon konuşması yeteri kadar açık olmasa bile hastalığın bu safhasında özel odaya alınmanın ne demek olduğunu biliyorum. Asansör boş olduğu için memnunum. Bana düşünme, kendimi toplama imkânı veriyor. Ama fazla uzun sürmüyor; az sonra, diğer ucunda hemşireler odasının yer aldığı uzun, beyaz bir koridora çıkıyorum. O tarafa doğru ağır ağır yürürken iki kişinin konuştuğunu duyuyorum; genç bir erkek ve yaşlıca bir kadın sesi. Adam, yakında yapacağı bir iş görüşmesinden, muhtemelen terfi ettirileceğinden bahsediyor. Karşısında durduğumu görünce susuyor ve konuşmasını böldüğüm için yüzünden sıkkın bir ifade geçiyor. Oysa henüz konuşmadım bile. Beni, bu koridora bir ahtapotun kolları gibi yayılmış koğuşlardan birinde kalan yaşlı hastalardan biri mi sandı acaba diye düşünüyorum. Belki de kaybolduğumu, uyuyamadığımı ya da yatağımı kirlettiğimi sanıyor. Ama bu gayet saçma, çünkü tamamen giyiniğim. Sadece yaşlıyım.

Adamın arkasından biri, "Bay Jahmenev," diyor. Doktor Crawford'ın sesi. İçi evrak dolu kalın bir dosyaya uzanıyor. "Çabuk geldiniz."

"Evet," diyorum. "Zoya nerede? Karım nerede?"

Koluma girip alçak sesle, "Hemen şurada," diyor. Belki haddinden fazla sert bir şekilde silkinip kolundan çıkıyorum. Ben hasta değilim, hasta muamelesi de görmeyeceğim. Usulca, "Affedersiniz," diyor. Beni, arkalarında kimbilir nelerin yaşandığı birkaç kapalı kapının önünden geçiriyor. Ölmüş, ölüm döşeğinde ve acı çeken insanlar; üçü de kısa bir zaman sonra bizzat öğreneceğim durumlar.

"Ne oldu?" diye soruyorum. "Yani bu gece ne oldu? Ben gittikten sonra. Nasıl kötüleşti?"

"Beklemiyorduk," diyor. "Ama dürüst olmak gerekirse, görülmemiş bir durum da değil. Ne yazık ki hastalığın son safhasının önceden tahmin edilemediği oluyor. Hastanın haftalarca, hatta aylarca, ne daha iyiye ne de daha kötüye gittiği durumlar olabiliyor. Sonra günün birinde, aniden çok kötüye gidiyor. Baş başa kalabilmeniz için onu koğuştan çıkarıp bu odaya aldık."

"Ama..." Duraklıyorum; ne kendimi kandırmak ne de kandırılmak istiyorum. Yine de bilmem gerekiyor. "Sizce yine düzelebilir mi? Kötüleştiği gibi, bir anda iyiye gidebilir mi?"

Doktor Crawford kapalı bir kapının önünde duruyor, koluma dokunurken hafifçe gülümsüyor. "Korkarım ki hayır, Bay Jahmenev," diyor. "Bence kalan zamanınıza odaklanmalısınız. Zoya'nın hâlâ kalp monitörüne ve beslenme tüpüne bağlı olduğunu göreceksiniz, ama bunların haricinde bir cihaz yok. Bu şekilde daha huzurlu olacağına inanıyoruz. Hastanın onurunu kırmıyor."

Gülümsüyorum, neredeyse gülüyorum. Sanki doktor ya da başka biri Zoya'nın ne kadar onurlu olduğunu bilebilirmiş gibi. "Karım onurlu bir ailede yetişmiştir. O, Rusya'nın şehit edilen son çarının; toprak kölesi köylüleri azat eden Kurtarıcı Çar II. Aleksandr'ın torununun kızıdır. Arina Georgievna Jahmenev'in annesidir."

Bunları söylemek istiyorum, ama elbette söylemiyorum.

Kapıyı açarken, "Bana ihtiyacınız olursa hemşire odasındayım," diyor. "Ne zaman isterseniz gelip beni bulun lütfen."

"Teşekkür ederim," diyorum, yanımdan uzaklaşıp beni kapının önünde yalnız bırakıyor. Kapıyı itip açıyorum.

İçeri bakıyorum.

Giriyorum.

"Güvenli olur mu?" diye sordum ona. Finlandiya'nın kuzeydoğu sahilinde, Hamina'da bir kafenin önünde oturmuş, uzaktaki Vyborg Körfezi adalarına, Saint Petersburg'a doğru bakıyorduk. Elbette Zoya başından beri bunu planlamıştı. Bu, birlikte çıktığımız son yolculuk olacaktı. Finlandiya'yı seçen oydu, ilk planladığımızdan daha doğuya gitmemizi öneren oydu ve birlikte bu son yolculuğa çıkmamızda ısrar eden de oydu.

"Güvenli, Georgi," dedi. Eğer istediği buysa, öyle yapacağımızı söyledim. Eve gidecektik. Uzun süreliğine değil, en fazla iki günlüğüne. Sırf görmek için. Sırf son bir kez orada olabilmek için.

Akşamüstü vardık, Aziz İshak Katedrali'nin bitişiğinde bir otele yerleştik ve önümüzde büyük kahve kupalarıyla pencerenin önüne oturup meydana baktık. Geri döndüğümüz için öyle duygulanmış hâldeydik ki birbirimizle konuşmakta zorlanıyorduk.

Dışarıda hızlı hızlı yürüyen, her yerden çıkıveren arabaların altında kalmamak için ellerinden geleni yapan insanlara bakıp başını iki yana salladı. "İnanmak zor, değil mi? Bir daha buraya gelebileceğimizi hiç düşünmüş müydün?"

"Hayır," dedim. "Hiç düşünmemiştim. Ya sen?"

Hızlı hızlı, "Ah evet," dedi. "Geri döneceğimizi hep biliyordum. Ne var ki bunun, ancak şimdi, hayatımın son günlerine yaklaşırken olacağını da biliyordum..."

"Zoya..."

Müşfikçe gülümsedi. "Affedersin Georgi," deyip uzanarak elini elimin üstüne koydu. "Seni üzmek için söylemiyorum. Sadece, ancak yaşlı bir kadın olduğumda buraya dönebileceğimi biliyordum demeliydim. Merak etme. Önümde daha iki güzel yıl var."

Başımla onayladım. Hâlâ Zoya'nın hastalığına, onu kaybetme düşüncesine alışmaya çalışıyordum. İşin aslı, o kadar iyi görünüyordu ki hasta olduğuna inanmak güçtü. Onu ilk kez Neva nehrinin kıyısındaki o kestane tezgâhının başında, ablaları ve Anna Vyrubova'yla birlikteyken gördüğüm akşamki kadar güzel görünüyordu.

"Keşke Arina'yı da buraya getirseydik," diyerek beni şaşırttı, kızımızdan pek sık bahsetmezdi. "Bence aslen nereli olduğunu ona göstermek çok hoş olurdu."

"Ya da Michael'ı," dedim.

Gözlerini kısıp o kadar emin değilmiş gibi baktı. Biraz düşünüp, "Belki," dedi. "Ama onun için şimdi bile tehlikeli olabilir."

Başımı salladım, bakışını izleyip başımı pencereye çevirdim. Gece vaktiydi ama hava kararmamıştı. İkimiz de unutmuştuk ve aynı anda hatırladık.

Aynı anda, "Beyaz geceler," deyip kahkahalarla gülmeye başladık.

"İnanamıyorum," dedim. "Yılın bu vaktini nasıl oldu da unutabildik? Ben de neden hava kararmıyor diyecektim."

Aniden heveslenip, "Georgi, dışarı çıkmalıyız," dedi. "Bu gece dışarda olmalıyız, ne dersin?"

"Fakat geç oldu," dedim. "Hava aydınlık olabilir ama dinlenmen gerek. Sabah çıkabiliriz."

"Hayır, bu gece," diye yalvardı. "Fazla kalmayız. Ah Georgi, lütfen! Böyle bir gecede nehir kıyısında yürümek... Buraya kadar gelip de bunu yapmamak olmaz."

Pes ettim tabii. Zoya'nın benden istediği ama benim yapmayacağım bir şey yoktu. "Pekâlâ," dedim. "Ama sıkı giyinelim ve dışarıda da fazla kalmayalım."

Bir saat içinde otelden çıkıp nehir kıyısına doğru yürüdük. Kol kola gezinen, gece aydınlığının tadını çıkaran yüzlerce kişi vardı ve onlardan biri olmak insana güzel hissetiriyordu. Durup Aleksandr Bahçesi'ndeki bronz atlı heykeline baktık, heykelin önünde fotoğraf çektiren turistleri seyrettik. Yürürken pek konuşmadık, ayaklarımızın bizi nereye götürdüğünün farkındaydık ama oraya varmadan evvel bunu söze döküp ânın büyüsünü bozmak istemiyorduk.

Deniz Kuvvetleri'ni geçtikten sonra sağa saptık ve çok geçmeden

Saray Meydanı'nı çevreleyen genelkurmay binası karşımıza çıktı. Önümüzde Aleksandr Sütunu ve karşısında da, tıpkı hatırladığım gibi bütün heybetiyle Kışlık Saray duruyordu.

"Buraya ilk geldiğim geceyi hatırlıyorum," dedim usulca. "Sütunun yanından geçişimi dün gibi hatırlıyorum. Beni getiren askerler sarayın yan tarafına bırakmışlardı beni. Kont Çarnetski de çizmesinin topuğuna takılan bir şeymişim gibi bakmıştı bana."

Zoya gülümseyerek, "Aksi bir adamdı," dedi.

"Evet. Sonra babanın karşısına çıkarmak için beni içeri götürdü." Başımı iki yana sallayıp anıların heyecanına fazla kapılmamak için derin derin nefes aldım. "Altmış yıldan fazla olmuş," dedim. "İnanmak mümkün değil."

Beni saraya doğru çekip, "Gel," dedi. Sakıngan bir tavırla onu takip ettim. Sessizleşmişti, hiç şüphesiz benden çok daha fazla anıya sahip olduğu bu mekânla doluydu aklı fikri. Ne de olsa burada doğup büyümüştü. Kardeşleriyle birlikte, bütün çocukluğu bu duvarların ardında geçmişti.

"Gecenin bu vaktinde saray kapalıdır," dedim. "İçeri girmek istiyorsan belki yarın..."

"Hayır," dedi hemen. "Hayır, içeri girmek istemiyorum. Sadece şunu... Bak Georgi, hatırlıyor musun?"

Giriş kapısı ile ön kapıların arasındaki küçük dörtgen avluda duruyorduk; bir atlı hızla yanından geçip onu korkutunca kollarımın arasına atıldığı yerdeydik, etrafımızı çevreleyen on iki sıra sütun vardı. İlk kez öpüştüğümüz yerdi burası.

Hatırlayınca gülerek, "Daha hiç konuşmamıştık bile," dedim.

Zoya yıllar önce durduğumuz yerde durdu, öne doğru eğilip beni bir kez daha kucakladı. Bu kez kucaklaşmayı bıraktığımızda konuşmak güçtü. Giderek daha da duygusallaştığımın farkındaydım.

İçimden, acaba bunu yapmak kötü bir fikir miydi, buraya hiç gelmemeli miydik diye geçirdim. Başımı çevirip meydana baktım, cebimden mendilimi çıkarıp gözlerimin kenarına bastırdım. Duygularıma hâkim olmaya kararlıydım.

Tekrar ona dönüp, "Zoya," dedim, ama yoktu. Korkuyla etrafıma bakınırken onu gördüm. Sarayın kapılarıyla aramızda kalan bahçeye girmiş, çeşmenin kenarına oturmuştu. Onu seyrettim; onu çeşmenin yanında otururken gördüğümü, başını çevirip bana baktığını ve gülümsediğini hatırladım.

Yeniden o kız olmuştu.

Neva nehrinin kıyısından yavaş yavaş yürüyerek otele geri döndük.

Zoya, Hermitage Müzesi ile Vasiliyevski Adası'nı birleştiren büyük yapıyı göstererek, "Saray Köprüsü! Bitirmişler!" dedi.

Coşkulu bir kahkaha attım. "Nihayet. Yıllarca yarım kalmıştı. Önce geceleri gürültüsünden uyuyamazsın diye tamamlayamadılar, sonra da..."

"Savaş."

"Evet, savaş."

Durup köprüye baktık ve göğsümüzün kabardığını hissettik. Güzel bir histi. Sonunda tamamlanmıştı. Artık bu köprüyle birlikte adadakilerle bağlantı kurulabilirdi. Artık yalnız değillerdi.

Sağ tarafımızdan biri, "Affedersiniz," dedi; dönüp bakınca kalın paltolu, kaşkollu yaşlıca bir adam gördük. "Ateşinizi rica edebilir miyim?"

Bana doğru uzattığı yanmamış sigaraya bakıp, "Kusura bakmayın," dedim. "Sigara içmiyorum."

"Buyurun," dedi Zoya, çantasından bir kutu kibrit çıkardı. O da sigara içmediğinden yanında kibrit taşımasına şaşırdım, ama karımın çantasının içindekiler uzun zamandan beri benim için bir muammaydı.

Adam kibriti aldı. "Teşekkür ederim," dedi. Adamın sol tarafına baktığımda, gözlerini Zoya'ya dikmiş duran kadını –herhâlde karısıydı– fark ettim. Hemen hemen Zoya'yla aynı yaştaydılar, ama yıllar, tıpkı karımınki gibi onun güzelliğinden de bir şey eksiltmemişti. Sahiden de zarif yüz hatlarını, sadece sol yanağındaki elmacık kemiğinin aşağısına kadar inen yara izi bozuyordu. Gür beyaz saçlı, yakışıklı adam sigarasını yaktıktan sonra gülümseyerek teşekkür etti.

"Keyifli akşamlar," dedi, başımı eğerek karşılık verdim.

"Teşekkürler," dedim, "Size de."

Karısının elini tutmak için ona doğru döndü; ama kadın, yüzünde sakin bir ifadeyle hâlâ Zoya'ya bakıyordu. Bir an dördümüz de konuşmadık, sonunda kadın başını eğerek selam verdi.

"Beni kutsamanızı dileyebilir miyim?" diye sordu.

"Ben mi?" Sözler Zoya'nın boğazında düğümlendi.

"Lütfen, ekselansları."

"Elbette," dedi. "Ve bir değeri var mı bilmem ama, hayatın size huzur getirmesini dilerim."

Şimdi hava aydınlık; sabah oldu. Kapıyı açıp içeri girince, oturma odası soğuk ve sevimsiz görünüyor. Bir an durup masaya, fırına, koltuklara, yatak odasına, hayatımızı birlikte geçirdiğimiz bu küçük eve bakıp duraksıyorum. Daha fazla ilerleyebileceğimden emin değilim.

Eşikte duran Michael, "Burada olmak zorunda değilsin," diyor arkamdan. "Belki de bugün bizimle gelmen daha iyi bir fikirdir, ne dersin?"

Başımı sallayıp, "Tabii," diyorum. İçeri giriyorum. "Sonra. Belki bu gece. Ama mahzuru yoksa hemen değil. Sanırım burada olmak istiyorum. Ne de olsa burası benim evim. Şimdi girmezsem bir daha hiç giremem."

Peki der gibi başını salladıktan sonra kapıyı kapatıyor. Birlikte odanın ortasına yürüyoruz, paltolarımızı çıkarıp koltuklardan birinin üzerine bırakıyoruz.

Çaydanlığa su doldururken, "Çay?" diye soruyor. Gülümseyip başımı sallıyorum. Çok İngiliz.

Suyun kaynamasını beklerken evyeye yaslanıyor, ben de koltuğuma oturup gülümseyerek ona bakıyorum. Üstünde komik bir yazı olan bir tişört giymiş; hoşuma gidiyor, daha ağırbaşlı giyinmek aklına bile gelmemiş.

"Bu arada, teşekkür ederim," diyorum.

"Ne için?"

"Dün gece hastaneye geldiğiniz için. Sana da, babana da teşekkür ederim. Siz olmasaydınız geceyi nasıl geçirirdim bilmiyorum."

Omuz silkiyor; bir an, tekrar ağlamaya başlayacak diyorum. Gece üç dört defa dolu dolu ağladı. Bir kere, ona büyükannesinin öldüğünü söylediğim zaman. Bir kere, onu görmek için içeri girdiği zaman. Bir kere de ona sarıldığım zaman.

"Tabii ki orada olacaktım," diyor. Sesi gergin ve duygulu çıkıyor. "Başka nerede olacaktım?"

"Yine de teşekkür ederim," diyorum. "Sen iyi bir çocuksun."

Başını öne doğru sallayıp gözlerini siliyor; sonra iki fincana birer çay poşeti koyup kaynar suyla dolduruyor. Kendi kendine demlenmelerini beklemek yerine, poşetleri çay kaşığıyla fincanların kenarlarına bastırıyor. Anneannesi burada olsaydı onu diri diri ateşe atardı.

Fincanları sehpaya koyup karşıma oturuyor. "Şimdi karar vermek zorunda değilsin," diyor, "ama bizim yanımıza gelebilirsin, biliyorsun değil mi? Yani taşınabilirsin. Babam da memnun olur."

Gülümsüyorum. "Biliyorum. İkinize de minnettarım. Ama bence olmaz. Sağlığım hâlâ yerinde, öyle değil mi? İdare edebilirim. Ama beni görmeye gelirsin, değil mi?" Cevabını zaten bilmeme rağmen, neden bilmem, yine de heyecanla bunu soruyorum.

Gözlerini aça aça, "Tabii ki gelirim," diyor. "Tanrım, elimde olsa her gün gelirim."

"Michael, buraya her gün gelecek olursan sana kapıyı açmam," diyorum. "Haftada bir kere iyidir. Senin de kendine ait bir hayatın var."

"Haftada iki kere öyleyse," diyor.

"İyi," diyorum, pazarlık yapacak hâlde değilim.

"Oyunum sergilenecek, biliyorsun değil mi? İki hafta sonra. Galaya geleceksin, değil mi?"

Zoya olmadan, Anastasya olmadan gidebileceğimi zannetmesem de, "Gelmeye çalışırım," diyorum. Yüzündeki hayal kırıklığını görünce gülümseyip onu rahatlatıyorum. "Elimden geleni yaparım Michael," diyorum. "Söz."

"Teşekkür ederim."

Biraz daha sohbet ettikten sonra, bütün gece ayakta olduğunu, yorulduğunu, artık eve gitmesi gerektiğini söylüyorum.

"Gitmemi istediğinden emin misin?" diye soruyor. Ayağa kalkıp geriniyor ve yüksek sesle esniyor. "İstersen burada da yatabilirim."

"Hayır, hayır. Eve gitme vaktin geldi. İkimizin de biraz uyuması gerek. Bence biraz yalnız başıma kalmalıyım, kusura bakmazsan."

"Peki," diyor. Paltosunu giyiyor. "Bu gece arar, seni yoklarım. Yapılması gereken..." Duraklıyor, ama sonra doğrudan söylemeye karar veriyor. "Biliyorsun, yapmamız gereken bazı hazırlıklar var."

Onu kapıya doğru geçirirken, "Biliyorum," diyorum. "Bunları sonra da konuşabiliriz. Akşama görüşürüz."

"İyi, o hâlde görüşmek üzere büyükbaba," diyor, uzanıp yanağımdan öpüyor, sonra yüzündeki kederli ifadeyi görmeme izin vermeden geri çekiliyor. O merdivenleri koşarak inip sokağa çıkarken ben de arkasından bakıyorum. Onu, nereye isterse oraya götürebilecek olan uzun, kaslı bacaklarını seyrediyorum. Tekrar genç olabilmek. Ardından bakıyorum ve her zaman, tam otobüs yaklaşırken evden çıkmayı nasıl başardığını merak ediyorum; sanki sokakta bekleyerek hayatının bir saniyesini bile ziyan etmek istemiyormuş gibi. Otobüsün arka kapısına atlıyor ve elini bana doğru kaldırıp selam veriyor. Rus topraklarının taç giymemiş çarı, büyükbabasına, bir Londra otobüsünün arkasından el sallarken, biletçi yanına yaklaşıp bilet parası istiyor.

Bu kadarı beni güldürmeye yetiyor. Kapıyı kapatıp tekrar yerime oturuyorum ve bunu düşünüyorum. Gerçekten de öyle komik geliyor ki gözümden yaşlar gelinceye kadar gülüyorum.

Gözyaşlarım akmaya başlayınca, bir ah çekiyorum içimden...

Demek yalnızlık böyle bir şey.